復旦百年經典文庫

宋詩話考

郭紹虞 著
蔣 凡 編

復旦大學出版社

郭紹虞先生（1893—1984）

宋詩話考 上卷

郭紹虞 著

六一詩話一卷，歐陽修撰存。附《附錄》一卷，日人近藤元粹輯。

修（一〇〇七—一〇七二）字永叔，自號六一居士，廬陵人。天聖進士，官至樞密副使、參知政事，謚文忠。宋史三百十九卷有傳。

是書前有自題一行，稱居士退居汝陰，而集以資閑談也。是此書乃熙寧四年（一〇七一）歐公致仕以後所作。《四庫總目提要》稱此為修晚年最後之筆是也。

郭紹虞先生手跡

凡　例

一、"復旦百年經典文庫"旨在收錄復旦大學建校以來長期任教於此、在其各自專業領域有精深學問並蜚聲學界的學人所撰著的經典學術著作,以彰顯作爲百年名校的復旦精神,以及復旦人在一個多世紀歲月長河中的學術追求。入選的著作以具有代表性的專著爲主,並酌情選錄論文名篇。

二、所收著作和論文,均約請相關領域的專家整理編訂並撰寫導讀,另附著者小傳及學術年表等,系統介紹著者的學術成就及該著作的成書背景、主要內容和學術價值。

三、所收著作,均選取版本優良的足本、精本爲底本,並盡可能參考著者手稿及校訂本,正其訛誤。

四、所收著作,一般採取簡體橫排;凡較多牽涉古典文獻徵引及考證者,則採用繁體橫排。

五、考慮到文庫收錄著述的時間跨度較大,對於著者在一定時代背景下的用語風格、文字習慣、注釋體例及寫作時的通用說法,一般予以保留,不強求統一。對於確係作者筆誤及原書排印訛誤之處,則予以徑改。對於異體字、古體字等,一般改爲通行的正體字。原作中缺少標點或僅有舊式標點者,統一補改新式標點,專名號從略。

六、各書卷首,酌選著者照片、手跡,以更好展現前輩學人的風采。

總 目

宋詩話考 ………………………………………………………… 1
詩話論集新編 …………………………………………………… 149

附錄 ……………………………………………………………… 341
 郭紹虞先生的學術思想及其古代詩論研究 …………… 蔣凡 羊列榮 343
 郭紹虞先生小傳 ………………………………………………… 359
 郭紹虞先生學術年表 …………………………………………… 361

宋詩話考

目　錄

序一 ……………………………………………………… 8
序二 ……………………………………………………… 9
題《宋詩話考》效遺山體得絶句二十首 ……………… 10
上卷 ……………………………………………………… 13
　六一詩話　歐陽修 …………………………………… 13
　温公續詩話　司馬光 ………………………………… 15
　中山詩話　劉攽 ……………………………………… 17
　詩病五事　蘇轍 ……………………………………… 18
　臨漢隱居詩話　魏泰 ………………………………… 19
　冷齋夜話　釋惠洪 …………………………………… 21
　後山詩話　舊題陳師道 ……………………………… 22
　西清詩話　蔡絛 ……………………………………… 25
　詩總　阮閱 …………………………………………… 26
　集諸家老杜詩評　方深道 …………………………… 30
　石林詩話　葉夢得 …………………………………… 31
　許彦周詩話　許顗 …………………………………… 36
　紫微詩話　吕本中 …………………………………… 38
　唐子西文録　唐庚述，强行父記 …………………… 39
　風月堂詩話　朱弁 …………………………………… 41
　藏海詩話　吴可 ……………………………………… 42
　歲寒堂詩話　張戒 …………………………………… 45
　珊瑚鉤詩話　張表臣 ………………………………… 46
　優古堂詩話　各本題吴幵 …………………………… 48
　碧溪詩話　黄徹 ……………………………………… 50

竹坡詩話	周紫芝	53
觀林詩話	吳聿	55
唐詩紀事	計有功	56
韻語陽秋	葛立方	57
環溪詩話	舊題吳沆	58
苕溪漁隱叢話	胡仔	60
誠齋詩話	楊萬里	62
艇齋詩話	曾季貍	65
白石道人詩說	姜夔	66
庚溪詩話	陳巖肖	68
二老堂詩話	周必大	69
草堂詩話	蔡夢弼	70
竹莊詩話	何汶	71
娛書堂詩話	趙與虤	72
滄浪詩話	嚴羽	73
詩人玉屑	魏慶之	75
後村詩話	劉克莊	77
江西詩派小序	劉克莊	80
對牀夜語	范晞文	83
全唐詩話	舊題尤袤	84
深雪偶談	方嶽	86
詩林廣記	蔡正孫	87

中卷之上 ……………………………………………………… 88

王直方詩話	王直方	88
陳輔之詩話	陳輔	90
潛溪詩眼	范溫	90
蔡寬夫詩話	蔡居厚 附《詩史》	92
三蓮詩話	員逢原	94
李希聲詩話	李錞	94
潘子真詩話	潘淳	95
洪駒父詩話	洪芻	95

金玉詩話	舊題蔡絛	96
松江詩話	周知和	97
垂虹詩話	周知和	97
漢皋詩話	張某	98
漫叟詩話	疑即李公彥潛堂詩話	99
高齋詩話	曾慥	101
桐江詩話		102
詩説雋永	疑是胡宗伋	102
詩論	釋普聞	103
李君翁詩話	李君翁	103
休齋詩話	陳知柔	103
陳日華詩話	陳曄	104
敖器之詩話	敖陶孫	104
胡氏評詩	胡某	106
迂齋詩話		106
茅齋詩話	趙舜欽	106
藜藿野人詩話		107
玉林詩話	黄昇	107
粟齋詩話		108

中卷之下 …… 88

玉壺詩話	舊題釋文瑩	109
閑居詩話	疑本釋智圓	109
東坡詩話	舊題蘇軾	110
紀詩		110
古今詩話	疑是李頎	111
侯鯖詩話	舊題趙令畤	112
詩事		112
詩談		113
童蒙詩訓	舊題呂本中	113
容齋詩話	舊題洪邁	116
藝苑雌黄	舊題嚴有翼	116

老學庵詩話　舊題陸游	117
剡溪詩話　舊題高似孫	117
清邃閣論詩　朱熹　附《晦庵詩說》	119
詩學規範　舊題張鎡	120
續廣本事詩　聶奉先	121
履齋詩說　舊題孫奕	122
吳氏詩話　舊題吳子良	122
弁陽詩話　舊題周密　附《浩然齋詩話》	123
下卷	**124**
靜照詩話	124
王禹玉詩話　王珪	124
潘興嗣詩話　潘興嗣	125
唐詩史　范師道	125
沈存中詩話　沈括	125
劉咸臨詩話　劉和叔	126
王彥輔詩話　王得臣	126
黃山谷詩話　黃庭堅	126
秦少游詩話　秦觀	127
劉真之詩話　劉真之	127
汪信民詩話　汪革	127
王明之詩話　疑是王仲甫	128
瑤谿集　郭思	128
呂大有詩話　呂大有	129
唐宋名賢詩話　附《唐宋詩話》及《名賢詩話》	130
青瑣詩話　舊題劉斧	131
錢伸仲詩話　錢紳	131
古今類總詩話　任舟	132
分門詩話	132
程瑀詩話	133
芥室詩話	133
詩話集錄	134

新集詩話	134
雪溪詩話	134
南宮詩話　葉凱	135
練溪詩話　張順之	135
澹庵詩話　胡銓	136
胡英彥詩話　胡公武	137
元祐詩話	137
大隱居士詩話　疑是鄧深	137
潛夫詩話　疑是劉炎	138
詩海遺珠　湯岩起	139
山陰詩話　陸游	140
山陰詩話　李兼	140
熊掌詩話　鄭揆	140
清林詩話　王明清	141
續老杜詩評　方銓	141
杜詩九發　吳涇	141
杜詩發揮　杜旃	142
蒼山曾氏詩評　曾原一述，黎艾明輯	142
公晦詩評　李方子	143
詩法　趙蕃	143
詩説　吳陵	144
可言集　王柏	144
詩憲	145
春臺詩話　趙彥慧	145
錦機詩話　黃鍾或鄭僑	146
詩評　王鎬　附夏侯籍及釋□淳詩評	146
詩話□家乘　韋居有	147
黃超然詩話　黃超然	147
詩話鈔　陳存	147

序一

余纂《宋詩話輯佚》時,早有作《宋詩話考》之意,故於所輯各書未加提要。嗣在《燕京學報》《文學年報》等誌分別發表有關宋詩話之論文若干篇,對《宋詩話考》之規模,固已大體粗具矣。惟論文與著作性質究有區別,因復加整理,釐爲三卷:以現尚流傳者爲上卷;其部分流傳,或本無其書而由他人纂輯成之者爲中卷;至於有其名而無其書,或知其目而佚其文,又或有佚文而未及輯者,則概入下卷。上下卷均略以時序,不復分類;中卷則分撰述與纂輯二類,亦仍各以時序。凡有關宋人詩話之著,就現時所能採集者,固亦大體備矣。其它詩格詩例句圖以及象徵詩評之屬,又或僅供初學應舉之著,均在不論之列。前寫各文已備言之,兹不復贅云。

一九七一年二月郭紹虞序。

序二

　　我寫此稿,正值"四人幫"猖狂横行之時,自知這種著作不合時宜,本不敢作出版之想。於是整理此稿,也就改用文言體,並親自繕寫,索性弄得古色古香一些,準備將來把它裝幀成册,送給圖書館,作手稿本貯藏而已。敝帚自珍,自以爲這樣處理,也就心滿意足了。

　　現在中華書局知道我有此稿,欲以付印。並對我舊輯的《宋詩話輯佚》一書,也準備重印。因此,我把近年找到的佚文,附錄在各種詩話考文之後者,現均删削,準備將來移植到《輯佚》中去。在以前即有著作也不敢問世,現在即使資料性的輯佚東西也有重印之望,這真使我何等高興與感激。四害不除,心情不舒。我願在這輝煌的新時代裏,爲實現這新時期的總任務貢獻我自己的一分微薄的力量。校勘工作均由蔣凡同志協助,特致謝忱。

　　爲此,我現在雖仍保留了原來的手寫稿,但是只作爲那時無可奈何的心情之流露的一種紀念。

一九七八年四月二十日郭紹虞又序。

題《宋詩話考》效遺山體得絕句二十首

　　此一九三九年十二月發表在北平《覆瓿月刊》的舊作，原題是《論宋以前詩話》，今稍加改易，附載於此。

　　"流傳詩話總須删"，此語未公論定難。我自酸鹹殊俗好，效顰妄欲踵遺山。
沈尹默《題日本兒島星江翁支那文學概論》云："漫共鍾劉争品第，流傳詩話總須删。"

　　醉翁曾著《歸田錄》，迂叟亦題涑水聞。偶出緒餘撰詩話，論辭論事兩難分。
歐陽修《六一詩話》，司馬光《温公續詩話》〇詩話之體創自歐氏，故此後詩話多屬隨筆性質。

　　功曹非復漢蕭何，杜老詩篇原不訛。却訝博聞劉貢父，轉於考據誤偏多。
劉攽《中山詩話》

　　奪胎换骨餘無法，求劍刻舟亦太偏。來歷根源皆補假，吳曾乃又襲吳开。
吳开《優古堂詩話》〇吳曾《能改齋漫錄》所載多《優古堂詩話》中語，非曾襲开説，即开作乃僞書。

　　道輔論詩入窈冥，豈因作意黨熙寧。滔滔一瀉無餘味，真合時人刻骨銘。
魏泰《臨漢隱居詩話》

　　隨波截流與同參，白石滄浪鼎足三。解識藍田良玉妙，那關門户逞私談。
葉夢得《石林詩話》

　　解得杜詩同史筆，彥周識力可言詩。如何"銅雀春深"句，措大翻嫌杜牧之。
許顗《彥周詩話》

　　不被豫章瞽説蒙，獨排來歷異時風。西崑别衍西江水，一著更高識涪翁。

朱弁《風月堂詩話》

禪家機括定雌黄,風氣開從韓子蒼。留得《詩人玉屑》在,不應名字待參詳。
吴可《藏海詩話》○《詩人玉屑》有吴可思道《學詩詩》三首,四庫館臣作《提要》時似未注意及此。

主客難從宗派求,詩圖詩話不相謀。中原文獻知誰屬?性理風騷一例收。
吕本中《紫微詩話》

勁節歲寒見正葩,獨標詩旨重無邪。宗風一樣詆坡谷,不似滄浪落釋家。
張戒《歲寒堂詩話》

文彩珊瑚愛已鈎,環溪自炫亦沿流。後來若數揚波者,摘句當推《琴志樓》。
張表臣《珊瑚鈎詩話》,吴沆《環溪詩話》○此後清代易順鼎有《琴志樓摘句詩話》,更全舉己作。

"無邊落木蕭蕭下,不盡長江滚滚來"。鶴膝蜂腰拈此格,解人難索費疑猜。
楊萬里《誠齋詩話》○誠齋舉"詞源倒流"及"無邊落木"二聯爲蜂腰鶴膝之例,我所不解。

恒蹊脱盡啓禪宗,衣鉢傳來雲密峰。若認丹邱開妙悟,固應白石作先鋒。
姜夔《白石道人詩話》○楊誠齋贈白石詩有"新拜南湖爲上將,更差白石作先鋒"之句。

絺章繪句俗滔滔,隻手狂瀾空自勞。矯枉有心寧過正,强將名教入風騷。
黄徹《䂬溪詩話》

勝語非從補假來,早於《詩品》見心裁。滄浪參得詩精子,濟水誤人是别才。
嚴羽《滄浪詩話》

南渡論詩説二周,能於考據竭冥搜。若從才識論高下,少隱終嫌遜一籌。
周紫芝《竹坡詩話》,周必大《二老堂詩話》

宋人詩作多論派,各奉唐人自得師。已覺四靈趨仄徑,更何姚賈足追隨。
方嶽《深雪偶談》

橋木高高《唐鑑》翁，微雲山抹丈人峰。淵源別具論詩眼，散佚此書覺欠公。　　范溫《潛溪詩眼》

　　鈎沉集腋到騷壇，比迹《玉函》成鼠肝。若使葑菲堪採擷，可能換骨有靈丹。　　拙著《宋詩話輯佚》

上　卷

六一詩話

一卷，歐陽修撰，存。附《附録》一卷，日人近藤元粹輯。

修（一〇〇七——一〇七二）字永叔，自號六一居士，廬陵人。天聖進士，官至樞密副使、參知政事，諡文忠，《宋史》三百十九卷有傳。

是書前有自題一行，稱"居士退居汝陰，而集以資閒談也"。是此書乃熙寧四年（一〇七一）歐公致仕以後所作。《四庫總目提要》稱此爲修晚年最後之筆是也。

詩話之體當始於歐陽修。歐氏以前非無論詩之著，即其亦用筆記體者，如潘若同《郡閣雅言》①之屬，此後纂輯之詩話，每多稱引其語，此類書雖在歐氏以前，然晁公武《郡齋讀書志》稱其"多及野逸賢哲異事佳言"，知非純粹論詩之作，故《宋史·藝文志》以入小説類而不入文史類。是則詩話之稱，固始於歐陽修，即詩話之體亦可謂創自歐陽氏（亦可稱歐氏）矣。

詩話之作既創自歐氏，故此書原只稱"詩話"，初無"六一詩話""六一居士詩話""歐公詩話""歐陽永叔詩話"以及"歐陽文忠公詩話"諸稱。其加以特稱者，皆出後人所加，取便稱引而已。至趙翼《甌北詩話》引其贈蘇梅二子詩，謂載公《歸田詩話》中，則不免巧立名目，易滋淆誤。豈以修有《歸田録》，遂誤合爲一耶？

是書有《全集》本、《百川》本、《説郛》本、明刻《宋詩話五種》本、《津逮》本、《歷代詩話》本、《螢雪軒》本。又據《千頃堂書目》有《古今彙説》本，未見。各本均作一卷，惟《江西通志·藝文略》詩文評類作六卷，並謂"謹案《郡齋讀書志》作《歐公詩話》一卷，《書録解題》亦作一卷，今從《四庫目録》"云云，實則《四庫目録》亦作一卷，未言六卷也。

---

① 《宋史·藝文志》作潘若沖《郡閣雅談》。

張邦基《墨莊漫録》卷八稱歐陽文忠公有《雜書》一卷，不載於集中，凡九事。其卷前自題一行云："秋霖不止，文書頗稀，叢竹蕭蕭，似聽愁滴，顧見案上故紙數幅，信手學書，樞密院東廳。"則是雜書九事，當是修在嘉祐五年（一〇六〇）官樞密副使時所作。今案其所言，如論九僧詩"馬放降來地，雕盤戰後雲"，"春生桂嶺外，人在海門西"諸好句，及論"鷄聲茅店月，人跡板橋霜"，"野塘春水漫，花塢夕陽遲"二聯之工，與譏賈島哭僧詩"焚卻坐禪身"爲燒卻活和尚。此數事均見《六一詩話》中。是則詩話之作，蓋退居以後整理舊稿之所爲也。《雜書》一卷即《詩話》之前身已。

是書以《雜書》爲其前身，故撰述宗旨初非嚴正。《宋四庫闕書目》列入小説一類①，蓋非無因。後世詩話之作與説部難以犁別，亦不可謂非是書爲之先也。日人近藤元粹復據歐公《試筆》《歸田録》二書輯其論詩之語以爲是書《附録》刊入《螢雪軒叢書》中，亦可知詩話與筆記之本難犁別矣。

是書所論，常爲後人詬病者有數事，然均不關重要。如九僧詩非無傳本一事，司馬光《續詩話》已補正之，而王士禛《蠶尾文》及張宗泰《魯巖所學集》復據陳起《高僧詩選》以正其誤，此則記憶偶疏，原不足怪。他如張繼詩所謂半夜鐘事、與"風暖鳥聲碎"一聯爲周朴詩或杜荀鶴詩，不僅問題瑣碎，無關弘旨，即認爲歐氏一時之失，亦以此等事原無定論，未可遽加非難也。至其《詩話》中論詩之語，則多不刊之論。許印芳《詩法萃編》録其寫難寫之景，含不盡之意諸語，甚稱其得文章秘要，則知此雖歐氏不經意之作，固亦自有精義可採矣。書中舉鄭谷周朴二人之詩，正説明晚唐二種不同詩風。治文學史者亦須於此等處注意及之。

書中於白樂天體鄭都官體皆不甚滿意，而對周朴之月煅季鍊則加以贊美；於杜詩"身輕一鳥過"之"過"字，亦認爲人所難到，可知其論詩並不贊成淺率一路。但歐氏雖不廢雕琢，要以歸於自然爲主。書中特別稱許梅聖俞"意新語工"之説，意蓋在是。宋人論詩每偏於藝術而復宗尚自然，其義實自歐氏發之。歐氏於詩不没西崑體之長，而復主張李杜豪放之格，其能形成一代詩風非無故矣。要之歐氏學有根柢，故於是書雖取隨筆體裁，不成系統，然細加紬繹，不難窺其全貌，正不能以此爲不甚經意之作而輕率視之。即其論韓愈詩稱其工於用韻，此意亦非常人所能見及也。

---

① 《宋四庫闕書目》子部小説類《歐陽公詩集》二卷。葉德輝云："歐陽公詩集不應入此，疑是《詩話》之誤。"

温公續詩話

一卷,司馬光撰,存。

光(一○一八——一○八六)字君實,號迂叟,陝州人,寶元初進士,哲宗時官至尚書左僕射。《宋史》三百三十六卷有傳。

光卒於元祐元年(一○八六),後歐陽修凡十四年。據其《自題》稱"《詩話》尚有遺者。歐陽公文章名聲雖不可及,然記事一也,故敢續書之"。則是書當亦熙寧、元豐間(一○七一——一○八五)所撰也。《四庫總目提要》謂"光《傳家集》中具載雜著,乃不錄此書,……或成於編集之後",是亦此書晚出之證。

是書有《百川本》、明刻《宋詩話五種》本、《津逮》本、《歷代詩話》本、《螢雪軒》本;又有《說郛》本,不全。今世所傳各本,大率皆自《百川》本出。是書原稱《續詩話》,故此後續刻亦多歧稱。《百川學海》作《司馬溫公詩話》,《宋四庫闕書目》作《司馬光詩話》,《通志・藝文略》作《司馬君實詩話》,《詩話總龜》引作《司馬太師詩話》,《漁隱叢話》引作《迂叟詩話》,蓋與歐陽修《六一詩話》同例。惟伍涵芬《說詩樂趣》採用書目稱作司馬光《洛陽詩話》則爲無據。至張宗橚《詞林紀事》所引,卷三稱《溫公詩話》,又稱《迂叟詩話》,或又作《溫叟詩話》,隨意定稱,先後不一,則更爲失檢矣。《宋史・藝文志》文史類有司馬光《續詩話》一卷,復有《司馬光詩話》一卷,一書複出,亦失考。

又是書撰述意旨,原與歐公相同,重在記事,故得云續。且是書中如"惠崇詩"條、"九僧詩集"條均續《六一詩話》中"國朝浮圖"一條者;"科場程試詩"條即續《六一詩話》"自科場用賦"一條者;"王紳作宫詞"條即續《六一詩話》"王建宮詞"一條者;"梅聖俞之卒"一條,即續《六一詩話》"鄭谷詩名"一條者。不僅如此,梅聖俞晚年官都官,劉原父戲之曰,聖俞官必止於此,以昔有鄭都官,今有梅都官也。聖俞頗不樂,未幾病卒。歐公詩話因謂"余爲序其詩爲《宛陵集》,而今人但謂之梅都官詩,一言之謔,後遂果然,斯可歎也"。此則似有謔語成驗之意。今《續詩話》中於"梅聖俞之卒"條,亦以沈文通對韓欽聖有"次及欽聖"之謔,不數日欽聖抱疾而卒,遂言:"此雖無預時(案:時當作詩)事,以其與聖俞同時,事又相類,故附之。"則是溫公之續,正指此類而言。《四庫總目提要》乃謂"惟梅堯臣病死一條與詩無涉,乃載之此書則不可解",亦正緣未解斯義,故覺其不可解耳。他如"鮑孤雁"條,近於《六一詩話》之言"梅河豚",而"魏野"條中述其父《行色》詩,謂能狀難寫之景,亦即《六一詩話》所述聖俞論詩之旨。則知所謂"詩話尚有遺"者,蓋即此義已。

《四庫總目提要》之論是書,謂"光德行功業冠絶一代,非斤斤於詞章之末者,而品第諸詩乃極精密,如林逋之'疎影横斜水清淺,暗香浮動月黄昏',魏野之'數聲離岸櫓,幾點别州山',韓琦之'花去曉叢蝴蝶亂①,雨餘春圃桔橰閒',耿仙芝之'草色引開盤馬地,簫聲吹暖賣餳天'②,寇準之《江南春》詩,陳堯佐之《吴江》詩,暢當、王之涣之《鸛雀樓》詩,及其父《行色》詩,相沿傳誦,皆自光始表出之。其論魏野詩誤改'藥'字,及説杜甫'國破山河在'一首,尤妙中理解,非他詩話可及"。此論精審,故悉録之。

是書記載之誤,如載青州劉概一條,謂"概棄官隱居野原山",野原當作冶原,地有冶泉,或云是歐冶鑄劍之地。王士禎《池北偶談》及《漁洋詩話》均指爲温公不考證之過。然余案王闢之《澠水燕談録》卷四,早言青之南有冶原,昔歐冶子鑄劍之地,富鄭公鎮青時,知劉概欲久居其間,爲築室泉上。《司馬温公詩話》載其詩"讀書誤人四十年,幾回醉把欄干拍"云云,則是王闢之已知其誤,亦不自漁洋始也。

案温公論詩之語,除《續詩話》外,見《漁隱叢話》所引者,尚有《司馬文正公日録》數則,若援近藤元粹《六一詩話附録》之例,則此諸則及集中涉及論詩之語,亦均可入附録者也。又《漁隱叢話》所引《迂叟詩話》,每有爲今本《續詩話》所無者,豈今本經後人删節,非其全耶?因録其文於後,以備續考。

  唐曲江,開元天寶中旁有殿宇,安史亂後,其地盡廢。文宗覽杜甫詩云:"江頭宫殿鎖千門,細柳新蒲爲誰緑",因建紫雲樓、落霞亭,歲時賜宴,又詔百司於兩岸建亭館。太宗於西郊鑿金明池,池中有臺榭以閲水戲,而士人游觀無存泊之所。若兩岸如唐制設亭館,即踰曲江之盛也。《叢話》前集十三。案:此則亦見宋敏求《春明退朝録》中。

  周禮四時變國火,謂春取榆柳之火,夏取棗杏之火,季夏取桑柘之火,秋

---

① 《續詩話》"蝴蝶"作"蜂蝶"。又案《漁隱叢話》前集卷二十七引作"風定曉枝蝴蝶閙"。
② 《續詩話》作"淺水短蕪調馬地,澹雲微雨養花天"。

取柞楢之火，冬取槐檀之火。而唐時惟清明取榆柳之火，以賜近臣戚里。本朝因之，唯賜輔臣戚里帥臣、節察三司使、知開封府、樞密直學士。中使皆得厚贈，非常賜例也。《叢話》前集二十三。

太祖以開寶九年，中外無事，始詔旬假日不坐，然其日輔臣猶對於後殿，問聖體而退。至道三年三月二十九日旬假，是日太宗猶對輔臣，至夕，帝崩。李南陽永熙挽詞曰："朝憑玉几言猶在，暮啟金縢事已非。"時稱佳作。至真宗朝時，旬假輔臣始不入。寶元中，西事方興，假日視事。慶曆初如舊。《叢話》前集卷二十五。

中山詩話

一卷，劉攽撰，存。

攽（一〇二二——一〇八八）字貢父，臨江人，慶曆六年（一〇四六）進士，官至中書舍人，卒，弟子私謚曰公非先生。《宋史》三百十九卷附其兄敞傳。《書錄解題》謂有《彭城集》六十卷，今存四十卷。

貢父以博洽滑稽著稱，故是書所載多涉考證，又頗雜以詼諧，涉及理論者較少。蓋是書之成，亦在熙寧元祐間。今傳詩話，除《六一》《溫公》而外，當以此為最古，固宜其未脫詩話中記事閑談之習矣。

惟劉氏雖以博洽見稱，而是書所載轉多誤謬。如謂"曹參嘗為功曹，而杜詩云'功曹無復歎蕭何'，誤矣"。案杜甫《奉寄別馬巴州》詩："勳業終歸馬伏波，功曹非復漢蕭何。"此作"無復歎"，當出後人傳寫之誤，非原著之謬。第貢父以為"功曹"當屬曹參，不應歸蕭何，則時人多疵議之。《王直方詩話》引江子載說云："《高祖紀》'何為主吏'，孟康曰，主吏功曹也。"又吳可《藏海詩話》云："功曹非復漢蕭何，不特見《漢書》注，兼《三國志》云為功曹當如蕭何也。"稍後，與晁公武同時之汪應辰，其《文定集》中《跋劉貢父詩話》亦言其謬。而晁公武《郡齋讀書志》亦如之。江吳二氏之說均在晁氏前，《四庫總目提要》祇言"為晁所糾"，亦未詳考。又論白樂天詩"請錢不早朝"，謂"請作平聲，唐人語也"。《王直方詩話》亦引江子載說云："顏師古注《漢書》，請或音才性反，或不音。唐或以'請'作平聲，誤矣。"此均宋人之說。此後，都穆《南濠詩話》、吳騫《拜經樓詩話》、張宗柟輯王士禎《帶經堂詩話》以及《提要》諸書，亦多議之。貢父雖博洽而可議之處轉較他書爲多，豈此爲公不經意之作，不暇察其疵累耶？

是書《郡齋讀書志》及《通考》作三卷，《宋四庫闕書目》作二卷，《直齋書錄解題》及《通志》又作一卷。今世通行本，如《全集》本、《百川》本、《説郛》本、明刻《宋詩話五種》本、《津逮》本、《歷代詩話》本及《螢雪軒》本，均爲一卷，無作二卷三卷者。惟錢曾《述古堂藏書目》有三卷本，疑是傳鈔本，未必爲刻本也。竊疑是書卷帙，或有繁簡，當時傳録已有不同之本，故李心傳《舊聞證誤》與何汶《竹莊詩話》所引已有在今本《中山詩話》之外。即其在今本詩話中者，其文字亦有詳略之異。如《皇朝事實類苑》所引"刁景純愷悌敦厚"條，文字即較今流傳本爲詳。今《皇朝事實類苑》一書雖較罕見，但《宋人軼事彙編》卷九所引即據《類苑》，則知各本不僅内容有多寡，即文字亦有詳略矣。今録《舊聞證誤》與《竹莊詩話》二書所引之文於後，以備參考。

乾德三年春平蜀，蜀宫人有入掖庭者，太祖覽其鏡背云："乾德四年鑄。"上大驚，以問陶竇二内相。二人曰："蜀少主嘗有此號，鏡必蜀中所鑄。"上曰："作宰相須是讀書人。"自是大重儒臣。《舊聞證誤》。

海州士人李慎言嘗夢至一處水殿中，觀宫女戲毬。山陽蔡繩爲之傳，叙其事甚詳，有拋球曲十餘闋，詞皆清麗，今獨記二闋。《竹莊詩話》二十二。

詩病五事

一卷，蘇轍撰，存。

轍（一〇三九——一一一二）字子由，眉山人，自號潁濱遺老，累官尚書右丞、門下侍郎。《宋史》三百三十九卷有傳。

《詩病五事》僅五則，載《欒城三集》卷八。三集乃轍在政和元年（一一一一）所編，其編集時間已在晚年，但自言"收拾遺稿以類相從"，則此五則撰寫之時，未必定在晚年。要之非其早年之作則可斷言也。

此本隨筆記録之單篇，非能别出成書。《苕溪漁隱叢話》引其文，祇稱"蘇子由云"，知宋時猶不以爲書名。自陶宗儀輯入《説郛》，於是《四川通志·經籍志》

詩文評類遂著錄之，不復以是爲篇名矣。日人近藤元粹復據《説郛》本輯入《螢雪軒叢書》中。

此五則雖不成爲著作，但在宋人論詩風氣中却能別樹一幟，有以自立。蓋宋人談詩或以重來歷而偏於考據，或以尚風格而流爲禪機，要之均强調藝術技巧，罕有重在思想内容者。其在詩話初起之時，更以撷拾本事，僅資閑談者爲多。而蘇轍在此寥寥數則中獨能以思想内容爲主，不可謂非特立獨行者矣。自今言之，其所謂思想内容固頗成問題，即我爲此言，亦非欲重揚儒家詩教之波。但以後人對此五則頗加攻擊，則不禁代爲不平耳。如其對李杜之評價，對孟郊詩之評價，皆以思想内容爲衡量之標準。即就表現藝術而言，亦每折衷於《詩經》，如揚少陵而抑樂天，以及議韓愈《元和聖德詩》之非，實亦仍以思想内容爲中心也。而錢振鍠《詩話》上卷乃謂其"狂悖庸妄"，謂其"不知詩"。對其中論李白一條，尤致不滿：一則曰："夫論太白詩足矣，何必問其華實，論其好義不好義哉？"再則曰："詩自有一種詩理，不可以常理繩之，詩理惟詩人知之，惟太白知之，庸妄無知之蘇轍烏足知此理！"三則曰："非特小視太白，并子美亦被所誣矣。"最後則謂："是皆以太白天才高不可及，世人不能學步，故不知爲何物，惟有痛詆之而已。充蘇轍之意，不將天下萬世詩人一齊氣死不止也。"此則偏執過甚，較蘇轍之論李白更爲"痛詆"矣。竊以爲文藝爲一定的政治服務，自是顛撲不破之真理，謂轍所論爲當時之政治服務則有之矣！若視爲狂悖庸妄，一無可取，夫豈其然！所可惜者，轍之思想過於保守，甚至以民之貧富爲天經地義，而謂"州縣之間隨其大小，皆有富民，此理勢之所必至，所謂物之不齊，物之情也……能使富民安其富而不横，貧民安其貧而不匱，貧富相恃，以爲長久，而天下定矣"。此則頑固保守，執而不化之論，而錢振鍠乃不以爲非，是亦未爲知言也。此後如張戒《歲寒堂詩話》、黄徹《䂬溪詩話》殆均受其影響而加以發揮者。要之人之思想可隨時代而不同，人之詩文也可隨時代而變化，而於詩文中反映其思想則無不同者，評詩衡文應以思想内容爲第一標準亦無不同者，若以詩理與常理不同，而純主藝術，反以重視思想者爲狂悖，則趨於極端，亦同歸於狂悖而已。

臨漢隱居詩話

一卷，魏泰撰，存。

泰字道輔,襄陽人,號溪上丈人。泰爲曾布婦弟,恃其勢爲鄉里患苦,其人殊不足取。《潘子真詩話》謂"道輔少與徐忠愍及山谷老人友善,博及羣書,尤能談朝野可喜事,亹亹終日"。顧其所爲書,如《東軒筆録》是非多不可信。鮑廷博跋是書亦稱其撰《志怪集》《括異志》《倦遊録》諸書,皆托之武人張師正而自爲之序,最後復假梅堯臣之名,作《碧雲騢》,至詆及范仲淹。其作僞及誣衊前人類如此。則子真所謂談朝野可喜事者,殆亦信口妄言之類耳。《四庫總目提要》稱此書爲黨熙寧而抑元祐,不爲無見。惟以泰能文章,故其書在宋人詩話中傳本獨多,蓋亦所謂不以人廢言者耶?

　　此書諸本,如《知不足齋》本、《龍威秘書》本、《七子詩話》本、《湖北先正遺書》本、《古今説部》本、《螢雪軒》本,均爲足本。他如《説郛》本、《古今詩話》本、《歷代詩話》本、《奇晉齋》本、《學海》本等均有殘缺。今傳各本以《知不足齋》本爲最善。

　　魏氏論詩,主有餘味,頗與《石林》爲近。如云:"詩者述事以寄情,事貴詳,情貴隱。如將盛氣直述,更無餘味,則感人也淺。"又云:"凡爲詩當使挹之而源不窮,咀之而味愈長。至如永叔之詩,才力敏邁,句亦清健,但恨其少餘味耳。"又云:"詩主優柔感諷,不在逞豪放而致怒張也。"凡此諸説,頗中當時蘇黃之病。豈其論詩宗旨本是如此,抑以欲敵蘇黃之故,遂主優柔感諷以攻之耶?泰雖憸壬,要其言亦不無足取也。書中論沈括與吕惠卿論詩不同,自謂其評詩每與沈括合;又言與王荆公論詩亦有不可强同之處,似又與王吕立異,欲以泯其門户之私者。

　　《四庫提要》稱是書"考王維詩中顛倒之字亦頗有可採",案張宗泰《魯巖所學集》有《跋臨漢隱居詩話》一文,謂"書衹有孟浩然入翰苑訪王維一語,其餘無一語及王維",則《提要》爲失考。又案王楙《野客叢書》引《漢皋詩話》有"字顛倒可用"一條,或以《臨漢》《漢皋》之名易相混淆,《提要》偶不察,遂以是誤記也。王楙《野客叢書》與張宗泰《跋》均有對魏氏此書糾正謬誤之處,亦可參閲。

　　《臨漢隱居詩話》與《東軒筆録》雖別爲二書,然其中頗多互見之條,如蘇舜欽自歎作詩被人比梅堯臣,寫字被人比周越條,歐陽修即席賦晏太尉西園賀雪歌條,又與王荆公評詩條均見《筆録》卷十二;楊察謫守信州於餞筵作詩條,蜜翁翁對糖伯伯條,均見《筆録》卷十五。是亦可知此書爲泰晚年所撰,自悔少年所撰《筆録》多有失實之處,故特録數則以自蓋前愆歟?

冷齋夜話

十卷，釋惠洪撰，存。

惠洪（一〇七一——？）一名德洪，字覺範，世亦有稱爲洪覺範者。其爲人工詩能文，與蘇黄爲方外交。有《石門文字禪》三十卷。集中有《寂音自序》一文，述其生平甚詳。《自序》謂"本江西筠州新昌喻氏之子"，顧世每謂爲彭氏子，未知孰是。據其《自序》謂宣和五年（一一二三）年五十三，據以推算，其生年當在熙寧四年（一〇七一），而《郡齋讀書志》稱其"建炎中卒"，則卒年在一一二七——一一三〇之間。

是書《郡齋讀書志》作六卷，稱"崇觀間記一時雜事"，則其書寫於一一〇二年至一一一〇年之間。所論甚雜，不專論詩，本在筆記詩話之間，故各家著録，多入小説類，不入詩文評類，《四庫總目提要》亦以入雜家類。今以《螢雪軒叢書》有此，故加論述。

《四庫提要》謂"是書雜記見聞而論詩者居十之八，論詩之中，稱引元祐諸人又十之八，而黄庭堅語尤多。蓋惠洪猶及識庭堅，故引以爲重"。所言甚允。第即就所謂"論詩者居十之八"言，亦以論事者多，論辭者少，而論事之處，又以求名過急，不免有假託僞造之迹，故時論少之。陳善《捫蝨新話》卷八有"《冷齋夜話》誕妄"條，晁公武《郡齋讀書志》亦有"多誇誕，人莫之信"之語，則其書可知矣。《提要》於此，列舉甚多，蓋惠洪喜遊公卿之門，是緇流中之附庸風雅者，欲藉人言以爲重，固宜其所述多不可信矣。況其書經後人傳鈔，更有改竄之誤乎？至其論辭，如稱李義山詩爲文章一厄，《許彦周詩話》已議其非。又如引杜甫《北征》詩"不聞夏商衰，中自誅褒妲"，謂明皇畏天悔過，賜妃子死，遂以劉禹錫《馬嵬》詩、白居易《長恨歌》爲非，錢振鍠《詩話》即稱其"全無分曉"。然錢氏知其謬，而不知此條乃惠洪鈔襲《臨漢隱居詩話》之説。此外又有"館中夜談韓退之詩"條，亦本魏泰語而加以發揮。書中惟論斑竹一事，始明言引魏泰語。是則此書不僅論事有僞造之病，即論辭亦有剽竊之弊矣。

洪別有《天厨禁臠》三卷，專論詩格，《漁隱叢話》謂"論詩若此，非知詩者"；《滄浪詩話》亦言"《天厨禁臠》最害事"，則宋人固已病之。以其體例不同詩話，故不述。

後山詩話

一卷，舊題陳師道撰，存。

師道(一〇五三——一一〇一)字履常，一字無己，號後山居士，彭城人。元祐中以蘇軾、傅堯俞、孫覺薦授徐州教授，紹聖初歷秘書省正字。《宋史》四百四十四卷文苑有傳。

此書除全集本外，有《百川》本、《稗海》本、明刻《宋詩話五種》本、《津逮》本、《歷代詩話》本、《螢雪軒》本及《說郛》本，各本以《適園叢書》中《後山全集》本較佳。

此書在宋時已多疑爲依托之作。胡仔《漁隱叢話》雖稱引之，但對"黃獨無苗山雪盛"，"過時如發口，君側有讒人"，"韋蘇州書後欲題三百顆"，"評李白詩如黃帝張樂於洞庭之野"四條，皆見黃庭堅《豫章集》中，遂有後人誤編入之疑。稍後，陸游《渭南文集》有《後山詩話跋》，謂"《談叢》《詩話》皆可疑。《談叢》尚恐少時所作，《詩話》決非也"。則比胡仔更進一步，但未舉其可疑之點。其後方回《桐江集》卷三《讀後山詩話跋》列舉四事：一、改太祖日詩，謂其淺露萎弱，後山不爲此等語，亦不喜此等語。二、山谷少孤，後山皇祐五年癸巳生，少山谷八歲，必不識其父，而書中乃有"今黃亞夫"之語。三、舉山谷"買魚穿柳聘銜蟬"詩，下云"雖滑稽而有味"，此非後山語。四、其評吳僧《白塔院》詩，謂"到江吳地盡，隔岸越山多"，爲分堠界子語，然《後山集·錢塘寓居詩》有云："聲言隨地改，吳越到江分。"遂斷言"此《詩話》非後山所爲"。在清代修四庫全書時，撰《提要》者復舉可疑之點二：一、"其中於蘇軾黃庭堅秦觀俱有不滿之詞，殊不類師道語"。二、"謂蘇軾詞如教坊雷大使舞，極天下之工而終非本色。案蔡絛《鐵圍山叢談》稱雷萬慶宣和中以善舞隸教坊，軾卒於建中靖國元年六月，師道亦卒於是年十一月，安能預知宣和中有雷大使借爲譬況"。竊以爲方回所舉師道少山谷八歲必不識其父，與《提要》所舉雷大使事，一爲師道不及見，一爲師道不能預知，此二證最堅強有力，鐵案如山，不容翻矣。

但《後山集》二十卷，爲其門人彭城魏衍所編，衍記："《詩話》《談叢》各自爲集。"則師道有詩話之作，蓋無可疑。胡仔《漁隱叢話》多稱引之，則是書在北宋之季已較流傳，亦無可疑。陸游跋中亦言："意者後山嘗有《詩話》而亡之，妄人竊其名爲此書耳。"斯言近之。竊以爲師道受蘇黄影響至深,而書中對蘇黄轉多不滿之詞,此爲最易引人生疑之點。然師道詩"人言我語勝黄語,扶竪夜燎齊朝光",稍有自負習氣,或當時如魏泰、葉夢得之流即利用此弱點,以攻擊蘇黄之語,托爲《後山詩話》之辭,未可知也。然則此書殆爲利用後山之名,以逞門户之私者之所爲矣。考《漁隱叢話》前集五十一引《後山詩話》云:"晁無咎言,眉山公之詞短於情,蓋不更此境也。余謂不然,宋玉初不識巫山神女而能賦之,豈待更而知也!余他文未能及人,獨於詞自謂不減秦七黄九也。"案此則不見今本詩話中,自負之氣亦如其人。考陸游《渭南文集》二十八卷《跋後山居士長短句》謂:"陳無己詩妙天下,以其餘作辭,宜其工矣;顧乃不然,殆未易曉也。"此則時人公論,非如彼自許云爾也。總之,師道確有詩話,但未成書,其爲人亦不免有自負氣習,故易爲人所依托。意者原稿未及刊行,他人得之復加增益,遂致事實牴牾,啓人疑竇。考此時各家詩話均有定稱,而惟此書則或稱《陳無己詩話》,或作《後山居士詩話》,即名稱亦多歧異,殆亦以非出師道手定之故。

又此書卷數《直齋書録解題》及《文獻通考》均作二卷,方回所見亦二卷本,但《宋史‧藝文志》子部小説類已作一卷。今《適園叢書》本亦作二卷,但内容與一卷本同,惟分合有異耳。

要之此書既非師道手定之稿,又有後人竄亂之迹,故雖獲流傳而謬誤特多。兹校以宋人所稱引舉其最突出之誤以便讀者。一、"望夫石"條"唯夢得云","夢得"上脱一"劉"字,應據胡仔《漁隱叢話》前集及吴曾《能改齋漫録》校補。又"黄叔度"亦應據胡吴二家所引,改"度"爲"達"。二、"武人出慶宫"條,應據《漁隱叢話》前集作"武才人出慶壽宫,色冠後庭",意始明顯。又"爲作詩,號瑶臺第一層","詩"應改作"詞"。三、"荆公詩云"條,各本以此條與前條合,非。文中"而公文體數變,暮年詩益苦,故知言不可不慎也"數語意義欠明。《漁隱叢話》前集作"而公平生文體數變,暮年詩益工,用意益苦,故言不可不謹也"。應照改。四、"尚書郎張先"條,"世稱誦之張三影",義不明顯,或改"之"作"云",亦未安。宜從《漁隱叢話》作"世稱誦之,號張三影"。五、"韓退之上尊號表"條"曾子賀赦表"句,《漁隱叢話》前集"子"下有"固"字。六、"世語云"條"曾子開秦少游詩如詞"句,脱字甚多,據《漁隱叢話》前集應爲"曾子固短於韻語,黄魯直短於散語,蘇子瞻詞如詩,秦少游詩如詞"。又此條不應與後條相合。七、"眉山長公守徐"條"有鶴一焉"句,"一"當從《叢話》前集作"下"。八、"余登多景樓"條"白鳥"均應從《叢話》作"白鳥"。九、"周盤龍"條"建節出師太原","師"應從《叢話》前集作

"帥"。十、"王游"條"游"應從《叢話》前集作"旒"。即此十例,則今本之舛誤可知。惟書中引王摩詰詩"九天宮殿開閶闔,萬國衣冠拜冕旒"與諸本作"九天閶闔開宮殿"者不同,疑後山或見舊本如是。

昔人糾正此書之謬,除《提要》所論外,可參閱《漁隱叢話》前集三十六卷及後集二十六卷,《能改齋漫錄》八卷,以及《艇齋詩話》《溽南遺老集》中《文辨》《詩話》各卷。又近人浦江清所撰《花蕊夫人宮詞考證》雖未明糾是書之謬,但所得結論正與相反,亦可參閱。

師道原有詩話之作,而依托者又不無增損於其間,真贋雜糅,故論詩之語亦有自相矛盾之處。如所謂"寧拙毋巧,寧朴毋華,寧粗毋弱,寧僻毋俗,詩文皆然"。又云:"黃詩韓文,有意故有工,左、杜則無工矣;然學者先黃、韓,不由黃、韓而先左、杜,則失之拙易矣。"此自是江西派論詩宗旨。至如所謂"詩欲其好則不能好矣。王介甫以工,蘇子瞻以新,黃魯直以奇,而子美之詩奇常工易新陳莫不好也"。則似知江西詩之弊而有意矯之矣。其論魯直詩亦病其"過于出奇,不如杜之遇物而奇",論揚子雲之文亦病其"好奇而卒不能奇",均能指出江西詩受病之處。不特與江西詩論不同,即與後山詩勁峭孤拔之風亦不相合。凡此諸論是否悉出依托者所為,則不可知矣。要之是書真贋相雜,瑕瑜互見,貴讀者具眼識別之耳。王文誥《蘇海識餘》卷二論查注引《陳無己詩話》之謬,謂"不獨疵累本集,即無己亦冤也"。讀是書者不可不知。

此書雖仍是隨筆體裁,但與以前諸家詩話有所不同。一、所論不限于詩,兼及古文四六,擴大文學批評之範圍,為此後《誠齋詩話》諸書之所祖。二、即其言詩不偏於論事,而論辭又不限於摘句,則又為《滄浪詩話》《對牀夜語》諸書之所自出,使詩話之作由說部而進入理論批評,則其關係至鉅,正不必以依托病之矣。《宋史·藝文志》以此書列入子部小說類,未免失考。

此書亦有佚文為今本所未收者,如上文所引與晁無咎論詞之語,見《漁隱叢話》所稱引者,即為今本所無。又楊慎《升庵詩話》所引一則亦不見今傳各本中,因附錄於後以備增補。

鮑明遠《行路難》壯麗豪放,若決江河,詩中不可比擬,大似賈誼《過秦論》。《升庵詩話》卷一。

西清詩話

　　三卷,蔡絛撰,存,有鈔本。

　　絛,蔡京子,字約之,別號無爲子。是書著録,始見《直齋書録解題》云:"題無爲子撰。"案《文獻通考》"爲"作"名",則絛殆欲隱其名,故以"無名子"自稱歟?其後《萬卷堂書目》稱爲蔡滌撰,"滌""絛"形近致誤。《近古堂書目》稱爲陳直齋撰,則更誤矣。曾敏行《獨醒雜志》卷二稱"絛爲徽猷閣待制時作《西清詩話》一編,多載元祐諸公詩詞,未幾,臣寮論列,以爲絛所爲私文,專以蘇軾、黃庭堅爲本,有誤天下學術,遂落職勒停"云云。吳曾《能改齋漫録》卷十二亦有此語。是彼於蘇黃勢替之後,不黨於其父,而獨崇元祐之學,亦可謂特立獨行者矣。但絛所撰《國史後補》多爲其父自解,而《北征紀實》亦歸罪童貫,以爲其父文飾。即此書亦多稱述其父之詩與論詩之語,而於蘇黃之詩仍多微辭,甚且有變更事實之處,如"扈蹕詩"條改東坡句並妄作雌黃,陳巖肖《庚溪詩話》已辨正之。考《直齋書録解題》稱:"或謂蔡絛使其客爲之。"然則其書之多載元祐諸公詩詞者,殆出其客所爲歟?

　　此書原有三卷,見《直齋書録解題》、《通考·經籍考》及《宋史·藝文志》。至明代此書似不甚流傳。《澹生堂書目》詩文評類作五卷,疑誤。《萬卷堂書目》雜文類作一卷,恐已是節本。此外見諸家著録者,大都爲抄本,如《述古堂書目》《近古堂書目》以及《汲古閣珍藏秘本書目》《季滄葦書目》皆然。余以前欲得此書抄本,亦未之見。解放以後,始於復旦大學圖書館中見之。然此三卷抄本亦不無可疑,恐未必爲原本。余編《宋詩話輯佚》時以未見此書,故僅據《類説》本《説郛》本,此外則採《漁隱叢話》《竹莊詩話》《詩林廣記》《能改齋漫録》《山谷詩注》《宋詩紀事》《全唐詩話續編》《杜工部詩話》《全五代詩》《歷代詩話》諸書得一百十二條,亦差完備。然余於此已啓疑竇。一、蔡絛有《百衲詩評》,見《漁隱叢話》後集卷三十三。胡仔並言:"《西清詩話》,蔡百衲絛所撰也,已嘗行於世矣。余舊録得百衲所作《詩評》,今列於此"云云,則是胡氏所見《西清詩話》原無《百衲詩評》也。乃《詩林廣記》卷三所引《西清詩話》即有"山谷詩妙脱蹊逕,言侔鬼神,無一點塵俗氣;所恨務高,一似參曹洞下禪,尚墮在玄妙窟裏",則是蔡正孫所見本,已採及《詩評》中語,而與胡仔所見本不同矣。二、吳景旭《歷代詩話》稱引是書,頗多《蔡寬夫詩話》中語,不應雷同至此。使胡仔所見本亦是如此,則胡氏必早疑之。

此二者爲余昔日所疑,已見《宋詩話輯佚》之中。至其與《金玉詩話》相同之處則更多,但以《金玉詩話》疑是蔡氏後人纂輯之著。又昔人或以《金玉詩話》亦出蔡絛所撰,則兩書複見尚不足怪。且"重韻"一條僅見《金玉詩話》,而此條有"質之叔父文正"之語,不見他書稱引,《西清詩話》有此條,遂亦不生懷疑。乃及見鈔本之後,此條竟亦在其中,則當條之時,蔡氏固無諡文正者。因疑類此剽竊雷同之處,如非出絛客所爲,當是其書早佚,而後人雜抄他書足成三卷以欺人者。余之所以致疑於鈔本者此也。

書中謂"作詩用事要如禪家語,水中著鹽,飲水乃知鹽味";又謂"詩家要當有情致,抑揚高下,使氣宏拔,快字凌紙";以及"少陵太白當險阻艱難,流離困躓,意欲卑而語未嘗不高;至於羅隱貫休得意於偏霸,誇雄逞奇,語欲高而意未嘗不卑"諸語,皆有自得,非拾人牙慧者,故能爲論詩者所宗。

詩　總

十卷,阮閱撰,佚;有重編本,易稱《詩話總龜》,仍題阮閱名,最後分前後集,各五十卷。

閱,原名美成,字閎休,自號散翁,亦號松菊道人,舒城人。《方輿勝覽》以"閱"爲"閎",蓋傳寫之訛。明代月窗道人刊本誤爲"阮一閱",而諸家著錄如《萬卷堂書目》《澹生堂書目》等亦多仍之,未及考也。伍涵芬《說詩樂趣》引用書目亦有是書,作明舒某撰,則其誤更甚矣。閱,元豐中進士,知巢縣,宣和中知郴州,建炎元年(一一二七)以中奉大夫知袁州。初至,訟牒繁,閱乃書"依本分"三字,印榜四城牆壁,郡民化之,乃榜西廳爲"無訟"。喜吟咏,時號阮絕句。後致仕,居於宜春。所著有《總龜先生松菊集》五卷,《郴江百詠》二卷,《詩總》十卷,《巢令君阮戶部詞》一卷。其詞,四庫未收,各家亦罕見著錄,惟《皕宋樓藏書志》中有之。

詩話之體既爲論詩開一方便法門,於是作者日衆。作者既多,則彙纂之作自不可少,而《唐宋名賢詩話》《古今詩話》一類之書遂相繼出。然此類書籍只可瀏覽,不便檢索,于是阮閱《詩總》出焉。阮氏之書創爲分門別類之法,則於採集詩話之外,雖益以小說筆記之作,材料加多而不覺其亂,故能適合讀者需要而流行於時。其《自序》云:"余昔與士大夫遊,聞古今詩句,膾炙人口,多未見全本及誰氏所作也。宣和癸卯(一一二三)春,來官郴江,因取所藏諸家小史別傳雜記野錄讀之，遂盡見前所未見者。至癸卯秋，得一千四百餘事，共二千四百餘詩，分四十六門而類之，……以便觀閱，故名《詩總》。"蓋在阮氏以前，如《古今詩話》一類之書，不注出處，不利檢索，又不便讀者學習，不能在相類題材中參互比觀，以作獺祭之用。今阮編矯此數弊，自易流行一時。是編十卷，分四十六門，各以類聚，是爲《詩總》第一次編寫或刊行之面貌。惟阮氏《自序》又有"松窗竹几，時卷舒之，以銷閒日，不願行於時也"之語，故疑此本雖已結集完成，尚未刊行。考《苕溪漁隱叢話》前集序謂"紹興丙辰（一一三六），余……聞舒城阮閱昔爲郴江守，嘗編《詩總》頗爲詳備。行役忽忽，不暇從知識間借觀。後十三年，余居苕水，友生洪慶遠從宗子彥章，獲傳此集。"文中亦未明言爲刊本，故《詩總》初期，或爲傳鈔之本。

　　是書之有刊本，當在紹興年間，此時易名爲《詩話總龜》。但此種刊本，疑先後有三種不同之本。至少有二種不同者：一本有紹興辛酉阮閱自序，見《天祿琳琅書目》。案辛酉爲紹興十一年（一一四一），阮閱時代已入南宋，如在此時重編付刻，則壽至八旬，或有可能。但不知此序與宣和癸卯之序是否相同。要之此本決非《天祿琳琅書目》著錄之本，則可斷言也。胡仔未見此本，亦可斷言也。故此亦僅根據有此序，遂假定有此本耳。至此外二本，其一則去阮氏之序，即《漁隱叢話》所謂閩中刊本"易其舊序，去其姓名，略加以《蘇黃門詩說》，更號曰'詩說總龜'以欺世盜名"者。《叢話》後集卷三十六復謂"今《總龜》不載此序，故錄於此"。則知胡氏所謂"易其舊序"或"不載此序"者，當指不載阮閱具名之原序，並散翁之序而無之。否則散翁爲阮閱之號，胡氏當必知之。所謂"易其舊序"云者，蓋指欺世盜名者所爲之序。此亦由《詩總》祇有傳鈔本，故攘竊者易售其奸耳。因知胡氏所謂"去其姓名"者，非僅指序文而言，當由全書不載阮閱之名，而核其內容則大率相同，惟增益《蘇黃門詩說》爲稍異，故言之憤激若是。其又一爲有散翁序之本。因再就散翁序而一辨析之。其序云："戊辰春，余宦遊閩川，因得書市諸家詩話與夫小史僻書，補余書之所無者……編而類之，裒爲一集，共二千四百餘詩，分爲四十九門。……一日示之博物，兀聲曰：'奇哉斯書，胡不用商踐猷故事，以"總龜"目之乎？否則未見其稱也。'余善其知言，遂以斯名冠於篇首。既而不欲秘藏，乃授諸好事者攻木以行，與天下共之。……紹興辛巳長至日散翁序。"則是書似又爲阮氏重訂之本。顧余仍不能無疑。一、阮氏事蹟雖不彰著，但不久致仕，未聞復有宦遊閩川之事。即使如其序中所言"補余之所無者"，則所謂"裒爲一集"者，當是後集，顧又不稱後集，何也？蓋是時《漁隱叢話》之後集尚未出版，彼固無從摹仿也。不稱後集，則應以所補者併入原著各門之中，而序又言"共二千四百餘詩",與原序之數相等,抑又何也? 則固自供所補不多,不得不僞造散翁之序以欺人矣。原著分四十六門,今序則稱分四十九門,豈所補僅此三門,而此三門之所補者,仍在原序所稱"二千四百餘詩"之範圍中耶? 此亦事理之不可解者。蓋此仍即閩中刊本之翻板,與閱原著固無多差異,故又不得不捏造宦遊閩川之事以欺人也。二、《詩總》成書,在宣和癸卯,癸卯爲北宋徽宗宣和五年,下至紹興辛巳,則爲南宋高宗紹興三十一年(一一六一),相距四十餘載,必閱在四十歲時,即官郴江,而又獲享高壽至八十餘歲,始能重訂此書。但事實又決非如此。閱爲元豐中進士,假定閱在元豐最後一年——八年即中進士,而當時又僅二十歲,則至宣和癸卯官郴江時,相距已三十七八年,此時閱已近六秩矣,安能至紹興辛巳而復爲此序? 三、胡仔《漁隱叢話》前集成于紹興戊辰,即紹興十八年,此時胡氏已見閩中刊本而斥其非,至散翁之序則作於紹興三十一年,故知胡氏所見決非此本。但散翁序稱"戊辰春余宦遊閩川",則正説明在既見《漁隱叢話》之後,故捏造此事以圖掩飾,否則時間不應巧合如此。竊以爲閩中所刻,先後有二本,一在紹興戊辰以前,此爲胡仔所見之本。此本無阮閲之序,並無阮閲之名,故胡氏斥之。一本在紹興辛巳,則在《漁隱叢話》前集成書之後。此時書賈見胡氏之斥,於是改用散翁之號以作序,冀以掩蓋前非,而不知欲蓋彌彰,適形其心勞日拙也。然則此序雖非阮氏自作,而阮閲之名所以不致湮没者,不可謂非胡氏筆伐之力矣。是爲《詩總》第二次與第三、四次之面貌。自是以後,遂用《詩話總龜》之名,不復稱《詩總》矣。

胡氏所見之本與《詩總》原著變更不大;有散翁序之本,雖間有增益,分門亦較多,但均不言有後集。此後則有增補前集者,亦有續爲後集者。蓋阮氏之書雖亦間有辨證之語,但爲數不多;又以所輯名公鉅儒之著不可得而增損,故僅類而總之,則其事本非甚難,後人繼踵亦易爲力。況在《漁隱叢話》後集刊行之後,則模倣胡著以補輯後集,亦更難免矣。此《總龜》後集之所以多引苕溪漁隱之説,而引書目中亦有《三山老人語録》也。阮閲《詩總自序》已有"世間書固未盡於此,後有得之者當續焉"之語,則在此基礎上以更求增廣,固阮氏之所樂爲者,胡仔在《漁隱叢話前集序》中論及《詩總》,謂"編此《詩總》乃宣和癸卯,是時元祐文章禁而勿用,故阮因以略之"。則在黨禁既弛之後,加以增廣,亦事勢之所必然者。苕溪漁隱已開其先,而《宋史·藝文志》亦言有《元祐詩話》之著,則《總龜》後集之輯,亦適應當時需要而已。況其後著作日繁,"世間書固有未盡於此"者乎? 故後集之輯,當在《漁隱叢話》後集成書之後。惟《漁隱叢話》既已流行,則《總龜》不免相形見絀，僅供初學作詩者獵祭之用，加以卷帙既繁，則書賈亦無利可圖，故刻本較稀，且鮮精本。就今可推測考知者約有數種：其一，保存阮著十卷之舊，而僅補後集者。案《也是園藏書目》詩文評類："《詩話總龜》前集十卷，後集五十卷。"此傳鈔本當屬此類。其二，增補原書而仍題阮閱撰，但變十卷之舊而爲四十八卷。考《萬卷堂書目》雜文類："《詩話總龜》四十八卷，注云阮一閱"者當屬此。此二種皆傳鈔本，後集編者不著其名，不知是傳鈔者去之，或編者不欲蒙欺世盜名之稱而自去之。故後集編者難以考知。此亦不免矯枉過正，不掠人之美，亦不沒己之勞，實事求是，固亦未嘗不可具名也。至於刊本亦有二種：一爲乾道五年（一一六九）刊本，有華陽逸老之序。一爲紹定二年（一二二九）刊本，爲褚斗南仁傑集録之本。二書均見方回《桐江集》卷七《詩話總龜考》。褚本前後續刻凡七十卷，改阮閱休舊序，但如"栗爆燒氈破，貓跳觸鼎翻"等六聯，猶襲用之，則褚本之序殆同前引散翁序也。方氏評此本云："中間去取不當。"當由集録者之不學與草率從事之故。自方氏有此評，此七十卷本不復流傳，亦未見藏書家著録，但《詩話總龜》成爲明刻本之定型，則褚氏當亦與有功焉。是爲《詩總》第五、六、七、八次增訂之面貌。

明代刊本亦有二種：一爲前集四十八卷，後集五十卷，即明宗室月窗道人刊本。又一種則前後集均五十卷，是爲《天禄琳瑯書目》著録之本。此二本皆自傳鈔本出，亦均有《百家詩話總龜》之稱，可知傳鈔本至此時已有定型，故爲《詩總》最後之刊本，亦即《詩總》第九次與第十次刊行之面貌。兹分別述之於後。

《天禄琳瑯書目》著録之本，余未見。惟其既言"明板"，又言"是書明宗室月窗道人曾有刊本，譌舛特甚，此本鈔手極工"。疑此所謂鈔手，當指刻本之鈔手，非指是書爲傳鈔本也。但此書自傳鈔本出，則無可疑。據是書提要，稱"前集五十卷，分四十五門，後集五十卷，分六十門"，並列舉其目。今與月窗道人本核對，並無大差異，則知二書當同出一源，惟鈔手精粗有別耳。又言"前有紹興辛酉閱自序"，案辛酉爲紹興十一年（一一四一），不知此序與《漁隱叢話》所載宣和五年之序有無區別，又與紹興辛巳署名散翁之序有無關係，惜不得此書一核對之。

月窗道人刊本，以商務印書館影印行世，並編入《四部叢刊》中，故此本特顯，流傳最廣。考其前集分門目録有寄贈上而無寄贈中下，據繆荃孫《藝風堂文漫存》卷五《詩話總龜跋》謂"月窗道人刊本止九十八卷，前集中缺寄贈中下兩卷……可知月窗道人所得之舊鈔本乃不完全之本，故刊行時亦缺此二卷"。信如此言，則此本前集原亦五十卷，是亦可爲與《天禄琳瑯書目》著録之本同出一源之證。惟此書稱阮閱爲"阮一閱",疑失考。

是書有李易序及嘉靖甲辰(一五四四)張嘉秀序,與嘉靖乙巳(一五四五)程珖跋。李易序謂"阮子舊集頗雜,王條而約之,彙次有義,棼結可尋";程珖跋亦有"月窗殿下延珖校讐訛舛,芟剔重冗"之語,則每卷中較傳鈔本有脫遺之處,當是程珖等芟剔所致。第不知有無以意竄改之處,恨不得《天祿琳瑯書目》著録之本一細校之。是書不載阮閱序,不知是有意去之歟?抑原本缺載歟?據張嘉秀序稱月窗爲高皇六世孫,李易序稱爲淮伯王。考《明史·諸王世表》封淮王者爲仁宗子之後,而刊印《總龜》在嘉靖二十三四年間,案淮憲王厚燾於嘉靖十八年襲封,四十二年薨,時代相合,且稱爲伯王,則當指仁宗庶七子淮靖王瞻墺之嫡系,故月窗道人當爲憲王厚燾之號。

據繆荃孫《詩話總龜跋》謂"又得一明鈔本,前五十卷,門類與月窗本同。後五十卷,多御宴一門,少倣法、節候、詠物三門。月窗本缺者全行補足,惟引及《輟耕録》決是後人羼入。門類之顛倒,編次之互異,亦互有得失"。則是又有元明人增補之迹,又別成一面貌矣。

集諸家老杜詩評

> 五卷,方深道輯,有抄本;續一卷,方醇道輯,未見,當佚。

深道,莆田人,宣和六年(一一二四)進士,次彭子,官奉議郎,知泉州晉江縣。或作方道深,當誤。《四庫全書存目》作《老杜詩評》,無"集諸家"三字,並謂"舊本題曰元人,案是編見陳振孫《書録解題》,確爲宋人,題元人者誤也。其書皆彙輯諸家評論杜詩之語,別無新義"。故爲詩話中之輯本。在詩話中專就一家詩而彙輯諸家詩評者,當以是編爲最早。《近古堂書目》詩話類有《諸家老杜詩話》,不著撰人與卷數,疑即此書。

又案《福建通志·經籍志》著録《集諸家老杜詩評》一卷,方醇道撰,當係僅就續編本言。而陳振孫《書録解題》云:"《諸家老杜詩評》五卷,續一卷,莆田方深道集。"則又僅就正編本之編集者録之,未及細考續本編者。至《宋史·藝文志》又謂"方道醇《集諸家老杜詩評》五卷,方銓《續老杜詩評》五卷",非特編者名字顛倒錯亂,即續集卷數亦不相同,參差若是,疑莫能定。然《福建通志·經籍志》又謂"醇道字溫叟,有《筆峰集》五卷、《類集杜甫詩史》三十卷、《集諸家老杜詩評》一卷,與方深道並附父次彭良吏傳",則知深道、醇道乃兄弟行,正集、續集正出二人分編,陳氏合爲一人非也。

至醇道所撰《類集杜甫詩史》三十卷,《宋史·藝文志》亦著錄入別集類。又考重刊《興化府志·藝文志》於醇道所編續集,又易稱爲《杜陵詩評》,不言續集。因疑醇道或以己編一卷,與深道所集五卷,悉刊入所謂《類集杜甫詩史》之中,于是擴充搜集範圍,即有關本事者亦皆闌入,故其書仍以"類集"名,遂使詩話性質之著,一變而爲別集箋釋之書。于是所謂《杜陵詩評》,又不妨羼雜己見以附其後。遂亦成纂輯兼撰著之書而附刊其後。此醇道所續一卷,所以一書而有二名也。殊不知類集昔人評論之作,可省翻檢之勞,猶爲學者所需;而改成別集箋注之體,則勢必加入正文,不特卷帙繁多,且以其注一無新義,轉易爲人唾棄。是書之不獲流傳,殆以此歟?《宋史》不察,以續集爲正集,遂以方銓所集爲續集,而深道所輯反湮沒不彰。《宋史》錯誤之處較其他諸史爲多,此亦其一也。

又案《四庫總目提要》於《草堂詩話》條,亦論及方道醇、方道深及方銓之著,謂"今惟方道深書見於《永樂大典》中,餘皆不傳。然道深書瑣碎冗雜,無可採錄"云云,然則余所見之鈔本,當即從《永樂大典》中録出者。顧《提要》於此處何以又稱"道醇""道深",與今傳鈔本作"方深道"者不同?此一疑也。其更令人詫異者,《四庫存目提要》又明作"方深道",彼此不同,抑又何也?此又一疑也。竊意撰《總目提要》者,僅據《宋史·藝文志》,而於《永樂大典》之本則不遑細考,故沿《宋史》之誤而未及改正;其撰《存目提要》者,又只能以《永樂大典》爲依據,故作"深道"而不作"道深"。二目提要歧異之故,蓋以此矣。今據《永樂大典》及《福建通志》諸書所載,當以作"深道""醇道"者爲正。

此類纂輯之書,無新義可採,其散佚固宜。然醇道與銓之所集錄何以又獨不傳,則余上文所測,亦非無因。《漁隱叢話》之所以獨傳者,正以纂輯與撰述並重故耳。詩話之作,本如章學誠所謂"人盡可能之筆",若僅事纂輯,則更人盡可能矣,其不傳宜也。然余觀鈔本《諸家老杜詩評》之稱《王直方詩話》爲《歸叟詩文發源》,因疑王著先後傳刊或有二本,其初則僅稱詩話,此後益以論文之語,始改題《詩文發源》歟?

石林詩話

三卷,葉夢得撰,存。

夢得(一〇七七——一一四八)字少蘊，吳縣人，紹聖四年(一〇九七)進士，晚居吳興弁山，自號石林居士。紹興十八年卒。《宋史》四百四十五卷有傳。

夢得所著書甚多，其屬隨筆性質者，除《石林詩話》外，尚有《石林燕語》《避暑錄話》等書。考《宋史》稱其多識前言往行，談論亹亹不窮，蓋亦魏泰一流人物，固宜其所長在是矣。

此書時代無序文可考。褚逢椿序葉廷琯校刻本，謂"少蘊公卒於紹興年間，而是書不及南渡後人，當作於靖康(一一二六)以前。史言公因蔡京見用，乃詩話推尊蘇黃，不遺餘力，豈猶黨人碑未立時之說耶"？案此說亦可通。黨人碑雖立於崇寧元年(一一〇二)，但禁元祐學術則在宣和五年(一一二三)，時夢得已四十七歲，談詩論文，偶而及之，自屬可能。另一說則視為石林晚年之作。《四庫總目提要》以其"論詩推崇王安石者不一而足，而於歐陽修蘇軾詩皆有所抑揚於其間，蓋夢得本紹述餘黨，故於公論大明之後，尚陰抑元祐諸人"。似又謂其成書或在建炎初年(一一二七——一一二八)，此時楊萬里陸游諸人尚年幼，故不論及。又《四庫書目》在《巖下放言》提要中謂"夢得老而歸田，耽心二氏"，則詩話中有以禪喻詩之說，或亦是晚年所見如此。據是論斷，則《提要》之說似更較長。要之夢得之寫此書，不在黨禁方嚴之時則可斷言。至其對元祐諸人，謂為竭力推尊，固不盡合事實，但謂其蓄意陰抑，似亦未然。平心而論，書中論議尚屬公允，正不必從黨爭角度視之。

夢得乃晁氏君誠之外孫，無咎之甥，對元祐諸賢之故事自較熟稔。但又以阿附蔡京得官，其婿章冲則章惇之孫，在黨爭方劇之際，又不免倒入紹述餘黨。觀其詩話中論文同一則，稱同"為人靖深超遠，不攖世故……熙寧初時論既不一，士大夫好惡紛然，同在館閣，未嘗有所向背"，似甚贊文同之所為者。則夢得為人，殆亦依違於兩可之間，而其時又不能如文同之取超然態度，遂終於隨風轉舵，成為紹述餘黨耳。

此書據陳振孫《書錄解題》文史類作一卷，《津逮秘書》本從之，亦作一卷。自左圭《百川學海》分作三卷，於是《歷代詩話》《螢雪軒叢書》等亦均作三卷。按其內容，差別不大，但分合互異耳。今四庫著錄者文併為一卷。此雖小事，但就此書版本源流而言，則一卷三卷之分，正可窺出宋刻版本之異。據《津逮》本毛晉跋稱"從吳興賈人購得詩話十卷，《石林》其一也"。竊以為此本當即《書錄解題》所云作一卷者。至《百川學海》之三卷本，蓋是別一本。故葉德輝《重刊石林詩話序》謂"宋本《百川學海》亦希見。偶有見者，明時有錢福序刻本、錫山華氏活字本,兩本與毛刻異處均同",可知一卷本與三卷本,在内容上亦稍有出入,不僅分合之異矣。葉德輝又言"《叢話》前後集所載八十餘條,較之單刻諸本僅少六條,其字句多有增減同異。疑宋時原有兩刻,彼所據或《直齋書録解題》所見之一卷本,抑或周煇《清波雜志》所稱池陽刻本"。此言甚是。案此書宋時所傳既有二本,則刊行之時亦可有先後。竊疑初刊一卷本,在禁元祐學術之前,正以論及蘇黄,或遭禁止印行,或自行毁板,均屬可能。逮黨禁既弛,則三卷本稍加修改,亦在事理之中。此所以二本大體相同,而在語句文字上則間有出入也。循此推斷,則是書之時代亦可以解決矣。

又案一卷三卷之分,葉廷琯、葉德輝二人均曾約略提及,但二人均未言有二卷本。考馬端臨《文獻通考·經籍考》文史類"《石林詩話》二卷,陳氏曰,葉夢得撰"。似其所據,亦爲《書録解題》。此後《浙江通志·經籍志》文史類亦作二卷,並謂"據《書録解題》"。不知是否别本《書録解題》有作二卷者,或是《文獻通考》著録之誤,而《浙江通志》仍之未改。明陳繼儒《太平清話》論石林所著書亦言詩話二卷,似明人所見猶有二卷之本。如使别本《書録解題》真有作二卷者,則宋時此書除一卷三卷本外,又有二卷本矣。抑或二卷本即周煇所謂"池陽刻本"歟?今考《苕溪漁隱叢話》與《詩人玉屑》二書所引,文辭大致相同,但與《津逮》本或《百川》本又稍有出入。竊疑胡仔所據爲另一本,而《詩人玉屑》則採自《漁隱叢話》,故大致相同。如使此推論不致大謬,則此書在宋時已有數本,當然字句間亦互有異同矣。石林在南北宋間自是一代作家,一書數刊亦屬可能。

至宋以後本,則有元陶宗儀《説郛》本,亦分三卷,今本則多删節。又元陳仁子刊本作《葉先生詩話》亦三卷。仁子號古迂,茶陵人,元成宗時人。刻本未見,惟知常熟瞿氏鐵琴銅劍樓有鈔本。據葉德輝《郋園讀書志》卷十六謂"影寫元陳仁子刊本,半葉十行,行十七字,標題'葉先生詩話',卷上下列'石林葉夢得少藴述'一行,又'古迂陳仁子同備校正'一行,中下卷同。余鈔自常熟鐵琴銅劍樓,其原本亦出影鈔,非刻本也"。則刻本殆不可見矣。一九五八年上海中華書局借用文物保管委員會所藏原刻本影印,始獲覩是書面貌,但先後排次,又多與流傳各本不同,則陳仁子所據當爲別一本,此亦足爲是書在宋時已有數本之證。

明以來刻有錫山華珵重刻《百川學海》本,與錢福序重刻《百川學海》本。二本同在明孝宗弘治時(一四八八——一五〇五),行格字句亦相同。葉德輝校《石林詩話》時即據此。又有明刻黑口本,乃總刻詩話中之一種,首行標題云"詩話卷九",下旁注云"即石林"。版心上下皆黑口,中有"詩話卷九"四字。葉德輝《郋園讀書志》卷十六《石林詩話校記》謂"以毛氏汲古閣刻本相校,字句多相同,似即毛本所從出"。則毛晉《石林詩話跋》所謂"從吳興賈人購得詩話十卷"者當即黑口本矣。今流傳本,當以毛晉《津逮秘書》本爲最早。何文煥《歷代詩話》本,大體據《津逮》本,但又似見《說郛》本,故分卷與之不同,即文字亦間有出入處。日人近藤元粹《螢雪軒叢書》所刊亦不外據此二本。他如《古今詩話》本及顧龍振《詩學指南》本,皆節本,不足據。

此外單行者,道光中,葉廷琯爲石林後裔,曾編校石林著作,因及此書。以《津逮》本時多疏舛,遂仿《知不足齋叢書》校《臨漢隱居詩話》之例,取胡仔《漁隱叢話》、魏慶之《詩人玉屑》二書所引諸條相校,復以《歷代詩話》本及《宋詩紀事》所引參互比勘,擇優而從。並附《拾遺》若干條,又輯昔人對此書補充匡正之語,爲《附錄》若干條,均足爲讀是書者參考之資。世稱楳花盦本。光緒間,葉德輝得明刻《百川學海》,因以《百川》本爲主,而以《津逮》以下各本異文脫字校錄於注間,《叢話》《玉屑》則全錄其文。除附載楳花盦本所輯《拾遺》及《附錄》之外,更附輯《拾遺補》及《附錄補遺》,並彙輯諸本序跋,源流清楚,最便考索。此可稱葉石林遺書本,或觀古堂重刊本。《石林詩話》當以此本爲最善矣。

詩話雖係隨筆性質,與一般著述不同,但既已成書,即不能不加校勘。否則魯魚亥豕,誤人不淺。如今本《石林詩話》"至和嘉祐間"條,舉當時主司謂"時范景仁、王禹玉、梅公儀等同事,而梅聖俞爲參詳官。未引試前唱酬詩極多。文忠'無譁戰士銜枚勇,下筆春蠶食葉聲',最爲警策。聖俞有'萬蟻戰時春日暖,五星明處夜堂深',亦爲諸公所稱"。王文誥《蘇詩編注集成總案》卷一云:"五星指五主司也。落去一人則此句作意毫無着落,尚何警句之足錄。"案葉廷琯楳花盦本據《漁隱叢話》校改,即列舉范景仁、王禹玉、梅公儀、韓子華四人,不用"等"字,則與歐陽修適成五主司。可知此書原本不誤,王氏所舉,只就今流傳各本言耳。於此,知詩話亦不能無校勘之功。又聖俞"萬蟻戰時春日暖"句,《叢話》作"春晝永",亦以《叢話》所引爲是。

宋人詩話,即流傳者亦常多佚文,故葉廷琯於此書輯有《拾遺》,葉德輝復加增補。顧搜輯之難如海底撈針,有時翻遍羣書,一無所獲,又或引者誤記,得而復棄。葉廷琯《吹網錄》所載《石林詩話跋》謂"他若安邑葛氏校刻張先《安陸集》後附《湖錄》所引子野'浮萍破處見山影,野艇歸時聞草聲'一聯,夾注辨正《石林詩話》誤作'棹聲'云云,今此條亦無從校補也"。此則無佚文可採者。至如林紓《韓柳文研究法》謂《石林詩話》謂'柳州諸賦更不蹈襲屈宋'一句"云云,今此語不見詩話中,不知林氏何據,此則殆由稱引者之誤記歟?

校刊詩話而兼輯《附録》亦最便讀者,但此種工作費力甚多而求備至難。此書附録雖經二葉氏搜輯增補,尚有遺漏之處。以余所知,如王士禎《池北偶談》、姜宸英《湛園題跋》、趙翼《甌北詩話》、李良年《詞家辨證》、馬位《秋窗隨筆》、馬星翼《東泉詩話》等,均有論及是書之處,又可補輯若干條,但恐所舉仍不能盡耳。

是書論詩宗旨頗與滄浪相近。如謂"禪宗論雲間有三種語:其一爲隨波逐浪句,其二爲截斷衆流句,其三爲函蓋乾坤句",因謂"老杜詩亦有此三種語,但先後不同"。是爲滄浪以禪喻詩之所出。如論歐陽文忠公詩"專以氣格爲主,律詩意所到處,雖語有不倫亦不復問,而學之者往往傾困倒廩無復餘地"。又云:"長篇最難,晉魏以前詩無過十韻者,蓋常使人以意逆志,初不以序事傾盡爲工。"此即滄浪所謂"以文字爲詩,以才學爲詩,以議論爲詩"之意。如論"池塘生春草"句,謂"此語之工,正在無所用意,猝然與景相遇,借以成章,不假繩削,故非常情所能到。詩家妙處當須以此爲根本,而思苦言艱者,往往不悟"。又云:"古今論詩者多矣!吾獨愛湯惠休稱謝靈運爲初日芙蕖,沈約稱王筠爲彈丸脱手,兩語最當人意。初日芙蕖,非人力所能爲,而精彩華妙之意,自然見於造化之妙,靈運諸詩可以當此者亦無幾。彈丸脱手,雖是輸寫便利,動無留礙,然其精圓快速,發之在手,筠亦未能盡也。然作詩審到此地,豈復更有餘事!韓退之贈張籍云:'君詩多態度,靄靄春空雲。'司空圖記戴叔倫語云:'詩人之詞如藍田日暖,良玉生煙。'亦是形似之微妙者,但學者不能味其言耳。"是亦正與滄浪所謂"不涉理路,不落言筌"及"透徹玲瓏不可湊泊"者同一意旨。如云:"七言難於氣象雄渾,句中有力,而紆徐不失言外之意,自老杜'錦江春色來天地,玉壘浮雲變古今',與'五更鼓角聲悲壯,三峽星河影動摇'等句之後,嘗恨無復繼者。"因論韓退之詩"筆力最爲傑出,然每苦意與語俱盡"。此又正如滄浪所謂"坡、谷諸公之詩如米元章之字,雖筆力勁健,終有子路未事夫子時氣象。盛唐諸公之詩如顔魯公書,既氣力雄壯又氣象渾厚"之意。凡此諸説均爲石林論詩主恉所在。明此意旨,則知石林論詩所以推重安石而譏歐蘇者亦自有因,固不僅如《提要》所云出於門户之見矣。且石林之於安石,亦非一味推重者。如云:"王荆公少以意氣自許,故詩語惟其所向,不復更爲涵蓄。後從宋次道盡假唐人詩集,博觀而約取,晚年始盡深婉不迫之趣。"則知其所以推重安石者,正在其深婉不迫之趣,與其論詩宗旨有合耳。日人近藤元粹附和《提要》之言,於是書多肆譏彈,是真所謂隨人以爲是非者矣。

許彥周詩話

一卷，許顗撰，存。

顗，字彥周，襄邑人。毛晉跋與《四庫總目提要》均謂其始末無可考。《提要》復據書中有"宣和癸卯予遊嵩山"之語，謂"下距建炎元年僅三年，當已入南宋"云云。實則是書《百川》本即以首節爲序文，明言"建炎戊申（一一二八）六月初吉日襄邑許顗撰"，則顗之入南宋本無可疑，奚必待考證而後知。書中自謂其"伯父在熙寧間爲荆公薦，竟不委曲得貴達，然亦爲司馬溫公、呂獻可、呂微仲、范堯夫諸公所知"。又"季父仲山在揚州時事東坡先生"云云，則知《提要》據其與惠洪面談之語，稱其宗元祐之學，亦可信也。陸心源《儀顧堂續跋》卷十四據《石門文字禪》有惠洪與彥周唱和之詩，因知其人曾官宣教郎而中年出家，是亦昔人考證彥周始末者所未及。

是書見叢書中者，有《百川》本、《説郛》本、《稗海》本、《津逮》本、《歷代詩話》本、《螢雪軒》本，皆一卷。焦竑《國史經籍志》作二卷，不知其所據，殆字誤也。

許氏《自序》稱"詩話者，辨句法，備古今，紀盛德，録異事，正訛誤也；若含譏諷，著過惡，誚紕謬，皆所不取"。宋人詩話之自述其撰著宗旨者始此。此後詩話性質之漸趨嚴正，或亦以此。《提要》譏其"雜以神怪夢幻，不免體近小説"，此或許氏所謂"録異事"之旨，雖似是書之疵，然以較《中山詩話》之多雜詼諧者固有間矣。

《提要》又稱許氏論詩，不免過於穿鑿，亦深中其失。竊謂許氏於詩本非所長，其書中謂"詩有力量，猶如弩之鬥力。……力不及處，分寸不可强"，或爲許氏自知之明。第以時風所染，家庭復多能詩之士，曾聞前輩長者之緒論，故有時摭拾牙慧，泥而不化，有時舉一反三，亦似非無所得者。醇疵互見，殆以此故。其譏杜牧《赤壁》詩之謬，游潛《夢蕉詩話》辨之；其論漢武帝詩"立而望之偏"之句之誤，何孟春《餘冬序録》議之。《提要》所云殆亦有所本也。此外，如王士禎《分甘餘話》謂其論張籍、王建樂府宮詞不能追蹤李杜之故爲氣不勝，而不知由於格之不高；馬位《秋窗隨筆》謂其論古詩"上山採交藤"，謂交藤令人多慾，《衛風》"贈之以芍藥"，謂芍藥破血欲其不成子，其説均失之過鑿，不知詩人賦物，僅寫一時之情，非必寓有深意。馬星翼《東泉詩話》謂其稱王豐父句"白髮復天癸，丹砂養地丁"爲能參活句,以爲如此湊句何由得活？然彥周舉韋蘇州詩"落葉滿空山,何處尋行迹"二句,以較東坡次韻"寄語庵中人,飛空本無迹",以爲絕唱難和,故不逮原作,則格韻之高者,彥周亦非不知之。又彥周謂"凡作詩者正爾填實,謂之點鬼簿,亦謂之堆垛死屍",又謂錢昭度作呂申公夷簡生日詩"磻溪重得呂,維嶽再生申",以爲"當時詩格律止此",則填湊之句,彥周固亦未以活句許之。彥周又稱老杜《麗人行》"賜名大國虢與秦",其卒曰"慎莫近前丞相嗔",因謂"虢國秦國何預國忠事而近前即嗔耶？東坡言老杜似司馬遷,蓋深知之"。然則利用修辭借代之法,以委婉其辭者,固亦爲彥周之所許,不致如論牧之之固也。彥周之論郊島元白,謂"論道當嚴,取人當恕",以自解其矛盾之論,然則上述諸點,非出彥周泥而不化之弊,即由論道取人,觀點不同,不妨稍有出入之故矣。

如使是書論詩,真於論道取人異其評騭,則其論詩宗旨,益難窺測,因知後人偶執一端,遽加雌黃,未必爲彥周之所許矣。彥周自言嘗與惠洪論詩,而李端叔、高秀實皆其父執,則其論詩宗旨本於蘇黃,而於黃尤近可知。如其謂"作詩須除淺易鄙陋之氣",即蘇黃去俗之論。東坡詩"人瘦尚可肥,士俗不可醫",山谷教姪榎亦有"士生於世可以百爲,唯不可俗"之語。此種論點固不可爲訓,但在爾時士大夫羣中則流行頗廣,故江西詩人之作詩有"寧僻毋俗"之論。其解退之"橫空盤硬語"二句,以爲"殺縛事實與意義合,最爲難能"云云,正是江西詩法；即其引黃魯直嘲郭功父語,謂"公做詩費許多氣力做甚",亦出江西詩人論詩見地。至其推尊義山,與惠洪之見不同,似與江西詩法相迕,然其謂"熟讀唐李義山詩與本朝黃魯直詩,可去淺易鄙陋之氣",則即朱弁《風月堂詩話》所謂"黃庭堅用崑體工夫而造老杜渾成之地"者,亦與西江詩法不相違反也。大抵惠洪猶嚴西崑、西江之辨,而彥周則覺其用力之處有相類似,融會貫通,初不相礙,故不必伸此絀彼耳。呂本中《紫微詩話》亦有推重義山之語,是殆一時風氣使然,即彥周亦不自知耶？彥周於昔人詩論,每取"不敢議亦不敢從"之態度,故知其論詩,時有依違兩可者,亦由其個性不強,素日態度如此矣。

又彥周之詩除《宋詩紀事》所輯外,雖不多見,然其爲人博聞彊記,故作詩亦喜搜尋僻典以逞奇,如書中自述欲用藏經呼喜鵲爲芻尼之事,以押七夕詩尼韻,此亦不可爲訓,然正見其受當時詩壇風氣流毒之深。至其解杜詩"萬里明玉子,何時別月支。異花開絕域,幽蔓匝清池。漢使慚空到,神農竟不知。露翻兼雨打,開拆漸離披"一首,謂"不曉此詩指何物,張騫慚空到,又《本草》不收,定非蒲萄也"。其不強不知以爲知,亦較注家杜撰傅會者爲勝。"明玉子",今各本《杜集》均作"戎王子",彦周所見,當別有據,是亦校勘杜詩者所應知也。

紫微詩話

   一卷,吕本中撰,存。

  本中字居仁,好問子,《宋史》三百七十六卷有傳。其先本萊州人,紹興八年(一一三八)歷官中書舍人,權直學士院,故詩家稱曰吕紫微,而所作詩話亦以"紫微"爲名。後人或稱《東萊吕紫微詩話》,或稱《東萊詩話》,殆亦由當時原無定稱故也。

  是書見叢書中者,有《百川》本、明弘治馮忠刊《宋詩話五種》本、《説郛》本、《津逮》本、《歷代詩話》本、《螢雪軒》本。此諸本中多寡不一,《説郛》爲節本,餘均足本。然《百川》本有"從叔大有少時詩云:'范雎才拊穰侯背,蔡澤聞之又入秦',不減王荆公得意詩也"一條,爲《津逮》本及《歷代詩話》本所無。惟《螢雪軒》本從《百川》本出,亦有此條,此當爲最足本矣。

  是書所述多及瑣事,經義雜文亦偶涉及而論詩之語轉不甚多,此固宋人詩話風氣使然,殆亦以吕氏既有《童蒙訓》述其論詩主恉,故於此不復複出耶?日人近藤元粹乃謂"江西派之詩往往艱澀不足觀,故詩話亦無異樣出色處",此則未明吕氏撰述宗旨,不得以其不多論詩爲是書病也。況於瑣事之中亦未嘗不可見其論詩主恉,如書中答晁叔用語云:"只熟便是精妙處",此雖一時戲語,要即其《詩社宗派圖序》所謂活法者是,參互比觀,固非無可取者。書中載曾元嗣贈吕氏詩云:"吕家三相盛天朝,流澤於今有鳳毛。世業中微誰料理,卻收才具入風騷",洵爲吕氏定評。蓋吕氏家學淵源,有中原文獻之目,而又及見元祐諸人,講習漸漬,故遺聞軼事頗賴以傳。是書所載,以其家世舊聞及江西社中諸人瑣事爲多,殆以此歟?

  《四庫總目提要》以其兼載横渠、伊川之詩,又極稱李義山詩,因謂其論詩不主一格,不專一家,亦非無見。觀其所撰《童蒙訓》,亦兼論理學詩文,原無洛蜀黨爭之見,則是書之稱引横渠、伊川之詩,蓋亦猶是,不足怪矣。至其推崇義山,又與朱弁所謂"黄庭堅用崑體工夫"之語相合。西崑、西江,其淵源所自與流變所極,正須於此處辨之,是則是書論詩雖謂其專於一家,主於一格可也。

唐子西文録

一卷，唐庚述，强行父記，存。

庚（一○六九——一一二○）字子西，眉州人。紹聖中（一○九四——一○九七）舉進士，爲宗學博士，張商英薦其才，除提舉京畿常平。後坐爲商英賦《内前行》謫居惠州。大觀五年（一一一一）赦歸，旋返蜀，道卒。《宋史》四百四十三卷文苑有傳。强行父，字幼安，餘杭人。曾協《雲莊集》卷五有《右中散大夫提舉台州崇道觀强公行狀》，知其先後曾通判睦州宣州。行狀稱行父"以紹興二十有七年（一一五七）二月十有三日薨，享年六十有七"。據以推算，則强氏當生於哲宗元祐六年（一○九一），而與唐氏相晤之時年正三十歲，在其通判睦州後也。

此書爲强行父記録唐氏論詩文之語。王若虚《滹南詩話》卷二評論是書，猶稱爲《唐子西語録》，是爲語録通詩話之始。考范季隨《陵陽先生室中語》屢見《苕溪漁隱叢話》稱引，此亦同性質之書。由時代言，《室中語》當在《文録》之前，但《室中語》雖多論詩之語，而後人不以詩話視之，《文録》則何文焕以之列入《歷代詩話》之中，日人近藤元粹亦以輯入《螢雪軒叢書》。詩話與語録之區分，只能以是爲標準矣。

强氏序云："宣和元年（一一一九），行父自錢塘罷官如京師，眉山唐先生同寓於城東景德僧舍……日從之遊，退而記其論文之語，得數紙以歸。自己亥（即宣和元年）九月十三日盡明年正月六日而别。"則此乃數月中談藝之記録。《四庫總目提要》謂"考庚……貶惠州，大觀五年會赦北歸道卒。大觀五年即政和元年辛卯，下距宣和元年己亥，庚没九年矣，安得同寓京師，其説殊爲可疑"。案《宋史·唐庚傳》稱"商英罷相，庚亦坐貶，安置惠州，會赦，復官承議郎提舉上清太平宫，歸蜀，道病卒，年五十一"。是則從赦至歸蜀，中間尚有一段時間，與强序所云正合。强序明言"先生北歸還朝得請宫祠，歸瀘南，道卒於鳳翔，年五十一"，全與《宋史》同，惟更詳耳。强氏又言"先生嘗次韻行父《冬日旅舍詩》……又《次留别韻》……蓋絶筆於是矣。集者逸之，故并記云"。此記當時情事，亦與《宋史》所言不相牴牾也。《提要》又據劉克莊《後村詩話》"子西詩文皆高，不獨詩也。其出稍晚，使出東坡之門，當不在秦、晁之下"之語，遂謂"是庚平生未見蘇軾，而此書言及軾者凡八條……則與軾甚稔，克莊不應如是之舛，殆好事者依托爲之"。此語雖似言之成理，但仍難成立。竊以爲克莊所言，第惜其不出東坡之門，固非言庚與東坡未嘗會見也。《提要》謂"好事者依托爲之"，則似謂此書後出，克莊未必見之，此又不然。周紫芝《竹坡詩話》云："錢塘強幼安爲余言，頃歲調官都下，始識博士唐庚，因論坡詩之妙，子美以來一人而已。其敘事簡當而不害其爲工。如嶺外詩，敘虎飲水潭上，有蛟尾而食之，以十字說盡。云：'潛鱗有飢蛟，掉尾取渴虎'，只著'渴'字，便見飲水意，且屬對親切，他人不能到也。"今此則亦見《文錄》中。《文錄》之書成於紹興八年（一一三八），距談話時已二十年。竹坡所記，定在強氏追錄之前。則強氏此書固非好事者依託所爲矣。《季滄葦書目》有宋版詩話四種，即《唐庚》《竹坡》《許彥周》《呂紫微》，則《文錄》之改稱《唐庚詩話》，宋時已然，克莊未必不見及之。況《漁隱叢話》早引《唐子西語錄》，則此書出強氏所追錄，固是無可疑者。

　　然則唐氏與東坡之關係果何如？由時代言，庚生時，東坡已三十四歲，即就《文錄》中言，庚十八歲謁東坡，時東坡已五十一歲，距東坡卒年，僅十五年，而紹聖以後，東坡在惠州，在儋耳，更無相見之理，故克莊惜其不出東坡之門。此爲事實所限，固屬主要因素，但二人之間亦有不可合者。考《宋史·張商英傳》"商英積憾元祐大臣不用己，極力攻之"，而商英又是"章惇延爲上客，並薦諸王安石"者。庚既阿附商英，自難入東坡之門。論其才則文彩風流確與東坡相似，故人謂爲小東坡，論其品則氣味不同，東坡恐亦未必喜之也。此爲一因，其關鍵在東坡。又據《四庫總目·唐子西集提要》謂"集中詩文自聞東坡貶惠州一首及送王觀復序'從蘇子於湘南'一句外，餘無一字及軾，而詩中深著微辭，序中亦頗示不滿……殆自負才氣，欲起而角立爭雄，非肯步趨蘇氏者"。此雖撰《提要》者揣測之辭，然不失爲一因，而關鍵在庚矣。是爲庚與東坡不易相合之因。然學術公器，文章優劣固非私人意氣可以上下其間者。則庚在顛沛困躓之餘，發爲心平氣和之論，其所言固當時是非之公也。考強氏與庚晤談之時，黨人之碑已立，庚固不必借東坡以自重，而庚在元祐學術將禁之前，亦不貶東坡以自高，則其爲人，猶有可取之處，奚必以是而疑及書之真僞乎？《提要》於《文錄》則謂庚卒於大觀五年，而於《唐子西集》又謂"據集中《黎氏權厝銘》，其北歸在政和丁酉（一一一七）"，則下距宣和己亥，相隔僅一年，強氏與子西同寓京師，自屬可能。疑此二篇提要，非出一手，故牴牾至此也。

　　《吳禮部詩話》之論子西詩，謂"世稱宋詩人句律流麗必曰陳簡齋，對偶工切必曰陸放翁，今子西所作，流布自然，用古事古語融化深穩，前乎二公，已有若人矣"。此非過譽。知庚在當時能得一時聲望亦非偶然。強氏有此機緣，自不肯輕易放過，以得從遊爲幸矣。

此書據強序謂非宣和元二年同寓京師時所記之舊，蓋舊稿已在兵火中散失，此則是紹興八年所追記者，凡三十五條，由非出庚自著，故無定名。《詩記別集》卷九引作《唐子西語錄》，蓋沿《漁隱叢話》之舊，而《千頃堂書目》卷十五類書類稱司馬泰《古今彙說》卷二十五有《唐庚文錄》，卷四十七有《唐子西詩話》，則是論詩論文別爲二種，當出明人所分。案《絳雲樓》《也是園》《述古堂》諸書目，均稱《唐子西文錄》二卷，知錢氏所藏與今通行本卷數不同。豈以論文論詩分輯之故，遂析爲二卷耶？

風月堂詩話

二卷，朱弁撰，存。

弁（？——一一四八）字少章，號觀如居士，徽州婺源人。建炎初授修武郎，借吉州團練使、副王倫使金通問，被拘不屈，凡十七年，紹興十三年（一一四三）始與洪皓、張邵南歸，易宣教郎，直秘閣，主管佑神觀卒。《宋史》三百七十三卷有傳。

是書有稱《風月樓詩話》者，藍絲欄抄本，舊藏南京國學圖書館。考是書《自序》言"予在東里，於所居之東，小園之西，有堂三楹"，並言斯堂以風月得名之故，則作"樓"者當誤。

是書二卷，有《寶顏堂秘笈》本及《詒經堂藏書七種》本。《也是園》及《述古堂書目》均作三卷，與朱氏《自序》所言不符，疑字訛也。《自序》作於庚申，乃紹興十年（一一四〇），並言："予以使事羈絆瀍河，閱歷星紀，追思曩游風月之談，十僅省四五"云云，然則是書乃在金時作，而其所論則猶是在宋時談論之所得也。迹其交游，多在諸晁，晁叔用沖之、晁以道說之、晁無咎補之均較有名，至如晁伯宇載之、晁季一貫之，其名較晦，而軼事斷句每賴以傳。是則風月之談，正有足徵一時文獻者矣。

又是書雖記風月之談，然不及雜事，且多論詩獨見，如云：

大抵句無虛辭，必假故實，語無空字，必究所從，拘攣補綴而露斧鑿痕迹

> 者,不可與論自然之妙也。

> 詩人體物之語多矣,而未有指一物爲題而作詩者。晉宋以來,始命操觚,而賦詠興焉。皆倣詩人體物之語,不務以故實相誇也。

> 篇章以故實相誇……自顔謝以來乃始有之,可以表學問而非詩之至也。……世之愛老杜者,嘗謂人曰:此老出語絕人,無一字無來處。……不知國風雅頌,祖述何人?此老句法妙處渾然天成,……近體……詞不遺奇,雜以事實,……殆以文爲滑稽,特詩中之一事耳。

全書所言,大抵不以用事爲高,正與江西詩人之推尊杜詩論旨不同。書中推尊東坡之語頗多,謂"東坡文章至黃州以後,人莫能及,惟黃魯直詩時可以抗衡,晚年過海,則雖魯直亦瞠若乎其後矣"。並舉東坡論文之話,謂"文至足之餘,自溢爲奇怪",是則蘇之勝於黃者,正在自然,正在不矜奇怪也。其論江西詩,謂"西崑體句律太嚴,無自然態度,黃魯直深悟此理,乃獨用崑體工夫而造老杜渾成之地,……此禪家所謂更高一着也"。是則朱氏之取於山谷者,亦正以其雖矜用事而歸宿所在,仍以渾成自然爲主耳。此論在江西詩人中亦略有窺及此者。如後山之論換骨、東湖之說中的,以及呂本中所謂"活法"之論,未嘗不作更高一着之想,但說來迷離恍惚,有如捕風捉影,未若朱氏之剴切著明也。

是書遺留於金,至度宗時始傳至江左,故王若虛《滹南詩話》亦曾稱引之。王氏所論蘇黃優劣,殆深受其影響也。惟王氏以爲"用崑體工夫必不能達老杜之渾全,而至老杜之地者,亦無事乎崑體工夫",此則一隅之見,未達朱氏更高一着之意義者也。

是書以出北方傳本,非其手自校定,不免脫誤,如卷下云:"王介甫在館閣時,僦居春明坊,與宋次道宅相不聽順也,前後集似此類者甚多,往往有唱者不能逮也。"此節文義不能銜接,定有舛誤。書中有咸淳壬申(一二七二)月觀道人跋謂是書斷爛脫誤,當指此類。

藏海詩話

一卷,吳可撰,存。

吴可仕履不顯,故《四庫總目提要》於《藏海居士集》考其生平始末綦詳。其言云:

　　　　可事蹟無考,亦不知何許人。考集中年月當在宣和之末。其詩有"一官老京師"句,又有挂冠養拙之語,知其嘗官於汴京,復乞閒以去。又有"往時家分寧,比年客臨汝"及"避寇湘江外,依劉汝水旁"句,知其嘗居洪州。建炎以後,轉徙楚豫之間。又可別有《藏海詩話》一卷,亦載《永樂大典》中,多與韓駒論詩之語。中有"童德敏木筆詩"一條①,考《容齋三筆》載臨川童德敏《湖州題顏魯公祠堂詩》一篇,其人與洪邁同時,則可乃北宋遺老,至乾道、淳熙間尚在也。

其後,《重纂福建通志·經籍志》著録吴可《藏海居士集》亦據《提要》而續爲之考云:

　　　　案《八閩通志》以下諸志選舉類均有大觀三年(一一〇九)進士甌寧吴可而軼其官階。此云"考集中年月當在宣和之末",大觀三年距宣和末凡十八年,正其時也。又謂"北宋遺老至乾道、淳熙間尚在",大觀三年距淳熙初凡六十七年,可蓋早年登第而享高壽者,雖他無可證,而時代尚同,當即此人矣。

二書對吴可生平考證,用力至勤,然有不可解者二事:一、厲鶚《宋詩紀事》卷四十一録吴可詩,有小傳,謂"可字思道,金陵人,宣和末官至團練使,責授武節大夫,致仕,有詩名"。此文當即據至正《金陵志》,是可之事蹟非不可考。《提要》於《碧溪詩話》據黄燾一跋,正《宋詩紀事》之誤,顧於《藏海居士集·提要》,反謂《宋詩紀事》亦未之及,抑又何也?二、可之字號,誠未易考知,日人西島玄齡《慎夏漫筆》據《墨莊漫録》考知可字思道,見況周頤《香東漫筆》中,況氏嘉其好學。夫以日人爲此洵屬難能,然《宋詩紀事》亦正據《墨莊漫録》以輯吴氏之詩,則苟一檢《宋詩紀事》即可不必費此周折矣。且《提要》知《詩人玉屑》之未及採録《藏海詩話》,乃不知《玉屑》中載吴可思道《學詩詩》三首,是則欲考知可之字號,正宜於《玉屑》求之,《提要》乃亦忽之,何也?今《藏海居士集》中不載此詩,是亦爲考證《四庫提要》所宜注意者。

---

① 案此條今不見《詩話》中。

丁丙《善本書室藏書志》謂"可爲金陵人,《福建通志》似以可爲甌寧人。考是書云:'少從榮天和學',又一條云:'元祐間榮天和先生家金陵,僦居清化市'云云,則可當爲金陵人。下文再有'僕以携家南奔避寇,往返萬餘里,所藏書盡厄於兵火'云云,則是生於金陵而客於甌寧者"。同治《上江兩縣志》藝文考詩文評類亦著録《藏海詩話》一卷,其《耆舊録》亦言可爲金陵人,"以詩爲蘇軾、劉安世諸人鑒賞,官至團練使,宣和末掛冠去,後寓新安,詩思益超拔"云云。案可寓居新安事,見羅願《新安志》有《贈戴彥衡》詩,此亦足補《提要》所未備。至《善本書室藏書志》遽定爲生於金陵而客於甌寧,則義仍未安。蓋丁氏以客於甌寧,指南奔避寇之事,則與《福建通志》所云並不相合,可爲大觀三年進士,此時天下承平,固無須避寇爲也。竊疑可原籍甌寧,而生於金陵,則諸説皆通矣。

又案孫覿所撰《汪彥章墓志銘》謂"大璫梁師成用事,小人朋附,目爲隱相。武人吳可者,師成許以能詩,至出入卧内。公罷符寶,可過公致師成意,曰,聞名久矣,幸不鄙過我,禁從可拱而俟也。公謝不往。客曰,吾曹望隱相之門如在天上,召而不往,何故?公曰,若使我與可輩爲伍耶?"①是則可雖能詩,亦一諂諛小人而已。其書在宋代不甚顯,殆以此歟?

此書沉晦已久,自四庫館從《永樂大典》輯出以後,始有鈔本流傳。又自鮑廷博輯入《知不足齋叢書》,李調元輯入《函海》,始有刊本。此後翻印,多自此二本出。今流傳者,有《歷代詩話續編》本、《螢雪軒》本、《七子詩話》本,至許印芳《詩法萃編》所録,則經刪節,非足本。又此書各本均爲一卷,惟趙魏《竹崦盦傳鈔書目》作二卷,不知爲傳寫之誤,抑趙氏所得真是二卷本。如是二卷,則較輯自《永樂大典》者當更完備,惜未見其書也。

《提要》稱"其論詩每故作不了了語,似乎禪家機鋒",以其《學詩詩》證之,誠然。蓋其論詩多宗東坡,如"白鷗没浩蕩"條,以及"少則華麗,長入平淡"之説、"外枯中膏"之説,皆出東坡。又書中除暗用東坡説外,又常引韓子蒼語,而子蒼論詩亦有參禪之説,則其論詩近禪家機鋒,亦無足怪。

又案李之儀《姑溪題跋》有《跋吳思道詩》云:"東坡嘗謂余曰:凡造語貴成就,成就則方能自名一家,如蠶作繭,不留罅隙,吳子華、韓致光所以獨高於唐末也。吳君詩咄咄逼人,時人未易接武。余雖不識其面,呻吟所傳,感歎不已。"此與《藏海詩話》所云:"唐末人詩雖格不高而有衰陋之氣,然造語成就,今人詩多造

---

① 見《鴻慶居士集》卷三十四《宋故顯謨閣學士左大中大夫汪君墓志銘》。

語不成"者,正相映發。李氏又有跋云:"思道近詩度越唐人多矣!豈融倅輩所能髣髴。其妙處略無斧鑿痕,而字字皆有來歷。"此則亦可與《詩話》所云"凡詩切對求工必氣弱,寧對不工,不可使氣弱"數語相互參閱。蓋吳可與韓駒皆受蘇黃影響,而於蘇爲近,故能深知江西詩之利病,而折衷於蘇黃,同時復足以救西崑穠艷之失。此即吳可所謂"以杜爲體,以蘇黃爲用"也。李氏又有《跋吳思道小詞》一則,稱其"覃思精詣,專以《花間》所集爲準",則知其又兼長於詞。以武人而能若是,亦大不易矣。

歲寒堂詩話

　　二卷,張戒撰,存。

　　戒,正平人①,宣和六年(一一二四)進士,紹興五年(一一三五)以趙鼎薦授國子監丞,及鼎敗,亦隨貶,官終主管台州崇道觀,附見《宋史·趙鼎傳》。錢曾《讀書敏求記》誤作趙戒,或以此故。《四庫總目提要》稱其"論事切直,爲高宗所知,其言當以和爲表,以備爲裏,以戰爲不得已,頗中時勢。故淮西之戰,則力勸張浚、趙開,而秦檜欲屈己求和,則又力沮。卒與趙鼎並逐,蓋亦鯁亮之士也"。

　　是書原本已亡,舊存止一卷。其見《澹生堂》《也是園》《述古堂》《佳趣堂》諸種書目者皆然,當即今《説郛》本。餘如《學海》本、《螢雪軒》本亦皆不全。惟《武英殿》本據《永樂大典》所載,而復益以《説郛》本所有各條,並釐爲上下二卷,雖未必盡復其舊,亦庶幾爲全璧矣。丁福保《歷代詩話續編》所收西北書局所刊《勵志齋叢書》本即據此本。此外單行者,有廣東廣雅書局刊本,福建重刊本,江西書局刊本,以及光緒間儷峯書屋刊本。

　　《提要》之論是書,謂其"通論古今詩人,由宋蘇軾、黄庭堅上溯漢魏風騷,分爲五等,大旨尊李杜而推陶阮,始明言志之義,而終之以無邪之旨,可謂不詭於正者"。潘德輿《養一齋詩話》亦言"吾於宋人詩話,嚴羽之外,祇服張戒《歲寒堂詩話》爲中的"。此外,馬星翼《東泉詩話》"惜其大論是閟而姓名或隱"。張宗泰《魯巖所學集》之《跋歲寒堂詩話》亦稱"戒名不甚著,詩亦不多見,而其持論,乃遠出諸家評詩者之上"。林昌彝之《海天琴思録》亦謂"宋人詩話以《歲寒堂》爲較勝,

---

① 《儀顧堂題跋》卷十三謂戒爲絳郡人,絳郡與正平實一地。

以其辭尚體要也"。亦足見此書之爲後人所重如此。雖潘氏議其稱曹子建詩之韻不可及，謂劉夢得有高韻，均不甚確，張氏亦議其有意排抑香山，詆諆山谷，不免失當。然由大體言之，在宋人詩話中固不得不推爲重要之著作矣。

余嘗紬繹其書，覺前哲所評猶有未盡。蓋張氏詩論重要之點，乃在南宋蘇黃詩學未替之時，已有不滿之論，而其所啓發，似又足爲滄浪之先聲也。張氏謂"蘇黃用事押韻之工，乃詩人中一害"，又謂"子瞻以議論爲詩，魯直又專以補綴奇字，學者未得其所長，而先得其所短，詩人之意掃地矣"。此即滄浪所謂"以議論爲詩，以才學爲詩，以文字爲詩"之意。詩既壞於蘇黃，於是復指出轉變與補救之途，以爲"其始也學之，其終也豈能過之"，以爲"後有作者出，必欲與李杜爭衡，當復從漢魏詩中出爾"。此則變盡而復，又即滄浪所謂"取法乎上"之意矣。是均張氏與滄浪論點相同之處，然而二人之所同者僅此。至語其歸宿則又不同，蓋蘇黃之弊，由於不明形象思維，故情淺而味漓，或近於雄辯而不類於詩，或工於琢句而走入奇與僻。張氏與滄浪均見及此點。惟滄浪重韻味而流爲禪悟；張戒重情志而歸於無邪。此則張氏與滄浪之分歧點也。其實情志厚則韻味自厚，二者原互有關係。韻味雖虛必基於實，如使情志淺薄，則韻味每流於空廓；反之，情志雖實必寓於虛，如使意境模糊，則情志亦無由表現。而後世詩人，每不能觀其會通，偏執一端以立門庭，張氏、滄浪即其先例。如使以滄浪爲王漁洋之先聲，則張氏又爲沈歸愚之前驅矣。

張氏論詩之恉如此，則貶抑香山，詆排山谷，原不爲過，蓋其不滿於香山者，情意失於太詳，景物失於太露耳。若收斂其詞而稍加含蓄，則意味豈復可及也！其所不滿於山谷者，韻度矜持，冶容太甚，正因過重藝術則思想反隱，即就藝術言，亦覺過於矯飾，轉露造作之態，此正所謂退之之豪難兼子美之雄也。本此而論，則張氏所言，固非不重韻味者。故其於曹子建詩，以其有才而不甚露才，有氣而不甚使氣，固不妨許之以韻矣。潘氏之所以議其未當者，乃由潘氏之所謂韻，非張氏之所謂韻耳。是以由論詩主恉言，張氏則重在情志而不廢韻味，就詩之內容與意境而並言之也；滄浪則重在韻味而兼及格調，專就詩之藝術與意境而論之者也。張氏所論，固足以範圍滄浪矣。

珊瑚鈎詩話

三卷，張表臣撰，存。

表臣字正民，單父人①，官右承議郎，通判常州，紹興中爲司農丞。《國史經籍志》作"張遠臣"，誤。考陸心源《宋詩紀事補遺》卷三十一"據《說嵩》有張袁臣和詠之詩云：'暫隱嵩高六六峰，未乘雲氣御飛龍，自餐白石求黃石，更採長松寄赤松'，考此詩即見詩話卷一，其出表臣所撰無疑。又此詩乃和晁說之答陳叔易求長松詩，其云和詠之者亦誤也"。故知此蓋由"表"而誤爲"袁"，復由"袁"而誤爲"遠"耳。

　　是書二卷，亦有分作三卷者。今《百川》本二卷，《歷代詩話》及《螢雪軒》本皆三卷。《說郛》本一卷，不全。案周春《耄餘叢話》卷七稱"余從《太平廣彙》中抄得張表臣《珊瑚鉤詩話》三卷"，此非僻書，不知周氏何以鄭重乃爾，豈以《太平廣彙》爲僻書，而此本或與今傳本有異同耶？

　　此書命名用杜詩"文采珊瑚鉤"句，已有自炫文采之意。今案表臣生當北宋之末，猶及與晁說之諸人遊，入南宋，又與秦檜之子熺友善。觀其書中每好自載其詩，及與名流相贈之詩以自炫耀，故《四庫總目提要》稱其器量淺狹，《善本書室藏書志》議其攀附名貴，誠不爲誣。考張守《毘陵集》卷十一有《題張表臣詩卷後》一文，謂"古之文士多托事寄言，以發其意趣，騁其詞華，乃或誇而失實。張公子詞采遒茂，師友淵源，其來遠矣！東坡追和淵明詩而發於夢寐，樂令所謂因也耶？其非寓言可知"。此文中忽插"誇而失實"一語，與前後不相涉，豈以表臣之人之詩，亦有誇而失實之處而陰諷之耶？書內之論元白唱和，謂"詩人豪氣例愛矜誇"，論東坡之提掖後進，惜不及見之。然則表臣殆小有才而急欲自暴者歟？就其人與詩言，蓋無足取。而其論詩則非無勝義，如云：

　　古之聖賢或相祖述，或相師友……善學者當先量力，然後措詞，未能祖述憲章，便欲超騰飛騫，多見其嘵嗜而狼狽矣。

　　詩以意爲主，又須篇中鍊句，句中鍊字，乃得工耳。以氣韻清高深眇者絕，以格力雅健雄豪者勝，元輕白俗，郊寒島瘦，皆其病也。

　　篇章以含蓄天成爲工，破碎雕鍥爲下，如楊大年西崑體非不佳也，而弄斤操斧太甚，所謂七日而混沌死也。以平夷恬淡爲上，怪險蹶趨爲下，如李

---

① 《提要》謂"里貫未詳"，《宋詩紀事》亦未言及，此據《儀顧堂題跋》卷十三。

長吉錦囊句非不奇也，而牛鬼蛇神太甚，所謂施諸廊廟則駭矣。

精麤不可不擇也，不擇則龍蛇蛙蚓往往相雜矣；瑕瑜不可不知也，不知則瓊盃玉斝且多玷缺矣。

類此諸則，似尚異模糊影響之談，即其批評杜韓詩文，亦多中肯之語。惟書中論及己作，如"射飛何必捐金彈，抵鵲虛煩用夜光。切玉昆吾寧刺豕，斷蛟干越豈刲羊"；及"釀憶青田核，觴宜碧藕筩，直須千日醉，莫放一盃空"；以及"采玉應求破山劍，探珠仍遣水精奴"諸句，皆先述故事而後舉己作，蓋不如是則人將莫曉其義，此真所謂"破碎雕鎪"者，不知表臣何以自言之而復自蹈之也。

優古堂詩話

一卷，各本題吳幵撰，存。

是書宋時無刻本，僅憑輾轉傳鈔始獲流傳，故著者與內容均有問題，真僞莫辨。

就著者言，有吳幵、毛幵二說。吳幵字正仲，滁州人。紹聖丁丑（一〇九七）中宏詞科，靖康（一一二六）中官翰林承旨，以主和又趨附金人，建炎（一一二七——一一三二）後，竄謫以死。王明清《揮麈餘話》卷二，稱其與莫儔"往來賊中，洋洋自得"。又言"秦檜之爲小官時，幵在禁林，嘗封章薦之，疏見其文集中，稱道再三，秦由此進用"，則與秦檜本一丘之貉。此書在宋時不甚流傳，殆以此故。毛幵字平仲，三衢人，毛友之子，仕止宛陵、東陽二州倅，有《樵隱集》。其時代較吳幵稍後，以仕不甚顯，故世罕知者。諸家著錄此書，多題吳幵①，惟常熟瞿氏《鐵琴銅劍樓書目》詩文評類有舊鈔本《優古堂詩話》一卷，題毛幵平仲。亦不知何者爲是。考《四庫總目提要》雖定此書爲吳幵撰，但又謂"惟卷末載楊萬里一條，時代遠不相及，疑傳寫有譌，或後人有所竄亂歟？"則就時代言，當以毛幵所著爲是。疑當時傳鈔者以罕知毛幵生平，遂以歸之吳幵，未及審其內容，而各家著錄亦遂以誤傳誤歟？案《四庫提要》所據，係出《浙江採集遺書總錄》，而《總錄》所

---

① 倪燦《宋史藝文志補》文史類亦題吳幵。《續通志》《續通考》皆然。

述,即是題吳幵撰之寫本,此寫本是經明嘉靖間汝南袁表校閱者。撰《提要》者,亦祇能提此疑點,不應輕易變更撰者姓名。但此疑點甚重要,可知決非吳幵所撰。至於今傳《讀畫齋叢書》本,亦出清代徐氏所藏題吳幵撰之舊鈔本,而此本則係洪熙元年(一四二五)春三月六日林子中手録本,故康熙丁酉(一七一七)徐駿作跋,有"録此書已經三百年矣"之語。迨此書經顧氏讀畫齋傳刻,而丁氏《歷代詩話續編》復據以翻印,於是世人知有吳幵,不復知出毛幵矣。今幸鐵琴銅劍樓藏有題毛幵平仲之傳鈔本,始能正今傳各本之誤。

第就内容言,似亦非毛幵自著之書。徐駿跋已稱其"雜見他書,且多疎脱",但未明言其所出。今考"二十八字媒"條見《王直方詩話》,而"學詩如學仙"條,略同《王直方詩話》所引潘邠老説。"春在先生杖履中"條亦略同《王直方詩話》所引秦少游俞充哀詞一聯。王直方、潘邠老均在吳幵之前,如定此書爲吳幵所撰,則亦吳氏剽竊之作。他如"詩可以觀人"條、"兩蝸角"條,均見《高齋詩話》。《高齋詩話》爲曾慥撰,慥與吳幵蓋同時人。當吳幵卜居贛上時,秦檜即以其婿曾慥知虔州以陰庇之,知二人必相識,此猶可謂吳幵與慥各記平時談論,故不妨複見。然如"天北極殿中間"、"時送紅梅一陣香"、"望夫石"、"船如天上坐,人似鏡中行"、"陽關圖"、"一意兩用"、"謝惠含桃謝惠茶詩"、"花應解笑人"、"無窮事有限身"、"妓女出家"、"詠叔孫通詩"、"以玉兒爲玉奴"、"太液披香"、"横陳"、"鱸肥人膾玉,柑熟客分金"、"裹飯非子來"、"牛帶寒鴉過遠村"、"褒公鄂公"、"春在先生杖履中"、"山谷取唐人"、"飛鳥外夕陽西"、"耕田欲雨刈欲晴"、"絶句"、"門雀屋烏宣室茂陵"、"寒食疾風甚雨"、"獨鵲褭庭柯"、"珠還合浦"、"荷囊非芰荷之荷"、"可人惟有秦淮月"、"禪心竟不起"、"谷口未斜日,數峯生夕陰"、"詠婦人多以歌舞爲稱"、"魚遺子鹿引麛"、"夢中夢身外身"諸條,均見《復齋漫録》,昔人以《漫録》爲王厚之撰,厚之爲乾道進士,時代較吳幵稍後,不應吳幵反襲厚之之語。如使厚之採用吳幵之説而没其名,則胡仔編撰《漁隱叢話》時,博採羣書,理應知之,顧《叢話》所稱引,有《復齋漫録》《高齋詩話》諸書,而不及《優古堂詩話》,抑又何也?是均《優古堂詩話》非吳幵所撰之證。尤爲可怪者,此書與吳曾《能改齋漫録》卷八所載幾全相同。曾字虎臣,崇仁人,秦檜當國時,曾上所業得官,則亦依附權奸之輩,第時代較吳幵稍後耳。宋人關於詩話筆記之書,常多雜録他人之説,輾轉抄襲,並不足怪,然全部録入而没吳幵之名,似亦不應如此。故定此書爲吳幵所撰,時多牴牾之處。或毛幵以當時詩壇風氣,競尚用事,每以出處相矜,遂輯録時人之論,以備遺忘待用之稿,而後人不知,以毛幵之名不顯於時,反以不誤爲誤,歸之吳开,未可知也。否則當由書賈牟利,在《能改齋漫録》成書之後,鈔録此卷,托於吳开以欺人者。吳开爲人既爲時論所不齒,而又略有文名,故書賈易以售其奸。是則此書不特非吳开所撰,抑亦非毛开所著矣。時代久遠,其人其書又不顯,蓋難考定已!又案《培林堂書目》有吳开《漫堂隨筆》一卷,今亦未見其書,不知與是書之關係何如也。

正由是書或從《能改齋漫録》中輯出別行,故是書所論,轉有特殊之點,蓋就詩中用事出處,以成考證論詩之著,使詩話之作別開生面,則是書之輯,正可看出一時風氣。《四庫總目提要》謂"奪胎换骨,翻案出奇,作者非必盡無所本,實則無心闇合,亦多有之。必一句一字求其源出某某,未免於求劍刻舟"。此誠通達之論。然在當時詩風之下,偶有此類著作,突出此點,亦無可非。宋人論杜詩每稱其用字有來歷,此説固有流弊,然能知其來歷,則對杜詩理解亦可更深一層。如《六一詩話》於杜詩"身輕一鳥過"句,認爲此"過"字亦人所難到,此不從來歷而知其用字之妙者,今舉張景陽詩"人生瀛海内,忽如鳥過目",以説明此"過"字之來歷,則於杜詩所謂"精熟文選理"者得一佐證,而於杜詩理解亦另有啓發矣。近人李詳撰《杜詩證選》蓋即同此旨也。又如論山谷詩謂"唐宋畫《喜陳懿老至》詩云:'一別一千日,一日十二憶,苦心無間時,今日見玉色。'洒知山谷'五更歸夢三千里,一日思親十二時'之句取此"。則又於黄氏所謂奪胎换骨、點鐵成金者得一佐證,而在具體事例中更易舉一反三矣。杜黄論詩偏於師古,本重來歷之説,與鍾記室所謂"古今勝語多非補假,皆由直尋"者殊致。則知輾轉推尋,搜求根原,亦所謂言各有當,本宜分別論之,未可遽以求劍刻舟病之矣。

碧溪詩話

十卷,黄徹撰,存。

徹①,字常明,莆田人②,宣和六年(一一二四)進士③,授辰州辰溪縣丞,旋升令,在任五年,辟差沅州軍事判官,繼擢麻陽縣,尋辟鄂之嘉魚令,復權岳之平江,越半歲即真,以忤權貴棄官歸。

---

① 《説郛》本作黄微,《遂初堂書目》作《黄微詩話》,均誤。
② 《八閩通志》作邵武人,疑誤。朱彝尊跋謂"殆家本莆田,而占籍於邵武者"。
③ 《宋詩紀事》據《八閩通志》謂爲紹興十五年進士,當誤。此據徹孫燾跋所載楊邦弼《墓誌》。

是書舊有《說郛》本，不全。《千頃堂書目》卷十五有司馬泰《古今彙說》本，未見，疑亦不全。鮑氏知不足齋藏有嘉泰癸亥（一二〇三）其孫熹刻本，凡十卷，序跋最全，嗣鮑氏即據以刊入《知不足齋叢書》中。此外，如《學海》本、《武英殿聚珍》本、《七子詩話》本、《螢雪軒》本、《歷代詩話續編》本，亦皆足本，惟序跋或不全備耳。《學海》本雖亦足本，然卷九、卷十末數則與《知不足齋》本先後不同，疑出傳錄者之誤。又是書陳俊卿序作於乾道四年（一一六八），時徹已卒，則成書之時當在紹興年間張浚罷相後矣。

是書見他書稱引者，每誤作《碧溪詩話》，宋人著作中已如此，余前編《宋詩話輯佚》時亦沿其誤，未及考正。

黃氏自序謂"投印南歸，自寓興化之㟁溪，閉門卻掃，……平居無事，得以文章為娛，時閱古今詩集，因自遣適，故凡心聲所底，有誠於君親，厚於兄弟朋友，嗟念於黎元休戚及近諷諫而輔名教者，與予平日舊遊所經歷者，輒妄意鋪鑿，疏之窗壁間。……至於嘲風雪，弄草木，而無預於比興者皆略之"。若由封建觀點而言，則是書持論之正，為詩話中所僅見，第惜其過於拘迂耳。朱弁《風月堂詩話》有一則云：

　　太學生雖以治經答義為能，其間甚有可與言詩者。一日，同舍生誦介甫《明妃曲》，至"漢恩自淺胡自深，人生樂在相知心"，"君不見咫尺長門閉阿嬌，人生失意無南北"。詠其語，稱工。有木抱一者，艴然不悅曰："詩可以興，可以怨，雖以諷刺為主，然不失為正者，乃可貴也。若如此詩用意，則李陵偷生異域不為犯名教，漢武誅其家為濫刑矣。當介甫賦詩時，溫國文正公見而惡之，為別賦二篇，其詞嚴，其義正，蓋矯其失也。諸君盍不取而讀之乎？"眾雖心服其論，而莫敢有和之者。

案此則就民族氣節言，木抱一之說不為無理，但非封建衛道者所得藉口。大抵在道學既盛之後，自宜有本風教以論詩者，彼木抱一者，不過不事著作耳，如寫詩話，則亦㟁溪之類也。近人乃有以現實主義相比附，而推尊此書者，則迷戀於封建糟粕，混二者為一體，更失之矣。盧文弨《抱經堂文集》卷十四、張宗泰《魯巖所學集》卷十，均跋是書，以及嚴建中《藥欄詩話》亦論及之，皆病其拘牽文義，失之過迂，不得詩人之旨，非無故矣。惟黃氏以拙直忤權貴，棄官而歸，故於詩之導諛側媚者尤深惡之，不使阿諛奸佞之小人得以藉口，則立身處世正應如此，此與維護封建禮教當分別視之，又未可以其迂腐而忽之也。書中揚杜抑李之說，雖發自《詩病五事》，然推波助瀾，甚至謂老杜似孟子，則正是當時道學家習氣，雖謂此爲道學家之詩話可也。

又此書《自序》言"詩話之集皆因前人之語而折衷之，不敢私自有作"，此雖謙辭，然書中剿襲雷同之處，誠不爲少，其於《陳輔之詩話》《漫叟詩話》採擷尤多。此外，如卷四論竹迷日一節，卷八論兄弟友于一節，略同《藝苑雌黃》；卷四論殺風景一節，略同《西清詩話》；卷八家家養烏鬼一節，略同《蔡寬夫詩話》。類此之例可舉甚多。故知是書於自撰之外，尚多轉錄之文。昔人每視爲全出黃氏自撰，亦考之未審矣。

是書特點在以風教言詩，斯固然矣。"然以守正之過，至拘執不得詩人之意者，亦往往有之"，張宗泰所言正中其病。蓋砥節礪行是其所長，但拘執於道學家之見，全以封建道德之標準以論詩則難通矣。若從此點以推尊此書，適成爲美化糟粕而已。

顧此書有另一特點爲他種詩話所罕有者，而世人不注意及之，反揚其糟粕，亦可怪已！竊以爲宋人詩話之所以勝于唐人論詩之著者，由於宋人之著重在理論批評，而唐人之著則偏於法式也。重在評論，則學詩者與能詩者均可肄習；偏於法式，則祇便初學，爲舉業作敲門磚耳，不則亦僧侶學詩者妄立名目以欺人耳，故其書多不傳。宋人論詩，非無此類之作，但不成爲主流，時人亦不重視之。惟黃氏此書獨能在詩格詩例方面，另出手法，以創爲語法修辭之規律，則事屬首創，其功有不容湮沒者矣。蓋黃氏飽學，能觀其通，能窺其微，故蹀躞獨闢，固非一般作詩格詩例者所可比矣。彥和《文心》，始發其緒；知幾《史通》又加廣焉。日人遍照金剛《文鏡秘府論》薈萃衆説，綱舉目張，庶幾粗具規模，然精麤雜糅，未能盡脫唐人之見，可知篳路藍縷，其功匪易。黃氏繼之，獨能於詩學創立類例，精詣卓識，此正人所難及之處。稍後陳騤《文則》，殆深受其影響，而終惜其後繼無人也。故特抉出此點，願與世之讀《碧溪詩話》者共商榷之。

今觀是書卷一"諸史列傳"條，論杜詩稱名變化之例，有類左氏；"子美世號詩史"條，論杜詩敘事史筆森嚴未易幾及；卷二"老杜畏人有云"條，言詩人游戲篇章自有前後不相應之例；卷三"賓客集"條所舉皆利用事物異名以爲對偶之例；"老杜十暑岷山葛"條言老杜詩記歲月之新例，及白樂天質直敘事之格；"山陰野雪興難乘"條又爲斡旋其語使就音律之例；"韋應物贈李侍御"條爲用事不拘故常之例；"夢得送周使君"條乃二字用事與一字用事之例；卷四"杜詩四韻并絕句"條爲杜詩類似記體之例；"古人作詩"條爲詩用經史全句之例；"律詩有一對通用一事"條，爲一事分用一聯之例；"老杜途窮反遭俗眼白"條爲倒用古事之例；"杜云嗜酒狂嫌阮"條爲融化故事而以姓置句末之例；"用自己詩爲故事"條爲稱引己作之例；"臨川蕭蕭出屋千尋玉"條爲不名其物有類隱謎之例；卷五"張無盡嘗和山字韻"條爲語詞割裂之例；"莊子文多奇變"條爲文法顛倒之例；卷七"杜詩多用經書語"條爲杜詩運用經語之例；"數物以箇"條爲杜詩運用俚語之例；"杜詩有用一字凡數十處不易"條爲作家有常用字之例；卷十"李商隱詩"條爲詩積用故實之例。類此所舉皆通而不滯，雖亦間有封建意識之處，如卷二"李商隱詠淮西碑"條言老杜、東坡詩不敢正斥天子之得體，但就大體言之，確能爲論詩另闢途徑，則固無可否認者也。

抑此不僅爲論詩另闢途徑已也，如使此途既闢而繼踵者日多，則爲漢語建立語法修辭之學，固甚易事。余以爲清儒之治古書，與詩人文人之論詩例文例，均可視爲奠定語法修辭之基，蓋不先論法而先論例，則法從例出，而便於實踐；不先求其專攻，而先觀其會通，則語法不僅可與修辭相結合，且可與詞彙相結合，自能全面而正確，了然於漢語之特徵，即施之口語亦莫能外。故不如從詞例入手，則語法、修辭、詞彙三者相結合，而漢語之特徵顯。漢語之特徵顯，然後吸收外人之學，取其分類之長而活用之，則洋爲中用，而不爲西語陳規所束縛，同時復使昔人《古書疑義舉例》《經傳釋詞》以及《文則》一類之書成爲科學化通俗化，則古爲今用，亦不致抱殘而守闕，斯則最根本最基礎之步驟也。因論《碧溪詩話》而附帶及之，甚願世之治語法修辭者一注意焉。

竹坡詩話

一卷，周紫芝撰，存。

紫芝（一〇八一——？）字少隱，宣城人，紹興中登第，歷官樞密院編修官，出知興國軍，自號竹坡居士，有《太倉稊米集》七十卷。

是書《遂初堂書目》作《周少隱詩話》，他本或作《竹坡老人詩話》。各本多作一卷，惟《國史經籍志》《也是園書目》均作三卷，而近藤元粹《螢雪軒叢書》亦據古寫本《百川學海》分爲三卷，然亦僅八十條，則仍與今傳世諸本相同，惟卷數分合爲異耳。考是書《宋史·藝文志》著錄已稱一卷，則在當時或亦自有一卷之本。

又考《二老堂詩話》"金鎖甲"條謂"周紫芝《竹坡詩話》第一段云杜少陵遊何將軍山林詩"云云，又"綻葩二字"條謂"紫芝末篇又云今日校《譙國集》"云云，今《竹坡詩話》首尾二條正與之同，則知一卷本與三卷本，不過分合之異，與內容之完缺無關。《四庫總目提要》謂"周必大《二老堂詩話》辨金鎖甲一條稱'紫芝詩話百篇'，此本惟存八十條。又山海經詩一條稱《竹坡詩話》第一卷，則必有第二卷矣。此本惟存一卷，蓋殘闕也"。竊以為殘闕與否，與卷數之多寡無關，惟古人著作多出傳鈔，偶有脫漏，亦不足怪。考費袞《梁谿漫志》卷四"武臣獻東坡啓"條稱：

  東坡帥定武，有武臣狀極樸陋，以啓事來獻，坡讀之，甚喜，曰：奇文也。客退，以示幕客李端叔，問何者最為佳句。端叔曰："獨開一府，收徐庾於幕中；並用五材，走孫吳於堂下。此佳句也。"坡曰："非君誰識之者。"端叔笑謂坡曰："視此郎眉宇間，決無是語，得無假諸人乎？"坡曰："使其果然，固亦具眼矣。"即為具召之，與語甚歡，一府皆驚。竹坡老人周少隱聞之李端叔，嘗記其事。

此則固可視為詩話佚文，但所謂"嘗記其事"者，既未明言詩話，則亦可不在詩話之中。且此條並非論詩，即在詩話中亦可能被後人汰去之。要之必大所謂"詩話百篇"者，不過約舉其數，未必可謂為實指，而定其殘缺也。今傳世者，有《百川》本、《津逮》本、《歷代詩話》本、《螢雪軒》本、《宋詩話十種》本、《古今說部叢書》本，雖卷數有異，而內容全同。惟《說郛》本僅十六則，非足本。

紫芝生於元豐四年（一〇八一），猶及見張文潛、李端叔、晁以道、曾吉父、韓子蒼諸人，又與崔德符、強幼安、關子東等相稔，獲聞蘇黃緒論，故在南北宋之交，薄有詩名。是書有論兼跋，作於丁亥，當為孝宗乾道三年（一一六七），是時紫芝已卒。考紫芝《太倉稊米集》中有《問題》一首，注云"壬戌歲（一一四二）始得官，時年六十一"。疑是書之成，或在得官以前。

論兼跋謂"詩話要見其詮次高下，抑揚品第，有眼目耳。非擅能詩聲，則何以有所抉擇"，而《四庫簡明目錄》亦稱其論詩"考證品評多有可取"。然其論考證則周必大《二老堂詩話》、何孟春《餘冬序錄》、施閏章《蠖齋詩話》、何文煥《歷代詩話考索》、馬位《秋窗隨筆》以及《提要》等書均指其謬；論品評則王楙《野客叢談》以及《歷代詩話考索》、《秋窗隨筆》、陳衍《石遺室詩話》諸書亦議其非。論其人非不學之人，論其書亦非一無可取之書，何以毀譽不一若是。蓋紫芝論詩不外二病：

其一,在稱揚時人而輕議古作,如以東坡、文潛諸人咏梅之詩爲遠勝和靖之類。此殆與其以詩媚秦檜父子同一作用,人品既卑,識亦隨之,固宜其品評之鮮當矣。其二,則泥於江西諸人點化之説而益趨極端,遂不免重在一字爭奇,求之過細,斯失之愈鑿耳。陳天麟之序《太倉稊米集》引紫芝語,"謂作詩先嚴格律然後及句法,予得此語張文潛李端叔"云云,則知其於詩,不務本而務末,固宜其論詩之泥與僻矣。

方回《桐江集·讀太倉稊米集跋》云:"少隱紹興元年(一一三一)避地山中,不能盡絜羣書,唯有柳子厚、劉夢得、杜牧之、黄魯直、杜子美、張文潛、陳無己、陳去非八家詩抄爲詩八珍,以爲皆適有之,非擇而取。予謂此豈適然,學詩者不可不會此意。取柳不取韓,取黄不取蘇,取杜不取李,有深意也。"使方氏之言而確,則知其論詩之泥與僻,本與其學詩之"深意"有關。蓋此所謂學詩深意者,正是江西詩人學詩蘄向。其作詩既嚴格律與句法,則論詩無識,自難免泥與僻之病。

觀林詩話

　　一卷,吴聿撰,存。

聿,字子書,始末未詳,惟據是書自署知爲楚東人,據《四庫總目提要》所考,知爲南宋初人而已。《直齋書録解題》既言是書著者爲"楚東吴聿子書",但又云"未詳何人",當是未悉其生平也。《文獻通考》作"張聿",誤。

是書除《書録解題》著録外,亦見《天一閣書目》,傳本頗稀,諸書亦罕見稱引。四庫開館時收集遺書,其所獲本亦即從天一閣藏本影鈔而得者,故《浙江採集遺書總録》所載僅言寫本。《善本書室藏書志》所得四庫館發還進書收藏之帙,亦言爲明鈔本。自此本流傳,於是諸種叢書紛紛刊行,如《墨海金壺》《守山閣叢書》《湖北先正遺書》及《歷代詩話續編》諸本,率皆據此。《邵亭知見書目》謂是書有《學海》本。

是書所論較偏考證,間述佚事,蓋猶沿宋人筆記之體,與專主論詩者不同。《四庫總目提要》於是書考證部分論述特詳,舉其長處亦正其疵誤,評斷甚允。蓋當時撰提要者,多偏於考據,故極爲中肯。《提要》以卷末録謝朓事三條不加論斷,疑傳寫有所佚脱。竊疑此或未完成之作,尚待寫定,故亦不顯於時也。

唐詩紀事

八十一卷，計有功撰，存。

有功，字敏夫，號灌園居士，宣和三年（一一二一）進士，臨邛人。《四庫總目提要》謂爲安仁人，張浚從舅也。案安仁若指唐時所置縣，則與臨邛相近，沿用舊稱，亦不妨稱爲安仁。要之張浚爲綿竹人，而和敏夫詩之郭印又爲成都人，則以計氏爲蜀人似較近理。《江西通志·藝文略》亦著録是書，當由以此爲宋時安仁縣之故。《提要》據郭印《雲溪集·和計敏夫詩》知爲耽心禪悦之士，殆以其不求仕進，故姓名不顯，始末難詳也。

是書始刻於嘉定甲申（一二二四）懷安郡齋，有王禧序，年遠板滅，書遂罕傳，明嘉靖乙巳（一五四五）有洪楩刻本，即據懷安刻本，重爲雕繕，有孔天胤序，見《善本書室藏書志》卷三十九，此即《四部叢刊》本之所自出。同時又有張子立刻本，見《羣碧樓善本書目》卷四，惟所據是傳抄本，不免稍多錯舛。毛氏汲古閣刻本實據張本，不過稍加改正而已。近世有丁氏醫學書局刊行本，即據毛本。是書除《提要》所論外，王太岳《四庫全書考證》亦有論及處，可參閱。

案詩之與事，關係至鉅，唐宋人之述事，僅以資閒談，則小視之。王禧序此書謂"文章與時高下，而詩發於情，帝王盛時採之以觀民風，在治忽。春秋之時，趙孟請賦詩以觀鄭七子之志，季札請觀樂以知列國之風。世之君子欲觀唐三百年文章人物風俗之隆污邪正，則是書不爲無助"，雖亦粗陳其義，然言之未邕，易以陳詞膚説視之。此後孔天胤序洪楩重刻本，謂："夫詩以道情，疇弗恒言之哉！然而必有事焉，則情之所繇起也，辭之所爲綜也，故觀於其詩者，得事則可以識情，得情則可以達辭。譬之水木，事其源委本末乎？辭其津涉林叢乎？情其爲流爲邕者乎？是故可以觀已！故君子曰：'在事爲詩'，又曰：'國史明乎得失之迹。'夫謂詩爲事，以史爲詩，其義憮哉！然自性情之説拘，而狂簡或遂略于事，則猶不窮水木，而徒迷鶩乎津涉，蔽虧乎林叢，其于流邕蓋已疎矣。故孔父言知，在乎格物；孟子誦詩，必論其世。"此論至妙，若循是而更進一步，則自能窺及文學與現實之關係，惜宋人之論詩者，較少論及此點耳。即《唐詩紀事》，亦尚不足以語此。

然《唐詩紀事》雖未能進乎是，而由其採擷之富，搜輯之勤，網羅散佚，足資研究，正如《提要》所謂"張爲《主客圖》獨藉此編以見梗概"，則其功亦不可没也。實則是書之長,不僅不傳於世者多賴以存,即膾炙人口者,亦有足資校勘之處。吳騫《論詩絕句》云:"畫壁當年事久徂,歌來皓齒定非誣。如何直上黃沙句,真本翻歸計敏夫。"自注:"王之渙《涼州詞》'黃河遠上白雲間',《唐詩紀事》作'黃沙直上白雲間',吳修齡篤信之,以為的不可易。"此亦足資異聞,故錄之以告讀是書者。

又案《升庵詩話》卷八謂"余於滇南見故家收《唐詩紀事》抄本甚多。近見杭州刻本,則十分去其九矣"。如其所言,似今傳刻本頗多刪節,然嘉靖間刻本僅有二種:一張子立刻本,所據正是鈔本;二洪子美(楩)刻本,則據宋懷安刻本,均不聞有刪節之語,況十去其九乎?升庵為學,博而寡要,容或有誇而失實之處。

韻語陽秋

二十卷,葛立方撰,存。

立方(? ——一一六四)字常之,丹陽人,徙吳興,勝仲之子。紹興八年(一一三八)進士,官至吏部侍郎,有《西疇筆耕》《韻語陽秋》《歸愚集》。《宋史》三百三十三卷附《葛宮傳》。

是書亦稱《葛常之詩話》。《千頃堂書目》子部類書類載司馬泰《廣說郛》本第六十五卷有《葛常之詩話》,六十六卷有《韻語陽秋》,注云"葛常之撰"。一書而釐為二稱,分列二卷,殊不可解,殆亦明人割裂古書之習歟?

徐林序是書謂"隆興元年(一一六三)常之由天官侍郎罷七年矣,於是《韻語陽秋》之書成。……明年常之卒"。葛氏《自序》題"隆興甲申中元",甲申為隆興二年(一一六四),是則是書之成在隆興元年,作序在二年,序成不久而卒,雖謂此書為葛氏絕筆可也。《自序》謂:"歸休於吳興,泛金溪,……書生習氣尚牽蠹簡……獨喜讀古今人韻語,披咏紬繹,每畢景忘倦。"是此書之作,在罷官後七年間矣。

是書有《學海》本、《歷代詩話》本、《常州先哲遺書》本、《藝圃搜奇》本,及明正德二年(一五〇七)葛諶重刊本,有諶及都穆序。其見《說郛》中者亦不全。王太岳等《四庫全書考證》卷一百有論及是書之處,《常州先哲遺書》本有跋,繆荃孫《藝風藏書再續記》亦有長跋,均可參閱。

《提要》謂"趙與峕《賓退錄》嘗議其誤以鄭合敬詩為鄭谷詩,又議其不知阮咸出處,今觀所載,如以江淹《雜擬》'赤玉隱瑤溪'句為謝靈運詩,以蘇軾'老身倦馬河堤永,踏盡黃榆綠槐影'句爲杜甫詩,以李白'能道澄江淨如練,今人長憶謝玄暉'句爲襲鄭谷之語,皆未免舛誤,尚不止與豈之所糾"。余案吳曾《能改齋漫錄》卷六議其解李義山《韓碑》詩"帝得聖相相曰度"之語,以爲未閱李詩自注而遽加非難。王士禎《池北偶談》謂"韋蘇州史失爲立傳。……集中有《逢楊開府》一篇,'少事武皇帝,亡賴恃恩私'云云,後人遂疑爲三衛,而《韻語陽秋》因附會以爲恃韋后宗族,囈語可笑"。又《香祖筆記》謂"《韻語陽秋》載錢起贈杜牧詩,今坊刻《襄陽集》有《贈孟郊》詩,皆可一噱"。類此所舉,皆關常識,葛氏似不應舛誤至此。至其解七哀,謂"病而哀,別而哀,感而哀,悲而哀,耳目聞見而哀,口歎而哀,鼻酸而哀,謂一事而七者俱也"。此殆曲解,亦未必爲古説也。

又是書又有與他種詩話雷同之處,如卷三"作詩貴雕琢又畏有斧鑿痕,貴破的又畏黏皮骨"云云,語出《王直方詩話》;卷二"自古工詩者未嘗無興也"云云,又同《古今詩話》。考是書卷十七引《古今詩話》載杜少陵見病瘧者事,似又不應於此没其出處也。

是書卷四"韋應物詩"條,於"答長"二字下注"原缺"二字,考《詩話總龜》後集卷二十五引《葛常之詩話》,知所缺乃"安丞"二字。又下條亦有脱文,於"萬里"二字上注"原缺"二字,考《詩話總龜》後集卷三十七引《葛立之詩話》,知所缺乃"不須"二字。"立之",當以常之名立方而誤。凡此二節,皆據《詩話總龜》以補是書之缺。至其他脱字誤字,亦隨處有之,惜其後嗣葛諶重刊之時,未加校正也。

是書凡二十卷,其分卷之故,雖無編例可考,然按其內容,似亦略以類聚。大抵第一二兩卷論詩法詩格,三四兩卷則論詩之本事,五六兩卷重在考證,七八兩卷多涉用事,九十兩卷則多評史之作,十一卷論仕宦升沉之況,十二卷述死生達觀之理,十三卷重在地理,十四卷多論書畫,十五卷則述歌舞音樂,十六卷則述花鳥蟲魚,十七卷述醫卜雜技,十八卷則論人識鑒,十九及二十卷則歲時風俗飲食婦女之屬附焉。葛氏殆以明定類例轉有窒礙之處,故不以是別卷,然大要固有此區分矣。

環溪詩話

一卷,舊題吳沆撰,存。

沆(一一一六——一一七二)字德遠,撫州崇仁人,紹興十六年(一一四六)與弟澥各獻所著書,沆以誤抵廟諱罷歸,隱居環溪,號無莫居士,及卒,門弟子私謚文通先生。

是書原作一卷,見《直齋書録解題》。然《千頃堂書目》及《汲古閣珍藏秘本書目》《孝慈堂書目》《佳趣堂書目》均作三卷。今《學海》本亦作三卷,豈是書以出後人編次,故卷數互異歟?《説郛》所收,亦一卷,然多刪節,非其全也。《説郛》《學海》皆題吳沆撰。自《四庫總目題要》據卷首稱沆爲"先環溪",因謂出其後人所追記,亦非無見。然書中所論諸條,皆屬環溪論詩主張,即其稱述張右丞語,從兄宗老語云云,亦當出環溪所自記,則其書雖出後人編次,要與自撰無別,非如《後山詩話》之有後人竄亂之迹也。陳振孫《書録解題》及謝諤所撰《行實》,均定爲環溪自著,亦不能謂之無據。《提要》正趙與旹《賓退録》稱"吳德遠環溪詩話"之誤,似亦不免過泥也。

書中注稱環溪生丙申,丙申爲徽宗政和六年(一一一六),據謝諤所撰《行實》,謂環溪卒年五十有七,以其生年推算,當卒於孝宗乾道八年(一一七二),則是書之編定,殆在乾道、淳熙間矣。

《詩話》中自述其少時之作,讀淵明詩則所作似陶,讀杜詩則所作類杜,嗣後學太白,學玉川,學樂天,乃至學豫章,均能入其境界。《四庫總目提要》謂其"所自爲詩如'草迷花徑煩調護,水汨蓮塘欠節宣'之類,自謂摹仿豫章,實僅得其不佳處,尤不可訓"。實則此正好學前人詩常見之病,蓋工處難學,疵處易效也。大抵環溪小有才情,而復習於江西詩人句法之説,故稍一模擬,輒能得其形似。《詩話》中云:"前輩文法固自有關鈕,若不得其門,何自入哉!"句法之説,即入門之關鈕也。呂本中《童蒙訓》云:"前人文章各自一種句法,如老杜'君今起柂春江流,予亦沙邊具小舟','同心不減骨肉親,每語見許文章伯',如此之類,老杜句法也。東坡'秋水今幾竿'之類,自是東坡句法。魯直'夏扇日在搖,行樂亦云聊',此魯直句法也。學者若能遍考前作,自然度越流輩。"此正環溪之所謂關鈕者。故環溪論詩亦多重在句法,但以句法言詩,原爲江西詩人一偏之論,欲以一二特殊之句範圍其人一生之作,求之愈約,恐失之亦愈甚耳。觀環溪論杜,即與江西詩人所見不同,可知仁者見仁,智者見智,所參雖同,所得互異,句法之説亦祇成爲各人一己之見而已。如本此意以窺環溪論詩之旨,則知其所謂多用實字則健之説,原非掊擊宋詩空疏率易之病,而亦非如《提要》所云"主持太過遂至於偏"也。竊以爲吟業既盛,效顰者衆,而六義既亡,情文斯替,於是只能於形文聲文求之,詩格詩例之作,句法句病之説,遂以繁滋,雖高下有殊,精粗有別,要其以方法爲入門之階梯,而所窺僅及古人之皮毛,則一而已。又舉業既興,人多習於揣摩,故論詩遂有"金針""密旨"之稱,迨此習染漬漸深,於是起承轉合之説,情景相間之論,舉成作詩規律,而詩道桎梏矣。是書論杜詩之妙,謂一句在天,一句在地,論百韻詩之作法,謂首句要如鯨鯢拔浪,落句要如萬鈞強弩,類此諸説亦均舉業論詩之餘毒也。此類詩論,愈矜其妙,適愈見其僻,然爲初學摹倣計,則自是捷徑耳。即其所舉白間黄裏,殺青生白諸偶句,如《提要》所謂"小巧細碎,頗與雅調有乖"者,亦是宋人矜尚使事習氣。白間黄裏之對,已見《漫叟詩話》,亦不自環溪始也。至環溪論詩之長,乃在以一祖三宗爲主,而歸之於風雅之實,並舉杜甫、李白、韓愈三人詩之合於風雅者以爲例,此則識其大處,異於區區以句法相矜者矣。大抵宋人學杜得其健,明人學杜得其雄,而環溪論詩,則似已逗明人風氣。自江西詩人之詩論,一轉而爲嚴羽之《滄浪詩話》,此中消息,正可於是書求之。

卷首有何異序,稱其"早見寓公名士,共汲汲於問句,晚歲幅巾燕處,亦諤諤於立議論"。書中所言,大率屬此。惟以自述處多,論人處少,似只爲一家之詩話,稍有江湖習氣而已。《浙江採集遺書總録》稱是書有何異敬撰序,則由誤解序末"月湖何異敬書"六字之故,考《宋史》四百一卷,何異字同叔,撫州崇仁人,與環溪爲同鄉,則是"敬書"乃謙辭,非"何異敬"爲人名也。

苕溪漁隱叢話

前集六十卷,後集四十卷,胡仔撰,存。

仔字元任,徽州績溪人。父舜陟,字汝明,號三山老人,官至徽猷閣待制、廣西經略,死於静江府獄中。書中所載《三山老人語録》即述其父語。仔以蔭授迪功郎、兩浙轉運司,官至奉議郎,知常州晉陵縣,後卜居吳興,以漁釣自適,自號苕溪漁隱,遂即以此名其書。

是書分前後二集,前集成於高宗紹興十八年(一一四八),後集成於孝宗乾道三年(一一六七)。刊本之最早者,當是陳奉議刊本。此本於前集胡仔自序後有"紹熙甲寅槐夏之月陳奉議刊於萬卷堂"一行,紹熙甲寅乃光宗紹熙五年(一一九四)。今人民文學出版社本,誤"熙"作"興",則爲紹興四年,刊書時期反在成書之前矣,故特正之。

是書有海鹽楊傳啓依宋本重刊本、績溪胡氏耘經樓仿宋刻本。其列入叢書中者,有《海山仙館》本、《四部備要》本,均足本,列入《説郛》者則删節本。考諸家書目於是書卷數每有出入。《澹生堂書目》詩文評類《苕溪漁隱叢話》六册十二卷,此《餘苑》本,不知其卷數何由懸殊若是。又江陰李氏《得月樓書目》有抄本《漁隱叢話》前集六十卷,後集十卷,此則非是脱去"四"字,定是不足之本矣。他如《萬卷樓書目》子部小説類《苕溪漁隱叢話》六十卷,而《宋史・藝文志》子部小説類則云四十卷,此當是著録之誤,或舉其前集之數,或舉其後集之數,均未就其全書言也。

《四庫總目提要》稱其書繼阮閲《詩話總龜》而作。"二書相輔而行,北宋以前之詩話大抵略備。然閲書多録雜事,頗近小説;此則論文考義者居多,去取較爲謹嚴。閲書分類編輯,多立門目;……此則多附辯證之語,尤足以資參訂。故閲書不甚見重於世,而此書則諸家援據,多所取資焉"。二書優劣,《提要》言之備矣。然余以爲二書所以優劣之因,尚有數點:一、阮閲編《詩總》時,元祐文章禁而不用,而元任則處蘇黄詩學復振之時,竭力推重元祐諸君,甚至以蘇黄與李杜相比,品藻特多,足補阮書之闕。北宋詩壇原推蘇黄爲祭酒,使擯元祐文章,則詩話黯然無色,閲書之近小説宜也。此後湯巖起反以此爲元任病,以不狂爲狂,亦適形其妄耳。二、阮閲性耽吟詠,有阮絶句之號,所著有《總龜先生松菊集》五卷、《郴江百詠》二卷,固非不知詩者,但於一年之間,草率成書,又其後爲不學之徒所盗竊,合以《古今詩話》,易名《總龜》,則益泛濫非其舊矣。閲書經此輩竄亂,其不足觀自無可怪。三、阮胡二著均在《古今詩話》之後,時亦採取其書,但阮書直録其文,胡著則於《古今詩話》中有來源可考者必舉原書,故阮書僅供詞人獺祭之用,胡著則可供學者研究之資。四、阮書以内容分類,則詩詞不能不混;胡著以人爲綱,則詩詞可以分輯。就文體分别言,就知人論世言,均以胡著爲長。何況阮書僅有排比之勞,胡著則有撰著之功,難易逈殊,效用亦大有逕庭乎?

是書中三山老人語録與漁隱所加案語,均可别輯成書。考《千頃堂書目》卷十五子部類書類司馬泰《廣説郛》本有《苕溪詩話》,又《古今彙説》本有《漁隱詩話》,疑即由《叢話》中輯出别行者。案吴曾《能改齋漫録》卷八詠荷花條,已有胡仔《苕溪詩話》之稱,豈輯《叢話》中胡仔之語以爲詩話,在宋時已有之耶?若專就胡氏所附論斷辨證之語,别輯成編,以爲元任一家之言,而復仿葉廷琯、葉德輝校《石林詩話》之例,附載諸書辨正胡説之文,如張淏《雲谷雜記》、王楙《野客叢書》、陳鵠《耆舊續聞》、白珽《湛淵静語》、都穆《南濠詩話》以及清代錢大昕、宋翔鳳諸人之語,分别附列各條之下,則更便讀者矣。

誠齋詩話

一卷，楊萬里撰，存。

萬里（一一二七——一二〇六）字廷秀，吉州吉水人，紹興二十四年（一一五四）進士。當其調永州零陵丞時謁張浚，浚勉以正心誠意之學，乃名讀書之室曰誠齋。光宗嘗爲書誠齋二字，學者稱誠齋先生。寧宗朝以寶謨閣學士致仕。《宋史》四百三十三卷儒林有傳。

是書一卷，原附《誠齋集》中，但亦有別行之本。瞿氏《鐵琴銅劍樓書目》謂"是書爲《誠齋集》所無"，殆未然也。今所傳者，有《歷代詩話續編》本、《螢雪軒》本、《昌平叢書》本。《千頃堂書目》卷十五有《廣説郛》本，未見，疑爲節本。是書傳本之稀，誠如《鐵琴銅劍樓書目》所言（即《誠齋集》亦鮮傳刻本）"清初竹垞西堂來見此書"，或亦有之。至瞿氏以是書稱蕭千巖詩"荒村三月不肉味，併與瓜茄倚閣休，造物于人相補報，問天賒得一山秋"，爲《宋詩紀事》所無，遂以爲樊榭亦未見此書，則未然矣。《宋詩紀事》卷四十五録方翥句"秋明河漢外，月近斗牛傍"，即明言出《誠齋詩話》；又卷五十七録張鎡詩，於小傳後亦引《誠齋詩話》，是樊榭固採及此書，特於蕭千巖詩偶遺之耳。考《誠齋詩話》言"吾族前輩諱存字正叟，諱朴字元素，諱杞字元卿，諱輔世字昌英，皆能詩"，並舉其詩句，今《宋詩紀事》亦未採入。《宋詩紀事》無楊存詩，即陸心源《補遺》亦無之。知其採擷亦不能無遺漏也。又《宋詩紀事》録楊朴詩，無《誠齋詩話》所舉之詩，録楊杞楊輔世詩，均言據《詩人玉屑》，而不及《誠齋詩話》，亦可異也。

此書雖以詩話名，但其中多論文之語，且涉及四六，此例在宋人詩話中亦間有之，要之以此書爲尤甚。

誠齋學詩曾經數變。其《誠齋江湖集序》云："予少作有詩千餘篇，至紹興壬午（一一六二）七月皆焚之，大概江西體也。"近人以其詩話中有近於江西派之主張，遂認爲是誠齋早年之作，其成書當在紹興壬午以前。此大不然。《詩話》中明言"自隆興以來，以詩名者，林謙之、范致能、陸務觀、尤延之、蕭東夫"。隆興乃孝宗年號，安得云在紹興壬午以前。又是書於南宋帝王稱高宗、孝宗，更可斷言是書之成，乃楊氏晚年之筆，當在光宗、寧宗之間。更就書中所述之人與事言之，如書中有"景廬入翰林爲學士"之句，景廬即洪邁，於孝宗淳熙十三年丙午（一一八六)始爲翰林學士,則詩話之成必在是年之後。又書中論後進詩人有姜夔堯章之名,考陳思《白石道人年譜》謂夔生於紹興二十八年(一一五八),馬維新《姜白石先生年譜》則謂生於紹興三十年(一一六○),縱使所考未確,不致相距過巨。要之是書之作,如在紹興壬午以前,則姜夔正在童齡,安得爲誠齋所賞識?是均事理之不可通者。

然則何以解於詩話中多江西派緒論之謎?是有二因:一、就一般詩話之慣例言之,正以其屬隨筆性質,不妨採用以前舊稿。如歐陽修之《六一詩話》,雖自言爲退居以後所作,而迹其前身,則正是《墨莊漫錄》所稱之《雜書》一卷。《誠齋詩話》之作亦不妨類是。今觀《誠齋江湖集序》雖自言焚其少作,然猶列舉少作中之雋句,以示惋惜之意,則於詩話中採及舊作,亦非事理之不可能者。敝帚自珍,文人積習,大都然也。二、就當時詩壇之風氣言之,南渡詩人大抵自江西詩入,而不自江西詩出,誠齋亦不能外此。其《誠齋荊溪集序》云:"予之詩始學江西諸君子,既又學後山五言律,既又學半山老人七字絕句,晚乃學絕句於唐人,學之愈力,作之愈寡。……淳熙丁酉(一一七七)……其夏之官荊溪,……戊戌(一一七八),作詩忽若有悟,於是辭謝唐人及王、陳、江西諸君子皆不敢學,而後欣如也。……瀏瀏焉無復前日之軋軋矣。"此乃形成所謂"誠齋體"之始。然誠齋體與江西詩風,藕斷絲連,仍出一源。黃庭堅學古人詩而得其規律,于是講句法,講詩律,而黃詩之成就,則正在不死於"法"和"律"之下,而戛戛獨造,自成一家,此所以有脫胎換骨、點鐵成金之論。此後江西詩人之所謂"悟",所謂"活法",莫不如是。蓋其受病所在,正在純從藝術技巧上着眼,所以講定法固重在法,即講活法仍不離於法,此則所謂形式主義也。因知所謂"誠齋體"者,其學江西諸君子者,固不外於江西詩風,即其不學江西諸君子之緒論者,亦仍未脫江西窠臼。明乎此,則誠齋於《詩話》中闡述江西詩論,固亦不足怪矣。

大抵"悟"有二途:一則從客觀現實着眼,于是悟到"工夫在詩外",陸游是也。陸游所謂"詩家三昧忽見前,屈賈在眼原歷歷"者,正是從戎後於現實生活中得來,故其詩能結合社會現實,而成爲愛國詩人。又一則從藝術風格着眼,於是所悟者只是"傳派傳宗我替羞,作家各自一風流"而已,楊氏是也。楊氏之所以能成爲"誠齋體"者在是,要其實則僅能變創一種風格,與現實生活尚有距離。昔人知此義者,我於劉克莊《茶山誠齋詩選序》見之。劉氏謂"余既以呂紫微附宗派之後,或曰:派詩止此乎?余曰:非也。曾茶山贛人,楊誠齋吉人,皆中興大家數。比之禪學:山谷,初祖也;呂曾,南北二宗也;誠齋稍後出,臨濟德山也"。即此數語,則"誠齋體"與"江西體"之關係可了然矣。

　　誠齋論詩每重在味。其《江西宗派詩序》云:"江西宗派詩者,詩江西也,人非皆江西也。人非皆江西,而詩曰江西者何? 繫之也。繫之者何? 以味不以形也。"其《頤齋詩槀序》云:"夫詩何爲者也? 尚其詞而已矣! 曰:善詩者去詞。然則尚其意而已矣! 曰:善詩者去意。然則去詞去意則詩安在乎? 曰:去詞去意而詩有在矣。然則詩果焉在? 曰:嘗食夫飴與荼乎? 人莫不飴之嗜也,初而甘,卒而酸。至於荼也,人病其苦也,然苦未已而不勝其甘。詩亦如是而已矣!"此則誠齋有別於江西諸君子之論。其後,如姜夔之《白石道人詩説》,嚴羽之《滄浪詩話》莫不皆然。楊氏之論李杜蘇黃,謂"一其形,二其味;二其味,一其法者也"。一語道破,則知所謂味者,原不離"形"與"法"二字。因知《滄浪詩話》所舉"江西宗派體"與"楊誠齋體",雖名稱有別,而歸趣則一,其間固有可通者矣。楊氏《誠齋南海詩集序》稱"予生好爲詩,初好之,既而厭之,至紹興壬午,予詩始變,予乃喜,既而又厭之,至乾道庚寅(一一七〇)予詩又變,至淳熙丁酉(一一七七)予詩又變"。並述尤延之語,稱其詩每變每進。實則萬變不離其宗,始終未脱純藝術論之桎梏,固甚明顯也。《詩話》中論學詩蘄向,每推李杜蘇黃,而不局於杜黃,似與江西詩人有所不同。然其論李杜蘇黃之詩體,仍不外江西詩人所謂"句法"之説。呂本中《童蒙詩訓》謂"前人文章各自一種句法",即誠齋此説之所祖。此後《滄浪詩話》所謂"別是一副言語"者,則又衍誠齋詩體之説也。江西詩之詩論所以一轉而成滄浪之詩禪説,正須於此等處求之。

　　大抵江西詩風以山谷爲祖而上推至少陵,楊氏則於杜黃之外兼及李蘇。宗法既異,風格斯殊,而論作詩方法遂亦有所出入。江西詩人重在學,強調工夫,即悟亦須從工夫中來[①];而楊氏則強調不學,強調自得,由師古一變而爲師心,遂開後世性靈一派,故能別成一體。然又不能如陸游之接觸社會現實,於是取材於山水風月之間,欲待創一種比較特殊之風格。蓋彼之所以以李杜蘇黃並舉而言者,正欲以李蘇之豪放變化,不拘一格,藥江西詩偏執之弊耳。東坡論詩,本帶禪味,楊氏繼之,又加甚焉。故其論李杜蘇黃四家之詩,以無待乎舟車與有待乎舟車而未始有待乎舟車爲喻,謂:"今夫四家者流,蘇似李,黃似杜。蘇李之詩,子列子之御風也。杜黃之詩,靈均之乘桂舟駕玉車也。無待者神於詩者歟? 有待而未嘗

---

① 見呂本中《童蒙詩訓》。

有待者,聖於詩者歟?"①此喻甚妙。以舟車喻詩法句律,説明舟車不可廢,但可以無待乎舟車,亦可以有待而未始有待乎舟車,其論固入微,然仍不廢學;不過再從蘇軾《詩頌》"衝口出常言,法度去前軌"之語,受到啓發,説得更爲圓通而已。然則當時詩風之變,正是從藝術角度着眼而以蘇濟黄,非真能探詩之本,使之反映現實也。

　　此外,詩話中又謂"褒頌功德,五言長韻律詩最要典雅重大",因舉杜詩"八荒開壽域,一氣轉鴻鈞"爲例。又言"七言褒頌功德,如少陵、賈至諸人唱和早朝大明宫,乃爲典雅重大"。此雖指褒頌功德,但强調典雅重大,已似明代七子主張。至如謂"七言長韻古詩如杜少陵《丹青引》……等篇,皆雄偉宏放不可捕捉,學詩者於李杜蘇黄詩中求此等類誦讀沉酣,深得其意味,則落筆自絶矣"。此則尤似滄浪氣象之説,特明而未融耳。要之誠齋詩風轉變之迹,從現象言固似反江西者,從本質言,則與江西詩固一脉相承,此正誠齋所謂"二其味,一其法者也"。安得因其焚少年學江西體之舊作,邃謂此書成於紹興壬午以前乎?

　　以上所述,僅就有關《誠齋詩話》者而言,此乃誠齋詩論之一端,非其全豹也。其《詩論》篇曰:"詩也者,矯天下之具也。……舉衆以議之,舉衆以媿之,則天下不善者不得不媿。……詩果不寬乎?聳乎其必譏,而斷乎其必不恕也,詩果不嚴乎?"清人潘定桂《讀楊誠齋詩集九首》(之二)云:"老眼時時望河北,夢魂夜夜繞江西。……試讀渡淮諸健句,何曾一飯忘金堤!"此固爲其詩論之另一端,然瑜不掩瑕,亦不妨附論及之。

艇齋詩話

　　一卷,曾季貍撰,存。

　　季貍②字裘父,號艇齋,南豐人,舉進士不第,師事韓駒、吕本中、張栻,有詩名。張栻《南軒文集》卷五有《送曾裘父序》稱其"直諒多聞,古之益友",朱子集中也有寄曾艇齋詩云:"有約來何晚,行吟溯遠風,老懷清似水,雙鬢斷如蓬。晤語非無得,疏慵正略同,清秋湖上集,只是欠車公。"亦可想見其人。則其立身治學

---

①　見《誠齋集》卷七十九《江西宗派詩序》。
②　《説郛》本作曾李經,誤。

當亦略同紫微,不能僅以詩人目之。陸游《渭南文集》卷十五有《曾裘父詩集序》,稱其"安時處順,超然事外,不矜不挫,不詆不懟,發爲文辭,沖澹簡遠,讀之者遺聲利,冥得喪,如見東郭順子悠然意消"。亦以其爲人與爲詩並舉言之,固異於時人之僅僅以詩爲事者。郡守張孝祥樞密劉珙薦於朝,皆不起。所著有《論語訓解》《艇齋雜著》等書。

是書舊有《説郛》本,不全。張金吾《愛日精廬藏書志》卷三十六謂:"是書《直齋書録解題》《文淵閣書目》《讀書敏求記》俱著録,近則罕有傳本。四庫全書著録宋人詩話及附載存目者幾五十種,而此獨見遺,則傳本之稀可知。"張文虎《舒藝室雜著賸稿》有《書艇齋詩話後》一文,言"以貽錢鼎卿學博刊入《藝海珠塵續集》,爲談詩家增一枕中鴻寶"。今未見此書,當未刊行也。今傳世者,有《琳琅秘室叢書》本,蓋即據愛日精廬傳鈔本刊行,有胡珽校譌及董金鑑續校語,丁福保《歷代詩話續編》所收即據此。

陸游《曾裘父詩集序》謂"予紹興己卯庚辰間,始識裘父於行在所,自是數見其詩,所養愈深而詩亦加工。比予來官臨川,則裘父已歿"。考游官臨川時,在淳熙五六年間(一一七八——一一七九),則是書之成必在此時之前,殆在隆興、乾道間乎?

季貍師事吕居仁,其詩亦近江西派。是書所載,頗類《紫微詩話》,亦以關於江西詩人之遺聞軼事爲多,研究江西詩派者不可不重視之。《宋史·藝文志》著録是書,乃入子部小説類,不入集部文史類,殊不可解。《詩話》中屢稱徐東湖吕東萊,據陸游序中稱"裘父諱季貍,及與建炎過江諸賢游,尤見賞於東湖徐公",則書中多加稱道亦固其宜。而方回乃以阿諛師川譏之,就人品論,此真"夫子自道",未免以己心度季貍矣。至是書之疵,如謂"前人論詩不知有韋蘇州,至東坡而後發此秘"之類,則是考證偶疏之故。蓋江西詩之末流僅於詩中求詩,甚至僅於杜柳黃陳少數作家集中求詩,自封其眼界,遂不免有此疎舛耳。矯之者又旁及二氏,搜尋僻典,作爲詩料以自矜其博,要之均受時人純藝術論之餘毒也。吴景旭《歷代詩話》卷三十四、趙翼《甌北詩話》卷十一、朱緒曾《開有益齋讀書志》卷六,以及張文虎《舒藝室雜著賸稿·書艇齋詩話後》,均列舉其疵誤,可參閲。

白石道人詩説

一卷,姜夔撰,存。

夔(一一五五？——一二二一？)字堯章,鄱陽人。居苕雪時,與白石洞天爲鄰,潘德久稱之白石道人,堯章遂因以自號,尊仰之者呼爲白石老仙。堯章學詩於蕭千巖,時黃巖老亦號白石,亦學詩於千巖,詩亦工,時稱爲雙白石。姜氏爲一代詞家,顧《宋史》失載夔傳。明清以來,如張羽、嚴傑、徐養原、夏承燾等均補爲之傳。

　　是書一稱《姜氏詩説》,各本皆附刻其詞集或詩集後。其列入叢書中者,有《學海類編》《歷代詩話》《詩話樓瑣刻》《詩觸叢書》《談藝珠叢》《詩法萃編》《學詩津逮》《榆園叢刻》《南宋羣賢小集》《娱園叢書》《螢雪軒叢書》《藝圃蒐奇》以及《一瓻筆存》諸本。據《千頃堂書目》卷十五尚有《古今彙説》本,未見。

　　此書《自序》謂淳熙丙午(一一八六)得之於南嶽雲密峰頭一老翁,其爲托辭固不待言。但此書論詩,脱盡恒蹊,在當時詩話中,亦確能獨樹一幟,於江西詩論披靡一世之後,《滄浪詩話》尚未流行以前,欲於詩話中窺當時詩論轉變之迹者,當推此書矣。堯章雖從蕭千巖學,顧又請益於同時前輩范成大、尤袤、楊萬里等。《詩説》所言,當以得之楊氏者爲多,特堯章更加以發揮耳。此書稱《詩説》而不稱"詩話",亦表示重在理論,與一般詩話之述故事尚考據者有别。

　　是書論詩亦重詩法與詩病。如云:"不知詩病,何由能詩;不觀詩法,何由知病!"似仍不脱江西詩人之口吻。但彼所謂"病",謂"名家者各有一病",指示學詩者勿學人之疵,則勘進一層矣。又謂"雕刻傷氣,敷衍露骨。若鄙而不精巧,是不雕刻之過;拙而不委曲,是不敷衍之過",則面面俱到,歸於自然矣。彼所謂"法",有章法句法之分。大篇之布置以"首尾停勻,腰腹肥滿",爲章法之標準;以"句意欲深欲遠,句調欲清欲古欲和"爲句法之標準。則與求工於句字,講詩眼講用字者又高一着矣。論點同於江西,論調則超於江西矣。

　　即其論悟論活法,亦每與江西詩人不同。《詩説》謂"文以文而工,不以文而妙。然舍文無妙,勝處要自悟"。此所謂"悟",與吕本中《童蒙詩訓》所謂"悟入必自工夫中來,非僥倖可得"之説不同。蓋其所謂妙,本於東坡所謂"衝口出常言,法度去前軌。人言非妙處,妙處在於是"之妙,則所謂"悟",亦即悟此妙處而已。蘇黃詩風格不同:黃重在工,故江西詩人之論詩每於工中求悟;蘇重在妙,而其義則罕見闡發。姜氏蓋承楊萬里之餘緒,欲援蘇説以革江西詩風者也。《詩説》又謂"乍叙事而間以理言,得活法者也"。此所謂"活法",亦與吕本中《夏均父集序》所謂"活法者,規矩備具而能出於規矩之外,變化不測,而亦不背於規矩"之説不同。姜氏所謂"活法",仍是本於東坡"法度去前軌"之説而加以發揮者。"法度去前軌",則胸中本無法執,隨物賦形,文成法立,此正"妙"之極處,而近於誠齋之所謂"神於詩者"。《詩說》又云："意出於格,先得格也;格出於意,先得意也。"先得格者,所以爲"工";先得意者,所以爲"妙"。此正蘇黃之別,而誠齋與姜氏正從此等分別處以革江西詩風者,故均以不學爲學。

姜氏《詩集自序》謂"近過梁谿,見尤延之先生,問余詩自誰氏,余對以異時泛閱衆作,已而病其駁如也,三薰三沐,師黃太史氏。居數年,一語嚌不敢吐,始大悟學即病,顧不若無所學之爲得,雖黃詩亦儼然高閣矣"。此說即衍誠齋之論。其《自序二》又言："作者求與古人合,不若求與古人異;求與古人異,不若不求與古人合而不能不合,不求與古人異而不能不異。"此正說明"不若無所學之爲得"之意。實則即從《誠齋荆溪序》所謂"辭謝唐人及王、陳、江西諸君子皆不敢學"之說蛻化而出,固宜其較江西詩人活法之說更爲圓通無礙矣。論活法,無定而有定,有定而又無定,說固微矣,然而猶有詩之見存。白石則云："彼惟有見乎詩也,故向也求與古人合,今也求與古人異。"彼言活法者,皆有見乎詩者也。必也無見乎詩,始到悟境,能到悟境,始達妙境,於是"不求與古人合而不能不合,不求與古人異而不能不異",此則所謂"學至於無學"也。有見乎詩,故能臻於"工";無見乎詩,斯能達乎"妙"。此較楊萬里聖於詩神於詩之說,更爲微妙,然使純藝術論轉爲唯心主義之傾向亦更爲明顯,與滄浪妙悟之說,亦相差無幾矣。悟而曰妙,或以此故。然則此書故作神秘托爲雲密峰頭老翁之說,亦非無因矣。

白石論詩,標舉四種高妙,而以"自然高妙"爲極詣;標舉四種方式,而以"詞意俱不盡"爲難能。此所以王士禛《漁洋詩話》稱"白石論詩未到嚴滄浪,頗亦足參微言"也。顧滄浪論詩不免故作高論,有英雄欺人之態,而白石猶是於甘苦備嘗之後,發爲體會有得之言,故此後之較偏性靈說者猶能有取於是。謝章鋌《賭棋山莊詞話》欲以《詩說》爲詞話,而以自然高妙,謂即詞家本色當行。錢振鍠《詩話》亦謂"自然一行即當融入上三行,於理意想之中求其自然"。此即與漁洋所論不同。漁洋所以許其"足參微言"者,以其近於神韻之說,而又稱其"未到滄浪"者,則又以是書所論不全屬架空之談,與神韻猶有距離也。《漁洋詩話》與《隨園詩話》均有稱許《白石詩說》之處,而各異其體會,此即白石、滄浪異點之所在矣。然其陷於唯心主義則一而已。

庚溪詩話

二卷,陳巖肖撰,存。

嚴肅字子象,東陽人。父德固,死靖康之難。紹興八年(一一三八)子象以任子中詞科,仕至兵部侍郎,自號西郊野叟。是書首頁次行原祇標其別號,左圭《百川》本即如此,故昔人罕有知其姓氏者。自吴師道《敬鄉録》首言嚴肅著《庚溪詩話》,此後胡應麟據之,復參以書中各條加以考證,始確知其姓氏①。今則《歷代詩話續編》及《螢雪軒叢書》等均改題其姓氏矣。《竹崦盦傳鈔書目》《孫氏祠堂書目内編》均誤作"陳肖巖"。《自號録》又誤作"葉嚴肖"。

"庚溪",《國史經籍志》作"庾溪",《道光金華縣志·藝文志》又作"唐溪",均由形近致誤。此書卷數,各家著録有作一卷者,如《述古堂書目》及《浙江通志·經籍志》等均作一卷,但今傳一卷本,如《説郛》僅三十九則,《古今詩話》僅二十五則,《學海類編》僅二十九則,皆不全。他如《四庫總目提要》《續通志·藝文略》《續通考·經籍考》以及《澹生堂書目》《近古堂書目》等均作二卷。今世流傳,如《歷代詩話續編》《螢雪軒叢書》以及《續金華叢書》等亦皆二卷,惟《也是園書目》作三卷,當係字誤。此外,據《千頃堂書目》有《文獻叢編》本,據周春《耄餘叢話》有《太平廣彙》本,均未見。

至於成書時代,胡應麟謂成於紹興,適南渡之始。《提要》以書中稱高宗爲太上皇帝,孝宗爲今上皇帝,光宗爲當今皇太子,因斷言謂成於淳熙中,當以《提要》説爲是。

是書編次,上卷首宋代帝王詩,次歷代帝王詩,又次杜詩蘇詩;下卷雜論宋人詩,亦間及詞,佚詩佚詞頗賴以傳。惟重在記述本事。其專論詩學,如論江西派末流之弊諸條者,殊不多見也。

二老堂詩話

一卷,周必大撰,存。

必大(一一二六——一二〇四)字子充,一字弘道,廬陵人,紹興二十一年(一一五一)進士,孝宗朝歷右丞相,拜少傅,進益國公,寧宗朝以少傅致仕,卒諡文忠。《宋史》三百九十一卷有傳。

是書有《益國文忠公全集》本、《津逮》本、《歷代詩話》本、《螢雪軒》本,均足

---

① 見《少室山房類稿》卷一百六《題庚溪詩話後》。

本。惟《説郛》本删節不全。各本見叢書中者多作一卷,全集本作二卷,實則不過分卷多寡有異,不關内容之完缺也。《善本書室藏書志》作三卷,疑誤。

《四庫總目提要》稱"必大學問博洽,又熟於掌故,故所論多主於考證"。今觀其所論,雖不免偶有疏舛,然就大體言之,固與世之藉餖飣以角勝者不同。如"陶淵明山海經詩"一條,謂靖節此題,篇指一事,斷言曾紘改"刑天舞干戚"之非;"唐酒價"一條,謂詩人一時用事未必實價;"杜詩元日至人日"一條,謂子美紀實未必如洪興祖引東方朔占書之説。此則識解通達,正不泥於考據矣。宋人解詩,每泥於來歷之説,妄生穿鑿,而於杜詩尤甚,然徒逞博洽,轉滋謬説,施閏章《蠖齋詩話》謂"添卻故事減卻詩好處",洵不誣也。周氏於此,轉能破除鑿説,不以考據自矜,不可謂非卓識之士矣。惟宋人詩話每以偏於記事考證之故,流爲雜著,周氏亦不能免此,甚有與詩話無關者。此則時人通病,亦未可專以是責周氏也。

書中"老人十拗"條,謂"余年七十二,目視昏花,耳中無時作風雨聲,而實雨却不甚聞",則此書之作乃在周氏晚年。周氏卒於嘉泰四年(一二〇四),年七十九,而書中有"慶元丙辰"之語,丙辰爲慶元二年,時必大七十一歲,則是書之完成,必在慶元四年(一一九八)後矣。

草堂詩話

二卷,蔡夢弼編,存。

夢弼字傅卿,建安人,嘗注韓退之、柳子厚之文,嘉泰中(一二〇一——一二〇四)著《草堂詩箋》四十卷,《補遺》十卷。是書原附刻其後,此後別有單行之本,而《詩箋》反不顯於世。故《四庫總目提要》亦謂"《詩箋》久佚,惟此書僅存"也。實則《詩箋》亦未佚,今《詩話》附刻《詩箋》後者,有《古逸叢書》本,《後知不足齋叢書》本。其單行者,有清代杜氏、方氏刊本。其列入叢書中者,有《歷代詩話續編》本。王太岳《四庫全書考證》卷一百亦有論及是書之處。

是書專輯宋人詩話、語録、文集説部中論杜之語,蓋踵《漁隱叢話》之例,而爲專家詩話之體。又採諸家説後,亦仿《叢話》之例,間附辨正之語,頗異於惟事採摭者。《四庫總目提要》謂"此書詳贍,勝於方道深《續集諸家老杜詩評》",則知採輯爲書,亦關學問,自有高下之分矣。

書中所採諸書,最後者爲《庚溪詩話》,知其成書當在寧宗時。《詩箋》有嘉泰甲子(一二〇四)自跋,此書殆亦同時。又書中所引《山谷詩話》《秦少游詩話》《王彥輔詩話》,昔人均不言有此書,豈隨意立名,抑當時自有輯出別行者耶?

據王士禛《居易録》卷五謂:"《草堂詩話》二卷,凡二百餘條,建安蔡夢弼集。牧齋剌取增入僅二十條而已。"可知蔡氏搜輯之勤。不僅如是,余觀錢謙益之《杜集諸家詩話》引劉禹錫《嘉話録》論杜詩用茱萸字,而《嘉話録》中無此文。案此條見余《宋詩話輯佚》本《古今詩話》一百零九條,原文只言"劉禹錫言",而牧齋即以爲是《嘉話録》中語。此後劉鳳誥撰《杜工部詩話》即本錢説,沿其誤而未改。益可證錢氏集録之疏,固不僅草率從事,所補僅二十條,而即攘人之功以爲己有也。

竹莊詩話

二十四卷,何汶編,存。

是書原不著撰人名字,錢曾《讀書敏求記》作竹莊居士。林昌彝《海天琴思録》卷三甚至有"不知何代人"之語。《四庫總目提要》據《宋史·藝文志》有"何谿汶《竹莊詩話》二十七卷",因定爲何谿汶撰,但亦只知爲宋人,於其里貫仕履,仍無所述。考方回《桐江集》卷七有《竹莊備全詩話考》云:"《竹莊備全詩話》二十七卷,開禧二年(一二〇六)丙寅處州人新德安府教授何汶所集也。……汶羣從澹等七人登科,洋涓同慶元丙辰(一一九六)榜",是則當作何汶,非谿汶矣。書成於開禧二年,則是寧宗時人之著,《提要》謂"此書作於宋末"亦非也。

《提要》謂"今本二十四卷,其數稍異,或傳寫佚其三卷,或後人有所合併"。案方回云:"第一卷載諸家詩話議論,第二十六、二十七卷摘警句,中皆因諸家詩話爲題而載其全篇,不立己見己説,蓋已經品題之詩選也。《木蘭詩》《焦仲卿詩》見古樂府,鄭嵎《津陽門詩》、劉叉《冰柱》《雪車》詩諸名輩大篇膾炙人口者俱在,可資話柄,亦似類書,乾、淳以來鉅公詩則未有之。"今是書第一卷與方氏所言同,而摘警句者,即在第二十三、二十四卷,然則是書之有所合併與散佚即在中數卷矣。《千頃堂書目》文史類,與《浙江採集遺書總録》均作二十二卷,然則此二十四卷本,又其較爲完備者矣。今商務印書館以此書收入《四庫珍本初集》中。

王若虛《滹南詩話》卷三謂"《竹莊詩話》載法具一聯云:'半生客裏無窮恨,告訴梅花説到明',不知何消得如此!"今此聯即載《詩話》二十一卷中。除此則外,罕見他書稱引,亦足見是書流傳之稀。殆亦以此書與《詩林廣記》體例相似,並在詩評總集之間,迨蔡著流行而此書始晦歟？後出者易爲功,亦可謂有幸有不幸矣。

《提要》謂:"其所引證,如《五經詩事》、《歐公餘話》、《洪駒父詩話》、《潘子眞詩話》、《桐江詩話》、《筆墨閒錄》、劉次莊《樂府集》、邵公序《樂府後錄》,今皆未見傳本,而呂氏《童蒙訓》論詩之語,今世所行重刊本,皆削去不載,此書所錄尚見其梗概"云云,則於輯佚校勘等工作有資考校,亦是書可取之處。

娛書堂詩話

二卷,趙與虤撰,存。

趙與虤字威伯,爲太祖十世孫,是寧宗以後人。是書備論詩法,兼有考證,亦附及時人軼事,在南宋詩話中尚爲佳本。《詩人玉屑》引其書均稱《趙威伯詩餘話》,或簡稱作《餘話》,豈此爲舊稱,其後刊刻或複刻,始易稱《娛書堂》歟？宋人詩話每有更定名稱之例,如《王直方詩話》之稱《詩文發源》或《歸叟詩話》,即其一例。或者不察,乃以《娛書堂詩話》爲趙與虤撰,《趙威伯詩餘話》爲趙威伯撰,則大誤矣。《文淵閣書目》及《菉竹堂書目》著錄是書均作《趙威伯詩話》,則是在後世猶有用此稱者。

是書卷數,《說郛》本云十卷,但僅錄六則,則一卷耳。《也是園書目》《述古堂書目》及《讀書敏求記》均作四卷,《四庫總目》及《澹生堂》《千頃堂》《結一廬》諸目又均作一卷。今四卷本未見,不知果出分合之異,抑由完缺之故也。是書鮮刻本,流傳不廣,故《宋史·藝文志》未著錄。倪燦《宋史藝文志補》始錄入文史類。蓋是書見《汲古閣》《述古堂》《結一廬》《浙江採集遺書總錄》《善本書室藏書志》《八千卷樓書目》者均言抄本,故世罕知之。自顧氏收入《讀畫齋叢書》中,於是丁氏復據以輯入《歷代詩話續編》,而流傳始廣。

《說郛》本雖僅六則,然末二則爲《讀畫齋》及《歷代詩話續編》本所無。其一云:"宋[①]人紫芝贈李道士云:'教人知道甲,笑客問勾庚',前人所未對,亦警語也。"其二云:"白樂天詩云:'倦倚繡牀愁不動,緩垂絲帶髻鬟低[②]。遼陽春盡無

---

① 案"宋"字可疑,或出後人改竄。
② 白詩作"紅綃帶緩綠鬟低",又"倦倚"作"斜凭"。

消息,夜合花前日又西。'好事者畫爲倦繡圖。"均可據以補入。又考《詩人玉屑》及《詩林廣記》所引《餘話》,有在今傳各本中者,然大都爲今傳各本所無,亦可據以補輯,則知今傳二卷本亦非足本矣。惜不得四卷本一證之也。

滄浪詩話

　　一卷,嚴羽撰,存。

　　羽,字儀卿①,一字丹邱,邵武人,自號滄浪逋客。有《滄浪吟卷》。《樵川二家詩》中有朱霞所撰《嚴羽傳》較詳,此外,如《閩書》以及在通志、府志、縣志中者皆甚略。

　　是書原爲一卷,許印芳《詩法萃編》釐爲二卷,非其舊。此書每附刻《滄浪詩集》後,綏安朱氏刻《樵川二家詩》亦如之,其單行而見叢書中者,有《百川》《天都閣藏書》《津逮秘書》《歷代詩話》《詩函樓瑣刻》《詩觸叢書》《詩學指南》《清芬堂叢書》《秘册叢書》以及《説郛》《寶顔堂秘笈》《詩法萃編》《談藝珠叢》《螢雪軒叢書》《宋詩話七種》《學詩津逮》諸本。諸本大率相同,惟末附《答吳景仙書》間有删去者。此外,據各家書目著録尚有《格致叢書》本、《澹生堂餘苑》本、《四家詩法》本,《古今彙説》本,均未見。

　　明刻本《滄浪詩集》四卷所附《詩話》一卷,有咸淳四年(一二六八)黃公紹序,知是書之始刻在度宗咸淳年間。考戴復古《石屏集》有《祝二嚴》詩,此詩雖不能確知其時代,但就詩中語意言之,當在理宗紹定元年(一二二八)左右。戴氏生於孝宗乾道三年(一一六七),此時已六十餘歲,故有"白頭走四方,辛苦無伴侣"之語,及"前年得嚴粲,今年得嚴羽",遂亦視爲此道不孤而深自喜幸。詩中又云:"羽也天資高,不肯事科舉。風雅與騷些,歷歷在肺腑。持論傷太高,與世或齟齬。"則此時《詩話》即未寫定,意見當已成熟,故石屏有持論太高之語。如使此時詩話業已完成而就正石屏,揣羽年齡,亦僅在三十至四十之間,下距咸淳四年有四十年,或羽未及見此書之刊行也。

　　宋人詩話以此書最享盛名,影響亦最大。爲之注釋者有四種:胡鑑始作《滄浪詩話注》,此後王瑋慶有《滄浪詩話補注》,胡才甫有《滄浪詩話箋注》,余亦有

---

① 案胡應麟、胡震亨、錢謙益、毛先舒等人著作中每稱"嚴儀羽卿",疑明時別有誤本。

《滄浪詩話校釋》。攻之者有馮班《嚴氏糾謬》一卷。日人西常道氏又於馮班《鈍吟集》中録其有關論詩之語,爲《滄浪詩話附録》一卷。二書均輯入《螢雪軒叢書》中。

是書首《詩辨》,次《詩體》,次《詩法》,次《詩評》,次《詩證》,凡五門。末附《與吳景仙論詩書》。專尚理論,較有系統,迥異於時人零星瑣碎之作,故特爲人所重視。魏慶之《詩人玉屑》於此書採擷頗多,幾於全部收録,故最有利於校勘。余撰《校釋》,即據《玉屑》引文加以校訂,於是書先後排次及各條分合之間,亦以《玉屑》爲主,正今傳各本之誤。考《玉屑》有淳祐甲辰黃昇序,甲辰爲理宗淳祐四年(一二四四),更可確知《滄浪詩話》之成書,必在淳祐以前。上距理宗紹定間,羽與戴復古相識之時僅十餘年,則戴氏已見及此書,亦未可知。《滄浪吟卷》中有《送趙立道赴闕……》詩,就事以考,當是理宗寶慶元年(一二二六)之作,而詩中有"漂泊微軀老"之語。閱二年,羽與戴氏相識而戴氏贈詩。又閱十餘年而魏氏輯《詩人玉屑》,採録羽著,故知《滄浪詩話》之成書較早,可能在紹定以前,至遲亦必在淳祐以前。而魏氏所見者當爲其原稿或傳鈔本,故與今傳各本有異。至其所以不同之故,是否始於黃公紹作序之本則不可考矣。

是書論詩,關鍵在一"識"字。《詩辨》開端第一句,"夫學詩者以識爲主"[①],開宗明義,已極明顯。書中慨歎"正法眼之無傳久矣",又謂"看詩須著金剛眼睛","如此見方許具一隻眼",他如"識太白真處""識真味"云云,亦均從"識"字上生發。至其《答吳景仙書》所謂"至識則自謂有一日之長",其以識自負如此。故今論是書亦應以其所謂"識"爲主。

綜其所謂"識",不外禪與悟二者。因識得悟,又因悟而通於禪。故禪悟之説,雖爲時人習見之論,但經滄浪加以組織,加以發揮,使之系統化,理論化,此則滄浪詩論之長,亦即其識力之長。其自負處在是,其受攻擊處亦在是。《四庫總目提要》謂"明胡應麟比之達磨西來,獨闢禪宗,而馮班作《嚴氏糾謬》一卷,至詆爲囈語,要其時宋代之詩,競涉論宗,又四靈之派方盛,世皆以晚唐相高,故爲此一家之言,以救一時之弊。後人輾轉承流,漸至於浮光掠影,初非羽之所及知。譽者太過,毀者亦太過也"。此則持平之論。惟惜其僅就影響所及而加以折衷,猶未觸及其詩論之核心,令人有模糊影響之感耳。蓋滄浪所論,開後世神韻、格調二派,其長處在能包涵此二者之論點而自成系統,以爲詩學建一門庭,而短處

---

① 此據《詩人玉屑》所引,余撰《校釋》即宗之。

則在依違於此二者之間,轉有牴牾之迹。其説備見余舊著《神韻與格調》一文①,茲不贅述。故論其影響,由於對其詩論核心之理解不同,已有神韻、格調二派之歧。而況此所謂核心也者,僅僅是一家之言,而此一家之言,又僅僅以藥一時之病者乎?則後人於是書毀譽參半,固其宜矣。滄浪論詩重一"識"字,固有一日之長,然識有大有小,則所識有偏有全,有末有本,而所謂"識"者亦有長短可言矣。此毀譽之所由來也。吾人並不否認滄浪之識之長,第惜其所謂"識",非從生活中來,從現實中來,而是從"閉門"中來,從"自家實證實悟"中來,故其論詩只能從藝術風格上作唯心神秘之談,而於根本處則罕見論述。此則是書最大受病處,余在《滄浪詩話校釋》中亦已言之,茲不復贅云。

詩人玉屑

  二十卷,魏慶之撰,存。

  慶之字醇甫,號菊莊,建安人。黃昇謂其"有才而不屑科第,惟種菊千叢,日與騷人逸士觴詠於其間",此舊時所謂超塵絕俗之士,而今則一脫離現實之人而已。

  《四庫總目提要》之論是書,謂:"宋人喜爲詩話,裒集成編者至多。傳於今者,惟阮閱《詩話總龜》、蔡正孫《詩林廣記》、胡仔《苕溪漁隱叢話》及慶之是編,卷帙爲富。然《總龜》蕪雜,《廣記》掛漏,均不及胡、魏兩家之書。仔書作於高宗時,所録北宋人語爲多;慶之書作於度宗時,所録南宋人語較備。二書相輔,宋人論詩之概亦略具矣。"對於此四書之評論,固甚公允,惜稍涉膚廓,不得是書要領耳。蓋是書在《滄浪詩話》以後,詩話面貌本已一新,則纂輯成編,其精神亦應與以前有所不同。黃昇序是書,謂"詩話之編多矣,《總龜》最爲疎駁,其可取者惟《苕溪叢話》,然貪多務得,不泛則冗;求其有益於詩者,如披沙簡金,悶悶而後得之,故觀者或不能終卷"。此則鞭辟入裏,頗得菊莊編纂之精神,大抵宋人詩話,自六一創始以來,率多取資閑談,其態度本不甚嚴正。迨其後由述事而轉爲論辭,已在南宋之際,張戒、姜夔始發其緒,至滄浪而臻於完成,幾於以詩學爲主矣。菊莊承其風,故是書十一卷以上,分論詩法、詩體、詩格以及學詩宗旨各問題,其體例雖

---

① 見《燕京學報》二十二期。

略同於《詩話總龜》之"琢句""藝術""用字""押韻""傚法""用事""詩病""苦吟"諸目而更爲嚴正，不落小說家言。十二卷以下品藻古今人物，其分目以人以時爲主，又多與《漁隱叢話》相類，而更加精嚴，不涉考證，不及瑣事。故能兼有二書之長而無其弊。蓋阮、胡之作，受當時詩話風氣所限，不得不重在述事，此固無可如何者。菊莊之時，詩話已入正軌，則博觀約取，去蕪存菁，又出時勢所需要矣。惜菊莊書中未採及《歲寒堂詩話》爲稍疎耳。要之是書另立宗旨，與前迥異，故其書即引苕溪漁隱之語，或轉引上述二書所錄各家詩話之語，然而宗旨意趣，自有區別，此則是書特出之點也。然由於過重學詩作詩之法，不免採及唐人詩式詩例之作，不知唐人此類書籍，大都爲舉業揣摩之用，或則釋子妄生穿鑿，詭立名稱，非特無補詩道，抑且論詩入魔，害人不淺，而菊莊竟亦採及之，重揚其波，斯則白璧之微瑕耳，意者脫離現實以論詩，總不免走入歧途歟？

方回《桐江集》卷七有《詩人玉屑考》，謂"閩人有非大家數者，亦特書之，似有鄉曲之見"，此亦確論。但聞見所囿，採近遺遠，勢所難免，似亦未可苛求，況閩人文化，此時遠勝前代，事實如斯，安得遽以鄉曲之見病之。其書於《滄浪詩話》幾全部錄入，而於各條先後分合之間，每覺是書所引，較今傳各本爲勝。即所引《玉林詩話》採錄之閩人詩，亦非不經選擇者，特以地僻，人罕覯其集耳。

是書有淳祐甲辰（一二四四）黃昇序，知是書之成在淳祐間，尚在度宗之前。韋居安《梅磵詩話》稱"魏醇父所著《詩人玉屑》，編類精密，諸公多稱之"，則是書在當時已頗流行。宋時刻於湖南者有十卷本。明天順間（一四五七——一四六四）江東宋宗魯刻本亦祇十卷，焦竑《國史經籍志》著錄作十卷，當即據此。通行者爲二十卷，自明嘉靖六年（一五二七）重刊元本，至清道光間（一八二一——一八五〇）古松堂重刻宋本皆然。惟日本寬永十六年刻本，則有二十一卷。一九六一年中華書局上海編輯所校印者即此本。又有作二十二卷者，見《孝慈堂書目》及《文瑞樓書目》，疑皆鈔本。《文瑞樓書目》則易稱爲《詩益嘉言》。考蔣瀾《藝苑名言》、盧衍仁《古今詩話選雋》所引書皆有《詩益嘉言》之目，而核其文詞，均見今本《詩人玉屑》中，則名稱雖異，原即一書也。惟二十一卷中有《中興詞話》一目，則二十二卷本當更有增益部分，惜不得一校耳。又《述古堂書目》詩話類作十四卷、二本，其卷數又不同，當以作二十卷者爲正耳。至其見於叢書中如《格致叢書》本、《文獻彙編》本，均未見，想或有刪節，其卷數當更不同矣。

是書以流行之廣，翻刻之衆，故頗有訛字。《經籍訪古志》所載朝鮮刊本玄惠一跋，即可知其誤字之多。近中華書局校印本附有校勘記，極便讀者，在今流傳各本中,當以此本爲最善矣。

後村詩話

前集二卷,後集二卷,續集四卷,新集六卷,劉克莊撰,存。

克莊(一一八七——一二六九)字潛夫,號後村,莆田人,以蔭仕,淳祐中賜同進士出身,官龍圖閣直學士,卒謚文定。

是書有《説郛》本,不全。有單行本,祇二卷,即前集。其四集俱全者,惟《後村大全集》本及《適園叢書》本二者而已。《適園》本經張均衡校,遠勝《大全集》本。其前後二集爲克莊六十至七十時作,在淳祐、寶祐之際(一二四七——一二五七);續集成於咸淳二年(一二六六),時年八十;新集成於咸淳四年(一二六八),時年八十二矣。據林希逸所撰《後村行狀》,謂"其在新集者,半出目眚之後,口誦成篇",則詩話新集當亦如是。王士禛謂"詩話新集中多摭中晚唐人詩,無所取裁,可刪"。余案集中論陸龜蒙詩,忽及陸游詩,亦似失檢。

克莊與嚴羽同時,顧論詩主張並不相似,故今論是書須與《滄浪詩話》並論,蓋相互比觀,則論述可更深切耳。由年齡言,滄浪雖比後村稍後,然以禪喻詩與以禪論詩之説,滄浪早已成熟。在理宗寶慶、紹定年間,滄浪與戴石屏相識定交之時,滄浪之《詩辨》《詩體》諸章或已粗具規模,故石屏贈詩有持論太高之語。且影響所及,蔚成風氣,於是後村集中每有反對詩禪之説。實則後村與滄浪不同者僅此一點,此外則正有相同之處。如《竹溪詩序》云:"唐文人皆能詩,柳尤高,韓尚非本色。迨本朝,則文人多,詩人少。三百年間雖人各有集,集各有詩,詩各自爲體,或尚理致,或負材力,或逞辨博,要皆文之有韻者爾,非詩也。自二三鉅儒及十數大作家,俱未免此病。"此語與滄浪所謂"以才學爲詩,以議論爲詩"者何以異!又如《韓隱君詩序》謂"資書以爲詩失之腐,捐書以爲詩失之野",與滄浪所謂"詩有別材,非關書也;詩有別趣,非關理也。然非多讀書多窮理,則不能極其至",又何以異!後村序《仲弟詩》稱其"以質勝綺,以雅絀哇,以静治躁,高處往往無蹊逕可尋,不繩削而自合"。其所謂"無蹊逕可尋",即滄浪"無迹可求"之説也;所謂"不繩削而自合",亦即滄浪"當行""本色"之義也。即以禪論詩喻詩之語,後村亦未嘗無之。如《序二林詩後》云:"子真詩如靈芝醴泉,天地精英之氣融結而成,如德山趙州機鋒,如寒山梵志詩偈,不涉秀才家筆墨蹊逕,非頂門上具一隻眼，未易觀。"又"二十年前見子常詩，……余有咄咄逼人之歎，今得其近製，……余益歎君進未止。豈余老古錐如新戒縛律，君大自在如散聖安禪！因書其後以求商榷"。則後村固亦多用禪語矣。余非欲泯滄浪、後村二家詩論之別，但近時論者以後村集有顯攻詩禪説之論，而滄浪無指摘後村之語，遂以爲滄浪雖未明攻，却寓陰詆，於是發爲隔山開砲之説，此則厚誣滄浪，不得不辨。滄浪固謂"雖獲罪於世之君子不辭也"，態度光明，奚必以陰詆爲得計！蓋後村受學於真西山，故論詩亦以世教民彝爲主，雖不致如西山之固，但使詩論流於禪學，容唯心主義侵入詩壇，則後村固期期以爲不可者，此則學術上之見解不同，固無私人恩怨存在其間也。至滄浪論詩雖有襲取前人陳言之處，但能化爲己有，自成一家之學，則陳言翻新，仍是"自家閉門鑿破此片田地"得來，非剽襲摭拾者比也。滄浪既自認所見爲"驚世絶俗之談"，原不妨説得"沈著痛快"，説得"深切著明"，使之"顯然易見"也。若隔山開砲，則隱晦矣。豈有欲"斷千百年公案"而乃陰訐時人以爲快者，亦不免小視滄浪矣。後村《題何秀才詩禪方丈》云："夫至言妙義，固不在於言語文字，然舍真實而求虛幻，厭切近而慕闊遠，久而忘返，愚恐君之禪進而詩退矣。"此論至公，滄浪之病，正在此片田地係閉門鑿出者。閉門鑿出則脱離現實，脱離社會，縱欲斷千百年公案，而勢難合轍，適成爲唯心主義之詩論而已。此則滄浪受病所在，固不必爲之諱也。且滄浪成書在前，後村反對詩禪之説，當在詩禪説發生影響之後，滄浪豈能逆知後村之反對而陰訐於前乎？則隔山開砲，殆亦同於無的放矢矣。後村此時，官職未顯，雖早有才名，而踪跡所至，在建陽，在潮陽，在吉州，在袁州，未與滄浪相識亦不足怪，滄浪何必以後村爲敵乎？然則滄浪所謂"獲罪於世之君子"何所指？曰：當時負盛名者惟葉水心，若指水心之左袒四靈則有之，謂指後村則未也。此一事也。

論者又以《滄浪詩話》有"其末流甚者叫囂怒張，殊乖忠厚之風，殆以罵詈爲詩"之語爲指克莊，斯亦未然。此是當時事實，未必專爲克莊而發。考南宋詩禍，一發於韓侂胄，再發於史彌遠。敖陶孫之《題三元樓壁》有"九泉若遇韓忠獻，休道如今有末孫"之語，幾因此得禍，此發於韓者也。陶孫因此得名益盛，可謂已開江湖詩人之風。寶慶初，史彌遠廢立之際，錢塘書肆陳起能詩，江湖詩人多與之善，刊《江湖集》以售，陶孫詩亦與焉。言者改劉子翬《汴京紀事》一聯"秋雨梧桐皇子宅，春風楊柳相公橋"，爲敖陶孫作，以爲指巴陵及史彌遠，於是劈《江湖集》版，詔禁士大夫作詩，陶孫亦坐罪，此發於史者也。在前一事發生時，羽及克莊俱年幼；當後一事發生時，羽與克莊正值壯年，而克莊《南嶽稿》亦在《江湖集》中，言者亦以爲謗訕,與陶孫同坐罪。是則羽所反對者,乃由江西派及四靈詩衍變而成之江湖詩人耳,非專指克莊言也。況敖、劉輩詩出於忠憤,固不得以謗訕目之耶？宋詩之弊,正在脫離現實,不問時事,而惟藝術之是尚,故其詩論局於鍊字造語,運用典實,作用不外酬答,取材不出風月。而如羽者,雖似別立一宗以盛唐爲法,然而以興趣論唐,於氣象學杜,則亦以五十步笑百步耳。故克莊之病不在罵詈,正在阿諛迎合,觀其晚年有賀賈似道爲相之啓,滿篇諛詞,是真可爲克莊惜者。

另一點,滄浪之長在識,後村之長在學。重在識,故鋒芒畢露而或失之偏;重在學,則不拘一格,而轉若無所見其長。《後村詩話》之不及《滄浪詩話》者在此。然而網羅衆作,見取材之博,評衡愜當,見學力之精,如《四庫總目提要》所云:"宋代諸詩,其集不傳於今者十之五六,亦皆賴是書以存。"則又《後村詩話》之長,而爲《滄浪詩話》所不能及者。蓋滄浪長於識,則要言不煩,詩論可盡在詩話之中。後村長於學,故詩論可散見於文集,而詩話則只限於評詩。近人不識此義,或以《滄浪詩話》與其《吟卷》相比附,見《吟卷》中偶有涉及時事之作,遂以爲滄浪詩能反映現實,詩論當亦如此,於是唯心之說,蒙以現實主義之號,則未然矣。又或穿鑿附會,妄生曲解,以興趣爲理趣,以妙悟爲靈感,似是而非,一知半解,則更無謂矣。此又一事也。

因此,滄浪詩論可於詩話中求,而後村詩論則必於文集中求,始能得其精神,明其恉趣。後村《宋希仁詩序》云:"近世詩學有二:嗜古者宗選,縛律者宗唐。……余謂詩之體格有古律之變,人之情性無今昔之異。選詩有蕪拙於唐者,唐詩有佳於選者。常欲與同志切磋此事,然衆作多而無窮,余論孤而少助,晚見宋君希仁詩……皆油然發於情性,蓋四靈抉露無遺巧,君含蓄有餘味。余不辨其爲選爲唐,要是世間好詩也。"其序《陳敬叟集》稱"敬叟才氣清拔,力量宏放,險夷濃淡,深淺密疎,各極其態,不主一體",序《劉圻父詩》又稱其"融液衆格,自爲一家",故其詩話不主一家亦不拘一格,即不以詩名如劉幽求者亦錄其佳句。其論唐宋人詩亦無門户之見,然衡量自有標準。其《瓜圃集序》稱翁定詩"其送人去國之章,有山人處士疎直之氣;傷時聞警之作,有忠臣孝子微婉之義;感知懷友之什,有俠客節士生死不相背負之意,處窮而恥勢利之合,無責而任善類之憂。其言多有益世教,凡敖慢、褻狎、閨情、春思之類,無一字一句及之"。此言亦即《詩話》評詩準則,故於《玉臺新咏》則稱其"賞好不出月露,氣骨不脫脂粉",而"如沈休文《六憶》之類,其褻慢有甚於《香奩》《花間》者"。又於薛能之自譽其詩又自譽其材爲"小人無忌憚者"。《詩話》中類此之例,不一而足,故據後村之文集以讀其詩話,則詩話之精神出矣。

抑不僅文集然也。余讀吳師道《吳禮部詩話》,於《後村詩話》前集卷一論杜牧之聞慶州趙縱使君與党項戰死詩,後村復舉皇祐中儂智高陷康州,守臣曹覲[①]死之,引元厚之哀詩云云,謂可與牧詩並驅。吳氏因言"嘉定中,金人犯蘄黃,蘄守李誠之茂欽、黃守何大節立可死之,後村有聞二守臣訃詩'世俗今猶疑許遠,君王元未識真卿'云云,詞氣無愧前詩,亦平日愛其作而摹擬之也。宋寧宗紀書此事云'何大節棄城,李誠之死之'。後村《答傅伯成諫議書》極辯何公初護官吏士民過武昌,復自還黃,固守半月,城破爲虜騎擁入大江以死。而逃死吏民誣以遁,'疑遠'之句爲何發也"。吳氏此語雖非評論《詩話》之語,而余於此,却認爲吳氏善讀《後村詩話》之例。後村於《詩話》並未標舉宗旨,建立體系,但若與其詩集文集參互比觀,則精神意趣觸處可見,此余所以多舉其集中論詩之語,以補詩話之不足也。

後村於《張季文卷序》云:"文字不可過清也,過清則肖乎癯,'仁義之人其言藹如',未嘗癯也;不可過峻也,過峻則立乎獨,'德不孤必有鄰',未嘗獨也。清峻不已,其幽必至於絕物,其遠必至於遁世。"可知後村之論詩文,固非以脫離塵世爲高,類於隱遯者之所爲矣。其序《王元度詩》又云:"詩貴輕清,惡重濁。王君詩如人鍊形,跳出頂門,極天下之輕;如人絕粒,不食煙火,極天下之清,殆欲遺萬事而求其內,離一世而立於獨矣。雖然,古詩如人倫刑政之大,鳥獸草木之微,莫不該備,非必遺事也;《考槃》於君,《小弁》於親,惓惓而不忍舍,非必離世也。"此類議論雖不見《詩話》中,然而評詩標準大率折衷乎是,固隱隱可見也。

拈此二點以合論二家之詩話,則二家之精神出,而於其論點之長短亦易了然,故吾人於滄浪宜去其唯心之論,於後村宜糾其封建之說,則庶乎其可矣。

江西詩派小序

一卷,劉克莊撰,存。

克莊有《後村詩話》,凡四集,已見前。此文原在《後村大全集》九十五卷中。鮑廷博輯《知不足齋叢書》時,以之附張泰來《江西詩派宗社圖錄》之後,丁福保遂

---

① 案《大全集》本《後村詩話》"曹覲"作"趙師旦"。

據以輯入《歷代詩話續編》之中。

克莊《後村詩話》中云："元祐後，詩人迭起，一種則波瀾富而句律疎，一種則煆煉精而情性遠，要之不出蘇黃二體而已。"但才情出於天賦，非可强致；工夫出於學力，易見功效，故學蘇者少而宗黃者多，此江西詩派之所由形成也。至呂居仁所作《江西宗派圖》，或如張泰來所言："宗派一說，其來已久，……居仁因而結社，一時壇坫所及，遂有二十五人，爰作圖以記之。"則就圖而言，原與詩話無關。即其後編輯成集，如《文獻通考》所錄"江西詩派一百三十七卷，續派十三卷"者，亦爲總集而非詩話。論其與詩話相通者，僅居仁所作之序記耳。序記以山谷爲祖，以陳師道等二十五人爲法嗣，而己附其後，則亦僅一篇記叙之文而已。考范季隨《陵陽先生室中語》及曾季貍《艇齋詩話》，均言此乃居仁戲作，本作一卷，連書諸人姓氏而已。其後開石流傳，遂如禪門宗派，高下分等，即居仁亦自悔其作矣。是則開石流傳之文，高下分等，已與居仁原序有所出入，後人於其去取先後之間，所以多異議者，殆以此矣。

自宗派之名既立，於是程叔逢復搜輯社中人逸詩而彙刻之，楊萬里爲之序，是爲成爲總集之始。不知與《文獻通考》所著錄者是否一書。楊序今在《誠齋集》七十九卷中。考《文獻通考》所著錄有一百三十七卷，而楊氏又稱叔達搜輯社中人逸詩，則王直方詩當亦在内。今克莊此序未加論述。使直方詩甚劣，則不應在社，此亦去取之間令人生疑者。至如何顒潘大觀有姓名而無詩者，則更無論矣。

克莊所爲《江西詩派小序》，當亦依據當時開石流傳之本。考呂居仁序謂："歌詩至於豫章，始大出而力振之，後學者同作並和，盡發千古之秘，亡餘蘊矣。錄其名字曰江西宗派，其源流皆出豫章也。宗派之祖曰山谷，其次陳師道無己，潘大臨邠老，謝逸無逸，洪朋龜父，洪芻駒父，饒節德操，乃如璧也，祖可正平，徐俯師川，林敏修子仁，洪炎玉父，汪革信民，李錞希聲，韓駒子蒼，李彭商老，晁沖之叔用，江端友子我，楊符信祖，謝薖幼槃，夏倪均父，林敏功，潘大觀，王直方立之，善權巽中，高荷子勉，凡二十五人，居仁其一也。"稍後，《苕溪漁隱叢話》所載有何覬而不言居仁在内，且列洪朋於徐俯之後，已稍歧異。至如《小學紺珠》有江端本而無江端友，與克莊此序同。《豫章志》有高荷何顒而無何覬，呂本中復不在二十五人之中，豈傳寫有誤，或當時本無定說歟？

今就克莊此序而言，與呂氏序記及他書記載不同者亦有數事：一、據呂氏序記似僅述姓名，未加評論。克莊此序則兼論諸人之詩，故呂序不成爲詩話，而此序則在克莊原意雖不以詩話視之，而後人以之列入詩話叢書之中，亦不覺其乖謬。二、克莊此序謂"呂紫微作江西宗派,自山谷而下凡二十六人,內何人表顒,潘仲達大觀,有姓名而無詩"。案《雲麓漫鈔》所載呂氏序記無何顒,《小學紺珠》亦無之,惟《豫章志》有何顒而無何覬,但呂本中復不在二十五人之中,則克莊所據定非上述諸書。克莊此序又謂"派中以東萊居後山上,非也。今以繼宗派,庶幾不失紫微公初意"。案上述《漁隱叢話》諸書及《山堂肆考》等均無以呂本中列在陳師道上者,則克莊所據,或係當時另一傳鈔之本。三、克莊此序之次序,首山谷,次後山、韓子蒼、徐師川、潘邠老、三洪(龜父,駒父,玉父)、夏均父、二謝(無逸、幼槃)、二林(子仁、子來)、晁叔用、汪信民、李商老、三僧(如璧、祖可、善權)、高子勉、江子之、李希聲、楊信祖、呂紫微,合山谷為二十四人,若益以何顒、潘大觀、王直方,共二十七人矣。則克莊總序所云"呂紫微作江西宗派,自山谷而下凡二十六人"者,紫微當亦不計在內也。如此排列,或出克莊之意。四、克莊謂"同時如曾文清乃贛人,又與紫微公以詩往還而不入派,不知紫微公去取之意云何"。案《雲麓漫鈔》謂"議者以為陳無己為詩高古,使其未死,未必甘為宗派。若徐師川則固嘗不平曰,吾乃居行間乎?韓子蒼云,我自學古人"。則時人對居仁此圖之作,於其去取之間固已不滿矣。五、克莊又謂"子我詩多而工,舍兄而取弟,亦不可曉。豈子我自爲家不肯入社如韓子蒼耶"?案《雲麓漫鈔》所引呂氏序記原作"江端友子我",不作"江端本",惟《漁隱叢話》所引則有"江端本"無"江端友",二本不同。克莊所見,當為惟此與《叢話》相同之別一本。六、克莊論高子勉詩謂"集中健語層出,紫微公乃以殿諸人,何也?可升之"。案《雲麓漫鈔》言"均父又以在下為恥",而《漁隱叢話》亦言"居仁此圖之作,選擇弗精,議論不公",故克莊此序,變易次序,以韓子蒼徐師川列後山之後,非無故矣。

至克莊又列舉陳後山、韓子蒼、潘邠老、夏均父、二林、晁叔用、江子之、李商老、祖可、高子勉諸人皆非江西人為疑,則楊萬里《江西宗派詩序》已言之矣。楊氏謂"人非皆江西,而詩曰江西者何?繫之也。繫之者何?以味不以形也。……形焉而已矣,高子勉不似二謝,二謝不似三洪,三洪不似徐師川,師川不似陳後山,而況似山谷乎?味焉而已矣,酸鹹異和,山海異珍,而調腑之妙,出乎一手也"。此說固妙,惟稍涉玄虛,仍令人難以捉摸耳。二謝三洪之說,不復分列先後,似亦克莊此序之所本。

清張泰來撰《江西詩社宗派圖錄》時,似未見劉氏此序,但張氏謂"居仁作圖,名雖為詩,意實不專主於詩。……觀圖中首後山而終子勉,其寓意固已微矣,後人舍立身行己不論,僅舉有韻之言,稱為宗派詩人而已。嗟乎,幾何不與呂公論世尚友之旨,大相逕庭也哉!"此説是否合於居仁之意,姑置勿論,但劉氏此序,除論詩外每兼及論人,則固合於張氏之意者。

對牀夜語

五卷,范晞文撰,存。

晞文字景文,號藥莊,錢塘人。盧文弨《抱經堂文集》卷七謂爲江陰人,非也。太學生,咸淳丙寅(一二六六)以劾賈似道,爲似道所陷,竄瓊州。元世祖時,程鉅夫薦之於朝,不受職,流寓無錫以終。厲鶚《絶妙好詞箋》乃謂"以程鉅父薦擢江浙儒學提舉,轉長興丞"。考晞文與馮去非以名節相砥礪,恐未必輕易仕元也。

是書有其友馮去非序稱"景定三年(一二六二)十月,予友范君景文授以所著書一編"云云,則其成書猶在竄瓊州之前,其人雖入元,而書則早成於宋時。是書有正德十六年(一五二一)江陰陳沐翻刻活字小本。此外鈔本,據各家書目著録者,有明祁承㸁、清盧文弨、曹彬侯諸本,均未見。編入叢書者有《學海》本、《知不足齋》本、《螢雪軒》本、丁氏《八千卷樓叢刊》本、《武林往哲遺書》本、《歷代詩話續編》本。

是書全爲論詩之語,不甚述考證箋釋及瑣聞雜説,雖不如《滄浪詩話》之自成系統,然在宋人詩話中亦不失爲佳本,《四庫總目提要》雖議其不諳古音,不知拗律,及稱引考證不免時有舛誤,然於其論詩,謂:"當南宋季年詩道陵夷之日,獨能排習尚之乖,……其所見實在江湖諸人上,故沿波討源,頗能探索漢魏六朝唐人舊法,於詩學多所發明云。"此猶不失公允之論。至如張宗泰《魯巖所學集》卷十議其崇許用晦而抑李義山,又於韓蘇兩家之評孟郊詩,稱其未能深究兩家意旨,則未免過刻。關於崇許抑李之説,《四庫總目提要》業已言之,至韓蘇二家之言各殊致,張説固不爲無見,然或進或貶,本是事實,則范説亦未可厚非也。盧文弨稱是書"不入於腐,不涉於刻",自是至論,讀是書者,正不必苛意求之。今觀其全書,論詩法則沿波討源,每取古人詩句相類之處,比較論評,良足爲學詩修辭之助。論詩學則源本滄浪,力争上游,而薄四靈晚唐之體,亦足矯一時尖纖之習。由是書命名而言,雖類筆記,而皆論詩之語,南宋詩話之勝於北宋者,亦於此可見焉。

全唐詩話

六卷,舊題尤袤撰,存。

袤(一一二七——一一九四)字延之,號遂初居士,無錫人,紹興十八年①進士,官至禮部尚書兼侍讀,謚文簡。《宋史》三百八十九卷有傳。案是書不著撰人姓名,袤亦未撰此書,舊題袤撰者誤。

是書雖不著撰人姓名,但其《自序》末有"咸淳辛未(一二七一)重陽日遂初堂書"一語,後人因袤以"遂初"爲號,並以"遂初"名堂,有《遂初堂書目》,遂以此書爲袤所撰。如明正德丁卯(一五〇六)秦中刻本,有安惟學序、强晟後序,均定爲袤作。此後正德丁丑(一五一七)鮑繼文重刻本亦如之。萬曆戊申(一六〇八)沈儆價重刻本以及別有王教重刻本均沿其誤。至毛晉刻《津逮秘書》時,猶仍之不改。至《四庫存目提要》始力辨其誤。《提要》謂"考周密《齊東野語》載賈似道所著諸書,此居其一。蓋似道假手廖瑩中,而瑩中又剽竊舊文,塗飾塞責。後人惡似道之姦,改題袤名以便行世,遂致僞書之中,又增一僞撰人耳。毛晉不爲考核,刻之《津逮秘書》中,疏亦甚矣"。此論甚確,蓋由時代言,咸淳與尤袤時代不相接,此則稍有常識者類能知之。尤侗《艮齋續說》卷八謂"偶閱《津逮秘書》中有《全唐詩話》,不著撰人,其序末'遂初堂書'。予思文簡公外,未有以遂初名堂者。及按紀年爲'咸淳辛未',咸淳乃度宗年號,文簡已没,此爲莊定公無疑也。莊定公諱焴,文簡之孫,仕至端明殿大學士。度宗嘗幸其第,題柱間云:'五世三登宰輔,奕朝累掌絲綸。'譜稱其告老林下,築圃西湖,與序中'蒙恩便養湖曲'相合,所居仍名遂初堂云"。則是時代之不相合,西堂已早知之,此在《提要》之前,固非受《提要》之啓發也。故明人如安惟學輩,不過未注意及此耳,稍一注意,自會發生疑竇也。然西堂謂尤焴所撰,與序文亦不盡合,築圃西湖而仍以遂初名堂,已稍牽强,况《宋史》焴附見袤傳,又鮮事實可考乎?顧光旭《梁溪詩鈔》録尤焴詩有《西湖置酒短歌》一首,《被命出鎮淮西至任》一首,雖與序文所謂"便養湖曲"與"驅馳於外"者似相脗合,然以較賈似道所經歷又顯有區別。蓋緣西堂不知周密《武林舊事》載有"集芳御園後賜賈平章,有秋壑遂初客堂,度宗御書"之語,故言

---

① 案此據《宋史》本傳,《四庫總目提要》謂爲紹興二十一年進士。

"文簡公外未有以遂初名堂者",遂以焴附會之耳。若以此序與《宋史·賈似道傳》相核對,則序文所謂"歲在甲午(理宗端平元年,一二三四)奉祠湖曲,日與四方勝遊專意吟事"者,正《宋史》所謂"日縱游諸妓家,至夜即燕游湖上"時也。所謂"未幾驅馳於外"者,正《宋史》所載"淳祐元年改湖廣總領以後,移鎮兩淮諸事"時也。至咸淳辛卯,則度宗初立,正似道"累月不朝"而"與羣妾踞地鬭蟋蟀"時也。故《提要》所言可謂定論。何文焕輯《歷代詩話》時在乾隆庚寅(一七七〇),而四庫開館纂修在乾隆三十七年(一七七二),故何氏於是書仍定爲尤袤所著。又孫濤在乾隆甲午(一七七四)輯《全唐詩話續編》,此時四庫雖已開館,而《提要》尚未寫成,故孫氏《弁言》猶言"案陳直齋《書録解題》云:尤延之尚書家有遂初堂藏書,爲近世冠,是其采輯之富,有所自來,夫豈患掛漏與?"亦以爲尤袤所集,可知正訛之不易矣。不僅此也,孫星衍《廉石居藏書記》内編卷上謂"右《全唐詩話》上中下三卷,後有跋署'咸淳辛未重陽日遂初堂書',蓋宋尤袤便養湖曲時理故篋所編也。四庫書存目則十卷,非此本"。孫氏已見《四庫書存目提要》,顧仍言此書爲尤袤所編,此真事之不可解者,可知"遂初堂"三字誤人至此。

又案《萬卷堂書目》雜文類有《全唐詩話》六卷,題王海槎撰。海槎不知何許人。考《台州經籍志》有王教重刊全唐詩話序,亦謂尤文簡撰。初疑海槎即王教,但教字庸之,祥符人,嘉靖癸未第二人及第,官至南兵部侍郎,有《中川遺稿》,不聞有"海槎"之號。則海槎所撰,當是別一本矣。

是書撰者既出賈似道,其人已不足取,《提要》論此書又謂"校驗其文,皆與計有功《唐詩紀事》相同。《紀事》之例,凡詩爲唐人採入總集者,皆云'右某取爲某集',此本張籍條下尚未及刪此一句①。則其爲後人影撰,更無疑義"。則併其書亦不足觀矣。此類纂輯之書,首創者難爲功,縱有疏漏尚不足責,若後繼者别無新義,剿襲雷同,反出前人之下,則其書真一無可取矣。《紀事》尚論及李杜,而此書反無一言及李杜,即尤侗亦且議之矣。

至是書卷數更爲凌亂,有作二卷者,見《天禄琳琅書目》;亦有作三卷者,見《鐵琴銅劍樓書目》;更有作五卷者,見《澹生堂書目》;作十卷者,見《絳雲樓書目》,而《四庫總目提要》亦如之。要之均出分合之異,不關内容之完缺也。

是書雖依托尤袤之名,得以流傳,但内容之疏舛,識者自能辨之。故續補之作亦以此書爲多。何文焕《歷代詩話考索》云:"或謂《全唐詩話》似是尤公草創之

---

① 張籍條下有"右張爲取作主客圖"語,正德本删此數字。

書,不無訛雜,明楊升庵深嗤之,盍刪正焉。"今《歷代詩話》雖未加刪正,但對是書之不滿可知。案升庵所嗤者指其收唐人惡劣之詩,如"我有心中事,不向韋三說"云云,皆下淨優人口中語,見《升庵詩話》卷四。則是議其於詩漫無選擇,不能取爲詩法也。孫濤《全唐詩話續編弁言》云:"獨是李義府、高駢之輩,編入集中,未嘗因人而廢,若經文緯武,忠義丕著,如張巡爲有唐一代之偉人者,集中未見,不無遺憾。"則又議其於人取舍不當,又不足爲著書立言法也。二人均不知是書爲賈似道編,猶且有此論,使知出於賈、廖之流之手,當更深惡痛疾矣。孫濤字樂山,石門人,其所輯《全唐詩話續編》今收入《清詩話》中。又有沈炳巽字繹旃,號權齋,歸安諸生,亦有《續唐詩話》一百卷,見《兩浙輶軒錄》卷二十五。《湖州府志·藝文略》亦載之,惜未刊行,余見其稿本,在原中華書局上海編輯所。

深雪偶談

一卷,方嶽撰,存。

嶽,字元善,號朏田,寧海人,有《朏田集》,臨海吳荆溪子良爲之序。其集久佚,序亦不傳。《四庫存目提要》據書中所記咸淳間事,知其人至宋末尚在。

是書亦有作《深雪齋偶談》者,當誤。全書一卷,今傳世者僅十六條,或非全帙。有《說郛》本、《藝圃搜奇》本、《五朝小說》本、《宋人百家小說》本、《續百川學海》本、《錦囊小史》本、《顧氏文房小說》本、《學海類編》本、《赤城遺書叢刊》本。《說郛》本共十六條,《學海》本誤合一條,而《四庫存目》又誤以爲十四條,實則內容相同,非有刪節也。其所以非全帙者,當在陶南村編《說郛》時。

是書以"偶談"名,故諸家著錄,如《澹生堂》《述古堂》《也是園》諸書目、倪燦《宋史藝文志補》及《浙江通志·經籍志》等均入子部小說家類,實則就今傳十餘條言,皆評論詩詞之語。今未覩其全帙,不知果有涉及其它雜事者否,《四庫存目》及《鐵琴銅劍樓書目》均入詩文評類,就今傳各條言,當以入詩文評類爲是。又鐵琴銅劍樓有舊鈔本,爲曹彬侯錄本,不知是否較全,惜未見其書也。

元善在宋末以詩名鄉里,舒岳祥《閬風集》有哭朏田詩,又其序劉士元詩謂"初薛沂叔詠從趙天樂游得唐人姚賈法,晚歸寧海爲人鋪說,聞者心目鮮醒,而朏田閉戶覓句,惟取其清聲切響,至於氣初之精、才外之思,元善蓋自得之,而非有所授也"。蓋元善自謂由翁卷、徐照而漸趨唐人,其受師友影響固所難免,而自得之境亦不可泯没者。今觀《偶談》所論，於賈詩推崇備至。又云："詩無不本於性情。自詩之體隨代變更，由是性情或隱或現，若存若亡，深者過之，淺者不及也。"則其所自得者可知矣。

詩林廣記

前集十卷，後集十卷，蔡正孫編集，存。

正孫字粹然，自號蒙齋野逸，人稱蒙齋先生。謝枋得門人。謝氏《疊山集》附錄贈行諸篇，有正孫《送疊翁老師北行和韻》一首，詩有"肩上綱常千古重，眼前榮辱一毫輕"之句，蓋亦宋遺民也。餘無可考。

是書通稱《詩林廣記》，稍繁則稱《精選詩林廣記》或《名賢叢話詩林廣記》，更繁則稱《精選古今名賢叢話詩林廣記》。其有翻刻重印者，或更冠以"新刊"二字，則繁至十四字矣。

其書前集載晉唐詩人詩，後集載北宋詩人詩。兩集皆以詩隸人，而以詩話隸詩，附刊詩後。其體例在總集詩話之間，所謂"精選"，當亦以其兼有選集性質之故。大要一重在選人，偏重在名家大家，其他則附見卷後；二重在選詩，取其有話可輯者，凡無所評論考證者即不空錄，則所錄之詩自多膾炙人口之作；三重在選話，不求話之備而求話之正確。蓋正孫爲枋得門人，而枋得則徐霖門人，霖爲湯巾門人，巾之學則由朱以入於陸者，故正孫道學氣較重，選錄楊時、朱熹、真德秀及其師枋得之語亦較多。其引枋得語，且有稱爲《謝疊山詩話》者。此爲正孫編集是書之旨。然亦正以此故，使其所謂精選，不易名符其實。如於東坡詩以《烏臺詩案》爲據，則所謂話者多屬深文周納之辭，而非真知蘇詩之論，而所選蘇詩亦未必真能代表東坡之作矣。又於杜牧《赤壁》詩引《許彥周詩話》，謂"杜社稷生靈都不問，只恐捉了二喬，可見措大不識好惡"，殆亦囿於道學之見，遂取彥周拘墟之論，而説詩墮入惡趣矣。張宗泰《魯巖所學集》卷十四有評論是書之文，凡十篇，可參閱。

中卷之上

王直方詩話

原六卷,今有節本及輯佚本,王直方撰。

直方(一〇六九——一一〇九)字立之,號歸叟,汴人。舍人栱之子,補承奉郎,嘗監懷州酒稅。據其《詩話》中言,洪駒父、李希聲均有送直方赴官河內詩。河內即懷州,時紹聖元年(一〇九四),直方僅二十五歲,尋易冀州,不久便歸。喜從蘇黃游,亦江西詩社中人。卒於大觀三年,年四十一。有《歸叟集》,見《書錄解題》。

直方所撰詩話,據晁公武《郡齋讀書志》稱有六卷,但今傳世者無足本,宋曾慥所輯《類說》中有《王直方詩話》一卷,凡五十二條,已爲刪節之本。《類說》亦不顯於世。明末黃虞稷《千頃堂書目》類書類載司馬泰《廣說郛》亦有《王直方詩話》之目,今《廣說郛》不傳,亦不知此本與《類說》本相同與否。惟明人校刻叢書風氣,多於原著加以刪節,則此本即使流傳,恐亦未必爲足本也。考此書除《郡齋讀書志》外,《遂初堂書目》及《通考·經籍考》亦均著錄,惟不見明以來諸家著錄,故疑其散佚已久,宋人詩話中散佚較早者,當推此書矣。

此書名稱,諸家稱引頗不一致。《郡齋讀書志》稱爲《歸叟詩話》,《詩話總龜》及《苕溪漁隱叢話》所引均稱《王直方詩話》。此外,有稱《王立之詩話》者,有稱《王子立詩話》者,更有稱《王子直詩話》者。考子立非直方之字,與二蘇詩中所稱之王子立,蓋別一人。若稱王子直詩話則更誤矣。其尤爲不同者,吳曾《能改齋漫錄》卷三稱爲《蘭臺詩話》,方深道《諸家老杜詩評》稱爲《歸叟詩文發源》,王構《修辭鑑衡》亦稱《詩文發源》。凡此比較特殊之稱,均不知其何據。今考《修辭鑑衡》所引各條,每多純粹論文之語,豈此書原稱詩話,其後增益論文之語,遂改稱《詩文發源》歟?又《優古堂詩話》有引《王立方詩話》一則,疑立方即直方之誤。

直方仕宦不顯,其生平惟見晁以道所撰《王立之墓誌銘》。其文云:"立之少樂與諸文人游,無他嗜好,惟晝夜讀書,手自傳録。……非其所好,雖以勢利美官誘致之,莫肯自枉也。……嘗監懷州酒稅,尋易冀州,擢官僅數月,投劾歸。……凡十五年,處城隅小園,嘯傲自適。……命其園之堂曰賦歸,亭曰頓有……一時文士多爲賦詩。"此數語頗能狀其性情,即其自號歸叟之意,亦於此可見。大抵直方頗好事,晁公武稱"蘇子瞻及其門下士……亟會其家,由是得聞緒言餘論,因輯成此書"。所言當不謬。晁氏又言"其間多以己意有所抑揚,頗失是非之實。宣和末,京師書肆刻印鬻之,犖從中以其多記從父詹事公話言,得之以呈,公取覽之,不懌曰,皆非我語也"。今考其所稱詹事公,即晁説之字以道,官至東宮詹事。《直方詩話》引其説者凡四五見,大率譏彈時人之語。凡此恐即晁公武所謂以己意抑揚失是非之實者。胡仔《苕溪漁隱叢話》於此書亦深致不滿,謂其議論不公。然《漁隱叢話》採《王直方詩話》之處仍頗多,則以有關史料,足備一説,竟亦不能廢也。

　　書中直録東坡、山谷語頗多,甚至有不加説明攘爲己有者。其録自他人著作者亦不少。然亦有所記互異者。如"尋常百姓"條,直方謂是陳輔之謁湖陰先生楊驥未遇而作,吳坰《五總志》謂是輔之謁荆公於定林不值而留詩。"沙詩"條直方謂是龍太初作,《五總志》謂僧義了所作。二書所載均有出入處。

　　直方於考據非其所長。書中時有不知出處而妄作解人者。甚至以李賀詩句爲老杜所出,尤謬之甚者。宋人著作,如胡仔《漁隱叢話》、葉夢得《石林詩話》、趙德麟《侯鯖録》、張邦基《墨莊漫録》、吳曾《能改齋漫録》均糾其謬。亦有説本不謬,而或有失考,或則考之未詳,則洪邁《容齋三筆》、陳鵠《耆舊續聞》、陳巖肖《庚溪詩話》又均補其説。余案"句意因襲"條以"無事教渠更相失,不及從來莫作雙"爲李義山詩,不知此乃庾信《代人傷往》詩。又"澄江淨如練"條,舉李白與山谷詩句,以爲可見二人之優劣。不知山谷詩爲題晁以道雪雁圖作,句爲"飛雪灑蘆如銀箭,前雁驚飛復回眄,憑誰説與謝玄暉,休道澄江静如練",則言各有當,此正山谷語意翻新處,不得僅取末二句,遽以定二人之優劣也。

　　書中謂"劉咸臨醉中嘗作詩話數十篇,既醒,書四句於後曰:'坐井而觀天,遂亦作天論;客問天方圓,低頭慙客問',蓋悔其率爾也。"凡作詩話而率爾從事者,往往有此病。直方自解官歸後,十五年間詩酒自娛,其撰詩話,當亦在此時期。即令中風,尚能以左手作字,畢生精力悉在此書,其用力不可謂不勤,固非率爾操觚者比。然書中述事處多,論詩語少,即論詩之語,亦以轉述他人者多,而自得者少。其所以流行一時而終歸散佚者,殆以此歟?余編《宋詩話輯佚》時,首及此書,凡得三百餘條。視《類説》殆六倍之,庶幾復六卷本之舊。

陳輔之詩話

一卷,陳輔撰,殘,有節本及輯佚本。

輔,字輔之,金陵人,僑居丹陽。不事科舉,自號南郭子,人稱南郭先生,有前後集三十卷。

是書不見宋以來諸家著錄,尤袤《遂初堂書目》亦無之,知其佚已久。今傳本:曾慥《類説》所錄有十三則,又《説郛》所錄僅十二則,此二種皆節本。去其中相重者一則,凡二十四則。余所輯《宋詩話輯佚》亦僅此二十四則,當非足本。第他書稱引,如《漁隱叢話》《優古堂詩話》《野客叢書》《梁谿漫志》《賓退錄》《説詩樂趣》諸書所引,大抵均不出此二十四則中,亦可異也。考陳鵠《耆舊續聞》卷七有一則云:"荊南進士爲雪詩,始用'先'字,後云'十二峰巒旋旋添',以'添'爲'天'也。向敏中在長安,土人不敢賣蒸餅。"下注云:"陳輔之。"不知此亦詩話中語否?惟此數語已見劉攽《中山詩話》,豈輔之偶錄其説邪?

又《説郛》本《陳輔之詩話》,多與《碧溪詩話》相同之處,輔之在黃徹前,斷無襲取黃説之理,定是黃氏沿用陳説,否則當出《説郛》本編錄之誤。整理《碧溪詩話》者當注意及之。

輔之爲詩甚有風致,王漁洋《香祖筆記》與《分甘餘話》盛稱其"北山松粉未飄花,白下風輕麥脚斜。身似舊時王謝燕,一年一度到君家"一絶。但其論詩謂林和靖疎影橫斜一聯近似野薔薇,頗爲《野客叢書》及《梁谿漫志》諸書所彈。作詩有神韻,而論詩乃未能深究詩人體物之妙,抑又何也?

案余編《宋詩話輯佚》時,未及見張鎡《仕學規範》一書,今見此書卷三十六引《陳輔之詩話》有一則爲余未收者,現錄其文以入《輯佚》。

潛溪詩眼

一卷,范温撰,殘,有節本及輯佚本。

温,一作仲温,字元實,祖禹之子,成都華陽人。祖禹作《唐鑑》,名重天下,人稱爲"唐鑑翁"，故温亦有"唐鑑兒"之號。又温爲秦少游婿，而少游詞有"山抹微雲"之句，故亦自稱爲"山抹微雲女婿"焉。

晁公武《郡齋讀書志》與吕本中《紫微詩話》均稱其從山谷學詩，故此書所論，亦以述山谷語爲多。温爲本中表叔，《紫微詩話》稱其論詩"要字字有來處"，蓋即江西詩派論詩主張。故書中所論亦多重在字眼句法，觀是書命名稱"詩眼"而不稱"詩話"，則其意可知。如書中"句法以一字爲工"條，舉孟浩然詩"微雲澹河漢，疎雨滴梧桐"，以爲"工在'澹''滴'字"，此即詩眼也。又"句法"條舉杜詩"不知西閣意，肯别定留人"，以爲"肯别邪？定留人邪？山谷尤愛其深遠閑雅"云云，此亦詩眼也。然此均江西詩人之所謂法也。至其謂"好句要須好字，如李太白詩'吴姬壓酒唤（勸）客嘗'，見新酒初熟，江南風物之美，工在'壓'字。老杜畫馬詩'戲拈秃筆掃驊騮'，初無意於畫，偶然天成，工在'拈'字云云；又謂："詩有一篇命意與句中用意。如老杜《上韋見素》詩，佈置如此，是一篇命意也，至其道遲遲不忍去之意，則曰'尚憐終南山，回首清渭濱'；其道欲與見素别，則曰'常擬報一飯，况懷辭大臣'，此句中命意也。"類此諸例，則又略本山谷之説而加以發揮，已進乎江西詩人之所見矣。此"詩眼"之一義也。

然此猶其小焉者也。至其謂"學者要先以識爲主，如禪家所謂正法眼者，直須具此眼目，方可入道"，則更進一步，如滄浪之以禪喻詩矣。其與滄浪不同者，猶不致以禪論詩，如滄浪所云耳。故其論時人詩，每以古人詩句相比，以見古人文章之不虚設。如書中"九十行帶索"條、"杜詩用月字例"條、"評詩病"條，皆如此。即於古人詩句，亦每兩相對照，以顯優劣。此義雖亦本於山谷，然能言之透澈如此，則固是别具一隻眼目者。此則"詩眼"之另一義，而爲范氏之所獨擅者。蔡絛《鐵圍山叢談》稱其議論卓爾過人，殆亦見及此歟？袁枚《隨園詩話補遺》卷三，謂"唐齊己有《風騷旨格》，宋吴潛溪有《詩眼》，皆非大家真知詩者"。此真無知妄説，非特誤"范"爲"吴"，且以此書與《風騷旨格》並論，可謂大誤。簡齋才人，以詩名世，乃不料蹈名流大言欺人之惡習，至於如此，亦可嘆惜已。

此書著録，見《郡齋讀書志》《直齋書録解題》及《文獻通考》，而如《漁隱叢話》《詩人玉屑》以及《野客叢書》《草堂詩話》諸書均加稱引，知宋時比較流行，宋以後藏書家罕見著録。王構《修辭鑑衡》所引，已從《詩憲》轉録，此後，惟曹學佺《蜀中廣記》於《著作記》提及此書，然已誤作《潛齋詩話》，知其所據係傳鈔本，故誤"溪"爲"齋"，則是書之佚已久。今傳世者，惟有《説郛》本一卷，僅三則，而其中"橄欖詩""都梁香"二則又與《王直方詩話》同，當由其書已佚，後人復於他書傳録以足之者。余輯其佚文,編入《宋詩話輯佚》中。

蔡寬夫詩話

　　三卷,蔡居厚撰,佚,有輯佚本,其傳鈔本不可靠;附《詩史》,亦有輯佚本。

　　居厚字寬夫,臨安人,熙寧御史延禧子。第進士,累官吏部員外郎。大觀初(一一○七——一一○八)拜右正言,嗣進右諫議大夫,改户部侍郎,坐事罷。蔡京再相,起知滄、陳、齊三州,加徽猷閣侍制,後徙汝州。久之,知東平府,復以户部侍郎召,未至。《宋史》三百五十六卷有傳。

　　案厲鶚《宋詩紀事》卷三十七謂"蔡居厚字寬夫,有《詩話》"。而朱緒曾《開有益齋讀書志》謂"余於吳山書肆得宋《蔡寬夫詩話》三卷,舊鈔本,前無序"。朱氏因考定謂"《苕溪漁隱叢話》前集卷九引《王直方詩話》載蔡寬夫啓爲太學博士,和人治字韻詩……據此,似寬夫名啓,官太學博士侍郎"云云。余初亦信其說,遂以《詩話》《詩史》分屬二人,以《詩話》爲蔡啓撰,《詩史》爲蔡居厚撰,然總覺不安,遂對朱說漸生懷疑,蓋朱所據,惟《王直方詩話》一條爲較有力,然朱氏自注"治字韻或以爲蔡天啓作",則此條亦動搖不足據矣。案天啓名肇,《宋史》四百四十四卷文苑有傳。傳言肇"元祐中爲太學正,通判常州",則治字韻詩爲肇作無疑。《宋詩紀事》引《梅磵詩話》以此爲蔡居厚作固非,而《王直方詩話》以此爲蔡啓作則更悞矣。至朱氏所舉其他例證,更不足據。其一,朱氏謂"《景定建康志》引《南窗紀談》'蔡寬夫侍郎治第於金陵青谿之南,今貢院基是'。據此,似寬夫名啓,官太學博士侍郎,與樊榭所言俱不合"。案蔡啓史傳無名,他書亦無言其官侍郎者,而《蔡居厚傳》則明言其官户部侍郎,特《宋詩紀事》未言之耳。朱氏所舉此例,適足爲居厚撰詩話之證。其二,朱氏又言"鄒浩《道鄉集》和韻蔡寬夫解元暮春見懷詩,有'千人筆掃見君才'之句,是未第以前早以詩名"。案此亦不足爲寬夫名啓而非居厚之證,是則朱氏所言,斷難成立可知。故定《詩話》《詩史》均出蔡居厚撰爲允。

　　然則《詩話》《詩史》究爲二書或一書?竊以爲蔡寬夫既別無二人,則二書或即一書。考《宋史·藝文志》有《蔡寬夫詩史》二卷,而《蔡寬夫詩話》則不見宋以來諸家著錄,蓋即晐於《詩史》中耳。意者《詩史》二卷,其前卷較多論事,故間有雜録他家詩話筆記之處；後卷較多論辭，故多自述己見，或涉考證之處。前後二卷雖性質體例各不相同，然《詩史》在前，《詩話》在後，故《詩史》可以賅《詩話》，而《詩話》則不能賅《詩史》，此所以各家著録有《詩史》而無《詩話》也。又或卷分前後，其刊行亦有先後，故阮閲《詩總》所引有《詩史》而無《詩話》，胡仔《漁隱叢話》所引又有《詩話》而無《詩史》。今案月窗道人校刊阮閲《詩話總龜》，其前集引用書目有《蔡寬夫詩史》，後集引用書目有《蔡寬夫詩話》，殆以此也。《宋詩紀事》引《蔡寬夫詩話》每有作《詩史》者當亦以此矣。要之，如無堅强證據足證宋時有二蔡寬夫，則《詩話》《詩史》不論其爲一書或二書，均以屬於蔡居厚爲宜。

至朱氏所見舊鈔本，謂不知其所自出。竊疑是書或出書賈據《漁隱叢話》所引，鈔集以牟利者，故勞季言遂有當日全部收入之語。考《漁隱叢話》之於《石林詩話》採至八十餘條，較之單刻諸本僅少六條，則其於《蔡寬夫詩話》全部收入，自屬可能。但是書不見宋明以來諸家著録，而與《叢話》所載，又是勘驗悉合，則終不能無懷疑耳。舊鈔本中亦有絶無價值者，此類是也。

《詩話》《詩史》雖出一人，但精粗有別，《詩史》泛述聞見，猶沿當初習氣，不過僅資閑談而已。《詩話》則有關學問，即於音韻方面，間有疎舛，而勝義時出，精光難掩，朱緒曾稱"其論詩考證詳贍，淹習掌故，無一定愛憎之私，迥出諸家上"，非虚語也。故今以《詩話》標題，而《詩史》附之。此二書並見余《宋詩話輯佚》中。

關於《詩史》，有須附帶一述者，即《詩史音辨》與《詩史總目正異》二書，雖見《遂初堂書目》文史類，但與蔡居厚《詩史》性質不同。蔡著《詩史》，專述詩人瑣事，仍是時人詩話性質，無辨音正異之必要。至《遂初堂書目》所載二書，雖不能知其內容，要均指杜詩而言。宋人稱杜詩爲詩史，故方醇道有《類集杜甫詩史》之著，《遂初堂書目》所載二書，或即針對方著而發未可知也。又考《漁隱叢話》前集卷十一謂："余觀《注詩史》是二曲李歜述。其自序云：'……棄逐嶺表，東坡先生亦謫昌化，幸忝門下青氊，又於疑誤處，授先生指南三千餘事，疏之編簡，聊自記其忘遺爾。'然三千餘事，余嘗細考之史傳小説，殊不略見一事，寧盡出於異書耶？以此驗之，必好事者僞撰以誑世，所謂李歜者，蓋以詭名耳。其間又多載東坡語，……當亦是僞撰耳。"是則此所謂"詩史"，誠指杜集言也。《漁隱叢話》所引書，復有《少陵詩總目》之稱，當亦即《遂初堂書目》所謂《詩總目》也。此二書雖均入文史類，然殆與箋疏等矣，況更有好事者僞撰以誑世者耶？故各家書目於文史類或詩文評類有關詩史之著，不可不分別視之。

三蓮詩話

　　不知卷數,員逢原撰,佚,有輯佚本。

　　逢原字資深,華陰人,仕至朝議大夫,有《三蓮集》二十卷,見《郡齋讀書志》卷十二。
　　此書不見他家著錄,當早佚。今《三蓮集》亦未見傳本,不知是書即在《三蓮集》中否?考韋居安《梅磵詩話》稱華陰員資陰有《三蓮詩話》,並謂"詩話係錄本。員乃南渡前人,辛巳歲偶於朋友處見之"云云,然則其書在當時或本無刊本,豈晁公武所見亦爲錄本歟?抑刊本不多,此則出愛好者所傳錄歟?《宋四六話》卷二十引作《玉蓮詩話》則字訛也。今有《宋詩話輯佚》本。

李希聲詩話

　　一卷,李錞撰,佚,有輯佚本。

　　錞字希聲,豫章人,官至秘書丞。有《李希聲集》,見《書錄解題》及《文獻通考》。其爲詩宗山谷,亦江西詩社中人。與米芾友,芾有帖,稱之爲英友。
　　是書,《直齋書錄解題》及《通考》均未著錄,《宋史·藝文志》文史類稱《李錞詩話》。至諸家稱引如《漁隱叢話》《詩人玉屑》之類又皆作《李希聲詩話》。書中多述故事,較少論詩之語,與《王直方詩話》相近,則其散佚固宜。然在當時似較流傳,稱引之者頗多,故佚文散見《漁隱叢話》《詩人玉屑》《詩林廣記》《修辭鑑衡》以及《仕學規範》《皇朝事實類苑》《學林》諸書。案《四庫存目提要》有《竹窗詩文辨正叢説》,稱其《詩辨正》二卷中多摘抄前人詩話,亦引及《李希聲詩話》。今未見此書,不知其所稱引有出上述諸書所引之外者否?《王直方詩話》中引李希聲説較多,意當時詩話尚未寫定,故不云詩話,亦不知此後編詩話時,復輯入詩話中否?是則此書時代當在大觀三年(一一○九)之後,紹興元年(一一三一)之前。
　　余前輯《宋詩話輯佚》時,未見誦芬堂影刻日本元和翻宋紹興本《皇朝事實類苑》,而此書錄《李希聲詩話》特多,今錄補之。

潘子真詩話

一卷,潘淳撰,殘,有節本及輯佚本。

淳字子真,新建人,興嗣之孫。《江西通志》卷一百三十四稱其"少穎異,好學不倦,淹貫經史百家之言,師事黃庭堅,尤工詩,曾鞏知洪州,乞録興嗣後,尚書左丞黃履復以淳爲請,補授建昌縣尉。陳瓘劾蔡京,言者目淳爲瓘親黨,坐奪官,不以介意,歸,自稱谷口小隱,所著詩並《詩話補遺》傳世"。其生平可考者僅此。李之儀《姑溪居士後集·贈子真詩》有"文章明鏡現諸相,句律蟄户驚春雷"之句,則其詩風亦江西詩格。《詩話》中有問詩於山谷之語,《王直方詩話》亦言之,可知是師事山谷者。即就詩話言亦較王直方、李希聲二家爲勝。不知吕本中作《江西宗派圖》時何以遺之。

淳所撰詩話,除《江西通志》外,亦不見諸家著録,疑當時即不甚流傳。《江西通志·藝文略》著録其祖興嗣所著有《詩話》一卷,而稱是書爲《詩話補遺》,不作"潘子真詩話"。大抵此書亦援温公《續詩話》之例,故原稱《詩話補遺》。迨其後諸書稱引以"補遺"之名易滋誤會,始改題"潘子真詩話",亦屬可能。考嚴有翼《藝苑雌黃》引作《詩話補闕》,知當時原有此稱。厲鶚《宋詩紀事》無潘淳詩,其二十三卷録潘興嗣詩,乃稱興嗣有《詩話補遺》,則顛倒矣。考潘興嗣字延之,自號清逸居士,今《詩話》中亦有引清逸語,即述其祖説,不知此説是否在興嗣所撰《詩話》之中。《宋詩紀事》據《潘子真詩話》録興嗣《戲郭功父詩》,但《詩話》中又載清逸與任大中聯句,不知《宋詩紀事》又何以遺之。

此書舊有《説郛》本,凡四則:一、"古樂府";二、"山谷";三、"試茶詩";四、"弦管語"。此四則中,"試茶詩"見《西清詩話》,"弦管語"見《中山詩話》,而"山谷"一條又有脱文。余曾補輯其佚文,並加校正,編入《宋詩話輯佚》中。

洪駒父詩話

一卷,洪芻撰,佚,有輯佚本。

芻字駒父,豫章人,紹聖元年(一○九四)進士,崇寧三年(一一○四)入元祐黨籍，靖康中爲諫議大夫。汴京失守，坐爲金人括財，流沙門島，卒。所著有《豫章職方乘》《老圃集》《香譜》及編《楚漢逸書》若干卷。

芻獲罪流竄已入南宋，然其所著《詩話》早見嚴有翼《藝苑雌黃》稱引，則其成書當在北宋之季。洪氏兄弟四人，芻兄朋字龜父，弟炎字玉父，羽字鴻父，爲山谷甥，俱有才名，號爲四洪。朋、芻、炎皆圖入江西宗派，號三洪，故是書所論亦以關於江西詩人者爲多。

是書早佚，除《通志·藝文略》及《遂初堂書目》著録外，明以來諸家著録，惟見《千頃堂書目》與《澹生堂書目》及焦竑《國史經籍志》而已。《千頃目》云有《古今彙說》本，未見。《澹生目》云有《百川》本，考《百川學海》有洪芻《香譜》而無詩話，恐誤。至焦竑《國史經籍志》所載，則頗多佚書，不足爲明以來流傳之證。其佚文，亦見余所輯《宋詩話輯佚》中。是書誤處，吳曾《能改齋漫録》糾之頗多，輯佚本中亦備舉之。

金玉詩話

一卷，殘，舊題蔡絛撰。

絛有《西清詩話》，已見前。考此書惟見《說郛》本，題蔡絛撰。日人近藤元粹據之，輯入《螢雪軒叢書》中，題闕名，較是。案此書《說郛》本僅十則，《古今詩話》本作九則，蓋合第二第三爲一，非有所刪汰也。《螢雪軒》本亦從之，但近藤評云："杜少陵似宜別爲一條"，則知此數本同出一源，皆非完本。

在此僅存十則中，與余所輯《西清詩話》相核對，如"用藥名"、"集句"、"咏洞庭詩"、"峯頂寺詩"，"鳳子"諸條，均見《類說》本《西清詩話》；"李後主詞"條，見《說郛》本《西清詩話》。他如"杜甫用事之妙"條，"押筵字"條，"天禀"條，《漁隱叢話》前集所引均作《西清詩話》，而《金玉詩話》亦皆有之，則是《金玉詩話》所載，幾全同於《西清詩話》矣，惟"重韻"一條，僅見《金玉詩話》。余前編《宋詩話輯佚》時，於《西清詩話》亦不收此條。顧余後見抄本《西清詩話》，始見此條亦在其內，遂以爲《西清》《金玉》同爲一書，故《說郛》本《金玉詩話》即題蔡絛撰。但余仍不能無疑，蓋此條有"余嘗質之叔父文正"之語，考宋代蔡氏諡文正者惟沈，沈爲元定子，少游朱子之門，與絛時代輩分均不相合。且沈之諡文正，乃出明代追諡，當時亦不應有是稱，因疑"文正"非諡而爲其叔父之字，否則"文正"之下，應加"公"

字,始合當時稱謂慣例。姑蓄此疑以俟續考。

松江詩話

不知卷數,周知和撰,佚,今有輯佚本。

知和,錢塘人,曾爲吳江縣尉,餘不詳。周煇①《清波雜志》稱之爲從叔。煇爲邦彥子,則知和當爲邦彥族弟。邦彥卒於宣和三年(一一二一),《清波雜志》之刊行,則在紹熙四年(一一九三),書中言知和早卒,則其時代猶約略可推知焉。

是書不見諸家著録,惟王楙《野客叢書》常稱引之。意當時僅有傳鈔本,故其書較晦,王氏雖常稱引其書,但意在糾駁,故多指摘。如張文潛以陳文惠公題松江詩:"西風斜日鱸魚香"句,認爲當用"鄉"字,並言"魚未爲羹,雖嘉魚直腥耳,安得香哉!"知和則謂"香"字不誤,"魚雖不香,作羹芼以薑橙,而往往馨香遠聞"。王氏復以周説爲謬,並舉張先詩"艤舟忽艤鱸魚鄉"駁之。實則"香""鄉"二字,意不同而均可用,須視其意之所指爲準。彼此争於一字之間,正是宋人論詩通病。東坡云:"敢將詩律鬭深嚴",既深且嚴,自不輕易放過一字。然唐子西云"律傷嚴近寡恩",此言亦有理,不可不深思也。又王氏以知和《詩話》所舉《松棚詩》"月明滿地金鈿細",以爲佳句,王氏則謂"地"字應改"架"字爲得,此較合理,然亦未免過於求細。至《野客叢書》卷二十所舉《詩話》中論詩中重韻一條,則《西清詩話》已言之,考《直齋書録解題》論《西清詩話》有"蔡絛使其客爲之"之説。今案《西清詩話》中較多採用他種詩話之處,如使《西清詩話》採及此書,或受此書啓發而推衍其説,則知和早卒,此書時代或在北宋之季矣。

知和別有《垂虹詩話》,不知與此是否一書。是書佚文,今輯入《宋詩話輯佚》中。

垂虹詩話

一卷,周知和撰,佚,今有輯佚本。

---

① "煇"一作"輝"。

知和之《松江詩話》僅見王楙《野客叢書》稱引，其所撰《垂虹詩話》，又僅見黃䇕《山谷先生年譜》及《山谷詩外集》卷二史容註，似流傳亦不廣。

　　案《吳郡志》"吳江有垂虹亭，以新橋得名"。此書名"垂虹"，則當是知和爲吳江縣尉時所作。時知和著《垂虹賦》爲人稱賞，其以"垂虹"名詩話，當即以此。惟《宋史·藝文志》以是書入小說類，殆以偏於述事之故。黃䇕《山谷先生年譜》曾引是書中"山谷詩受王荆公知"一事，謂"此說與國史及本傳皆不合"，則即就述事而言，殆亦未可據也。考《詩話》謂"山谷尉葉縣日，作《新寨》詩有'俗學近知回首晚，病身全覺折腰難'之句，傳至都下，半山老人見之，擊節稱歎，謂黃某清才，非奔走俗吏，遂除北都教授，即爲潞公所知"。今此詩不見《山谷詩集》。宋人筆記，往往顛倒是非，類不足信，即詩話亦多如此，魏泰所撰即其一例。此書載此則，不知蓄意捏造，或係得諸傳聞？抑或以元祐黨爭之故，即山谷有此詩亦刪去之耶？知和爲邦彥從弟，又早卒，黃䇕又爲淳熙時人，知是書之成，當必在北宋季世或南宋初葉矣。其佚文，今輯入《宋詩話輯佚》中。

漢皋詩話

　　　　不知卷數，張某撰，殘，有節本及輯佚本。

　　案《漢皋詩話》雖見《遂初堂書目》文史類，但已不詳卷數與撰人。考《苕溪漁隱叢話》後集卷三十三所引《復齋漫錄》只言"漢皋張君詩話"，稍後，吳曾《能改齋漫錄》卷三辨正此書所引"鮑孤雁"之詩，亦只知爲張君，不言其名字。周煇《清波雜志》謂："頃得詩話一編，目曰漢皋，王季羔端嘗借去爲是正，亦不知何人作。"是則是書作者，在當時已難考知矣。書中"鮑孤雁"條謂"凡物有聲而孤者皆然，何獨雁乎！"吳曾因謂"此人論詩，正如王君卿以林和靖梅花詩亦可作桃李杏花之類"。曾又因讀《江南野錄》"乃知張君所記是南唐人詩"，則知其論詩不免拘泥與疎舛，固宜其不顯於世矣。

　　然《漁隱叢話》既稱引其書，則是書之成當在北宋之季，至遲亦必在南宋初葉。又是書多偏於考據注釋，尤以校正杜詩者爲多。其"蕩船"一條，考周紫芝《竹坡詩話》云："東萊蔡伯世《杜少陵正異》甚有功，亦時有可疑者，如'峽雲籠樹小，湖日蕩船明'，以落爲蕩，且云'非久在江湖者不知此字之爲工也'。"今案此書所言，正與紫芝所引蔡說相同。紫芝與胡仔時代相近，則二人所引之書，其時代當亦不遠。不知是《漢皋》之襲蔡説耶？抑爲蔡著之本《漢皋》耶？今雖不能考定，要之此書之於杜詩或有一得之長，則是可斷言者。清朱鶴齡之注杜詩，雖未明言採用此書，然核其所言，往往與此書合。

是書有論顛倒用字一條，嚴有翼《藝苑雌黄》亦論及之。考《四庫總目提要》於《臨漢隱居詩話》條，稱其"考王維詩中顛倒之字亦頗有可採"，實則《隱居詩話》中並無此言，《提要》所言，當由誤記《漢皋》爲《臨漢》耳。張宗泰《魯巖所學集》知辨《提要》之誤，而不知其出於誤記也。

今所傳有《説郛》本，僅十一則，余曾輯其佚文，入《宋詩話輯佚》中，合以《説郛》本所載亦僅十五則耳。

漫叟詩話

卷數及撰人均不詳，疑即李公彥《潛堂詩話》，殘，有節本及輯佚本。

《漫叟詩話》，今所傳者有《説郛》本，一卷，凡十二則，不詳撰人姓氏，日人近藤元粹《螢雪軒叢書》所收即據《説郛》本，似此書除《説郛》本外別無完本。惟清康熙間伍涵芬輯《説詩樂趣》，於卷三所引《漫叟詩話》一則，其文不見《説郛》本及《苕溪漁隱叢話》諸書中，又似康熙間尚有傳本，惜不知其所據。顧《説詩樂趣》卷首所載採用書目，又不言有此書，亦可疑也。

漫叟不知何許人。今案書中所言以迹其生平，殆生於北宋之季而入南宋者。《撫州府志·藝文志》著錄是書，題謝逸撰。考逸號溪堂，不聞有漫叟之號。《撫州府志》所云，不知其何據。又《苕溪漁隱叢話》前集五十二卷引《漫叟詩話》，有"謝無逸學古高深，文詞煅煉，篇篇有古意，尤工於詩，予嘗愛其送董元達詩"云云，則此書之非謝逸所撰，蓋又明甚。晁公武《郡齋讀書志》小説類有《漫叟見聞錄》一卷，並云："不知撰人，建炎中所撰也。"考《詩話》中有"予建中靖國中寓興國寺"，及"予崇寧間往興國軍"諸語，核其時代，正與《漫叟見聞錄》相近。然則二書殆出一手，或此書即由《見聞錄》中輯出別行者歟？

漫叟姓氏之不易考知，宋時已然。近閲張邦基《墨莊漫錄》卷九，見其所載洞仙歌一則，因疑《漫叟詩話》爲李公彥所撰，兹錄其文於下：

東坡作長短句《洞仙歌》所謂"冰肌玉骨自清涼無汗"者，公自叙云："予幼時見一老人，年九十餘，能言孟蜀主時事，云：蜀主嘗與花蕊夫人夜起納涼於摩訶池上，作《洞仙歌令》，老人能歌之。予今但記其首兩句，力爲足之。"近見李公彥《季成詩話》乃云"楊元素作《本事曲》（原脫'曲'字）記《洞仙歌》'冰肌玉骨自清涼無汗'，錢唐有老尼能誦後主詩首章兩句，後人爲足其意以填此詞"。其說不同。予友陳興祖德昭云，頃見一詩話，亦題云李季成作，乃全載孟蜀主一詩："冰肌玉骨清無汗，水殿風來暗香滿。簾間明月獨窺人，欹枕釵橫雲鬢亂。三更庭院悄無聲，時見疎星度河漢。屈指西風幾時來，只恐流年暗中換。"云：東坡少年遇美人喜洞仙歌，又邂逅處景色暗相似，故櫽括稍協律以贈之也。予以爲此說近之。據此乃詩耳。而東坡自叙乃云是洞仙歌令，蓋公以此叙自晦耳。洞仙歌腔出近世，五代及國初未之有也。

案此文所擧楊元素作《本事曲》云云及孟蜀主詩云云，均與《漁隱叢話》前集卷六十所引《漫叟詩話》大致相同。考《撫州府志·藝文志》稱李公彥有《潛堂詩話》，或漫叟即公彥別號亦未可知。《江西通志》卷一百五十一撫州府列傳稱"李公彥字成科（府志科作德），臨川人，元符（一○九八——一一○○）進士，累官宗正卿。素爲朱勝非、呂頤浩所知，及當國，公彥引退，除兩浙發運使，入爲吏部侍郎。平居與謝逸、曾季貍相倡和，有宮詞百餘篇及《潛堂詩話》、文集"。《宋詩紀事補遺》卷三十一所言大率相同，惟稱其"字元德，宣和三年（一一二一）中博學宏詞科、官至工部侍郎"，爲稍異。要之均稱與謝無逸唱和，則與書中所擧謝無逸詩云云，正相符合。今世所傳《溪堂集》雖無與公彥唱和之作，然其《題潛心堂》詩當即《漫叟詩話》所言之潛心齋，其《題丈軒》詩亦即《漫叟詩話》之丈室。且集中有與高彥應詹存中諸人唱和之詩，此數人亦見《漫叟詩話》中，故知此數人皆同時相與唱和者。又考謝薖《幼槃集》中，多與李成德吳民載唱和之詩，成德即公彥，民載亦見《漫叟詩話》中。是則公彥之名雖不見《溪堂集》中，不得謂與謝氏昆仲無唱和之雅也。今世所傳《溪堂集》原非足本，固不足爲據。竊疑公彥自號漫叟，而《潛堂詩話》云者，或即漫叟潛心堂之簡稱，據以推斷，或不盡誣，此一事也。

近閱《宋元學案補遺》卷四十五蕭氏門人縣尉羅先生良弼條，謂："羅良弼，字長卿，廬陵人。博學强記，上下數千載間成敗利鈍，灼見如縷。少與胡澹庵肄擧業，澹庵賦詩云：'笑春燭底影，渧泪風前杯。'吟未畢，先生曰：'出某某卷。'澹庵服其博洽。官會昌尉，廉潔自持，服食器用悉取于家。"王梓材案曰："胡澹庵爲先生墓志,稱其有文集三十卷,《歐陽三蘇年譜》一卷、著《欣會録》十卷、《論話》二十卷、《聞書》七卷,皆未卒業,而仕逯亦蹇蹇與時左,嘗喟然曰:'吾隱乎,人以吾爲矯;吾仕乎,芋魁豆餍,我豈無哉!吾其漫浪於人間作鵬鷃游乎!'因自謂漫叟云。"則漫叟自有其人,但又不言有詩話。又疑《論話》爲詩話之誤,《聞書》爲見聞録之誤。此又一事也。一則有詩話而不聞自號爲漫叟,一則人名無問題而不聞有詩話之著,今姑兩存其説,以俟續考。

又此書之見他書稱引者,或音誤作"邁叟",或形誤作"温叟",而其見於《苕溪詩話》者,且不舉其出處,攘爲己有。黃徹論詩,道貌岸然,顧其詩話每多鈔襲舊著之處,抑又何也?或由此書不顯於世,故易爲人盜竊歟!余曾輯其佚文,入《宋詩話輯佚》中。

高齋詩話

不知卷數,曾慥撰,佚,有輯佚本。

慥字端伯,自號至游居士,晉江人,官尚書郎,直寶文閣,奉祠家居,集《百家類説》凡六百二十餘種,書成於紹興六年(一一三六),宋人詩話多賴以存。

是書不見諸家著録,而如《漁隱叢話》《野客叢書》《韻語陽秋》以及《詩人玉屑》《竹莊詩話》諸書均曾稱引。《漁隱叢話》前集成於紹興十八年(一一四八),則是書之成必在是年以前。初不知撰者爲誰,以《韻語陽秋》卷十六有"曾端伯高齋詩話"之語,始知爲曾慥所撰。慥有《高齋漫録》,是書以高齋名,其爲曾著無疑。案《高齋漫録》,陳振孫《書録解題》謂有二卷,而今《學海類編》本僅存五頁;《墨海金壺》本係據四庫本從《永樂大典》中輯出者,亦非完帙。考《漫録》中原多論詩之語,或是書即從《高齋漫録》中輯出別行,未可知也。又或如《玉堂詩話》《朱定國詩話》之例,本無定稱,而稱引者隨意易名,遂似別成一書,亦非不可能者。《歷代詞話》引此書作《高齋詞話》則更無據矣。

又案孫覿《鴻慶居士集》卷十二有《與曾端伯書》,謂"又蒙馳賜《百家新選》一集,發函開讀,每得所未聞,……某自拜賜,凡六日讀盡所著五十九卷與拾遺詩話一卷,而後修書拜送使者,尚當細讀別具記"云云,然則是書始附於《百家新選》後乎?抑以《高齋詩話》前已刊行,而此卷附《百家新選》後者,爲續前著而言,故以"拾遺"名乎?《宋史·藝文志》總集類有曾慥《宋百家詩選》二十卷,又《續選》二十卷,當即所謂《百家新選》矣。

是書佚文,余已輯入《宋詩話輯佚》中。近閱海鹽張氏影印元大德刊本李壁《王荆文公詩箋注》卷四十《池上看金沙花詩》注中引《高齋詩話》一則,復補輯之。

桐江詩話

卷數及撰人均不詳,殘,有節本及輯佚本。

是書撰人不詳。惟據書中有"程進道紹興初帥閩中"之語,知其人已入南宋。又據《苕溪漁隱叢話》前集已稱引其書,知是書之成必在紹興十八年(一一四八)之前,而書中引及《西清詩話》,則又必在《西清詩話》之後。

是書今有《説郛》本,一卷,僅五則,蓋刪節本。惟此五則見於《漁隱叢話》者僅三則,則此書在元季或猶有傳本,但不見諸家著録,何也?

宋人著作除《漁隱叢話》稱引是書外,《詩人玉屑》《詩林廣記》《竹莊詩話》以及《山谷年譜》《青箱雜記》諸書亦均稱引,知是書在南宋,尚爲人所習知,惟諸書所引,無出《漁隱叢話》所引之外,則魏慶之等是否真見是書,尚屬疑問,或是書僅有傳鈔本,故流傳不廣歟?今有《宋詩話輯佚》本。

詩説雋永

卷數及撰人均不詳,疑是胡宗伋撰,佚,今有輯佚本。

是書未見傳本,惟《苕溪漁隱叢話》後集引之頗多,當爲南宋初時人所撰。但《叢話》前集未見稱引,知其成書在紹興十八年(一一四八)之後。考《叢話》後集卷三十三引是書云:"秦湛處度爲韓膚冑作《枝巢》詩,建炎間在會稽,一日語伋云,先得兩句:'大勝商山老,同居一木奴,机桹危中壘,高聳垛中雛。'未知後成篇否?"文中自稱爲伋,因知作者名伋。初以爲謝伋,然其書中又有稱引《四六談麈》之處,頗以爲疑。南宋初名伋者,尚有曾伋字彦思,南豐人,詩見《宋詩紀事》卷五十二。細考亦不類。嗣反覆推尋,以《叢話》後集卷三十六所引一則,有"晁冲之叔用樂府最有名,詩少見於世。政和末,先生爲御史,朱深明爲郎官,其《謝先公寄茶兼簡深明詩》云云"。因以《具茨集》考之,知此詩爲《謝胡御史寄茶兼簡朱郎中詩》。然則此書撰者姓胡,又無可疑。考《宋史》三百八十八卷,有胡宗伋號醇儒,紹興餘姚人,附其子沂傳。沂中紹興五年進士,則宗伋亦南宋初人,與書中所謂秦湛建炎間在會稽語伋云云,時地相合,然則是書殆出胡宗伋所撰耶?

明月窗道人校刻《詩話總龜》後集,亦稱引是書,其語大率均見《叢話》所引,但述夏均父一條,不見《叢話》中。《總龜》在南宋亦幾經改竄,所引猶有在《叢話》外者,《詩林廣記》所引或簡稱作《詩說》,知是書在南宋季世尚流傳,此後則不見藏書家著録,知其佚已久。《叢話》《總龜》所引,或稱《詩話雋永》,或稱《詩說雋永》,知即一書異稱。尤袤《遂初堂書目》文史類有《詩話雋永》不著撰人與卷數,當即是書。元喻正己亦有《詩話雋永》,今載《說郛》中,與此書蓋別一本。豈喻氏所撰即續是書爲之,故猶仍其稱歟?是書佚文,見余所輯《宋詩話輯佚》中。

詩　論

一卷,釋普聞撰,殘。

普聞,南宋初僧,餘無考。是書有《說郛》本,僅二則,非其全。《宋四庫闕書目》文史類有《詩論》一卷,不著撰人,當即此書。其論詩分意句境句,謂"境句易琢,意句難鑄",亦有所見。惟拈破題頷聯之稱,而以爲頷聯皆宜意對,則失之泥。大抵釋子論詩每有此弊,固不足爲普聞病也。

李君翁詩話

不知卷數,李君翁撰,佚,有輯佚本。

李君翁不知何許人。是書亦不見諸家著録,惟姚寬《西溪叢語》卷上稱引其語,且斥爲陋,則其書殆亦無足取也。寬與葉適同時,則李君翁當爲南宋初人,余輯其佚文,入《宋詩話輯佚》中。

休齋詩話

五卷,陳知柔撰,佚,有輯佚本。

知柔字體仁,號休齋,永春人,紹興十二年(一一四二)進士,知循州,徙賀州。

是書未見藏書家著錄。他書稱引,如見於《詩人玉屑》《詩林廣記》諸書者,均不言撰人姓氏,惟道光重纂《福建通志·經籍志》稱陳知柔《休齋詩話》五卷,始知爲陳氏所撰。

休齋亦宋代儒者,故其論詩推崇陶杜,而重氣象,重野意,重識物理,粹然儒者之學,然不涉於拘泥,蓋合道學與詩人而爲一者。是書久佚,余曾輯其佚文,入《宋詩話輯佚》中。

近閱方回《文選顏鮑謝詩評》卷四有一則云:"近世有《休齋詩話》者,謂靈運擬鄴中八首無一語可稱"云云,是亦足補余前輯所未備也。

陳日華詩話

　　一卷,陳曄撰,有寫本,未見。

曄,字日華,曄一作燁。陸心源《宋詩紀事補遺》卷五十四有陳燁,卷六十有陳曄,蓋複出也。曄,福州人,淳熙五年(一一七八)爲淳安令,慶元初(一一九五——)知汀州,爲治精明。與姜夔相識,《白石道人詩集》中有《陳日華侍兒讀書》詩。又陳振孫《直齋書錄解題》卷八於《鄞江志》下云"郡守古靈陳昱日華,俾昭武士人李皋爲之,時慶元戊午(一一九八)"云云。鄞江即汀州,知即一人。

是書未見。據《浙江採集遺書總錄》庚集說家類,有寫本一卷,蓋出天一閣藏本。《天一閣書目》言有藍絲欄抄本,即此書。《四庫存目提要》言"是編所記多猥鄙詼諧之作,頗乖大雅",則是體近說部,與《夷堅三志》所稱曄曾編《善謔詩詞》者,殆即一書。惟《提要》又稱"所記黃庭堅教人學詩先讀經……又記宋祁語云,詩人必自成一家,然後傳不朽……則皆確論也"。又《四庫存目》於陳日華《談諧》提要中亦言"別有《詩話》一卷,多引朱子之語",則知是書於詼諧之外,兼錄舊說,猶非一無可取之作。或日華於《善謔詩詞》中取其較嚴正者錄入詩話,而其尤猥雜者則編入《談諧》。要之詩話中之淪爲說部者,當以此書爲最甚矣。

敖器之詩話

　　一卷,敖陶孫撰,殘。

陶孫(一一五四——一二二七)字器之,號臞翁(一作臞菴),福州福清人,淳熙七年(一一八〇)鄉薦第一。慶元五年(一一九九)進士,官泉州簽判,終奉議郎,主管華州西嶽廟,有《臞翁集》。寶慶三年卒,年七十四。劉克莊《後村大全集》卷一百四十八有《臞菴敖先生墓志銘》。

　　案葉紹翁《四朝聞見錄》謂"慶元初,韓侂冑既逐趙忠定,太學諸生敖陶孫賦詩於三元樓,有'九原若遇韓忠獻,休道如今有末孫'之句。陶孫知捕者至,亟亡命走歸閩,後登乙丑第"①云云,而劉克莊所撰《墓志銘》則云:"趙丞相謫死,先生爲《甲寅行》以哀之,語不涉權臣也。……京尹承望風旨,急逮捕,先生微服變姓名去。"此指對韓侂冑事。又謂"先生詩名益重,托先生以行者益衆,而《江湖集》出焉。會有詔毀集,先生卒不免"。此指對史彌遠事。並謂"真詩未爲先生之福,而贋詩每爲先生之禍"。此又與葉紹翁所言稍異。考劉氏此銘,作于紹定二年(一二二九),時詩禁猶未解,至紹定六年史彌遠死,詩禁始解。豈劉氏當時迫于情勢,故曲爲之諱歟?然劉氏仍言其詩"發於情性義理之正",則當時之公論也。

　　陶孫別有《臞翁詩評》附集中。道光重纂《福建通志·經籍志》改作《臞翁詩話》,非此本。此《詩話》一卷,未見昔人著錄,今傳世者,惟見《說郛》本。別有《古今詩話》本,則是書賈從《說郛》中詩話之著複印以成者,實即一本。此書衹五則,而其中"陶詩"一條,又即《詩評》中語,不知其以何複出也。豈此《詩話》爲後人僞托,特羼入此條以取信於人耶?

　　詩評之體,遠本於袁昂之書評,近出於張說之論近代文士及皇甫湜《諭業》。蓋用象徵手法,以狀作者之風格,此實詩話中之別體,本在不論之列。但以:一、宋人爲此者亦不少,如張舜民有《芸叟詩評》,蔡絛有《百衲詩評》,皆在敖氏前,又均見《漁隱叢話》後集。又喻良能有《喻良能評詩》,皆論唐代詩人而以人物相比擬,見吳師道《敬鄉錄》卷十,其性質又稍異。喻爲紹興丁巳進士,亦在敖氏前。此外,不傳者如樂雷發《雪磯詩評》之類,作者縈衆,似亦不妨附論及之。二、此書中既引及《臞翁詩評》之語,同出一人所著,更應附帶論述。蓋宋時作詩評者雖衆,而惟陶孫所著獨擅盛名,由其鑑裁既精,語亦俊妙,故魏慶之《詩人玉屑》卷一、王應麟《玉海》卷五十九、趙與峕《賓退錄》卷二,及稍後劉壎《隱居通議》卷六皆稱引之,而許印芳《詩法萃編》且爲別出單行焉。明楊慎引入《丹鉛錄》,題曰"孫器之評詩",則誤以敖陶爲地,孫爲氏,器之爲名。游潛《夢蕉詩話》引《詩評》

---

① 案乙丑爲開禧元年(一二〇五),較慶元五年又後六年。

亦稱爲孫器之，未及考正。

胡氏評詩

不知卷數，胡某撰，佚，有輯佚本。

是書不見諸家著錄，胡氏亦不知何許人，惟見《詩話總龜》後集卷五稱引，而《總龜》於採用書目中乃又作《胡氏詩話》，無《胡氏評詩》之稱，以意度之，當即指是書矣。案是書見《總龜》後集稱引，不見前集，則其人必南宋時人。考楊萬里《誠齋集》卷一一八《宋故資政殿學士胡公行狀》稱有詩話二卷，是胡銓有詩話也。又《誠齋集》卷一二八《胡英彥墓志銘》亦稱其有詩話若干卷，是胡公武亦有詩話也。今二書俱佚，亦不知所謂胡氏評詩者是否即此二書矣。余曾輯其佚文，入《宋詩話輯佚》中。

迁齋詩話

一卷，不知撰人，殘。

是書不見諸家著錄，惟《說郛》中有之，不著撰人，僅五則，當不全。厲鶚《宋詩紀事》卷三十錄劉郭《諧謔詩》云："坐上若有一點紅，斗筲之器飲千鍾；坐上若無油木梳，烹龍庖鳳都成虛。"注云《迁齋詩話》。是即《說郛》本所不載者。考宋時號迁齋者二人：一、李樗字若林，受業於呂本中，是南宋初人。又一、樓昉字暘叔，以古文倡莆東，有《標注古文》。劉克莊《後村集》有《迁齋標注古文序》，則時代較晚。惟此二人道學氣較重，似不應錄《諧謔詩》。又《說郛》本中"貽詩"條，《詩話總龜》後集卷十九作《迁叟詩話》。案此條見《溫公續詩話》。溫公號迁叟，則此條以作《迁叟詩話》爲宜，惟其他諸條又不見《續詩話》中。

茅齋詩話

不知卷數，趙舜欽撰，佚，有輯佚本。

趙舜欽里貫仕履均未詳，其書亦不見諸家著録，蓋其佚已久。史溫《山谷詩別集注》曾稱引之。考山谷詩之內集有任淵注，書成于紹興二十五年（一一五五）；外集有史容注，書成于嘉定元年（一二〇八）；別集有史溫注，不知成於何時。據書末紹定壬辰山谷孫黃㝢跋，則其成書當在紹定五年（一二三二）以前，而《茅齋詩話》定是南宋時書無疑，至其詳則待考焉。此條今輯入《宋詩話輯佚》中。

藜藿野人詩話

撰人及卷數均未詳，佚，有輯佚本。

是書未見諸家著録，亦不詳撰人姓氏，惟見魏慶之《詩人玉屑》卷三、卷七稱引二則。其後如陳秀明《東坡詩話録》卷下，及伍涵芬《説詩樂趣》卷六所引，均與《玉屑》卷七相同。知其書散佚已久，陳、伍所引，未必見其原書，不過據《玉屑》轉録之耳。《説詩樂趣》作《藜藿詩話》，而其採用書目中又作《藜藿老人閒話》，隨意定名，亦不知其所據。今輯其佚文，入《宋詩話輯佚中》。

玉林詩話

不知卷數，黃昇撰，佚，有輯佚本。

昇字叔暘，號玉林，又號花庵詞客，以所居有玉林又有散花庵也。舊題黃昷蓋用篆體，其或作黃昺字叔陽者，誤。《四庫總目提要》於"散花庵詞"條已辨之。《提要》據《梅磵詩話》諸書定爲閩人，當不誤。

是書不見諸家著録，惟魏慶之《詩人玉屑》引之最多，稱爲《玉林中興詩話補遺》，則一般稱爲《玉林詩話》者當屬簡稱矣。考昇早棄科舉，雅意歌詠，與魏慶之相友善，《玉屑》稱引其書，自屬可能。或慶之所見乃其稿本，此後並未刊行，流傳不廣，故不見諸家著録歟？玉林有《花庵詞選》二十卷，其前十卷曰《唐宋諸賢絶妙詞選》，後十卷曰《中興以來絶妙詞選》，然則所謂《玉林中興詩話補遺》者，殆亦如《詞選》之例，對於唐宋諸賢與中興以來詩人分別論述歟？今考《玉屑》所引，皆論述南渡以來詩人者，而《詩林廣記》所引則有韓退之、郭功父、陳簡齋諸人，可知余之臆測，尚合是書當時情況。惜詞選流傳而詩話竟無傳本，故輯其佚文，入《宋詩話輯佚》中。

粟齋詩話

卷數及撰人均不詳，佚，有輯佚本。

是書不見諸家著録，亦不詳撰人姓氏，惟見周遵道《豹隱紀談》載其俚語二對，餘無可考，此條亦入《宋詩話輯佚》中。

中卷之下

玉壺詩話

一卷,舊題釋文瑩撰,存。

文瑩字道溫,錢塘人,著有《湘山野録》《玉壺野史》諸書。《玉壺野史》即《玉壺清話》,凡十卷。據其自序,成書在元豐戊午(一○七八),而書中稱熙寧丁巳(一○七七),滿口齒牙已多摇落,足證爲其晚年之作。後人以詩話之體既已流行,遂摘其中論詩之語以成此書。今有《學海類編》本。《四庫存目提要》云:"考《宋史·藝文志》載《玉壺清話》十卷,今其書猶存。或題曰《玉壺野史》,無所謂《玉壺詩話》者。此本爲《學海類編》所載,僅寥寥數頁,以《玉壺清話》校之,蓋書賈摘録其有關於詩者,裒爲一卷,詭立此名,曹溶不及辨也。"案類此之例,宋時亦已有之。如《容齋詩話》即自《容齋五筆》中輯出,而宋元以來早有此編。《玉壺詩話》之輯,蓋亦類是。第是書以詩話名,則按時代言,反似在《六一詩話》之前,斯則不可通耳。清張宗泰《魯巖所學集》卷十一有《跋僧文瑩玉壺清話》一文,多正其談詩之誤,是則即視爲此書之跋亦可。

閑居詩話

卷數撰人均未詳,佚,今有輯佚本。

是書不見諸家著録,疑其佚已久。《詩話總龜》前集引之較多。考核其文,多見《温公續詩話》及《中山詩話》,疑北宋時人竄竊爲之。阮閱編《詩總》時,不應不見温公、貢父之著,似不致有此誤,當是後人改竄《詩總》時闌入者,伍涵芬《説詩樂趣》所引略與之同,其論貫休及惠崇詩二則,在《總龜》未注出處,但其文在《總龜》所引《閑居詩話》之後，疑伍氏即據以定爲《閑居詩話》之文，此書早佚，恐伍氏未必見其原本也。

考《宋詩紀事》卷九十一，謂"釋智圓字無外，錢塘人，俗姓徐，自號中庸子，居孤山瑪瑙院，與處士林逋爲隣友，有《閑居編》"。書名閑居與是書同。《閑居編》本屬筆記性質，不妨涉及詩人逸事。今就所輯是書佚文而言，雖僅十二則，而論僧詩者有四則，論林逋詩者一則，此數則均不同《溫公續詩話》及《中山詩話》，疑即智圓《閑居編》中語。惟智圓時代較早，而詩話之稱則始自歐陽修，意此亦其後僧侶輯出別行之作。加以《詩總》經後人改竄，則羼入其他詩話中語，亦不足怪矣。是書今有《宋詩話輯佚》本。

東坡詩話

二卷，今本一卷，舊題蘇軾撰，又補遺一卷，日人近藤元粹輯，存。

軾（一〇三六——一一〇一）字子瞻，自號東坡居士，眉山人，有《東坡七集》。《宋史》三百三十八卷有傳。

此書非軾所自撰。《郡齋讀書志》小說類稱"軾雜書有及詩者，好事者因集成二卷"，知其成書較早。《詩話總龜》前集卷二十四引書已有《蘇公詩話》之目，當即此書。《通志·藝文略》詩評類又稱"《蘇子瞻詩話》一卷"，卷數不同，疑當時已有數本。《苕溪漁隱叢話》引東坡論詩之語，皆作"東坡云"，不作《東坡詩話》，豈胡仔未見此書，或以此出書賈不學者之手故不舉之歟？元陳秀明有《東坡詩話錄》則是別一本。

今世所傳《東坡詩話》僅有《說郛》本。日人近藤元粹即據以輯入《螢雪軒叢書》中。近藤氏以其"僅僅三十餘條不足以飽人意，因就《東坡志林》中鈔出其係于詩者，命曰《東坡詩話補遺》"，亦刊入《螢雪軒叢書》中。

紀　詩

卷數及撰人均未詳，佚，今有輯佚本。

《詩話總龜》前集引此書，見其稱引書目，但不言撰人。惟據所引諸條，除卷三十三"王平甫夢至靈芝宮詩"條與東坡無關外,他如"過溪亭""聽琴詩""詩戲張天驥""東坡似樂天"四條皆紀東坡詩。竊疑此書以"紀詩"名,殆以東坡自述其作詩之由,而坡曾手寫成帙,故內容往往亦見《東坡題跋》之中。此本隨筆性質,漫無詮次,而後人得此,復益以其他材料,或者不察,遂以爲東坡自撰之詩話矣。考王十朋所纂《集注分類東坡先生詩》於卷十二《聽賢師琴》詩注,趙次公即引先生詩話云云,其文與是書"聽琴詩"條相同,可知昔人亦有以《紀詩》視爲《東坡詩話》者。實則《紀詩》爲東坡未完成之作,自經後人增益竄亂,則更不能視爲東坡所著矣。是書佚文,今輯入《宋詩話輯佚》中。

古今詩話

疑即李頎所撰《古今詩話錄》七十卷,佚,有節本及輯佚本。

案《古今詩話》之稱,不見諸家著錄,但時見《詩話總龜》《苕溪漁隱叢話》《全唐詩話》及《優古堂詩話》《竹坡詩話》諸書稱引,則其時代當在北宋之季。考《宋史·藝文志》文史類有李頎《古今詩話錄》七十卷,列蔡條《西清詩話》之後,則其人當與蔡條時代相近,而所謂《古今詩話》,或即《古今詩話錄》之簡稱,未可知也。今就所存諸佚文之內容而言,亦覺此書所載,大率錄昔人舊說,稱爲《古今詩話錄》似更名實相符。大抵此書所錄,不外下列諸類書籍:一、正史,如《舊唐書·文苑傳》《新唐書·文藝傳》等。二、別集,如《昌黎集》《香山集》《雲臺集》等。三、地志,如《水經注》等。四、野史,如《國史補》《江表志》《江南野錄》《吳越備史》《南唐近事》等。五、小說,如《章臺柳傳》《紅線傳》《迷樓記》以及《西陽雜俎》《杜陽雜編》《青瑣高議》等。六、筆記,如《北夢瑣言》《夢溪筆談》《歸田錄》《春明退朝錄》,以及《國老談苑》《玉壺清話》《湘山野錄》等。七、類書,如《太平廣記》等。八、詩話,如《本事詩》《中山詩話》《溫公續詩話》《王直方詩話》等。其稱引或直錄原文,或稍加刪節,或合數條性質相類之文而爲一。要之出於自撰者甚少,故稱《古今詩話錄》實較愜當。此書世無傳本,曾慥《類說》所錄僅五十九條。《千頃堂書目》有司馬泰《廣說郛》本,未見,想亦非足本。今就諸書所稱引,約得四百條,輯入《宋詩話輯佚》中。

李頎生平事蹟無可考。大抵此書係就詩話述事之例加以泛濫,故不妨采及說部野史作爲茶餘酒後閒談之資。案《詩林廣記》所引《詩話》一書,多與《古今詩話》相同,内容性質極相類,似即一書。余前編《宋詩話輯佚》時,爲審慎計,未采入。蓋以《詩林廣記》之所錄,如"詩注""詩話"云者,不妨看作是蒙齋蔡氏之語。但書中又常有"愚案"云云,故疑不能定耳。

侯鯖詩話

　　一卷,趙令時撰,日人近藤元粹輯,存。

　　令時(一〇五一——?)字德麟,自號聊復翁,太祖次子燕王德昭玄孫,坐與蘇軾游,入黨籍,後從高宗南渡,襲封安定郡王。著有《侯鯖錄》八卷,今世流傳者有《稗海》與《知不足齋》諸本。《知不足齋》本經鮑廷博校注,錯誤較少。日人近藤元粹編《螢雪軒叢書》時以《侯鯖錄》中多論詩之語,因據《知不足齋》本輯成《侯鯖詩話》,編入叢書。近藤氏並錄《知不足齋》本原注,有時間加校正,亦頗審慎。惟尚有未盡校正者,如"蔡持正謫新州,侍兒從焉,善琵琶"云云,此"善"字不如據《苕溪漁隱叢話》前集卷六十所引,易爲"名"字較爲妥善。以琵琶乃侍兒之名,非稱其善琵琶也。至其於"緑沈槍"條,附錄諸家之説,雖出轉鈔,非抒己見,然足資參考,亦便讀者。

詩　事

　　卷數及撰人均未詳,佚,有輯佚本。

　　是書不見諸家著錄,亦不詳其撰人姓氏,惟《竹莊詩話》引此書頗多,所述皆北宋時事。其成書或在北宋之季,至遲亦在南宋之初。尤袤《遂初堂書目》文史類有《叙事詩話》,不知即此書否?吳曾《能改齋漫錄》卷八提及《呂氏詩事錄》,當即此書,惟仍不知呂氏爲誰,爲可惜耳。要之以"錄"名書,當亦《古今詩話錄》之類,以纂輯爲書者,故其名不彰。

　　是書佚文,今輯入《宋詩話輯佚》中。案《能改齋漫錄》卷九,有引《詩事錄》一則,前輯偶遺,今補錄之。

詩 談

十五卷，撰人不詳，有節本。

《遂初堂書目》有是書，不著撰人與卷數。《宋史·藝文志》文史類亦有之，云十五卷，惟不著撰人。今《說郛》本凡一卷，僅七則，且有誤合二條爲一者，題云"宋闕名撰"，疑即爲此書之删節本。案其文辭，大都雜見他書，但與《詩事》之性質不同。《詩事》重在論事，此書則重在論辭，或以《古今詩話録》事辭不分，卷帙龐大，幾於泛濫無歸，遂分輯以利讀者歟？同時又以此類纂輯工作不成一家之言，故纂述之人亦佚不傳歟？

就今《說郛》所載七則論之，第一則録任昉《文章緣起》，第二則録白居易《與元九書》，第三則録沈括《夢溪筆談》，第四則録《唐書·文藝·宋之問傳》，第五則録李肇《國史補》，第六則録《温公續詩話》，第七則録歐陽修《歸田録》，是殆開輯録詩論風氣之較早者。

童蒙詩訓

一册，吕本中撰，明人輯，佚，今有輯佚本。

吕本中有《紫微詩話》，已見上卷。是書原稱《童蒙訓》，蓋家塾訓課之本，涉及範圍自較廣泛，加以本中出北宋故家，及見元祐遺老，師友傳授具有淵源，故言理學則折衷二程，論詩文則取法蘇黄。當政和、宣和之間專崇王氏一家之學，程蘇之學悉遭擯斥，本中秉特立獨行之操，兼師友講習所得，故於《童蒙訓》中，惟與王氏立異，初不欲嚴洛蜀二學之辨也。迨後朱熹重理宿怨，時多詆毁東坡之論，於是此書亦遭後人删削，不復存其論詩論文語矣。今世所傳《童蒙訓》三卷，即是如此。《四庫總目提要》謂"考朱子《答吕祖謙書》有'舍人丈所著《童蒙訓》極論詩文必以蘇黄爲法'之語，此本無之。……以意推求，殆洛蜀之黨既分，傳是書者輕詞章而重道學，不欲以眉山緒論錯雜其間，遂刊除其論文之語定爲此本歟？其書初刊於長沙，又刊於龍溪，譌舛頗甚。嘉定乙亥(一二一五)婺州守邱壽雋重校刊之，有樓昉所爲跋。後紹定己丑(一二二九)眉山李塹守郡，得本於提刑吕祖烈，復鎪本於玉山堂。今所傳本，即明人依宋槧翻雕"。則知刪汰之故，由於洛蜀之見，而刪節之本則在宋時已然。竊謂洛蜀二黨，在當時原不如新舊黨爭之烈，亦非盡關學術上之爭論。呂氏所撰，原不妨兼取其長，其後演變成爲學術之歧，道學詞章判若水火，則朱熹實揚其波。然熹攻蘇而不及黃，則又以黃嘗從學之故，如此立論，安見其爲公耶？熹既如此，則末學承風，益趨極端，甚至刪割是書論詩文部分，固亦不足怪矣。

今觀《苕溪漁隱叢話》亦稱《呂氏童蒙訓》，知胡仔所見尚是原本。呂氏雖有《紫微詩話》，但重在述事，至其論詩主張，正在《童蒙訓》中。此後朱學盛行，其論詩文部分雖被刊除，但公道自在人心，於是復有專錄其被刊除部分以爲《童蒙詩訓》者。明葉盛《菉竹堂書目》卷四有《童蒙詩訓》一册，又楊士奇等所編之《文淵閣書目》卷十亦有之，均列入宋人詩話中間。以意度之，《童蒙訓》原本在元明間猶獲流傳，故復有專錄其論詩之語，遂改題以別行者。

呂氏詩論，又有《與曾吉父論詩諸帖》，其旨重在悟入，與《童蒙訓》所言可相互參證。蓋江西宗派之稱，雖創自呂氏，但其學詩造詣則固有所自得，並不限於江西，故其論重悟入，重活法，從江西派入而不從江西派出，甚至成爲南宋初期之一般風氣，皆呂氏詩論爲之導也。宋詩風氣，不論西崑、西江，亦不分東坡、山谷，要均重在力矯晚唐濫熟之弊，則一而已。江西派雖以山谷爲初祖，以自別於蘇詩，實則同源而異流，固不妨殊途而同歸。大抵東坡詩多出之自然，山谷較偏於造作，然人巧之極自近天然，此所以由奪胎換骨之說，一變而爲悟入之論，而蘇黃詩風亦遂融合無間矣。是則呂氏詩學，雖謂爲折衷蘇黃可也。

今《童蒙詩訓》已不可見，余因別加搜輯，入《宋詩話輯佚》中，惟當時未見張鎡《仕學規範》。今觀是編，因復補錄若干條云云。

詩文不強作，應先立大意

山谷云："詩文唯不造恐（當作鑿空）強作，待境而生，便自工耳。"山谷謂秦少章云："凡始學詩，須要每作一篇，先立大意，長篇須曲折三致意，乃能成章。"（《仕學規範》三十九）

詩詞要從學問中來

又云：（當亦山谷語）詩詞高深要從學問中來，後來學者雖時有妙句，譬如合眼摸象，隨所觸體，得一處，非不即似，要且不是，若開眼，全體也。之（當作其）合古人處，不待取證也。（《仕學規範》三十九）

作長詩須有次第本末

潘邠老語饒德操云：作長詩須有次第本末，方成文字，譬如做客，見主人先須入大門，見主人升階就坐説話乃退。今人作文字都無本末次第，緣不知此理也。(《仕學規範》三十九)

作詩不應只規摹古人

老杜詩云："詩清立意新"，最是作詩用力處，蓋不可循習陳言，只規摹舊作也。魯直云："隨人作詩終後人"，又云："文章切忌隨人後"，此自魯直見處也。近世人學老杜多矣，左規右矩，不能稍出新意，終成屋下架屋無所取長。獨魯直下語，未嘗似前人而卒與之合，此爲善學。如陳無己力盡規摹，已少變化。(《仕學規範》三十九)

韓愈學司馬遷

歐陽公謂退之爲《樊宗師墓誌》便似樊文，其始出於司馬子長，爲長卿傳如其文。惟其過之，故兼之也。(《仕學規範》三十七)

孫子文章之妙

《孫子》十三篇論戰守次第與山川險易長短小大之狀，皆曲盡其妙，摧高發隱，使物無遁情，此尤文章妙處。(《仕學規範》三十五)

三蘇進策

讀三蘇進策涵養吾氣，他日下筆，自然文字霶霈，無吝嗇處。(《仕學規範》三十五)

張文潛言熟讀秦漢前文

張文潛嘗云："但把秦漢以前文字熟讀，自然滔滔地流也。"又云："近世所當學者惟東坡。"(《仕學規範》三十五)

選詩有高古氣味

古人文章，一句是一句，句句皆可作題目，如《尚書》可見。後人文章累千百年(當作言)不能就一句事理。只如選詩有高古氣味，自唐以下，無後(當作復)此意，此皆不可不知也。(《仕學規範》三十五)

文章宗西漢

文章大要須以西漢爲宗，此人所可及也。至於上面一等，則須審己才分，不可勉強作也。如秦少游之才，終身從東坡步驟次第，止宗西漢，可謂善學矣。(《仕學規範》三十五)

醫書論脉

醫書論脉之形狀,病之證驗,無一字妄發,乃於借物爲喻,尤見工夫。大抵見之既明,則發之於言語,自然分曉。觀此等書可見。(《仕學規範》三十五)

容齋詩話

六卷,洪邁撰,輯者未詳,存。

邁(一一二三——一二〇三)字景廬,鄱陽人,紹興中博學宏詞科,累官煥章閣學士,知紹興府,致仕,卒贈光禄大夫,謚文敏。《宋史》三百七十三卷附洪皓傳。

邁有《容齋隨筆》十六卷、《續筆》十六卷、《三筆》十六卷、《四筆》十六卷、《五筆》十卷,亦可總稱爲《容齋五筆》。此詩話是後人於《容齋五筆》中輯其論詩之語,以別成一編者。別有《容齋四六叢談》一種,亦如此。

《容齋詩話》,亦由曹溶收入《學海類編》中,但此與《玉壺詩話》情況不同。《玉壺清話》或是曹溶受書賈之欺,未及覺察。此編據《四庫存目提要》謂"諸家書目皆不載其名,惟《文淵閣書目》有之,《永樂大典》亦於詩字韻下全部收入,則自宋元以來已有此編"。是則《學海類編》所收,即據昔人所輯本而刊行之耳。鄧邦述《羣碧樓善本書録》卷六有《容齋詩話》鈔本,稱"鈔手極舊,惜無藏印",亦不知是否即曹溶所見本也。張宗泰《魯巖所學集》卷七有《跋容齋五筆》之文凡十二篇,讀是書者,亦可據以參證焉。

藝苑雌黃

原二十卷,嚴有翼撰,佚;今有十卷本,亦題嚴有翼撰,僞。別有輯佚本,專輯其論詩文之語。

有翼,建安人,生平不詳。據《書録解題》知嘗爲泉、荆二郡教官。

陳振孫《書録解題》稱其書"大抵辨正訛謬,故曰雌黃。其目:子史,傳注,詩詞,時序,名數,聲畫,器用,地理,動植,神怪,雜事。卷爲二十,條凡四百餘"。是則本非論詩之著,陳氏以入子部雜家類宜也。《宋史·藝文志》著録是書,亦二十卷,惟以其書多論詩文誤謬,遂改入集部文史類。今原本散佚。據洪邁《容齋五筆》載嚴有翼《藝苑雌黃》頗務譏訕坡公,名其篇曰辨坡。今雖不能知其詳,然據《漁隱叢話》後集卷二十七所稱引,及《容齋四筆》卷十六所辨正,猶可窺知此篇之大概。其書之成,當在高宗紹興年間。

是書散佚較早,今《四庫存目》所著錄者,已僅十卷,亦不易得。據《提要》謂"宋時說部諸家,如胡仔《苕溪漁隱叢話》、蔡夢弼《草堂詩話》、魏慶之《詩人玉屑》之類頗多徵引《藝苑雌黃》之文。今以此本參互檢勘,前三卷内雖大概符合,而如《漁隱叢話》所錄'盧橘''朝雲''鞦韆''瓊花'等十餘條,《草堂詩話》所錄'古人用韻重複'一條,此本皆不載。又如……胡仔駁辨之語,而亦概行闌入,舛錯特甚。至其第四卷以後則全錄葛立方《韻語陽秋》而顛倒其次序。……蓋有翼原書已亡,好事者摭拾《漁隱叢話》所引以偽托舊本,而不能取足卷數,則別攘《韻語陽秋》以附益之"。此論甚確。考《萬卷堂書目》雜文類有《藝苑雌黃》十卷,嚴有翼撰。則知摭拾成書當在明代矣。

二十卷本已亡,十卷本又偽,今所存者僅《説郛》本,日人近藤元粹據之,收入《螢雪軒叢書》中。以《説郛》多刪節,原文常有字句割裂,語意難明之處。余曾輯其佚文,得八十四則,入《宋詩話輯佚》中。

老學庵詩話

　　一卷,陸游撰。日人近藤元粹輯,存,附《放翁詩話》。

游(一一二五——一二一〇)字務觀,號放翁,山陰人,以蔭補登仕郎,官至寶章閣待制。《宋史》三百九十五卷有傳。

游有《老學庵筆記》十卷,不盡論詩。日人黑琦璞齋與飯村岳麓曾於筆記中涉於論詩者抄出刻之,名曰《放翁詩話》。此書未見。其後近藤元粹編入《螢雪軒叢書》中,又加以校補,因改題爲《老學庵詩話》。

剡溪詩話

　　一卷,高似孫撰,存,有抄本。

似孫字續古，號疏寮，餘姚人，淳熙十一年（一一八四）進士，歷官校書郎，出倅徽州，遷守處州，有《疏寮小集》。

是書不見宋時人著錄或稱引，即此後各家書目亦罕見著錄，惟《鐵琴銅劍樓書目》詩文評類有之，并錄俞弁跋云："愚意此書似非似孫所著，觀其筆意與《緯略》不同，姑置此以俟博洽者辨之。"案余所獲是書鈔本，與張戒《歲寒堂詩話》合訂成册，亦有俞弁跋，知弁字子容。書有劉墉石庵印章，疑此本即從鐵琴銅劍樓本轉錄者。

考陳振孫《書錄解題》稱"似孫讀書以奧僻爲博，以怪澀爲奇，至有甚可笑者"。而《四庫提要》之論《剡錄》，乃謂"全書皆序述有法，簡潔古雅，迥在後來《武功》諸志之上，殊不見其怪澀可笑，陳振孫云云殆不可解"。疑似孫行文，本有怪澀、平易二體，隨宜而施，初無定準，俞弁欲於筆意別其真僞，殆不可據。

似孫著作頗多，其有關文學批評者有《選詩句圖》一卷，成於壬午十一月，當爲寧宗嘉定十五年（一二二二），今有《百川》本、《詩學指南》本。其所摘勝句，儷語爲多，蓋由句圖體例所限，古詩篇章渾成者，往往無句可摘也。《澹生堂藏書目》作《選詩圖句》，《四庫總集類存目》作《文選句圖》。今以句圖與詩話體例不同，不加論述，故於此附及之。

是書雖以詩話名，顧不言似孫有此書，頗以爲疑。考似孫有《剡錄》，《四庫總目提要》稱"其書首爲縣紀年，次爲城境圖，……次爲書，次爲文，次爲詩"云云，因疑此爲從《剡錄》輯出別行之本。蓋《剡錄》乃似孫所作之嵊縣志，嵊爲漢剡縣地。是書首錄王徽之雪夜獨酌，詠左思《招隱》詩，忽憶戴逵，即乘舟訪之，因錄左思、陸機、王康琚、張華、張載、張協諸人招隱詩，則以與剡溪故事有關也。次錄許詢孫綽以及張嵊詩，並謂"嵊詩不多見，且生於嵊亭，因采之"，則以與嵊縣有關也。次錄李德裕得剡溪紅桂樹詩，則剡產也。次錄秦系詩，系是會稽人也。次錄帛道猷招道一上人詩，因就詩中"鷄鳴知有人"句，兼及後人摹擬之作，帛亦山陰人也。次錄裴通金庭觀詩，就其"鵝踏右軍池"句而述其因襲變化之作，觀在剡中金庭山也。次王纘詩"孔淳辭北海，陸昶謝中郎"，以孔淳即孔淳之，嘗居剡中也。次曹唐大遊仙詩，以詩詠劉阮天台故事，而剡溪一源出天台也。次溫庭筠《重遊圭峰宗密禪師精廬》詩及顧況、趙嘏等《葛洪丹井》詩亦均剡中勝境也。最後錄李紳詩，以紳奮身於剡，後復鎮越也。因知此爲後人從《剡錄》輯出之書，非似孫原有此著也。考馮惟訥《詩紀別集》卷四曾稱引此書，則此書即屬僞撰，其由來亦舊矣。

清邃閣論詩

　　一卷，朱熹撰，其後裔玉輯，存。附《晦庵詩說》一卷，其弟子陳文蔚等錄，存。

　　熹（一一三〇——一二〇〇）字元晦，號晦庵，有時自稱雲谷，亦號晦翁，晚築滄洲精舍，又號滄洲病叟或遯翁。徽州婺源人，僑寓建陽，官至寶文閣待制。《宋史》四百二十九卷道學有傳。熹以道學著名，著作甚多，清李光地等曾編《朱子全書》，其後裔朱玉亦編《朱子文集大全類編》，《清邃閣論詩》即在其中。

　　宋人寫詩話固是一時風氣，但朱子雖多論詩之語，却無詩話之作。此書出其後裔編集，不知是否保存其原來面貌。朱子之集，最早者爲其季子在所編，不知當時於其論詩部分，是否已用此稱。今以此書編在文集中，故以之爲主，而以《晦庵詩話》附焉。

　　此書開端冠以"文公曰"三字，知其所據亦出當時語錄，但編次與當時諸書不同。朱子語錄，其門弟子分別記錄和先後纂輯者甚多。據《四庫總目提要》於《朱子語類》條謂"初，朱子與門人問答之語，門人各錄爲編。嘉定乙亥李道傳輯廖德明等三十二人所記爲四十三卷，又續增張洽錄一卷，刻於池州，曰'池錄'。嘉熙戊戌道傳之弟性傳續蒐黃榦等四十二人所記爲四十六卷，刊於饒州，曰'饒錄'。淳祐己酉蔡抗又裒楊方等二十三人所記爲二十六卷，亦刊於饒州，曰'饒後錄'。咸淳乙丑吳堅採三錄所餘者二十九家，又增入未刊四家爲二十卷刊於建安，曰'建錄'"。可見當時語錄之多，但與詩話無關。《提要》又謂"其分類編輯者，則嘉定己卯黃士毅所編凡百四十卷，史公說刊於眉州，曰'蜀本'。又淳祐壬子王佖續編四十卷，刊於徽州，曰'徽本'。諸本既互有出入，其後又翻刻不一，譌舛滋多，黎靖德乃裒而編之，刪除重複一千一百五十餘條，分爲二十六門，頗清整易觀"。但全書有一百四十卷，其中論詩文部分，當亦甚多。清張伯行復重訂《語類》，稱爲《朱子語類輯略》，凡八卷，於卷八中有論文一目，猶未別出成書也。

　　其別出成書者，有陳文蔚等記錄之《晦庵詩說》，凡一卷。今有《談藝珠叢》本。此書後出，未見以前藏書家著錄，雖題"宋陳文蔚等錄"，恐是後人據《朱子語類》纂輯爲之者，未必是陳文蔚等輯錄刊行也。是書於每條下具有記錄者名，其二人並記者則列二名，惟以朱子門人甚衆，其中每有同名者，則僅記其名，在當時所謂"池録""饒録"云者，本不成問題，即分類編纂，亦可在《語類》編例中加以説明，不致混淆。至如今《談藝珠叢》本，則有名無姓，即不知記者爲誰。如陳文蔚字才卿，號克齋，廣信上饒人，但當時別有許文蔚字衡甫，號環山，徽州休寧人，使非書中題"宋陳文蔚等録"，則僅據注中"文蔚"二字，亦難辨是陳是許矣。今就其注名者，依次考之如下：夔孫姓林，字子武，古田人。德明姓廖，字子晦，號槎溪，延平順昌人。方子姓李，字公晦，一字正叔，邵武光澤人。雉姓吳，字和中，延平建陽人。人傑姓萬，字正淳，號止齋，武昌興國人。義剛姓黃，字毅然，撫州臨川人。佐姓蕭，南昌人。璘姓藤，字德粹，號溪齋，徽州婺源人。又有舒璘字元質，寧波奉化人，不知是誰。賜姓林，字聞一，居里未詳。道夫姓楊，字仲思，延平浦城人。必大姓吳，字伯豐，武昌興國人。壽昌有二：一姓吳，字大年，南武人；一姓董，字仁仲，鄱陽人，不知是誰。子蒙姓林，衡陽人。淳有三人：一姓陳，字安卿，稱北溪先生，漳州龍溪人；又有詹淳、盧淳，均居里未詳，不知是誰。剛姓陳，字正己，廣信建昌人。廣姓輔，字漢卿，稱傳貽先生，嘉興崇德人。至姓楊，字至之，泉州晉江人。敬仲姓游，字連叔，延平順昌人。熏姓呂，字德昭，號月波，廣信建昌人。無考者，庚及黎矇子詩，以不見《文集大全類編》所記"文公門人"之中。

此後明沈爌纂集《晦庵先生詩話》一卷，《也是園》《澹生堂》《述古堂》《近古堂》等書目均著録，余所獲者爲鈔本。所載較前二種加詳，蓋就文集中其他論詩之作，均採録之，不限語録故也。爌字世明，一字伯遠，嘉定人。考文徵明《甫田集》卷十七有《晦庵詩話序》，稱"練川沈文韜氏……取凡朱子平日論詩之語，萃而爲書，曰晦庵詩話"，當即此書，但余藏本無此序。吳其昌《朱子著述考》疑爲佚書，且以爲即《清邃閣論詩》而別行者，非是。

至如《澹生堂書目》所舉《朱紫陽詩文訓略》一卷，列文式文評目中，不入詩話目，及《千頃堂書目》所舉余祐《遊藝至論》一卷，注云"輯朱子語類論文之語"，均不論述。

詩學規範

一卷，在張鎡所輯《仕學規範》中，輯出單行者未見。

鎡（一一五三——？）字功甫，一字時可，號約齋，西秦人，居臨安，循王諸孫。官奉議郎，直秘閣，有《南湖集》。楊萬里詩所謂"新拜南湖爲上將"者，即其人也。

案昔人著録不言張氏有此書，蓋張氏所著祇有《仕學規範》四十卷，而此書則係後人從《仕學規範》中輯其論詩部分别出成書者,故諸家著録不及此書也。據其《仕學規範自序》謂"鎡天資庸樸,龆知讀書,日思收滌膏粱之習,以從賢士大夫後,是以寤寐前哲,採摭舊聞,凡言動舉措粹然中道,可按爲法程者,悉派分鱗次,萃爲鉅編,自便省閲。夫致知必由學,故先之以爲學。學,行之上也,故次之以行己。行己有餘,斯可推以及人,故次之以涖官。爲政莫如德,故次之以陰德。有德者必有言,故以詩文終焉。謂其皆可爲身法,遂目之曰《仕學規範》,且析爲四十卷,庶幾口詠心維,趨向弗謬"。則是其書但有採摭纂輯之勤,非其自著。其論作詩部分,自三十六卷起至四十卷止,凡四卷。《四庫總目提要》稱其"徵引原文,各著出典,可補史書遺缺",良然。即其論詩文部分,頗多佚文可採。余前纂《宋詩話輯佚》時惜未見其書也。

是書之别出成書,當在明代。《澹生堂書目》稱《詩法統宗》中有《詩學規範》一卷,此當爲輯出别行之最早者。是則纂輯之中又有纂輯本矣。

續廣本事詩

　　五卷,聶奉先集,有節本。

　　奉先字號、里貫均未詳。陳振孫《直齋書録解題》文史類云:"《續廣本事詩》五卷,聶奉先撰,雖曰廣孟棨之舊,其實集詩話耳。"《通考·經籍考》同。案《宋史·藝文志》集部總集類有《續本事詩》二卷,注云"不知名"。竊疑此二書卷數不同,未必即是一書,或先有續者,聶氏復廣之,故云"續廣"。今《說郛》本有《續本事詩》一卷,已不全,亦不知此爲"續"抑爲"續廣"也。

　　就今《說郛》本所引諸條而言,如"市語""軟紅""冰廳""紅麯酒""葡萄酒""芡實""酴醿""詩媒""海棠"諸條均見《王直方詩話》;"筆管詩""白雁"諸條均見《古今詩話》,則陳氏所謂"集詩話"者誠不謬。

　　又案孫濤《全唐詩話續編》上卷引《續本事詩》云:"齊己松詩曰'雷電不敢伐,靈勢蠹萬端①,虆②依乾節死,蛇入朽根蟠。影浸僧禪濕,風③吹鶴夢寒。尋常風

---

①　《全唐詩》作"鱗皴勢萬端"。
②　《全唐詩》"虆"作"蠧"。
③　《全唐詩》"風"作"聲"。

雨夜,疑有鬼神看'。《小松》云:'發地纔盈尺,蟠根已有靈。嚴霜百草死①,深苑一株青②。後夜蕭騷動,空階蟋蟀聽。誰於千歲外,吟倚老龍形'。"此則爲《説郛》本所無,不知其所據。

履齋詩説

一卷,孫奕撰,日人近藤元粹輯,存。

奕字季昭,號履齋,廬陵人,寧宗時嘗官侍從,有《履齋示兒編》。此即就《示兒編》中卷九及卷十兩卷中論詩之語别録出者。《示兒編》有知不足齋本,近藤氏所據以選輯者,當即此本。此輯本今編入《螢雪軒叢書》中。孫氏論詩較重詞例,此爲昔人所不甚注意者,是亦足爲語法修辭之一助也。

《四庫總目提要》於《示兒編》條,謂是書"徵據既繁,時有筆誤,……詩説類中以杜甫襲用白居易詩,……皆失於考訂"。讀是書者,不可不注意及之。

吴氏詩話

二卷,吴子良撰,輯者未詳,存。

子良字明輔,號荆溪,臨海人,寶慶二年(一二二六)進士,官至湖南運使太府少卿,忤史嵩之罷職。學於葉水心。葉適《水心集》中有《答吴明輔書》。然子良所作《隆興府學三賢堂記》有曰:"合朱、張、吕、陸之説溯而約之於周、張、二程,合周、張、二程之説溯而約之於顔、曾、思、孟,合顔、曾、思、孟之説於孔子,則孔子之道即堯、舜、禹、湯、文、武之道,孔子之學即皋、益、伊、仲、傅、箕、周、召之學,百聖而一人,萬世而一時,尚何彼此門庭之别哉!"故其爲湖南轉運副使時,聘朱熹再傳弟子歐陽守道爲嶽麓書院副山長,不以學派門户爲嫌。歐陽守道《巽齋文集》卷二十二有《跋吴荆溪講義》與《跋吴荆溪點李核詩集》二文。即其評詩論文所得於水心者,亦能自抒卓識加以鑒裁。《四庫總目提要》之於《林下偶談》一書,稱其

---

① 《全唐詩》"死"作"白"。
② 《全唐詩》作"深院一林青"。

"所記葉適作《徐道暉墓志》《王本叔詩序》《劉潛夫詩卷跋》皆有不取晚唐之説,蓋其暮年自悔之論,獨詳録之,其識高於當時諸人遠矣"。此正子良之不可及處。乃其門人舒閬風嶽祥,既遁而爲文,未能盡窺荆溪之學,即於詩亦局於晚唐之説而不能自拔。閬風序劉士元詩盛稱方岳《菊田集》能從翁、徐而趨姚、賈,爲得其清聲切響,則囿於鄉曲之見,反不如荆溪之通矣。

《荆溪林下偶談》舊有八卷,今作四卷,蓋出姚士粦所併,有姚氏跋,大都論詩評文之語。有《寶顔堂秘笈》本。別有《唐宋叢書》本,作一卷。

此《吴氏詩話》二卷,曹溶編入《學海類編》中,題曰宋吴氏撰,名與字未詳。《四庫存目提要》謂"今核其文,即吴子良《林下偶談》中摘其論詩之語,非別一書也"。因知與《容齋詩話》等爲同性質之書。案《四庫總目提要》亦言《荆溪林下偶談》不著撰人名字,經輾轉考證,始知爲吴子良撰,則曹溶不知其名與字亦無足怪。是書除《學海》本外,尚有《藝圃搜奇》本。

又《説郛》中有《林下詩談》一卷,不著撰人名字,就書名言,似亦從《林下偶談》中輯出論詩之語以成書者,但核其內容,所論皆婦女詩,與此異。《台州經籍志》合爲一書非也。

弁陽詩話

一卷,周密撰,日人近藤元粹輯訂,存,附《浩然齋詩話》。

密(一二三二——約一二九八)字公謹,號草窗,濟南人,流寓吴興,居弁山,號弁陽嘯翁,又號蕭齋,入元不仕,自號泗水潛夫。

密所著書甚多,此書乃是從《浩然齋雅談》中輯出別行者。《浩然齋雅談》本無傳本,今傳世者乃四庫館臣於《永樂大典》中輯録編成者。《四庫總目提要》謂"此書散見《永樂大典》中。其書體類説部,所載實皆詩文評。今搜輯排纂,以考證經史評論文章爲上卷,以詩話爲中卷,以詞話爲下卷,各以類從,尚裒然成帙。密本南宋遺老,多識舊人舊事,故其所記佚篇斷闋,什九爲他書所不載。……宋人詩話,傳者如林,大抵陳陳相因,輾轉援引。是書頗具鑒裁,而沈晦有年,隱而復出,足以新藝苑之耳目,是固宜亟廣其傳者矣"。於是日人梁川星巖、菅老山二人專輯其中卷論詩者刊爲《浩然齋詩話》。今此本未見。其後近藤元粹又改稱爲《弁陽詩話》,刊入《螢雪軒叢書》中,有近藤氏校語。案《浩然齋雅談》別有盧抱經校本,亦可參閲。

下　卷

静照詩話

  卷數及撰人均未詳,佚。

  是書不見他書稱引,惟見《遂初堂書目》文史類,當早佚。考《宋史·藝文志》總集類,有陸經《静照堂詩》一卷,今亦未見,不知所謂《静照詩話》者,是否即述静照堂唱和之事,遂由總集性質之著轉變而爲文史。陸經字子履,越州人,仁宗朝集賢殿修撰,與歐陽修遊,今《六一集》中亦多與子履唱和之作。當静照堂唱和時,尚無"詩話"之稱,或後人在詩話之名既立之後,遂衍其事爲詩話歟?

王禹玉詩話

  一卷,王珪撰,佚。

  珪(一〇一九——一〇八五)字禹玉,成都華陽人,琪之從弟。慶曆二年(一〇四二)進士。神宗朝,拜尚書左僕射,門下侍郎。哲宗即位,封岐國公,卒謚曰文,有《華陽集》。《宋史》三百十二卷有傳。

  是書惟《通志·藝文略》詩話類著録,不見傳本。焦竑《國史經籍志》據以入詩文評類,疑亦未見其書,不足爲明代流傳之證。

  趙令時《侯鯖録》、陸游《老學庵筆記》均稱禹玉詩善用事,惜未見其詩話,不知其議論若何也。或禹玉有筆記,未成書,此亦後人得其散稿,遂改題爲詩話者。

潘興嗣詩話

　　一卷,潘興嗣撰,佚。

　　興嗣字延之,號清逸居士,南昌新建人,與王安石曾鞏王回袁陟俱友善。初調德化尉,以不能俯仰上官,棄官歸。熙寧初,召爲筠州推官,辭不就。

　　是書不見藏書家著錄,惟厲鶚《宋詩紀事》卷二十三稱其"有文集及詩話補遺"。光緒重修《江西通志·藝文略》著錄詩文評類,只稱《潘興嗣詩話》,不云"補遺"。竊以爲《江西通志》所改較是。

　　興嗣棄官歸後,築室豫章城南,日讀書其中,凡六十餘年。詩話之作,當在此時。此後,其孫淳有《詩話補遺》,即後人所稱爲《潘子真詩話》者。然《潘子真詩話》猶有佚文可輯,此書則並佚文亦無之,殆在當時已早佚矣。

唐詩史

　　卷數不詳,范師道撰,佚。

　　師道字貫之,長洲人,仲淹侄。是書不見藏書家著錄,惟《蘇州府志·藝文志》有之,疑是未成或未刊之作,故僅方志著錄之,餘無可考。顧名思義,或亦《唐詩紀事》《全唐詩話》一類之作。

沈存中詩話

　　卷數與輯者均不詳,沈括撰,未見。

　　括(一〇三一——一〇九五)字存中,錢塘人,嘉祐進士,官翰林學士,出鎮宣州。括博學善文,於天文、方志、律曆、音樂、醫藥、卜算無所不通,有《長興集》《夢溪筆談》《蘇沈良方》。《宋史》三百十一卷附從兄邁傳。晚自號夢溪翁。

　　是書未見諸家著錄,惟《浙江通志·經籍志》文史類與《杭州府志·藝文志》詩文評類均著錄之,並云據《續文獻通考》,疑此書即從沈括《夢溪筆談》中所輯出者。胡仔《苕溪漁隱叢話》亦多引《筆談》中語。

劉咸臨詩話

僅數十篇，未成書，劉和叔撰，佚。

和叔字咸臨，南康人，早卒，年僅二十五。黃庭堅《豫章黃先生文集》卷二十三有《劉咸臨墓誌銘》，稱"觀其詩刻厲而思深，觀其文河漢而無極"，蓋少年之有才者。《東坡題跋》卷一亦有《跋劉咸臨墓誌》一文。

是書僅數十篇，蓋未成之作。《詩話總龜》前集卷八引王直方《歸叟詩話》有一則云："劉咸臨醉中嘗作詩話數十篇，既醒，書四句於後曰：'坐井而觀天，遂亦作天論。客問天方圓，低頭慙客問。'蓋悔其率爾也。"則是此未成熟之作，劉氏固亦自悔之矣。

王彥輔詩話

王得臣撰，疑未成書。

得臣（一〇三六——一一一五後）字彥輔，自號鳳亭子（《郡齋讀書志》作鳳臺子），安陸人，嘉祐四年（一〇五九）進士，官至司農少卿，有《麈史》三卷。案得臣不聞有詩話，惟蔡正孫《草堂詩話》稱引之，疑即採《麈史》中語而改題詩話，或時人已有輯《麈史》中論詩之語以為詩話，亦未可知。《四庫總目提要》謂"《麈史》成書……時，紹述之說方盛，而書中於他人書官書字書謚，惟王安石獨書名，蓋亦耿介特立之士。考所自述，初受學於鄭獬，又受學於胡瑗，其'明義'一條復與明道程子問答，疑為洛黨中人，然評詩論文，無一字及蘇黃，亦無一字攻蘇黃。……亦可謂卓然不染者矣"。其論詩傾向，可於此數語中見之。

黃山谷詩話

卷數與輯者均不詳，黃庭堅撰，佚。

庭堅（一〇四五——一一〇五）字魯直，洪州分寧人，自號山谷道人，或稱涪翁。治平進士，以校書郎遷著作郎。紹聖初，坐修神宗實錄失實，貶涪州別駕，黔州安置，後召還，復編管宜州。有《豫章集》。《宋史》四百四十四卷文苑有傳。

山谷爲江西派初祖，有關論詩之語甚多，但不聞有詩話。蔡夢弼《草堂詩話》稱引書中有《黃山谷詩話》之目，疑時人纂輯爲之，非出山谷自著，今其書亦無傳本。

秦少游詩話

卷數與輯者均不詳，秦觀撰，佚。

觀（一〇四九——一一〇〇）字少游，一字太虛，號淮海居士，高郵人，曾任祕書省正字，兼國史院編修官職，有《淮海集》，《宋史》四百四十四卷文苑有傳。

少游亦無詩話之作，但蔡夢弼《草堂詩話》稱引之，疑從《淮海集》輯其論杜詩之語而任意改題者。

劉真之詩話

不知卷數，劉真之撰，佚。

案《四庫總目提要》於江少虞《事實類苑》條，稱："其書成於紹興十五年。……所引之書，悉以類相從，全錄原文，不加增損，各以書名注條下，共六十餘家。……北宋一代遺聞逸事，略具於斯，……其間若……劉真之詩話……等書，今皆久佚，藉此尚考見一二"云云。今可知者僅此。

汪信民詩話

一卷，汪革撰，佚。

案張泰來《江西詩派宗社圖錄》云："革字信民，臨川人，試禮部第一，分教長沙。……有《清谿類稿》《論語直解》并《詩話》一卷"，不知其所據，其詩話亦未見。

考《書録解題》稱革有《清溪集》十卷、《附録》一卷,疑《附録》即其詩話也。

王明之詩話

不知卷數,王明之撰,佚。

王明之不知何許人。是書不見稱引,惟見《遂初堂書目》文史類。考《宋詩紀事》卷二十九謂"王仲甫字明之,岐公之從子,少年以詞賦登科",不知即其人否?龔明之《吳中紀聞》稱"仲甫風流翰墨,名著一時"。吳騫《拜經樓詩話》卷一亦載此事。則以其才華,偶作《詩話》亦有可能。

瑶谿集

一作《瑶池集》,十卷,郭思撰,佚。

思字得之,温縣人,元豐五年(一○八二)進士,官至徽猷閣待制,秦鳳路經略安撫使,知秦州。

是書《通志·藝文略》詩評類、《宋史·藝文志》文史類均著録。《通志》不著撰人,但二書均作《瑶谿集》,而方回《桐江集》卷七有《瑶池集考》,即指郭思此書,又不知何以誤爲二稱。《漁隱叢話》前集卷九、卷十三均有引《瑶谿集》語:一則申杜詩"熟精文選理"之説,又一則論賦比興之關係,而以爲詩人之全者惟杜子美時能兼之。按其所論,似不如方回指摘之謬。且方氏謂"南渡後諸家詩話未有一人拈出此集者",豈方氏未見《漁隱叢話》所稱引耶?抑《瑶池集》出郭思所撰,而《瑶谿集》則别一書耶?然《宋史·藝文志》又明言"郭思《瑶谿集》十卷",人名卷數均相同,抑又何也?考《宋史·藝文志》總集類有蔡省風《瑶池集》一卷,此與《唐書·藝文志》所載蔡省風有《瑶池新詠》當即一書,豈郭思所著原名《瑶池集》,其後,以恐與蔡著混淆之故,遂改爲《瑶谿集》耶?一書二稱,殆以此矣。然則胡仔所見乃改稱之本,而方回所見本則猶用原稱,故以爲南渡後無一人拈出此集也。

是書,《宋史》以後不見藏書家著録,當早散佚,焦竑《國史經籍志》雖著録,然不足據,且又誤作一卷。方回《瑶池集考》不言其卷數,惟言"一曰詩之六義,二曰詩之諸名,三曰詩之諸體(原注:"與李叔《詩格》相類,凡八十一體,可無述"。案叔當作淑),四曰詩之諸式(原注:"凡二十九式"),五曰詩之景,以至十五曰詩之諸説"。是則是書梗概猶可窺知。

《瑶池集考》又稱其"舉歐陽公與王荆公對言,而曰'歐陽永叔情實而葩華,此文之全於才者也;王舒王誠意而粹熟,此文之全於道者也'。予一讀此語便見其繆。元祐黄、陳、晁、張、秦少游、李方叔無一語及之,惟引蘇長公軟飽黑甜一聯,及筆頭上挽得數萬斤語。於歐蘇皆字之,而於荆公獨王之,蓋宣、靖間時好"。然則是書成於北宋之季,而其論詩乃陰貶元祐諸人者也。

方氏述得其書之情況云:"得之錢塘書肆,乃士夫家錄本。"則知是書未曾刊行,在宋時已不甚顯。余前編《宋詩話輯佚》時,以其名不類詩話,未以錄入。今讀方氏此文,知爲詩話無疑,因復錄《漁隱叢話》所引二則,以補余前輯之遺。

又吳曾《能改齋漫錄》卷二"口號"條云:"郭思詩話,以口號之始,引杜甫《歡喜口號絶句》十二首,云,觀其辭語,殆似今通俗凱歌,軍人所道之辭"。此則當亦指《瑶溪集》言。吳氏謂梁簡文帝已有《和衛尉新渝侯巡城口號》,張説亦有《十五夜御前口號踏歌辭》二首,亦足見郭思考證之疏。

又《竹莊詩話》十四、十五兩卷,引《瑶溪集》云,"詩之景不一而足,今隨詩出之,觀作者之梗概"云云,是亦《瑶溪集》中佚文。《竹莊詩話》並言"《瑶溪集》多立體式,品題諸詩,強立分別,初無確論,今並不取。獨所論詩之景者,爲説雖泛,然其間編類多前輩所稱美而後人所膾炙,故頗加删錄,得五十九篇"。是則方回《瑶池集考》所謂"五曰詩之景"者,大率見於《竹莊詩話》中矣。此雖不能考知其原文,然約略猶可見其梗概焉。

吕大有詩話

疑無此書。

案屈悔翁《箋注玉溪生詩意》附錄《玉溪生諸家詩評》中引《吕大有詩話》一則云:"義山詩'一春夢雨常飄瓦,盡日靈風不滿旗',東萊公極愛此聯,以爲有不盡之味。"考此則出《紫微詩話》,疑屈氏誤記。《紫微詩話》中述及大有者凡二見。一則謂"叔祖待制公嘗與賓客飲酒,時大有尚幼,侍側。叔祖令大有作四聲,大有應聲云:'微雨變雪'"。此爲各本所共有。又一則謂"從叔大有少時詩云:'范雎才拊穰侯背,蔡澤聞之又入秦',不減王荆公得意詩也"。此則惟《百川》本有之,但均不言有詩話。

唐宋名賢詩話

　　二十卷,撰者不詳,佚。

　　案《宋史·藝文志》文史類有《唐宋名賢詩話》二十卷,不言作者姓氏。但諸家稱引或著録,每稱爲《名賢詩話》或《唐宋詩話》,罕有用其全稱者。今亦以此二者作爲《唐宋名賢詩話》之簡稱。

　　此書當爲宋代彙輯詩話之最早者。《詩總》引書有《古今詩話》,而《古今詩話》引書有《名賢詩話》,則彙輯筆記説部以爲詩話者,當以此書爲嚆矢矣。大抵《唐宋名賢詩話》與《古今詩話》雖稍有先後,實則都未入南宋。蓋北宋詩話之風氣,重在"以資閑談",進入南宋始趨嚴正,即就彙輯之詩話而言,亦可見此迹象。阮閱《詩總》,則閑談之資料也。胡仔《漁隱叢話》則成爲學術研究之資料矣。事物演變,由粗及精,大抵然也。在此二家著作以前,則《唐宋名賢詩話》與《古今詩話》又可謂無名作家之代表作。《古今詩話》之集録者,或謂出於李頎,然頎初不以詩名,不若阮閱、胡仔之有學詩根柢也。頎蓋粗識文字之流,則亦與無名作家等耳。中國文學史上文學體製之演變,往往由無名作家開其端,而有名作家竟其緒。詩體之演變其尤明顯者。詩話彙輯之情況,蓋亦不能外是,北宋之彙輯者多不知其名,南宋之彙輯者又必著其名,風氣所趨,一若有規律存乎其間者,亦可異已。

　　其稱引《名賢詩話》者,如嚴有翼《藝苑雌黃》引顧況得桐葉題詩事謂出《名賢詩話》,又黃朝英《緗素雜記》卷一稱王仁裕登繁臺題詩,亦言據《名賢詩話》。嚴、黃二氏皆生北宋之季,足證此書之成書較早。顧考張鎡《仕學規範》卷三十七與三十九均引《古今類總詩話》中録《名賢詩話》之語,其一則,謂黃魯直自黔南歸,詩變前體,且云要須唐律中作活計乃可言詩;又一則謂作詩用事要如釋語水中著鹽,飲水乃知鹽味。案此二則均見《西清詩話》,則是書雖早,亦必在《西清詩話》之後,彙輯者往往攘竊他人之説以爲己有,據是迹象以求,則是書之時代可知。

　　此外《皇朝事實類苑》亦稱引是書,今補入《宋詩話輯佚》之中。

　　其稱引《唐宋詩話》者,方深道《集諸家老杜詩評》卷二稱引頗多。考《遂初堂書目》文史類有《唐宋詩話》而無《名賢詩話》,故疑此二書實即一種。深道爲宣和六年(一一二四)進士,知此書定爲北宋時人所輯,大約與蔡絛同時。是亦可與《名賢詩話》原爲一書之證。

青瑣詩話

　　一卷,劉斧撰,輯者未詳。

　　斧有《青瑣高議》前集十卷,後集十卷,晁公武《讀書志》、《宋史·藝文志》皆著録,惟均作十八卷,疑二卷出後人增補。蔡絛《鐵圍山叢談》稱爲《青瑣小説》。今陶珽所編《説郛》,又於《青瑣高議》之外別出《青瑣詩話》,蓋均隨意定名者。《讀書志》稱《青瑣高議》詞意鄙淺,《四庫總目提要》亦稱爲里巷俗書。要之此書在詩話中可謂最無價值者。余本不擬録此書,但以其以詩話名,且《説郛》中猶有此書,故姑列之下卷,以示與《侯鯖詩話》《老學庵詩話》有所區别云。

錢伸仲詩話

　　不知卷數,錢紳撰,佚。

　　紳字伸仲,一作申仲,無錫人,大觀己丑(一一〇九)進士,任知州。陳巖肖《庚溪詩話》稱其"退居漆塘,有園亭之勝,一時知名士大夫,如陳去非、葛勝仲、汪彥章、孫仲益諸人皆爲之賦詩"。洪适《盤洲文集》卷十《錢伸仲挽詩》二首,中有"甘向黑頭辭印綬,肯將白眼對圖書"之語。卷七十二復有《祭錢伸仲文》,稱其文詞足以"興臺郊島,甲乙淵雲"云云,蓋耽於詩文而不樂仕進者。《梁溪詩鈔》亦載其《游惠山》《題青山寺》諸詩。

　　是書不見諸家著録,疑未刊行。案《庚溪詩話》云:"建炎己酉(一一二九)歲車駕駐蹕建康,毘陵錢伸仲紳赴召命,僕亦以事至彼,與之同邸,伸仲以能詩自負,嘗作詩話甚詳。"此文語意不明,若連"車駕駐蹕建康"言之,則所作詩話,重在記當時事實,雖不致成爲《取經詩話》一類之著,但論述時人即事歌詠之作,則與一般詩話究有區别。若連"以能詩自負"言之,則所謂"嘗作詩話"者,可指以前所作論詩之著,與完全述時事者又不相同。要之此書在南宋初葉,即已着手寫作則無可疑,今可考知者僅此。

古今類總詩話

五十卷,任舟輯,佚。

任舟里貫無考,惟據是書自署,知其官左宣教郎而已。書有紹興丙寅年(一一四六)序,蓋亦南宋初人。是書不見諸家著録,殆不甚顯。方回《桐江集》卷七有《古今類總詩話考》一文,猶可知其梗概,其文云:

《古今類總詩話》五十卷,題曰"左宣教郎任舟集録"。録有紹興丙寅年序,鋟板也。序文似非深於詩者。其第一卷曰詩體,二曰詩論,三曰詩評,至四卷詩仙以下多不涉出處,必不得已曰某人云,他則若出於己所云者,不如胡元任《叢話》明寫出處以告人也。

是則此書分類又與阮閱《詩總》、胡仔《叢話》不同,蓋兼有二者之長,而開《詩人玉屑》之先聲者。若明述出處,而復修正其分類,則正有助於學者,惜其未能如此也。王構《修辭鑑衡》頗多稱引是書之處,明以後則罕見稱引,知其書在元時尚流傳,此後即散佚矣。

《修辭鑑衡》引此書有八條,其中七條均見張鎡《仕學規範》三十七至三十九卷。惟"體詩"一條不見《仕學規範》稱引。其中文字,二書所引,不盡相同,其差別處均以《仕學規範》所引較勝。疑二書所引,雖同一書,非同一本,豈《修辭鑑衡》所據爲傳鈔本耶?《鑑衡》卷一所引"用事"一條,注云"《詩話總類》",當即此書。蓋《仕學規範》與《修辭鑑衡》於此書均稱《古今總類詩話》,不作"類總"也。余前編《宋詩話輯佚》時,以未見方回此文,又未見《仕學規範》稱引之文,故未録入,此後可補輯之。

分門詩話

撰人及卷數均不詳。

案此書不見諸家著録,考詩話之分門者自阮閱始。阮閱《詩總》以後,如《古今類總詩話》《詩海遺珠》等,當亦分門,但均無以分門名其書者。張鎡《仕學規範》卷三十六有一則云:

> 劉貢父云:詩以意義爲主,文詞次之。或意深義高,雖文詞平易,自是奇作。世人見古人詩句平易,傚傚之而不得其意義,隨人(疑當作"遂成")鄙野可笑,盧仝詩有不啷嚕鈍漢,非其篇前後意義,自可掩口矣,寧可效之耶?

注云:"出《分門詩話》。"案此條見《中山詩話》,何必轉引《分門詩話》,頗以爲疑。考張鎡《仕學規範自序》作於孝宗淳熙三年丙申(一一七六),則《分門詩話》之成書定在是年以前,顧不見諸家著録,抑又何也?豈隨意定名,即指《詩總》或《類總》言歟?案《仕學規範》卷三十八亦有此條,惟其後更録《中山詩話》論韓吏部語,於此條明言引《古今類總詩話》,則所謂《分門詩話》者,豈即指《古今類總詩話》言耶?抑《分門詩話》爲別一書,故不免複見耶?要之張氏輯録是條,未及一檢《中山詩話》,是爲造成疎舛之因,故今以《分門詩話》列於《古今類總詩話》之後。

程瑀詩話

一卷,程瑀撰,佚。

瑀字伯㝢,饒州浮梁人。宣和中太學試第一,高宗朝,累除兵部尚書,龍圖閣學士,有《鮑山集》。

是書不見藏書家著録,亦未見他書稱引,疑早佚。今惟《徽州府志·藝文志》卷十五著録之,但注云:"瑀,歙人",不知是否一人。

芥室詩話

卷數與撰人均未詳,佚。

是書不見著録。惟吴曾《能改齋漫録》卷五"黄帝炎曲炎當作鹽"條,有"《芥室詩話》以鹽者有味之謂"之語。餘無可考。

詩話集錄

> 卷數撰人均未詳,佚。

是書不知撰人與卷數。尤袤《遂初堂書目》文史類有之。海山仙舘本《遂初堂書目》"集錄"作"集類",然則豈即《古今類總詩話》耶？葉盛《菉竹堂書目》與《文淵閣書目》均著錄此書,豈至明代猶有傳本耶？

新集詩話

> 十五卷,撰者未詳,佚。

是書僅見《宋史·藝文志》文史類,注云:"著者不知名。"考《遂初堂書目》有《詩話集錄》,不知與此是否一書,抑此書爲踵《詩話集錄》之後而新輯者歟？今無可考。

雪溪詩話

> 卷數及撰人均未詳,佚文僅一則。

是書不見諸家著錄,亦不詳撰人姓氏,惟見蔡正孫《詩林廣記》卷三所引有"鷺詩"一條,知其論詩主有遠韻,似尚非不知詩者。但文中"雍陶"誤作"陶雍",蔡氏亦未改正,何也？此條今輯入《宋詩話輯佚》中。

案王銍字性之,汝陰人,自稱汝陰老民,南渡寓居剡中,紹興中爲樞密院編修官,有《雪溪集》,是書以"雪溪"名,疑出王銍所作,而後人隨意立名,則亦《王彥輔詩話》《秦少游詩話》之類。

又考宋時以"雪溪"名書者,除王銍外,尚有二人:一爲趙次誠,有《雪溪集》,見《宋元學案》卷四十五及《補遺》卷六十五,《補遺》謂"先生學通經旨,授徒於鄉,用伊川語意作歌詩十篇,又歷叙聖賢傳心之要,上溯伏羲,下及朱子,纂成一圖"

云云,知是南宋朱熹後人,爲道學中之能詩者。又一是常詵孫,有《雪溪稿》等。據《宋元學案補遺》卷十九,謂"常詵孫,字直卿,臨邛人,同之孫,居嘉興,累辟不就,……門人稱雪溪先生"。此二人亦可備參考。

南宮詩話

一卷,葉凱撰,佚。

葉凱里貫、仕履均未詳,是書始見《宋史·藝文志》著録,入小說類。焦竑《國史經籍志》改入詩文評類,然不能謂焦竑及見此書,當是以意爲之耳。昔人於詩話之作,常在文史與說部二者之間,固不僅此書爲然也。趙與峕《賓退録》卷九曾稱引是書,然又以爲葉石林撰,則又與《石林詩話》誤合爲一。今考《石林詩話》中無此文,而《宋史·藝文志》則又明言有葉凱其人,故以是書歸葉凱撰爲妥。

然細考《賓退録》所引之文,又不能無疑。其文謂:

蘇州詩律深妙,白樂天輩固皆尊稱之,而行事略不見唐史爲可恨。以其詩語觀之,其人物亦當高勝不凡。劉禹錫集中有大和六年舉自代一狀,然應物《溫泉行》云:"北風慘慘投溫泉,忽憶先皇巡幸年,身騎廄馬引天仗,直至華清列御前。"則嘗逮事天寶間也,不應猶及太和時。蓋別是一人,或集之誤。

案《漁隱叢話》前集卷十五引此則作《蔡寬夫詩話》,則此文究出誰撰,即一大疑問。葉凱仕履既無考,其時代雖不易確定,但大較而言,未必能在蔡寬夫前,則當是葉凱之襲用蔡說,而《南宮詩話》之學術價值亦不言可知矣。天下惟不學而求名心切之人,往往攘竊人語以爲己說,其黠者則改頭換面,盜其意而易其辭,以爲自己之創見。而況是書更直録其語乎?此書本不學者剿說之屬,其不顯於時宜也。《宋史·藝文志》既以此書入小說類,今又無其他佚文可輯,存而不論可耳。《賓退録》成於嘉定十七年(一二二四),則凱或南宋初人。

練溪詩話

不知卷數,張順之撰,佚。

順之,婺源人,遊鄉校以詩名。陸心源《宋詩紀事補遺》卷四十九稱"有《練溪集》傳世",今其集未見,不知詩話即附在集中否?

是書不見諸家著錄,亦未見他書稱引,佚文無可考。惟程洵《尊德性齋小集》卷二有《練溪詩話跋》,其文云:"練溪居士張順之,少好爲詩,老而不衰,嘗得句法於金陵吳思道,思道蓋東坡先生門下士也,東坡之詩并包衆體,天寬地大,思道得其一體,而順之承其後焉,則其源流可知矣。順之晚倦游,歸休乎練溪之上,惜其平日所得于思道及前輩諸名勝者將遂湮沒無聞,乃録《詩話》一編以記之,而其旨趣大率不出思道機軸之外",是則是書雖佚不傳,而據此跋文,猶可知其梗概。吳可《學詩詩》已有"學詩渾似學參禪"之語,而《四庫總目提要》於《藏海詩話》條,亦病其好作不了了語,近於禪家機鋒。張氏既爲吳可弟子,而論詩旨趣又不出其機軸之外,則其書非近性靈說之主張,定偏於禪悟,爲滄浪之先聲者矣。

澹庵詩話

二卷,胡銓撰,佚。

銓(一一〇二——一一八〇)字邦衡,廬陵人,建炎二年進士甲科,紹興五年除樞密院編修官,抗疏詆和議,累謫吉陽軍,孝宗朝權兵部侍郎,以資政殿學士致仕,卒諡忠簡。《宋史》三百七十四卷有傳。

是書不見著錄,亦未見稱引,無佚文可輯。惟楊萬里《誠齋集》卷一一八所撰《胡公行狀》及周必大《省齋文藁》卷三十《胡忠簡公神道碑》均言有是書。考楊氏文中所舉胡氏著作有"《澹庵文集》一百卷、《周易拾遺》十卷、《書解》四卷、《春秋集善》三十卷、《周官解》十二卷、《禮記解》三十卷、《經筵二禮講義》一卷、《奏議》三卷、《學編禮》三卷、《詩話》二卷、《活國本草》三卷",而《宋史·藝文志》中有《澹庵集》《易傳拾遺》《書解》《春秋集善》《周禮傳》《禮記傳》《二禮講義》,《宋史藝文志補》中有《胡銓奏議》。所引書名有與楊氏稍異者,或以楊氏所見爲傳鈔本,未有定稱歟? 或此數書,在當時均有刊本。自《學編禮》以下三種,或以未及刊行,遽遭散佚,未可知也。

胡英彥詩話

不知卷數，胡公武撰，佚。

公武(一一二四——一一七九)字英彥，廬陵人，胡銓侄。詩學元白而宗蘇黃，晚自號學林居士，淳熙六年卒，年五十五。

是書不見著録，亦未見稱引，惟楊萬里《誠齋集》卷一二八《胡英彥墓誌銘》稱其"有詩若干篇、詩話若干卷、《論語叢書》三卷，又《集言》二卷、《文髓》十卷，注《蘭臺詩》及《淮海詞》各若干卷"云。

元祐詩話

一卷，不知作者，佚。

是書惟見《宋史·藝文志》文史類著録，亦不詳其撰者，此當在元祐黨禁既弛之後，疑爲南宋初時人所撰。

大隱居士詩話

一卷，不知撰人，佚。

是書不見他書稱引，惟《宋史·藝文志》子部小説類著録，注云"不知姓名"，則是在元時已難考知其撰人。《湖州府志·人物傳》謂是朱肱所撰，亦不知其所據。考《宋詩紀事補遺》卷二十五稱肱元豐中爲兵部郎中，則是北宋時人。案北宋人詩話之著，胡仔撰《漁隱叢話》時搜羅較備，使有可採，胡仔不應不録其語。又考《宋史·藝文志》別集類，以"大隱"名其集者，有李正民《大隱文集》三十卷。《四庫總目提要》謂"今據《永樂大典》所載，掇拾編次釐爲文六卷，詩四卷"，則《大隱集》猶有十卷。《提要》謂"正民知陳州時，嘗爲金人所獲，以和議成得還"。又謂其"在朝嘗爲給事中，禮部吏部侍郎，在外嘗知吉州、筠州、洪州、湖州、溫州、婺州、淮寧府，敭歷頗久，晚予宮祠以歸"。則是南宋初人，殆與胡仔同時而較前，仔亦不應不知其人。且編撰《宋史·藝文志》者，既知李正民有《大隱文集》，如使此詩話爲正民所撰，又斷無注"不知姓名"之理。又考《四庫總目提要》卷一五八有《鄧伸伯集》二卷，謂"原本不著其名，亦不著時代，諸家目録皆不載其書"。於是據集中詩題而知其名深，又據《永樂大典》鄧字韻下引《古羅志》而知其字資道，高宗時知衡州，後以朝散大夫終於家。又據凌迪知《萬姓通譜》而知其字紳伯，紹興中進士，因疑其有兩字。更據黃虞稷《千頃堂書目》載有元《鄭大隱居士集》，與此集中《答社友》詩有"小軒名大隱"句，又有自賦大隱一律相合，因疑大隱即深別號，《大隱居士詩集》即此集之別名。虞稷等輾轉傳寫誤宋爲元。案《提要》所言確鑿有據，則知所謂《大隱居士詩話》者，殆出鄧深所撰歟？其書或亦不著其名，故《宋史·藝文志》遂言"不知姓名"也。深與胡仔同時，然地不相接，則仔不知其書亦不足怪。況深於其集且不著其名，則對偏於述事僅資閒談之詩話，更不欲以名自顯矣。此書之晦於時，殆以此歟？

潛夫詩話

　　　　卷數不詳，劉潛夫撰，佚。

　　是書僅見稱引，不見著録，不能知其卷數。案黃䇮《山谷年譜》卷五"過平輿懷子先時在并州"條下云："按《潛夫詩話》載'山谷教人云，世上豈無千里馬，人中難得九方皋，此可以爲律詩之法'，即此詩也。"又元黃溍《黃文獻公筆記》云："陶公詩'昔在黃子廉，彈冠佐名州'。湯伯紀注云：'《三國志》黃蓋傳注，南陽太守黃子廉之後。'《劉潛夫詩話》亦云：子廉之名僅見蓋傳。"是書之見稱引者僅此二則。清趙翼《甌北詩話》卷十一雖亦引及"千里馬"一聯，當即由《山谷年譜》轉引得來，未必見此書也。

　　考南宋姓劉而字潛夫者凡二人：一名克莊，有《後村詩話》，初疑此即《後村詩話》之別稱，但此二則均不見《後村詩話》中，知是別一人。又一名炎，字潛夫，號攇堂，邵武人，與黃䇮同學於朱子，亦能詩，當即此人矣。惜其詩名不彰，故詩話亦不顯於世。然至元時猶有傳本，則亦無可疑者。

　　余前編《宋詩話輯佚》時，未及此書。今所知者雖僅二則，亦可據以輯入也。

詩海遺珠

　　九卷，湯岩起撰，佚。

　　岩起字夢良，池州銅陵人，其始末不詳。是書亦不見諸家著録。惟方回《桐江集》卷七《漁隱叢話考》謂"元任（胡仔）以閬休（阮閱）分門爲未然，有湯岩起者，閬休鄉人，著《詩海遺珠》，又以元任爲不然"。是則是書雖不可見，而其編纂體例猶不難於此數語中窺知之。大抵阮閱《詩總》頗合時人需要，是以流行以後，有易其體例而別編之本，《苕溪漁隱叢話》是也；有仍其體例而增補改編之本，褚斗南所編《詩話總龜》是也。至此書，則是在褚本以前，循《詩總》體例而續補之著，故曰遺珠。

　　《桐江集》又有《詩海遺珠考》，謂："《詩海遺珠》九卷，六百二十七條，九華湯岩起夢良分教潯陽日所集也。……夢良自序，蓋淳熙十三年丙午（一一八六）取閬休家所有書抄錄而成。"考《苕溪漁隱叢話》前集自序在紹興十八年戊辰（一一四八），後集自序在乾道三年丁亥（一一六七），則是書之成，距元任前集有三十三年，距其後集亦有十八年，蓋與《叢話》立異，而踵《詩總》之遺緒者也。

　　《詩海遺珠考》又言"阮閬休家池州之銅陵縣，夢良乃其鄉人"，考《詩話總龜》題"龍舒阮閱"，龍舒今舒城縣，即胡仔《漁隱叢話》自序亦有"舒城阮閱嘗編詩總"之語。舒城、銅陵非一地，阮氏殆籍隸舒城而寓居銅陵者耶？

　　方氏又謂"夢良謂胡元任《叢話》爲非，不當厠以己作，說固然矣！閬休在宣和末，以時禁略去元祐諸公，而元任益入《叢話》，此豈可謂爲佞哉"！然則湯氏是書，豈亦略去"元祐諸公"者耶？纂輯宋人詩話而略去"元祐諸公"，則其書亦無足取矣。在夢良之時而復囿於鄉曲之見，堅持黨禁之論，則其人殆亦無足取矣。方氏之評此書，復謂："宋詩人一百六十餘人，有蘇仲豫而無叔黨，有江端友而無端本，清江三孔、昭德諸晁皆不與。王立之父王棫，非詩人也，張山人作十七字詩者，詩之優伶也，則皆書之。予初疑是有其事即書，無者不書，然中間亦各有其事。且凡他人詩話，皆不標出其名，如以爲己所云者。舛剌如此，殆未可輕訾胡元任也。"則知是書之歸於散佚，亦非無因。《宋史·藝文志》"湯岩起《詩海遺珠》一卷"入小說類，然則此書在元時或已佚其八卷矣。

山陰詩話

　　一卷,陸游撰,佚。

　游有《老學庵詩話》,已見前。案游著作甚富,詩尤有名,然不聞有詩話,《老學庵詩話》乃是日人從《老學庵筆記》中輯成者。是書惟見《宋史·藝文志》,入子部小說類,或以所記多山陰故事之故。此後《國史經籍志》及《浙江通志·經籍志》雖均著錄,然不足據,恐未必見其書也。

　又案《直齋書錄解題》卷二十二有《山陰詩話》一卷,李兼孟達撰。二書同名,不知即一書否?

山陰詩話

　　一卷,李兼撰,佚。

　兼字孟達,寧國人,博學工詩,楊萬里推許之,開禧三年(一二〇七)以朝請郎出知台州,居官有守,明年九月除宗正丞,未行卒。所著有《雪巖集》。《直齋書錄解題》有《李孟達集》一卷。

　是書自《直齋書錄解題》始見著錄,嗣後《通考·經籍考》《安徽通志·藝文志》均仍之。

熊掌詩話

　　不知卷數,鄭揆撰,佚。

　揆號蒙泉,莆田人。隆興元年(一一六三)進士。是書不知卷數,亦未見他書稱引。惟道光重纂《福建通志·經籍志》及《興化府志·藝文志》均著錄,亦不知其所據。

清林詩話

不知卷數,王明清撰,佚。

是書未見,疑佚。葉盛《菉竹堂書目》、楊士奇等《文淵閣書目》均言《清林詩話》一冊闕,不言撰人,惟厲鶚《宋詩紀事》卷五十八於王明清小傳云:"明清字仲言,汝陰人,雪溪先生銍之次子。慶元間(一一九五——一二〇〇)寓居嘉興,官泰州倅,著有《揮麈三錄》《玉照新志》《投轄錄》《清林詩話》。"案《揮麈三錄》諸書均見四庫著錄,惟無《清林詩話》,不知厲氏果何所據。考《嘉興府志》卷五十一流寓王明清傳中亦有此語,注云"《至元志》參《檇李詩繫》"。然則厲氏所據殆亦同此也。

續老杜詩評

五卷,方銓撰,佚。

銓字叔平,一作平叔,號真窘,莆田人,淳熙二年(一一七五)進士,次彭曾孫。案方深道、醇道並爲次彭之子,均集諸家老杜詩評,而銓又續之,老杜詩學萃於一門亦可異也。是書《宋史·藝文志》亦著錄,但"銓"誤作"絟",今從《福建通志·經籍志》改正。

是書之輯,當與蔡夢弼《草堂詩話》同時,或稍前,內容當多相類,今蔡書流傳而此本竟佚,殆有幸有不幸矣。重刊《興化府志》卷二十六藝文志詩賦類作《續編杜陵詩評》,蓋是志稱方醇道編《杜陵詩評》一卷,故此爲續編也。

杜詩九發

不知卷數,吳涇撰,佚。

涇號葷門,莆田人,仕履未詳。是書不見諸家著錄或稱引,當早散佚。惟李昂英《文溪集》卷三有《吳葷門杜詩九發序》,云:"草堂詩名輩商評盡矣!反覆備論爲一書者蓋鮮。莆田吳君澀思覃句中，意索言外，尋音響，泝脉絡，舉綱目，工部胸襟氣象模寫曲盡，皆前人所未到。"於是書推崇備至。昂英字俊明，番禺人，淳祐間官吏部侍郎，則是書之成，當在理宗前矣。宋時論杜之詩話，大都彙萃舊說，求其自發胸臆，成爲專著者，當以是書爲嚆矢矣。

杜詩發揮

一卷，杜旃撰，佚。

旃字仲高，金華人，與兄旟伯高、弟旟叔高、旞季高、旟幼高，俱博學工文，人稱金華五高。有《癖齋小集》。

是書未見，惟《直齋書録解題》《通考·經籍考》均入文史類，葉盛《菉竹堂書目》卷四詩詞集類有《杜詩發微》一册，後云闕。"揮""微"音相近，當即此書。考樓鑰《攻媿集》卷六十六《答杜仲高書》稱"寄示新詩，快讀降歎。《杜詩集注》等書恨未盡見。《發微》一篇，誦之數過，卓乎高哉！賢父子真足以發少陵之微意，非淺識者所及"。是則是書殆原名發微，葉氏著録，亦非無所據也。

蒼山曾氏詩評

一卷，曾原一述，黎艾明輯，佚。

原一字子實，號蒼山，贛州寧都人，領鄉薦，官至承奉郎，知南昌縣，紹定中（一二二八——一二三三）與戴石屏結江湖吟社。

是書爲曾氏所述，而其同鄉黎艾明所輯録者，今已不傳。吳澄《吳文正公集》卷十二有《蒼山曾氏詩評序》謂"其學識則章貢曾子實爲諸詩人之冠，《詩評》一篇乃其同鄉之士黎希賢所輯，可與朱子《答鞏仲至》一書相並，而又發其所未發，備評諸家詩未有若是其的切周悉者也。得此不惟可以見前輩觀書之眼目，抑真可以爲後進作詩之階梯"。據是，則此書内容猶可窺知梗概。《江西通志·藝文略》詩文評類著録是書，楊希閔《鄉詩摭譚》卷十亦論及是書，皆不過據吳序録之耳。艾明字希賢，寧都東韶人。

公晦詩評

　　不知卷數，李方子撰，佚。

　　方子(？——一二二三)字公晦，一字正叔，邵武府光澤人，嘉定七年(一二一四)進士，朱子高弟，嘗誨以和緩中要果決，公晦遂以果名齋。調泉州觀察推官，適真西山守泉，以師友禮之。除國子學錄，通判辰州，卒。劉克莊《後村大全集》卷七有《哭李公晦》詩二首，注云"歿於辰州"，真德秀《西山文集》卷三十四有《題李果齋所書鄭伯元詩後》云："予與公晦為僚於泉山，二年之間於學問文章源流幾亡所不講，獨罕言詩，意其未暇屬意也。今公晦仙去已七年，始於其弟耘叟處見其手寫鄭伯元詩及登太白壇所作"云云，下署紹定庚寅(一二三○)十月，然則公晦之卒，在嘉定十六年(一二二三)也。

　　是書不見諸家著錄，亦未見他書稱引，惟劉克莊《後村題跋》卷二有《跋李耘子所藏其兄公晦詩評》一文，竊疑此書為未刊布之作，故晦而不顯歟？劉氏跋謂"昔韓、歐二公病六朝五季文體卑弱，於是各為一家之言以變之，不獨一時學者從風而靡，向使徐、庾、楊、劉諸人及與二公同時，亦必北面豎降矣。今舉世病晚唐詩，猶韓、歐遺意也。然徒病之而無以變之，苛於評而謙於教，獨何歟？蓋公晦及穎叔論近人之詩詳矣，竊意公晦所謂沖澹淳古之趣，穎叔所謂和樂之音，可以變，可以教，而余偶未之見也"。然則是書論詩主恉，猶可於此跋中見之。穎叔即王遂，字去非，金壇人，嘉泰二年(一二○二)進士，嘗知邵武軍，殆與公晦論詩，或亦跋其詩評者。

詩　法

　　不知卷數，趙蕃撰，佚。

　　蕃字昌父，號章泉。其先鄭州人，南渡寓信州之玉山，官至承議郎，直秘閣致仕，卒諡文節，有《章泉集》，嘗問學於朱熹，為太和主簿時，受知於楊萬里。

　　案昔人不言蕃有《詩法》，魏慶之《詩人玉屑》引其語甚多，但不言有《詩法》。惟蔡正孫《詩林廣記》論王維《南山遣興》詩中水窮雲起一聯與杜甫《江亭》詩水流雲在一聯,謂出趙章泉《詩法》。案章泉有《詩法詩》,見《詩人玉屑》。是否章泉別有《詩法》之著,不可考知,姑志於此。

詩　説

　　不知卷數,吳陵撰,佚。

　　陵字景仙,仕履未詳。是書亦未見著録。惟嚴羽《滄浪詩話》附《答繼叔吳景仙書》有云:"我叔《詩説》,其文雖勝,然只是説詩之源流、世變之高下耳。雖取盛唐,而無的然使人知所趨向處。其間異户同門之説乃一篇之要領,然晚唐本朝謂其如此可也,謂唐初以來至大曆之詩,異户同門已不可矣。至於漢魏晉宋齊梁之詩,其品第相去高下懸絶,乃混而稱之,謂錙銖而較,實有不同處,大率異户而同門,豈其然乎?又謂韓柳不得爲盛唐,猶未落晚唐,以其時則可矣。韓退之固當別論。若柳子厚五言古詩尚在韋蘇州之上,豈元白同時諸公所可望耶?"準是所言,則是書論詩之旨,亦可窺測一二也。

　　又案宋時詩話之以"詩説"名者,尚有方道叡所著,見《浙江通志·經籍志》文史類,云據《嚴陵志》,凡一卷,今未見,當佚。

　　考《詩林廣記》卷四引《詩説》云:"詩之有思,卒然遇之而莫遏,有物敗之,則失之矣。故昔人言覃思垂思抒思之類,皆欲其思之來;而所謂亂思蕩思者,言敗之易也。鄭棨詩思在灞陵橋風雪中驢子上,唐求詩所游歷不出二百里,則所謂思者,豈尋常咫尺之間所能發哉!"又《詩話總龜》後集卷四十三下引《詩説》云:"泉州僧慶老有詩云:'交情老去淡如水,病骨秋來瘦作松',真方外語也。"此二書所引《詩説》各不相同。《總龜》所引乃《詩説雋永》中語,則是《詩説雋永》之簡稱耳。《詩林》所引,或出吳著,但以不著著者名字,未敢斷言耳。至方道叡當是元時人,詩見《元詩選》癸集,疑《浙江通志》誤列爲宋人。

可言集

　　前集七卷,後集十三卷,王柏撰,未見。

　　柏(一一九七——一二七四)字會之,金華人,初號長嘯,後更號魯齋。受業何北山之門，《宋史》四百三十八卷有傳。

　　是書《宋史》本傳中稱《詩可言》，或稱《詩可言集》，專爲評詩之語，故曰可言，《宋史·藝文志》以入經解類，誤。

　　方回《桐江集》卷七有《可言集考》，謂是書"前集七卷，一、二、三卷取文公文集語錄等所論三百五篇之所以作及詩之教之體之學，而及於騷"。則猶與經解之性質相近。又言"四、五、六、七卷取文公所論漢以來至宋及題跋近世諸公詩，皆擷撲不破之説也"。則又與《清邃閣論詩》《晦庵詩説》諸書之性質相近。要之前集採集朱熹之言，出柏自著者較少。方氏又謂"後集十三卷，各專一類，而論其詩者二十三人，曰濂溪、橫渠、龜山、羅豫章、李延平、徐逸平、胡文定、致堂、五峯、朱韋齋、劉屏山、潘默成、呂紫微、曾文清、文公、宣公、成公、黄穀成、黄勉齋、程蒙齋、徐毅齋、劉篁嶺、劉漫塘。附見者五人，曰劉静春、曾景建、趙章泉、方伯謨、李果齋。其第十三卷，本是續集一卷，專取漢唐山夫人房中樂。然則其立論可謂嚴矣"。則是後集又以評詩爲主，惟所論多爲道學家之詩而已，此集當出其自撰，非輯他人之語。今是書不見藏書家著録，疑早佚。

詩　憲

　　　　卷數撰人均未詳，佚。

　　案是書不見諸家著録，亦不知其撰者。考黄公紹《在軒集》有《詩集大成序》論及詩話之作，謂"盛唐而降，詩評詩話之且千；近世所傳，《詩總》《詩憲》之有二"。據是，知《修辭鑑衡》所載之《詩憲》，亦宋人之詩話也。又案黄氏以《詩憲》與《詩總》對舉而言，疑二書性質不同，如以《詩總》爲詩話論事之代表，則《詩憲》或爲詩話論辭之代表。余前輯《宋詩話輯佚》時，以未能確知其時代，故未收録。今據公紹此文，確知爲南宋時書，因復輯録《修辭鑑衡》所載諸條，以補余前輯之遺。

春臺詩話

　　　　不知卷數，趙彥慧撰，佚。

彦慧字凝遠，南安人。是書惟見道光重纂《福建通志·經籍志》著録，餘無可考。彦慧尚有《靖節年譜》二卷及《古錦囊詩》，亦見《閩志》，今俱無考。

錦機詩話

不知卷數，黃鍾撰，佚。

鍾字器之，號定齋，仙遊人，乾道五年（一一六九）進士，調德化縣尉，秩滿，調漳州府録事參軍，歸卒。案《福建通志·經籍志》有鄭僑《錦機詩話》，書名與此同而撰人不同。考重刊《興化府志》卷二十六藝文志詩賦類有黃鍾《杜詩注》及《錦機詩話》。又卷二十五人物傳稱"鍾詩尤爲元樞鄭僑所稱賞"。僑字惠叔，興化人，乾道五年進士第一。光宗朝權吏部尚書，寧宗朝拜參知政事，以觀文殿學士致仕。是則二人爲同鄉而又同榜進士。竊疑是書殆黃鍾所著而鄭氏稱賞之，或爲之序，因而誤爲鄭著歟？

詩　評

五卷，王鎬撰，佚。

鎬字從周，吉之永豐人，仕至忠州守，厲鶚《宋詩紀事》卷四十九作永嘉人，疑誤。《永豐縣志》及《江西通志·藝文略》詩文評類均稱其有《詩評》五卷，則以作永豐人爲是。

是書不見藏書家著録，殆早佚。詩評之作，如《臞翁詩評》《百衲詩評》之類，其性質與詩話不同，本在不論之列。但此書有五卷，似與蔡絛、敖陶孫諸人所作異趣，當與詩話同類。趙與虤《娛書堂詩話》稱鎬喜爲詩，亦有警句，則其所論或非無可取者。

又案宋人詩話之以詩評名者，除王著外別有二種：《宋四庫闕書目》有夏侯籍《詩評》一卷，《直齋書録解題》及《通考·經籍考》均有《詩評》一卷，疑即此書，惟不著撰人耳。又《書録解題》及《通考》另有《詩評》一卷，題僧□淳撰。《詩學指南》卷四引其語，稱桂林淳大師撰。核其所言，蓋詩格詩例之屬，因論詩評亦附及之。

詩話□家乘

不知卷數,韋居有撰,佚。

案是書不見著錄,亦未見稱引,居有始末亦無考,更不知其名爲"居"或"居有"。今惟據周密《志雅堂雜鈔》卷下書史類有"韋居有詩話□家乘"之語,姑照錄之。

黄超然詩話

十卷,黄超然撰,佚。

超然字立道,號壽雲,黄巖人,鄉貢進士,精於易學,入元不仕,至治初卒,年六十二。《宋元學案》卷八十二言其"所著有《周易通義》二十卷、《或問》五卷、《發例》三卷、《釋象》五卷"。案此數書並見《元史·藝文志》,均不言有《詩話》。惟《元詩選》癸集甲稱"其詩話筆記及會要歷各十卷"。又《赤城會通記》亦稱其有詩話十卷。《黄巖新志》以詩話入子部小説家類,《浙江通志·經籍志》改入文史類,然則殆亦詩話而偏於述事者歟?又王庭珪《盧溪詩文》卷一有《贈別黄超然詩》,庭珪爲南宋初人,時代不相及,此當是别一人矣。

詩話鈔

不知卷數,陳存撰,佚。

存字體仁,號本齋,龍泉人,占安吉州籍,舉淳祐進士,寶祐五年(一二五七)以史館校勘召試,除秘書著作郎,仍兼景獻府教授,累遷兵部尚書,端明殿大學士,知慶元府沿海制置使,宋亡不仕。是書不見著錄,惟周密《志雅堂雜鈔》卷下書史類稱姚子敬有陳本齋詩話抄。但此語可有二種不同理解,如作爲抄錄陳本齋論詩之語,則與《唐子西文録》諸書同類;如作爲陳本齋所鈔録他人之詩話,則又爲摘鈔纂録之著。今從前一義,俟再考。案本書同卷別有一條謂"陳本齋、馬碧梧、高耻堂、陳聖觀自世變後，極意經史，著述甚富，而手抄之書，日以萬字，有類日課，蓋閑中無以銷憂故也"。則所謂《詩話抄》似爲摘抄纂録之著。但既稱"著述甚富"，則選録其論詩之語以刊行，亦屬可能。故本條稱"姚子敬處……有陳本齋《詩話鈔》、直齋《書傳》、雪林《詩家糾繆》"之語。似非指手抄本言，余所謂從前一義者以此。至雪林《詩家糾繆》一書，如屬《藝苑雌黄》一類性質，則可入詩話。否則既不與陳本齋《詩話鈔》並列，顧乃列於《直齋書傳》之後，則所謂《詩家糾繆》者，亦可指經學家論《詩經》之謬，或遽以爲宋詩話之佚書，恐未必然。原書已佚，闕疑可也。

詩話論集新編

目　録

詩話叢話 …………………………………………………………… 152
照隅室詩話 ………………………………………………………… 191
神韻與格調 ………………………………………………………… 192
性靈説 ……………………………………………………………… 236
竟陵詩論 …………………………………………………………… 267
肌理説 ……………………………………………………………… 275
論詩詩之話 ………………………………………………………… 288
照隅室詩談 ………………………………………………………… 294
從《誠齋詩話》的時代談到楊萬里的詩論 ……………………… 297
試測《滄浪詩話》的本來面貌 …………………………………… 305
關於《滄浪詩話》討論的補充意見 ……………………………… 309
《清詩話》前言 …………………………………………………… 311
論《戲爲六絶句》與《論詩三十首》 …………………………… 331
淺談清代詩話的學術性 …………………………………………… 338

詩話叢話

一

以詩之多，於是有詩話；以詩話之多，於是有詩話之話。詩話之話，散見昔人詩話或筆記中者頗多。凡其自述作詩話宗旨，或品議前人詩話者，無論是討論句法，或闡明本事，或訂正誤謬，均可歸入此類。若使彙而輯之，亦猶我《詩話叢話》之例也。第惜其一鱗一爪，過於瑣碎，所以詩話雖多，而專論詩話以成書者則不多。

馮班《鈍吟雜錄》有《嚴氏糾謬》一卷，是專攻擊《滄浪詩話》者，近人陳延傑有《詩品注》，是專詮釋鍾嶸《詩品》者，此可謂爲詩話之話矣，然而所論只局於一家，並非指一般詩話而言。章學誠《文史通義》有《詩話》一篇，泛論一切詩話，此亦可謂爲詩話叢話矣，然亦畢竟只是單篇而並未成書。至許多目錄家或藏書家之於詩文評類之著作，或述爲提要，或指其疵謬，或作爲題跋，此亦詩話叢話之例，而可謂近於成書矣，然其論及詩話者，不過連類而及，初又非專論詩話以成書者。何文煥《歷代詩話》後附《考索》一卷，此似專論詩話以成書矣，然所論者又重在參據，與文學批評較鮮關係。茫茫千載，此意未發，所以我有《詩話叢話》之著。第以塵事鞅掌，卒卒鮮暇，只能先就見聞所及，拉雜書此，至於理而董之，姑俟諸異日可也。

二

詩話固何自始乎？章學誠《文史通義·詩話》篇云：

> 詩話之源，本於鍾嶸《詩品》，然考之經傳，如云："爲此詩者，其知道乎！"又云："未之思也，何遠之有！"此論詩而及事也。又如"吉甫作誦，穆如清風"；"其詩孔碩，其風肆好"，此論詩而及辭也。事有是非，辭有工拙，觸類旁

通，啓發實多。江河始於濫觴，後世詩話家言，雖曰本於鍾嶸，要其流別滋繁，不可一端盡矣。

此言未嘗不是，不過我以爲所言猶未盡。蓋詩話之體，本有二種：一用散文，一用韻文。後世論詩絶句之作，或臧否才情，或詮品文藝，或標舉宗旨，或形容意境，其性質亦未嘗不通於詩話。不過後人論文，往往拘於形貌，所以不以論詩絶句爲詩話耳。實則章氏所舉論詩及事之例，以散文爲之，其體爲後世詩話之所始；其論詩及辭之例，以韻語爲之，其體又後世論詩絶句之所出。由體製言，則韻散分途；由性質言，則無論何種體裁，固均有論詩及事及辭之處。

三

章氏分論詩及事及辭二端，説得最好。各家詩話之體例宗旨雖不相同，大別之要不能外此二者。蓋論詩以及事者，即就詩之内容以推究之；論詩以及辭者，又不外就詩之形式以品評之耳。論詩所可憑藉者，本不出此二端。後世詩話所以覺得性質不一，流別滋繁者，要均不外就此二端以分歧而已。

論詩及事而所及之事又非止一端。孔子論詩謂"可以觀，可以怨"。所謂觀者，觀風俗之盛衰；所謂怨者，怨刺上政。是即後來孟子頌詩而欲論世知人之義，《詩序》《詩譜》都是由此傅會以生。自孟棨《本事詩》出，於是《唐詩紀事》、《全唐詩話》之屬，層出不窮。此則章學誠所謂"詩話而通於史部之傳記"者也。孔子論詩，又謂"多識於鳥獸草木之名"，於是詩話中又多詮釋名物、考證故實之作；至蔣超伯《通齋詩話》而趨於極端。此又章學誠所謂"詩話而通於經部之小學"者也。孔子又謂"邇之事父，遠之事君"，於是詩話中又有以闡揚名教爲主者。此又至黃徹《䂬溪詩話》而趨於極端。至於泛述聞見，如歐陽修《詩話》所謂"以資閒談"者，則後人詩話，大率屬此。是又章氏所謂"詩話而通於子部之雜家"者矣。

論詩及辭，而辭之研究亦多端：或取九品論人之法，衡量作品之高下，以爲作家之等第，則有若鍾嶸《詩品》，或標舉風華，發明逸態；而以韻語體貌其妙境，則有若司空圖《詩品》；或罕比巧喻，用象徵的方法，以形容作家之所詣，則有若敖陶孫《詩評》；或摘取佳語以資欣賞，則有若高似孫《選詩句圖》；或討論作法，分別體格，則有若齊己《風騷旨格》；或類聚諸家明其源流，選摘佳構以爲例證，則有若張爲《詩人主客圖》；或尋訛索瘢，好爲觝訶文章，掎摭利疾，則有若嚴有翼《藝苑雌黃》；或推究聲律，勒爲定譜，則有若王士禎《古詩平仄論》，至若不論其辭而論其題，則又有吳兢《樂府古題要解》。凡此種種，要均論詩及辭之例。

論詩及事，所以詩話通於經史子三家；論詩及辭，所以詩話又不出於集部。章氏云："雖書旨不一其端，而大略不出論辭論事，推作者之志，期於詩教有益而已矣。"論辭論事，正是詩話中的兩大類。明其事，諷其辭，則作者之志可得，而後始可期有益於詩教。

四

詩話而不能以論辭論事二端賅之者，別有數種：

其一，未嘗不論辭論事，而卻超於辭與事之外。如嚴羽《滄浪詩話・詩證》一篇未嘗不論事，《詩法》諸篇未嘗不論辭，然其論詩大旨則在於《詩辯》，是又重在闡明詩理，初不能泥於事與辭求之。

其二，全是論辭論事，而所論者乃非其一家之言，而是他人之説，則迹近稗販，與自抒己見以論辭論事者不同。其彙萃衆說類聚區分者，如胡仔《苕溪漁隱叢話》則以人爲綱；阮閱《詩話總龜》則以類分門；是又成爲詩話中之類書。胡書雖間附己見，然畢竟亦以引人之説爲多。

其三，全部輯録者，如何文煥之《歷代詩話》、丁福保之《清詩話》，則又爲詩話中之叢書，亦非自抒己見者比。所以日人近藤元粹印唐、宋詩話數種，即稱《螢雪軒叢書》，而朱琰所編亦稱爲《詩觸叢書》。（至其悉出一人所著者，如王曉堂之《鵲華館詩話》分《匡山叢話》、《歷下偶談》等數種，則屬昔人一官一集之例，與此不同。）

其四，在著者則是論事論辭，在編者卻非論事論辭，而其體例又不同於類書叢書者，則爲輯昔人之成説而自成一書。此又有二種：或則著者不一人，而其所論之辭或事無不同，因以彙輯成書者，如蔡夢弼之《草堂詩話》，即專輯昔人評《杜工部集》之語；或則所論之辭或事不必同，而出於一人所著者，如蔣瑞藻之《越縵堂詩話》，即自李慈銘《越縵堂日記》中輯出以成者。此又不能盡以論辭論事論之。

其五，並不重在論辭論事，而只就詩話本身以立論，其性質亦不是詩話的批評，只不過或就縱的方面説明其詩論變遷之情形，或就橫的方面歸納其詩論主張之派別。前者如日人鈴木虎雄之《支那詩論史》，後者如近人楊鴻烈之《中國詩學概論》。此等書若據昔時目録學家之見解，固亦只能歸入詩文評一類，與詩話同科。

是五者固不重在論事論辭,然亦未嘗不與辭與事有關。

五

詩話有廣狹二義,亦均不出辭事二端。林昌彝《射鷹樓詩話》云:

> 凡涉論詩,即詩話體也。……《東坡集》與其子蘇過論詩人寫物云:"詩人有寫物之功。'桑之未落,其葉沃若',他木殆不足以當此。林逋《梅花詩》云:'疎影橫斜水清淺,暗香浮動月黃昏',決非桃李詩。皮日休《白蓮花詩》云:'無情有恨何人見,月曉風清欲墮時',決非紅蓮。此乃寫物之功。若石曼卿《紅梅詩》云:'認桃無綠葉,辨杏有青枝',此至陋語,蓋村學中體也。"東坡此書,蓋即詩話之例耳。

此就廣義言之,所以只須凡涉論詩,即是詩話之體。大抵自《六一詩話》以後,一般爲詩話者,多偏重於論事,高者成爲史部之傳記,下者流爲子部之說家。故就狹義言之,詩話似乎只重在論事方面。祁承㸁《澹生堂藏書目》於詩文評類分(一) 文式文評,(二) 詩式,(三) 詩評,(四) 詩話四種,蓋即以論詩之及於辭者析爲詩式詩評二種,其及於事者則統以納入詩話一類。此吾所以謂就狹義言則詩話只重在論事而不及於論辭。林氏所云,蓋欲破除這種見解。我之所以謂論詩韻語,亦是詩話一體者,蓋又就更廣義言之,欲使人於這種形貌之拘泥,亦且一併破除之耳。

六

大抵詩話之所以有廣狹二義者,亦自有故。論詩話之得稱,始於歐陽修《六一詩話》。宋人詩話,大率初無定稱。此書原亦只以"詩話"標題,故司馬光所撰亦只云續詩話。其稱"六一詩話"或"歐公詩話"者,皆出後人所擬耳。故知詩話之體,肇自歐陽。而歐陽氏所作,本自謂"退居汝陰時集以資閒談"者。所以後人詩話本之,率多論事,而詩話之與說部,遂亦混淆而不易犂別。目錄家之所以別詩話於詩式、詩評者,蓋由於此。故由詩話之得稱言,則當主於狹義。

但若論其濫觴所始,與流別所滋,則固不能以此狹義自限。詩話之興,權輿孔、孟。孔、孟所論,固及辭者多而及事者少,由是演進以成爲鍾嶸《詩品》則更偏於論辭。章學誠謂"詩話之源本於鍾嶸《詩品》",所以論其濫觴所始,本不主於狹義。詩話之體既以論詩爲主,則後人繼作,亦宜其漸偏於評論,觀其後如陳無己《後山詩話》、張戒《歲寒堂詩話》之類,已多參雜論議之處,至嚴羽《滄浪詩話》且全主於論辭。所以論其流別所滋,更不限於狹義。

目錄家爲明晰起見,固不妨於詩式詩評之外,別立詩話一類;至我人所論詩話,本是重在批評,則當然取較廣一義,不能以狹義自封矣。

七

論詩韻語之所以同於詩話者,亦以與詩話有同樣性質,兼論辭論事二端。此亦可以《詩經》證之。如《彼何人斯》云"作此好歌,以極反側";《節南山》云"家父作誦,以究王訩";《四月》云"君子作歌,維以告哀";《巷伯》云"寺人孟子,作爲此詩",是皆於詩中言其本事,爲後世《詩序》、《本事詩》之濫觴。凡詩話之論及於事者皆屬之。又如《正月》云"維號斯言,有倫有脊";《崧高》云"吉甫作誦,其詩孔碩"。《烝民》云"吉甫作頌,穆如清風",則高自位置,凡後世詩話之偏於品藻或摘句,要之論及於辭者皆屬之。

自杜甫作《戲爲六絕句》後,元好問效其體,以作《論詩絕句》,王士禎、洪亮吉、袁枚、吳騫諸人更踵爲之,遞相祖述,此體遂廣。論其主恉率皆主於批評,以論辭者爲多。實則論詩韻語,亦未嘗不論事,即如謝啓昆《題遼詩話》二十絕句,大率論事,亦猶詩話之有《本事詩》之例。蓋由大較言之,則論詩絕句主於論辭,詩話主於論事,實則二者互有關係,固不是偏於一而廢其一也。

八

《論詩絕句》之與詩話之相通,觀洪亮吉《北江詩話》,其例更顯。故我作《論詩絕句箋釋》,於洪氏所作即以《北江詩話》證之。此亦昔人以《老》解《老》之意也。茲略舉數首於後,以見一斑。

偶然落墨並天真,前有寧人後野人。金石氣同薑桂氣,始知天壤兩遺民。

(詩話)顧寧人詩有金石氣,吳野人詩有薑桂氣,同時名輩雖多,皆未能臻此境也。

蠶尾山人絶世姿,聆音先已辨妍媸。何應一代才名盛,只辦唐臨晉帖詩。

（詩話）王文簡之學古人也，略得其神而不能遺貌。

（又）詩文講格律已入下乘，然一代亦必有數人，如王莽之摹《大誥》，蘇綽之倣《尚書》，其流弊必至於此。明李空同、李于鱗輩，一字一句必規倣漢魏三唐，甚至有竄入古人詩文一二十字，即名爲己作者。此與蘇綽等亦何以異，本朝邵子湘云："方望溪之文，王文簡之詩，亦不免有此病。"則拘拘於格律之失也。

窘於篇幅師王、孟，略具才情仿陸、蘇。學古未成留僞體，半生益覺賞心孤。

（詩話）或曰："今之稱詩者衆矣！當具何手眼觀之？"余曰："除二種詩不看，詩即少矣。假王、孟詩不看，假蘇詩不看，是也。何則？今之心地明了，而邊幅稍狹者，必學假王、孟；質性開敏而才氣稍裕者，必學假蘇詩。若言詩能不犯此二者，則必另具手眼，自寫性情矣。是又余所急欲觀者也。"

晚宗北宋幼初唐，不及詞名獨擅場。辛苦謝家雙燕子，一生何事傍門牆！朱檢討彝尊

（詩話）朱檢討彝尊《曝書亭集》始學初唐，晚宗北宋，卒不能鎔鑄自成一家。

氣粗語大定何如？百輩先慚筆力輸。各有醇疵不相掩，弇山前後兩尚書。謂畢宮保詩集才氣橫逸絶似前明王尚書世貞。

（詩話）畢宮保沅詩如洪河大川，沙礫雜出而渾渾淪淪自與衆流不同，平生所作歌行最佳，次則七律。

（又）明李空同、王弇州皆以長句得名。李之"戰勝歸來血洗刀，白日不動青天高"，王之"老夫興發不可刪，大海迴風生紫瀾"，皆屬歌行中傑作。

描頭畫足高東井，高孝廉文照盪魄迴腸瞿叔遊，瞿主簿華都遜上虞張處士，每誇"醉刡月氏頭"。張處士鳳翔

（詩話）張上舍鳳翔詩如悵鬼哭虎，酸風助哀；瞿主簿華詩如危樓斷簫，醒人殘夢；高孝廉文照詩如碎裁古錦，花樣尚存。

（又）近時詩之能學盧玉川者，無過江寧周幔亭，次則上虞張上舍鳳翔。其《詠西瓜燈》云："藍園盧杞臉，醉刨月支頭。"

伍崇曜《跋北江詩話》謂"先生嘗賦《論詩絕句》，顧寧人、吳竹人共一首，王阮亭、朱竹垞各一首，今讀是書所論，幾於疊句重規"。不過我人如知論詩絕句與詩話，其性質本可相通，則複見固不足為怪。即觀於袁牧《論詩絕句》，其意之見於《隨園詩話》中者，亦比比也。

九

不僅論詩絕句是如此，凡韻語之論詩者，亦多與散體之詩話互相發明。袁枚以司空圖《詩品》祇標妙境，未寫苦心，因倣其體續之。今觀其所論，正可與《隨園詩話》相證。而且，以詩話證詩品，然後知詩話中所有精義，大率萃於《續詩品》一篇。故我以袁注袁，則《隨園詩話》可廢，讀者即以此為隨園詩法觀可也。

虞舜教夔，曰："詩言志。"何今之人，多辭寡意！意似主人，辭如奴婢。主弱奴強，呼之不至。穿貫無繩，散錢委地。開千枝花，一本所繫。崇意

（詩話）千古善言詩者，莫如虞舜。教夔典樂曰："詩言志。"言詩之必本乎性情也；曰："歌永言。"言歌之不離乎本旨也；曰："聲依永。"言聲韻之貴悠長也。曰："律和聲。"言音之貴均調也。知是四者與詩之道盡之矣。

（又）浦柳愚山長云："詩生於心，而成於手。然以心運手則可，以手代心則不可。今之描詩者東拉西扯，左支右捂，都從故紙堆來，不從性情流出，是以手代心也。"吳西林處士云："詩以意為主人，以詞為奴婢。若意少詞多，便是主弱奴強，呼喚不動矣。"二說皆妙。

疾行善步，兩不能全。暴長之物，其亡忽焉。文不加點，興到語耳！孔明天才，思十反矣。惟思之精，屈曲超邁。人居屋中，我來天外。精思

（詩話）蕭子顯自稱凡有著作，特寡思功，須其自來。不以力構，此即陸放翁所謂"文章本天然，妙手偶得之"也。薛道衡登吟榻搆思，聞人聲則怒；

陳后山作詩，家人爲之逐去猫犬，嬰兒都寄別家。此即少陵所謂"語不驚人死不休"也。二者不可偏廢。蓋詩有從天籟來者，有從人巧得者，不可執一以求。

（又）陸鉽曰："凡人作詩，一題到手，必有一種供給應付之語，老生常談，不召自來；若作家必如謝絕泛交，盡行麾去。然心精獨運，自出新裁，及其成後又必渾成精當，無斧鑿痕，方稱合作。"余見史稱孟浩然苦吟，眉毫脫盡；王維搆思，走入醋甕，可謂難矣。今讀其詩，從容和雅，如天衣之無縫，深入淺出，方臻此境。唐人有句云："苦吟僧入定，得句將成功。"

萬卷山積，一篇吟成。詩之與書，有情無情。鐘鼓非樂，捨之何鳴！易牙善烹，先羞百牲。不從糟粕，安得精英！曰"不關學"，終非正聲。博習

（詩話）用巧無斧鑿痕，用典無填砌痕，此是晚年成就之事；若初學者正要他肯雕刻方去費心，肯用典方去讀書。

（又）文尊韓，詩尊杜，猶登山者必上泰山，泛水者必朝東海也。然使空抱東海、泰山，而此外不知有天台、武夷之奇，瀟湘、鏡湖之勝，則亦泰山上之一樵夫，海船上之一舵工而已矣。學者當以博覽爲工。

古人詩易，門户獨開；今人詩難，羣題紛來。專習一家，硜硜小哉，宜善相之，多師爲佳。地殊景光，人各身分。天女量衣，不差尺寸。相題

（詩話）陸魯望《過張承吉丹陽故居》言"祐善題目，佳境言，不可刊置別處，此爲才子之最也"。余深愛此言。自古文章所以流傳至今者，皆即情即景，如化工肖物，著手成春，故能取不盡而用不竭。不然，一切語古人都已説盡，何以唐、宋、元、明才子輩出，能各自成家而光景常新耶？即如一客之招，一夕之宴，開口便有一定分寸，貼切此人此事，絲毫不容假借，方是題目佳境。若今日所詠，明日亦可詠之，此人可贈，他人亦可贈之，便是空腔虛套，陳腐不堪矣。

（又）凡作詩者各有身分，亦各有心胸。

用一僻典，如請生客。如何選材！而可不擇。古香時豔，各有攸宜。所宜之

中，且爭毫釐。錦非不佳，不可爲帽。金貂滿堂，狗來必笑。選材

　　（詩話）唐人近體詩，不用生典，稱公卿不過皐、夔、蕭、曹，稱隱士不過梅福、君平，敘風景不過夕陽芳草，用字面不過月露風雲，一經調度，便耳目一新。猶之易牙治味，不過雞豬魚肉，華陀用藥，不過青黏漆葉，其勝人處不求之海外異國也。

　　（又）惟藨惟芑，美穀也，而必加舂揄揚簸之功；赤菫之銅，良金也，而必加千辟萬灌之鑄。用典一也。有宜近體者，有宜古體者，有近古體俱宜者，有近古體俱不宜者。用典如水中著鹽，但知鹽味，不見鹽質，用僻典如請生客入座，必須問名探姓，令人生厭。宋喬子曠好用僻書，人稱孤穴詩人，當以爲戒。

　　（又）"博士賣驢，書券三紙，不見驢字"，此古人笑好用典者之語。余以爲用典如陳設古玩，各有攸宜，或宜堂，或宜室，或宜書舍，或宜山齋，竟有明窗淨几，以絕無一物爲佳者。孔子所謂"繪事後素"也。世家大族，夷庭高堂，不得已而隨意橫陳，愈昭名貴。暴富兒自誇其富，非所宜設而設之，置棫窬于大門，設尊罍于臥寢，徒招人笑。

思苦而晦，絲不成繩；書多而壅，膏乃滅燈。焚香再拜，拜筆一枝。星月驅使，華岳奔馳。能剛能柔，忽斂忽縱。筆豈能然，惟吾所用。用筆

　　（詩話）詩雖奇偉而不能揉磨入細，未免粗才；詩雖幽俊而不能展拓開張，終窘邊幅。有作用人放之則彌六合，收之則斂方寸。巨刃摩天，金針刺繡，一以貫之者也。諸葛躬耕草廬，忽然統師六出；蘄王中興首將，竟能跨驢西湖。聖人用行舍藏，可伸可屈；于詩亦一貫。書家北海如象，不及右軍如龍，亦此意耳。余嘗規蔣心餘云："子氣壓九州矣，然能大而不能小，能放而不能斂，能剛而不能柔。"心餘折服。

　　（又）詩人筆太豪健，往往短于言情；好徵典，病亦相同。即如悼亡詩必纏綿婉轉，方稱合作。東坡之哭朝雲，味同嚼蠟，筆能剛而不能柔故也；阮亭之悼亡妻，浮言滿紙，詞太文而意轉隱故也。

吹氣不同，油然浩然。要其盤旋，總在筆先。湯湯來潮，縷縷騰煙。有餘於

物,物自浮焉。如其客氣,冉猛必顛。無萬里風,莫乘海船。理氣

（詩話）人必先有芬芳悱惻之懷,而後有沈鬱頓挫之作。
（又）李玉洲先生曰:"凡多讀書爲詩家最要事。所以必須胸有萬卷者,欲其助我神氣耳。"
（又）京江左蘭城常云:"凡作詩文者寧可如野馬,不可如疲驢。"有味乎其言。

造屋先畫,點兵先派。詩雖百家,各有疆界。我用何格,如盤走丸。橫斜操縱,不出於盤。消息機關,按之甚細。一律未調,八風掃地。布格

（詩話）詩人家數甚多,不可硜硜然域一先生之言,自以爲是而妄薄前人。須知王、孟清幽豈可施諸邊塞,杜、韓排㟝未便播之管絃,沈、宋莊重到山野則俗,盧仝險怪登廟堂則野,韋、柳雋逸不宜長篇,蘇、黃瘦硬短於言情,悱惻芬芳非溫、李、冬郎不可,屬詞比事非元、白、梅村不可。古人各成一家,業已傳名而去;後人不得不兼綜條貫,相題行事。
（又）詩爲天地元音,有定而無定。到恰好處,自成音節。此中微妙,口不能言。

醬百二甕,帝豈盡甘! 韻八千字,人何亂探! 次韻自繫,疊韻無味。鬭險貪多,偶然遊戲。勿瓦缶撞,而銅山鳴! 食雞取跖;烹魚去丁。擇韻

（詩話）余作詩雅不喜疊韻和韻,及用古人韻。以爲詩寫性情,惟吾所適,一韻中有千百字,憑吾所選,尚有用定後不慊意而別改者,何得以一二韻約束爲之。既約束則不得不湊拍,既湊拍安得有性情哉? 莊子曰:"忘足履之適也。"余亦曰,忘韻詩之適也。
（又）欲作佳詩先選好韻。凡其音涉啞滯者、晦僻者,便宜棄捨。葩即花也,而葩字不亮;芳即香也,而芳字不響。以此類推,不一而足。唐、宋之分亦從此起。李、杜大家不用僻韻;非不能用,乃不屑用也。昌黎鬭險,掇唐韻而拉雜砌之,不過一時遊戲,如僧家作盂蘭會,偶一布施窮鬼耳。然亦止於古體聯句爲之。今人效尤務博,竟有用之于近體者,是猶奏雅樂而雜侏儒,

坐華堂而宴乞丐也。不已慎乎？

（又）文以情生。未有無情而有文者；韻因詩押，未有無詩而先有韻者。余雅不喜人以一題排挨上下平作三十首，敷衍湊拍，滿紙浮詞，古名家斷無此種。

學如弓弩，才如箭鏃。識以領之，方能中鵠。善學邯鄲，莫失故步；善求仙方，不爲藥誤。我有禪燈，獨照獨知。不取亦取，雖師勿師。尚識

（詩話）詩如射也。一題到手，如射之有鵠，能者一箭中，不能者千百箭不能中。能之精者正中其心，次者中其心之半，再其次者與鵠相離不遠，其下焉者則旁穿雜出，而無可捉摸焉。其中不中，不離天分學力四字。孟子曰：「其至爾力，其中非爾力。」至是學力，中是天分。

（又）《宋史》嘉祐間朝廷頒陣圖以賜邊將，王德用諫曰：「兵機無常而陣圖一定，若泥古法以用今兵，慮有償事者。」《技術傳》：「錢乙善醫，不守古方，時時度越之，而卒與法會。」此二條皆可悟作詩文之道。

（又）諺云「死棋腹中有仙着」，此言最有理。余平生得此益不一而足，要之能從人而不狗人，方妙。樂取于人以爲善，聖人也；無稽之言勿聽，亦聖人也。作史三長：才學識缺一不可。余謂詩亦如之，而識最爲先，非識則才與學俱誤用矣。北朝徐遵明指其心曰「吾今而知真師之所在」，識之謂歟！

明珠非白，精金非黃。美人當前，爛如朝陽。雖抱仙骨，亦由嚴妝。匪沐何潔！非熏何香！西施蓬髮，終竟不臧。若非華羽，曷別鳳皇！振采

（詩話）詩者，人之性情也；近取諸身而足矣。其言動心，其色奪目，其味適口，其音悅耳，便是佳詩。孔子曰「不學詩，無以言」；又曰：「詩可以興。」兩句相應。惟其言之工妙，所以能使人感發而興起，倘直率庸腐之言，能興者其誰耶？

（又）人莫不有五官百體，而何以男夸宋朝女稱西施？昌黎《答劉正夫》云：「足下家中百物，皆賴而用也。然其所珍愛者必非常物。」皇甫持正亦云：「虎豹之文必炳，珠玉之光必耀。」故知色采貴華也。聖如堯舜，有山龍藻火之章；淡如仙佛，有瓊樓玉宇之號。彼擊瓦缶，披袒褐者，終非名家。

金先于石，餘響較多。竹不如肉，爲其音和。詩本樂章，按節當歌。將斷必續，如往復過。簫來天霜，琴生海波。三日繞梁，我思韓娥。結響

（詩話）同一樂器，瑟曰鼓，琴曰操。同一著述，文曰作，詩曰吟。可知音節不可不講。

（又）魚門太史云："古文有可讀者，有可觀者。"余謂詩亦然。有可讀者，有可觀者。可觀易，可讀難。

（又）詩有音節清脆，如雪竹冰絲，非人間凡響，皆由天性使然，非關學問。在唐則青蓮一人，而溫飛卿繼之；宋有楊誠齋，元有薩天錫，明有高青邱，本朝繼之者，其惟黃莘田乎？

（又）某太史自夸其詩，不巧而拙，不華而朴，不脆而澀。余笑謂曰："先生聞樂，喜金絲乎？喜瓦缶乎？入市，買綿繡乎？買麻枲乎？"太史不能答。

揉直使曲，疊單使複。山愛武夷，爲遊不足。擾擾闤闠，紛紛人行。一覽而竟，倦心齊生。幽徑蠶叢，是誰開創！千秋過者，猶祀其像。取徑

（詩話）凡作人貴直，而作詩文貴曲。孔子曰："情欲信，詞欲巧。"孟子曰："智譬則巧，聖譬則力。"巧即曲之謂也。崔念陵詩云："有磨皆好事，無曲不文星。"洵知言哉！

趙括小兒，兵乃易用；充國晚年，愈加持重。問所由然，知與不知。知味難食，知脈難醫。如此千秋，萬手齊抗。談何容易，著墨紙上！知難

（詩話）夫用兵危事也，而趙括易言之，此其所以敗也。夫詩難事也，而豁達李老易言之，此其所以陋也。

（又）太白斗酒詩百篇，東坡嬉笑怒罵皆成文章，不過一時興到語，不可以詞害意。若認以爲真，則兩家之集宜塞破屋子，而何以僅存若干；且可精選者亦不過十之五六。人安得恃才而自放乎？

貌有不足，敷粉施朱。才有不足，徵典求書。古人文章，俱非得已。僞笑佯哀，吾其優矣。畫美無寵，繪蘭無香。揆厥所由，君形者亡。葆真

（詩話）最愛周櫟園之論詩曰："詩以言我之情也。故我欲爲則爲之，我不欲爲則不爲，原未嘗有人勉強之，督責之，而使之必爲詩也。"是以《三百篇》稱心而言，不著姓名，無意于詩之傳，并無意于後人傳我之詩。嘻，此其所以爲詩。至與今之人，欲借此以見博學，競聲名，則悞矣。

（又）王陽明先生云："人之詩文先取真意，譬如童子垂髫肅揖，自有佳致；若帶假面傴僂而裝鬚髯，便令人生憎。"顧寧人《與某書》云："足下詩文非不佳，奈下筆時胸中總有一杜一韓放不過去，此詩文之所以不至也。"

（又）人悦西施，不悦西施之影。明七子之學唐，是西施之影也。

（又）熊掌豹胎，食之至珍貴者也；生吞活剝，不如一蔬一笋矣。牡丹芍藥，花之至富麗者也；剪綵爲之，不如野蓼山葵矣。味欲其鮮，趣欲其真，人必知此，而後可與論詩。

雖真不雅，庸奴叱咤。悖矣曾規，野哉孔罵。君子不然，芳花當齒。言必先王，左圖右史。沈夸徵栗，劉怯題糕。想見古人，射古爲招。安雅

（詩話）詩難其真也，有性情而後真，否則數衍成文矣。詩難其雅也，有學問而後雅，否則俚鄙率意矣。

（又）余嘗鑄香鑪，合金銀銅三品而火化焉，鑪成後金與銀化，銀與銅化，兩物可合爲一，惟金與銅則各自凝結。如君子小人不相入也。因之有悟於詩文之理。八家之文，三唐之詩，金銀也。不攙和銅錫，所以品貴。宋、元以後之詩文，則金銀銅錫無所不攙，字面欠雅馴，遂爲耳食者所擯，并其本質之金銀而薄之，可惜也。余《哭鄂文端公》云"魂依大祫歸天廟"，程夢湘争云："祫字入禮不入詩。"余雖一時不能易，而心頗折服。夫六經之字，尚且不可攙入詩中，況他書乎！劉禹錫不敢題糕字，此劉之所以爲唐詩也。東坡笑劉不題糕字爲不豪，此蘇之所以爲宋詩也。人不能在此處分唐、宋，而徒在渾含刻露處分唐、宋，則不知《三百篇》中渾含固多，刻露者亦復不少。此作僞唐詩者之所以陷入平庸也。

鐘厚必啞，耳塞必聾。萬古不壞，其惟虛空。詩人之筆，列子之風。離之愈遠，即之彌工。儀神黜貌，借西搖東。不階尺水，斯名應龍。空行

（詩話）嚴冬友曰："凡詩文妙處全在於空，譬如一室內人之所遊焉息焉者，皆空處也。若室而塞之，雖金玉滿堂，而無安放此身處，又安見富貴之樂耶！鐘不空則啞矣；耳不空則聾矣。"范景文《對床錄》云："李義山《人日詩》，填砌太多，嚼蠟無味，若其他懷古諸作，排空融化，自出精神。"一可以爲戒，一可以爲法。

（又）東坡云："作詩必此詩，定知非詩人。"此言最妙。然須知作此詩而竟不是此詩，則尤非詩人矣。其妙處總在旁見側出，吸取題神，不是此詩，恰是此詩。

酒薄易酸，棟撓易動。固而存之，骨欲其重。視民不佻，沉沉爲王。八十萬人，九鼎始扛。重而能行，乘百斛舟。重而不行，猴騎土牛。固存

（詩話）詩雖貴淡雅，亦不可有鄉野氣。何也？古之應、劉、鮑、謝、李、杜、韓、蘇皆有官職，非村野之人。蓋士君子讀破萬卷，又必須登廟堂，覽山川，結交海內名流；然後氣局見解自然闊大，良友琢磨自然精進。否則鳥啼蟲吟，沾沾自喜，雖有佳處而邊幅固已狹矣。人有鄉黨自好之士，詩亦有鄉黨自好之詩。桓寬《鹽鐵論》曰"鄙儒不如都士"，信矣。

（又）唐以前未有不"熟精《文選》理"者，不獨杜少陵也。韓、柳兩家文字，其濃厚處俱從此出。宋人以八代爲衰，遂一筆抹煞，而詩文從此平弱矣。漢陽戴思任《題文選樓》云："七步以來誰抗手？六經而外此傳書。"

是新非纖，是淡非枯，是朴非拙，是健非麤。急宜判分，毫釐千里。勿混淄澠，勿眩朱紫！戒之戒之！賢智之過。老手頹唐，才人膽大。辨微

（詩話）爲人不可不辨者，柔之與弱也，剛之與暴也，儉之與嗇也，厚之與昏也，明之與刻也，自重之與自大也，自謙之與自賤也，似是而非。作詩不可不辨者，淡之與枯也，新之與纖也，樸之與拙也，健之與粗也，華之與浮也，清之與薄也，厚重之與笨滯也，縱橫之與雜亂也，亦似是而非。差之毫釐，失以千里。

（又）人稱才大者如萬里黃河，與泥沙俱下。余以爲此麤才，非大才也。大才如海水接天，波濤浴日，所見皆金銀宮闕，奇花異草，安得有泥沙污人眼

界耶？或曰："詩有大家，有名家。大家不嫌龐雜，名家必選字酌句。"余道作者自命當作名家，而使後人置我於大家之中，不可自命爲大家，而轉使後人屏我於名家之外。常規蔣心餘太史云："君切莫老手頹唐，才人膽大也。"心餘以爲然。

描詩者多，作詩者少。其故云何？渣滓不少。糟去酒清，肉去泊饋。寧可不吟，不可附會。大官筵饌，何必橫陳！老生常談，嚼蠟難聞。澄滓

（詩話）余嘗謂魚門云："世人所以不如古人者，爲其胸中書太少；我輩所以不如古人者，爲其胸中書太多。"昌黎云："非三代兩漢之書不敢觀。"亦即此意。東坡云："孟襄陽詩非不佳，可惜作料少。"施愚山駁之云："東坡詩非不佳，可惜作料多。詩如人之眸子。一道靈光，此中着不得金屑。作料豈可在詩中求乎？"予頗是其言。或問詩不貴典，何以少陵有讀破萬卷之説！不知"破"字與"有""神"三字，全是教人讀書作文之法。蓋破其卷取其神非囫圇用其糟粕也。蠶食桑而所吐者絲，非桑也；蜂采花而所釀者蜜，非花也。讀書如吃飯，善吃者長精神；不善吃者生痰瘤。

（又）孫興公説高輔佐如白地光明錦，裁爲負版袴，雖邊幅頗闊，而全乏剪裁。宋詩話云："郭功甫如二十四味大排筵席，非不華侈，而求其適口者少矣。"一以衣喻文，一以食喻詩，作者俱當録之座右。

（又）高青邱笑古人作詩，今人描詩，描詩者像生花之類，所謂優孟衣冠，詩中之鄉愿也。

詩如鼓琴，聲聲見心。心爲人籟，誠中形外。我心清妥，語無烟火；我心纏綿，讀者泫然。禪偈非佛，理障非儒。心之孔嘉，其言藹如。齋心

（詩話）尹文端公曰："言者心之聲也，古今來未有心不善而詩能佳者。《三百篇》大半賢人君子之作。溯自西漢蘇、李五言，下至魏晉六朝唐宋元明。所謂大家名家者不一而足，何一非有心胸有性情之君子哉！即其人稍涉詭激，亦不過不矜細行，自損名位而已。從未有陰賊險狠，妨民病國之人。至若唐之蘇涣作賊，劉叉攫金，羅虬殺妓，須知此種無賴，詩本不佳，不過附他人以傳耳。聖人教人學詩，其效可覩矣。"余笑問曹操何如？公曰："使操

生治世,原是能臣。觀其祭喬太尉,贖文姬,頗有性情,宜其詩之佳也。"

（又）王西莊光祿爲人作序云："所謂詩人者,非必其能吟詩也;果能胸境超脫,相對溫雅,雖一字不識,真詩人矣。如其胸境齷齪,相對塵俗,雖終日咬文嚼字,連篇累牘,乃非詩人矣。"余愛其言,深有得於詩之先者,故錄之。

貴人舉止,咳唾生風。優曇花開,半刻而終。我飲仙露,何必千鍾! 寸鐵殺人,寧非英雄! 博極而約,淡蘊于濃。若徒梟獠,非浮邱翁。矜嚴

（詩話）詩宜樸不宜巧,然必須大巧之樸。詩宜澹不宜濃,然必須濃後之澹。譬如大貴人功成宦就,散髮解簪,便是名士風流。若少年紈袴遽爲此態,便當笞責。富家雕金琢玉別有規模,然後竹几藤牀非村夫貧相。

（又）某畫折蘭小照求題七古。余曉之曰："蘭爲幽靜之花,七古乃沉雄之作。考鐘鼓以享幽人,與題不稱。若必以多爲貴,則須知米豆千甌,不若明珠一粒也;刀槍雜弄,不如老僧之寸鐵殺人也。世充萬言,何如阮咸三語! 成王冠,周公使祝雍作祝詞,曰:'達而勿多也。'此貴少之證也。若夫謝艾雖繁不可删,王濟雖少不能益,則各極其妙,亦在相題行事耳。"唐人句云:"藥靈丸不大,棋妙子無多。"或問如先生言,簡固佳乎? 余曰:"是又不可以有意爲也。宋子京修《唐書》有意爲簡,遂硬割字句,幾于文理不通。"顧寧人摘出數條;余摘百十餘條,載《隨筆》中。

（又）老年之詩多簡練者,皆由博返約之功,如陳年之酒,風霜之木,藥淬之匕首,非枯槁簡寂之謂。然必須力學苦思,衰年不倦,如南齊之沈麟士年過八旬,手寫三千紙,然後可以壓倒少年。

書嬴宵縮,天不兩隆。如何弱手,好彎強弓! 因謇徐言,因跛緩步。善藏其拙,巧乃益露。右師取敗,敵必當王。霍王無短,是以無長。藏拙

（詩話）鄭夾漈夸杜征南之註《左傳》,顏師古之註《漢書》,妙在不強不知以爲知。杜不長於鳥獸蟲魚,顏不長於天文地理,故俱缺之,不假他人以訾議也。余謂作詩亦然。青蓮少排律,少陵少絕句,昌黎少近體,善藏其短而長乃愈見。

（又）余常勸作詩者莫輕作七古,何也? 恐力小而任重,如秦武王舉鼎,

有絕脛之患故也。七古中長短句尤不可輕作。何也？古樂府音節無定，而恰有定。恐康昆侖彈琴，三分琵琶，七分箏絃，全無琴韻故也。

（又）杭州布衣吳穎芳，字西林，博學多聞，嘗自序其詩曰："古人讀書，不專務詞章，偶爾流露謳吟，僅抒所蓄之一二，其胸中所貯，淵乎其莫測也。遞降而下，傾瀉漸多，逮至元明，以十分之學，作十分之詩，無餘蘊矣。次焉者或溢其量以出，其經營之處時露不足。如舉重械，雖同一運用，而勞逸之態各殊。古人勝于近代，可準是以觀。"

予嘗試武童，見有開弓至十石而色變手戰者，曉之曰："汝務十石之名，而醜態盡露，何若用五石六石之從容大方乎！"頗與吳言相合。

鳥啼花落，皆與神通。人不能悟，付之飄風。惟我詩人，衆妙扶智。但見性情，不著文字。宣尼偶過，童歌滄浪。聞之欣然，示我周行。神悟

（詩話）詩境最寬：有學士大夫讀破萬卷，窮老盡氣，而不能得其閫奧者；有婦人女子，村氓淺學，偶有一二句，雖李、杜復生，必爲低首者。此詩之所以爲大也。作詩者必知此二義，而後能求詩於書中，得詩於書外。

（又）白雲禪師作偈曰："蠅愛尋光紙上鑽，不能透處幾多難。忽然撞着來時路，始覺平生被眼瞞。"雪竇禪師作偈曰："一兔橫身當古路，蒼鷹纔見便生擒。後來獵犬無靈性，空向枯椿舊處尋。"二偈雖禪語，頗合作詩之旨。

（又）法時帆學士造詩龕，題云："情有不容已，語有不自知，天籟與人籟，感召而成詩。"又曰："見佛佛在心，說詩詩在口。何如兩相忘，不置可與否。"余讀之，以爲深得詩家上乘之旨。

（又）揚州方立堂孝廉之父絸樓居士有《言詩》一首云："情至不能已，氤氳化作詩。屈原初放日，蔡女未歸時。得句鬼神泣，苦吟天地知。此中難索解，解者即吾師。"數言恰有神悟。

混元運物，流而不注。迎之未來，攬之已去。詩如化工，即景成趣。逝者如斯，有新無故。因物賦形，隨影換步。彼膠柱者，將朝認暮。即景

（詩話）黃梨洲先生云："詩人萃天地之清氣，以月露風雲花鳥爲其性情。月露風雲花鳥之在天地間，俄頃滅没，惟詩人能結之于不散。"先生不以詩見

長,而言之有味。

（又）法時帆學士《讀稚存詩奉柬》云："盜賊掠人財,尚且有刑辟。何況爲通儒,靦顔攘載籍。兩大景常新,四時境屢易。膠柱與刻舟,一生勤無益。"此笑人知人籟而不知天籟者。先生於詩教,功真大矣。

千招不來,倉猝忽至。十年矜寵,一朝捐棄。人貴知足,惟學不然。人功不竭,天巧不傳。知一重非,進一重境。亦有生金,一鑄而定。勇改

（詩話）唐子西云："詩初成時未見可訾處,姑置之明日取讀,則瑕疵百出,乃反復改正之；隔數日取閱,疵累又出,又改正之。如此數四,方敢示人。"此數言可謂知其難而深造之者也。然有天機一到,斷不可改者。余《續詩品》有云："知一重非,進一重境。亦有生金,一鑄而定。"

（又）作古體詩極遲不過兩日,可得佳搆；作近體詩或竟十日不成一首。何也？蓋古體地位寬餘,可使才氣卷軸,而近體之妙,須不着一字,自得風流。天籟不來,人力亦無如何！今人動輕近體而重古風,蓋於此道未得甘苦者也。葉庶子書山曰："子言固然。然人功未極,則天籟亦無因而至。雖云天籟,亦須從人功求之。"知言哉！

（又）《記》曰："學然後知不足。"可見知足者皆不學之人,無怪其夜郎自大也。

（又）改詩難於作詩。何也？作詩興會所至,容易成篇；改詩則興會已過,大局已定。有一二字於心不安,千力萬氣,求易不得,竟有隔一兩月於無意中得之者。劉彥和所謂"富於萬篇,窘於一字",真甘苦之言。荀子曰："人有失鍼者,尋之不得,忽而得之,非目加明也,眸而得之也。"所謂眸者,偶眤及之也。唐人句云："盡日覓不得,有時還自來。"即眸而得之之謂也。

不學古人,法無一可。竟似古人,何處著我！字字古有,言言古無。吐故吸新,其庶幾乎！孟學孔子,孔學周公,三人文章,頗不相同。著我

（詩話）人閒居時不可一刻無古人,落筆時不可一刻有古人。平居有古人,而學力方深；落筆無古人,而精神始出。

（又）周櫟園論詩云："學古人者只可與之夢中神合,不可使其白晝現

形。"至哉言乎！

（又）後之人未有不學古人而能爲詩者也。然而善學者得魚忘筌，不善學者刻舟求劍。

（又）爲人不可以有我，有我則自恃很用之病多。孔子所以無固無我也。作詩不可以無我，無我則剿襲敷衍之弊大，韓昌黎所以惟古于詞必己出也。北魏祖瑩云："文章當自出機杼，成一家風骨，不可寄人籬下。"

抱杜尊韓，托足權門；苦守陶韋，貧賤驕人。偏則成魔，分唐界宋。霹靂一聲，鄒魯不閑。江海雖大，豈無瀟湘！突夏自幽，亦須廟堂。戒偏

（詩話）抱韓杜以凌人，而粗脚笨手者，謂之權門托足；傚王孟以矜高，而半吞半吐者，謂之貧賤驕人；開口言盛唐及好用古人韻者，謂之木偶演戲；故意走宋人冷徑者，謂之乞兒搬家；好疊韻次韻刺刺不休者，謂之村婆絮談；一字一句自註來歷者，謂之骨董開店。

（又）詩分唐宋，至今人猶恪守。不知詩者人之性情，唐、宋者帝王之國號，人之性情豈因國號而轉移哉？亦猶道爲人人共由之路，而宋儒必以道統自居。謂宋以前直至孟子。此外無一人知道者。吾誰欺，欺天乎？七子以盛唐自命，謂唐以後無詩，即宋儒習氣語。倘有好事者學其附會，則宋元明三朝亦何嘗無初盛中晚之可分乎？節外生枝，頃刻一波又起。莊子曰"辨生于末學"，此之謂也。

葉多花蔽，詞多語費。割之爲佳，非忍不濟。驪龍選珠，顆顆明麗。深夜九淵，一取萬棄。知熟必避，知生必避。入人意中，出人頭地。割忍

（詩話）余每作詠古詠物詩，必將此題之書籍無所不搜，乃詩之成也，仍不用一典。常言人有典而不用，猶之有權勢而不逞也。

（又）詩如言也，口齒不清，拉雜萬語，愈多愈厭；口齒清矣，又須言之有味，聽之可愛，方妙。若村婦絮談，武夫作鬧，無名貴氣，又何藉乎其言，有小涉風趣，而嚅嚅然若人病危不能多語者，實出才薄。

游山先問，參禪貴印。閉門自高，吾斯未信。聖求童蒙，而況于我！低棋偶

然,一着頗可。臨池正領,倚鏡裝花。笑倩傍人,是耶非耶? 求友

（詩話）劉霞裳與余論詩曰:"天分高之人其心必虛,肯受人譏彈。"余謂非獨詩也。鐘鼓虛故受考,笙竽虛故成音。試看諸葛武侯之集思廣益,勤求啓誨,此老是何等天分！孔子入太廟,每事問;顔子以能問於不能,以多問於寡,非謙也。天分高故心虛也。

（又）詩改一字,界判人天,非個中人不解。齊己《早梅》云:"前村深雪裏,昨夜幾枝開。"鄭谷曰:"改幾字為一字,方是早梅。"齊乃下拜。某作《御溝詩》曰"此波涵帝澤,無處濯塵纓",以示皎然。皎然曰:"波字不佳。"某怒而去。皎然暗書一中字在手心待之。須臾其人狂奔而來,曰已改波字為中字矣。皎然出手心示之,相與大笑。

（又）詩得一字之師,如紅爐點雪,樂不可言。

同鏘玉珮,獨姣宋朝。同歌苔花,獨美孟姚。拔乎其萃,神理超超。布帛菽粟,終遜瓊瑤。折楊皇荂,敢望鈞韶。請披采衣,飛入丹霄。拔萃

（詩話）左思之才高於潘岳,謝朓之才爽於靈運。何也？以其超雋能新故也。齊高祖云:"三日不讀謝朓詩,便覺口臭。"宜李青蓮之一生低首也。

（又）有人以某巨公之詩求選入詩話。余覽之,倦而思臥。因告之曰:"詩甚清老,頗有工夫。然而非之無可非也,刺之無可刺也,選之無可選也,摘之無可摘也。孔子曰:'剛毅木訥近仁。'某公之詩,不脫一木字。謂之近仁則可,謂之近詩則不可。"或曰:"其題皆莊語故耳。"余曰:"不然。筆性靈則寫忠孝節義俱有生氣;筆性笨雖詠閨房兒女亦少風情。"

（又）胡稚威云:"詩有來得去得存得之分。來得者,下筆便有也;去得者,平正穩妥也;存得者,新鮮出色也。"

（又）沈存中云:"詩徒平正,若不出色,譬如三館楷書,不可謂不端整,求其佳處,到死無一筆。"此言是也。然求佳句,詩便難作。戴殿撰有棋句云:"但得閒身何必隱,不耽佳句易成詩。"

織錦有迹,豈曰蕙娘。修月無痕,乃號吳剛。白傅改詩,不留一字。今讀其詩,平平無異。意深詞淺,思苦言甘。寥寥千年,此妙誰探！滅迹

(詩話)周元公云："白香山詩似平易，間觀所存遺稿，塗改甚多，竟有終篇不留一字者。"余讀公詩云："舊句時時改，無妨悦性情。"然則元公之言信矣。

　　(又)《漫齋語錄》曰："詩用意要精深，下語要平淡。"余愛其言，每作一詩往往改至三五日，或過時而又改，何也？求其精深是一半工夫，求其平淡又是一半工夫。非精深不能超超獨先，非平淡不能人人領解。朱子曰："梅聖俞詩不是平淡，乃是枯槁。"何也？欠精深故也。郭功甫曰："黃山谷詩費許多氣力爲是甚底！"何也？欠平淡故也。有汪孝廉以詩投余，余不解其佳。汪曰："某詩須傳五百年後方有人知。"余笑曰："人人不解，五日難傳，何由到五百年耶！"

十

袁枚、洪亮吉二氏之論詩韻語同於其所撰詩話，此猶其足以互相發明者言之。至其論詩韻語與所撰詩話，意義雖不相同，性質却可相通者，則又有徐傳詩之《真義詠事詩》與《星湄詩話》、徐氏《星湄詩話自序》云：

　　予所著《真義詠事詩》一百七首，皆可作詩話觀，而真義詩話正不盡於此。暇日嘗隨筆劄記，爲時已久，所錄隨多，近稍加删潤，凡已見咏事詩者，俱不再及，錄存上下兩卷，自宋元以迄於今，真義之詩話略備矣。

則是《真義詠事詩》與《星湄詩話》內容雖不相同，性質却是一樣，即視《星湄詩話》爲《真義詠事詩》之續亦未嘗不可。蓋以袁、洪二氏主於論辭，故不妨互見，徐氏主於論事，故又無庸複出也。

　　上所云云，猶就一人之著作言之。至於不出一人所著而其體例性質實相類似者則如謝啓昆之《遼詩話題辭》，正與周春《遼詩話》同一性質。然此猶可謂是詩話之題辭，必須附麗於詩話者。至如錢陳羣之《宋百家詩存題辭》，是本於曹庭棟所輯之《宋百家詩存》，於是復考其世次，摭拾諸家本傳及見於稗史者以論之，故其性質，實是附麗選集，與元、王之論詩絕句，復有不同。此正如朱彝尊之《靜志居詩話》不能離開《明詩綜》，王昶之《蒲褐山房詩話》不能離開《湖海詩傳》，符葆森之《寄心盦詩話》不能離開《清代正雅集》，原名《國朝正雅集》爲同一體例。至如史夢蘭之《止園詩話》雖不是論述一代詩學，但是書別無單行本，即附見於《永平詩存》中，亦正與題辭一樣作用。

錢氏所論，除廬陵歐陽氏、眉山蘇氏、宛陵梅氏、半山王氏、山谷黃氏、具茨晁氏、紫陽朱氏、放翁陸氏輩，世稱名家，及有專集入諸家選本者，為原書所無，未加品論外，共有百絕。詩載《香樹齋續集》中，頗多論事之處，而論辭者亦不少。大足備趙宋一代詩學掌故，正不妨與厲鶚《宋詩紀事》、陸心源《宋詩紀事補遺》、孫濤《全宋詩話》諸書，相互參閱。我曩時曾為作箋釋，擬別為印行，蓋亦猶杜蔭棠就《明詩綜》中輯出《明人詩品》之例也。

謝啓昆曾作論詩絕句，自唐迄明凡有五百餘首。此與吳景旭《歷代詩話》性質相同。楊深秀有《論詩絕句》五十首，專論山右詩人，自毌邱儉起至張穆止，或一人專論，或數人合論，於全晉詩人，大率無遺，是又正猶鄭方坤之《全閩詩話》、陶元藻之《全浙詩話》也。

十一

昔人詩話中每有自評其詩者，論詩韻語中亦多其例。杜甫《戲為六絕句》開論詩絕句之端，而此六絕句中正多"夫子自道"之語。張戒《歲寒堂詩話》云：

《戲為六絕句》詩非為庾信、王、楊、盧、駱而作，乃子美自謂也。方子美在時，雖名滿天下，人猶有議論其詩者。……子美忿之，故云"爾曹身與名俱滅，不廢江河萬古流"，"龍文虎脊皆君馭，歷塊過都見爾曹"也。然子美豈其忿者，戲之而已！其云"或看翡翠蘭苕上，未掣鯨魚碧海中"，若子美真所謂掣鯨魚碧海中者也。而嫌於自許，故皆題為戲句。

錢謙益《讀杜二箋》更據韓愈論詩韻語以申其說。

作詩以論文，而題曰《戲為六絕句》，蓋寓言以自況也。韓退之之詩曰："李、杜文章在，光燄萬丈長。不知羣兒愚，那用故謗傷。蚍蜉撼大樹，可笑不自量。"然則當公之世，羣兒之謗傷者或不少矣。故借庾信、"四子"以發其意。嗤點流傳，輕薄為文，皆闇指並時之人也。一則曰爾曹，再則曰爾曹，正退之所謂羣兒也。……"凡今誰是出羣雄"，公所以自命也。蘭苕翡翠，指當時研揣聲病尋摘章句之徒；鯨魚碧海，則所謂渾涵汪洋，千彙萬狀，兼古今而有之者也。亦退之之所謂橫空盤硬，妥帖排奡，垠崖崩豁，乾坤雷破者也。

論至於此，非李、杜誰足以當之，而他人有不憮然自失者乎！

蓋此種高自稱許之處，亦正與"吉甫作誦，穆如清風"等語同意。杜老亦確有自負之處，固不得病張、錢二家之好爲附會。後人繼作，猶沿此種風氣。如元好問《論詩絶句》第一首便云："漢謡魏什久紛紜，正體無人與細論。誰是詩中疏鑿手，暫教涇渭各清渾。"此即是分明自任疏鑿手也。不過説得委婉，猶如隱隱約約耳。

至於不必寓意自況而自舉其名，明白言之者，則莫踰於邵雍。邵氏《伊川擊壤集》中頗多自論其詩之語，其《首尾吟》百餘首所謂"堯夫非是愛吟詩"云云者，殆全是論述其作詩恉趣。其《堯夫吟》一首，高自稱許，殆亦不熱於"吉甫作誦，穆如清風"之語。其詞云：

> 堯夫吟，天下拙。來無時，去無節。如山川，行不徹；如江河，流不竭；如芝蘭，香不歇；如簫韶，聲不絶。也有花，也有雪，也有風，也有月；又溫柔，又峻烈，又風流，又激切。

亦有以詩集出於自己編定而自行題辭者。如許宗魯《自題絶句》云："雲村病老語多哤，造次詩成雜宋腔。還溯開元論風格，拾遺壇上樹旌幢。"見《明人詩品》。此雖同於文之序跋，要亦爲論詩韻語中之自論其詩者。

上所云云，大率論辭，亦有主於論事者，如王士禛《論詩絶句》"曾聽巴渝里社詞，三閭哀怨此中遺。詩情合在空舲峽，冷雁哀猿和竹枝。"此詩不加品隲，只疏本事，自是漁洋"不著一字，盡得風流"之旨，但亦正以其自論其詩，所以更難論定。王氏於其所著《分甘餘話》中亦引是詩，謂：

> 唐鄭綮云："詩思合在灞橋驢子背上。"胡櫂云："吾詩思若在三峽間聞猿聲時也。"余少在廣陵，作《論詩絶句》，其一云"詩情合在空舲峽"云云，用櫂語也。壬子秋典蜀試歸，舟下三峽，夜泊空舲，月下聞猿聲，忽悟前詩，乃知事皆前定。

此説，似乎論詩絶句所作在先，實則或是文人故作狡獪，亦未可知。所以金榮《精華錄箋註》便疑此詩殆先生自謂。詩話中不乏自述其詩本事之例，則於論詩韻語中固宜有之。

十二

诗话中颇多评论诗话之语，此例在论诗韵语中亦有之。有自题其所撰诗话而阴寓评骘者。如徐祯卿自题《谈艺录》三绝句云：

末世诗篇百态新，五言苏李等遗尘。不知覆瓿销沈处，枉却前朝几许人。

徐子谈诗格尽高，古风犹未满刘曹。文章草草沈公论，笑杀扬雄作《反骚》。

浮论人人习齿牙，连城赵璧陨泥沙。阿卿掩抱千金槀，藏向名山自一家。

此则自论其所撰诗话，亦犹许顗《彦周诗话》、袁嘉榖《卧雪诗话》等书之开卷即论作诗话宗旨。此外如袁枚《随园诗话》、林昌彝《射鹰楼诗话》亦时多自论其诗话之处，与此正是一例。亦有题他人所撰诗话者。如洪亮吉《跋赵瓯北所撰唐金宋七家诗话》云：

一事皆须持论平，古人非重我非轻。编成七辈三朝集，好到千秋万世名。未免尊唐祧魏晋，欲将自鄫例元明。尘羹土饭真抛却，独向毫端抉性情。

诗家别集已成林，一一披沙与检金。作者众怜传者少，前无古更后无今。法家例可平心断，大府文非刺骨深。卷卷漫从空处想，就中多有指南针。

名流少壮气难驯，老去应知识力真。七十五年纔定论，一千余载几传人。杀青自可缘陈例，初白差难踵后尘。自注："君意欲以查初白配作八家，余固止之。"虞案今《瓯北诗话》中仍有论初白诗者。只我更饶怀古癖，溯源先欲到周秦。自注："余时亦作《北江诗话》，第一卷泛论自屈宋起。"

此又评论他人所撰诗话，则昔人诗话中正多其例。惟右二者虽多论诗之处，犹可说其性质同於诗话之序跋，与诗话中之批评他种诗话者不同。然如王士禛《论诗绝句》云"何因点窜澄江练，笑杀谈诗谢茂秦"，则论及谢榛《四溟诗话》；又云"天馬行空脫羈靮，更憐《譚藝》是吾師"，則論及徐禎卿《談藝録》。又如李希聖《雁影齋詩》有《論詩》二首，其一云："强將一祖配三宗，流派江西本自同。不是《觀林詩話》在，誰知山谷學荊公。"則以吳聿《觀林詩話》謂黃庭堅自稱從王安石得古詩句法也。其又一云："吳下方回有別腸，力排崑體媚陳、黃。豈知同出河陽李，笑殺談詩朱少章。"則又以朱弁《風月堂詩話》謂黃庭堅用崑體工夫而造老杜渾成之地也。類此之例，正與昔人詩話中之評論他人詩話者，同其性質。我嘗謂就昔人詩話或筆記中之自述作詩話宗旨或品議前人詩話者，彙而輯之，亦爲詩話叢話之例。實則品議前人詩話之作，韻語中亦正多有之。此所以我撰《詩話叢話》，不得不取最廣一義，以論詩韻語謂亦同於詩話也。

至或專就一種詩話論之，如李光昭《詩禪吟》云：

> 喻詩以禪始嚴氏，作詩能令佛天喜。但云水月鏡花似，滄浪且未知禪理。浮光掠影下乘禪，積健爲雄真種子。或疑象教主空寂，大雄何以標宗旨。佛生已具不凡骨，勵行焚頂還燒指。九年面壁絕見聞，大千雲遊豁目耳。尋師渡海立枯槎，毒龍饑蛟迎角齒。祗憑佛力千臂健，得破禪關百重峙。亦如詞客攻詩城，嘔出心肝渠乃已。此後乾坤頓軒豁，大光明鏡開塵裏。一莖草化丈六身，火目珠眉纓絡體。摩喉百拜獅王迎，金剛攔門夜叉跪。琉璃宮殿七寶塔，富貴奚啻王侯擬。羽葆幢幢天女招，雨花四散紛紅紫。旃檀初爇震鏡鼓，白虎蒼龍作人起。廣施法雨潤人間，四海蒼生迴槁死。誰云佛法大縹緲，我見其才絕雄偉。俱由苦海浮航來，盆火栽蓮蓮結蓋。世人爭取詩喻禪，曰非關學言非是。片時妙悟生風旛，露電流光寧久恃。天聲風雷人嘯歌，天色雲霞詩藻采。波瀾壯闊氣崢嶸，化爲崇山兼大海。觀其下筆如有神，豈識鐵硏遍圖史。即詩即佛妙從心，爲苦爲甘難告爾。

"十年孤立擢胃腸，一日長短泣神鬼。"詩載《嶺南羣雅》，林昌彝《射鷹樓詩話》引。此詩專攻《滄浪詩話》以禪喻詩之失，且與馮班《嚴氏糾謬》同一宗旨。論詩韻語與詩話之相同有如此者。

十三

論詩韻語中不僅論述他種詩話已也，且有就他人論詩韻語而批評之者。李

希聖以元遺山論詩有貴賤之見,因作詩正之云:

> 面目都隨貴賤遷,陶公枯淡謝公妍。暮雲春酒詞清麗,却在柴烟糞火邊。

又以其論詩有南北之見,亦作詩正之云:

> 鄴下曹劉氣不馴,江東諸謝擅清新。風雲變後兼兒女,溫李原來是北人。

則以元氏《論詩》三十首中頗露此意。如云"出處殊途聽所安,山林何得賤衣冠","東野窮愁死不休,高天厚地一詩囚",則所謂貴賤之見也;而別有《論詩》三首,其一云:"坎井鳴蛙自一天,江山放眼更超然。情知春草池塘句,不到柴煙糞火邊。"李詩所指即此。又如《論詩》三十首中"風雲若恨張華少,溫李新聲奈爾何"!"中州萬古英雄氣,也到陰山敕勒川","論詩寧下涪翁拜,未作江西社裏人"云云,則所謂南北之見也。而其《自題中州集》後五首之一云"鄴下曹劉氣儘豪,江東諸謝韻尤高。若從華實評詩品,未便吳儂得錦袍",則此意更顯矣。李氏拈出此二點以正遺山,不爲無見。

此外或專就一首詩以批評者,如桑調元詩云"大辨才從覺悟餘,香山居士老文殊。漁洋老眼披金屑,失却光明大寶珠",《隨園詩話》引。則以王士禎《論詩絕句》中有"廣大居然太傅宜,沙中金屑苦難披。詩名流播離林遠,獨有文章替左司"一首故也。陳琇瑩詩云"燕瘦環肥各賞音,偶於浙派見精深。論詩未信《卷葹》語,樊榭何人更鑄金",見《近代詩鈔》。則又指洪亮吉《論詩絕句》中"近來浙派入人深,樊榭家家欲鑄金"二語也。

更有僅拈出一二句以論評者,如趙翼《論詩》一首云:

> "作詩必此詩,定知非詩人",此言出東坡,意取象外神。羚羊眠挂角,天馬奔絕塵。其實論過高,後學未易遵。詩文隨世運,無日不趨新。古疎後漸密,不切者爲陳。譬如耍駕馬,將越而適秦;灞滻終南景,何與西湖春。又如寫生手,貌施而昭君;琵琶春風面,何關苧蘿顰。是知興會超,亦貴肌里親。吾試爲轉語,案翻老斲輪。作詩必此詩,乃是真詩人。

此則專就坡詩"作詩必此詩"二語翻案，正與袁枚《隨園詩話》所謂"作此詩而竟不是此詩則尤非詩人"之語爲同一機括。以論詩韻語評論詩韻語，亦猶詩話中之品議詩話也。

十四

詩話中亦多論及論詩韻語者，蓋以論詩韻語本與詩話相同，故詩話中亦多稱引以相發明。其自引其詩者，《北江詩話》《隨園詩話》中頗多其例，而《六一詩話》實早開其端。歐陽修《水谷夜行》詩云："子美氣尤雄，萬竅號一噫。有時肆顛狂，醉墨灑滂霈。譬如千里馬，已發不可殺。盈前盡珠璣，一一難揀汰。梅翁事清切，石齒漱寒瀨。作詩三十年，視我猶後輩。文辭愈清新，心意雖老大。有如妖韶女，老自有餘態。近詩尤古硬，咀嚼苦難嘬。又如食橄欖，真味久愈在。蘇豪以氣鑠，舉世徒驚駭。梅窮獨我知，古貨今難買。"此評蘇、梅二人詩頗爲的當。正與《六一詩話》中所謂"子美筆力豪儁，以超邁橫絶爲奇；聖俞覃思精微，以深遠閑淡爲意"，可相發明，故詩話中亦載此詩。其稱引他人詩而論述之者，如范晞文《對床夜語》云：

退之序孟東野詩云："東野之詩，其高出魏晉，不懈而及於古，其他浸淫乎漢氏矣。"又薦之以詩云："有窮者孟郊，受材實雄驁。冥觀洞古今，象外逐幽好。橫空盤硬語，妥貼力排奡。敷柔肆紆餘，奮猛卷海潦。榮華肖天秀，捷疾逾響報。"東坡《讀東野詩》乃云："孤芳擢芳穢，苦語餘詩騷。水清石鑿鑿，湍急不受篙。初如食小魚，所得不償勞。又如煮彭越，竟日嚼空螯。要當鬭僧清，未足當韓豪。人生如朝露，日夜火消膏。何苦將兩耳，聽此寒蟲號。"退之進之如此，而東坡貶之若是，豈所見有不同耶？然東坡前四句，亦可謂巧於形似。

類此之例，各家詩話中頗多，今所舉者不過撮拾一二以爲例證。誠以此二者之性質本同，故論詩韻語中有論詩話之處，詩話中亦多論及論詩韻語也。至如楊鍾羲《雪橋詩話》録翁方綱《復初齋詩》中論詩之語，謂可與其《石洲詩話》相證明，足備翁氏一家之説，則又不足於自撰詩話中稱引己作論詩韻語之例，而是論述他人詩學之例。是又足爲吾説論詩韻語通於詩話之左證者也。

十五

　　詩話中以多論及論詩韻語之處，而大有功於論詩韻語者有二事：其一，論詩韻語爲體裁所限，陳義不免稍晦，正有賴於詩話之闡説。如杜甫所作《戲爲六絶句》，各家詩話中如張戒之《歲寒堂詩話》、汪師韓之《詩學纂聞》、翁方綱之《石洲詩話》劉克莊《後村詩話》，顧嗣立《寒廳詩話》亦間有論及。均曾闡發其義，固不必定須注釋本，始爲杜氏作箋注也。至如《石洲詩話》卷七專釋元遺山《論詩三十首》，卷八又專釋王文簡《戲仿元遺山論詩絶句三十五首》，則又爲詩話中之創例，而論詩絶句之功臣。雖其間頗多曲解之處，不免轉與原意相違者，然論詩韻語確亦不得不有人爲之作鄭箋也。

　　其二，作者原集流傳不廣，論詩韻語篇什不多，不能獨自成書，非賴詩話之論述稱引有時竟不易流傳。姑録數首於下：

林憲《讀陶詩》憲字景思，自號雪巢，宋天台人。《後村詩話續集》卷二引。

　　吾觀淵明詩，了不在言賦。有如太和氣，周行不停駐，時與春爲風，融夷物華布，而未見用力，萬物向榮處；時與秋爲月，浩然無點注，江山滋清絶，宇宙靡纖汙。乃知淵明詩，本不在詩故。邂逅吐所有，氣象隨所寓。乞食不爲拙，華軒不爲慕，歸來不爲高，折腰不爲沮。羲皇平步超，無懷貞雅素。簡澹豈能盡，學者漫馳步。獨有無絃琴，明明一斑露。

方覡樓《言詩》覡樓，清揚州人。《隨園詩話補遺》卷九引。

　　情至不能已，氤氲化作詩。屈原初放日，蔡女未歸時。得句鬼神泣，苦吟天地知。此中難索解，解者即吾師。

張人和《詩意詩》人和字筬仙，侯官明經。有《牡蠣瓶齋蔓草》六卷，未見。《射鷹樓詩話》卷二十引。

　　欲覓詩中意，不知在何處？有時拈不來，有時麾不去。欲覓詩中意，去來無定處。有時還自來，有時還自去。

淩樹屏《偶作》樹屏字緘亭。《魚計軒詩話》引。

辛苦爲詩兩竟陵，縱然別派也澄清。阿誰爛把《詩歸》讀，入室操戈汝最能。自注：錢牧齋少時，頗亦取逕《詩歸》。

新城重代歷城興，清秀羸將牧老稱。自注：時謂阮亭爲"清秀李于鱗"，錢牧齋顧亟稱之，何耶？細讀屧提軒裏句，又疑分得竟陵鐙。自注：新城詩有絶似鍾譚者。

柴靜儀《諸子問詩法口占》靜儀字季嫻，錢塘人，諸生沈漢嘉室，著有《凝香室詩鈔》《北堂詩鈔》，未見。《名媛詩話》卷一引。

四傑新吟開正始，高岑諸子各稱能。英華斂盡歸真樸，太白還應讓少陵。

如右諸詩使無詩話傳載幾歸湮没。凌氏二絶頗具獨見，而計發《魚計軒詩話》亦唯《適園叢書》中有之，雖藉詩話以流傳，而其流傳亦廑矣。

十六

詩話之有功於論詩韻語，固矣。然如《石洲詩話》之曲解少陵《六絶句》與元遺山貶抑蘇黄之詩，則失之誣；《升庵詩話·司空圖論詩》一條録其"自知非詩，詩未爲奇"一首，此詩不見《表聖集》中，即風格亦不類表聖，似猶未脱明人作僞之習，則失之妄。至論詩韻語則雖不必論及詩話，而其有裨於詩話者却甚大，亦以論詩韻語中多作者甘苦之言，時有妙義，足爲後世詩話家立説之張本也。

以禪喻詩，人皆知始於嚴羽《滄浪詩話》，實則由詩話言固似此義發自嚴羽，皎然《詩式》論謝靈運詩一條謂"得空王之助是以禪喻詩之始"。但此書不甚可信。惟葉夢得《石林詩話》有以禪宗論杜詩一條。由論詩韻語言，則司空圖《二十四詩品》已發其義，至東坡詩中則益暢厥旨，如云"若言絃上有琴聲，放在匣中何不鳴；若言聲在指頭上，何不於君指上聽"（《琴詩》），妙語解頤已近禪悟。又云："衝口出常言，法度去前軌。人言非妙處，妙處在於是"（《詩頌》），亦已逗露此意。至如《送參寥師》詩云："欲令詩語妙，無厭空且靜。靜故了羣動，空故納萬境。閲世走人間，觀身卧雲嶺。鹹酸雜衆好，中有至味永。詩法不相妨，此語當更清。"《跋李端叔詩卷》云"暫借好詩銷永夜，每逢佳處輒參禪"，則更和盤托出，無餘藴矣。所以東坡"賦詩必此詩定知非詩人"之語，即滄浪"不必太着題"之説也。東坡"新詩如彈丸"，及"中有清圓句，銅丸飛柘彈"之語，即滄浪"造語貴圓"之説也。東坡"讀破萬卷詩愈美"，即滄浪"然非多讀書,多窮理,則不能極其至"之說也。東坡《讀孟郊詩》"何苦將兩耳,聽此寒蟲號",即滄浪所謂"孟郊之詩刻苦,讀之使人不歡"之義也。人皆知滄浪論詩,反對蘇、黃之以文字爲詩,以才學爲詩,以議論爲詩,而孰知其論詩主恉正出東坡也哉!蓋蘇詩作風與其論詩宗旨正相反背。東坡詩云"樂天長短三千首,却愛韋郎五字詩",論坡詩者亦當作如是觀。坡詩豪邁,所以不脫子路未帶夫子時氣象者,則皆由其才氣累之,至其生平篤嗜,固別有歸。其《答王定民》詩云"五言今復擬蘇州";《次韻葉致遠見贈》云:"一伎文章何足道,要言一作知摩詰是文珠。"微旨所在,蓋亦可以窺見矣。明得斯義,則知東坡論詩所以亦拈出司空圖"味在酸鹹之外"之語,見《書黃子思詩集後》。而渡海以後復有《和陶》之作了。滄浪論詩,所以不滿東坡者,以其"於一唱三歎之音有所歉焉"。實則此就坡詩言耳,東坡論詩,固已說過:"大木百圍生遠籟,朱絃三歎有遺音。"(《答仲屯田次韻》)

此外宋人論詩韻語中之以詩禪相喻者正多,當別論之,於茲不復贅述。近人皆知王士禎論詩取司空圖《詩品》中"采采流水蓬蓬遠春"及"不著一字,盡得風流"諸語,以爲詩家之極則。其撰《漁洋詩話》不外本此義發揮。實則不僅漁洋詩話如此,即其所採之《滄浪詩話》其論詩宗旨,固亦多出自昔人論詩韻語也。

十七

明論詩韻語之大有影響於詩話,則知昔人所謂唐人不作詩話者,非不作也。唐代詩人於論詩之"事""辭"二端,多以納於論詩韻語中,所以覺得唐人不作詩話耳。則又知昔人所謂宋人詩話可廢者,非可廢也。宋人論詩精義,大抵存於論詩韻語中,所以又覺得宋人詩話,不外討論句法,疏解典實,無裨於詩學,似乎覺得可廢耳。論文拘形貌之弊,章實齋已慨乎言之,不謂昔人之論詩話,亦正有此弊。吾撰《詩話叢話》不憚破例以論論詩韻語者亦正非得已矣。

昔人有輯東坡題跋中論詩之語以爲《東坡詩話》者,惜其不曾再從東坡詩集中一輯其論詩韻語。得其一端而未覩其全,拾其糟粕而未抉其精,不得不謂全由拘泥於形貌的緣故了。

蓋詩話之與論詩韻語,不僅是有的是疊床架屋,彼此互見,有的或撰論詩韻語而無詩話,或撰詩話而無論詩韻語,如上述諸例已也。更有也撰詩話,也撰論詩韻語,而却各有所主,雖相映發,而不是複出者。如趙翼《甌北集》中頗多論詩之作,足以窺其論詩主恉,而其《甌北詩話》却專主評論古人,不言自己論詩見解。二者各不相謀,使非合而觀之,更將何以見其全乎?本其論詩韻語以讀其詩話,然後可知其見解之應用；由其詩話以讀其論詩韻語，然後可知其品評之標準。沈珩序葉燮《原詩》內外篇云："內篇標宗旨也，外篇肆博辯也。"甌北之論詩韻語與詩話，蓋即如是。甌北《論詩話》云"熊魚自笑貪心甚"，欲知甌北論詩宗旨者，魚與熊掌亦不可不兼嗜也。

十八

論詩韻語之與詩話最不相同者，即是詩話可以摘句而批評之，論詩韻語則不免爲體裁所限，未能如此。實則論詩韻語中也未嘗不有摘句批評之例。李白詩："解道澄江淨如練，令人還憶謝玄暉。"澄江淨如練，即玄暉全句也。蘇軾詩："峨眉山月半輪秋，影入平羌江水流。謫仙此語誰解道，請君見月時登樓。"峨眉山月二句，即全是謫仙詩也。元好問詩："有情芍藥含春淚，無力薔薇臥晚枝。拈出退之山石句，始知渠是女郎詩。"有情芍藥二語即秦少游《春雨》詩中句也。王士禛詩："溪水碧于前渡日，桃花紅似去年時。江南腸斷無人會，只有崔郎七字詩。"溪水二句即太倉崔不雕句也。至其"接跡風人《明月篇》，何郎妙悟本從天。王楊盧駱當時體，莫逐刀圭誤後賢"，則與王楊盧駱一語且更引用杜甫論詩成句了。洪亮吉詩："四十九年前一日，世間原未有斯人。相公奇句誰能敵，祇覺英雄面目真。"四十九年二句亦即阿文成桂《五十自壽詩》中句也。錢陳羣《宋百家詩題辭》其題俞桂《漁溪詩藁》有云："月明最愛垂虹句，只照漁溪一舸歸。"即以其《松江詩》有"垂虹夜靜三高月，只照漁溪一舸歸"句也。

又詩話可偏於考據，而論詩韻語之體裁亦不適於考據。實則論詩韻語中亦正多精於考據之作。其長篇鉅製之古體，適於以文爲詩者，姑不具論，即論詩絕句中亦多近於考據性質者。王士禛詩云："詩人一字苦冥搜，論古應從象罔求。不是臨川王介甫，誰知暝色赴春愁。"即以唐人《晚渡伊水》詩首句"暝色赴春愁"，赴或作起，王以爲當作"赴"字，若作"起"，便小兒語也。吳騫詩云："畫壁當年事久徂，歌來皓齒定非誣。如何直上黃沙句，真本翻歸計敏夫。"蓋以王之渙《涼州詞》"黃河遠上白雲間"句，惟計氏《唐詩紀事》作"黃沙直上白雲間"也。

十九

抑不僅論詩韻語之性質爲可通於詩話已也，即單篇散文亦未嘗不與詩話相通。蓋詩集中論詩之語既可作詩話觀，則文集中論詩之語，亦當然可作詩話觀也。大抵集部與詩話，其最相混淆者有二：由總集言，凡其涉及評選者往往有文學批評的性質；由別集言，則集部中論詩論文之語，又大概可作詩文評一類之著作觀。

由集部中以輯出詩話，昔人亦早已見到，且亦早有此例。朱彝尊《明詩綜緝評》已有剪裁序跋者，所以張宗柟輯《帶經堂詩話》即就王士禎一生著述中關於論詩之語，悉纂錄之，並不以序論之文與雜著有別，而屏之不錄。其弟宗楠，於後序中說得好：

> 在昔朱竹垞先生撰《静志居詩話》，其於史論軼事博極蒐羅，而《詩綜輯評》，亦有剪裁序跋者。夫今人纂著，蘄無戾乎前賢，有裨於後學，唯其是而已。果其是也，雖創焉可也；矧其體例之果出於因也！試觀《池北偶談》諸書，其中與文集同者，什居二三。山人自著已若是矣，而何致疑其不類耶！

蓋以文集中之單篇散文，體裁雖與雜著有別，性質固與雜著相通。所以詩話中正不妨採用集中文章；或援引以作參證，如胡仔《漁隱叢話》之論陶淵明詩，即以蕭統一序爲宗；或附載以相發明，如嚴羽《滄浪詩話》之附錄《答吳景仙書》，即以長文編入詩話中間。至如詩話之附於集部者，如蔡夢弼《草堂詩話》附於《杜工部集》之類，則彙錄昔人序跋，更爲當然之事。集部既通於詩話，詩話中既有採用文集之例，則論詩話正亦不妨兼及文集論詩之語矣。

何況後人好矜著作之富，同一意見，往往重複散見於其所著各書中間。"橫看成嶺側成峯"，文集雜著，本無何等嚴密界限。張宗楠謂"《池北偶談》諸書其中與文集同者十居二三"。實則王氏雜著之同於文集者，猶以偏於記事方面者多，而論詩方面者少。記事方面如文集中之傳記，本有説部性質，所以頗多相同；至論詩方面，則同於文集者尚不多。《漁洋詩話》中所載，於《池北偶談》、《古夫于亭雜錄》諸書則多覆見，至其見於《漁洋文》、《蠶尾文》中者固甚少。故只能謂王氏之雜著多同於文集，猶不能謂王氏之詩話多同於文集。但如袁枚《隨園詩話》則竟與其《小倉山房文集》或《尺牘》頗多相同之處。今觀其文集中如《龔旭開詩序》、《蔣心餘藏園詩序》、《錢竹初詩序》、《甌北集序》、《何南園詩序》與《答沈大宗伯論詩書》二通、《答施蘭坨論詩書》二通、《與某刺史書》、《答蕺園論詩書》、《答洪華峯書》，外集中《與楊蓉裳兄弟書》以及尺牘中《與羅甥與家東如》、《答李少鶴》、《答祝芷塘太史》諸篇，其論詩主張，大率均複見於詩話中間。所以我説單篇散文，亦未嘗不與詩話相通也。

二十

　　至於評選的總集，則更有文學批評的意義。方回《瀛奎律髓自序》云："所選，詩格也；所註，詩話也。"詩格詩話，本多混而爲一者。

　　蓋選集與文學批評，本有一部分是同一的標準。選集欲汰劣以存優，批評欲貶劣而褒優。梁元帝云："欲使卷無瑕玷，覽無遺功。"《金樓子·立言篇》此指選集言者。梁簡文帝云："辨茲清濁，使如涇渭；論茲月旦，類彼汝南。朱丹既定，雌黄有別，使夫懷鼠知慚，濫竽自恥。"《與湘東王書》此又就批評言者。他們所持，正是同一的主張。大抵一般人對於批評家的要求，本有二種：一是文學作品的指導者，一是文學原理的建設者。我國舊時之文學批評，以屬於前者爲多，此所以總集與批評，常相混淆而不易犁別也。

　　其關係即可於摯虞之《文章流別集》，與李充之《翰林論》明之。摯、李二氏所著，今雖不傳，但據各家著錄與輯佚之本觀之，其性質猶不難窺知。《晉書·摯虞傳》稱其"撰《文章志》四卷，又撰古今文章，類聚區分，爲三十卷，名曰《流別集》。各爲之論，辭理愜當，爲世所重"。則可知摯氏所著，本有三種性質。《文章志》同於序目，蓋本於《漢志·詩賦略》而異其編例者。故《隋志》、新舊《唐志》及《通志》著錄，均以列入史部目錄一類。《文章流別集》則是總集，故卷數爲獨多。《隋志》云："總集者，以建安之後，辭賦轉繁，衆家之集，日以滋廣。晉代摯虞苦覽者之勞倦，於是採摘孔翠，芟翦繁蕪，自詩賦下各爲條貫，合而編之，謂之流別。"此即《晉書》所謂"類聚區分"者也。至於《文章流別志論》則爲叙論性質。大抵原來本是分附總集，其後或別爲輯出，蓋又《晉書》所謂"各爲之論，辭理愜當"者是也。此種叙論，蓋即本於魏文《典論》、陸機《文賦》中論文體之語，而兼論其得失源流者，故與文學批評之性質爲近。不過以其僅論文體，罕加評隲，故各家著錄，亦仍列入總集類耳。李充《宋史·藝文志》充誤作允，注云：一作元，或作克。《翰林論》於各家作品，頗多評論，但仍不脫總集性質，所以《晉書·文苑傳序》有"《翰林》總其菁華"之語，而阮氏《七錄》亦稱有五十四卷。見《隋志·經籍志》注。至其論爲文體要者，則各家著錄，均祇三卷。《玉海》六十二引《中興書目》謂凡二十八篇。此即劉氏所譏爲"淺而寡要"者是也。見《文心雕龍·序志篇》，《玉海》六十二引作"博而寡要"，竊以爲劉氏所下評語，於魏文、陳思諸家，均是愛劣互見，當以博爲近是。此與《明詩綜》之有《靜志居詩話》正同一例。沈德潛所選《別裁集》亦附詩話，各書稱引每有逕稱爲《別裁集詩話》者。所以我以爲《文章流別志論》與《翰林論》大抵亦都是從總集中輯出者，不過《翰林論》多加評語，故各家著録以爲文史之始耳。

選集體例之標舉宗派,如《主客圖》,或摘録佳句,如《句圖》者,以評爲主,固可歸入文史、詩評等類。至如唐殷璠《河嶽英靈集》體例全同選集,而《通志·藝文略》猶且歸入詩評一類。黃滔《泉山秀句集》三十卷,據《新唐書·藝文志》注云,編闆人詩自武德盡天祐末,則當然入總集類,而《通志》亦入詩評類。豈不以選家既定有標準,正不妨於選集中窺其論詩大旨歟!因此,我想王士禎神韻之說,不著邊際,不可捉摸,我人縱讀其所著《漁洋詩話》亦未必於此便有相當的了解,如讀其所選《唐賢三昧集》恐所獲之印象,或者轉較深切也。

選集猶且可以混於文史,則選集之凡例,其上下古今加以評隲,或足以標明宗旨者,當然更可以當詩話了。此所以《檀几叢書》中所輯之《漁洋詩話》,即採録王士禎之《五七言詩選凡例》以當之。此雖非王氏之意,要亦未可厚非。王氏《漁洋詩話自序》云:"今南中所刻昭代叢書,有《漁洋詩話》一卷,乃摘取五言詩七言詩凡例,非詩話也。"不免失之過泥。

二十一

選集既通於詩話,則集部之有註釋者,其性質更與詩話相近。註釋而重在知人論世,則章學誠所謂"詩話而通於史部之傳記"者;注釋而重在詮釋名物,則又章學誠所謂"詩話而通於經部之小學"者。

其重在知人論世者,率多附於作家之後,如朱彝尊《明詩綜》,於各家下均綴小傳,而杜蔭棠採取之以爲《明人詩品》;鄭方坤有《清名家詩鈔》,亦各附小傳,而馬俊良即取其小傳,編入《龍威祕書》第三集《古今詩話集雋》中。此均從總集中輯出其注以成詩話,其例蓋沿昔人《文章志》之舊。由是泛濫,如張泰來所輯述之《江西詩社宗派圖録》、張維屏所輯之《清詩人徵略》,皆專偏於傳記方面。

其重在詮釋名物者,則多注於作品之中。評之與註,性質本不相同。《浙江通志·經籍志》於文史類中分立"詩文評""詩文註""詩話""詞話"諸目,《湖南通志·藝文志》集部文史類分"評論""箋注"二目,自是最爲得體。然亦以評注頗多相混之處,故如《續通考·經籍考》即以注釋本附入詩文評目中。各種地志如《宜興荊溪縣新志·藝文志》即以評注合爲一類,《嘉定縣志·藝文志》亦以評選注釋及詩話合爲一類。觀各家之著録,亦可知不僅集部之評選本可通於詩話,即注釋本亦未嘗不近於詩話矣。其最顯明之例,如明陳繼儒所輯《古今詩話》卷八,有黃庭堅《杜詩箋》。又日人近藤元粹《螢雪軒叢書》是專輯詩話者,亦以黃箋輯入第八卷中。此竟以箋注當詩話,而詩話之範圍乃益廣博無垠矣。

至其兼有知人論世與詮釋名物二重性質者亦有二種:(一)輯述前人成說,如厲鶚《宋詩紀事》、張宗橚《詞林紀事》之類,其體例即在總集與詩話詞話之間。蓋其淵源所自,即出於《詩序》、《詩譜》,不過略異其體例耳。(二)私以己意箋釋,如陳沆之《詩比興箋》選自枚乘以迄李商隱詩凡二十八家,四百二十八首,亦是總集,但其性質,則在以意逆志而箋其比興。故魏源序之云:"自《昭明文選》專取藻翰,李善選注,專詁名象,不問詩人所言何志,而詩教一敝;自鍾嶸、司空圖、嚴滄浪有詩品詩話之學,專揣音節風調,不問詩人所言何志,而詩教再敝。蘄水陳太初修撰以箋古詩《三百篇》之法箋漢魏唐之詩,使讀者知比興之所起,即知志之所之。誦詩知人,論世闡幽,以意逆志,我思古人,實獲我心。"

二十二

至於詩話與筆記,則更爲混淆而不易犁別。此即章學誠所謂"或泛述聞見,則詩話而通於子部之雜家"者也。蓋詩話原始,本有筆記性質。歐陽修於《六一詩話》卷首自題語云:"居士退居汝陰而集以資閒談。"司馬光續之,亦云:"詩話尚有遺者。歐陽公文章名聲,雖不可及,然記事一也,故敢續書之。"曰資閒談,曰記事,可知本爲雜著之體,不過所談爲風月,所記屬文藝耳。

詩話中專記本事,不加批評,亦不見主張,如蔣子正《山房隨筆》之屬,或且更述異聞,如范攄《雲溪友議》之類,馬俊良亦輯入《詩話集雋》中。昔人雖多歸入詩話,而性質實同於說部。筆記中兼論詩文,頗發妙諦,如吳子良《荊溪林下偶談》、周密《浩然齋雅談》之類,雖不局於詩話,亦正異於雜家。所以舊時目錄學家對於此類書籍,最是一個難題,究應入集部或子部,根本上沒有明劃的鴻溝以爲解決的方法。詩話有文學批評的性質,固以入集部詩文評類爲宜,實則文學批評每多有其哲學上的根據,列入子部,亦未可厚非。清三寶等纂《浙江採集遺書總錄》,即以文格詩格等書,列入子部說家類二,變更成例,不爲無見。何況論詩論文,而考證故實,泛述聞見,則根本即與批評無關。列入說家,亦正適合。

因此說部叢書中,不妨採輯詩話,如《說郛》《裨海》之類皆然。而詩話叢書中,亦不妨闌入筆記。明《內閣藏書目錄》卷八雜部有《珊瑚詩話》三冊,不全,注云:"內子俞子《螢雪叢說》,《後山居士詩話》,孫公《談圃許彥周詩話》,胡琦《耕祿稿》李元綱《聖門事圖厚德錄龍城錄》。"則似爲詩話之叢書,而兼輯入筆記者。

二十三

　　抑詩話與筆記之關係，不僅如斯已也！更有許多詩話，是從筆記中輯出以成者。於此更有二種區別：其輯成類書者，如阮閱《詩話總龜》、胡仔《漁隱叢話》以及後人《五代詩話》《全浙詩話》之屬，勢必兼採諸家小說，固無論矣。亦有就筆記中以輯成專著者。此在作者初無是書，而後人爲之別立名稱，如曹溶《學海類編》中所收《玉壺詩話》即就宋釋文瑩《玉壺野史》論詩之語摘錄以成者。《四庫總目提要》譏其"杜撰無稽，非古人所有"。實則晁公武《讀書志》之論《東坡詩話》謂"蘇軾號東坡居士，雜書有及詩者，好事者因集之成二卷"，則在筆記雜著中以輯出詩話，亦不可謂古人初無是例也。洪邁《容齋詩話》，亦即從《容齋五筆》中輯出，宋元以來已有此編。

　　劉堅就王士禎各種雜著中，輯成《說部精華》，其第九第十兩卷，專論詩話，若使別出單行，則正與張宗柟所輯《帶經堂詩話》同其性質。不過一則專重筆記，一則兼及文集耳。

　　而且昔人筆記，其體例亦本不一致。其隨筆掇拾，不復以類區分者，則就其全書中以摘錄論詩之語，而別立名目。如於《玉壺野史》中輯出《玉壺詩話》，於《容齋隨筆》中輯出《容齋詩話》，於《荊溪林下偶談》中輯出《吳氏詩話》，於《老學庵筆記》中輯出《老學庵詩話》，於《東坡志林》中輯出《東坡詩話補遺》，這些猶可稱爲杜撰無稽。至如於何孟春《餘冬序錄》中輯出《餘冬詩話》，於錢泳《履園叢談》中輯出《履園談詩》，於馮班《鈍吟雜錄》中輯出《滄浪詩話糾謬》，則在原書本是類聚區分自成卷帙，特爲輯出，正合作者意恉，更不得以杜撰無稽病之。

二十四

　　詩話中更有體例稍異，成爲別支者，亦不可不連帶論之。其一爲"詩品"。《文心雕龍·體性篇》云："若總其歸塗，則數窮八體：一曰典雅，二曰遠奧，三曰精約，四曰顯附，五曰繁縟，六曰壯麗，七曰新奇，八曰輕靡。典雅者，鎔式經誥，方軌儒門者也；遠奧者，馥采典文，經理玄宗者也；精約者，覈字省句，剖析毫釐者也；顯附者，辭直義暢，切理厭心者也；繁縟者，博喻釀采，煒燁枝派者也；壯麗者，高論宏裁，卓爍異采者也；新奇者，擯古競今，危側趣詭者也；輕靡者，浮文弱植，縹緲時俗者也。"此大體以風格爲別，蓋爲司空圖《詩品》所出。《詩品》以韻語體貌，本亦論詩韻語之一端，不過以其篇幅稍廣，可以別自成書，故昔人亦多列入詩文評類中。司空圖後，袁枚有《續詩品》專論作法，顧翰有《補詩品》亦貌風格，此類皆是詩話之別體。我嘗於司空、袁、顧三家《詩品》以外更輯馬榮祖《文頌》、魏謙升《賦品》、郭麐《詞品》、楊夔生《續詞品》、江順詒《補詞品》，及近人許榮祖《蘭苕館文品》以爲《文品彙鈔》，蓋亦以此本是舊時文學批評中之一體也。

其二爲"詩評"。此以象徵方法評述各家作風，其體始於六朝。自湯惠休以初日芙蓉擬謝靈運，而鍾嶸《詩品》亦謂"范雲詩宛轉清便，如流風迴雪；丘遲詩點綴映媚，如落花在草"，於是此風漸扇，後世評詩者往往祖其語意，造爲工麗之辭，遂在文學批評中別成一體。《唐書・王勃傳》載張說論近世今世文章，已頗用其法，惟猶明而未融。至宋代有張芸叟、蔡絛、敖陶孫、喻良能諸家，而其體始定。此種詩評，篇幅不長，不能成卷，故往往附見詩話或他書中，其見於他人所著者，如張芸叟、蔡絛詩評之見於《漁隱叢話》，喻良能詩評之見於吳師道《敬鄉錄》；其見於自己所著者，如王世貞之《詩評》、《文評》，節載其所著《藝苑卮言》，洪亮吉之詩評，即載其所著《北江詩話》。似乎猶不成爲詩話別支。但如敖陶孫詩評以頗膾炙人口，亦有別出單行者；而王世貞之《詩評》、《文評》即收入曹溶《學海類編》中別自成書，則可知其篇幅雖屬單簡，亦正是詩話中之一體。

其三爲"詩譜"。昔人著錄，於詞曲一類分詞話詞譜爲二種，而於論詩者如《聲調譜》、《古詩平仄論》、《律體四辨》、《杜詩雙聲疊韻譜》之屬，亦均列入詩文評類中，與詩話同科。即各家選輯詩話，列爲叢書者，亦均附載聲調諸譜。此似爲昔人忽略或矛盾之處，實則填詞以譜爲主，故宜別列一類；論詩以話爲主，聲調諸譜，亦後人論詩之一端，初非昔人作詩，先必遵此成型也。故不妨附入詩文評類中。因此，亦成爲詩話中的別支。孔廣森之《詩聲分例》、王筠之《詩雙聲疊韻說》、鄧顯鶴之《詩雙聲疊韻譜》，雖屬經解，亦同詩話。

二十五

上所云云，猶皆以詩爲主體，實則就詩的廣義言，"詩"本可以賅括一切創作的文學。所以六朝人"文""筆"之分，有時亦往往以"詩""筆"對舉。不過昔人於大名小名，初無定準，或以文賅詩，或以詩賅文，或且以詩文對舉，所以覺得詩的含義，狹小而不廣泛耳。

實則《文心雕龍》以"文"名書，而亦論及詩，詩固同於文也。宋人詩話中，如《後山詩話》、《誠齋詩話》之屬，以"詩話"名書，亦何嘗不兼論及文。《唐子西文錄》各家著錄，亦有稱《唐庚詩話》者。詩話中既多論文之語，則論文之著，亦當然可與詩話同科，亦是詩話叢話範圍以內所應當論述者矣。換句說來，亦不妨謂廣義的詩話應包括一切詩文評類之著作。

不過自是以言，其範圍乃廣博無垠。《漢志》以《詩賦》名略，而姚氏《古文辭類纂》中亦有辭賦一類。賦本是散文化的詩，其體在詩文之間，則昔人論賦之書，如李調元《雨村賦話》、王芑孫《讀賦卮言》之屬，亦正宜與詩話同科。魏謙升《賦品》既襲司空圖《詩品》之體，而昔人《賦格》、《賦訣》等書，亦正與《詩格》、《詩式》同其性質。因此論詩話當兼及賦話。

駢文一體，衍自辭賦。"事出於沈思，義歸乎翰藻"，蓋又為詩化的文。因此，昔人論四六之書，如王銍《四六話》、謝伋《四六談麈》之屬，似亦應與詩話同科。《容齋詩話》與《容齋四六叢話》，並出《容齋五筆》中，雖各自成書，不相混淆，實則論其體裁性質，均有相似。祁承㸁《澹生堂書目》於《四六話》、《四六談麈》諸書，錄入《詩文評類》，不以隸於文式文評一門，乃以入於詩話門中，亦可知其性質本與詩話相通。蓋昔人詩話中，本多論及四六之語，所以彭元瑞輯《宋四六話》，亦多依據宋人詩話之處。明是，則因論詩話，而泛濫及於四六話，亦未為非。

不僅此也，詩文並有用以應舉者。應舉詩文，昔人雖鄙為小道，實則也是詩文之一體，不應論詩以古體近體為主，而凡論試帖詩者不得入詩話，論文以駢文古文為主，而凡論制藝文者不得入文談。儘有許多以學究見解而高談古近體駢散文者，也儘有以文學家的眼光而暢論試帖詩制藝文者。此中界限，至難劃分。昔人所著，如《賦門魚鑰處囊訣》、《詞學指南》諸書，何嘗不是為應舉之用，而昔人著錄，亦皆列入詩文評類中，並不視為小道，屏而不錄。更何嘗如後人一孔之見，嚴為汰別！因此如倪士毅《作義要訣》、梁章鉅《制義叢話》等，亦不能屏而不談。

二十六

如前所云，則詩話而通於論文，實則詩話更可通於論詞論曲。詞曲本為詩之支流；詞話曲話本與詩文評類之著同一性質。昔人稱詞為詩餘，曲為詞餘，本是一脈相衍，不應歧而為三。只因昔人鄙詞曲為小道，於是別立一類，而詞話曲話，遂只隸於詞曲類中，不與詩文評類相通耳。我人即觀昔人詩話，其中亦正多論詞論曲之處。有的區類分卷，如周密《浩然齋雅談》於上卷論文，中卷論詩，下卷論詞；有的混合名書，如俞焯《詩詞餘話》之類；更有的直以詞話附詩話中間，如陳師道《後山詩話》、吳師道《吳禮部詩話》、王兆雲《揮麈詩話》，均多論詞之處，固莫怪嵇留山樵所輯《古今詩話》中間有陸輔之《詞旨》，有楊升庵《詞品》，也更有論曲的涵虛子《詞品》了。

蓋就詩之較廣義而言，則凡詩之合樂者，前有樂府，後有詞曲，均可與詩同科。因此凡論樂府論詞曲之書，也可與詩話並論。不過以昔人所論好泥字句，不論大體，好明方法，不求原理，所以論樂府的重在解題，論詞的重在韻律，論曲的重在管色搬演，於是遂難與詩話相合。實則無論由詞曲以演成的雜劇傳奇，或由傳記以演成的小說，體貌儘與詩異，文學上的原理，仍與詩同。若真從文學批評而言，無論是劇話、小說話，均與詩話有同樣的性質，更何論詞與曲！

二十七

由斯以言，則詩話叢話之範圍，較之昔時目錄學家所定文史一類，且猶過之，誠未免過於廣博，也不可不立一限制。故本書所論，以論詩者列爲內編，論文、論四六、論詞、論曲以及論小說戲劇諸書，別爲外編。如是，既不致過於泛濫，又可以窺其相互的關係。

而且，即就論詩諸著中間，也自有其區別。以成書者爲主，則單篇散文，及論詩韻語之屬，便不佔重要的地位；或只須連帶以稱引，或可附在末尾以論述了。以有明顯主張足成一家言者爲主，則即於詩話中間，其近於摘句，或徒述本事，或偏於考證，局於聲譜者，也不佔重要的地位，可不多加討論了。

再有，縱以詩話名，而實非普通所謂詩話者，如《唐三藏取經詩話》之屬，則竟是小說，蓋與宋人詞話同例，錢曾《也是園書目錄》宋人詞話十餘種，其目爲《燈花婆婆》、《種瓜張老》、《紫羅蓋頭》、《女報冤》、《風吹轎兒》、《錯斬崔寧》、《小亭兒》、《西湖三塔》、《馮玉梅團圓》、《簡帖和尚》、《李煥生五陣雨》、《小金錢》，凡十二種。據今流傳刻本言之，皆小說類。錢氏列入戲曲類，似有可議。我們不能以此爲論詞之書，也不能以《唐三藏取經詩話》爲論詩之書。蓋此所謂詩話詞話云者，不過謂就某詩某詞所云而衍其本事而已。此例不僅昔人爲然，即清代王謹微所撰《漢皋詩話》猶沿其例。《湖北通志・藝文志》八著錄之，並云："吳氏《襄陽・藝文志略》云：此書家有抄本，予幼見之，似衍鄭交甫遇神女事，蓋游戲之筆，如唐人小說之類，非說詩也。與《說郛》所載闕名者亦異。"類此諸例，雖以詩話詞話名，且當屏之不論。

總之，以文學批評的眼光而論詩話，則範圍不得不廣博，不廣博不足以見其共同的性質；而同時又不得不狹隘，不狹隘又無以異於昔人的論調。區區此旨，所願先行揭出以與當世研究文學批評者一論之也。

（一九二九年《小說月報》第二十卷）

照隅室詩話

作詩難，解詩也難。解得太深，不好，其病在鑿。說得太淺，也不好，其弊爲嚼蠟無味。詩人往矣，我們不能起詩人而詢之。於是深求之而不得者則淺求之，淺求之而不得者則深求之。深求之者要看出詩人的言外之旨，要看出詩人的寄托，要看到詩人心頭隱微的所在。淺求之者只從文辭去求解釋，不以時事傳會，不憑字面猜測，很把穩地想得到此詩之真意。前者是漢人解詩的態度，後者是宋人解詩的態度。一部《詩經》弄成許多葛籐，全是解詩者鬧出來的。不幸，比較明白的陶詩也遭到同樣的厄運。陶詩第一首《停雲》，就有兩種看法。一種說他別有寄托，於是解詩中"東園之樹枝條載榮"二語，謂"東園再榮之樹指歷事新朝之人"。一種完全相信詩序所言"《停雲》，思親友也"，於是謂"《停雲》四章只是思親友同飲不可得，托以起興"云云。殊不知載者始也，枝條載榮，正與詩序"園列初榮"一語，相互映發，如何可以牽涉到出處方面，則深求之者固有所未安了。但是如其看作絕無寄托，泛作離索思羣之意，亦似太淺。陶公固不全是憤世絕俗的人，然而"少無適俗韵"，"總髮抱孤介"，養真衡茅，寢跡衡門，也豈是酒食場中徵逐的人物？然則何以解之？曰作詩固不可無寄托，然亦不須一定有寄托。沒有寄托的是謠，定有寄托的是謎。詩便介在謠與謎之間。所以解詩不必過於深求，不必替他說明作詩的本意。說明得不合，固不是；即說得極是，也總覺風光狼籍，如何再有耐人尋味之處。所以我以爲只有詩人解詩，纔能恰到好處。辛稼軒有一首《賀新郎》詞"甚矣吾衰矣，恨平生交游零落，只今餘幾……一尊濁酒東窗裏，想淵明《停雲》詩就，此時風味，江左沈酣求名者，豈識濁醪妙理。回首叫雲飛風起。不恨古人我不見，恨古人不見我狂耳。知我者，二三子。"此數語郤正時淵明意趣。所謂"抱恨如何"、所謂"搔首延佇"者，却正可於春醪獨撫之際，窺其上下今古獨立蒼茫之感。所以未嘗不可從出處言之，却也何必泥出處解之。陶詩類此之例不勝備舉，此不過其一端而已。

（一九三六年《青年作家》第一卷第一期）

神韻與格調

一　緒　言

　　神韻與格調,是中國文學批評史上的重要問題。翁方綱知道它的重要,於是有好幾篇《神韻論》與《格調論》以闡説其義;日本人鈴木虎雄也知道它的重要,於是於《支那詩論史》之第三編即專論格調、神韻、性靈之三詩説,於闡説其義以外,兼述其歷史的關係。二家所言相當詳盡,也相當有精義,不過劉彦和説:"有同乎舊談者非雷同也,勢自不可異也;有異乎前論者非苟異也,理自不可同也。"擘肌分理的結果,自不免互有出入的地方。爰先就歷史上之所謂神韻説與格調説分别言之。至於性靈與格調的關係,當别爲文論述,雖則在此文中也有述及性靈的地方。

　　翁方綱謂:"詩豈有不具格調者哉!……古之爲詩者,皆具格調,皆不講格調。"(《格調論上》)又謂:"詩以神韻爲心得之秘,此義非自漁洋始言之也,是乃自古詩家之要妙處,古人不言而漁洋始明著之也。"(《神韻論下》)這話説得都不錯,不過我們要注意,詩家都具格調,何以還要講格調,詩家都知道神韻,何以還要標舉神韻?所以我們所要申述的,正是這格調與神韻之特殊意義。

　　格調與神韻之所以有特殊意義自以禪論詩起。所以本文所論應以《滄浪詩話》爲中心。因爲這全是《滄浪詩話》所產生的影響。滄浪所言雖亦多本時人之説,無多特殊的創見,但是既經彙萃組織成爲一家之言,則無論贊同反對,當然可以發生相當的影響。在《滄浪詩話》以前並不是没有這些問題,但是問題的性質有些不同,所以不言格調而言法,不言神韻而言味,即使説得近一些的,也不過稱爲活法,稱爲味外味而已!假使説這是格調説、神韻説之淵源,也只能説是間接的淵源。即如姜夔《白石道人詩説》所言似乎頗與滄浪詩論爲近,然而細細相較,總隔一層。漁洋謂白石論詩未到滄浪者,恐即在此。

　　因此,鍾嶸、司空圖之所謂味,江西詩人之所謂法,以及寒山、拾得之禪義詩,邵康節之性理詩,探本窮源,都不能謂與此問題無關係,然而在本文中都没法加以申述。蓋此問題全出於《滄浪詩話》，自滄浪以後，前後七子得其格調一義，而漁洋得其神韻一義，雖似分道揚鑣，實則同源異流。所謂異同之辨正應在這方面加以注意。

二　嚴　羽

(一) 滄浪以前之詩禪説

南宋論詩之著，其比較重要者，應當推嚴羽的《滄浪詩話》了。羽，字儀卿，一字丹邱，邵武人，自號滄浪逋客，有《滄浪吟卷》，其詩話即附集中，舊刻亦有單行的本子。

《滄浪詩話》之重要，在以禪喻詩，以悟論詩。然而這兩點，都不是滄浪之特見，我們在以前（《中國文學批評史》上册）論述各家詩論之時，也曾屢屢指出滄浪詩論之淵源。現在，不避繁瑣，再舉一些以前所不曾論及的諸家。

《困學紀聞》載唐戴叔倫（公元七三二——七八九年）語，謂："詩家之景如藍田日暖，良玉生煙，可望而不可即。"這是一般主神韻説的詩人所奉爲最早的言論。戴氏何以會有此見地呢？即因他是第一個以禪喻詩的人。其《送道虔上人遊方詩》云："律儀通外學，詩思入禪關；煙景隨緣到，風姿與道閑。"（《全唐詩》卷二七三）雖則此詩"禪關"一作"玄關"，有異文的分别；而此詩一作方干詩，又有作者的疑問；然而由藍田日暖一喻來看，則認爲戴詩似亦不致大錯。

遠的，姑且不多稱引；我們還是注意當時較近的言論。

李之儀，字端叔，景城人，①所著有《姑溪居士前集》五十卷、《後集》二十卷，嘗從蘇軾幕府，文章亦與張耒、秦觀相上下，故其論詩亦頗帶禪味與蘇軾同。蘇軾題其詩後有"暫借好詩消永夜，每逢佳處輒參禪"語，這猶可説是東坡的看法。至如他《贈祥瑛上人》一詩所謂"得句如得仙，悟筆如悟禪"（《姑溪居士後集》卷一）云云，雖並指書法而言，而端叔實是頗通禪學，所謂"得句如得仙"，也可視爲與"悟筆如悟禪"一例。其《後集》卷六有《讀淵明詩效其體》十首，即全是佛家思想，所以他對於詩禪之溝通也不無關係。因此，他《與李去言書》竟説："説禪作詩本無差别，但打得過者絶少。"（《前集》卷二十九）他既要打得過，所以與滄浪一樣重在神化。其《次韻君俞》云："文章老去豈能神。""語解薦人固有神。"（《前集》卷五）其《學書十絶》之一云："心非可見舌能陳，隨講成章自有神。"（《後集》十二）以

---

① 《宋史》作滄州無棣人，據《四庫總目提要》一五五卷改。

及《跋東坡蘭皋園記》、《折渭州文集序》講文,也都是説明神化的關係。

曾幾(公元一〇八四——一一六六年),字吉甫,贛縣人,高宗時忤秦檜,僑寓上饒茶山寺,自號茶山居士,有《茶山集》。其《讀吕居仁舊詩有懷》所謂:"學詩如參禪,慎勿參死句,縱橫無不可,乃在歡喜處;又如學仙子,辛苦終不遇,忽然毛骨換,政用口訣故。居仁説活法,大意欲人悟:常言古作者,一一從此路。豈惟如是説,實亦造佳處;其圓如金彈,所向若脱兔。風脱春空雲,頃刻多態度;鏘然奏琴筑,間以八珍具。人誰無口耳,寧不起欣慕!"此亦以禪喻詩。

葛天民,山陰人,有《無懷小集》。其《馨楊誠齋》詩云:"參禪學詩無兩法,死蛇解弄活鱍鱍;氣正心空懸自高,吹毛不動全生殺。生機熟語却不俳,近代惟有楊誠齋;才名萬古付公論,風月四時輸好懷。知公別具頂門竅,參得徹兮吟得到;趙州禪在口頭邊,淵明詩寫胸中妙。"此亦以參禪學詩並舉。即其《訪紫芝回與子舒集詩》云:"君參唐句法,親得浪仙衣",也是喜用禪宗字眼的。

趙蕃(公元一一四三——一二二九年),字昌父,號章泉,嘗問學於朱子。所著有《乾道稿》一卷、《淳熙稿》二十卷、《章泉稿》五卷。他爲太和簿時,受知於楊萬里,萬里贈詩有云:"西昌主簿如禪僧,日餐秋菊嚼春冰。"此以禪僧相比,蓋亦與東坡題李端叔詩相類。章泉詩論專祖曾、吕,嘗檃括吕氏《與曾吉甫第二帖》中語,爲詩云:"若欲波瀾闊,規模須放弘;端由吾氣養,匪自歷階升;勿漫工夫覓,況於治擇能!斯言誰語汝,吕昔告於曾。"更有《詩法》詩云:"問詩端合如何作,待欲學耶無用學。今一禿翁曾總角,學竟無方作無略。欲從鄙律恐坐縛,力若不足還病弱。眼前草樹聊渠若,子結成陰花自落。"又曾《和吴可學詩詩》云:"學詩渾似學參禪,識取初年與暮年;巧匠曷能雕朽木,燎原寧復死灰燃。""學詩渾似學參禪,要保心傳與耳傳;秋菊春蘭寧易地,清風明月本同天。""學詩渾似學參禪,束縛寧能句與聯;四海九州何歷歷,千秋萬歲孰傳傳。"此均不脱曾、吕餘緒,頗有禪家習氣。

戴復古,字式之,天台人,嘗登陸游之門,所居有石屏山,號石屏居士,有《石屏集》六卷。式之與嚴羽同時,有《贈二嚴》詩。其《論詩十絶》有云:"欲參詩律似參禪,妙趣不由文字傳;箇裏稍關心有悟,發爲言句自超然。"

楊夢信,有《題亞愚江浙紀行集句詩》二絶,其一云:"學詩元不離參禪,萬象森羅總現前;觸著見成佳句子,隨機飣餖便天然。"

徐瑞,字山玉,鄱陽人,有《松巢漫稿》。其《論詩》云:"大雅久寂寥,落落爲誰語;我欲友古人,參到無言處。"又《雪中夜坐雜詠》十首之一云:"文章有皮有骨髓,欲參此語如參禪;我從諸老得印可,妙處可悟不可傳。"

這些都是以禪喻詩之例。可知詩禪之說原已成爲當時人的口頭禪了。

不過這些話說得還空洞。詩禪所以可以相喻之故，即在於悟。所以也有不提及禪而專論悟者。現在也舉一些例以見一時風氣。

范溫，字元實，成都人，有《潛溪詩眼》一卷，已佚。今見余所輯《宋詩話輯佚》中。他說："學者先以識爲主，禪家所謂正法眼。直須具此眼目，方可入道。"又云："識文章者，當如禪家有悟門，夫法門百千差別，要須自一轉語悟入；如古人文章直須先悟得一處，乃可通其他妙處。"又云："老杜《櫻桃詩》……如禪家所謂信手拈來，頭頭是道者。直書目前所見，平易委曲，得人心所同然，但他人艱難不能發耳。"此則禪悟兼言，全與滄浪相同。

張鎡，字功甫，一字時可，號約齋，秦川成紀人，有《南湖集》十卷。楊萬里有《進退格寄張功甫姜堯章詩》云："尤蕭范陸四詩翁，此後誰當第一功？新拜南湖爲上將，更差白石作先鋒。"(《誠齋集》卷四十一)故其論詩亦與誠齋、白石相類。其《詩本》一詩云："詩本無心作，君看蝕木蟲；旁人無鼻孔，我輩豈神通！風雅難齊駕，心胸未發蒙；吾雖知此理，恐墮見聞中。"《題尚友軒》云："作者無如八老詩，古今模軌更求誰！淵明次及寒山子，太白還同杜拾遺；白傅東坡俱可法，涪翁無己總堪師；胸中活底仍須悟，若泥陳言卻是癡。"(《南湖集》卷五)《攜楊秘監詩一編登舟因成二絕》，其一云："造化精神無盡期，跳騰踔厲即時追；目前言句知多少，罕有先生活法詩。"(《南湖集》卷七)《覓句》云："覓句先須莫苦心，從來瓦注勝如金；見成若不拈來使，箭已離弦作麼尋！"(《南湖集》卷九)此亦禪悟兼言而側重在悟。

張鎡，字子昭，杭人，有《芝田小詩》。其《學吟》有云："池塘春草英靈處，水月梅花穎悟時。我亦學吟功未進，每將此理叩心師。"

鄧允端，字茂初，臨江人，《題社友詩稿》云："詩裏玄機海樣深，散於章句領於心。會時要似庖丁刃，妙處應同靖節琴。"

葉茵，字景文，笠澤人，有《順適堂吟稿》。其《二子讀詩戲成》云："翁琢五七字，兒親《三百篇》，要知皆學力，未可以言傳；得處有深淺，覺來無後先；殊途歸一轍，飛躍自魚鳶。"

這些都是論詩主悟之說。據是，可知禪悟之義，原不始於滄浪。

(二) 滄浪論禪

據上文及以前各章言，可知詩禪之說，不是滄浪的特見。中國文學批評史上有兩部著作，一部是《文心雕龍》，一部是《滄浪詩話》，都極得一般庸人的稱讚，實則由見解言，都沒有什麼特見。他們都不過集昔人之成說，而整理之，使組織成一系統而已。

　　滄浪論詩主恉,只在禪悟二字。禪悟二字,可分而不可分,不可分而可分,已如上述。所以昔人之批評《滄浪詩話》,有的贊成禪悟之説,有的反對禪悟之説,也有的贊其悟而不贊其禪,現在也姑且分別言之,先論其所謂禪。

　　第一點,滄浪以禪喻詩究竟合不合,這一點,我們誠不能爲滄浪諱。他雖以禪喻詩,然而對於禪學根本没有弄清楚。他以漢、魏、盛唐爲第一義,大曆爲小乘禪,晚唐爲聲聞辟支果,殊不知乘只有大小之别,聲聞辟支也即在小乘之中。他又稱:"學漢、魏、晉與盛唐詩者,臨濟下也,學大曆已還之詩者,曹洞下也。"又不知禪家只有南北之分,而臨濟元禪師、曹山寂禪師、洞山价禪師,三人並出南宗,有何高下勝劣可言?何況臨濟、曹、洞俱是最上一乘,而現在分別比喻,似乎又以曹、洞爲小乘了。這些話都見陳繼儒《偃曝談餘》、錢謙益《唐詩英華序》及馮班《嚴氏糾謬》。所以方棨如《偶然欲書》中稱之爲野狐禪,也不爲苛刻之論。不過這些錯誤,我以爲是小問題,不足爲滄浪病。滄浪於禪雖無多大研究,但在他所處的時代,禪學依舊很盛;當時人的文藝與思想殆無不受禪學的影響,所以滄浪雖道聽途説,一知半解,似亦不能謂對於禪的意義全不明瞭。滄浪的錯誤,即在不曾深切研究,可以稱之爲口頭禪,却不可以稱之爲野狐禪。所以重要關鍵還在第二點,究竟能不能以禪喻詩。

　　所以第二點,是禪與詩的問題。馮班《嚴氏糾謬》引劉後村語"詩家以少陵爲祖,其説曰,'語不驚人死不休',禪家以達摩爲祖,其説曰不立文字,詩之不可爲禪,猶禪之不可爲詩",以爲"此論足使羽卿①輩結舌"。李重華《貞一齋詩説》亦謂"詩教自尼父論定,何緣墮入佛事"。這都是以爲禪與詩絶對不生關係,絶對不能比喻。但是我覺得此説亦不免稍偏。杜甫不是説過嗎?"老去詩篇渾漫與",漫與云云便與所謂驚人者不同,何得據了一端便以爲詩禪絶對是二事。《隨園詩話》不是也説過嗎?"孔子與子夏論詩曰,窺其門未入其室,安見其奧藏之所在乎?前高岸,後深谷,泠泠然不見其裏,所謂深微者也。此數言即是嚴滄浪羚羊掛角香象渡河之先聲"(卷二)。此即不能信爲孔子之言,但總可知漢以前所謂詩教之説,有此一義。所以我以爲比較公允的話,還是徐增《而庵詩話》所説:"滄浪病在不知禪,不在以禪論詩也。"以禪論詩,確有相當的長處。蓋一般人只知求詩於詩内,而以禪論詩則可以超於迹象,無事拘泥;又一般人之求詩於詩外,如道學

---

① 案"羽卿"當作"儀卿",此馮氏襲牧齋之誤。

家等,又往往泥於詩教之說求其應用,這又不免太離了詩的本身說話,而以禪論詩則可以不即不離,不黏不脫以導人啓悟。論到此,我覺得自來論詩與禪的分別與關係者,傅占衡《釋竺裔詩序》爲恰到好處。他說:"昔嚴儀卿以禪論詩,余嘗申其說焉:教外有禪,始悟律苦;詩中有律,未覺詩亡;兩者先後略相同異。然大要縛律迷眞,無論詩之與禪均是病痛耳。"詩與禪的分別,似應着眼在這一方面。他再說:"傫然繩墨之中,即禪而不禪也,不律而律也;飄然蹊逕之外,即律而不律也,不禪而禪也。"這是詩禪之共通之點。滄浪所謂"不落言筌,不涉理路",正應如此看法。馮鈍吟駁之,未爲中肯;何況詩禪之說,昔人言之屢屢,鈍吟顧乃集矢於滄浪,亦豈得爲公允!

何以鈍吟駁滄浪的話,未爲中肯?蓋鈍吟所論重在禪義,所以說:"夫迷悟相覺,則假言以爲筌,邪正相背,斯循理而得路。迷者既覺,則向來之言還歸無言,邪者既返,則向來之路未嘗涉路。是以經教紛紜,實無一法可說也。"而不知此說即《抱朴子》"筌可以棄,而魚未獲,則不得無筌"之義,與滄浪所云不同。滄浪只是指出詩禪有其共同之點,不要縛律迷眞而已。所以滄浪所論並不是要把禪義混到詩中間去。把禪義混入詩中,結果成爲寒山、拾得一流之詩,即使不然,如李鄴嗣《慰弘禪師集天竺語詩序》所舉:"唐人妙詩若《游明禪師西山蘭若詩》,此亦孟襄陽之禪也,而不得尚謂之詩;《白龍窟泛舟寄天台學道者詩》,此亦常徵君之禪也,而不得尚謂之詩;《聽嘉陵江水聲寄深上人詩》,此亦韋蘇州之禪也,而不得尚謂之詩;使招諸公而與默契禪宗,豈不能得此中奇妙!"(《杲堂文鈔》卷二)這些意思也不是滄浪的論詩宗旨。

詩禪既可以相喻,於是第三點,應進一步研究滄浪之詩禪說,與以前之詩禪說是否相同。這纔是很重要的一點;無論贊揚或糾彈《滄浪詩話》的,都應注意及此,纔合滄浪之所謂從頂顙上做來,所謂直截根源,所謂單刀直入。我覺得滄浪之詩禪說,可以分別二義:他所謂"不涉理路,不落言筌"與"羚羊掛角,無迹可求"云云,這是以禪論詩,其說與以前一般的詩禪說同。至他所謂"學者須從最上乘,具正法眼,悟第一義",與"入門須正,立志須高"云云,乃是本於《潛溪詩眼》之說,而加以闡發,這是以禪喻詩,這纔是滄浪的特見。① 看出此項分別,然後知道後來前後七子的格調說之所以本於《滄浪詩話》,然後知道後來王漁洋的神韻說

---

① 實則滄浪以前,也有言此意者,張鎡《南湖集》卷三《次韻曾侍郎》云:"了知着脚最高處,不局晚唐脂粉路。"此即滄浪取法乎上之意,或爲滄浪所本。

之所以也出於《滄浪詩話》。我只覺得滄浪論詩,猶依違於此二者之間,不曾説得"親切",不曾説得"沈著痛快";我只覺得滄浪詩論,猶有"旁人籬壁,拾人涕唾"之處,並不完全是"自家閉門鑿破此片田地"。至於能不能以禪論詩,以及所論是否有錯誤,這倒是小問題。

(三) 滄浪論悟

於次,再論其所謂悟。滄浪以爲"禪道惟在妙悟,詩道亦在妙悟",這原是宋代詩論極普通的見解。不過,在這裏,我們也應分析研究。(一) 悟與禪與詩的關係。(二) 滄浪之所謂悟與其詩論的關係。

由前一點言,原是昔人常有的議論,所以後人於此,也有贊同滄浪之説者。范晞文《對床夜語》云:"文章之高下,隨其所悟之深淺,若看破此理,一味妙悟,則徑超直造,四無窒礙,古人即我,我即古人也。"(卷二)此近所謂透徹之悟。都穆《南濠詩話》云:"學詩渾似學參禪,不悟真乘枉百年,切莫嘔心并剔肺,須知好語出天然。"此近所謂第一義之悟。類此,都是完全贊同滄浪之説,贊同他的論禪,也贊同他的因論禪而兼及論悟。與此見解完全相反者,爲錢牧齋的《唐詩英華序》。錢氏既指摘他分別第一義第二義與大乘小乘之説,更攻擊他所謂妙悟之語。他以爲《三百篇》中有議論之語,有道理之語,有發露之語,有指陳之語,何嘗一味講悟!因悟而再分別大乘小乘,分別初盛中晚,這都是一知半見,似是而非之論。這是錢牧齋的見解。此外,更有折衷於此二者之間,反對滄浪之以禪言詩,而不反對滄浪之以妙悟言詩。這又是潘德輿《養一齋詩話》之説,他謂:"以妙悟言詩猶之可也,以禪言詩則不可;詩乃人生日用中事,禪何爲者!"(卷一)綜上所論,可知昔人對於滄浪之説,有贊同與反對二種主張,而於滄浪之所謂悟,又有與禪有關及與禪無關二義。

因此討論滄浪妙悟之説,應先注意是否有可以指摘之點。我覺得這也是後人對於滄浪詩説所起的誤會。後人只看了滄浪所謂"詩有別材非關書也,詩有別趣非關理也"二語,而忽略了他的下文:"然非多讀書,多窮理,則不能極其至。"遂以爲滄浪不主張讀書窮理。這是一個最普通的誤會,昔人也曾指出過。① 關於

---

① 《詩話耐冷談》卷八:"滄浪持論本極周密,自解縉《春雨雜述》截取滄浪首四句,以爲學詩者不必讀書,此論出而販夫賈豎皆可哆口言詩,詩道於是乎衰矣。僕昔與曼生論詩,有'滄浪漫説非關學,誰破人間萬卷書'之語,亦由少年無學,循習流俗人之説,使滄浪千古抱冤,書此以誌吾愧。"又張宗泰《魯巖所學集》卷十三《書潘研堂文集‧甌北集序後》亦謂:"嚴滄浪論詩……並非教人廢學也,秀水朱氏讀滄浪語未終,遽加排詆,不免輕於持論。"

妙悟，也是如此。昔人只看了滄浪所謂"詩道亦在妙悟"，與"惟悟乃爲當行，乃爲本色"諸語，而忽略了他的"漢、魏尚矣，不假悟也"一語。我們須知滄浪所謂妙悟，原只是説詩中有此一義，却並不是説除此一義之外別無他義。詩原有不假妙悟之處，漢、魏且不假妙悟，何況《三百篇》！所以錢牧齋以《三百篇》中議論道理發露指陳之語以駁滄浪之説，可謂全不曾搔着癢處。潘德輿説得好："訾滄浪者，謂其專以妙悟言詩，非溫柔敦厚之本，是又不知宋人率以議論爲詩，故滄浪拈此救之，非得已也。"（《養一齋詩話》卷一）

由第二點言，我們須知滄浪之所謂悟，與其論禪一樣，也應分別二義：一是所謂透徹之悟，一是所謂第一義之悟。透徹之悟，由於以禪論詩，只是指出禪道與詩道有相通之處，所以與禪無關；第一義之悟，由於以禪喻詩，乃是以學禪的方法去學詩，所以與禪有關。透徹之悟，爲王漁洋所常言，而第一義之悟，則又明代前後七子所常言。看出此分別，然後可以各別討論。

滄浪之論透徹之悟，莫過於下面的一段話：

> 悟有淺深，有分限，有透徹之悟，有但得一知半解之悟。漢、魏尚矣，不假悟也。謝靈運至盛唐諸公，透徹之悟也；他雖有悟者，皆非第一義也。
>
> 夫詩有別材，非關書也，詩有別趣，非關理也；然非多讀書，多窮理，則不能極其至。所謂不涉理路，不落言筌者上也。詩者，吟詠情性也。盛唐諸人惟在興趣，羚羊掛角，無迹可求。故其妙處透徹玲瓏，不可湊泊，如空中之音，相中之色，水中之月，鏡中之象，言有盡而意無窮。

根據這節話，我們不要以爲僅僅是神韻説之所出，我們須知這也是性靈説之所本。滄浪論詩，在當時流輩中，確是別有見地，但比之後來一輩人，則覺其所謂從頂顙上做來者，工夫猶有未至，所以細細看去，時覺其有牴牾或罅漏之處。不過話雖如此説，而察其意所側重者，畢竟還在神韻方面。在此節中，他不過謂詩自有詩的標準，搬弄不得學問，發揮不得義理，於學問義理以外去求詩，纔能見其別材別趣，纔是所謂"羚羊掛角，無迹可求"。假使賣弄學問，闡發性理，則數典之作與格言之詩都是有迹可尋，而與所謂"空中之音，相中之色，水中之月，鏡中之象"云云者，全不相似。此説原未嘗錯誤。後人稱其落王、孟家數，實則這還是後人的見解與滄浪無涉。説滄浪没有做到此境地，則有之矣！説此種境地，與詩無關,則未必然。① 吳喬《圍爐詩話》謂:"詩于唐人無所悟入,終落死句。嚴滄浪謂詩貴妙悟,此言是也;然彼不知興比,教人何從悟入;實無見於唐人,作玄妙恍惚語,說詩說禪說教俱無本據。"這也沒有明白滄浪之所謂悟。

滄浪之論第一義之悟,又應看下面的一段話:

> 禪家者流,乘有小大,宗有南北,道有邪正,學者須從最上乘,具正法眼,悟第一義。若小乘禪,聲聞辟支果,皆非正也。論詩如論禪:漢、魏、晉與盛唐之詩,則第一義也。大曆以還之詩,則小乘禪也,已落第二義矣。晚唐之詩,則聲聞辟支果也。學漢、魏、晉與盛唐詩者,臨濟下也。學大曆以還之詩者,曹洞下也。……吾評之非僭也,辯之非妄也。天下有可廢之人,無可廢之言。詩道如是也!若以爲不然,則是見詩之不廣,參詩之不熟耳。試取漢、魏之詩而熟參之,次取晉、宋之詩而熟參之,次取南北朝之詩而熟參之,次取沈、宋、王、楊、盧、駱、陳拾遺之詩而熟參之,次取開元、天寶諸家之詩而熟參之,次獨取李、杜二公之詩而熟參之,又盡取晚唐諸家之詩而熟參之,又取本朝蘇、黃以下諸家之詩而熟參之,其真是非自有不能隱者。儻猶於此而無見焉,則是野狐外道,蒙蔽其真識,不可救藥,終不悟也。
>
> 夫學詩者以識爲主:入門須正,立志須高;以漢、魏、晉、盛唐爲師,不作開元、天寶以下人物。若自退屈,即有下劣詩魔入其肺腑之間,由立志之不高也。行有未至,可加工力,路頭一差,愈騖愈遠,由入門之不正也。故曰,學其上,僅得其中,學其中,斯爲下矣;又曰,見過於師,僅堪傳授,見與師齊,減師半德也。工夫須從上做下,不可從下做上。先須熟讀《楚詞》,朝夕諷詠,以爲之本;及讀《古詩十九首》,樂府四篇,李陵、蘇武漢魏五言,皆須熟讀,即以李、杜二集枕藉觀之,如今人之治經,然後博取盛唐名家,醞釀胸中,久之自然悟入。雖學之不至,亦不失正路。此乃是從頂顪上做來,謂之向上一路,謂之直截根源,謂之頓門,謂之單刀直入也。

本於此種見解,於是他之所謂悟,似乎不限於王、孟家數,他正是以李、杜爲宗,奉盛唐爲主,與明代前後七子同一主張。這是他把古今諸詩熟參的結果。熟參以

---

① 《明詩紀事・辛籤》卷十引徐璣《桐舊集・飲光集詩説》曰:"詩有其才焉,有其學焉,有才人之才,聲光是也;有詩人之才,氣韻是也;有學人之學,淹雅是也;有詩人之學,神悟是也。故詩人者不惟有別才,抑有別學焉。"

後覺得漢、魏則不假悟,盛唐則是透徹之悟,說理而不墮理窟,有學問而不賣弄學問,於是覺得惟有李、杜二集恰到好處。這樣,不作開元、天寶以下的人物,也是當然的結論。然而他的錯誤也即在這上面。此種錯誤,葉燮在《原詩》裏已經指出:

> 羽之言曰:"學詩者以識爲主,入門須正,立意須高,以漢、魏、晉、盛唐爲師,不作開元、天寶以下人物。若自退屈,即有下劣詩魔,入其肺腑。"夫羽言學詩須識,是矣。既有識,則當以漢、魏、六朝、全唐及宋之詩,悉陳于前,彼必自能知所抉擇,知所依歸,所謂信手拈來,無不是道。若云漢、魏、盛唐,則五尺童子、三家村塾師之學詩者,亦熟于聽聞,得于授受久矣。此如康莊之路,衆所羣趨,即瞽者亦能相隨而行,何待有識而方知乎?吾以爲若無識,則一一步趨漢、魏、盛唐,而無處不是詩魔;苟有識,即不步趨漢、魏、盛唐,而詩魔悉是智慧,仍不害漢、魏、盛唐也。羽之言何其謬戾而意且矛盾也!

蓋滄浪是本於他的透徹之悟的見地,以熟參漢、魏以下各家之詩,於是以漢、魏、盛唐爲師,這原不失爲他的特識。雖則他的結論是一條康莊大道,人所習知,然而對此大道,依舊可以有他的看法。他說:"看詩須著金剛眼睛,庶不眩於旁門小法。"然則他所以指出康莊大道者,原不欲眩於旁門小法而已。不過他提出這個結論,而欲使人一齊走這大道,則無論立法雖正,要之却使人無識。禪家的方法,本是要自己去思想,自己去頓悟,自己去尋一個應付生死的智慧;所以滄浪謂實證實悟,謂自家闢此田地,這原合於所謂禪,但是他不拿這方法教人,而偏拿他所認爲實證實悟自家開闢的田地去教人,那便不合於禪了。葉燮所爭,正在這一點。明代前後七子的錯誤,也正在這一點。錢牧齋說:"學者沿途覓跡,搖手側目,吹求形影,摘抉字句,曰,此第一第二義也;曰,此大乘小乘也;曰,是將夷而爲中爲晚。盛唐之牛跡兔徑,佹乎其唯恐其折而入也。目瞖者別見空華,熱腸者旁指鬼物。嚴氏之論詩,亦其瞖熱之病耳;而其症傳染于後世,舉目皆嚴氏之眚也,發言皆嚴氏之譫也,而互標表期,以藥天下之詩病,豈不倶哉!"(《唐詩英華序》)他本要去掉下劣詩魔,而不知下劣詩魔却搖身一變即潛藏在其詩論中間。這豈是滄浪所及料!

(四) 神韻與格調之溝通

滄浪論妙悟而結果却使人不悟,論識而結果却使人無識,論興趣而結果却使成興趣索然,論透徹玲瓏不可湊泊而結果却成爲生吞活剥摹擬剽竊的贋作。這種錯誤,這種弊病的癥結所在,全在於以神韻説的骨幹,而加上了一件格調説的外衣。明代的前後七子只見了他的外衣,所以上了他的當;清代的王漁洋,剥掉了這件外衣,所以覺得易黄鐘大吕而爲清角變徵之音。

所以我説他的論禪與論悟都有神韻與格調二義。於是,他的論詩也不免時有牴牾之處。

然則他何以要留着這牴牾之處呢？這即與他的别材别趣與讀書窮理之説有關。我們要曉得當時詩禪之説,又開了性靈一派。吴可的《學詩詩》云:"學詩渾似學參禪,自古圓成有幾聯;春草池塘一句子,驚天動地至今傳。"龔相的《學詩詩》云:"學詩渾似學參禪,語可安排意莫傳。會意即超聲律界,不須煉石補青天。"所謂"見成佳句子",所謂"目前言句",都是詩禪説之走向性靈的結論。楊萬里的詩便是如此。而滄浪既不贊成江西詩派,又不贊成江湖詩人;多務使事不問興致之作既難爲正宗,而挾枯寂之胸、求渺冥之悟者也未爲高格,論詩到此,便入窮境。毛西河云:"天下惟雅須學而俗不必學;惟典須學而鄙與弇不必學。"(《梧岡詩集序》)西河此論雖針對滄浪"詩有别才非關學"之語而發,但是也正説明了滄浪的意旨。滄浪就因處於這二重時弊之下,而欲捄正其失,所以一方面主張别材别趣,以捄江西末流之失,一方面復主張讀書窮理,以使所謂别材者不流於粗才,别趣者不墮於惡趣,以捄江湖詩人之失。蓋此即西河所謂惟雅須學惟典須學之旨。這樣,他只能徘徊於二者之間,而神韻説遂於無意中蒙上了格調的外衣。後人只於學與理上面作争論之點,全不曾理會到滄浪此意。無論攻擊他别材别趣之説者,未必能使滄浪心折,即贊成他别材别趣之意者,滄浪也未必引爲知己。

論到此,我倒覺得袁子才《隨園詩話》所論,比較得其真際。他説:

> 嚴滄浪借禪喻詩,所謂"羚羊掛角,香象渡河,有神韻可味,無迹象可尋。"此説甚是,然不過詩中一格耳。阮亭奉爲至論,馮鈍吟笑爲謬談,皆非知詩者。詩不必首首如是,亦不可不知此種境界。如作近體短章,不是半吞半吐,超超元箸,斷不能得絃外之音,甘餘之味,滄浪之言,如何可詆！若作七古長篇五言百韻即以禪喻,自當天魔獻舞,花雨彌空,雖造八萬四千寶塔不爲多也,又何能一羊一象,顯渡河掛角之小神通哉！總在相題行事,能放能收,方稱作手。(卷八)

此説認爲神韻説是《滄浪詩話》的中心思想,不免與滄浪詩旨不盡同,然而他以爲神韻説只是小神通,七古長篇五言百韻便無須乎此,則道個正着。滄浪恐怕也正不欲以小神通自限,故其論詩歸宗李、杜,而不標舉王、孟。

我常以爲滄浪論詩只舉神字,漁洋論詩纔講神韻(見《中國文學批評史上之"神""氣"説》),此雖只是一字之出入,正足見其論詩主旨之不盡同。

滄浪論詩,謂"其大概有二:曰優游不迫,曰沈著痛快"。他所説這兩大界限,確可把古今詩體包舉無遺。優游不迫,取出世態度,什麼都可放過;沈著痛快,取入世態度,什麼都不放過。因此,這二種雖都是吟詠情性,然而優游不迫的詩從容閑適,自然與所謂"羚羊掛角,無迹可求"者爲近;而沈著痛快的詩,掀雷抉電驅駕氣勢,雖與"羚羊掛角"的境界爲遠,然而也未嘗不可做到"言有盡而意無窮"的地步。由這種境界言,似乎沈著痛快的詩比較來得更難。所以他説:"詩之極致有一,曰入神,詩而入神至矣盡矣,蔑以加矣,惟李、杜得之,他人得之蓋寡也。"在這一節話中,以入神爲詩之極致,原是不錯,然而以李、杜爲入神,則所指的似乎只是沈著痛快的詩而不是優游不迫的詩。這大概因優游不迫的詩,其入神較易;而沈著痛快的詩,其入神較難。逸品之神易得,神品之神難求。這即是所謂小神通與大神通的分別。大神通應如天魔獻舞,花雨彌空,則固然矣,然而設使八萬四千寶塔堆砌起來,如蘇、黃之詩,才情奔放只見痛快不見沈著,仍不能説爲入神。其《答出繼叔臨安吳景仙書》中爭辨雄渾與雄健的分別,即在一是沈著痛快,而一是痛快而不沈著的關係。此所以入神之難。李、杜之中,尤其是杜,真做到這種境界,所以爲入神。

他是要以近於小神通的理論而表現大神通,所以他的詩論遂成爲神韻與格調二説之溝通了。

(五) 滄浪論體

一切學説,有他的短處,也自有他的長處。滄浪詩論,雖開了前後七子的風氣以致爲人詬病,然而照他這樣玲瓏透徹的熟參之結果,而產生所謂"金剛眼睛",也自有他的貢獻。這,即是對於體製之辨,對於家數之辨。固然,體製家數之辨也頗爲錢牧齋所反對,然而這,即是現代所謂對於風格的認識,於文學批評上並非一無用處。

論詩體,馮班於《嚴氏糾謬》中也舉出不少錯誤,甚至説滄浪"胸中不通一竅,不識一字,東牽西扯而已"。枝枝節節舉出許多小疵病,而加以攻擊,實則有些也全是苛刻之論。王漁洋《分甘餘話》稱爲風雅中的羅織經,也是很幽默的批評。

滄浪之論詩體，分以時而論，以人而論諸目，雖則名稱都是沿襲舊有，然而從這方面以建立詩評，不能不說是他的特識。如他說：

  大曆以前，分明別是一副言語；晚唐，分明別是一副言語；本朝諸公，分明別是一副言語；如此見，方許具一隻眼。
  唐人與本朝人詩，未論工拙，直是氣象不同。
  唐人命題，言語亦自不同。雜古人之集而觀之，不必見詩，望其題引，而知其爲唐人今人矣。
  大曆之詩，高者尚未失盛唐，下者漸入晚唐矣；晚唐之下者，亦墮野狐外道鬼窟中。
  詩有詞理意興。南朝人尚詞而病於理，本朝人尚理而病於意興，唐人尚意興而理在其中，漢、魏之詩，詞理意興無迹可求。

這些批評，都是着重在時代方面。後人論詩，嚴唐、宋之界，而於唐詩，復嚴初盛中晚之別，都是深受他的影響。錢牧齋因反對明詩風氣，於是並此種分別而抹煞之，也是矯枉過正。固然，牧齋所舉出的許多例外，似乎也有事實上難以鏊分時代之處；然而滄浪也早已說過："盛唐人詩，亦有一二濫觴晚唐者；晚唐人詩，亦有一二可入盛唐者：要當論其大概耳。"滄浪原不過就一時代大概的風氣而言，何曾教人死看着來！

滄浪評詩的標準，除時代關係而言，也更重在個性的分別。他說：

  五言絶句，衆唐人是一樣，少陵是一樣，韓退之是一樣，王荆公是一樣，本朝諸公是一樣。
  謝所以不及陶者，康樂之詩精工，淵明之詩質而自然耳。
  謝朓之詩，已有全篇似唐人者，當觀其集方知之。
  戎昱在盛唐爲最下，已濫觴晚唐矣。戎昱之詩有絶似晚唐者，權德輿之詩，却有絶似盛唐者。權德輿或有似韋蘇州、劉長卿處。
  李、杜二公正不當優劣；太白有一二妙處，子美不能道；子美有一二妙處，太白不能作。
  子美不能爲太白之飄逸，太白不能爲子美之沈鬱。
  太白《夢遊天姥吟》、《遠離別》等，子美不能道；子美《北征》、《兵車行》、

《垂老別》等，太白不能作。論詩以李、杜爲準，挾天子以令諸侯也。

少陵詩法如孫吳，太白詩法如李廣，少陵如節制之師。

觀太白詩者，要識真太白處。太白天才豪逸，語多卒然而成者。學者於每篇中，要識其安身立命處可也。

太白發句謂之開門見山。

李、杜數公，如金鷄擘海，香象渡河，下視郊、島輩，直蟲吟草間耳。

人言太白仙才，長吉鬼才，不然，太白天仙之詞，長吉鬼仙之詞耳。

玉川之怪，長吉之瑰詭，天地間自欠此體不得。

高、岑之詩悲壯，讀之使人感慨；孟郊之詩刻苦，讀之使人不歡。

這些話又是就各人的風格說的。各人的風格不同，於是有所謂"以人而論"的體。此說，原也是就大概而言，學之至者無體不備，原不能千篇一律僅僅一種面目。無論是以時而論或以人而論，最重要的在他說明這些抽象的風格，也即從具體的言語、內容各方面體會出來。具體的言語、內容等等，都是有迹可求的；有迹可求，而他尋求的方法與態度，却不泥於迹而超於迹，所以他所得到的，是一個朦朧的印象。這即是他所謂"氣象"，而現在所謂風格。①

他的本領，即在能識這種氣象。他自己自負以爲能取數十篇詩隱其姓名，舉以相試，可以別得體製，這原是他善觀氣象的本領。此種本領全自熟參得來。他說："讀《騷》之久方識真味，須歌之抑揚，涕淚滿襟，然後爲識《離騷》。"又說："孟浩然之詩諷詠之久，有金石宮商之聲。"諷詠之久，而且諷詠時又須隨其神情以爲抑揚，這正是後世古文家所謂以聲求氣的方法。所以看出"坡、谷諸公之詩，如米元章之字，雖筆力勁健，終有子路未事夫子時氣象，盛唐諸公之詩，如顏魯公書，既筆力雄壯，亦氣象渾厚"（《答出繼叔臨安吳景仙書》）。這些辨析確是"參詩精子"得來，謂爲實證實悟，也不爲夸。

所覺得有一些缺憾的，乃是於辨盡諸家體製之後，再加一句"不爲旁門所惑"的話。既不要爲旁門所惑，那麼大家走康莊大道足矣，爲什麼再要後人辨什麼諸家體製。錢牧齋說："俾唐人之耳目蒙冪於千載之上；而後人之心眼沈錮於千載之下。"（《唐詩鼓吹序》）滄浪論詩的結果，真有這種弊病。

---

① 如此論體亦不始於滄浪。《呂氏童蒙訓》所舉老杜、東坡、魯直句法，《誠齋詩話》所論李、杜、蘇、黃詩體皆已開滄浪先聲。

就因滄浪太要夸耀自己的特識,而對人取一種教訓的態度,所以他不但誤了人家,而且誤了自己。他說:"詩之是非不必爭,試以己詩置之古人詩中與識者觀之而不能辨,則真古人矣。"滄浪詩之所以"徒得唐人體面"者,正在於此。這句話,不知誤了明代多少詩人。

吳大受《詩筏》云:"嚴滄浪云,唐人與宋人詩未論工拙,直是氣象不同。此語切中竅要,但余謂作詩未論氣象,先看本色,若貨郎效士大夫舉止,暴富兒效貴公子衣冠,縱氣象有一二相似,然村鄙本色自在;宋人雖無唐人氣象,猶不失宋人本色;若近時人,氣象非不甚似唐人,而本色相去遠矣。"這即所以補救氣象之失的弊病。

徐增《而庵詩話》有云:"夫詩一字不可亂下,禪家著一擬議不得,詩亦著一擬議不得。禪須作家,詩亦須作家。學人能以一棒打盡從來佛祖,方是個宗門大漢子;詩人能以一筆掃盡從來窠臼,方是個詩家大作者。可見作詩除去參禪,更無別法也。"乃不謂滄浪以參禪論詩,反偏偏落了昔人窠臼。照這樣講,以禪論詩的結果,無寧歸到性靈方面。

三　格調說舉例

(一) 李東陽

由格調說言,李東陽可說是格調說的先聲,李夢陽可說是格調說的中心,何景明則可以說是格調說的轉變。所以後來到王世貞便很有一些近於性靈神韻的見解。

東陽(公元一四四七——一五一六年),字賓之,號西涯,茶陵人,天順八年進士,官至戶部尚書,謹身殿大學士,《明史》一百八十一卷有傳,所著有《懷麓堂集》。《懷麓堂集》中有《詩話》一卷,頗多重要的理論,與一般詩話之偏於敘述考證者不同。王鐸《序》謂"其間立論皆先生所獨得,實有發前人之所未發者";鮑廷博《跋》亦謂可"與滄浪詩法、白石詩說,鼎峙騷壇,為風雅指南"。這些,並不全屬阿諛之詞。

詩話中有一節謂"識得十分只做得八九分,其一二分乃拘於才力,然未有識分數少而作分數多者,故識先而力後",可知他很認識批評的重要。他是這樣重在識,所以他的論詩,正是以識見長。姚希孟《松癭集》有此書跋,其詞意似不滿西涯之詩,而稱其"談詩頗津津",便是不了解西涯的地方。

《四庫總目提要》之論《懷麓堂詩話》稱:"李、何未出以前,東陽實以臺閣耆宿主持文柄,其論詩主於法度音調,而極論剽竊摹擬之非,當時奉以爲宗。至何、李既出,始變其體,然贗古之病,適中其所詆訶。故後人多抑彼而伸此。"其所謂後人,當即指錢牧齋一流人。牧齋《初學集》八十三卷有《題懷麓堂詩鈔》一文,謂明詩凡三變,由弱病而爲狂病,由狂病而爲鬼病,惟西涯文足以蕩治之,即是所謂抑彼伸此之例。然我們於此,須知李、何之於西涯有頗不同之處,也有頗相近之處。由其不同之處言,則抑彼伸此,誠足以蕩治當時詩風之流弊;由其相近之處言,則後來李夢陽雖頗詆李東陽,然淵源所自,原不可誣。王元美云:"東陽之於李、何,猶陳涉之啓漢高也。"公論自在人心,即李、何一派的人,猶且不能不承認這種情形。①

　　大抵東陽論詩猶有些近於道學家的見解。如云:"言之成章爲文,文之成聲者則爲詩,詩與文同謂之言,亦各有體而不相亂。"(《懷麓堂集・文後》卷四《匏翁家藏集序》)如云:"夫詩者人之志興存焉,故觀俗之美者與人之賢者,必於詩,今之爲詩者亦或牽綴刻削,反有失其志之正,信乎有德必有言,有言者不必有德也。"(《懷麓堂集・文》卷二《王城山人詩集序》)這些話都與宋濂、方孝孺之言爲近。由此種理論以推之,當然不會主張摹擬剽竊,而與李、何一流人之以詩爲事者不同。

　　然而西涯與宋、方之詩論,畢竟不同;最重要的,在他認識詩文各有體而不相亂,所以他不會同宋、方這樣以論文的見解去論詩。他曾分別詩文之體製云:

　　　　夫文者言之成章,而詩又其成聲者也。章之爲用,貴乎紀述鋪叙,發揮而藻飾,操縱開闔,惟所欲爲,而必有一定之準。若歌吟咏歎,流通動盪之用,則存乎聲,而高下長短之節,亦截乎不可亂。雖律之與度未始不通,而其規制,則判而不合,及乎考得失,施勸戒,用於天下則各有所宜,而不可偏廢。古之六經,《易》、《書》、《春秋》、《禮》、《樂》皆文也,惟《風》、《雅》、《頌》則謂之詩,今其爲體固在也。近代之詩李、杜爲極,而用之於文或有未備。韓、歐之文亦可謂至矣,而詩之用,議者猶有憾焉,況其下者哉!(《懷麓堂集・文後》卷三《春雨堂稿序》)

---

①　王士禛《池北偶談》卷十四稱:"海鹽徐豐厓《詩談》云:'本朝詩,莫盛國初,莫衰宣、正。至弘治,西涯倡之,空同、大復繼之,自是作者森起,於今爲烈。'當時前輩之論如此。蓋空同、大復皆及西涯之門。虞山撰《列朝選》乃力分左右袒,長沙、何、李,界若鴻溝。後生小子,竟不知源流所自,誤後學不淺。"亦不以牧齋之説爲然。

詩文之體既別，所以他再說"故有長于記述，短于吟諷，終其身而不能變者。其難如此。而或庸言諺語，老婦穉子之所通解，以爲絕妙，又若易然"（《懷麓堂集‧文》卷五《滄州詩集序》）。他是真能在詩之體製上去認識詩，而同時即用詩之標準以論詩，所以又不落於學者或文人之見解。

正因這樣，於是他一方面又開了李、何的詩論。他怎樣在詩之體製上以認識詩呢？他指出了兩條途徑。他說："詩必有具眼，亦必有具耳；眼主格，耳主聲，聞琴斷知爲第幾弦，此具耳也；月下隔窗辨五色線，此具眼也。"（《懷麓堂詩話》）所謂具眼具耳，即是他所謂識。所以論他論詩之識，應當着眼在格與聲兩方面，而李、何詩論之淵源，也應在這兩方面看出其關係。

由聲言，他以爲詩文之分別，即在聲律諷詠的關係。他說：

> 蓋其所謂有異於文者，以其有聲律諷詠，能使人反覆諷詠以暢達情思，感發志氣，取類于鳥獸草木之微，而有益於名教政事之大，必其識足以知其奧，而才足以發之，然後爲得；及天機物理之相感觸，則有不煩繩墨而合者。（《滄州詩集序》）

我們要注意，他是從諷詠聲律方面以認識詩之性質與體製的。《詩話》中論到具眼具耳之後，他再接着說："費侍郎廷言嘗問作詩，予曰：'試取所未見詩，即能識其時代格調，十不失一，乃爲有得。'"這原是滄浪餘唾，然而西涯却很能在這方面闡發。滄浪論詩，原長在辨別體製，也曾說要"諷詠之久"，也曾說要"歌之抑揚"，都是於聲情中辨別其氣象。所以西涯具耳之說，也不是全無所本。不過西涯之論，再能補充一些聲樂的關係。他說：

> 詩在六經中別是一教，蓋六藝中之樂也。樂始於詩，終於律。人聲和則樂聲和，又取其聲之和者以陶寫情性，感發志意，動盪血脈，流通精神，有至於手舞足蹈而不自覺者。後世詩與樂判而爲二，雖有格律而無音韻，是不過爲排偶之文而已。使徒以文而已也，則古之教何必以詩律爲哉？
>
> 觀《樂記》論樂聲處，便識得詩法。
>
> 古律詩各有音節，然皆限於字數，求之不難。惟樂府長短句初無定數，最難調疊，然亦有自然之聲。古所謂"聲依永"者，謂有長短之節，非徒永也，故隨其長短，皆可以播之律呂，而其太長太短之無節者，則不足以爲樂。今

泥古詩之成聲，平側短長，句句字字摹倣而不敢失，非惟格調有限，亦無以發人之情性。若往復諷詠，久而自有所得，得于心而發之乎聲，則雖千變萬化，如珠之走盤，自不越乎法度之外矣。

陳公父論詩專取聲，最得要領。潘禎、應昌嘗謂予：詩宮聲也。予訝而問之。潘言其父受于鄉先輩曰：詩有五聲，全備者少，惟得宮聲者爲最優。蓋可以兼衆聲也。李太白、杜子美之詩爲宮，韓退之之詩爲角，以此例之，雖百家可知也。予初欲求聲於詩，不過心口相語，然不敢以示人。聞潘言，始自信以爲昔人先得我心。天下之理出於自然者，固不約而同也。

由聲樂之關係以論詩之音調，那便與滄浪不盡同。滄浪所論偏於詩之風格，而西涯所論則重在詩之抑揚抗墜之處，所以滄浪之推尊李、杜，在其氣象，而西涯之推尊杜甫，在其音節之變化。《詩話》中説：

長篇中須有節奏，有操有縱，有正有變，若平鋪穩布，雖多無益。唐詩類有委曲可喜之處，惟杜子美頓挫起伏，變化不測，可駭可愕，蓋其音響與格律正相稱，回視諸作皆在下風，然學者不先得唐調，未可遽爲杜學也。

五七言古詩仄韻者，上句末字類用平聲，惟杜子美多用仄。如《玉華宮》、《哀江頭》諸作，概亦可見。其音調起伏頓挫，獨爲遒健，以別出一格。回視純用平字者，便覺萎弱無生氣。自後則韓退之、蘇子瞻有之，故亦健於諸作。此雖細故末節，蓋舉世歷代而不之覺也，偶一啓鑰，爲知音者道之。若用此太多，過於生硬，則又矯枉之失，不可不戒也。

古詩與律不同體，必各用其體乃爲合格，然律猶可間出古意，古不可涉律。

他能在這種"細故末節"上注意，便是發滄浪之所未發，後來王漁洋、趙秋谷諸人之論古詩聲調，恐即受此啓示。

這雖是西涯論詩之特長，然而西涯之論聲，原有同於滄浪之處。蓋他所謂聲與格，原不可以截然分開，假使把聲與格混合言之，那便近於滄浪之所謂氣象了。他於《懷麓堂詩話》中説：

今之歌詩者，其聲調有輕重、清濁、長短、高下、緩急之異，聽之者不問而知其爲吳爲越也。漢以上古詩弗論；所謂律者，非獨字數之同，而凡聲之平仄，亦無不同也。然其調之爲唐爲宋爲元者，亦較然明甚，此何故耶？大匠能與人以規矩，不能使人巧。律者，規矩之謂，而其爲調，則有巧存焉。苟非心領神會，自有所得，雖日提耳而教之無益也。

　　漢、魏、六朝、唐、宋、元詩，各自爲體。譬之方言，秦、晉、吳、越、閩、楚之類，分疆畫地，音殊調別，彼此不相入，此可見天地間氣機所動，發爲音聲，隨時與地，無俟區別，而不相侵奪。然則人圍於氣化之中，而欲超乎時代土壤之外，不亦難乎？

他所謂調之爲唐爲宋爲元，即氣象之殊；他所謂漢、魏、六朝、唐、宋、元詩各自爲體，也即氣象之殊。人圍於氣化之中，當然不能超於時代土壤之外，於是，遂由音殊而進爲調別，聲的問題，轉移爲格的問題了。

　　由格言，他也受一些滄浪的影響。《詩話》中説："六朝、宋、元詩，就其佳者，亦各有興致。但非本色，只是禪家所謂小乘，道家所謂尸解仙耳。"又説："宋詩深却去唐遠，元詩淺去唐却近，顧元不可爲法，所謂取法乎中僅得其下耳。"這即是滄浪的説法；而後來李、何之摹擬唐音也正受其啓示。在這方面，與他的論"聲"一樣，出於滄浪而不同於滄浪，即因他能注意小問題，着眼在細故末節的緣故。《詩話》中説：

　　詩用實字易，用虛字難。盛唐人善用虛，其開合呼喚，悠揚委曲，皆在於此；用之不善，則柔弱緩散，不復可振，亦當深戒。

　　唐律多於聯上着工夫，如雍陶《白鷺》、鄭谷《鷓鴣》詩二聯，皆學究之高者。至於起結，即不成語矣。如杜子美《白鷹》起句、錢起《湘靈鼓瑟》結句，若奏金石以破蟋蟀之鳴，豈易得哉。

　　人但知律詩起結之難，而不知轉語之難，第五第七句，尤宜著力，如許渾詩，前聯是景，後聯又説，殊乏意致耳。

他因格的問題於是注意到用字，注意到起結，注意到承轉，這也可謂細故末節了，然而此種細故末節不可泥亦不可廢。他説："律詩起承轉合不爲無法，但不可泥，泥於法而爲之，則撐柱對待，四方八角，無圓活生動之意，然必待法度既定，從容閒習之餘，或溢而爲波，或變而爲奇，乃有自然之妙，是不可以彊致也，若并而廢之,亦何以律爲哉?"(《詩話》)蓋他要這種細故末節上"溢而爲波,變而爲奇",使有"開合呼喚,悠揚委曲"之致,這樣論"格"纔與他論"聲"所謂抑揚抗墜者可以合拍,而他所謂欲得盛唐内法手點化當時詩人者,也與滄浪之一味宗盛唐不同。

由上述二點而言,便可知道李、何詩論可以淵源西涯,而終究與西涯不同之故。蓋其淵源西涯者,只在聲與格的問題,只在都出《滄浪詩話》的關係,而西涯這樣講聲與格,便與李、何不同。李、何抽象而西涯具體,李、何言輪廓而西涯入細,因此,李、何宗主單純,而西涯不主一格。西涯之詩論中可以包括李、何,而李、何之詩論中不能包括西涯。所以李、何是滄浪詩説的左派,即謂之爲誤解《滄浪詩話》也未嘗不可。

西涯既不主一格,所以他不主摹擬。他説:

> 今之爲詩者能軼宋窺唐已爲極致。兩漢之體已不復講。而或者又曰,必爲唐,必爲宋,規規焉俛首縮步,至不敢易一辭出一語,縱使似之亦不足貴矣。況未必似乎?説者謂詩有别才非關乎書,詩有别趣非關乎理,然非讀書之多,識理之至,則不能作。必博學以聚乎理,取物以廣夫才,而比之以聲韻,和之以節奏,則其爲辭高可諷,長可詠,近可以述,而遠則可以傳矣。豈必模某家,效某代,然後謂之詩哉?(《懷麓堂集・文》卷八《鏡川先生詩集序》)

他只是在聲調格律中間指出其比較具體的方法,而使人仍歸之於自然之妙。這至多只能説是透徹之悟,而不能説是第一義之悟,所以他並不要以此第一義詔人,而強人服從,而強自己服從。以第一義詔人者,結果只成爲摹擬。他於《詩話》中很不贊成林子羽《鳴盛集》之學唐,與袁凱《在野集》之學杜,以爲並無流出肺腑、卓爾有立之處。我們不能説西涯論詩不宗唐不主杜,但是假使説西涯詩論只在宗唐主杜,那便大誤。他講"聲"、"格"重在起伏頓挫之間,所以宗杜之開闔變化,而不廢韓、蘇之以文爲詩。他説:"漢、魏以前詩格簡古,世間一切細事長語,皆著不得,其勢必久而漸窮。賴杜詩一出,乃稍爲開擴,庶幾可盡天下之情事;韓一衍之,蘇再衍之,於是情與事無不可盡,而其爲格,亦漸麤矣。然非具宏才博學,逢泉而泛應,誰與開後學之路哉?"(《懷麓堂詩話》)此種主張便與李、何不同,而爲後來錢牧齋之所宗。牧齋之反七子,其理論即建築在此種基礎上的。又他既不主一格,所以於李、杜之外兼取王、孟,而論詩遂重在淡遠。他説:"詩貴意,意貴遠不貴近,貴淡不貴濃,濃而近者易識,淡而遠者難知。"因此,論王、孟之詩亦謂:"王詩豐縟而不華靡,孟却專心古澹而悠遠深厚,自無寒儉枯瘠之病。"(均見《詩話》)此種主張也與李、何不同,而爲後來王漁洋之所出。漁洋之變七子,其所得又重在此種論調的暗示。

(二) 李夢陽

李夢陽(公元一四七二——一五二九年),字獻吉,慶陽人,弘治七年進士,官至江南提學副使,以劾劉瑾削籍,自號空同子,與何景明、徐禎卿等號十才子,又有七才子之稱,《明史》二百八十六卷《文苑》有傳。

《明史》稱:"夢陽才思雄鷙,卓然以復古自命。弘治時,宰相李東陽主文柄,天下翕然宗之,夢陽獨譏其萎弱。倡言文必秦漢,詩必盛唐,非是者弗道。"(卷二百八十六)夢陽論文宗旨,具見此寥寥數語。《明史》又論其詩文謂:"華州王維楨以爲七言律自杜甫以後,善用頓挫倒插之法,惟夢陽一人。而後有譏夢陽詩文者,則謂其模擬剽竊,得史遷、少陵之似,而失其真云。"這數語批評得也很愜當。不過平心而論,這些話説得過嫌簡單。

先就文言,論文非夢陽之所長,即就其所作,亦是文不如詩。夢陽《文箴》有云:"古之文以行,今之文以葩,葩爲詞腴,行爲道華。"(《空同集》卷六十一)這雖主復古,然只是道學家的論調。惟《空同集·論學(上篇)》有云:"西京之後作者無聞矣。"①似有文必秦漢之意。此外,只有在作品中猶可窺出其摹擬秦漢之迹。所以所謂文必秦漢云者,在批評上並没有什麼明顯的主張。朱曰藩《跋空同先生集後》云:"君子之學無所倚之謂聖,是故中正和平,言出爲經。……先友空同李公,以奇才卓識,在弘治、正德間倡爲古文,力追秦漢,一掃近代沿襲萎靡之弊,……空同之文有所倚者也。"他只是倚秦漢之文以革沿襲唐宋古文之弊,所以在文學史上可以看出作風之轉變,而在文學批評史上却不見有何主張。

其批評之比較精彩的還是在詩的方面。論詩,空同實並不專主盛唐。② 他只是受滄浪所謂第一義的影響,所以於各種體製之中,都擇其高格以爲標的。古體宗漢魏,近體宗盛唐,而七古則兼及初唐。其《潛虬山人記》中論及詩文標準,

---

① 案此則雖論《檀弓》之文,不必定勝遷史,但此條原是反對古文家尚變之説,故與宗尚秦漢之意不相背。

② 空同贈昌穀詩"崢嶸百年會"一篇略云:"大曆熙寧各有人,敲金戛玉何繽紛。高皇揮戈造日月,草昧之際崇儒紳。英雄杖策集軍門,金華數子真絶倫。宣德文體多渾淪,偉哉東里廊廟珍。我師崛起楊與李,力挽一髮回千鈞。"是於唐宋大家及明初作者一致推崇。

説："山人商宋梁時，猶學宋人詩。會李子客梁，謂之曰，宋無詩。山人於是遂棄宋而學唐；已問唐所無，曰唐無賦哉！問漢，曰漢無騷哉！山人於是則又究心賦騷於唐漢之上。"(《空同集》卷四十七)此可知其論詩論文，全以第一義爲標準。王國維《人間詞話》云："文體通行既久，染指遂多，自成習套，豪傑之士亦難於其中自出新意，故遁而作他體，以自解脫，一切文體所以始盛終衰者，皆由于此。"李氏所舉的各體的標準，都是恰當始盛之時，那麼，奉爲準的，原亦無可譏議。不過以其盛氣矜心，倚第一義以壓倒一切，不免矯枉過直之處，所以在當時便不能無異議。薛蕙詩云"粗豪不解李空同"，何景明云"高處是古人影子耳"，後人受此種影響，以耳爲目，於是不議其徒得聲響，便言其食古不化，而空同詩論遂亦覺得只須"詩必盛唐"四字可以了之。

其實空同論詩何嘗不主情。其《詩集自序》引王叔武語云："夫詩者天地自然之音也。今途咢而巷謳，勞呻而康吟，一唱而羣和者，其真也，斯之謂風也。孔子曰：'禮失而求之野。'今真詩乃在民間，而文人學子顧往往爲韻言謂之詩。"(《空同集》卷五十)又云："詩有六義，比興要焉。夫文人學子，比興寡而直率多。何也？出於情寡而工於詞多也。夫途巷蠢蠢之夫，固無文也。乃其謳也，咢也，呻也，吟也，行咕而坐歌，食咄而寤嗟，此唱而彼和，無不有比焉興焉，無非其情也，斯足以觀義矣，故曰，詩者天地自然之音也。"(見同上)他引這些話以序其詩集，寧非怪事！這些話是後來公安派所主張而用以反對李、何者，乃他竟稱引以冠其集；不僅如此，他於稱引之餘，再用此標準以自評其詩：

　　自錄其詩，藏篋笥中，今二十年矣，乃有刻而布之者，李子聞之懼且慚，曰：予之詩非真也，王子所謂文人學子韻言耳，出之情寡而工之詞多者也。然又弘治、正德間詩耳，故自題曰《弘德集》。每自欲改之以求其真，然今老矣。曾子曰，"時有所弗及"，學之謂哉！(見同上)

是則空同詩之非真，何待後人譏議，彼且自知之而自言之。其自評如此，其評人也如此。因此，我們再看他的《林公詩序》：

　　夫詩者，人之鑒者也。夫人動之志必著之言，言斯永，永斯聲，聲斯律，律和而應，聲永而節，言弗睽志，發之以章，而後詩生焉。故詩者非徒言者也。(《空同集》卷五十)

再看他的《張生詩序》：

> 夫詩發之情乎？聲氣其區乎？正變者時乎？（《空同集》卷五十）

再看他的《梅月先生詩序》：

> 情者動乎遇者也？……遇者物也，動者情也，情動則會，心會則契，神契則音，所謂隨寓而發者也。……故遇者因乎情，詩者形乎遇。（《空同集》卷五十）

再看他的《叙九日宴集》一文：

> 夫天下百慮而一致，故人不必同，同於心，言不必同，同於情，故心者所爲懼者也，情者所爲言者也。是故科有文武，位有崇卑，時有鈍利，運有通塞，後先長少人之序也，行藏顯晦天之畀也，是故其爲言也直宛區，憂樂殊，同境而異途，均感而各應之矣，至其情則無不同也。何也？出諸心者一也。故曰"詩可以觀"。（《空同集》卷五十八）

再看他的《與徐氏論文書》：

> 夫詩宣志而道和者也，故貴宛不貴嶮，貴質不貴靡，貴情不貴繁，貴融洽不貴工巧。（《空同集》卷六十一）

這些話又豈像"詩必盛唐"之人的口吻！然則是否矛盾呢？則又不然。他於《潛虬山人記》中說："夫詩有七難，格古，調逸，氣舒，句渾，音圓，思沖，情以發之，七者備而後詩昌也。"他於《駁何氏論文書》中也說："柔澹者思，含蓄者意也，典厚者義也，高古者格，宛亮者調，沈著雄麗清峻閑雅者才之類也，而發於辭。辭之暢者其氣也。中和者氣之最也。夫然，又華之以色，永之以味，溢之以香，是以古之文者一揮而衆善具也。"則是他所謂格調云者，原只是詩文之一端；他固不曾主格調而抹煞一切！

再有，即使說主情與主格調成爲極端衝突，那也與空同之詩論不相妨礙。他於《詩集自序》中也曾批評王叔武的話云："雖然，子之論者風耳，夫雅頌不出文人學士手乎？"風雅異體，那麼，風可主情，雅頌不妨主格調。於是他再述與王子論文人學士之詩而自述其作詩經歷。

王子曰：是音也（指雅頌），不見于世久矣，雖有作者，微矣！李子於是憮然失，已灑然醒也。于是廢唐近體諸篇而爲李、杜歌行。王子曰：斯馳騁之技也。李子于是爲六朝詩。王子曰：斯綺麗之餘也；于是詩爲晉、魏。曰：比辭而屬義，斯謂有意。于是爲賦騷。曰：異其意而襲其言，斯謂有蹊；于是爲琴操古歌詩。曰：似矣，然糟粕也；于是爲四言，入風出雅。曰：近之矣，然無所用之矣。子其休矣。

所以由文人學士之詩而言，本工在詞，則求其格之古與調之逸，夫又奚不可者！

何況，所謂格乃是學古人之法，法不可廢，則學古又何足爲病。其《駁何氏論文書》云：

古之工，如倕，如班，堂非不殊，戶非同也，至其爲方也，圓也，弗能舍規矩。何也？規矩者，法也。僕之尺尺而寸寸之者，固法也。假令僕竊古之意，盜古形，剪截古辭以爲文，謂之影子誠可。若以我之情，述今之事，尺寸古法，罔襲其辭，猶班圓倕之圓，倕方班之方，而倕之木，非班之木也。此奚不可也。夫筏我二也，猶兔之蹄，魚之筌，舍之可也；規矩者，方圓之自也，即欲舍之，烏乎舍！子試築一堂，開一戶，措規矩而能之乎？措規矩而能之，必幷方圓而遺之可矣。何有於法？何有於規矩？（《空同集》卷六十一）

何況學古之法，仍不妨礙其變化自得，則學古原是必經的步驟。其《駁何氏論文書》中又云：

阿房之巨，靈光之巋，臨春、結綺之侈麗，揚亭、葛廬之幽之寂，未必皆倕與班爲之也；乃其爲之也，大小鮮不中方圓也。何也？有必同者也。獲所必同，寂可也，幽可也，侈以麗可也，巋可也，巨可也，守之不易，久而推移，因質順勢，融鎔而不自知，於是爲曹爲劉，爲阮爲陸，爲李爲杜，即令爲何大復，何不可哉！此變化之要也。故不泥法而法嘗由，不求異而其言人人殊。《易》

曰"同歸而殊途，一致而百慮"，謂此也。非自築一堂奧，開一戶牖，而後爲道也。

何況，所謂學古，他又標舉第一義之格，則正是情文並茂之作，與後人之作不盡同，因此，主格調與主情，非惟不相衝突，反而適相合拍。其《與徐氏論文書》云：

> 夫詩，宣志而道和者也。故貴宛不貴嶮，貴質不貴靡，貴情不貴繁，貴融冾不貴工巧，故曰："聞其樂而知其德。"故音也者，愚智之大防，莊詖簡侈浮孚之界分也。至元、白、韓、孟、皮、陸之徒爲詩，始連聯鬭押，纍纍數千百言不相下，此何異於入市攫金登場角戲也！彼覩冠冕珮玉有不縮腕投竿而走者乎？何也，恥其非君子也。三代而下漢、魏最近古，鄉使繁巧嶮靡之習，誠貴於情質宛洽，而莊詖簡侈浮孚意義，殊無大高下，漢、魏諸子不先爲之耶？（《空同集》卷六十一）

那麼，所謂"詩必盛唐"云云原是取法乎上的意思，正因其情質宛洽，而無繁巧嶮靡之習，所以爲可貴。這樣復古，所以會引王叔武的話，以自敘其詩集。看到這一點，然後知道何景明的《明月篇序》，所以要說："夫詩本性情之發者也，其切而易見者，莫如夫婦之間，是以《三百篇》首乎"雎鳩"，六義首乎風，而漢、魏作者義關君臣朋友，辭必託諸夫婦，以宣鬱而達情焉，其旨遠矣。由是子美之詩，博涉無故出於夫婦者常少，致兼雅頌，而風人之義或缺，此其調反在四子下焉。"他們簡直不重在雅頌而重在提倡風。

何況，所謂第一義之格，不僅情文並茂，原是則法自然。其《答周子書》云：

> 文必有法式，然後中諧音度，如方圓之於規矩，古人用之，非自作之，實天生之也，今人法式古人，非法式古人也，實物之自則也。（《空同集》卷六十一）

論到此，他的復古論，可謂系統分明，建設完成了；然而，自然之與摹擬，總覺有些格格不入，說他的復古論，建設在取法自然上面，恐怕驟聽之，誰都要覺得奇怪。蓋既重在物之自則，則應如道學家所謂"有德者必有言"，纔爲合理，但是他便不

贊成"文主理已矣,何必法也"的話(《見答周子書》)。《論學(下篇)》有云:

"小子何莫學夫《詩》",孔子非不貴詩也;"言之不文,行而不遠",孔子非不貴文也。乃後世謂詩文爲末技,何歟? 豈今之文非古之文,今之詩非古之詩歟?

所以他要於詩文方面復古,而不是於道的方面復古;易言之,即偏重在文之形式復古,而不重文之内容復古。因此,他的復古論終究偏在格調一方面。其《缶音序》云:

詩至唐古調亡矣,然自有唐調可歌詠,高者猶足被管絃。宋人主理不主調,於是唐調亦亡。黄、陳師法杜甫,號大家,今其詞艱澀不香色流動,如入神廟坐土木骸,即冠服與人等,謂之人可乎? 夫詩比興錯雜,假物以神變者也。難言不測之妙,感觸突發,流動情思,故其氣柔厚,其聲悠揚,其言切而不迫,故歌之心暢而聞之者動也。宋人主理作理語,於是薄風雲月露,一切剷去不爲,又作詩話教人,人不復知詩矣。詩何嘗無理,若專作理語,何不作文而詩爲耶! 今人有作性氣詩輒自賢於穿花蛺蝶點水蜻蜓等句,此何異癡人前説夢也? 即以理言,則所謂深深欸欸者何物耶? 《詩》云"鳶飛戾天,魚躍于淵",又何説也? (《空同集》卷五十一)

這是很通達的話。這樣復古,所以可以取法自然而不同於道學家的論調。

由這種思想體系上以建成的格調説,何至爲後人詬病,然而竟爲後人詬病者,則以與何大復往復辯難的關係,一般耳食者習熟於大復所譏尺尺寸寸之語,遂亦以爲空同爲學古不化而已!

(三) 何景明

何景明(公元一四八三——一五二一年),字仲默,號大復山人,信陽人,與李夢陽齊名,見《明史》二百八十六卷《文苑·李夢陽傳》。所著有《大復集》。

何氏論詩之語不多,蓋他是隨和風氣的人,不是開創風氣或轉移風氣的人。他論詩主旨大率也與李夢陽相同。如論詩主宗古,主尚漢、魏,這都是李夢陽說過的話。其《海叟集序》云:"詩不傳其原有二: 稱學爲藝者比之曲藝小道,而不屑爲,遂亡其辭;其爲之者率牽於時好,而莫知上達,遂亡其意;辭意併亡,而斯道廢矣。故學之者苟非好古而篤信，弗有成也。譬之琴者，古操，人所不樂聞，又難學，新聲繁艷易學，人又喜之，非果有自信，孰不就所易學以媚人所喜者也。若是，將使古道復至於無聞焉而已矣。"(《大復集》卷三十四)這即是他復古的主張。又其《漢魏詩乘序》云："夫周末文盛，王迹熄而詩亡，孔子、孟軻氏蓋嘗慨嘆之，漢興，不尚文而詩有古風，豈非風氣規模猶有樸略宏遠者哉！繼漢作者於魏爲盛，然其風斯衰矣。晉逮六朝作者益盛，而風益衰；其志流，其政傾，其俗放，靡靡乎不可止也。唐詩工詞，宋詩談理，雖代有作者，而漢、魏之風蔑如也。國初詩人尚承元習，累朝之所開漸格而上，至弘治、正德之間盛矣。學者一二，或談漢、魏，然非心知其意不能無疑異其間，故信而好者少有及之。"(《大復集》卷三十四)這又是他宗漢、魏的主張。在此序中，雖則不甚重視唐詩，與李空同之見似有出入，然而與空同論詩並無衝突之處。楊慎《升庵詩話》中曾記一則故事，謂仲默嘗言宋人書不必收，宋人詩不必觀，升庵因舉張文潛《蓮花詩》、杜衍《雨中荷花詩》等訊之，曰此何人詩，仲默說是唐詩，及升庵告以出處，仲默沈吟久之，曰細看亦不佳。即就此節故事而言，仲默的態度，也與空同一樣，都是一種極偏的見解。

其與空同論詩見解不同的地方，實在還因於作風的關係。空同之詩，對於當時臺閣雍容之作，嘽緩冗沓，陳陳相因，不可謂非救時良藥，然而僅標舉第一義之詩，則取法過於單簡，不足以範圍一世之材，也不足以盡詩之變化，所以即在同時氣類之中，大復之俊逸、空同之粗豪已經不同，徐昌穀與高子業又與李、何不同。因作風之互異，於是遂形成見解之相歧。李、何往復辯難之書，實在即起因於此。

明人論詩，頗爲霸道，而李夢陽即是開此種風氣的人。大抵空同不免太好強不同以爲同，所以時有盛氣凌人之處。李、何之類雖同，然在空同看來，猶未能引爲真實同志，所以先《贈景明書》，論其詩弊，勸其改步，却不料招到反響，引出了何景明的《與李空同論詩書》。這在帶有霸道風氣的詩壇主盟，那能容此情形，於是一駁之不足，則再駁之，直至景明不復答辯而後已。

在此種爭論中，我們所欣幸的，却引出了一些何氏自己的意見。大抵空同學富，大復才高，學富故重在擬議，才高故偏於變化。王廷相之序《空同集》，稱其"游精於兩漢，割正於六朝，執符於雅謨，參變於諸子，以柔澹爲上乘，以沈著爲三昧，以雄渾爲神樞，以蘊藉爲堂奧，會詮往古之典，用成一家之言"(《王氏家藏集》卷二十三)，即是就其學的方面說的。至其序《大復集》則云："夫人墳籍孰不探，道旨孰不詮，文辭孰不修，風調孰不循，德履孰不習，終格於不類者，天畀之解未神爾。"(見同上)則又就其才的方面說的。這是他們的不同之點。由於這一點的不同,故其論詩主旨雖大體相同,而終難盡合。何氏書中有云:"近詩以盛唐爲尚,宋人似蒼老而實疏鹵,元人似秀峻而實淺俗,今僕詩不免元習,而空同近作,間入於宋。"這是他們自述同源異流之處。何氏又云:"譬之樂,衆響赴會,條理乃貫,一音獨奏,成章則難;故絲竹之音要眇,木革之音殺直,而并棄要眇之聲,何以窮極至妙,感精飾聽也?"這也說明了他們風格之不同,即終至異流的原因。蓋空同學唐得其氣象,學之愈甚,愈近膚廓;大復學唐得其神情,才分既多,貌似自少。所以大復所謂"空同近作間入於宋",這句話我們尤應仔細分別,空同之間入於宋,只在似乎蒼老的一點,而至於如何達此蒼老之境,則空同與宋人並不走同一的道路。空同只於氣象方面學唐而求其蒼老,所以愈學愈離,結果成爲"木革之音殺直",而不中金石。大復學唐重在神情,所以可以運以自己的才情,由氣象方面言之則愈學而離唐愈遠。何氏說:"譬之爲詩,僕則可謂弗及者,若空同求之則過矣。"所謂過與不及,正應着眼在這一點的關係。

然而假使僅僅過與不及的關係,不過一個學之太似,一個學之不似而已。這尚不致引起空同的非難。空同的非難,正因照何氏的路走去,結果非僅同源異流,抑且要入室操戈,可以打倒"文必秦漢詩必盛唐"的口號。這是空同所不能容忍的。空同雖則也講學古之法仍可歸於變化自得,但是空同之所謂法,是規矩,所以方式可變而規矩不可廢;大復雖講自築一堂奧,自開一户牖,似乎重於變化而不重擬議,但是大復之所謂法是格局,所以規矩可廢而方式反似乎有定。這是他們中間重要的分別。他們爭論之點也就在這一點。何氏說:"僕嘗謂詩文有不可易之法者,辭斷而意屬,聯類而比物也。上考古聖立言,中徵秦、漢緒論,下采魏、晉聲詩,莫之有易也。"空同重法而其法反可變化,因質順勢,可以爲曹爲劉爲阮爲陸爲李爲杜;大復不重法而其所謂法反是莫之有易。這莫之有易的法,有定而實則無定。所以何氏說:"僕則欲富於材積,領會神情,臨景構結,不做形迹。"這是所謂"惟其有之是以似之"。然而這樣,便成爲後來公安派反對前後七子的話頭了。其不同如此,固莫怪空同要大聲疾呼地說:"短僕者必曰:李某豈善文者,但能守古而尺尺寸寸之耳。必如仲默,出入由己,乃爲舍筏而登岸。斯言也,禍子者也。……禍子者,禍文之道也。不知其言禍己與禍文之道,而反規之於法者是攻,子亦謂操戈入室者矣。"

譬之於畫,由空同的理論言,是古典派的畫;由大復的理論言,可以成爲浪漫派或寫實派的畫。古典派的畫,衣冠人物自有標準,至於隨局布置,則可憑意匠,爲濃豔,爲曠遠,因質順勢,初無一定。浪漫派或寫實派的畫,也講布局,然而由內容言，則可以成職貢圖，所寫的是特殊形態而不是標準形態，也可以成鬼趣圖，所寫的憑一己想像而全不受古人法度，更可以成爲漫畫，僅求其神情之表現，而不顧姿態之正確。這是何氏所謂"臨景構結不做形迹"。然在空同説來，則是"君詩徒知神情會處，下筆成章爲高，而不知高而不法，其勢如搏巨蛇，駕風螭，步驟即奇，不足訓也"（《空同集》卷六十一，《再與何氏書》）。

譬喻，也許有不真切的地方，那麼再加以説明。空同是由古入而仍由古出，大復是由古入而不必由古出，至後來公安派則是不由古入，當然也不由古出。仍由古出，所以空同於古只見其同；不由古出，所以大復於古，只見其異。空同的《再與何氏書》云："《詩》云'有物有則'，故曹、劉、阮、陸、李、杜能用之而不能異，能異之而不能不同。今人止見其異而不見其同，宜其謂守法者爲影子，而支離失真者以舍筏登岸自寬也。"這也是他們自述的不同之點，我們應在這些方面加以注意。

四　王士禎

（一）漁洋詩與神韻説

王士禎（公元一六三四——一七一一年），字貽上，號阮亭，自號漁洋山人，山東新城人，順治十五年進士，官至刑部尚書，諡文簡。

漁洋之詩，自是一代正宗。在當時，大家都厭王、李膚廓鍾、譚纖仄之後，而漁洋獨以大雅之才標舉神韻，揚扢風雅，其聲望又足以奔走天下，文壇主盟，當然非漁洋莫屬。可是，漁洋之詩與其詩論雖亦聳動一時，而身後訛諆亦頗不少，生前勁敵遇一秋谷，身後評騭又遇一隨園，於是神韻一派在乾嘉以後便不聞繼響。

我以爲漁洋之失即在標舉神韻，標舉神韻即立一門庭，門庭一立，趨附者固然來了，而攻擊者也有一目標。這還是小問題。最重要的乃在立了門庭之後，趨附者與攻擊者都生了誤會，誤會一生，流弊斯起。所以我以前説過，由這一點言，王船山便比王漁洋爲聰明。

在這裏，我們不能不先引一篇比較長一些的文字。這即是楊繩武《資政大夫經筵講官刑部尚書王公神道碑銘》。

　　公之詩既爲天下所宗，天下人人能道之，然而公之詩非一世之詩，公之功非一世之功也。公之詩籠蓋百家，囊括千載，自漢、魏、六朝以及唐、宋、元、明人，無不有咀其精華，探其堂奥，而尤浸淫於陶、孟、王、韋諸公，有以得其象外之音,意外之神,不雕飾而工,不錘鑄而錬,極沈鬱排奡之氣,而彌近自然,盡鑱刻絢爛之奇,而不由人力。嘗推本司空表聖味在酸鹹之外,及嚴滄浪以禪喻詩之旨,而益伸其説。蓋自來論詩者或尚風格,或矜才調,或崇法律,而公則獨標神韻,神韻得而風格才調法律三者悉舉諸此矣。此固《詩品》之最高者也。明自中葉先後,七子互相沿習,鍾、譚、陳、李,更相詆訶,然迄無定論。本朝初,虞山、婁東數公馳驅先道,風氣漸闢,猶未能盡復於古,至公出而始斷然別爲一代之宗,天下之士,一歸於大雅,蓋自明迄今近三百年,未見有踰於公者也。元微之叙少陵詩曰:唐興,官學大振,世之能文者互出,然而好古者遺近,務華者去實,至於子美,上薄風騷,下該沈、宋,盡古今之體勢,兼人人之獨專,詩人以來,未有如子美者。蘇子瞻《韓文公廟碑》曰:魏晉以來,道喪文弊,歷唐貞觀、開元之盛,而不能救,韓文公起布衣談笑而麾之,天下靡然從公,復歸於正;若此者,今日非公而誰哉?蓋公之詩原於陶、韋,而公之功極於韓、杜,此余所謂公之詩非一世之詩,公之功非一世之功也。公於書無所不窺,於學無所不貫,既生濟南文獻之邦,宦江左山水之地,又嘗奉使南海西嶽,遍遊秦、晉、洛、蜀、閩、粵、江、楚之鄉,凡海內巨川喬岳雄關險道戰場砂壘古塚殘碣,手摩而足躅,目擊而心賞。又所至訪其賢豪,辨其物產,考其風土,旁搜博採,融懌薈萃,而一發之於詩,有以極天地之壯觀,綜古今之奇變,而蔚然成一代風氣之所歸;而或者但執詩以求公之詩,又或執一家之詩以求公詩,其亦終不足以語於知公也明矣。(《清文錄》卷五十五)

在此文中,固然不免充滿了揄揚的氣分,然而却説明了兩點:(一) 執一家之詩以論漁洋之詩爲不得要領,(二) 執一端之詩以論漁洋之詩論也爲不得要領,因爲"神韻得而風格才調法律三者悉舉諸此矣"。神韻中有風格有才調有法律,這是向來論神韻者所不曾提到的一點。

我們假使再欲證實此説,則有王漁洋自己所説的言論在。俞兆晟《漁洋詩話序》中曾有一節記載,説他晚居長安,位益尊,詩益老,每勤勤懇懇以教後學,時於酒酣燭炧,興至神王,從容述説下邊的話:

吾老矣,還念平生論詩凡屢變。而交遊中亦如日之隨影,忽不至於轉移也。少年初筮仕,惟務博綜該洽,以求兼長,文章江左,煙月揚州,人海花場,比肩接迹,入吾室者俱操唐音,韻勝於才,推爲祭酒。然亦空存昔夢,何堪涉想。中歲越三唐而事兩宋,良由物情厭故,筆意喜生,耳目爲之頓新,心思於焉避熟。明知長慶以後已有濫觴,而淳熙以前俱奉爲正的;當其燕市逢人,征途揖客,爭相提倡,遠近翕然宗之。既而清利流爲空疏,新靈寖以佶屈,顧瞻世道,怒焉心憂,於是以大音希聲,藥淫哇錮習,《唐賢三昧》之選,所謂乃造平淡時也,然而境亦從茲老矣。

則可知神韻之説到晚年始成爲定論。考漁洋選《三昧集》在康熙二十七年,時漁洋已五十五歲。按俞氏序中所言,漁洋詩論與其論詩主張凡經三變,早年宗唐,中年主宋,晚年復歸於唐,這是論漁洋詩與其詩論者不可不注意之點。此點,在漁洋生前,已經引起了爭論。汪季用與徐健庵二人對於漁洋的認識便不相一致。當在一個文酒之會,徐健庵稱新城之詩度越有唐,而季用却説:"詩不必學唐,吾師之論詩未嘗不兼取宋元。辟之飲食,唐人詩猶粱肉也,若欲嘗山海之珍錯,非討論眉山、山谷、劍南之遺篇,不足以適志快意;吾師之弟子多矣,凡經指授,斐然成章,不名一格,吾師之學無所不該,奈何以唐人比擬!"而健庵則斷斷置辯,以爲漁洋詩惟七言古頗類韓、蘇,自餘各體體製風格未嘗廢唐人繩尺。這段爭論,直到後來季用卒後,徐氏爲漁洋《十種唐詩選書後》,猶且舊事重提,以伸漁洋宗唐之説。所以一般人以神韻之説與才調無關,此種誤會原不起於後世。

尤其應該注意的,他們爭論之焦點,還在對於唐詩之認識。漁洋之標舉神韻,一見於其所選《神韻集》。漁洋在揚州,嘗選唐律絕句五七言若干卷授其子啓涑兄弟讀之,名曰《神韻集》。時在順治十八年,漁洋僅二十八歲,①可知漁洋標舉神韻並不是晚年之説。又一,見於其所撰《池北偶談》。書中曾引汾陽孔文谷説,論詩以清遠爲尚,而其妙則在神韻(見卷十八)。《池北偶談》之成書,在康熙二十八年,時漁洋已五十六歲,此在他選《唐賢三昧集》之後,若參以俞兆晟《漁洋詩話序》所言,則此言神韻,實可視爲晚年定論。早年晚年並標舉神韻,同時也並宗唐詩,可惜我們現在不曾見到《神韻集》,假使能得到此種選本,以與《唐賢三昧集》相比較,那麼漁洋所謂神韻之説,更容易徹底了解。徐、汪之爭,在康熙二十二年,時《唐賢三昧集》與《十種唐詩》均未選定,所以我以爲他們爭論之點,還在

---

① 此據惠棟所撰《漁洋山人年譜》,又案金榮《精華錄箋注》所撰《年譜》,繫此事於康熙元年,時漁洋二十九歲。

對於唐詩之認識。徐氏《十種唐詩選書後》一文中又曾説過："季用但知有明前後七子剽竊盛唐，爲後來士大夫訕笑。嘗欲盡祧去開元大曆以前，尊少陵爲祖而昌黎、眉山、劍南以次昭穆，先生亦曾首肯其言，季用信謂固然，不尋詩之源流正變，以合乎《國風》、《雅》、《頌》之遺意，僅取一時之快意，欲以雄詞震盪一時，且謂吾師之教其門人者如是。"這一點，實是他們爭論的焦點。季用之不欲宗唐，即因避免前後七子的習氣，所以一般人以神韻之説與法律無關，此種誤會原亦不起於後世。

論述到此，我們對於漁洋神韻之説應當分別看出他所以標舉神韻的動機。其一，是由於格調説的影響，早年之標舉神韻恐即起因於此。其二，是對於宋詩流弊的糾正，即所謂"清利流爲空疏，新靈寖以佶屈"，於是"以大音希聲藥淫哇惡習"，晚年之標舉神韻，則又起因於此。此二種動機不同，於是所謂神韻也者，即使是同一意義，也不能不異其作用。後人只見到他晚年定論，所以一説到神韻便與盛唐王、孟之詩相聯繫，而似乎覺得與才調格律等等全無關係了。我們假使不看到他門弟子中如俞兆晟、汪懋麟（季用）諸人的話，恐怕誰也不會相信漁洋於詩也曾兼事兩宋。知道他詩非一家之詩，然後知道他的詩論也非一端之説。後人只以神韻爲王、孟家數的理論，而且以此爲漁洋詩論的中心，贊成者主是，反對者詆是，紛紛紜紜，何從更見漁洋詩論之真。所以我説這是建立門庭以後最易引起的誤會。標舉神韻好似喊出口號，口號容易號召黨徒，容易引起人們注意，然而却最不易令人深切了解。

（二）從格調派的轉變

漁洋生在書香門第，家學淵源，自有其傳統的習慣。在當時，前後七子之緒論，成爲衆矢之的，公安派攻擊他，竟陵派也壓迫他，最後，錢牧齋復以東南文壇主盟的資格，加以詆諆，李、何、李、王的氣燄，至是可謂聲銷灰燼。我們假使在此時而欲求其遺風餘韻，恐怕只有李攀龍的故鄉而又是世家如漁洋的十七叔祖季木其人者，爲最足以代表了。而漁洋於詩便是深受八叔祖伯石、十七叔祖季木的啟迪。所以錢牧齋在《王貽上詩集序》中便這樣説："季木歿三十餘年，從孫貽上復以詩名鵲起，閩人林古度論次其集，推季木爲先河，謂家學門風淵源有自，新城之壇墠大振於聲銷灰燼之餘，而竟陵之光燄熸矣。"（《有學集》卷十七）正因漁洋之詩有此淵源關係，所以牧齋贈詩，有"瓦釜正雷鳴，君其信所操，勿以獨角麟，媲彼萬牛毛"之句（《有學集》卷十一《古詩贈新城王貽上》），而於序中猶且再提到以前規勸季木的話。

漁洋之詩既出季木,那麼何以又能邀牧齋的賞識呢？則以才情激發,漁洋原有自得之處。漁洋對於錢牧齋批評季木之語:"季木如西域婆羅門教,邪師外道,自有門庭,終難皈依正法"(見《列朝詩集小傳》丁下),他也認爲此言自確。蓋季木之詩真有些像文太清的贈詩所謂"空同爾獨師"者(見錢謙益《王貽上詩集序》引),所以即在漁洋也以爲《問山亭》前後集中有蕪雜可汰,而漁洋則於前七子之中所取乃在邊、徐二家。邊貢(公元一四七六——一五三二年)字廷實,歷城人,是濟南詩派的首創者;徐禎卿(公元一四七九——一五一一年)字昌穀,一字昌國,吳人,二人與李、何又稱弘正四傑。漁洋論詩不宗李、何而推邊、徐,此中消息值得注意。何良俊《叢說》謂:"世人獨推何、李爲當代第一,余以爲空同關中人,氣稍過勁,未免失之怒張,大復之俊節亮語出於天性,亦自難到,但工於言句,而乏意外之趣,獨邊華泉興象飄逸,而語尤清圓,故當共推此人。"此語大可玩味。漁洋推尊邊氏之故,恐怕也在興象飄逸,語尤清圓上面。姑且退一步説,漁洋之選刻《華泉集》是爲鄉國文獻的關係,那麼,看他再選刻徐禎卿的《迪功集》。他把徐氏《迪功集》,與稍後高叔嗣的《蘇門集》合刻,稱爲《二家詩選》。在其序中引王弇州兄弟的話,謂:"弇州詩評謂昌穀如白雲自流,山泉泠然,殘雪在地,掩映新月,子業如高山鼓琴,沈思忽往,木葉盡脫,石氣自青,談藝家迄今奉爲篤論。其弟敬美又云,更百千年李、何當有廢興,徐、高必無絕響,其知言哉!"據是,可知漁洋於詩自是宗主唐音的正統派,不過他是這些正統派中間的修正者而已。

　　怎樣修正呢？我在以前論嚴羽的詩論時已曾説過:漁洋之與七子,其論詩主張雖都出於滄浪,然而七子所得是第一義之悟,而漁洋所得是透徹之悟,七子所宗是沈著痛快之神,而漁洋所宗是優游不迫之神,有這一些的不同,所以漁洋可以出於前後七子,而不囿於七子。

　　論到此,不得不一引舊作《中國文學批評史上之"神""氣"説》一文。在此文中我把神與韻兩字分説,以爲滄浪論詩拈出神字而漁洋更拈出韻字。只拈神字,故論詩以李、杜爲宗,更拈韻字,故論詩落王、孟家數。因此説:"滄浪只論一個神字,所以是空廓的境界,漁洋連帶説個韻字,則超塵絶俗之韻致,雖猶是虛無飄渺的境界,而其中有個性寓焉。假使埋沒個性,徒事摹擬,則繼武詩佛者固將與學步詩聖詩仙者同其結果。"此以神與韻兩字分説,與向來論神韻者不同,因此,有人以爲未必合漁洋本意。實則漁洋所謂神韻,單言之也只一"韻"字而已。《師友詩傳續錄》中説:"格謂品格,韻謂風神。"謂風神,可,謂韻致,可,謂神韻,也可,單言之衹稱爲"韻",也何嘗不可。所以以神與韻兩字分説,不過取其比較容易看出前後七子與漁洋所論有些不同而已。這些不同，正是所謂第一義之悟與透徹之悟、沈著痛快之神與優游不迫之神的分別。

再有，此文以神韻之韻爲寓有個性的意義，啓隨園性靈之説，這也與向來言神韻者不同，易啓人家的誤會。實則漁洋之所以由格調而變爲神韻，與此也有關係。我以爲漁洋神韻之説，有先天後天二義。由先天言，前一文中也已説過：

> 王氏《蠶尾文》中有云："詩以言志，古之作者，如陶靖節、謝康樂、王右丞、杜工部、韋蘇州之屬，其詩具在，嘗試以平生出處考之，莫不各肖其爲人。"(《蠶尾集》卷一《梅厓詩意序》)其《分甘餘話》中亦極賞劉節之詩"不如求真至，辛儋皆可味"之句（見卷三），所以王氏神韻之説，在食人間煙火食者，雖覺得他如仙人五城十二樓縹緲俱在天際，而在王氏自己，……則正非學步得來，所以能肖其爲人。(《中國文學批評史上之"神""氣"説》)

這樣説，格調之説，啓人模擬，而神韻之説却令人無從效顰。所以《漁洋詩話》再引雲門禪師之語，"汝等不記己語，反記吾語，異日稗販我耶"，謂得詩家三昧。因此，可知漁洋神韻之説，不能謂與個性無關。不過所表現的不是個性，而是個性所表現的風神態度而已。我們再看張九徵《與王阮亭書》中稱頌漁洋詩之語。他説：

> 竊怪諸名士序言，猶舉歷下、瑯琊、公安、竟陵爲重。夫歷下諸公分代立疆，矜格矜調，皆後天事也。明公御風以行，飛騰縹緲，身在五城十二樓，猶復與人間較高深乎？譬之絳、灌、隨、陸，非不各足英分，對留侯則成傖父；秫鍛阮酒，非不骨帶烟霞，對蘇門先生則成笨伯；留仙之裙，霓裳之舞，非不絕代，對洛神之驚鴻游龍則掩面而泣。屋漏之痕，古釵之脚，非不名世，對右軍之鸞翔鳳翥則卧被不敢與爭。然則明公之獨絕者先天也，弟知其然而不能言其然。杜陵云："自是君身有仙骨，世人那得知其故。"此十四字足以序大集矣。(周亮工《尺牘新鈔》卷四)

這一節話正説到漁洋詩神韻獨絕之處。"自是君身有仙骨"，所以學步不得。才是別才，趣是別趣，所以粘着不得。"藍田日暖，良玉生煙"，煙固非玉而不能離玉。滄浪所謂別才別趣正應在這些上注意，才能悟出一個"韻"字。這樣講韻，易言之,即是這樣講神韻,當然不必分別唐、宋,矜格矜調,逐逐於詩之後天的事。這是由先天方面闡説神韻之義,所以可以成爲格調説的修正。

由後天言,所謂神韻,又是所謂神韻天然不可湊泊之意。工力到此,不矜才,不使氣,無賸義,無廢語,如初寫《黃庭》,恰到好處。藍田生玉,自有煙霧,方其未成爲良玉的時候,便不會有煙霧。因此,神韻還在於工夫。工夫到家,自然有韻。一樣走檯步,檯步好似格調,人人得而摹倣,然而走得從容不迫,安詳有致,那便關工夫,那便是神韻。此義,在前一文中也曾説過:

《居易録》云:"陳后山云:'韓文黃詩有意故有工,若左、杜則無工矣,然學左、杜先由韓、黃。'此語可爲解人道。"又《香祖筆記》云:"《朱少章詩話》云:'黃魯直獨用崑體工夫而造老杜渾成之地,禪家所謂更高一着也。'此語入微,可與知者道,難爲俗人言。"前一節是謂神韻的境界雖重在無意自得,然須從有意中來,後一節是謂從人工的雕琢中亦可到渾成自然的境界。(《中國文學批評史上之"神""氣"説》)

這樣説,也是格調可以摹倣而神韻無從效顰的地方。詩欲合格易,欲有韻則難,欲動人易,而令人玩味則難。所以"神韻得而風格才調法律三者悉舉諸此矣"。

由此二義以言,所以漁洋雖宗唐音,而不會與前後七子一樣,徒成膚廓之音。從這方面説,可以説是漁洋早年標舉神韻的意旨。

(三) 對宋詩的態度

在前一節,説明了漁洋早年標舉神韻的意旨,在這一節,又企圖着説明漁洋晚年標舉神韻之恉。漁洋詩風之變,不僅在俞兆晟《漁洋詩話序》中説過,即漁洋門人張雲章所撰《蠶尾詩集序》也説明此意。他説:

雲章嘗見向之爲詩者,人盡曰我師盛唐,而規摹聲響,泊喪性靈已甚,自有先生之詩,唐人之真面目乃出,而又上推漢、魏,下究極于宋、元、明以博其旨趣,而發其固蔽。以迄于今,海内才人輩出則又往往自放于矩矱,以張皇譎詭爲工,滔滔而莫之反,先生近年遂多爲淡泊之音以禁其囂囂無益者。

可知漁洋早年之爲唐,原不十分偏尚淡泊之音,雖則性分所近,原與王、孟爲合,但至少可看出與晚年所主有些不同。漁洋於《鬲津草堂詩集序》中也曾説及此種思想轉變之故。他説："三十年前,予初出交當世名輩,見夫稱詩者無一人不爲樂府,樂府必漢鐃歌,非是者弗屑也。無一人不爲古選,古選必十九首公讌,非是者弗屑也。予竊惑之,是何能爲漢、魏者之多也,歷六朝而唐、宋,千有餘歲,以詩名其家者甚衆,豈其才盡不今若耶？是必不然,故嘗著論以爲唐有詩,不必建安、黃初也,元和以後有詩,不必神龍、開元也,北宋有詩不必李、杜、高、岑也。"(《蠶尾集》卷一)這是他從格律而轉變到才調的主張。然而時風衆勢,原自捉摸不定,扶得東來西又倒,所以他再説此種主張所生的影響："二十年來海内賢知之流,矯枉過正,或乃欲祖宋而祧唐,至於漢、魏樂府古選之遺音,蕩然無復存者,江河日下,滔滔不返,有識者懼焉。"他原不是反對漢、魏、盛唐,他只是爲一般規撫漢、魏、盛唐者下一針砭;而一般人不知此意,又以向之規撫漢、魏、盛唐者規撫兩宋,這簡直談不到透徹之悟,即所謂第一義之悟而無之了。這那裏是漁洋的意思。袁子才之論漁洋詩云："清才未合長依傍,雅調如何可詆諆。"所謂清才,所謂雅調,頗能得漁洋詩一部分的真相。漁洋此種論詩主張之轉變,也可説是以清才救一般人宗唐之弊,以雅調救一般人學宋之弊。施愚山於《漁洋續詩集序》中也説明此意。他説："阮亭蓋疾夫膚附唐人者了無生氣,故間有取於子瞻,而其所爲《蜀道》諸詩,非宋調也。詩有仙氣者,太白而下,惟子瞻能之,其體製正不相襲。學五經、《左》、《國》、秦、漢者,始能爲唐、宋八家,學《三百篇》、漢、魏八代者始能爲三唐,學三唐而能自豎立者始可以讀宋、元,未易爲拘墟欵見者道也。"所以漁洋之有取於宋、元,不過博其旨趣,至其所作依舊不違於唐音。昧者不察,望風而靡,又相率提倡宋詩,以爲清新,雅調淪亡,如何不使"有識者懼焉"！"新靈寖以佶屈",着力爲之,矜才使氣,愈變愈怪,亦愈變而愈俗。所以他以爲"學宋人詩而從其支流餘裔,未能追其祖之自出,以悟其以俗爲雅以舊爲新之妙理,則亦未得爲宋詩之哲嗣也"(見金居敬《漁洋續詩集序》引先生言)。這是他對於宋詩的態度,所以他的詩不會落於宋格。

不僅如此,他正因恐怕人家落於宋格,所以標舉平淡之旨。《鬲津草堂詩集序》中再説："昔司空表聖作《詩品》凡二十四,有謂沖澹者曰'遇之匪深,即之愈稀',有謂自然者曰'俯拾即是,不取諸鄰',有謂清奇者曰'神出古異,澹不可收',是三者品之最上。"以此論詩當然不會張皇譎詭而滔滔不返,當然更不會雷同撦搹,以生吞活剥爲能事。後人對於漁洋詩之認識,對於神韻説之認識,全着眼在這一點,而各種誤會,却也正從這一點生出。

隨園詩云："清才未合長依傍,雅調如何可詆諆,我奉漁洋如貌執,不相菲薄不相師。"又《倣元遺山論詩》三十八首之一云:"不相菲薄不相師,公道持論我最知,一代正宗才力薄,望溪文集阮亭詩。"上文我們引及袁詩的時候便說他僅得漁洋詩一部分的真相,即因隨園對於漁洋的認識,恐怕也近於耳食,只知其晚年所造的平淡之境,而不曾理會到漁洋詩之全部。林昌彝説得好:"阮亭詩用力最深,諸體多入漢、魏、唐、宋、金、元人之室,七絶情韻深婉,在劉賓客、李庶子之間,其豐神之蘊藉,神味之淵永,不得謂之薄,所病者微多粧飾耳。若謂阮亭詩不喜縱橫馳驟者謂之薄,阮亭豈不能縱橫馳驟乎?简齋之論,阮亭有所不受。"(《射鷹樓詩話》卷七)阮亭正不欲爲宋詩之縱橫馳驟,所以"以大音希聲藥淫哇惡習",謂爲才薄,豈得爲當!

　　論到此,覺得漁洋之主張宋詩,似乎有些矛盾了。汪懋麟與徐乾學的爭論,也即爲這似乎矛盾的問題。但是假使知道上文所述他對宋詩的態度,那他之主張宋詩便不足爲奇。漁洋之《跋陳説嚴太宰丁丑詩卷》云:"自昔稱詩者尚雄渾則鮮風調,擅神韻則乏豪健,二者交譏。"(《蠶尾續文》卷二十)神韻也,風調也,二而一,一而二者也。他便想於神韻風調之中,内含雄渾豪健之力,於雄渾豪健之中,别具神韻風調之致。這纔是他理想的詩境,這纔是所謂神在的標準。"清利流爲空疏",恐怕又是一般誤解神韻,只以半吞半吐爲超超元著者流所最易犯的弊病。漁洋所謂神韻,原不是如此。現在,可即以漁洋自己所説的話爲證。他於《芝廛集序》中説:

　　　　芝廛先生刻其詩若干卷,既成,自江南寓書,命給事君屬予爲序。予抗塵走俗,且多幽憂之疾,久之未有以報也。一日,秋雨中,給事自攜所作雜畫八幀過余,因極論畫理久之。大略以爲畫家自董、巨以來,謂之南宗,亦如禪教之有南宗。云得其傳者,元人四家,而倪、黄爲之冠;明二百七十年,擅名者唐、沈諸人稱具體,而董尚書爲之冠;非是則旁門魔外而已。又曰:凡爲畫者,始貴能入,繼貴能出,要以沈著痛快爲極致。予難之曰:吾子於元推雲林,於明推文敏,彼二家者,畫家所謂逸品也。所云沈著痛快者安在?給事笑曰,否否,見以爲古澹閒遠而中實沈著痛快,此非流俗所能知也。

　　　　予聞給事之論,嗒然而思,渙然而興,謂之曰:子之論畫也至矣,雖然,非獨畫也,古今風騷流别之道,固不越此,請因子言而引伸之,可乎?唐、宋以還,自右丞以逮原華、營邱、洪谷、河陽之流,其詩之陶、謝、沈、宋、射洪、李、杜乎?董、巨其開元之王、孟、高、岑乎?降而倪、黄四家以逮近世董尚書,其大曆、元和乎？非是則旁出，其詩家之有嫡子正宗乎？入之出之，其詩家之捨筏登岸乎？沈著痛快，非惟李、杜、昌黎有之，乃陶、謝、王、孟而下莫不有之。子之論，論畫也；而通於詩，詩也而幾於道矣。子之家先生方屬予論次其詩，請即以此言爲之序，不亦可乎？（《蠶尾集》卷一）

這樣，所以漁洋之有取於少陵，乃至有取昌黎、子瞻，與其標舉王、孟之旨初不衝突。人家以其標舉神韻，宗主王、孟，便以爲神韻說是這般單簡，漁洋詩亦這般單調，可謂大誤。陸嘉淑之《序漁洋續詩集》云："今操觚之家好言少陵者，以先生爲原本拾遺；言二謝、王、韋者又以爲康樂、宣城、右丞、左司，其欲爲昌黎、長慶及有宋諸家者則又以爲退之、樂天、坡、谷復出，而先生之詩其爲先生者自在也。"可知漁洋之詩在當時人原還知道他是多方面的。詩非一家之詩，論亦非一端之論。所謂"神韻得而風格才調法律三者悉舉諸此矣"，也可作如是觀。

(四) 所謂神韻

現在，纔可論到漁洋所謂神韻之說。

翁方綱之論神韻與王漁洋不全同，然而他說："神韻者徹上徹下，無所不該。其謂'羚羊掛角，無迹可求'，其謂'鏡花水月，空中之象'，亦皆即此神韻之正旨也，非墮入空寂之謂也。其謂'雅人深致'，指出'訏謨定命，遠猶辰告'二句以質之，即此神韻之正旨也，非所云理字不必深求之謂也。"（《復初齋文集》卷八《神韻論上》）此文即舉漁洋論詩之語以說明神韻徹上徹下無所不該之義，便與一般人所見不同。翁氏之論漁洋之所謂神韻也未必全合漁洋意思，然而他說："至於漁洋，變格調曰神韻，其實即格調耳。而不欲復言格調者，漁洋不敢議李、何之失，又惟恐後人以李、何之名歸之，是以變而言神韻，則不比講格調者之滋弊矣。"（同上《格調論上》）則亦與一般人對於漁洋神韻說之認識，也有些不同。一般人只以三昧興象云云爲神韻，爲漁洋所謂之神韻，所以不免墮入空寂；翁氏在這方面便較一般人爲高。不過翁氏却欲以肌理實之，所以又不免矯枉過正。翁氏之論所以有些似是而非之處都在於是。

我以爲漁洋神韻之說確是有些空寂，不過我們說明神韻之說却不必墮於迷離恍惚之境，而且要看出漁洋所論並非全屬空際縹紗之談。神韻之說，漁洋還說得明白，覃溪却說得模糊。漁洋之講神韻，並沒有寫成一篇系統的論文，然而隨處觸發都見妙義，只須我們細心鉤稽，自可理出系統。覃溪之論神韻，除零星散見者不計外，特地寫了三篇《神韻論》，然而歸結一句話，"在善學者自領之，本不必講也",則反而有些使人模糊了。

　　神韻之説何以會墮入空寂,則因(一)神韻只指出一種詩的境界,與一般詩論之就平地築起者不同。《漁洋詩話》曾述施愚山告洪昉思語,批評漁洋論詩謂"如華嚴樓閣,彈指即現,又如仙人五城十二樓,縹緲俱在天際",因再説愚山自己的論詩"譬作室者瓴甓木石一一須就平地築起"。其實何止愚山如此,其他各種詩論,如所謂性靈説、格調説,乃至肌理説也全是如此。因爲不從一種詩的境界立論,則一切詩論當然都是脚踏實地,從平地築起了。(二)即就詩的境界而論,如所謂自然也,綺麗也,豪放也,典雅也,似乎也都有由入之途,獨所謂神韻也者,真如東坡所謂"道可致而不可求"。越處女之與勾踐論劍術曰"妾非受於人也而忽自有之",忽自有之,則正無由入之途。司馬相如之答盛覽曰"賦家之心得之於内,不可得而傳",不可得而傳,則思維路絶。雲門禪師曰:"汝等不記己語,反記吾語,異日稗販吾耶?"不用記人家的話,則到此也言語道斷。而這數語偏偏是《漁洋詩話》中所稱爲詩家三昧者。論詩到此,如何不墮入空寂。(三)何況建立在這種境界的詩論,如所謂作詩方法也,讀詩方法也,又都重在語中無語,重在偶然欲書,重在須其自來,重在筆墨之外,重在不着一字,重在得意忘言,重在不可湊泊,重在興會風神,這些方法,又都待於悟,都待於領會,逞才則爲才蔽,説理則成理障,講學問則易變堆砌,稍刻畫便流於排比,欲如初寫《黄庭》恰到好處,真是難之又難。這簡直是指出一種標準而不是説明一種方法,無從捉摸亦無從修養,論詩到此,又如何不墮入空寂!

　　所以空寂不足爲漁洋病,不足爲神韻之説病。問題乃在如何説明此種建立在詩的境界上面的詩論。

　　徐寅謂詩是儒中之禪,詩原不能與禪無關,禪義可以入詩,禪義可以論詩,禪義亦可以喻詩,這在以前講滄浪詩論的時候,也已經説過。七子之格調説,是以禪喻詩,漁洋之神韻説,是以禪論詩,而有時也可以以禪義入詩。以禪喻詩,則詩是詩而禪是禪,工夫還在詩上面;以禪論詩,則禪通詩而詩通禪,工夫乃在悟上面;至以禪義入詩則詩即禪而禪即詩,神韻天然不可湊泊,却没有可以加以工夫的餘地。工夫在詩上面者,所以成爲格調説,因爲求之於繩墨之中;工夫不在詩上面者,所以成爲神韻説,因爲須求之於蹊逕之外。格調與神韻之分别乃如此,覃溪所論,可謂全不曾説到是處。

　　因此,我們分别漁洋之神韻説,須知其有以禪義言詩者。如云:

嚴滄浪以禪喻詩，余深契其說，而五言尤爲近之。如王、裴《輞川絕句》，字字入禪；他如"雨中山果落，燈下草蟲鳴"，"明月松間照，清泉石上流"，以及太白"却下水精簾，玲瓏望秋月"，常建"松際露微月，清光猶爲君"，浩然"樵子暗相失，草蟲寒不聞"，劉眘虛"時有落花至，遠隨流水香"，妙諦微言，與世尊拈花，迦葉微笑，等無差別，通其解者，可語上乘。(《蠶尾續文》卷二《畫溪西堂詩序》)

象耳袁覺禪師嘗云："東坡云'我持此石歸，袖中有東海'，山谷云'惠崇烟雨蘆雁，坐我瀟湘洞庭，欲喚扁舟歸去，傍人云是丹青'，此禪髓也。"予謂不惟坡、谷，唐人如王摩詰、孟浩然、劉眘虛、常建、王昌齡諸人之詩皆可語禪。(《居易錄》卷二十)

白楊順禪師偈，"落林黃葉水流去，出谷白雲風捲回"，作文字觀亦是妙句。(同上)

類此諸例，不遑備舉。本來，漁洋幼年學詩即從王、孟、常建、王昌齡、劉眘虛、韋應物、柳宗元數家入手，結習難忘，原不足怪。此種詩所以可以語禪者，即因是語中無語，即因其在筆墨之外。《居易錄》引《林間錄》載洞山語云"語中有語名爲死句，語中無語名爲活句"。自謂此即選《唐賢三昧集》之旨。《香祖筆記》又引王楙《野客叢書》所稱"《史記》如郭忠恕畫，天外數峯略有筆墨，然而使人見而心服者在筆墨之外也"(卷六)。以爲此得詩文三昧，即司空表聖所謂"不着一字，盡得風流"者。細玩此種意思，所以漁洋論詩，重逸品而不重神品。

神品，還可於繩墨之中求之，只須能化，便是入神。逸品則只能求之於蹊逕之外，稗販舊語，根本不成。此中有性分焉，有興會焉，又是使人無可着力之處。劉公戱《與漁洋書》稱："嘗與同人言，讀同時他人作，雖心知其什倍於我，竊復漫臆，儻假以問學，似若可追，至吾阮亭，即使吾更讀詩三十年，自覺去之愈遠，正如仙人嘯樹，其異在神骨之間，又如天女微妙，偶然動步皆中音舞之節，當使千古後謂我爲知言。"這正是就性分說的。毛西河謂"天下惟雅須學而俗不必學"，以糾滄浪"詩有別才非關學"之語，實則天下惟俗能學而雅不能學，雅便無從學起，強學風雅便成笑柄。所以漁洋所謂性情雖與性靈説有幾分相似，畢竟猶有虛實之分。《池北偶談》中引宋時吳中孚絕句："白髮傷春又一年，閑將心事卜金錢；梨花落盡東風軟，商略平生到杜鵑"(卷十七)，謂使當時於九經注疏悉能成誦的糜先生竟無從效顰。這即所謂"詩有別才非關學"之說。

有了性分，還須佇興。《漁洋詩話》中引蕭子顯"有來斯應，每不能已，須其自來不以力搆"，及王士源序孟浩然詩"每有製作佇興而就"諸語，以爲"生平服膺此言，故未嘗爲人強作，亦不耐爲和韻詩也"。不強作，不和韻，在隨園説來，是爲詩之真，在漁洋説來，便是佇詩之興。所以他以爲興來便作，意盡便止，而當興會神到之時，雪與芭蕉，不妨合繪，地名之寥遠不相屬者亦不妨連綴，所謂"古人詩祇取興會超妙，不似後人章句但作記里鼓也。"（《漁洋詩話》上）這即所謂"詩有別趣非關理"之説。而所謂別才別趣都是無可致力的。

　　這些都是與性靈相近而終究不近的地方。我在舊作《中國文學批評史上之"神""氣"説》一文中説過："若於此中消息參得透徹則知袁枚性靈之説，蓋亦即從漁洋神韻説一轉變而來者，世有會心者當不以吾言爲妄耳。"實則何止如此，性靈之説，袁中郎諸人亦早已説過，中郎論詩亦頗雜以禪義，神韻之説，原亦是從性靈説轉變得來。假使説七子之詩論爲正，則公安之詩論爲反，而漁洋之詩論爲合。因此，知覃溪謂神韻爲格律説之轉變，猶不過得其一端，"世有會心者當不以吾言爲妄耳"。"神韻得而風格才調法律三者悉舉諸此矣"，也可作如是觀。

　　這些富有禪義的詩，在作的方面，性分興會，既都難力搆，在讀的方面，亦尚領會，不宜執着，所以説："古人詩畫只取興會神到，若刻舟緣木求之，失其指矣。"（《池北偶談》卷十八《王右丞詩》條）作詩之法須其自來，讀詩之法，又重神會，這是他所以贊同滄浪"空中之音，相中之色"以及"羚羊挂角，無迹可求"諸語的理由。然而這樣説，讀者不免仍有空寂之感嗎？那真没法。無已，我們只能再説明爲什麽必須這樣説得不着邊際的理由。我們要知道他所以説盛唐人詩往往入禪，即因可以一言契道的關係。可以一言契道，然而所説的却不是道。所説的雖不是道，而可以一言契道，所以爲無迹可求，所以如鏡中之象水中之月，可以領會而不可執着。這是所謂語中無語，這是所謂在筆墨之外。要是不然，我們試看寒山詩"泯時萬象無痕跡，舒處周流偏天下"，所説的是什麽？"達道見自性，自性即如來"，所達何道，自性何由見，似亦不會明白説出。我們再看邵康節詩，他只是説"詩揚心造化，筆發性園林"，他只是説"坐中知物體，言外到天機"，他只是説"天地精英都已得，鬼神情狀又能知"，然而他能把造化天機具體地表現出來嗎？他雖則説"天且不言人代之"，實則他何嘗代來？在堯夫，或者確有他自得之處，但是他何曾舉以示人！他只是嚷嚷而已！造化天機，幾曾能在他的筆端露出！因爲這是所謂"語中有語，名爲死句"，唐人詩可以語禪者，正不如此。詩人所言本不曾拖泥帶水雜以禪義，不過於情景融洽之中，妙造自然，讀者却不妨因以一言契道,這正是優游不迫一類詩之入神的境界,何嘗特特注意在空寂。作者有意求之,"學我者死",斯成笨伯;讀者有意求之,疑神疑鬼,遂見空寂。這樣說,空寂不足以說明神韻,空寂又何足爲漁洋病。

以上是就其以禪義言詩一點而言,我們須知漁洋之神韻說更有以禪理論詩者。以禪理論詩,只以詩禪有相通之處,詩句却不必入禪,不必帶禪義。固然,説話不能這般仔細,以禪義言詩與以禪理論詩,也不能有多大分別,不過這般分別以後却便於說明。漁洋所說,如:

> 陳後山云,韓文黄詩,有意故有工,若左、杜則無工矣,然學左、杜,先由韓、黄,此語可爲解人道。(《居易録》卷十二)
>
> 《僧寶傳》石門聰禪師謂達觀、曇穎禪師曰:此事如人學書,點畫可效者工,否則拙,何以故,未忘法耳。如有法執故自寫斷續,當筆忘手,手忘心,乃可。此道人語,亦吾輩作詩文真訣。(《居易録》卷二十一)
>
> 捨筏登岸,禪家以爲悟境,詩家以爲化境,詩禪一致,等無差別。大復《與空同書》引此,正自言其所得耳。顧東橋以爲英雄欺人,誤矣。豈東橋未能到此境地,故疑之耶?(《香祖筆記》卷八)
>
> 《朱少章詩話》云,黄魯直獨用崑體工夫,而造老杜渾成之地,禪家所謂更高一著也。此語入微,可與知者道,難爲俗人言。(《香祖筆記》卷十二)

這些便是以禪理論詩的地方。禪家行脚名山,徧訪大師,求善智識,也是從工夫上來;一旦頓悟,得到自己應付生死的智慧,便是捨筏登岸,而工夫便成爲陳迹。悟境化境原無二致,所以可以相提並論。到此地步,無工可言,無法可言,渾成天然,色相俱空,纔是漁洋理想的詩境。何大復告空同以捨筏登岸,而李空同亦病昌穀詩之蹊徑未化。是七子於詩原重在化,與漁洋論詩並無分別,然而後人於此却歸罪七子,而不以病漁洋者何也?則以(一)七子所宗是滄浪所謂第一義之悟。由第一義之悟言,所以李空同有宗漢、魏、盛唐之説,所以李滄溟有唐無五言古之説。他們先懸了高格以論詩,所以知其正而不知其變,取徑既狹,如何能化!王漁洋便不是如此,兼取宋、元以博其恉趣,"波瀾愈闊,格律愈精,變化愈極其致"(《見陸嘉淑〈漁洋續詩集序〉》)。所以不蹈七子覆轍。(二)漁洋所宗,是滄浪所謂透徹之悟。由透徹之悟言,所以以色相俱空、無迹可求者爲極致,而詩格遂近於王、孟。他知道神品難到逸品易至,能使逸品入妙,自然也入神境,這便是所謂化。翁方綱謂："少陵、供奉之詩，縱橫出沒不主故常，彼空同者，未能知其故也，然亦未嘗不自以爲縱橫出沒，不主故常也。"（《復初齋文集》卷八《徐昌穀詩論》一）彼李、何、李、王之所以自以爲化而終不能化者在是。看到此，知道昌穀之所以較爲成功，知道漁洋之所以更爲成功。

這又是神韻說與格調相近而終究不近的地方。

格調之說，何自起乎？起於《滄浪詩話》之所謂氣象。翁方綱之《格調論上》謂："夫詩豈有不具格調者哉！記曰'變成方謂之音'，方者音之應節也，其節即格調也；又曰'聲成文謂之音'，文者音之成章也，其章即格調也。是故噍殺嘽緩直廉和柔之別由此出焉，是則格調云者非一家所能概，非一時一代所能專也。"此話極是。明人所謂格調其意義並不如此。翁氏再說："唐人之詩未有執漢、魏、六朝之詩以目爲格調者，宋之詩未有執唐詩爲格調，即至金、元詩亦未有執唐、宋爲格調者，獨至明李、何輩乃泥執文選體以爲漢、魏、六朝之格調焉，泥執盛唐諸家以爲唐格調焉，於是不求其端，不訊其末，惟格調之是泥，於是上下古今只有一格調，而無遞變遞承之格調矣。"（《復初齋文集》卷八）這即是明人泥於格調之失，也可謂是誤解格調之失。蓋明人所謂格調是合滄浪所謂第一義之悟與氣象之說體會得來。重在第一義，所以只宗漢、魏、盛唐，重在氣象，所以又於漢、魏、盛唐中看出他的格調。這是格調之說之所自起。

格調之說重在氣象，而神韻之說，更是建築在氣象上的。二者都是給人以朦朧的印象，於是翁方綱便以爲"漁洋變格調曰神韻，其實即格調耳"，此則似是而非，不能不說其辨析之未細了。實則格調說所給人以朦朧的印象的是風格，神韻說所給人以朦朧的印象的是意境。讀古人詩而得朦朧的印象這是格調，對景觸情而得朦朧的印象這是神韻。懸一風格而奔赴之，所以成爲摹擬，懸一意境而奔赴之，則只有能到與否的問題，不會有能似與否的問題。這也是第一義之悟與透徹之悟的分別。

論到此，我覺得翁方綱之論徐昌穀詩，頗足以說明其關係。他說："夫李雖與徐同師古調，而李之魄力豪邁，恃其拔山扛鼎辟易萬夫之氣，欲舉一世之雄才而掩蔽之，爲徐子者乃偶拈一格，具體古人，以少勝多，以靜攝動，藉使同居蹈襲之名，而氣體之超逸據其上矣。"（《徐昌穀詩論》一）這是徐昌穀所以勝李空同的地方。他再說："迪功詩七古不如五古，七律不如五律，七古七律又不如七絕，蓋能用短不能用長也。夫勢短字少則可以自掩其鑿痕，故蹈襲者弗病也，篇長則將何展接乎？是以凡能用短不能用長者，皆執一而廢百者也，然而陶、韋之短篇則真短篇也,豈其襲之云乎？由所病在襲,則短亦襲耳。"(《徐昌穀詩論》二)這又是説同一蹈襲,也是昌穀較空同高明的地方。同一摹擬,而拈一格者勝,用短者勝,這是漁洋所以用清角之音易黄鐘大吕之音的緣故。説神韻爲格調,原不能謂爲大錯誤,不過其間有個分别。我們以前説滄浪詩論是以神韻説的骨幹而加上了一件格調説的外衣,那麽,可以説漁洋詩論即使有同於格調的地方,也是以格調説的骨幹,加上了一件神韻説的外衣。這是漁洋較七子聰明的地方。

何況漁洋詩還固不出於模擬,不出於模擬而用荆浩論山水所謂"遠人無目,遠水無波,遠山無皴"的方法,給人以朦朧的印象,當然覺其味在酸鹹之外,而與僅主格調者有别了。

何況漁洋詩還不盡在於朦朧！朦朧,有時可以以短取勝,即所謂如郭忠恕畫天外數峯略有筆墨,意在筆墨之外。這好似漫畫,寥寥數筆,神態畢現,然而此中也有學問,也見本領,正如翁方綱所謂"陶、韋之短篇則真短篇也"。他以爲"詩之道有根柢焉,有興會焉,……根柢原於學問,興會發於性情"(《突星閣詩集序》),有學問而不用,則趣味不是單薄,而爐火純青,益見無聲絃指之妙。王氏《論詩絶句》云:"風懷澄澹推韋、柳,佳處多從五字求,解識無聲絃指妙,柳州那得比蘇州。"同樣的性情,同樣的用短,而着力不着力,此中又有高下之分。這是所謂以禪理論詩。

兼此二義而漁洋神韻之説始全,兼此二義而漁洋前後提倡神韻之旨亦顯。

(一九三七年《燕京學報》第二十二期)

性靈説

一　緒　言

　　《虞書》言"詩言志"，《詩序》言"詩者志之所之也"，凡一切言詩以言志的論調，都可說是性靈説的濫觴。《詩序》言"情動于中而形於言"，《文賦》言"詩緣情而綺靡"，凡一切言詩以宜情者，也都可説是性靈説的濫觴。鍾嶸《詩品》之論阮籍，稱其"詠懷之作可以陶性靈，發幽思"，劉勰《文心雕龍·情采篇》亦有"綜述性靈，敷寫器象"之語，顔之推《顔氏家訓·文章篇》又稱"文章之體標舉興會，發引性靈"，以性靈二字聯綴爲詞，這更可說是性靈説的濫觴。《詩品》云"吟詠情性亦何貴用事"，《文心雕龍·明詩篇》云"感物吟志，莫非自然"，凡一切因主言志宜情之故而以爲詩宜尚質，尚真，尚自然者，更可以説性靈説的雛形已經相當的完成了。然而我們不能稱此爲性靈説，因爲性靈説的特點之一，在發現有我。

　　李白《古風》云"醜女來效顰，還家驚四鄰，壽陵失初步，笑殺邯鄲人；一曲斐然子，雕蟲喪天真"，似乎知道有我了；白居易《與元九書》云"文章合爲時而著，歌詩合爲事而作"，似乎也知道重在我所處的環境了。白氏又云："故僕志在兼濟，行在獨善，奉而始終之則爲道，言而發明之則爲詩，謂之諷諭詩，兼濟之志也，謂之閑適詩，獨善之義也，故覽僕詩者，知僕之道也。"似乎他所說的更重在詩中能反映他的人格了。邵雍《無苦吟》一首有云"行筆因調性，成詩爲寫心，詩揚心造化，筆發性園林"，又《閑吟》一首有云"忽忽閑拈筆，時時樂性靈"，更可説是抒寫自我，描狀自得之趣了。然而我們也不能稱此爲性靈説，因爲性靈説之又一特點，乃在對於正統派或格調派的反抗。

　　近人之言性靈詩説者，每以楊萬里、袁宏道、袁枚三人爲言。這三人誠足爲性靈説的代表，然而有些分別：楊萬里之詩論重在前一義，而袁宏道與袁枚之詩論則重在後一義。由前一義言，所以猶近於神韻説；由後一義言，所以只成爲格調説的反動。

二 楊萬里

(一) 禪味

楊萬里(公元一一二四——一二〇六年)字廷秀,號誠齋,吉水人,官至寶謨閣學士,謚文節,《宋史》四百三十三卷《儒林》有傳,所著有《誠齋集》,集中有《詩話》一卷。

誠齋論詩頗帶禪味,其詩論中禪味最足者,如《戲用禪觀答曾無逸問山谷語》(《誠齋集》卷三十二),這猶不足見其論詩主張,姑不贅述。此外,如《書王右丞詩後》云:"晚因子厚識淵明,早學蘇州得右丞,忽夢少陵談句法,勸參庾信謁陰鏗。"(《誠齋集》卷七)又《讀唐人及半山詩》云:"不分唐人與半山,無端橫欲割詩壇;半山便遣能參透,猶有唐人是一關。"(《誠齋集》卷八)《送分寧主簿羅宏材秩滿入京》云:"要知詩客參江西,政如禪客參曹溪,不到南華與修水,於何傳法更傳衣。"(《誠齋集》卷三十八)《答徐子材談絕句》云:"受業初參且半山,終須投換晚唐間,《國風》此去無多子,關捩挑來祇等閒。"(《誠齋集》卷三十五)這些詩都是以參禪談詩理,故作不了了語,頗落禪家機鋒。所以翁方綱《石洲詩話》即議其《讀唐人及半山》一絕,以為"此與嚴滄浪論半山之語相合,豈滄浪用此邪?然誠齋之參透半山,殊似隔壁聽耳。又不知所謂唐人一關在何處也!"這些,很可看出誠齋詩論是受蘇軾、韓駒、吳可諸人的影響。

因其受東坡影響,所以也與東坡一樣,頗闡司空圖所謂味外之味之說。他知道味在酸鹹之外,所以他重在辨味。司空圖《與李生論詩書》説:"愚以為辨於味而後可以言詩也。"誠齋即是如此。其《習齋論語講義序》云:"讀書必知味外之味;不知味外之味而曰我能讀書者,否也。《國風》之詩曰'誰謂荼苦,其甘如薺',吾取以為讀書之法焉。夫含天下之至苦,而得天下之至甘,其食者同乎人,其得者不同乎人矣。同乎人者味也,不同乎人者非味也。"(《誠齋集》卷七十七)其論學如此,其論詩更是如此。他於《江西宗派詩序》中說:

江西宗派詩者,詩江西也,人非皆江西也。人非皆江西,而詩曰江西者何?繫之也。繫之者何?以味不以形也。東坡云:"江瑤柱似荔枝。"又云:"杜詩似《太史公書》。"不惟當時聞者嘸然,陽應曰諾而已,今猶嘸然也。非嘸然者之罪也,舍風味而論形似,故應嘸然也。形焉而已矣:高子勉不似二謝,二謝不似三洪,三洪不似徐師川,師川不似陳後山,而況似山谷乎?味焉而已矣,酸鹹異和,山海異珍,而調腼之妙,出乎一手也,似與不似,求之可也,遺之亦可也。

大抵公侯之家有閥閱,豈惟公侯哉,詩家亦然。窶人子崛起委巷,一旦紆以銀黃,纓以端委,視之,言公侯也,貌公侯也。公侯則公侯乎爾!遇王、謝弟子,公侯乎!江西之詩,世俗之作,知味者當能別之矣。(《誠齋集》卷七十九)

這種重味而不泥形的主張,便很有些近於神韻。所以從這一點言,頗開滄浪論詩的風氣。他破了江西詩這一關,便要進而至唐,故其衡量宋詩,頗與一般眼光不同。他不隨聲附和着推尊蘇、黃,而特別心折者乃在半山,即因半山之詩,在一般宋詩中為最近唐音。其《讀詩》一首云:"船中活計只詩編,讀了唐詩讀半山;不是老夫朝不食,半山絕句當朝餐。"(《誠齋集》卷三十一)其對荊公傾倒如此。大抵宋時論詩風氣,凡尚唐音者,無不宗半山,如魏泰、葉夢得諸人皆然。當然誠齋船中活計所瓣香奉之者,除了唐詩便是半山了。蓋宋詩風氣,正在變唐,蘇、黃作風尤其是變之甚者。所以欲轉移此種作風,復標唐音,也是自然的趨勢。其《雙桂老人詩集後序》云:"近世此道之盛者,莫盛於江西,然知有江西者,不知有唐人。"(《誠齋集》卷七十八)是則使得人家知道唐人之詩,即正所以藥江西詩末流之病了。《石洲詩話》謂《滄浪詩話》有用誠齋之說,當即指這一方面。

(二) 悟後之義

以禪論詩的結果,總偏於悟。韓駒《贈趙伯魚》詩云:"學詩當如初學禪,未悟且遍參諸方。一朝悟罷正法眼,信手拈出皆成章。"(《陵陽先生詩》卷二)吳可《學詩詩》云:"學詩渾似學參禪,頭上安頭不足傳;跳出少陵窠臼外,丈夫志氣本衝天。"(《詩人玉屑》卷一引)禪悟的結果歸於自得,禪悟的結果發見自我,所以誠齋《和李天麟詩》也説:"學詩須透脱,信手自孤高。"(《誠齋集》卷四)到此地步,心目中豈復有法在!江西詩人所提出的句法詩律種種問題,即因論詩主悟的關係,不肯為牛後人;即因論詩主悟的關係,所以要規矩備具而能出於規矩之外。誠齋固曾説過:"問儂佳句如何法?無法無盂也沒衣。"(《酹閣皂山碧崖道士甘叔懷贈十古風》)這是他所以從江西派入而不從江西派出的原因。説得再明白一些的,即是《跋徐恭仲省幹近詩》所謂"傳派傳宗我替羞,作家各自一風流。黃、陳籬下休安腳,陶、謝行前更出頭"(《誠齋集》卷二十六)。到此,他不僅不從江西派出,並且豎立反江西派的旗幟了。入室操戈,他竟喊着打倒江西派的口號。然而,這正是江西詩論所應有的結果。

正因這一點，所以誠齋論詩雖亦以禪相喻，而其結論却不同滄浪一樣。蓋從悟罷以後無法無盂一點言，則誠齋之說，又適爲以後隨園性靈說的先聲。他既知道"作家各自一風流"，那肯再同滄浪這樣標舉盛唐，宗主李、杜！纔破一法，復立一法以自縛，這在誠齋詩論的體系上豈不自相矛盾！因此，誠齋之標舉唐詩，與《滄浪詩話》所論，其不同之點有二：（一）誠齋把唐詩看作最後一關而不是奉爲宗主。他說"半山便遣能參透，猶有唐人是一關"，乃是說破了江西一關以後猶有半山，參透半山以後猶有唐人，要並唐人這一關一併打破以後纔見本來面目。不歸楊，則歸墨，彼善於此，則有之矣，便可奉爲宗主，則未必然。滄浪論詩，正逗留在唐人一關，所以說來雖似頭頭是道，而實在真是隔靴搔癢。翁方綱仍以神韻之說去看誠齋，所以覺得"誠齋之參透半山殊似隔壁聽耳"。唐人一關原在唐人一關，有什麼不知道在何處！這是誠齋與滄浪論唐不同之一點。（二）誠齋於唐也不隨流俗之見，推奉李、杜；他所欣賞乃在晚唐。其《讀笠澤叢書》三首之一云："笠澤詩名千載香，一回一讀斷人腸。晚唐異味同誰賞，近日詩人輕晚唐。"（《誠齋集》卷二十七）這纔是悟後有得之言。滄浪論詩，頗有後臺喝彩的習氣，即因隨人脚跟，所得在皮毛之間而已。他能體會到晚唐的異味，所嗜便與衆人不同。參透了半山以後便到晚唐，參透了晚唐以後便到《國風》。何也？唯其真也，惟其真而猶有餘味故也。這是他《詩話》中所謂微婉顯晦的意義。講到此，然後知道《答徐子材談絶句》一詩所謂"受業初參且半山，終須投換晚唐間。《國風》此去無多子，關捩挑來祇等閒"的意義。他於《頤庵詩藁序》中也說："《三百篇》之後此味絶矣，惟晚唐諸子差近之。"（《誠齋集》卷八十三）此種見解，豈是無所見而云然！因此，我再想到陸放翁讀誠齋所寄《南海集》的一絶"飛卿數閱嶠南曲，不許劉郎誇竹枝，四百年來無復繼，如今始有此翁詩"（《劍南詩稿》卷十九），恐怕也是見到此意吧！

有此關係，所以誠齋論詩頗與後來隨園相似。《隨園詩話》中似有暗襲誠齋之說之處。顧遠薌《隨園詩說的研究》中已經舉出三點：（一）推崇晚唐，（二）新和翻案，（三）反對和韻。雖則於此三點之外還有賸義，但是這是小節，所以也不再補說了。

誠齋從禪悟的關係，悟到作家各自一風流，由神韻以折入性靈；稍後，姜白石又從性靈以折向神韻，其《詩集自序》之一謂"異時泛閱衆作，已而病其駁如也，三薰三沐師黃太史氏，居數年，一語噤不敢吐，始大悟學即病，顧不若無所學之爲得,雖黄詩亦僾然高閣矣"。他於這種關係上發見了自我,原可以自出機軸,走入性靈一路。但是他《詩集自序》之二又説:"作者求與古人合,不若求與古人異。求與古人異,不若不求與古人合而不能不合,不求與古人異而不能不異。彼惟有見乎詩也,故向也求與古人合,今也求與古人異;及其無見乎詩已,故不求與古人合而不能不合,不求與古人異而不能不異。"這又是從性靈折向神韻的理由。所以《白石詩話》,在《漁洋詩話》中稱引之而且贊許之,在《隨園詩話》中也稱引之而且贊許之。前一期的性靈説,重在發見自我,所以常與神韻之説爲近。

三 袁 宏 道

(一) 公安派的產生

袁宏道(公元一五六八——一六一〇年),字中郎,號石公,公安人,舉萬曆二十年進士,知吳縣,官終稽勳郎中,《明史》二百八十八卷《文苑》有傳,所著有《瀟碧堂》、《瓶花齋》諸集,後人合刻爲《袁中郎全集》。

中郎與兄伯修弟小修並有名,號三袁,而中郎尤著。他是公安派的領袖,他是反對王、李的健將。在明代的文學與文學批評,極明顯的可以看出古與新這兩種潮流。守舊的以正統自居,總帶復古的思想;喜新的,雖不致以叛徒自居,却較富革命的精神。而中郎,便是代表着新的潮流的人物。

因此,我們先得説明此新的潮流之形成。我覺得當時形成此新的潮流者,有二種力量,一是文學上的關係,一是思想上的關係。公安派,即是因於此二種關係之合流而產生的。

現在,先説文學上的關係。自元以後,戲曲小説特別發展,這種新文學的產生顯然與傳統的文學有些不同。於是因此新文學之奠定與發展而漸漸轉移一般人對於文學的眼光。所謂新的潮流,實在也即是新文學的嗜好者、賞識者與提倡者。

徐文長,名渭(公元一五二一——一五九三年),是中郎所最心折的人。中郎所撰《徐文長傳》稱讀其詩不覺驚躍,與陶周望在燈下讀復叫,叫復讀,可見其傾倒之情,而徐文長即是以《四聲猿》著名的人,即是撰《南詞叙録》的人。虞淳熙(名長孺)之《徐文長集序》稱:"元美、于鱗,文苑之南面王也,……李長鬚而修下,王短鬚而豐下,體貌無奇異,而囊括無異士,所不能包者兩人,顧偉之徐文長,小鋭之湯若士也。"在復古潮流振盪一世之時而所不能包者即是戲曲作家,此中消息不是值得注意的嗎?固然,我們也可以説前後七子對於戲曲也都相當的了解,李空同曾説董解元《西廂詞》可以直繼《離騷》,康對山(名海)、王敬夫(名九思)諸人又都是劇曲作家,然而求其真能瞭解戲曲而對於傳統文學也能另用一副手法,另取一種眼光者,則不得不推徐、湯諸氏了。徐氏《答許北口書》云:"公之選詩可謂一歸於正,復得其大矣。此事更無他端,即公所謂可興可觀可羣可怨一訣盡之矣。試取所選者讀之,果能如冷水澆背,陡然一驚,便是興觀羣怨之品;如其不然,便不是矣。然有一種直展橫舖,麤而似豪,質而似雅,可動俗眼,如頑塊大臠,入嘉筵則斥,在屠手則取者,不可不慎之也。"(《青藤書屋文集》卷十七)他所説的,雖仍是興觀羣怨的舊話,然而意義不同,他是要取其"能如冷水澆背,陡然一驚"者,這便是另一種心眼,另一種手法了。

怎樣繞能如冷水澆背陡然一驚呢? 求之於内則尚真,求之於外則尚奇。尚真則不主模擬了,尚奇則不局一格了。不主模擬,不局一格,則詩之實未亡,而興觀羣怨之用以顯。他説:

> 人有學爲鳥言者,其音則鳥也,而性則人也。鳥有學爲人言者,其音則人也,而性則鳥也。此可以定人與鳥之衡哉! 今之爲詩者,何以異於是,不出於己之所自得,而徒竊於人之所嘗言,曰,某篇是某體,某篇則否,某句似某人,某句則否,此雖極工逼肖,而已不免於鳥之爲人言矣。(《青藤書屋文集》卷二十《葉子肅詩序》)

這即是不主模擬之説。他又説:

> 韓愈、孟郊、盧仝、李賀詩,近頗閲之,乃知李、杜之外,復有如此奇種,眼界始稍寬闊。不知近日學王、孟人,何故伎倆如此狹小? 在他面前説李、杜不得,何況此四家耶! 殊可怪歎! 菽粟雖常嗜,不信有却龍肝鳳髓都不理耶?(《青藤書屋文集》卷十七《與季友》)

這又是不局一格之意。這種意思,都與復古派的論調不合,實在即受民間俗文學的影響。文長論"興",更有一個妙解,其《奉師季先生書》中有云:"詩之興體,起句絶無意味,自古樂府亦已然,樂府蓋取民俗之謠,正與古《國風》一類。今之南北東西雖殊,而婦女兒童耕夫舟子,塞曲征吟,市歌巷引,若所謂《竹枝詞》,無不皆然,此真天機自動,觸物發聲,以啓其下段欲寫之情,默會亦自有妙處決不可以意義説者,不知夫子以爲何如?"(《青藤書屋文集》卷十七)此意是前人所未發。友人顧頡剛君以研究吳歌之故也曾悟出此理,而不知文長在數百年前早已説過。蓋明人以重視此種新體文學之故,於是對於市歌巷引也有相當的認識。小曲的流行,即因此種關係而起的。所以我説還是受了民間俗文學的影響。這是研究中郎文論所不可不注意的一點。

於次,再就思想上的關係言。友人嵇文甫君之《左派王學自序》謂明中葉以後,整個思想界走上一個新階段,自由解放的色彩,從各方面表現出來。前有白沙,後有陽明,都打出道學革新的旗幟,到王學左派而這種潮流發展到極端了。道學界的王學左派,和文學界的公安派竟陵派,是同一時代精神的表現。綜合看來,彌覺其富有歷史意義。這話極是。而在左派王學之中影響中郎思想最大者,又當推李卓吾(名贄)。中郎也曾寫一篇《李温陵傳》。① 當中郎見卓吾的時候,卓吾大加賞識,賜有詩,至有"誦君玉屑句,執鞭亦欣慕,早得從君言,不當有老苦"之語,蓋卓吾以老年無朋,作書曰老苦故也。(見《公安縣志·袁宏道傳》)卓吾喜中郎至,有詩云:"世道由來未可孤,百年端的是吾徒。"中郎訪卓吾也題詩云:"李贄便爲今李耳,西陵還似古西周。"兩心相印,契合無間,中郎能不受卓吾的影響嗎?能不受卓吾大刀闊斧直往直來的影響嗎?王、李之學,又如何牢籠得住!

人家詆卓吾爲狂禪,他何嘗顧慮到流俗的毁譽,他只行吾心之所是而已。他"平生不愛屬人管"(見《焚書》卷四《豫約·感慨平生》條),而他"是非又大戾昔人"(見《焚書》卷六《讀書樂》引),所以頗有許多驚人的言行。袁小修《珂雪齋遊居柿錄》卷九論中郎詩文,稱其"才高膽大,無心于世之毁譽,聊以舒其意之所欲言耳"。此種態度,恐即受卓吾的影響。何況卓吾論文,實在又足爲中郎之先聲呢?

卓吾文論之最足爲中郎先聲者,即在一篇《童心説》(《焚書》卷三)。"童心者真心也";"童心者,絶假純真,最初一念之本心也";"童子者人之初也;童心者,心之初也"。"失却童心便失却真心;失却真心,便失却真人"。他是基於此種理由以重在存其真。這些話原自陽明致良知之説轉變得來。而他爲要做"真人",存"真心",所以以爲道理聞見都是童心之障。這樣,是非大戾於時人,是非也大戾

---

① 案《袁中郎集》中無此文,惟《國粹叢書》本李氏《焚書》卷首有之,題袁宏道撰。考袁中道《珂雪齋遊居柿錄》卷一稱"予所作《李温陵传》,新安夏道甫用行書書數紙甚可觀"云云,是則此文乃中道撰,非中郎作也。

於昔人。他説：

> 然童心胡然而遽失也？蓋方其始也，有聞見從耳目而入，而以爲主于其内而童心失。其長也，有道理從聞見而入，而以爲主于其内而童心失。其久也，道理聞見日以益多，則所知所覺，日以益廣，於是焉又知美名之可好也，而務欲以揚之，而童心失。知不美之名之可醜也，而務欲以掩之，而童心失。夫道理聞見，皆自多讀書識義理而來也。古之聖人，曷嘗不讀書哉！然縱不讀書，童心固自在也。縱多讀書，亦以護此童心而使之勿失焉耳。非若學者反以多讀書識義理而反障之也。

"童心既障，於是發而爲言語，則言語不由衷；見而爲政事，則政事無根柢；著而爲文辭，則文辭不能達"。一般人方以道理聞見，爲立言之要，爲載道之文，而他却以爲"非内含以章美也，非篤實生輝光也"！而他却以爲"欲求一句有德之言卒不可得"！理既非天下之至理，文亦難成天下之至文，而一般人方且以爲"有德者必有言"，蹈常習故，陳陳相因，所以他不得不作獅子吼，一醒世人之耳目了。

> 夫既以聞見道理爲心矣，則所言者皆聞見道理之言，非童心自出之言也。言雖工，於我何與！豈非以假人言假言，而事假事，文假文乎？蓋其人既假，則無所不假矣。由是而以假言與假人言，則假人喜，以假事與假人道，則假人喜，無所不假，則無所不喜。滿場是假，矮人何辯也！然則雖有天下之至文，其湮滅於假人而不盡見於後世者，又豈少哉！何也？天下之至文，未有不出於童心焉者也。苟童心常存，則道理不行，聞見不立，無時不文，無人不文，無一樣創制體格文字而非文者。詩何必古選，文何必先秦，降而爲六朝，變而爲近體，又變而爲傳奇，變而爲院本，爲雜劇，爲《西廂曲》，爲《水滸傳》，爲今之舉子業，大賢言，聖人之道，皆古今至文，不可得而時勢先後論也。

這種論調，正是公安派中最明顯最痛快的主張。"詩何必古選，文何必先秦"，他早已對於格調派加以攻擊了。"更説甚麼六經，更説甚麼《語》、《孟》乎"？同時他又對於正統派加以攻擊了。主格調者，標舉秦漢，而他以爲"無時不文，無人不文，無一樣創制體格文字而非文者"，守正統者宗主唐、宋，侈談性理，而他却又以爲"六經、《語》、《孟》乃道學之口實,假人之淵藪也;斷斷乎其不可以語于童心之言明矣"。他真可以代表着當時新的潮流的主張。

他是本於這樣見解以推重所謂童心之言,所以他以爲:

> 且夫世之真能文者,比其初皆非有意於爲文也。其胸中有如許無狀可怪之事,其喉間有如許欲吐而不敢吐之物,其口頭又時時有許多欲語而莫可所以告語之處。蓄極積久,勢不能遏。一旦見景生情,觸目興嘆,奪他人之酒杯,澆自己之壘塊,訴心中之不平,感數奇於千載。既已噴玉唾珠,昭回雲漢,爲章于天矣,遂亦自負,發狂大叫,流涕慟哭,不能自止。寧使見者聞者切齒咬牙,欲殺欲割,而終不忍藏于名山,投之水火。(《焚書》卷三《雜説》)

要"蓄極積久,勢不能遏",要"發狂大叫,流涕慟哭,不能自止",同時又要"寧使見者聞者切齒咬牙,欲殺欲割,而終不忍藏于名山,投之水火",這即是公安派人所常説的"一段精光"。必須有這一段精光者,他們纔認爲是天下之至文。他們又是站在這種立場上以推尊戲曲小説的。所以他説:"孰謂傳奇不可以興,不可以觀,不可以羣,不可以怨乎?飲食宴樂之間,起義動槩多矣,今之樂猶古之樂,幸無差別視之其可。"(《焚書》卷四《紅拂》)這也是我們研究中郎文論時所不可不注意的一點。

(二) 與時文之關係

我們假使於一時代取其代表的文學,於漢取賦,於六朝取駢,於唐取詩,於宋取詞,於元取曲,那麼,於明代無寧取時文。時文,似乎是昌黎所謂"俗下文字,下筆令人慚"者,然而,時文在明代文壇的關係,則我們不能忽略視之。正統派的文人本之以論法,叛統派的文人本之以知變。明代的文人殆無不與時文發生關係;明代的文學或文學批評,殆也無不直接間接受着時文的影響。所以這一點,也是我們研究公安派的文論所應當注意的。

《公安縣志·袁宏道傳》稱其"總角,工爲時藝,塾師大奇之,入鄉校,年方十五六,即結文社於城南,自爲社長,社友年三十以下者皆師之,奉其約束不敢犯,時於舉業外,爲聲歌古文辭",可知中郎便是長於時文的能手。本來,劉將孫已曾説過,"時文之精即古文之理","本無所謂古文,雖退之政未免時文耳"。古文與時文相通之處,昔人早已見到,何況再經卓吾的提示!

大抵中郎受卓吾的影響很深,小修之論中郎詩文,謂:"《錦帆》、《解脱》,意在破人之縛執,故時有游戲語。"(《珂雪齋遊居柿録》卷九)可知他們都是以新姿態來廓清舊思想的。不過卓吾是思想家而中郎畢竟是文人,所以卓吾的影響與建樹是多方面的,中郎的影響與建樹則僅在文學批評而已。人家都知道中郎是反王、李的,實則中郎何止反王、李!上文已經説過,卓吾文論一方面攻擊宗主秦、漢的格調派,一方面又何嘗不攻擊宗主唐、宋的正統派!我們於論述中郎文論時也應注意這一點。由中郎對於戲曲小説的認識,對一切俗文學的認識,於是重在真;由中郎對於時文的認識,於是重在變。惟真纔能見其變,所謂前無古人;亦惟變纔能見其真,所謂各有本色。由真言,所以應反王、李;由變言,所以也不妨反歸、唐。中郎畢竟是詩人,所以即就文學批評而論,其影響與建樹也偏在詩論一方面;因此,後人遂只見中郎之反王、李,而不見其反歸、唐了。實則,照中郎的理論推之,宗主唐、宋的正統派又何曾在他眼底!

真與變,是中郎文論的核心,所以我們於知道他對戲曲小説的認識以外,更須知道他對於時文的認識。他正因對於這兩方面有深切的認識,所以真與變在他文論中是不可分離的。不僅如此,重在真,所以反王、李,而所以反王、李者,是爲文學與情的問題;重在變,所以反歸、唐,而所以反歸、唐者,又爲文學與理的問題。於情,不欲其品之卑,於是再論趣;於理,不欲其語之腐,於是又重在韻。韻與趣,我們雖這般分別言之,而在中郎也是不可分離的。中郎思想所以不如卓吾之積極,中郎主張所以不如卓吾之徹底,而中郎生活所以會傾向到頹廢一路,中郎成就所以會只偏於詩文方面,其原因又全在於此。正因他重在韻,重在趣,於是雖受了新的潮流的洗禮,而不妨安於象牙之塔了。這樣,所以卓吾始終是左傾分子,而中郎呢,逐漸地成爲向右轉了。所以小修也説"然其後亦漸趨謹嚴"(《珂雪齋遊居柿録》卷九)。

此種關係,全可於其論時文的見解見之。其《與友人論時文書》云:

當代以文取士,謂之舉業,士雖備以取世資,弗貴也,厭其時也。走獨謬謂不然,夫以後視今,今猶古也,以文取士,文猶詩也,後千百年,安知不瞿、唐而盧、駱之,顧奚必古文詞而後不朽哉!且公所謂古文者,至今日而敝極矣!何也?優于漢,謂之文,不文矣。奴于唐,謂之詩,不詩矣。取宋、元諸公之餘沫,而潤色之,謂之詞曲諸家,而不詞曲諸家矣。大約愈古愈近,愈似愈贋,天地間真文漸滅殆盡,獨博士家言,猶有可取,其體無沿襲,其詞必極才之所至,其調年變而月不同,手眼各出,機軸亦異,二百年來,上之所以取士,與士子之伸其獨往者,僅有此文,而卑今之士,反以爲文不類古,至擯斥之,不見齒于詞林。嗟夫!彼不知有時也,安知有文。夫沈之畫,祝之字,今也,然有僞爲吳興之筆,永和之書者,不敢與之論高下矣。宣之陶,方之金,今也,然有僞爲古鐘鼎及哥、柴等窰者,不得與之論輕重矣。何則?貴其真也。今之所謂可傳者,大抵皆假骨董,贋法帖類也。彼聖人賢者,理雖近腐,而意則常新,詞雖近卑,而調則無前,以彼較此,孰傳而孰不可傳也哉!(《袁中郎全集》卷二十一)

他所取於時文者,取其真,取其"伸其獨往";取其變,取其"年變而月不同,手眼各出,機軸亦異"。"理雖近腐而意則常新,詞雖近卑而調則無前",於是所謂韻與趣者亦寓於其中。其《時文叙》云"舉業之用,在乎得雋,不時則不雋;不窮新而極變,則不時"。時即由窮新極變得來,所以我説:"叛統派的文人本之以知變。"

(三)論變與真

中郎論變似有二義:一是同體的變,一是異體的變。同體的變,是風格的變;異體的變,是體製的變。《時文叙》云:"才江之僻也,長吉之幽也,《錦瑟》之蕩也,《丁卯》之麗也,非獨其才然也,體不更則目不豔,雖李、杜復生,其道不得不出於此也,時爲之也。"此指風格而言,於同一體製之中正以獨創風格爲奇。《雪濤閣集序》云:"夫古有古之時,今有今之時,襲古人語言之迹而冒以爲古,是處嚴冬而襲夏之葛者也,騷之不襲雅也,雅之體窮於怨,不騷不足以寄也。後人有擬而爲之者,終不肖也,何也,彼直求騷於騷之中也。至蘇、李述别及《十九》等篇,騷之音節體致皆變矣,然不謂之真騷不可也。"(《袁中郎全集》卷一)這即是指體製而言,於同一情調之中又以不襲迹貌爲高。前者是同體的變,後者是異體的變,這是他所謂變。無論是同體或異體的變,要之都是藝術技巧上的進步。他與丘長孺書中説:

今之君子,乃欲概天下而唐之,又且以不唐病宋。夫既以不唐病宋矣,何不以不《選》病唐,不漢、魏病《選》,不《三百篇》病漢,不結繩鳥跡病《三百篇》耶?果爾,反不如一張白紙。詩燈一派,掃土而盡矣。夫詩之氣,一代減一代,故古也厚,今也薄。詩之奇之妙之工之無所不極,一代盛一代,故古有不盡之情,今無不寫之景。然則古何必高,今何必卑哉!(《袁中郎全集》卷二十一)

他與江進之書中又說：

> 近日讀古今名人諸賦，始知蘇子瞻、歐陽永叔輩見識，真不可及。夫物始繁者終必簡，始晦者終必明，始亂者終必整，始艱者終必流麗痛快。其繁也，晦也，亂也，艱也，文之始也。如衣之繁複，禮之周折，樂之古質，封建井田之紛紛擾擾是也。古之不能爲今者，勢也。其簡也，明也，整也，流麗痛快也，文之變也。夫豈不能爲繁，爲亂，爲艱，爲晦，然已簡安用繁，已整安用亂，已明安用晦，已流麗痛快，安用贅牙之語、艱深之辭。辟如《周書·大誥》、《多方》等篇，古之告示也，今尚可作告示不？《毛詩·鄭》、《衛》等風，古之淫詞媟語也，今之所唱《銀柳絲》、《掛鍼兒》之類，可一字相襲不？世道既變，文亦因之，今之不必摹古者，亦勢也。張、左之賦，稍異揚、馬，至江淹、庾信諸人，抑又異矣。唐賦最明白簡易，至蘇子瞻直文耳。然賦體日變，賦心益工，古不可優，後不可劣。若使今日執筆，機軸尤爲不同。何也？人事物態有時而更，鄉語方言有時而易，事今日之事，則亦文今日之文而已矣。（《袁中郎全集》卷二十二）

他是這樣本於歷史的演變以反抗當時之復古潮流的，因此，他對於初盛中晚之說又有特殊的見解。

> 今代爲詩者，類出於制舉之餘，不則其才之不逮，逃於詩以自文其陋者，故其詩多不工。而時文乃童而習之，萃天下之精神，注之一的，故文之變態，常百倍於詩。迨於今，雕刻穿鑿，已如才江、錦瑟諸公，中唐體格，一變而晚矣。夫王、瞿者，時藝之沈、宋也，至太倉而盛，鄧、馮則王、岑也，變而爲家太史，是爲錢、劉之初，至金陵而人巧始極，遂有晚音，晚而文之態不可勝窮矣。公琰爲詩，爲舉子業，取之初，以逸其氣，取之盛，以老其格，取之中，以暢其情，取之晚，以刻其思，富有而新之，無不合也。（《袁中郎全集》卷一《郝公琰詩叙》）。

梁任公之《清代學術概論》謂"佛説一切流轉相，例分四期，曰：生、住、異、滅；思潮之流轉也正然，例分四期，一啓蒙期（生），二全盛期（住），三蜕分期（異），四衰落期（滅）。無論何國何時代之思潮，其發展變遷，多循斯軌"。乃不謂袁中郎之論初盛中晚正有些同此見解。

　　他何以要這樣重在變呢？即所以存其真。"古有古之時，今有今之時"，此所以存其時之真；"我面不能同君面，而況古人之面貌乎"，此又所以存其人之真。"唐自有詩也，不必選體也，初盛中晚自有詩也，不必初盛也，李、杜、王、岑、錢、劉下迨元、白、盧、鄭各自有詩也，不必李、杜也；趙宋亦然，陳、歐、蘇、黃諸人，有一字襲唐者乎？又有一字相襲者乎？"（見與丘長孺書）所以必惟變纔能見其真。因此，他不反對復古，而反對贗古，反對以勦襲爲復古。其《雪濤閣集序》云：

　　　　夫法因于敝，而成于過者也。矯六朝駢麗釘餖之習者，以流麗勝，釘餖者固流麗之因也，然其過在輕纖；盛唐諸人，以闊大矯之。已闊矣，又因闊而生莽。是故續盛唐者，以情實矯之。已實矣，又因實而生俚。是故續中唐者，以奇僻矯之。然奇則其境必狹，而僻則務爲不根以相勝，故詩之道，至晚唐而益小。有宋歐、蘇輩出，大變晚習，于物無所不收，於法無所不有，於情無所不暢，於境無所不取，滔滔莽莽，有若江河。今之人徒見宋之不唐法，而不知宋因唐而有法者也。如淡非濃，而濃實因于淡。然其敝至以文爲詩，流而爲理學，流而爲歌訣，流而爲偈誦，詩之弊又有不可勝言者矣。近代文人，始爲復古之說以勝。夫復古是已，然至以勦襲爲復古，句比字擬，務爲牽合，棄目前之景，撫腐濫之辭，有才者詘于法，而不敢自伸其才，無之者，拾一二浮泛之語，幫湊成詩，智者牽於習，而愚者樂其易，一唱億和，優人騶子，皆談雅道。吁！詩至此，抑可羞哉！

革新的復古，以復古爲變，是他所贊同的；雷同的復古，以復古爲襲，是他所反對的。變則存其真，襲則亡其真，所以他師心而不師法。法，是格調派喊出的口號；心，是公安派宣傳的旗幟。其分野在是。於是他說：

　　　　詩道之穢未有如今日者，其高者爲格套所縛，如殺翮之鳥，欲飛不得，而其卑者，剽竊影響，若老嫗之傅粉，其能獨抒己見，信心而言，寄口於腕者，余所見蓋無幾也。（《袁中郎全集》卷一《叙梅子馬王程稿》）

　　往與伯修過董玄宰，伯修曰："近代畫苑諸名家，如文徵仲、唐伯虎、沈石田輩，頗有古人筆意不？"玄宰曰："近代高手，無一筆不肖古人者。夫無不肖，即無肖也，謂之無畫可也。"余聞之，悚然曰："是見道語也。"故善畫者，師物不師人;善學者,師心不師道;善爲詩者,師森羅萬象,不師先輩。法李唐者,豈謂其機格與字句哉？法其不爲漢,不爲魏,不爲六朝之心而已。是真法者也。是故滅竈背水之法,迹而敗,未若反而勝也。夫反所以迹也。今之作者,見人一語肖物,目爲新詩,取古人一二浮濫之語,句規而字矩之,謬謂復古,是迹其法,不迹其勝者也,敗之道也。嗟夫！是猶呼傅粉抹墨之人,而直謂之蔡中郎,豈不悖哉！(《袁中郎全集》卷一《叙竹林集》)

格調派,本於滄浪所謂第一義之悟而欲取法乎上,原也有他們理論上的根據;不過在公安派看來,知正更須知變,這無所謂第一義與第二義的分別。蓋一是文學家評選的眼光,一是文學史家論流變的眼光。一則所取的標準嚴,一則所取的標準寬,所以各不相同。因此,格調派講優劣而公安派不講優劣。其《序小修詩》云:

……足跡所至,幾半天下,而詩文亦因之以日進。大都獨抒性靈,不拘格套。非從自己胸臆流出,不肯下筆。有時情與境會,頃刻千言,如水東注,令人奪魄。其間有佳處,亦有疵處。佳處自不必言,即疵處亦多本色獨造語。然予則極喜其疵處。而所佳者,尚不能不以粉飾蹈襲爲恨,以爲未能盡脫近代文人氣習故也。蓋詩文至近代而卑極矣。文則必欲準于秦、漢,詩則必欲準于盛唐。勦襲模擬,影響步趨。見人有一語不相肖者,則共指以爲野狐外道。曾不知文準秦、漢矣,秦、漢人曷嘗字字學六經歟！詩準盛唐矣,盛唐人曷嘗字字學漢、魏歟！秦、漢而學六經,豈復有秦、漢之文？盛唐而學漢、魏,豈復有盛唐之詩？唯夫代有升降,而法不相沿,各極其變,各窮其趣,所以可貴。原不可以優劣論也。(《袁中郎全集》卷一)

中郎便不肯立一標準的格,所以要各極其變,各窮其趣;所以佳處固可稱,疵處亦有可取。何則？以其變也,以其變而能存其真也。

一方面,固然是變而後能存其真;反過來說,亦惟真而後能盡其變。何則？翻盡窠臼,自出手眼,是真也,而亦變也。所以他說:"文章新奇,無定格式,只要發人所不能發,句法字法調法一一從自己胸中流出,此真新奇也。"所以他說:"若只同尋常人一般知見,一般度日,衆人所趨者,我亦趨之,如蠅之逐羶,即此便是小人行徑矣。"(均見《袁中郎全集》卷二十四《答李元善》)新奇變態都須從自己胸中流出,假使隨波逐流,亦步亦趨,不能真,也便不能變。雷思霈之序中郎《瀟碧堂集》謂:"真者精誠之至,不精不誠不能動人,強笑者不歡,強合者不親,夫惟有真人而後有真言,真者識地絕高,才情既富,言人之所欲言,言人之所不能言,言人之所不敢言。"即是所謂由真而盡變之意。此意,在中郎與張幼于書中説得更痛快。

　　至於詩,則不肖聊戲筆耳。信心而出,信口而談。世人喜唐,僕則曰唐無詩,世人喜秦、漢,僕則曰秦、漢無文。世人卑宋黜元,僕則曰詩文在宋、元諸大家。昔老子欲死聖人,莊生譏毀孔子,然至今其書不廢。荀卿言性惡,亦得與孟子同傳。何者?見從己出,不會依傍半箇古人,所以他頂天立地。今人雖譏訕得,却是廢他不得。不然,糞裏嚼查,順口接屁,倚勢欺良,如今蘇州投靠家人一般,記得幾個爛熟故事,便曰博識,用得幾個見成字眼,亦曰騷人。計騙杜工部,囤紮李空同,一個八寸三分帽子,人人戴得。以是言詩,安在而不詩哉!不肖惡之深,所以立言亦自有矯枉之過。公謂僕詩亦似唐人,此言極是。然要之幼于所取者,皆僕似唐之詩,非僕得意詩也。夫其似唐者見取,則其不取者斷斷乎非唐詩可知。既非唐詩,安得不謂中郎自有之詩,又安得以幼于之不取,保中郎之不自得意耶?僕求自得而已,他則何敢知。近日湖上諸作,尤覺穢雜,去唐愈遠,然愈自得意。昨已爲長洲公覓去發刊,然僕逆知幼于之一抹到底,決無一句入眼也。何也?真不似唐也。不似唐是干唐律,是大罪人也,安可復謂之詩哉!(《袁中郎全集》卷二十二)

他是要頂天立地見從己出的,所以愈真亦愈變,愈變亦愈奇。中郎詩云"莫把古人來比我,同床各夢不相干"(《袁中郎全集》卷三十八《舟居詩》之七),真到極點,亦即變到極點,奇到極點。"天下之物孤行則必不可無,必不可無,雖欲廢焉而不能;雷同則可以不有,可以不有,則雖欲存焉而不能"(見《叙小修詩》)。這即是所謂"今人雖譏訕得,却是廢他不得"。惟其不講優劣,所以譏訕得;惟其真,所以廢他不得。

(四) 論韻與趣

"今人雖譏訕得,却是廢他不得",這即是雷思霈所謂"言人所不敢言",這即是袁小修所謂"爲宇宙間開拓多少心胸"。易言之,實即是李卓吾所謂"寧使見者聞者切齒咬牙,欲殺欲割,而終不忍藏于名山,投之水火"。然而此中自有分際。

有心中了了而舉似不得者,藉妙筆妙舌以達之,此則所謂言人之所欲言;有不可摹之境與難寫之情,而能片言釋之或數千言描寫之,此則所謂言人之所不能言;有人所不經道之語,一經拈出推翻千古公案,此則所謂言人之所不敢言。布格造語,巧奪造化,所謂"句法字法調法一一從自己胸中流出",這是中郎之所謂真與變。他的成功,是在文學上開闢許多法門,創造許多境界,而不是在思想上建立許多新奇可怪之論。這是與李卓吾的不同處。因此,中郎之所謂真與變不能離韻與趣。

中郎之《叙陳正甫會心集》云:

世人所難得者唯趣。趣如山上之色,水中之味,花中之光,女中之態,雖善說者不能下一語,唯會心者知之。今之人慕趣之名,求趣之似,於是有辨說書畫,涉獵古董以為清,寄意玄虛,脱跡塵紛以為遠,又其下則有如蘇州之燒香煮茶者。此等皆趣之皮毛,何關神情。夫趣,得之自然者深,得之學問者淺。當其為童子也,不知有趣,然無往而非趣也。面無端容,目無定睛,口喃喃而欲語,足跳躍而不定,人生之至樂,真無踰于此時者。孟子所謂不失赤子,老子所謂能嬰兒,蓋指此也。趣之正等正覺,最上乘也。山林之人,無拘無縛,得自在度日,故雖不求趣而趣近之。愚不肖之近趣也,以無品也,品愈卑,故所求愈下,或為酒肉,或為聲伎,率心而行,無所忌憚,自以為絕望於世,故舉世非笑之不顧也,此又一趣也。迨夫年漸長,官漸高,品漸大,有身如桔,有心如棘,毛孔骨節,俱為聞見知識所縛,入理愈深,然其去趣愈遠矣。(《袁中郎全集》卷一)

又其《壽存齋張公七十序》云:

山有色,嵐是也;水有文,波是也;學道有致,韻是也。山無嵐則枯,水無波則腐,學道無韻則老學究而已。昔夫子之賢回也,以樂,而其與曾點也,以童冠詠歌。夫樂與詠歌,固學道人之波瀾色澤也。江左之士,喜為任達,而至今談名理者,必宗之,俗儒不知,叱為放誕,而一一繩之以理,于是高明玄曠、清虛澹遠者,一切皆歸之二氏。而所謂腐濫纖嗇、卑滯局局者,盡取為吾儒之受用,吾不知諸儒何所師承,而冒焉以為孔氏之學脈也。且夫任達不足以持世,是安石之談笑,不足以靜江表也;曠逸不足以出世,是白、蘇之風流,不足以談物外也。大都士之有韻者,理必入微,而理又不可以得韻。故叫跳反擲者,稚子之韻也;嬉笑怒罵者,醉人之韻也。醉者無心,稚子亦無心。無心,故理無所托,而自然之韻出焉。由斯以觀,理者是非之窟宅,而韻者大解脱之場也。(《袁中郎全集》卷二)

此即李卓吾《童心説》之意,童心易失,韻趣難求,所以他以爲"世情當出不當入,塵緣當解不當結,人我勝負心當退不當進"(《袁中郎全集》卷二十四《答李元善》)。這樣,或者還庶幾保存童心於萬一。而即因此種關係,造成了中郎的生活態度,形成爲中郎的詩文風格。

蓋所謂真,有主觀之真,有客觀之真。寫客觀之真,且不能刻劃求似。"畫有工似,有工意,工似者親而近俗,工意者遠而近雅,作詩亦然"。這是他《書風林纖月落詩後》一文的話(見《袁中郎全集》卷三十六)。雅俗之見又時縈繞於中郎胸際,所以"有身如梏,有心如棘",固然爲中郎之所不喜,然而"面無端容,目無定睛",却也是中郎之所難爲。無已,欲求其所謂不失赤子,求其所謂能嬰兒,只有如山林之人無拘無縛得自在度日爲最近於趣了。"叫跳反擲者稚子之韻也;嬉笑怒罵者醉人之韻也"。事實上已爲成人,不能返老爲童;事實上清醒白醒,又不能無端嬉笑怒罵。於是覺得只有曠逸任達,爲差近於稚子醉人。何以故?因爲都是無心故。物的方面遯跡山林,庶不爲聞見知識所縛;心的方面,放誕風流絶無罣礙,自然也有波瀾色澤。這是他所謂"世情當出不當入,塵緣當解不當結"的理由。要是不然,"論畫以形似,見與兒童鄰",這是東坡之詩。由童心求之,正以"工似者親而近俗"爲妙,何嘗欲其遠而近雅呢?

寫客觀之真,猶且要相當的距離,寫主觀之真,也是如此。他在《行素園存稿引》中説:

物之傳者必以質,文之不傳,非曰不工,質不至也。樹之不實,非無花葉也,人之不澤,非無膚髮也,文章亦爾。行世者必真,悦俗者必媚,真久必見,媚久必厭,自然之理也。故今之人所刻劃而求肖者,古人皆厭離而思去之。古之爲文者,刊華而求質,斂精神而學之,唯恐真之不極也。博學而詳説,吾已大其蓄矣,然猶未能會諸心也。久而胸中涣然,若有所釋焉,如醉之忽醒,而漲水之思决也。雖然,試諸手猶若掣也。一變而去辭,再變而去理,三變而吾爲文之意忽盡,如水之極于澹,而芭蕉之極于空,機境偶觸,文忽生焉。

風高響作,月動影隨,天下翕然而文之,而古之人不自以爲文也,曰是質之至焉者矣。大都入之愈深,則其言愈質,言之愈質,則其傳愈遠。夫質猶面也,以爲不華而飾之朱粉,妍者必減,媸者必增也。(《袁中郎全集》卷三)

此文自狀其作文步驟,學文經歷,頗與昌黎《答李翊書》、老泉《上歐陽内翰書》相類。博學而詳説以大其蓄,反求諸心以歸於約,如醉之忽醒,如漲水之思決,這即是所謂真;然而未也,必待一變而去辭,再變而去理,三變而吾爲文之意忽盡,然後機境偶觸而文生焉:這即是所謂距離。必待層層剝落,而後所謂真者乃益顯。直到"吾爲文之意忽盡",即是上文所謂"無心"。"無心故理無所托而自然之韻出焉",所以我說:"中郎之所謂真與變不能離韻與趣。"

最後,以中郎《叙咼氏家繩集》中語作結,也可看出此中之關係。

　　蘇子瞻酷嗜陶令詩,貴其淡而適也。凡物釀之得甘,炙之得苦,唯淡也,不可造;不可造,是文之真性靈也。濃者不復薄,甘者不復辛,唯淡也無不可造;無不可造,是文之真變態也。風值水而漪生,日薄山而嵐出,雖有顧、吳,不能設色也,淡之至也。元亮以之。東野、長江欲以人力取淡,刻露之極,遂成寒瘦。香山之率也,玉局之放也,而一累于理,一累于學,故皆望岫焉而却,其才非不至也,非淡之本色也。(《袁中郎全集》卷一)

四　袁　枚

(一) 與當時詩壇之關係

袁枚(公元一七一六——一七九七年),錢塘人,字子才,號簡齋,居於小倉山之隨園,世稱隨園先生,晚年自號倉山居士,或隨園老人。乾隆初試鴻博報罷,旋成進士,改庶吉士,出知溧水、江浦、沐陽、江寧等縣,年甫四十即告歸,所著有《小倉山房集》、《隨園詩話》等書。

隨園詩論頗爲一般人所誤解。誤解的原因,我想約有幾種:(一) 由於他的爲人,放誕風流,與舊禮教不相容,於是輕視其詩,於是抹煞其詩論。章實齋便可算是這方面的代表。不僅如此,即在與隨園齊名的趙甌北,猶且有不滿的論調。不過章實齋説得嚴正一些,而甌北則以游戲筆墨出之,多少帶些幽默風味而已。(二) 由於他的爲詩,淫哇纖佻,與正統派不相容,於是以其詩爲野狐禪,而詩論遂也連帶遭殃了。王蘭泉等又可説是這方面的代表。沈歸愚所以與之往復辯難者也在這一點。（三）由於他的詩話，收取太濫，不加別擇。梁章鉅《退庵隨筆》卷二十亦稱其"所錄非達官即閨媛，大意在標榜風流，頗無足觀"。此也是招實齋攻擊的一點。因此，論詩之語亦不復爲人所注意。（四）由於他的爲學，隨園雖喜博覽，也談攷據，然不免蕪雜，不免浮淺。孫志祖《讀書脞錄》中訂正其詩話謬誤之處，便有好幾條。在清代考據學風正盛之時，此類書籍，當然不易爲人所推重。

　　有了上述的幾種原因，所以隨園詩論，在當時雖也曾披靡一時的詩壇，然而到了身後，非惟繼起無人，即求不背師說者已不可多得了；非惟不背師說，即求不至入室操戈者也不可多得了。吳嵩梁《石溪舫詩話》中稱"攻之者大半即其門生故舊"。惲敬《孫九成墓誌銘》，稱"天下士人名子才弟子，大者規上第冒膴仕；下者亦可奔走形勢，爲囊橐酒食聲色之資，及子才捐館舍，遂反脣睊目，深詆曲毀以立門户"（《大雲山房文稿》二集卷四）。此中關係，我以爲決不是很簡單的勢利問題。世固有以捧先師爲文壇登龍之術者矣！假使他的學說，並不爲人誤解，決不致如此的。雖則，這也脫不了一些勢利的關係。

　　我嘗以爲一個人的詩論，與其詩的作風，固然有關係，然也不必一定有太密切的關係。《滄浪詩話》之論詩，其所見到的，未必即是《滄浪吟卷》中所做到的。因此，我們看《小倉山房詩集》中的詩，他所做到的，未必全是《隨園詩話》中所論到的。一般人不滿意於他詩的淫哇纖佻，遂以爲性靈說只是爲此種作風之護符而已。以這種關係去看性靈說，於是也減低了性靈說的價值。隨園之門生故舊，生前則喜其標榜，身後則反脣相譏，恐怕全從這種誤解上來的。

　　然則在他生前，何以不便早立門户呢？那又有所不能。惲敬在《孫九成墓誌銘》中說過："子才以巧麗宏誕之詞動天下，貴遊及豪富少年，樂其無檢，靡然從之。其時老師宿儒與爲往復，而才辨懸絶，皆爲所摧敗，不能出氣且數十年。"這話是很確實的。他有絕大的天才，利用這天才，所以他有"言僞而辨，記醜而博，順非而澤"的本領。橫說豎說，反正全是他的理由。老師宿儒猶且爲所摧敗不能出氣，一般少年，尤其所謂聰明的少年，還不投其門下爲小嘍囉嗎？待至"規上第冒膴仕"，地位確定，一方面沒有隨園的才氣，一方面又恐爲正統派所指摘，於是向之趨附隨園者，轉以攻擊隨園指斥隨園爲能事。"聲氣盛衰至於如此，亦可歎也"，惲敬的感嘅也不是徒然的。胡適之先生的《章實齋年譜》即稱章實齋的攻擊隨園，也在隨園死的那年。不敢攻之於生前，而大放厥辭於死後，這種態度固然不足取，然而一方面却正可反證出隨園在生前雖則遭到一般人的嫉視，而不能承認他有自己辯護他自己的本領。

我們須知隨園的天分既高,其所持論也確能成立系統。論其詩的作風,誠不免有纖佻之弊,賣弄一些小智小慧,有使詩走上魔道的危險,至於由其詩論而言,則四面八方處處顧到,却是無懈可擊。所以我說隨園的詩論埋沒在他的《詩話》中間,而被誤會於其詩的作風。

所以我們對於他的詩論,應當注意兩點:(一)爲什麽在其身後遭到後人的攻擊,詆諆?這即是我們上文所論述的。除了這點,我們更應注意(二)爲什麽在他生前却又遭到時人的擁護,却不見當時的論難,却只見他的摧敗他的論敵?"筆陣橫掃千人軍",在當時,整個的詩壇上,似乎只見他的理論,其他作風,其他主張,都成爲他的敗鱗殘甲。這更是值得注意的一點。

近人每謂他的詩論是格調派神韻派和考證詩的反動(顧遠薌《隨園詩說的研究》頁七十),實則隨園對於神韻說還相當的推崇,而且王漁洋的時代較早,神韻一派在當時已成强弩之末,只有沈歸愚所創導的格調派,却正在幸運的時期,假使說他對於當時詩壇的反抗,那麼無寧指格調一派爲較爲近理。格調派很有些像明代的前後七子,有褒衣大袑氣象,立論不可謂不正,而所得在膚廓形貌之間;隨園則又有些公安、竟陵的派頭,好與正統派反抗。然而沈歸愚的論詩主張,既攙以溫柔敦厚的成分,袁隨園的論詩主張,也不全是公安的話頭。所以公安、竟陵之詩論,猶易爲人所詬病,而隨園之詩論,雖建築在性靈上面,却是千門萬戶,無所不備。假使僅就詩論而言,隨園的主張却是無可非難的。

隨園的詩論,除了對格調派表示反抗外,其次便是對於浙派的反抗。格調派執了當時詩壇的牛耳,浙派則執了隨園本鄉詩壇的牛耳。此二種詩風,恐怕給與隨園的不快之感爲最深一些。他說:"七子擊鼓鳴鉦,專唱宮商大調,易生人厭。"(《詩話》卷四)他說:"明七子貌襲盛唐,而若輩(浙派)乃皮傅殘宋,棄魚菽而噉豨苓,尤無謂也。"(《文集》卷十一《萬柘坡詩集跋》)受了這種刺激,所以他要標舉性靈二字,以爲當時詩流的針砭。

這些都是指詩人之詩。又當時詩壇,實在再有一派是學者之詩。清代學者既以淹博自矜,那麼作詩當然要填書塞典,一字一句自注來歷了。這些詩,也是隨園所反對的。一言性靈,這些詩全在打倒之列。他在詩壇,既四面八方的樹敵,當然也須建立四平八穩的詩論,纔足以應付他的詩敵。

所以隨園詩論由好的方面說,是面面顧到,成爲一種比較完善的純粹詩人的詩論。由壞的方面說,則正因如此關係,所以《隨園詩話》中又多攘竊昔人詩論的地方。他可以吸收,接受或徵引昔人的詩論,但是他不應盜襲或攘竊昔人的詩論。《隨園詩話》中引他人之説,而加以説明者,不是我們所應指摘的地方。至如論詩有力量猶弓之鬥力,見《彦周詩話》,論元遺山《有情芍藥》一首出《歸田詩話》;此外採馮班《鈍吟雜錄》、葉燮《原詩》,及李重華《貞一齋詩説》者也有好些條,都不曾注明出處,則是隨園爲要建立四平八穩的詩論,爲要善取人長,而不免取他人之説爲己有了。

朱東潤先生《袁枚文學批評論述評》謂"隨園論詩亦言變,其説實承橫山之遺藴",實則,隨園不僅接受橫山之遺藴,也且接受以前一切詩論之遺藴。他接受以前一切詩論,同時又破除以前一切詩論。這是他性靈説所以能組成系統的主要原因。沈歸愚自謂承橫山遺教,實則所得至淺,橫山《原詩》所論,也是多方面的,而歸愚則僅得其一端而已。千秋論定,橫山知己,乃在隨園,是亦至堪驚異之事矣。

(二) 性靈與神韻

我於一九二七年舊作《中國文學批評史上之"神""氣"説》一文,以爲滄浪論詩拈出神字,漁洋論詩更拈出韻字。論神,如畫中之神品;論神韻,則如畫中之逸品。神品難到,故前後七子爲滄浪所誤,只成膚廓之音;而逸品之入妙者自然也入神境,所以漁洋之詩風神獨絶,自成一格。因此,再論到超塵絶俗之韻致,自有個性存在着,所以能肖其爲人。因此,再説到性靈之説,即從神韻説轉變而來。

這話,説得不很詳盡,或者猶易引起誤解。我以爲神韻説中所以能流露個性,即在神韻境界多出於情與景之融浹。王船山的詩論,即因指出這一點,所以雖不曾標舉神韻之目,實已含有神韻之義。因此,在神韻詩中雖不見其個人強烈的情感,却易見其個人的風度。神韻説與性靈説同樣重在個性,重在有我,不過程度不同,神韻説説得抽象一些,性靈説説得具體一些而已。

在這一點上,隨園與漁洋是並不反對的。其《再答李少鶴尺牘》云:"足下論詩講體格二字固佳,僕意神韻二字尤爲要緊。體格是後天空架子,可仿而能;神韻是先天真性情,不可強而至。"這即是我謂神韻説所以必須有我的原因。講格調可以離性情,講神韻却不能離性情。所以他的《續詩品》論神悟云:"鳥啼花落,皆與神通,人不能悟,付之飄風;惟我詩人,衆妙扶智,但見性情,不著文字。"神韻詩之妙,正在"但見性情,不著文字",使無性情可見,則神韻也流爲空格調耳。不過神韻詩之見其性情,是在情景融浹之中,所以説來不着迹象,不呆相,不滯相。須於鳥啼花落之中皆與神通,然後纔見詩人之能事。所以我説神韻説之於性情,不過説得抽象一些而已，不過是間接的關係而已，却並非可以不顧性靈也。漁洋之失，正在拈出神韻二字，所以落了王、孟格調。王船山便比他聰明，只講情景融浹之妙，却不肯建立門庭。隨園詩説中於這一方面恐怕未加注意，否則他對於船山詩説，一定可有相當的發揮。

我們明白了上文所述，然後知道隨園對於漁洋的批評，所謂"清才未合長依傍，雅調如何可詆諆，我奉漁洋如貌執，不相菲薄不相師"云云（《論詩》），所謂"本朝古文之有方望溪，猶詩之有阮亭，俱爲一代正宗，而才力自薄，近人尊之者詩文必弱，詆之者詩文必粗"云云（《詩話》卷二），所謂"阮亭於氣魄性情俱有所短"云云（《詩話》卷四），這些話若由性靈説的立場而言，不能不説是極公允的評論。

（三）怎樣建立他的性靈説

先一言在舊禮教觀念下一般人對於隨園的批評。

我們不能不承認袁子才是性情中人。趙甌北説："有百金之贈輒登詩話揄揚。"（《兩般秋雨盦隨筆》卷一《趙翼戲控袁簡齋詞》）這在隨園也並不諱言的。人家雖詆爲"斯文走狗"，然而他於生平受恩知己念念不忘，這即是其性情厚處。①又章實齋説："誣枉風騷誤後生，猖狂相率賦閒情，春風花樹多蝴蝶，都是隨園蠱變成。"（《題隨園詩話》十二首之一）這在隨園也是承認的。他並不自諱其短，所以他不欲刪去集中被一般人所認爲輕薄的華言風語（見《答朱石君尚書》）。這也即是其性情真處。前一點是他的爲人，與詩論無關；後一點是他的爲詩，正是他詩論的出發點。

馮鈍吟與袁隨園的詩論，實在都是爲艷體詩找到根據。鈍吟無艷行，不致像袁枚這樣被洪亮吉稱爲通天神狐，故其論詩以溫柔敦厚爲旨。以溫柔敦厚爲旨則美人香草別有寄托，所以不妨爲艷體。隨園則不然。"占人間之艷福，遊海內之名山"、"引誘良家子女，蛾眉都拜門生"，這都是趙甌北戲控文中所定的罪案。他爲這種關係，受到趙甌北遊戲態度的罵，受到章實齋嚴肅態度的罵。生前受到罵，死後還挨着罵。然而隨園却並不介意。他要"暴生平得失於天下，然後天下明明然可指可按，而後以存其真"（見《小倉山房尺牘》卷三《答家惠纕孝廉》）。"掩不善以著其善"，"先已居心不净"（見《答朱石君尚書》）。所以，他於《國風》所有男女慕悦之詩，不主風刺之説，而以爲男女自述淫情；他不必再講有什麽寄托，

---

① 見《批本隨園詩話》頁六十九，又李元度《先正事略》中所述袁簡齋事亦屢言其孝友天性，待人接物忠厚誠懇之處。

他不妨大膽地說這是自述淫情。因此，他在這方面便建立他的性靈說。

然而，假使他僅僅在這方面建立他的性靈說，似乎猶覺得無謂。我們須知他是一個獨來獨往的人，他是一個思想解放的人。他做古文不歸附桐城派，他講考據不附和吳派或皖派，因此，他做詩更不喜歡集於沈歸愚的旗幟之下。他處處在表現自己，他有他自己一貫的思想。因此，他不講理學，不講佛學，以及不信任何陰陽術數。他在《答朱石君尺牘》中說得好："枚今年八十一矣，夕死有餘，朝聞不足，家數已成，試稱於衆曰，袁某文士，行路之人，或不以爲非；倘稱於衆曰，袁某理學，行路之人，必掩口而笑。"（《小倉山房尺牘》九）他要成他自己的家數，所以不爲傳統思想所束縛，所以不隨時風衆勢爲轉移。於是，隨園在衆人的心目中，便幾乎成爲叛徒了。

"三代後無真理學，六經中有僞文章"，這是楊用修的話，而隨園却最稱贊這兩句（見《詩話》卷二）。本於這種見解以論詩，所以他重在"着我"。"竟似古人，何處着我"，這雖是他《續詩品》中的話，實在也可以算是隨園的中心思想。蓋他處處重在自我表現，所以要着我以存其真。"舉生平得失於天下"，所以他不自諱其跅弛之處；"惟其無所愧於心，是以無所擇於口"（見《答朱石君尚書》）。所以，一方面不是假道學，而一方面也不是獎勵輕薄。人家看他是禮教的叛徒，他却有他自我的人生觀。易言之，也即可說是真理學。由這一點看來，所以他的性靈說，還並不是專爲艷體詩辯護。照他這一套思想理論推衍下去，當然不廢艷體，但是須注意，却不是獎勵艷體。隨園是一個極通達的人，我們研究隨園的思想，假使拘泥着看，假使偏執着看，也不會得隨園之真的。所以馮鈍吟的詩論我們可以說他爲艷體詩找到了根據，袁隨園的詩論雖也近似而其實不然。

他是在這種思想上面建立了他的性靈說。

何以說他是個極通達的人呢？他有兩句很幽默的話。他在七十三歲的時候，以腹疾不愈作歌自輓，在那時，他曾有《答錢竹初》，解釋所以自輓之故。他說："閒居無俚，不善飲，不工博弈，結習未忘，作詩自輓，邀人共輓，借遊戲篇章聊以自娛，不自知其達，亦不自知其不達也。"（《尺牘》卷七）"不自知其達，亦不自知其不達"，正是他的通達之處。他絕對不肯執着一端的。正因他不肯執着一端，所以我上文說他，四面八方樹立詩敵，而却能四平八穩建立詩論。我們看他的爲人，看他的思想，看他的學問，都應着眼在這一點。

所以他這樣主張"真"，却是真而不率。他也曾說過當時詩壇的流弊，而"全無蘊藉，矢口而道，自夸真率"者，也是他的所謂三弊之一（見《詩話補遺》卷三）。

隨園論學，本不贊成陸象山、王陽明的良知之說。其書《大學補傳後》云："孟子所謂良知者，即言人性善之緒餘耳。擴充四端，正有無窮學力，非教人終身誦之，肭然如新生之犢也。"（《小倉山房文集》卷三十）他雖重在天才，但是他不廢後天的學問經驗。知道他這一點思想，然後知道他的性靈說，雖重在真，而並不廢學。我總覺得偏執着一端以窺測隨園，總如盲人捫象，難見其全。

(四) 性靈說的意義

於是，我們可以講到他性靈說的意義。近人顧遠薌《隨園詩說的研究》，曾有一章討論過這問題。他說："前人所用的性靈的意義，很不一致；有作情感解，有作靈悟解，有作智慧解，又作天趣解。"（頁三五）他以爲這種解釋，都與隨園所謂"性靈"不全同。因此，他舉了隨園《錢璵沙先生詩序》中"既離性情，又乏靈機"一語，以爲是性靈的意義。因說：

> 在人的内性包括感情和感覺；感情是由於刺激，感覺則屬於理智。隨園所說的性情，即是指感情和從感覺得來的獨見，有人名之曰，獨在的領會。所以隨園的話，就是說，他們缺乏濃厚的感情，和靈敏的感覺。簡單地說缺乏内性的靈感。
>
> 由此可見性靈詩說的性靈，是不能用前人的幾種解釋來解釋。這裏的性靈是作内性的靈感講。所謂内性的靈感，是内性的感情和感覺的綜合。（頁五一）

他以性靈爲内性的感情和感覺的綜合，也未嘗不是。不過我的看法，也是上文所説在他人可以偏執一端者，在他却融會貫通之以另成一種新説。所以可以説是諸種近於矛盾觀念的綜合。

假使説"性"近於實感，則"靈"便近於想像。而隨園詩論也即是實感與想像的綜合。《詩話》卷十云："予最愛言情之作，讀之如桓子野聞歌輒喚奈何。"這即是重在實感説的。他不肯和他友人的《扈從紀事詩》，他以爲"目之所未瞻，身之所未到，勉強爲之，有如茅簷曝背，高話金鑾"（《尺牘》卷四《答雲坡大司寇》）。即是説想像也須從實感引起。由想像言則可以説"星月驅使，華岳奔馳"（《續詩品·用筆》），由實感言則畢竟是"心爲人籟，誠中形外"（《續詩品·齋心》），所以説"詩難其真也，有性情而後真"（《詩話》卷七）。

因此，假使説"性"是情的表現，則"靈"便是才的表現，而隨園詩論也可説是情與才的綜合。他説：＂才者情之發，才盛則情深。……苟非弇雅之才，難語希聲之妙＂(《外集》卷二《李紅亭詩序》)，即是説情的表現有藉於才。他批評＂東坡詩有才而無情＂(《詩話》卷七)，是又説才的表現也有藉於情。《詩話》卷九云＂詩有音節清脆，如雪竹冰絲，非人間凡響，皆由天性使然，非關學問＂，此所謂＂天性＂，固有才的成分，而似重在情。《詩話》卷十五云＂詩文自須學力，然用筆構思全憑天分＂，此所謂天分，也有情的成分，而似重在才。至性出於天賦，靈機亦本天成。

假使説＂性＂近於韻，則＂靈＂便近於趣。隨園詩論又可説是韻與趣的綜合。他説：＂詩如言也，口齒不清，拉雜萬語，愈多愈厭；口齒清矣，又須言之有味，聽之可愛方妙。若對婦絮談，武夫作鬧，無名貴氣，又何藉乎？＂(《詩話》卷三)＂口齒不清＂，即由無韻，生就俗骨，便强托風雅不來。＂言之有味，聽之可愛＂，即由有趣。談笑風生，便是趣的表現。他批評＂東坡詩多趣而少韻＂(《詩話》卷七)，東坡雖不能謂爲俗物，以口齒不清相擬，然而他不足於東坡者乃在其＂近體少藴釀烹鍊之功，……絕無弦外之音，味外之味＂(《詩話》卷三)。則是由於才掩其情，所以有此情形。不解風趣，固是不妙，太講風趣，似乎覺得風光狼藉，也有些煞風景。

因此，由情與韻的表現則重在真；由才與趣的表現則重在活，重在新。《詩話》卷三引王陽明説云：＂人之詩文先取真意。譬如童子，垂髫肅揖，自有佳致，若帶假面，傴僂而裝鬚髯，便令人生憎。＂又引顧寧人説云：＂足下詩文非不佳，奈下筆時胸中總有一杜一韓，放不過去，此詩文所以不至也。＂所以他論詩處處重在一＂真＂字。真，是性分的事，然而仍不能不涉及筆性，＂筆性靈則寫忠厚節義俱有生氣；筆性笨雖咏閨房兒女，亦少風情＂(《詩話補》卷二)，所以要重在活。《詩話補遺》卷五云＂一切詩文總須字立紙上，不可字臥紙上，人活則立，人死則臥，用筆亦然＂，立即活的表現。《詩話》卷十五云＂人可以木，詩不可以木＂，木即是不靈，即近於死。所以引陸放翁詩云：＂文章切忌參死句。＂(《詩話》卷七)不參死句參活句，這便是靈分的事。活句如何參？在戛戛生新，在超雋能新。《詩話》卷四引姜白石云：＂人所易言，我寡言之；人所難言，我易言之，詩便不俗。＂所以他論作詩之法，常講到進一步着想，常講到從翻案着想。這樣，自然新也自然活。惟活能創造新，也惟新能顯出活。

看到他＂真＂與＂活＂和＂新＂這幾點意義，然後知道他的性靈説，處處在這幾點闡發。《詩話補遺》卷九引左蘭城説云：＂凡作詩文者寧可如野馬，不可如疲驢。＂又卷十云：＂詩不能作甘言，便作辣語荒唐語亦復可愛。＂這是真，然而真中帶着活氣。《詩話》卷六謂＂詩情愈癡愈妙＂，因舉紅蘭主人《歸途贈朱贊皇》句＂此宵我有逢君夢,夢裏逢君見我無"等爲例。這也是真,然而真中有新意。《詩話補遺》卷十云:"左思之才,高於潘岳,謝朓之才,爽於靈運,何也?以其超雋能新故也。"這是新,然而新中有活氣,有真意。《詩話》卷一云:"熊掌豹胎,食之至珍貴者也,生吞活剝,不如一蔬一笋矣;牡丹芍藥,花之至富麗者也,剪綵爲之,不如野蓼山葵矣。味欲其鮮,趣欲其真,人必知此而後可與論詩。"這即是他的性靈説。

(五) 修正的性靈説

如上文所述,僅僅可以説明性靈説的意義,然而尚不能窺見隨園詩論之全。我們須知如上文所述,是楊萬里、袁宏道諸人所同具的見解,隨園似乎更進乎此。後來一輩人,對於性靈詩的誤解,對於性靈詩論的誤解,全由於只見到這一點。最明顯的例,如鈴木虎雄的《中國古代文藝論史》中説隨園所謂性情,殆是近於以妓女嫖客的性情爲性情,這即是誤解了性靈詩論。他再説:"性靈派所貴的一言以蔽之曰才。""任才的詩是給與讀者以反省的餘地的。給與以反省的餘地的,同時也給與以批評的餘地。一面讀,一面批評,故只是玩弄,不能使人感動。"這實在又是誤解了性靈詩。這種解釋的錯誤,顧遠薌氏已經指摘過。然而顧氏却没有指出爲什麽他會有這種誤解。

大概隨園也就恐怕人家會有這種誤解,所以他不贊成"矢口而道自夸真率"的詩(《詩話補遺》卷三)。所以他要分別淡之與枯、新之與纖、樸之與拙、健之與粗、華之與浮、清之與薄、厚重之與笨滯、縱橫之與雜亂(見《詩話》卷二及《續詩品·辨徵》)。我們須知隨園論詩雖重天分,然而却不廢工力;隨園作詩雖尚自然,然而却不廢雕琢。他正因要防範這種真而帶率新而近纖的流弊,故其論詩,天分與學力,内容與形式,自然與雕琢,平淡與精深,學古與師心,舉凡一切矛盾衝突的觀點,總是雙管齊下,不稍偏畸的。這樣講性靈詩,然後有性靈詩之長,而没有性靈詩的流弊。

性靈詩的流弊是什麽?即是滑,即是浮,即是纖佻。纖佻之弊,由於賣弄一些小聰明,儘管小涉風趣,而總嫌其露,總嫌其薄,讀過數首以上便不免令人生厭了。欲醫此病,端賴學力。有學力纔能生變化,纔能耐尋味。生變化則不覺其單調,耐尋味則不覺其淺薄。所以説:"萬卷山積,一篇吟成,詩之與書,有情無情。鐘鼓非樂,捨之何鳴!易牙善烹,先羞百牲。不從糟粕,安得精英!曰'不關學',終非正聲。"(《續詩品·博習》)這是爲初學説的。"初學者正要他肯雕刻方去費心,肯用典方去讀書"(《詩話》卷六)。初學不怕没有才,只怕没有學。到了晚年,學問成就,但是老手頹唐,所謂"老去詩篇渾漫與",即杜老也不能免此。所以不怕没有學，只怕不肯精思。於是又有浮與滑之病。隨園爲此，又屢爲老年人說法。其《人老莫作詩》一首云："鶯老莫調舌，人老莫作詩，往往精神衰，重複多繁詞。香山與放翁，此病均不免，奚況于吾曹，行行當自勉。"（《小倉山房詩集》卷二十五）《詩話》卷十四亦申此意。《續詩品》中論《精思》云："疾行善步，兩不能全；暴長之物，其亡忽焉。文不加點，興到語耳！孔明天才，思十反矣。惟思之精，屈曲超邁，人居屋中，我來天外。"

因此，由隨園之詩言，或不免有浮滑纖佻之作；由隨園之詩論言，實在並未主浮滑纖佻之旨。不僅如此，並且有力戒浮滑纖佻之意。謂予不信，再觀下論。

他以爲詩有先天，有後天。"詩文之作意用筆，如美人之髮膚巧笑，先天也；詩文之徵文用典，如美人之衣裳首飾，後天也"（《詩話補遺》卷六）。作意用筆關於才，徵文用典關於學，天分學力兩不可廢。於是再以射喻："詩如射也，一題到手，如射之有鵠，能者一箭中，不能者千萬箭不能中。能之精者正中其心，次者中其心之半，再其次者與鵠相離不遠，其下焉者則旁穿雜出，而無可捉摸焉。其中不中，不離天分學力四字。孟子曰：'其至爾力，其中非爾力。'至是學力，中是天分。"（《詩話補遺》卷六）據此，他何嘗偏重在天分方面！"詩難其真也，有性情而後真，否則敷衍成文矣；詩難其雅也，有學問而後雅，否則俚鄙率意矣"（《詩話補遺》卷六）。提出一雅字爲目標，所以他並不反對師古，也不反對用典，因爲這是後天的事。《續詩品·安雅》云："雖真不雅，庸奴叱咤，悖矣曾規，野哉孔罵。君子不然，芳花當齒，言必先王，左圖右史。沈夸徵栗，劉怯題糕，想見古人，射古爲招。"論詩到此，幾疑隨園詩論，自相鑿枘了。"詩以真性情爲標榜，勢不得不擱置學問"（語見朱東潤《袁枚文學批評論述》），但是隨園的詩論，却正要以學問濟其性情。

詩既有先天後天之別，於是也有天籟人巧之分。《詩話》卷四云："蕭子顯自稱凡有著作，特寡思功，須其自來，不以力搆。此即陸放翁所謂'文章本天然，妙手偶得之'也。薛道衡登吟榻搆思，聞人聲則怒。陳后山作詩，家人爲之逐去貓犬，嬰兒都寄別家。此即少陵所謂'語不驚人死不休'也。二者不可偏廢，蓋詩有從天籟來者，有從人巧得者，不可執一以求。"天籟人巧也難偏廢，所以隨園論詩也並不偏重在天籟方面。不僅如此，他正要以人巧濟天籟。《詩話》卷一云："人稱才大者如萬里黃河與泥沙俱下，余以爲此粗才，非大才也。大才如海水接天，波濤浴日，所見皆金銀宮闕，奇花異草，安得有泥沙污人眼界耶？""才人膽大"，所慮的便是恃才奔放，不加檢點。《詩話》卷五引葉書山語云："人功未極則天籟亦無因而至,雖云天籟,亦須從人功求之。"這即是我所謂以人巧濟天籟的意思。

以學問濟性情,以人巧濟天籟,然後有篇有句,方稱名手。《詩話》卷五云:"詩有有篇無句者,通首清老,一氣渾成,恰無佳句,令人傳誦;有有句無篇者,一首之中非無可傳之句,而通體不稱,難入作家之選。二者一欠天分,一欠學力。"以學問濟性情,以人巧濟天籟,然後用的雖是名家的工夫,而到的却可以是大家的境地。《詩話》卷一云:"余道作者自命當作名家,而使後人置我於大家之中,不可自命爲大家,而轉使後人屏我於名家之外。"這般注意,然後大家才氣與名家工夫可以合而爲一。《詩話》卷三云:"詩雖奇偉,而不能揉磨入細,未免粗才;詩雖幽俊,而不能展拓開張,終窘邊幅。有作用人,放之則彌六合,收之則斂方寸,巨刃摩天,金針刺繡,一以貫之者也。"我所謂他於矛盾觀念中而得到調和者便是如此。

現在,索性再講一些關於詩的後天的事。

他不反對藻飾。《續詩品·振采》云:"明珠非白,精金非黃。美人當前,爛如朝陽。雖抱仙骨,亦由嚴妝。匪沐何潔!非熏何香!西施蓬髮,終竟不臧。若非華羽,曷別鳳凰!"又《答孫俌之》云:"詩文之道總以出色爲主,譬如眉目口耳,人人皆有,何以女美西施,男美宋朝哉!無他,出色故也。"(《尺牘》卷十)《詩話》卷七亦有此説,並引韓昌黎、皇甫持正之語,以伸色采貴華之説。他以爲"聖如堯舜,有山龍藻火之章;淡如仙佛,有瓊樓玉宇之號。彼擊瓦缶,披袍褐者,終非名家。"然而我們假使根據這些言語便以爲隨園論詩,重在藻飾,那便大誤。《詩話》卷十二又引宋詩話云:"郭功甫如二十四味大排筵席,非不華侈,而求其適口者少矣。"以爲此喻當錄之座右,然則隨園豈肯僅僅在藻飾上用工夫的。《詩話補遺》卷四云:"今之描詩者東拉西扯,左支右捂,都從故紙堆來,不從性情流出。"可知詞藻原應以性情爲根本。

他不反對音節。他以爲音韻風華都不可少(見《詩話》卷五)。"同一著述,文曰作,詩曰吟"(《詩話》)。便可知詩之音節不可不講。因此,凡"但貪序事毫無音節者"不能謂爲詩之正宗。"落筆不經意,動乃成韓、蘇",這正是彼之所戒(《詩話》卷二)。不過他雖重音節而對於"開口言盛唐,及好用古人韻者",他譏謂木偶演戲(《詩話》卷五);對於"講聲調而圈平點仄以爲譜者,戒蜂腰鶴膝叠韻雙聲以爲嚴者",他也認爲詩流之弊(《詩話補遺》卷三)。那麽他又何嘗專在音節上作考究!

他也不反對用典。他自謂每作咏古咏物詩必將此題之書籍無所不收(《詩話》卷一），可知他也不廢獺祭的工夫。他以爲"用典如陳設古玩，各有攸宜，或宜堂，或宜室，或宜書舍，或宜山齋"（《壽話》卷六），可知他又何嘗一定要廢典不用。"不從糟粕，安得精英"！他對於初學，正以爲"肯用典方去讀書"呢！然而他又以爲杜詩韓文無一字無來歷，乃宋人之附會，二人妙處正在沒有來歷。"憐渠直道當時事，不着心源傍古人"，這是元微之稱杜甫的話。"惟古於詞必已出，降而不能乃剽賊"，這是韓愈銘樊宗師的話。二人之詩文何嘗以來歷自豪（《詩話》卷三）。其《倣元遺山論詩》云"天涯有客太（《詩話》卷五太作號）詅癡，錯（《詩話》作誤）把抄書當作詩，抄到鍾嶸《詩品》日，該他知道性靈時"（《小倉山房詩集》卷二十七），則又顯然的以爲"詩之傳者都自性靈不關堆垛"了（《詩話》卷五）。"用一僻典，如請生客，如何選材，而可不擇"（《續詩品·選材》），則僻典不宜用也；"人有典而不用，猶之有權勢而不逞"（《詩話》卷一），則即普通之典亦不宜多用也。用典雖如陳設古玩，然而明窗淨几，正有以絕無一物爲佳者。那麼，專想以用典逞能者，又適爲隨園之所笑了。

他也不反對學古。《詩話》卷五謂"古來門戶雖各自標新，亦各有所祖述"；又謂"古人各成一家，業已傳名而去，後人不得不兼綜條貫，相題行事"。由前一義言，是標新立格，全由學古得來；由後一義言，是各種風格各種體製，都可研習以獵取精華。然而纔說學古，便又說學古之弊。"不學古人，法無一可；竟似古人，何處着我！"（《續詩品·着我》）所以說："人悅西施，不悅西施之影，明七子之學唐，是西施之影也。"（《詩話》卷五）這樣，所以要得魚忘筌，不要刻舟求劍（《詩話》卷二），要與之夢中神合，不可使其白晝現形（《詩話》卷六），要字字古有而言言古無（《續詩品·着我》），所以說："人閒居時不可一刻無古人，落筆時不可一刻有古人，平居有古人，而學力方深，落筆無古人，而精神始出。"然則他的主張還是以性靈爲根本。

此外，他不主理語，而又以《大雅》"於緝熙敬止，不聞亦式，不諫亦入"諸語，爲何等古妙！（《詩話》卷三）謂考據家不可與論詩，然又謂太不知考據者，亦不可與論詩（《詩話》卷十三）。類此諸例，多不勝舉，總之他關於詩的後天諸事，是纔立一義便破一義，纔破一義復立一義的。爲什麼要如此？他即怕人家執着，即怕人家不達。扶得東來西又倒，爲詩說敎，他不得不有這番苦心。

我們須認清，他所講的許多詩的後天的事，仍是以性靈爲根本。惟其以性靈爲根本，所以不要在這些問題上，充分講究以別立一格。他蓋以一般講性靈者，只重在先天的方面而不注意後天的方面，所以頗有流弊。他便想矯正這些流弊，所以兼顧到詩的後天的事。由其不欲在這些問題上充分講究以別立一格言,所以他纔立一義便破一義,纔破一義復立一義者,不為矛盾自陷。由其不欲只重在詩之先天的方面而兼顧到後天的方面言,所以他一方面講性靈,而一方面講音節風華等等,也不為自相鑿枘。

所以我們稱他為修正的性靈說。

一般性靈說所標榜者為自然,為渾成,為樸,為淡。隨園所論,也是如此;不過他較人家為多用一番工夫。"詩宜樸不宜巧,然必須大巧之樸;詩宜淡不宜濃,然必須濃後之淡"(《詩話》卷五)。大巧之樸,樸而不拙,濃後之淡,淡而不枯。毫釐之差,失以千里,其分別在是,其所以欲辨別者也在是。《詩話》卷七引陸鈗語云:"凡人作詩,一題到手,必有一種供給應付之語,老僧常談,不召自來,若作家必如謝絕泛交,盡行麾去,然後心精獨運,自出新裁,及其成後,又必渾成精當,無斧鑿痕,方稱合作。"《詩話》卷八引《漫齋語錄》云:"詩用意要精深,下語要平淡。"總之都是深入顯出之義。"得之雖苦,出之須甘,出人意外者,仍須在人意中"(《詩話》卷六)。這兩句,真是至理名言。論及隨園詩論,不可不注意及此。

惟然,所以他要勇改。《續詩品》云:"千招不來,倉卒忽至;十年矜寵,一朝捐棄。人貴知足,惟學不然,人功不竭,天巧不傳。知一重非,進一重境,亦有生金,一鑄而定。"惟然,所以他於勇改之後更要滅迹。《續詩品》又云:"織錦有迹,豈曰蕙娘;修月無痕,乃號吳剛。白傅改詩,不留一字,今讀其詩,平平無異。意深詞淺,思苦言甘,寥寥千年,此妙誰探。"

這即是所謂以學問濟性情,以人巧濟天籟的意思。《詩話》卷三云:"詩不可不改,不可多改。不改則心浮,多改則機窒。要像初揭黃庭,剛到恰好處。"不可不改者指人巧言,不可多改者指天籟言。從人巧再還到天籟,這是隨園與一般主性靈說者不同的地方。

隨園論詩,何以會如此呢?這有二因。其一,即我們以前屢屢提及的清代文學批評共同的風氣。他們都想於調和融合之中以自成其一家之言。其二,我們更須知道隨園詩論與其詩的作風有關。舒鐵雲《瓶水齋詩話》有云:"袁簡齋以詩古文主東南壇坫,海內爭頌其集,然耳食者居多。惟王仲瞿遊隨園門下,謂先生詩惟七律為可貴,餘體皆非造極。余讀《小倉山房集》一過,始歎仲瞿為知言。嘗論七律至杜少陵而始盛且備,為一變;李義山瓣香於杜而易其面目為一變;至宋陸放翁專工此體,而集其成為一變;凡三變而諸家之為是體者不能出其範圍矣。隨園七律又能一變,雖智巧所寓,亦風會攸關也。"我覺得此論頗具卓識。論隨園詩，論隨園的詩論，都應看出這一點。隨園正因長於七律，所以他論詩之談，真將此中甘苦，和盤托出者，也在七律的方面。《詩話》卷五有一節便論到這問題。

  作古體詩，極遲不過兩日，可得佳構；作近體詩或竟十日不成一首。何也？蓋古體地位寬餘，可使才氣卷軸，而近體之妙須不着一字自得風流。天籟不來，人力亦無如何。今人動輕近體而重古風，蓋於此道未得甘苦者也。葉庶子書山曰，"子言固然，然人功未極則天籟亦無因而至，雖云天籟亦須從人功求之"，知言哉！

這一節話很有關係。他所謂天籟不來人力亦無如何，即是他的性靈說。葉氏所謂人功未極則天籟亦無因而至，即是他的修改的性靈說。一般主性靈說者不一定長於律詩，所以可以擱置學問；而隨園却欲於七律之中講究性靈，則安得不顧到學問，安得不注重人巧！因此，其非自相鑿枘明甚。

（一九三八年《燕京學報》第二十三期）

竟陵詩論

近人每以公安與竟陵並稱,而屬之於小品文一類。實則公安與竟陵相同者,僅在反抗七子的一點。除此點外,公安、竟陵的作風正不相同。不僅作風不同,即其理論亦頗不一致。關於公安派之詩論,已見拙作《性靈説》一文,載《燕京學報》二十三期,兹不復述。至於竟陵派之詩論,自錢牧齋加以攻擊之後,一般人以耳爲目,都有貶視鍾、譚之意。即近人之提倡小品文者,對於公安、竟陵之作風雖加表彰,而於竟陵派之論詩宗旨,似亦未見有何闡發之處。本文所述,即在闡説竟陵派之論詩主張以明他在歷史上的地位;既不是貶彈,也不同提倡,只因爲詩論中間不妨有此一種主張,所以便有説明的需要。

竟陵派之領袖,是鍾惺與譚元春。鍾惺字伯敬,譚元春字友夏,皆竟陵人。二人以選《詩歸》齊名,並稱鍾、譚,因此有竟陵派之目。《明史》二百八十八卷附《文苑·袁宏道傳》。鍾氏所著有《隱秀軒集》,譚氏所著有《譚友夏合集》。

錢牧齋之論鍾、譚,謂"伯敬擢第之後,思别出手眼,另立深幽孤峭之宗,以驅駕古人之上";謂"當其創獲之初,亦嘗覃思苦心,尋味古人之微言奥旨,少有一知半見,掠影希光,以求絶出於時俗。"(見《列朝詩集小傳》丁中)這些話尚説得公允。蓋鍾、譚於詩原不是無所知見;而本其知見,也確能另立一宗。譚友夏之退谷先生墓誌銘,稱鍾氏"嘗恨世人聞見汨没,守文難破,故潛思遐覽,深入超出,綴古今之命脈,開人我之眼界"(《譚友夏合集》十二)。這也是實情,不爲諛辭。不過鍾、譚於詩雖有所見,但仍沾染明代文人習氣,只在文中討生活,所以覺其不學,只在文中開眼界,所以也多流弊。錢牧齋稱其"見日益僻,膽日益麤","以俚率爲清真,以僻澀爲幽峭","識墮於魔而趣沈於鬼",也未嘗不中其病痛。

不過平心而論,凡開創一種風氣或矯正一種風氣者,一方面爲功首,一方面又爲罪魁,這原是没法避免的事。即因此種偏勝的主張,固可以去舊疾,而亦容易致新疾。何況在時風衆勢之下,途徑既成,無論何種主張,都不能無流弊。其罪不在開山的人,而在附和的人。後人懲其流弊,而集矢於開創風氣的人,似未得事理之平。又即使開山的人已不能無流弊,然由文學批評史的慣例而言,作風容有偏至之失,批評每多無懈可擊。蓋批評是作者理想的標準,所以理論上每極圓滿。至作者之失,只在不能達此境界而已。後人以議其作品之弊,而攻擊其批評的主張,似也未得事理之平。

由前一點言,鍾、譚不過不欲再循七子途徑而已,不欲復蹈公安覆轍而已。他們於這兩方面原看得很清楚。鍾氏《詩歸序》云:"今非無學古者,大要取古人之極膚、極狹、極熟便於口手者,以爲古人在是。使捷者矯之,必於古人外自爲一人之詩以爲異,要其異又皆同乎古人之險且僻者,不則其俚者也,則何以服學古者之心。"(《隱秀軒文㞒集序》一)譚氏《詩歸序》云:"古人大矣,往印之輒合,遍散之各足,人咸以其所愛之格,所便之調,所易就之字句,得其滯者、熟者、木者、陋者,曰我學之古人,自以爲理長味深,而傳習之久,反指爲大家,爲正宗……而有才者至欲以纖與險厭之,則亦若人之過也。夫滯熟木陋,古人以此數者收渾沌之氣,今人以此數者喪精神之原。古人不廢此數者,爲藏神奇、藏靈幻之區,今人專借此數者,爲仇神奇、仇靈幻之物。"(《譚友夏合集》八)公安矯七子之膚熟,膚熟誠有弊,然而學古不能爲七子之罪。竟陵又矯公安之俚僻,俚僻誠有弊,然而性靈又不能爲公安之非。竟陵①正因要學古而不欲墮於膚熟,所以以性靈救之;竟陵又正因主性靈而不欲陷於俚僻,所以又欲以學古矯之。他們正因這樣雙管齊下,二者兼顧,所以要於學古之中得古人之精神。這即是所謂求古人之真詩。求古人之真詩,則自然不會襲其面貌,而同時也不會陷於輓近。學古則與古人之精神相冥合,而自有性情;抒情則與一己之精神相映發,而自中法度。論詩到此,豈復更有賸義!

這是鍾、譚所以要選《詩歸》之旨,而也是鍾、譚的論詩標準。鍾氏《詩歸序》又云:

> 詩文氣運不能不代趨而下,而作詩者之意興,慮無不代求其高。高者取異於途徑耳。夫途徑者,不能不異者也,然其變有窮也;精神者,不能不同者也,然其變無窮也。操其有窮者以求變,而欲以其異與氣運爭,吾以爲能爲異而終不能爲高。其究途徑窮,而異者與之俱窮,不亦愈勞而愈遠乎?此不求古人真詩之過也。

---

① 編者按:"竟陵"二字,疑作"公安"。

後人以竟陵詩風近於深幽孤峭,遂以爲竟陵欲別創深幽孤峭之宗,以取異於途徑,這正誤解了竟陵,後人之誤解,只以竟陵也欲求其高,所以似乎有類"取異於途徑"而已。然而鍾、譚都知道取異於途徑者,只能爲異而終不能爲高,所以他們並不欲取異於途徑。鍾、譚之病,只在因爲欲求古人真詩之故,強欲於古人詩中看出其性靈而已。強於古人詩中求其性靈,於是不得不玩索於一字一句之間。玩索之久,覺得某句奇妙,某字鮮穠,某是苦語,某是狠語,某字深甚,某字遠甚,到此地步,雖欲不走入魔道而不可能。這是鍾、譚的病痛所在。譚氏《詩歸序》云:"夫真有性靈之言,常浮出紙上,決不與衆言伍;而自出眼光之人,專其力,壹其思,以達於古人,覺古人亦有炯炯雙眸,從紙上還矚人。"他這樣疑神疑鬼,於是覃思苦心所得的一知半見,適足爲其入魔之助。牧齋所謂"見日益僻,膽日益麤"者,其原因乃在此。不過我們所應辨析者乃是鍾、譚本意,並不便要走上此僻見。而且他們自己也不覺此種看法爲僻見。譚氏《序》中又云:"法不前定,以筆所至爲法;趣不強括,以詣所安爲趣;詞不準古,以情所迫爲詞;才不由天,以念所冥爲天。"這真是通達之論,何嘗欲走入僻路!然而後人論定,總覺其走入僻路者,即因他們只在詩文中討生活,所以也成爲有意欲在詩文中開眼界。有意欲在詩文中開眼界,於是雖不欲取異於途徑,而結果仍成爲取異於途徑。竟陵正欲矯公安之俚與僻,然而牧齋之議竟陵,反說其"以俚率爲清真,以僻澀爲幽峭"。知及之,學不能副之,作品不能應之,這即是竟陵失敗的原因。而其癥結所在,即因只在詩文中討生活,強欲於古人詩中看出其性靈而已。不於古人詩中求性靈,是公安的流弊;強於古人詩中求性靈,是竟陵的流弊,公安與竟陵之異同,即在這一點。至於七子之流弊則又在徒知學古人之詩,規摹形似,結果埋沒了自己之性靈,同時也不能瞭解古人之性靈。

　　後來公安的作風,逐漸轉變,由性靈而趨向於學古,所以袁小修的見解轉與牧齋爲近。然而竟陵的成就,反由學古而局促於性靈,卒成爲牧齋所說的鬼趣與兵象,這真是鍾、譚所不及料。所以我總覺得如使僅在詩文中間討生活,則其理論無論如何得最上乘,明第一義,而下劣討魔,總會入其肺腑之間。鍾氏《詩歸序》云:"選古人詩而名曰《詩歸》,非謂古人之詩以吾所選爲歸,庶幾見吾所選者以古人爲歸也。引古人之精神,以接後人之心目,使其心目有所止焉,如是而已矣。"所選以古人爲歸,其學古原無可非議。然使後人之心目有所止焉,那便不能無流弊。可是,這真是没法避免的事。"何者?人歸之也。選者之權力能使人歸,又能使古詩之名與實俱徇之,吾其敢易言選哉!"鍾氏原是知道這種關係的。

不選，則古人之精神不顯，而鍾、譚之心目也無由表現。譚氏《古文瀾編序》云：
"選書者非後人選古人書，而後人自著書之道也。"（《譚友夏合集》八）他們正以選詩爲著書，所以可以表現其心目，而同時也可使後人之心目有所止焉。然而，即此便不能無流弊了。

錢牧齋謂"《詩歸》盛行於世，承學之士家置一編，奉之如尼丘之刪定"（《列朝詩集小傳》丁中）。一般人的附和推崇，這正是鍾、譚的不幸。然而在明代文人的風氣之下，欲使人不附和，不立門戶，又勢所難能。鍾氏《周伯孔詩集序》稱其"游金陵，欲袖夷門、博浪之椎，椎今名下士"（《隱秀軒文戼集序》二）。又《問山亭詩序》云："今稱詩不排擊李于鱗，則人爭異之；猶之嘉、隆間不步趨于鱗者，人爭異之也。"（同上）排擊是時風衆勢，步趨也是時風衆勢。"滔滔者天下皆是也"，所以鍾、譚一出，而天下又羣趨於竟陵了。

竟陵何嘗欲自成一派呢？何嘗欲取異於途徑呢？鍾氏於《潘穉恭詩序》云："穉恭之友有戴孝廉元長者，序穉恭詩，憂近時詩道之衰，歷舉當代名碩，而曰近得竟陵一脈，情深宛至，力追正始。竟陵不知所指。或曰，鍾子，竟陵人也。予始逡巡踧踖，舌撟而不能舉。近相知中，有擬鍾伯敬體者，予聞而省懲者至今。何則？物之有迹者必敝，有名者必窮。昔北地、信陽、歷下、弇州，近之公安諸君子，所以不數傳而遺議生者，以其有北地、信陽、歷下、公安之目，而諸君子戀之不能捨也。"（《隱秀軒文戼集序》又二）自有北地、信陽、歷下、弇州、公安之目，而李、何、李、王、三袁之詩以敝；自有竟陵之目，而鍾、譚之詩也以敝。敝之者，非北地、信陽、歷下、弇州、公安與竟陵，而是附和北地、信陽、歷下、弇州、公安、竟陵的人。附和者衆，其勢必窮。"勢有窮而必變，物有孤而爲奇"，這是鍾氏《問山亭詩序》中的話。明代文人所以出主入奴，互立壇坫，以相爭勝者，全由此種關係。譚氏《萬茂先詩序》云："吾輩論詩止有同志，原無同調。"（《譚友夏合集》九）卻不料當時詩人，同志一定要變爲同調。

由後一點言，鍾、譚以求古人眞詩之故，"察其幽情單緒，孤行靜寄於喧雜之中，而仍以其虛懷定力，獨往冥遊於寥廓之外"（見鍾氏《詩歸序》）。於是不求深幽孤峭，而自然能立深幽孤峭之宗。他強於古人詩中求性靈，於是得其所謂"幽情單緒"者。得其所謂"幽情單緒"，於是覺得"詩，清物也，其體好逸，勞則否；其地喜淨，穢則否；其境取幽，雜則否；其味宜淡，濃則否；其遊止貴曠，拘則否。"（見《隱秀軒文戼集序》二，《簡遠堂近詩序》）既知詩爲清物，好逸喜靜，宜幽澹而曠，那麼如何能不在其詩中表現此種境界！所以雖不求深幽孤峭，而自然能立深幽孤峭之宗。鍾氏《答同年尹孔昭書》云："我輩文字到極無煙火處,便是機鋒,自知之而無可奈何。"(《隱秀軒文往集》書牘一)又《與譚友夏書》云："曹能始言我輩詩清新而未免有痕,卻是極深中微至之言,從此公慧根中出。有痕非他,覺其清新者是也。"(同上)詩到有機鋒,到有痕可尋,又如何能不別立一宗。

所以鍾、譚詩原只詩中一格而已,假使沒有人附和,不成為風氣,則天地間有此一種詩,孤芳自賞,原也未為不可。沈春澤之序《隱秀軒集》云："後進多有學為鍾先生語者,大江以南更甚,然而得其形貌,遺其神情,以寂寥言精鍊,以寡約言清遠,以俚淺言沖澹,以生澀言新裁,篇章字句之間,每多重複,稍下一二語,輒以號於人曰,吾詩空靈已極。余以為空則有之,靈則未也。"可知鍾、譚詩之流弊,在當時已是如此了。蓋深幽孤峭之宗既立,有機鋒可執,有痕可尋,則學此種詩格者自然不能無此弊。不僅後進,即鍾、譚之詩言之也不能無此病,錢牧齋之論鍾氏詩謂："抉摘洗削,以淒聲寒魄為致,此鬼趣也;尖新割剝,以噍音促節為能,此兵象也。……鍾、譚之類豈亦《五行志》所謂詩妖者乎?"而其論譚氏詩,又謂："友夏詩貧也,非寒也;薄也,非瘦也;僻也,非幽也;凡也,非近也;昧也,非深也;斷也,非掉也;亂也,非變也。……要其才情不奇故失之纖,學問不厚故失之陋,性靈不貴故失之鬼,風雅不遒故失之鄙。"(均見《列朝詩集》)可知別立一宗的結果,往往走入魔道,能為異而不能為高。牧齋之論固不免稍涉苛刻,然在不了解鍾、譚詩者原不妨有此論調。鍾、譚求古人之幽情單緒,雖似稍僻,然而"人有孤懷,有孤詣",(見《譚氏詩歸序》)詩人之所感,原不必即是一般人之所感;詩人一時之所觸,原不必即是一般人習常之所觸。譚氏《汪子戊己詩序》云："詩隨人皆現,才觸情自生。"又云:"夫作詩者一情獨往,萬象俱開,口忽然吟,手忽然書。即手口原聽我胸中之所流,手口不能測;即胸中原聽我手口之所止,胸中不可強。"(《譚友夏合集》九)這些話很有些近於公安的口吻。然而由有孤懷孤詣的詩人看來,則所謂"一情獨往,萬象俱開"者,正有些近於現時象徵派詩人的看法。錢牧齋舉吳中朱槐批評鍾、譚之語,謂"伯敬詩'桃花少人事',訾之者曰,李花獨當終日忙乎?友夏詩'秋聲半夜真',則甲夜、乙夜秋聲尚假乎?"這種話真是不知象徵詩人之所感。孤懷孤詣,原須"以其虛懷定力,獨往冥遊於寥廓之外",庶幾"如訪者之幾於一逢,求者之幸於一獲",那得便以這種不周延之語來相詰難!牧齋又說:"世之論者曰鍾、譚一出,海內始知性靈二字,然則鍾、譚未出,海內之文人才士皆石人木偶乎?"(《列朝詩集小傳》丁中)我們假使以孤懷孤詣來解釋鍾、譚之所謂性靈,那麼真所謂"鍾、譚一出,海內始知性靈二字"。蓋鍾、譚之所謂性靈原不同於一般人之所謂性靈。昔人之批評，往往有不得要領而妄加雌黃者，此類是也。

我們即使再退一步，説鍾、譚之詩，以近象徵詩派之故不易得人了解，不免落於鬼趣兵象，那麼，無論如何，他在文學史上矯正一時風氣，不使黃茅白葦，千篇一律，其功也不可泯没。鍾氏《問山亭詩序》云："石公惡世之羣爲于鱗者，使于鱗之精神光燄不復見於世。李氏功臣，孰有如石公者！"那麼，在鍾、譚之時，稱詩者又一齊化而爲石公，"是豈石公意哉！"（見《戾集序》二）又其《與王穉恭兄弟》論江進之詩，謂"才不及中郎而求與之同調，徒自取狼狽而已。"又謂"國朝詩無真初盛者，而有真中晚。真中晚實勝假初盛，然不可多得。"又謂"學袁、江二公與學濟南諸君子何異，恐學袁、江二公，其弊反有甚於學濟南諸君子也。"他看到當日"牛鬼蛇神打油定鉸遍滿世界"，他知道"因襲有因襲之流弊，矯枉有矯枉之流弊。前之共趨，即今之偏廢；今之獨響，即後之同聲。"（《隱秀軒文往集》書牘一）所以寧願矯異而遁入僻道，不欲逐流以濟其惡濫。這真是鍾氏於《再報蔡敬夫》書中自述選輯《詩歸》之旨，所謂"一片老婆心，時下轉語，欲以此手口作聾瞽人燈燭輿杖"（見《往集》書牘一）。我們即就此一點言之，鍾、譚便不爲無功。

我們即使更退一步，説鍾、譚之詩雖能變七子公安之弊，然愈變愈下，其功不能掩其罪；那麼，再看他們的批評是如何。譚氏《袁中郎先生續集序》云："古今真文人何處不自信，亦何嘗不自悔。當衆波同瀉、萬家一習之時，而我獨有所見，雖雄裁辨口摇之，不能奪其所信。至於衆爲我轉，我更覺進，舉世方競寫喧傳，而真文人靈機自檢，已遁之悔中矣。此不可與鈍根浮器人言也。"（《譚友夏合集》八）鍾、譚是否有所悔，固不敢言；然由其批評見解言之，卻正不欲成派，不欲落痕。易言之，即不欲其中迹，不欲其有敝。

人家説鍾、譚不學，而他們則正欲以學救其弊。鍾氏《與譚友夏書》云："輕訛今人詩，不若細看古人詩；細看古人詩，便不暇訛今人也。"（《隱秀軒文往集》書牘一）他們何曾號呼叫囂，心麤膽橫，如牧齋之所言者。鍾氏《孫曇生詩序》云："人之爲詩，所入不同而其所成亦異。從名入、才入、興入者，心躁而氣浮；……從學入者，心平而氣實。"（《隱秀軒文戾集序》又二）從名入、才入、興入者，則欲其心之由躁而平，氣之由浮而實，必待年而成。年愈高，學愈進，則詩之所成也隨以異。從學入者，便不須如此。鍾氏論詩，正以從學入者爲高，是則竟陵論詩又何嘗廢學！

人家説鍾、譚詩貧而非寒，薄而非瘦，而他們正欲以厚救其弊。譚氏《詩歸序》云："吾未壯時見綴緝爲詩者，以爲此浮瓜斷梗耳，烏足好！然義類不深，口輒無以奪之。乃與鍾子約爲古學，冥心放懷，期在必厚。"鍾氏《陪郎草序》云："夫詩以靜好柔厚爲教者也。今以爲氣不豪，語不俊，不可以爲詩。予雖勉爲豪，學爲俊，而性不可化，以故詩終不能工。"(《隱秀軒文昃集序》又二)他所謂豪，即指七子；他所謂俊，即指公安。"豪則喧，俊則薄；喧不如靜，薄不如厚"，所以他要以靜好柔厚爲教。鍾、譚論詩均拈一"厚"字，何嘗欲其薄，欲其僻呢！蓋竟陵之學原出公安，所以偏重性靈而作風不免與公安一樣均失之薄。然而竟陵之學雖出公安，而偏欲不同於公安，故又欲矯正公安之失，而批評主張，遂拈出一"厚"字以爲對癥良藥。

因爲厚，不僅對於公安是對癥良藥，即對於竟陵也仍是對癥良藥。鍾氏《與弟恮書》云："慧處勿纖，幻處勿離，清處勿薄。"(《隱秀軒文往集》書牘一)即因偏重性靈之作最易犯此病症。當時曹能始批評鍾、譚詩，清新而未免有痕，鍾氏極以爲然，也以爲除以"厚"救之外，別無辦法。故《與譚友夏書》云："痕亦不可強融，惟起念起手時，厚之一字可以救之。如我輩數年前詩，同一妙語妙想，當其離心入手，離手入眼時，作者與讀者有所落然於心目，而今反覺味長，有所躍然於心目，而今反覺易盡者，何故？落然者以其深厚，而躍然者以其新奇。深厚者易久，新奇者不易久也。此有痕無痕之原也。"(《隱秀軒文往集》書牘一)可知他們矯正公安，同時也矯正自己。

他們以爲厚出於靈，所以學古而不落格調；他們又以爲靈歸於厚，所以論趣而不落於小慧。前者於七子不同，後者又於公安不同。這是他們所以雙管齊下之故，然而欲到此境地，卻是難得。

鍾氏《與高孩之觀察書》云：

> 詩至於厚而無餘事矣；然從古未有無靈心而能爲詩者。厚出於靈，而靈者不即能厚。嘗謂古人詩有兩派難入手處。有如元氣大化，聲臭已絕，此以平而厚者也；《古詩十九首》、蘇、李是也。有如高巖浚壑，岸壁無階，此以險而厚者也；漢《郊祀鐃歌》、魏武帝樂府是也。非不靈也，厚之極，靈不足以言之也。然必保此靈心，方可讀書養氣以求其厚。(《隱秀軒文往集》書牘一)

此即厚出於靈之說。他不是不知詩中有厚的境界，乃是知而未蹈，期而未至。厚必出於靈心，所以不欲摹擬古人之詩。而古人詩中有此境界，他也未嘗不知，只苦於無入手處耳。滄浪所謂無迹可求，殆即謂此。有迹便有痕矣；有痕便有入手處矣。鍾、譚論古人之詩,到這些地方便覺言語道斷。欲在一字一句上求其靈心,竟不可得,竟不可能,然而古人之詩又不是沒有靈心的。"非不靈也,厚之極,靈不足以言之也",所以只能以厚歸之了。

鍾氏於《東坡文選序》云:

> 今之選東坡文者多矣,不察其本末,漫然以趣之一字盡之。故讀其序記論策奏議則勉卒業而恐臥。及其小牘小文,則捐寢食徇之。以李溫陵心眼,未免此累,況其下此者乎?夫文之於趣,無之而無之者也。譬之人,趣其所以生也;趣死則死。人之能知覺運動以生者,趣所爲也。能知覺運動以生,而爲聖賢、爲豪傑者,非盡趣所爲也。故趣者,止於其足以生而已。今取其止於足以生者,以盡東坡之文,可乎哉!(《隱秀軒文戾集序》一)

此又靈歸於厚之説。有靈則有趣,然而趣止於其足以生而已!爲聖賢,爲豪傑,非盡趣之所爲,所以察其本末,則學問膽識,便不是趣之一字足以盡之。若使僅僅以趣爲主,便落於小智、小慧。爲人不可以小聰明、小機趣自限,爲詩又何可以性靈自限。此所以靈又必歸於厚。靈歸於厚則知竟陵作風,未可便以小品目之了。古人詩之所以難於入手,即難在這上面。鍾、譚詩之所以爲人詬病,又因爲不曾做到這一層。鍾、譚之所能説明者,僅於一字一句上探求古人之性靈而已;鍾、譚之所能做到者,又於一字一句上以表現自己之性靈而已。然而,即此便是機鋒,便是痕。落了機鋒,落了痕,便不會歸於厚。他們儘管見得到,無奈他們不易做得到。這真是沒有辦法的事。"詩文氣運不能不代趨而下,而作詩者之意興,慮無不代求其高。"此種情形,鍾氏原是深深知道的。我們現在論竟陵之詩與其詩論,也不可不注意這一點,否則便不易得到公允的論斷。

(一九四一年《學林》第五期)

肌理説

一　總　論

　　清代詩論以神韻、格調、性靈、肌理四説最爲流行。關於神韻、格調、性靈三説已曾陸續寫文披露於《燕京學報》。現在，專就肌理一説論之。

　　肌理説與神韻、格調、性靈三説有一大不同之點，即神韻等三説，都不始於清代，而是到清代，經漁洋、歸愚、隨園諸家之闡發，始得大成，而別立宗派的。至肌理之説，可説是始於清代。所以論神韻等三説可以溯其淵源，而肌理之説，則不重在淵源而重在影響。蓋神韻、格調、性靈諸説一經論定，此後就難有嗣響，即使續有闡發亦不易度越前賢。獨肌理之説則自翁氏覃溪拈舉以後，影響所及，幾披靡清季整個詩壇。這即是論述肌理説所應注意之點。

　　肌理之説始於翁方綱。翁氏所著有《復初齋詩文集》與《石洲詩話》等。其詩學雖出漁洋，但以欲矯神韻之弊，故拈"肌理"二字以救之。神韻之説偏於虛，故肌理之説偏於實。而翁氏論詩所以偏於實的緣故，又自有其關係，蓋漁洋雖不廢宋詩，却不宗宋詩中之江西派，而覃溪所得則於山谷爲多。又漁洋雖不廢學問，却不尚考據，而覃溪學問又以受當時考據派的影響爲多。所以現在假使欲溯肌理説之淵源，則凡論詩主學或論詩主宋之人，其論調每與覃溪爲近。朱竹垞彝尊之論詩，謂"天下豈有舍學言詩之理"（《曝書亭集》三十九《棟亭詩序》）。毛西河奇齡之論詩，謂"必窮經有年而後矢歌於一日，故夫風人者學士之爲也"（《毛西河合集》序十《俞石眉詩序》）。厲樊榭鶚之論詩謂"故有讀書而不能詩，未有能詩而不讀書。……書，詩材也。……詩材富而意以爲匠，神以爲斤，則大篇短章均擅其勝"（《樊榭山房文集》三《緑杉野屋集序》）。這些話都與肌理之説相合，不過片言隻語，未成系統，未能充分發揮而且也不曾標舉肌理二字，所以與神韻諸説之可溯其淵源者有些不同。

二　翁方綱之肌理説

1　對神韻與格調的看法

翁氏論詩,所不滿者即是隨園一派的性靈之説。至於神韻、格調二説,他並不反對,不過欲本於肌理説的立場加以修正而已。

先言神韻。翁氏於《新城縣新刻王文簡古詩平仄論序》中説"方綱束髮學爲詩,得聞先生緒論於吾邑黃詹事"(《復初齋文集》三)。黃詹事,即黃叔琳,受學於漁洋,所以覃溪詩學直接出於黃叔琳,間接出於王士禎,只因他所處的時代,正是漢學極盛的時代,不能不受考據學風的影響,所以拈出肌理二字而對神韻説遂取修正的態度。

他根本不承認神韻爲空寂,爲風致情韻。他於《坳堂詩集序》中説:"神韻者非風致情韻之謂也。今人不知,妄謂漁洋詩近於風致情韻,此大誤也。神韻乃詩中自具之本然,自古作家皆有之,豈自漁洋始乎?……漁洋所以拈舉神韻者,特爲明朝李、何一輩之貌襲者言之,此特舉其一端而非神韻之全旨也。"(《復初齋文集》三)是則一般人之認漁洋詩爲神韻既有所未盡,而漁洋之所謂神韻,也不是神韻之全旨了。那麼什麼是神韻之全旨呢?他又於《神韻論》闡説之云:

> 盛唐之杜甫,詩教之繩矩也,而未嘗言及神韻。至司空圖、嚴羽之徒,乃標舉其概,而今新城王氏暢之,非後人之所詣,能言前古所未言也!天地之精華,人之性情,經籍之膏腴,日久而不得不一宣洩之也。自新城王氏一倡神韻之説,學者輒目此爲新城言詩之祕,而不知詩之所固有者,非自新城始言之也。且杜云"讀書破萬卷,下筆如有神",此神字即神韻也。杜云"熟精文選理",韓云"周詩三百篇,雅麗理訓誥",杜牧謂"李賀詩使加之以理,奴僕命騷可矣"。此理字即神韻也。神韻者徹上徹下,無所不該,其謂羚羊挂角,無迹可求,其謂鏡花水月,空中之象,亦皆即此神韻之正旨也,非墮入空寂之謂也。其謂雅人深致,指出"訏謨定命,遠猷辰告"二句以質之,即此神韻之正旨也,非所云理字不必深求之謂也。然則神韻者是乃所以君形者也。(《復初齋文集》八《神韻論上》)

> 神韻無所不該,有於格調見神韻者,有於音節見神韻者,亦有於字句見神韻者,非可執一端以名之也。有於實際見神韻者,亦有於虛處見神韻者,有於高古渾樸見神韻者,亦有於情致見神韻者,非可執一端以名之也。此其

所以然,在著學者自領之,本不必講也。(《神韻論下》)

照這樣講神韻真是徹上徹下無所不該了。然而此所謂神韻,已與漁洋之所謂神韻不盡相同。蓋他所説是一種境界,一種造詣,所以可以無所不該,而同時也可於種種方面見神韻。《神韻論中》曾闡説之云:

"君子引而不復,躍如也,中道而立,能者從之。"……中道而立者,言教者之機緒引躍不發,只在此道内,不能出道外一步以援引學者助之使入也。只看汝能從我否耳。其能從者自能入來也。這是一個大圈,我只立在此大圈之内,看汝能入來與否耳。此即詩家神韻之説也。

照這樣講神韻,也真是只有隨其人之自得,而非人人可得問津了。這樣講神韻,當然與漁洋所言不盡相同,但是却可以本於肌理的立場以講神韻。因爲只須會得此意,則橫看成嶺,側看成峯,處處固可見神韻,實際也何嘗不可見神韻呢?

於次,再言格調,他也不反對格調,不過與李、何之言格調又不同。其《格調論上》云:

詩之壞於格調也,自明李、何輩誤之也。李、何、王、李之徒,泥於格調而僞體出焉,非格調之病也,泥格調者病之也。夫詩豈有不具格調者哉?《記》曰"變成方謂之音",方者音之應節也,其節即格調也。又曰"聲成文謂之音",文者音之成章也,其章即格調也。是故噍殺嘽緩直廉和柔之別由此出焉。是則格調云者非一家所能概,非一時一代所能專也。(《復初齋文集》八)

他所謂格調也是無所不該的。不是一家所能概,不是一時一代所能專,所以説"古之爲詩者皆具格調,皆不講格調,格調非可以口講而筆授也。唐人之詩未有執漢魏六朝之詩以目爲格調者,宋之詩未有執唐詩爲格調,即至金元詩亦未有執唐宋爲格調者,獨至明李、何輩乃泥執文選體以爲漢魏六朝之格調焉,泥執盛唐諸家以爲唐格調焉。於是不求其端,不訊其末,惟格調之是泥,於是上下古今只有一格調而無遞變遞承之格調矣。"(同上)他本於此種見地以反對明人之格調説,故其所謂格調又與明人之説不同,因爲他又是本於肌理説的立場,以肌理説爲中心的。

本於肌理説的立場，以肌理説爲中心，所以不滿於格調，同時也不滿於神韻。所不滿於格調的，因爲是摹擬，是襲取，所以説："化格調之見而後詞必已出也，化格調之見而後教人自爲也，化格調之見而後可以言詩，化格調之見而後可以言格調也。"（《格調論下》）所不滿於神韻的，也因爲是摹擬，是襲取，所以於《徐昌穀詩論》又發其義云："夫李雖與徐同師古調，而李之魄力豪邁，恃其拔山扛鼎辟易萬夫之氣，欲舉一世之雄才而掩蔽之，爲徐子者乃偏拈一格，具體古人，以少勝多，以靜攝動，藉使同居蹈襲之名，而氣體之超逸據其上矣。"又云："迪功詩七古不如五古，七律不如五律，七古七律又不如七絶，蓋能用短不能用長也。夫勢短字少則可以自掩其鑿痕，故蹈襲者弗病也。"（《復初齋文集》八）這些話正説出神韻之弊。漁洋論詩，推尊高、徐二家，固稍異於李、何、李王諸子，然而不免仍墮入明人格調一路，其關鍵即在於此。翁氏於《題漁洋先生戴笠像》云："夫空同、滄溟所謂格調，其去漁洋所謂神韻者奚以異乎？夫貌爲激昂壯浪者謂之襲取，貌爲簡淡高妙者，獨不謂之襲取乎？"（《復初齋文集》三十四）同樣是襲取，所以在他看來，神韻與格調簡直没有分别。他曾肯定地説："漁洋變格調曰神韻，其實即格調耳。"（《格調論上》）他看到一般貌爲簡淡高妙，一味走入空洞而按之没有實地的，覺得神韻之弊正與格調相等，所以由這一義言，肌理之説正所以救神韻之弊。

再有，本於肌理説的立場，以肌理説爲中心，則格調固不能立格，神韻也不能立格。格調之不能立格，即因非一家所能概，非一時一代所能專，强舉某一時代之格調以爲格，則無遞變遞承之格調，所以頑鈍而弗靈，泥滯而弗化。神韻之不能立格，又因好似能化，而不是根本解決，所以一樣有弊。其《神韻論中》云："射者必入彀而後能心手相忘也。筌蹄者必得筌蹄而後筌蹄兩忘也。詩必能切己切時切事——具有實地，而後漸能幾於化也。未有不有諸己，不充實諸己，而遽議神化者也。是故善教者必以規矩焉，必以彀率焉。神韻者以心聲言之也。心聲也者，誰之心聲哉！吾故曰先於肌理求之也。知於肌理求之，則刻刻惟規矩彀率之弗若是懼，又奚必其言神韻哉！"所以由這一義言，肌理之説，又爲所以得神韻之法。

2 肌理説之意義

Ⅰ 由考據學風言

由這樣説，所以他之所謂神韻、格調都是本於肌理説之立場而言的。於是，我們可以講到他的肌理説。

翁氏肌理之説,與其《詩法論》一文,可以相互映發。《詩法論》云:

> 法之立也,有立乎其先,立乎其中者,此法之正本探原也。有立乎其節目,立乎其肌理界縫者,此法之窮形盡變也。杜云"法自儒家有",此法之立本者也。又云"佳句法如何",此法之盡變者也。夫惟法之立本者,不自我始之,則先河後海,或原或委,必求諸古人也。夫惟法之盡變者,大而始終條理,細而一字之虛實單雙,一音之低昂尺黍,其前後接筍乘承轉換開合正變必求諸古人也。乃知其悉準諸繩墨規矩,悉校諸六律五聲,而我不得絲毫以己意與焉,故曰禹之治水行其所無事也。行乎所不得不行,止乎所不得不止,應有者盡有之,應無者盡無之,夫然後可以謂之詩,夫然後可以謂之法矣。(《復初齋文集》八)

他論法,有正本探源之法與窮形盡變之法之分,故其論肌理,亦有義理之理與文理條理之理二義。由義理之理言,所以藥神韻之虛,因爲這是正本探源之法。由文理條理之理言,又所以藥格調之襲,因爲這又是窮形盡變之法。翁氏固曾説過:"格調皆無可着手也,予故不得不近而指之曰肌理。"(《復初齋文集》十五《仿同學一首爲樂生別》)那麽肌理之説,正是他的着手之法。

這是肌理説的主要意義。我們上文説過,翁氏於詩,以得宋時江西派者爲多;翁氏於學,以得於當時考據派者爲多。所以由正本探源之法言,可見其受考據的影響;由窮形盡變之法言,又可見其受山谷的影響。

所謂正本探源之法,先河後海,或原或委,必充實學問。故其《論徐昌穀詩》以爲所以不免於蹈襲即因學古不得其法——不得正本探源之法。他説:"夫徐子知少作之非,悟學古之是,此時若有真實學古之人,必將引而深之,由性情而合之學問,此事遂超軼今古矣。"(《徐昌穀詩論》一)所以學古不足非,學古而不得其法繞足誤人,因此,他要以肌理之實以救神韻之虛。其《神韻論下》云:

> 詩自宋金元接唐人之脈而稍變其音。此後接宋元者全恃真才實學以濟之。乃有明一代徒以貌襲格調爲事,無一人具真才實學以副之者。至我國朝文治之光乃全歸於經術,是則造物精微之秘衷諸實際,於斯時發洩之。然當其發洩之初,必有人焉先出而爲之伐毛洗髓,使斯文元氣復還於冲淡淵粹之本然,而後徐徐以經術實之也。所以賴有漁洋首唱神韻以滌蕩有明諸家

之塵滓也。其援嚴儀卿所云：鏡中之花水中之月者，正爲滌除明人塵滓之滯習言之。即所謂詩有別才非關學之語，亦是專爲務博滯迹者，偶下砭藥之詞，而非謂詩可廢學也。須知此正是爲善學者言，非爲不學者言也。司空表聖《詩品》亦云"不着一字盡得風流"，夫謂不着一字，正是函蓋萬有也。豈以空寂言邪？

他以函蓋萬有解釋不着一字，即是以肌理爲本的神韻說。神韻說而以肌理爲本，纔能函蓋萬有而不滯於迹，有學而不爲學所累。這是他一方面受經術影響一方面又受神韻影響的關係。他甚至說："考訂詁訓之事與詞章之事未可判爲二途。"（《復初齋文集》四《蛾術集序》）又說："詩必研諸肌理而文必求其實際。"（同上，《延暉閣集序》）本於這種見地，於是斷然地說："士生今日，經籍之光盈溢於世宙，爲學必以考證爲準，爲詩必以肌理爲準。"（同上，《志言集序》）所以我說肌理之說是受當時考證學風的影響。

II　由山谷詩法言

然而我們上文說過，覃溪之學除受考據學派影響之外又深受山谷的影響，所以我們更須一述山谷的詩法。覃溪之所得於山谷詩法者有二語：曰"以古人爲師，以質厚爲本"，這是他與天下賢哲講詩論文宗旨之所在，（見《復初齋文集》三《漁洋先生精華錄序》；又《文集》四《貴溪畢生詩文序》）所以這也是肌理說的中心。我們假使本於上述二義而分別言之，則所謂以質厚爲本者，即是正本探源之法；所謂以古人爲師者，又是窮形盡變之法。蓋宋詩作風與唐不同。唐詩可重在境象超詣，而宋詩則重在着實，所以與肌理之說最爲脗合。《石洲詩話》之論宋詩云：

　　唐詩妙境在虛處，宋詩妙境在實處。……天地之精英，風月之態度，山川之氣象，物類之神致，俱已爲唐賢占盡。即有能者不過次第翻新，無中生有，而其精詣，則固別有在者。宋人之學全在研理日精，觀書日富，因而論事日密。如熙寧、元祐，一切用人行政往往有史傳所不及載而於諸公贈答議論之章，略見其概。至如茶馬鹽法河渠市貨一一皆可推析。南渡而後，如武林之遺事、汴上之舊聞、故老名臣之言行、學術師承之緒論淵源，莫不借詩以資考據，而其言之是非得失與其聲之貞淫正變，亦從可互按焉。（詩話四）

所以肌理之說也只有宋詩作風纔可與之配合,有這樣正本探源的真才實學,於是所本於山谷以古人爲師一語,也成爲窮形盡變之法。爲什麼?因爲他所謂師古,原不是摹擬其形貌。所以以古人爲師,一樣可以窮形盡變。他説:"凡所以求古者,師其意也,師其意則其迹不必求肖之也。孔子於《三百篇》皆絃而歌之以合於韶武之音,豈《三百篇》篇篇皆具韶武節奏乎?抑且勿遠稽《三百篇》,即以唐音最盛之際,若杜若李,若右丞、高、岑之屬,有一效建安之作,有一效顔謝之作者乎?宋詩盛於熙、豐之際,蘇黄集中有一效盛唐之作者乎?"(《格調論中》)他所謂師其意而不求肖其迹,即是一方面求諸古人,而一方面仍不失爲窮形盡變之法。因此他再説:"古今不善學杜者,無若空同、滄溟,空同、滄溟,貌皆似杜者也。古今善學杜者,無若義山、山谷,義山、山谷,貌皆不似杜者也。"(《復初齋文集》三十四《題漁洋先生戴笠像》)義山、山谷何以能不似杜而又學杜呢?即因他得窮形盡變之法。他説:"義山以移宫换羽爲學杜,是真杜也;山谷以逆筆爲學杜,是真杜也。"(《復初齋文集》十五《同學一首送别吴穀人》)所謂移宫换羽,所謂逆筆,都即是他論窮形盡變之法所謂"大而始終條理,細而一字之虚實單雙,一音之低昂尺黍,其前後接笋乘承轉换開合正變"之意義。山谷於詩,本是講究詩法的。這樣師古,儘可以盡古作之變,也可以成己作之變。然而,此種講法,與文人之論文所謂學古而又重神化者,没有什麼分别了。

尤其相像的,他溝通此正本探源之法與窮形盡變之法之關係,即用古文家有物有序之語。他以有物爲理之本,有序爲理之經,於是肌理之説更與文人之論文相近。翁氏有一篇《杜詩熟精文選理理字説》。謂:

> 若白沙定山之爲擊壤派也,則直言理耳,非詩之言理也。故曰"如玉如瑩,爰變丹青",此善言文理者也。理者治玉也,字從玉從里聲,其在於人則肌理也。其在於樂則條理也。《易》曰"君子以言有物",理之本也。又曰"言有序",理之經也。天下未有舍理而言文者。……自王新城究論唐賢三昧之所以然,學者漸由是得詩之正脈,而未免歧視理與詞爲二途者,則不善學者之過也。而矯之者又直以理路爲詩,遂蹈白沙定山一派,致啓詩人之訾謷,則又不足以發明六義之奥,而徒事於紛争疑惑,皆所謂泥者也。(《復初齋文集》十)

所以由窮形盡變之法言,雖受宋詩影響,然亦未嘗不兼受考證學風的影響。蓋他所謂肌理，本是義理與文理並重的。義理即出於文理，所以謂"蕭氏之爲選也，首原夫孝敬之準式，人倫之師友，所謂事出於沈思者，惟杜詩之眞實足以當之。"(《杜詩熟精文選理理字說》)因此，正本探源之法即是窮形盡變之法。文理又本於義理，所以謂"理者綜理也，經理也，條理也，尚書之文直陳其事，而詩所以理之也。直陳其事者非直言之所能理，故必雅麗而後能理之，雅正也，麗葩也，韓子又謂'詩正而葩'者是也。"(《復初齋文集》十《韓詩雅麗理訓詁說》)因此，窮形盡變之法，又即是正本探源之法。雙管齊下，而後肌理之義始全。

三　肌理說之餘波

1　方東樹

翁氏詩論以受漢學影響故與文人之詩論爲近，又以受山谷影響故又與宋詩派之詩論爲近。這兩種風氣直延續到清季，所以肌理說的影響也一直延續到清季。現在即以方東樹代表文人之詩論，而以何紹基代表所謂"同光體"之詩論。

方東樹所著有《昭昧詹言》，他本是桐城派的古文學者，所以本於論文的見解以論詩。

《昭昧詹言》卷一引李翔論文語所謂："文、理、義三者兼併，乃能獨立於一時而不泯於後代。"以爲此即學詩正軌。又引朱子論文語所謂"文章要有本領，此存乎識與道理，有源頭則自然着實"，以爲詩也如此，可知他認爲學詩學文並無差別。不僅如此，他再以作詩與著書並論，他以爲"凡著一書必使無一理之不具，否則偏隘"。又以爲"凡著一書必有宗旨，否則淺陋無本"。而以爲此二義也可通於詩，那麼，翁氏肌理之說，似乎眞可施之於詩了。他又說："無志可言強學他人說話，是謂言之無物。不解文法變化精神措注之妙，是謂言之無文無序。"此種議論，更與翁氏所言相合，然而實在本是桐城文人論文的見解。

方氏論詩宗旨如此，所以不滿意於隨園，又不滿意於歸愚，也不滿意於阮亭。他對於當時神韻、格調、性靈諸說，都有微辭，也即因他與覃溪一樣本於肌理的立場。他要在作風上貫通古今，使學古而自見面目，又要於作風上融洽唐宋，使合度而臻於變化，所以於充實學問之外也更重在文法。他說：

> 讀古人詩文當須賞其筆勢健拔雄快處，文法高古渾邁處，詞氣抑揚頓挫處，轉換用力處，精神非常處，清眞動人處，運掉簡省筆力嶄絕處，章法深妙不可測識處，又須賞其興象逼眞處，或疾雷怒濤，或淒風苦雨，或麗日春敷，

或秋清皎潔,或玉佩瓊琚,或蕭慘寂寥,凡天地四時萬物之情狀,可悲可泣,一涉其筆如見目前,而工拙高下,又存乎其文法之妙。至於義理淵源處,則在乎其人之所學所志,所造所養矣。(《詹言》一)

義理之淵源與文法之妙同時並重,這是文人的詩論,而也是肌理說的主張,所以他於山谷詩法亦頗有發揮之處。在方氏以前,桐城文人如姚薑塢、姚惜抱二氏,其論詩亦推尊山谷,早有此論。所以文人的主張正與肌理說相映發,因為是同一學風同一宗主的關係。

2　何紹基

清季宋詩運動中有所謂"同光體"者,即指同治、光緒以來詩人不專宗盛唐的一派。同光體之詩宗主三元,上元開元,中元元和,下元元祐,於開元取杜,於元和取韓,於元祐取黃而兼及於蘇,這是同光間詩人所奉的圭臬。所以他們能打破分唐分宋的界限而別成一種作風。

宋詩運動之發軔原不始於同光。陳衍《石遺室詩話》謂:"有清一代詩宗杜、韓者,嘉、道以前推一錢籜石侍郎,嘉、道以來則程春海侍郎、祁春圃相國,而何子貞編修、鄭子尹大令,皆出程侍郎之門,益以莫子偲大令、曾滌生相國諸公率以開元、天寶、元和、元祐諸大家為職志,不規規於王文簡之標舉神韻、沈文愨之主持溫柔敦厚,蓋合學人詩人之詩二而一之也。"在此數語中已把同光體的真面目暴露無遺。蓋清詩自道光以後,一直走上學人與詩人之詩相合為一的一條路,所以也可說是肌理說之餘波。

蓋當時一方面受文人學者的影響,看不起性靈一派,不欲流於滑易,即神韻之空寂、格調之浮響也在摒棄之列。所以對於黃詩特加推崇。曾國藩《題彭旭詩集後》云:"大雅淪正音,箏琶實繁響。杜韓去千年,搖落吾安放。涪翁差可人,風騷通胚響。造意追無垠,琢辭辨倔彊。伸文揉作縮,直氣摧為枉。自僕宗涪公,時流頗忻嚮。"(《曾文正公詩集》一)正可看出這一種風氣。另一方面則又受時局動盪的影響。當時海禁已開,國家多故,具有敏銳感的文人,更覺得前途的黯淡不安,於是言愁欲愁,其表現力量遂深刻而真摯。在這種詩格中真覺談神韻談格調都無是處,即侈言性靈如隨園一流之矜弄聰明者,也覺其大不相侔。姚永概《書鄭子尹詩後》云:"生平怕讀鄭莫詩,字字酸入心肝脾。"又可看出這一方面的風氣。

於是,可以談到何紹基之詩論。

何氏《東洲草堂文鈔》卷五,有《與汪菊士論詩》十九則,又《題馮魯川小像册論詩》十五則,皆其論詩精湛之語,而提要鉤玄則在《使黔草自序》。他説:

> 詩文不成家不如其已也,然家之所以成,非可於詩文求之也,先學爲人而已矣。規行矩步,儒言儒服,人其成乎?曰非也。孝弟謹信,出入有節,不愍於中,亦酬應而已矣。立誠不欺,雖世故周旋,何非篤行!至於剛柔陰陽,稟賦各殊,或狂或狷,就吾性情,充以古籍,閲歷事物,真我自立,絶去摹擬,大小偏正,不枉厥材,人可成矣。於是移其所以爲人者,發見於語言文字,不能移之斯至也。日去其與人共者,漸擴其己所獨得者,又刊其詞義之美而與吾之爲人不相肖者,始則少移焉,繼則半至焉,終則全赴焉,是則人與文一,人與文一,是爲人成,是爲詩文之家成。(《東洲草堂文鈔》三)

這些話亦屢見於與馮魯川、汪菊士二人論詩語中,故知是他論詩主恉之所在。但是此種論調雖與性靈相近,却與隨園作風絶不一樣。蓋他所謂真性情,仍本於平日明理養氣,仍重在孝弟忠信大節,(見《與汪菊士論詩》)這正是翁方綱所謂"由性情而合之學問"的主張。所以説:

> 温柔敦厚詩教也,此語將《三百篇》根底説明,將千古做詩人用心之法道盡。凡刻薄吝嗇兩種人必不會做詩。詩要有字外味,有聲外韻,有題外意,又要扶持綱常,涵抱名理,非胸中有餘地,腕下有餘情,看得眼前景物,都是古茂和靄,體量胸中意思,全是愷悌慈祥,如何能有好詩做出來。(《題馮魯川小像册論詩》)

那麼,温柔敦厚正是真性情的流露處,以前袁子才與沈歸愚之爭論,即爲了這問題,如照何氏所言,那麼袁、沈之爭就覺得無謂了。所以他講性情不是口角婉媚輕率之語,不是目前瑣屑猥俗之事,而要此心與天地之氣相通。(見《與汪菊士論詩》)

做到這種境地,必有賴於學問,所以説:"作詩文必須胸有積軸,氣味始能深厚,然亦須讀書看書時從性情上體會,從古今事理上打量。於書理有貫通處,則氣味在胸,握筆時方能流露。蓋看詩能貫通,則散者聚,板者活,實者虛,自然能到腕下,如餖飣零星以强記爲工,而不思貫串,則性靈滯塞,事理迂隔,雖填砌滿紙,更何從有氣與味來。故詩文中不可無考據,卻要從源頭上悟會。有謂作詩文不當考據者,由不知讀書之訣,因不知詩文之訣也。"(《題馮魯川小像册論詩》)那麼義理、考據、詞章在此種理論中真合而爲一。學人之詩與詩人之詩,當然也合而爲一。

必這樣以學問濟性靈,然後可以表現時代而不流於淺薄。因此,他再說:"做人要做今日當做之人,即做詩要做今日當做之詩。必須書卷議論,山水色相,聚之務多,貫之務通,恢之務廣,鍊之務重,卓之務特,寬作丈量,堅作築畚,使此中無所不有,而以大氣力包而舉之。然未嘗無短篇也,尺幅千里矣,未嘗無淡旨也,清潭百丈矣。"(《與汪菊士論詩》)論詩到此,亦真是無所不有,覺得漁洋、歸愚、隨園諸人雖立論能圓而作風尚偏,不免依舊沾染明人的習氣。必如此無所不有,纔見得是清代的學風。由肌理說言,可說是最能發揮"義理"一義的了。

再進一步,於是講到如何移其所以爲人者發見於語言文字。這也不是容易的事。他說:"心聲心畫無可矯爲,然非刻苦用一番精力,雖人已成就,不見得全能搬移到紙上。所以古來名人不是都會詩文字畫。"(《題馮魯川小像册論詩》)他又說:"作詩文自有多少法度,多少工夫,方能將真性情搬運到筆墨上。"(《與汪菊士論詩》)可知法度工夫,也是他所注意的事。肌理說中"文理"一義,一樣也是他所注重的。

他再說過:"落筆要面面圓,字字圓。所謂圓者,非專講格調也。一在理,一在氣。理何以圓?文以載道,或大悖於理,或微礙於理,便於理不圓。……非平日平心積理,凡事到前銖兩斟酌,下筆時又銖兩斟酌,安得理無滯礙乎?氣何以圓?用筆如鑄,元精耿耿貫當中,直起直落可也,旁起旁落可也,千回萬折可也,一戛即止亦可也,氣貫其中則圓。"(《與汪菊士論詩》)此仍是積理養氣之說。他所謂理圓之說,即翁氏正本探源之法;氣圓之說,又即是窮形盡變之法。這樣,所以雖主學古,而不會落於格調派的模擬。

最後,仍用其《使黔草自叙》中的話來作結。他舉出用力之要,曰"不俗二字盡之矣"。做人要不俗,做詩也要不俗。

所謂俗者非必庸惡陋劣之甚也。同流合污,胸無是非,或逐時好,或傍古人,是之謂俗。直起直落,獨來獨往,有感則通,見義則赴,是謂不俗。高松小草,並生一山,各與造物之氣通,松不顧草,草不顧松,自爲生氣,不相假借,泥塗草莽糾紛拖沓,沾濡不別,腐期斯至。前哲戒俗之言多矣!莫善於涪翁之言曰："臨大節而不可奪,謂之不俗。"欲學爲人,學爲詩文,舉不外斯恉。

做人要做到"道理所在隨步換形,毫無沾滯",便是不俗。要做到"素位而行,利害私見本不存於中,臨大節時也正是素位而行,如何可奪",便是不俗。這是正本探源之法,做詩文要做到"不黏皮帶肉則潔,不強加粉飾則健,不設心好名則樸,不橫使才氣則定,要起就起,要住就住,不依傍前人,不將就俗目",也是不俗。這又是窮形盡變之法。在當時一般爲宋詩者,其理論殆無不可與肌理說相通。

3　常州派之詞論

清代學風不僅影響到文論、詩論,即詞論也受其影響。清詞自常州派後,闡意内言外之旨,別裁僞體,上接風騷,於是風氣一變,襟抱學問,噴薄而出,詞體始尊而詞格始正,實則關鍵所在,也不外由才人之詞與詞人之詞一變而爲學人之詞而已。此風既啓,直至清末,爲詞者殆無不受其影響。譚獻《復堂日記》卷二謂"填詞至嘉慶,俳諧之病已净。……周介存有從有寄托入以無寄托出之論,然後體益尊學益大,近世經師惠定宇、孔艮庭、段懋堂、焦里堂、宋于庭、張皋文、龔定盦多工小詞,其理可悟。"所以清季之詞也可看作肌理說之餘波。

常州派始於張惠言。張氏《詞選序》始標意内言外之旨,以爲詞蓋詩之比興,與變風之義騷人之歌爲近,故以深美閎約爲宗,推崇正聲而不取放浪通脱之言。自此以後,始立門庭。其後周濟《詞辨》本其旨而推闡之,謂:"感慨所寄不過盛衰,或綢繆未雨,或太息厝薪,或己溺己飢,或獨清獨醒,隨其人之性情學問境地,莫不有由衷之言,見事多,議理透,可爲後人論世之資。詩有史,詞亦有史,庶乎自樹一幟矣。"這與何紹基之論詩可謂同一見解,竟可視爲詞壇中的肌理之說。他又以爲"初學詞求空,空則靈氣往來,既成格調求實,實則精力彌滿。初學詞求有寄托,有寄托則表裏相宜斐然成章;既成格調求無寄托,無寄托則指事類情,仁者見仁,知者見知",所謂精力彌滿即是正本探源之法的作用;所謂指事類情,仁者見仁,知者見知,又是窮形盡變之法之作用。所以也不外於肌理之說。即其講鍼鏤,講鉤勒,講片段,講離合,也還是肌理說中注意的問題。

此後晚清詞家沿襲其風,雖宗主不免稍有出入,而大體傾向,寧晦無淺,寧澀無滑,寧生硬無甜熟,則相一致。舉其較著者則陳廷焯之《白雨齋詞話》即可爲其代表。

《白雨齋詞話》之論詞主恉,即在沈鬱二字。"所謂沈鬱者,意在筆先,神餘言外,寫怨夫思婦之懷,寓孽子孤臣之感,凡交情之冷淡,身世之飄零,皆可於一草一木發之,而發之又必若隱若見,欲露不露,反復纏綿,終不許一語道破,匪獨體格之高,亦見性情之厚。"(卷一)這樣講詞,是從詞格以發揮詞旨,固是最切實最平正的見解。蓋詞體篇幅不大,酣暢奔放,均非所宜,所以詩如五七言大篇即不盡沈鬱亦別有可觀,而曲則嬉笑怒罵皆成文章,又正以酣暢奔放爲宜。所以沈鬱之説,即本於張氏意内言外之旨,而實則正是從詞體中體會出來的爲詞體所獨具的風格。所以説:"唐五代詞不可及處,正在沈鬱,宋詞不盡沈鬱……然其佳處亦未有不沈鬱者。"(卷一)

沈鬱之説,好似與肌理無關,實則"不根柢於風騷烏能沈鬱"。沈鬱固不能離性情,亦更不能無學問。"尖巧新穎病在輕薄,發揚暴露病在淺盡"。蓋又因性情之厚也正在學問之深。這與何紹基的論調也有些相似。"沈則不浮,鬱則不薄",是性情厚處也正是學問深處。是謂人與詞合。蓋詞體不同詩體,正因篇幅之小,所以不宜言肌理,却不妨言沈鬱。言肌理便不免過於着實,言沈鬱則雖仍是肌理之旨,却與詞體相合。所以此種論調仍是肌理説之餘波。

因此,他講到沈鬱之法又歸於比興。他説:

> 宋德祐太學生《百字令》《祝英臺近》兩篇,字字譬喻,然不得謂之比也,以詞太淺露,未合風人之旨。如王碧山咏螢咏蟬諸篇,低回深婉,託諷於有意無意之間,可謂精於比義。若興則難言之矣。託喻不深,樹義不厚,不足以言興,深矣厚矣而喻可專指,義可强附,亦不足以言興。所謂興者意在筆先,神餘言外,極虛極活,極沈極鬱,若遠若近,可喻不可喻。反覆纏綿,都歸忠厚。(卷六)

做詞到極沈極鬱,而又極虛極活,那麽所謂正本探源與窮形盡變二者又可謂各極其妙了。當時如況周儀之《蕙風詞話》,謂"作詞有三要,曰重、拙、大"。其意亦可與沈鬱之説相參。蓋這都是學人之詞的講法,不過没有肌理説這般講得明顯而已。

(一九四六年《国文月刊》第四十三、四十四期)

論詩詩之話

我以前寫《詩話叢話》時，即以論詩詩爲詩話中之一種。現在《文訊》編輯先生要我續寫詩話叢話，因先就昔人之論詩韻語加以論述。這是詩話中一種特殊的體裁，所以更有論述的需要。

一

論詩韻語雖亦肇端於《三百篇》，但其完成一體，則始於杜甫之《戲爲六絕句》。杜氏六絕，義本明顯，不過爲韻體所限，畢竟不能如散文這般流暢清楚，所以歧解紛紜，幾乎莫衷一是。我以前曾寫過《少陵戲爲六絕句集解》，覺得衆說紛紜，頗有出入之處，不僅見仁見智，異其見地，即字句之解釋也往往有頗不相同者。因此，《論詩詩之話》真有他的必要。

"庾信文章老更成，凌雲健筆意縱橫。今人嗤點流傳賦，不覺前賢畏後生"。這是少陵六絕句中的第一首。自來解此詩者，當以楊慎《丹鉛總錄》之說，最得杜老論詩宗旨。他以爲："庾信之詩爲梁之冠冕，啓唐之先鞭。史評其詩曰綺豔，杜子美稱之曰'清新'，又曰'老成'。綺豔清新，人皆知之；而其老成，獨子美能發其妙。余當合而衍之曰，綺多傷質，豔多無骨，清易近薄，新易近尖。子山之詩綺而有質，豔而有骨，清而不薄，新而不尖，所以爲老成也。"這幾句話泛論庾詩，並不重在解釋全詩，但是頗合杜老作風，而且也得其論詩之旨。我曾拈出此說，而時人頗多不以爲然。第一個是李辰冬君，以爲杜甫說的是"老更成"，不是"老成"。我因在《戲爲六絕句集解》中答之云：

或乃病楊氏之解"老更成"爲老成，爲未明少陵詩意。殊不知"老更成"三字，至爲明顯；盧元昌、吳見思、仇兆鰲、浦起龍諸人亦均解爲"老而彌健"，升庵通識，其智豈出此諸人下！且證諸少陵他詩，更有"自笑狂夫老更狂"（《犯夫》）、"階面青苔老更生"（《院中晚晴懷西郭茅舍》）、"交情老更親"（《奉簡高三十五使君》)諸句,句法正同。又其詠懷古跡詩亦有"庾信生平最蕭瑟,暮年詩賦動江關"之句,此正與"庾信文章老更成"一語相互發明。升庵博學亦豈不知之!顧其獨以老成與清新對舉而言者,亦以此首之論庾信文章,本重在下一句"凌雲健筆意縱橫"之語。"凌雲健筆意縱橫",則與所謂清新云者不盡相同。是故凌雲健筆之句,固爲評其老而更成之文,而亦未嘗不可以"老成"二字概括盡之。蓋以凌雲健筆一語,不可與清新二字對舉而言,故即用詩中"老成"二字連綴爲詞。曰老成,則"凌雲健筆意縱橫"之意自在,且可與清新對舉而言矣。此正與盧興淮、史炳諸氏之稱老健者相同,焉得遽以語病譏之!須知升庵此語,本非解其全詩,而"老成"二字亦祇所取爲形容凌雲健筆一語。若欲泥而求之,謂爲誤解,斯真不免太重字句矣。

後來我寫《文學批評史》的時候,因爲這些贅語毋庸列入,所以删去,不料却又引起傅東華君的誤解。《文學》九卷一期有傅東華君《清新與老成》一文,謂"所謂老更成是説老而更成熟",因言"老成是指功候而言,清新是指風格而言,風格的差別無關於功候"。所説的也未嘗不對,但是並不是我引楊説的意思,恐怕更不是升庵的意思。所以此首杜詩本自明白,被楊慎離開了這首詩以解庾信之詩而引出誤會;楊慎之解本亦明白,復被近人拘泥了杜詩以理解楊説,于是對楊説也生了誤解。

二

少陵《戲爲六絕》,如所謂"爾曹身與名俱滅,不廢江河萬古流","龍文虎脊皆君馭,歷塊過都見爾曹"云云,猶可説有寓言自況之意。至元好問《論詩三十首》,則是就詩論詩,非由憤激。觀其首章謂"漢謡魏什久紛紜,正體無人與細論",末章謂"撼樹蚍蜉自覺狂,書生技癢愛論量"云云,可知只緣文人癖習,別無作用。而昔人謂其寓家國興亡之感,實無所據。元氏自注是詩爲"丁丑歲三鄉作",丁丑爲金宣宗興定元年,時先生二十八歲,金雖危殆,猶未滅亡,何從引起什麼興亡之感,所以元氏論詩,只是書生伎倆,不過與後來王漁洋之論詩絕句又自不同。元氏論詩,於衡量作家之中,自有其疏鑿標準,與王氏之隨意摭拾者不同,這即是元氏所謂"誰是詩中疏鑿手,暫教涇渭各清渾"也。

正因元氏論詩有其疏鑿標準,故此《論詩三十首》可與元氏其他詩文相互啓發。如元氏《自題〈中州集〉後五首》之一云:"鄴下曹劉氣儘豪,江東諸謝韻尤高。

若從華實評詩品,未便吳儂得錦袍。"此與詩中所謂:"曹劉坐嘯虎生風,四海無人角兩雄。可惜并州劉越石,不教橫槊建安中。"又"鄴下風流在晉多,壯懷猶見缺壺歌。風雲若恨張華少,溫李新聲奈爾何"云云,正是同一意旨。又如詩中"心畫心聲總失真,文章寧復見爲人"云云,與其《小亨集序》所謂詩重在誠之意相合。"今人合笑古人拙,除却雅言都不知"與"真書不入俗人眼,兒輩從教鬼畫符"云云,又與其《小亨集序》所謂詩重在雅之意相合。又其《杜詩學引》云:"竊嘗謂子美之妙,釋氏所謂學至於無學者耳。"此亦與詩中"少陵自有連城璧,爭奈微之識碔砆"之説相合。我們假使以元注元,則元氏論詩宗旨,也即可在此三十首中疏鑿出來的。

三

王士禛有《戲效元遺山論詩絕句》三十六首,而現在登在集中的只有三十五首。晚年撰《精華録》時,又删去"京兆風情粉黛叢"、"李杜光芒萬丈長"、"詩好官卑顧九華"諸首,僅存三十二首。考王氏《漁洋詩話》謂"予往如皋馬上成論詩絕句四十首,從子净名啓浣作注,人謂不減向秀之注莊",那麽,王氏初稿且有四十首了。

王氏論詩,本於所謂"不着一字,盡得風流"之旨,故與元遺山又不一樣,不加衡量,不下品隲,言外之意悉憑讀者自作體會。詩中有一首云:"五字清晨登隴首,羌無故實使人思。定知妙不關文字,已是千秋幼婦詞。"這即是他的論詩宗旨,所以他的説詩態度,往往只叙其事,不加論斷。於是,又開了後人論詩的方便法門,有清一代的論詩絕句,大都是受漁洋的影響。

實則漁洋詩中,如"解識無聲絃指妙,柳州那得比蘇州"、"不解雌黄高仲武,長城何意貶文房"、"元白張王皆古意,不曾辛苦學妃豨"云云,以及"杜家箋傳太紛拏,虞趙諸賢盡守株。若爲南華求向郭,前惟山谷後錢盧"、"鐵崖樂府氣淋漓,淵穎歌行格儘奇;耳食紛紛説開寶,幾人眼見宋元詩",又"濟南文獻百年稀,白雪樓空宿草菲。未及尚書有邊習,猶傳林雨忽沾衣"諸詩,未嘗不有衡量之意。至如後人之論詩絕句,或分論一時代,或專主一地域,臚舉作家,加以論述,那纔成爲叙述詩人本事的本事詩了。

正因漁洋論詩重在述事,而偶爾透露,還有一些衡量之意,所以與其筆記詩話所言多可闡發。如"挂席名山"一首、"濟南文獻"一首可引《香祖筆記》,"漫郎生及"一首可引《池北偶談》,"風懷澄懷"一首曾見《分甘餘話》與《古夫于亭雜錄》,《草堂》樂府一首、"中州何李"一首亦見《池北偶談》,"三代而還"一首見《居易錄》,"接跡風人"一首可參《七言詩凡例》,"澹雲微雨"一首見《漁洋詩話》,"溪水碧於"一首見《池北偶談》及《香祖筆記》,"曾聽巴渝"一首見《分甘餘話》。他如"濟南文獻"一首又可見漁洋文中《跋邊習詩集》,"中州何李"及"文章煙月"二詩可參漁洋所選《徐高二家詩鈔》。所以與後人之作一味述事者不同。

四

正因漁洋論詩亦發議論,於是由漁洋論詩絕句所引起的論詩詩也可一述,以見昔人見仁見智之異。茲先錄漁洋詩而以他人詩注之於後。

杜家箋傳太紛拏,虞趙諸賢盡守株。若爲南華求向郭,前惟山谷後錢盧。

原注:"牧齋有《讀杜小箋》,德水有《讀杜微言》。"(翁方綱《宿德州作》)我行德水濱,緬懷德水子。結亭以杜名,日奉杜陵祀。虔若事父師,自謙鈔胥爾。其鈔世罕聞,聞亦莫之喜。益都香草生,知我役經此。比年寓我書,款門訪故紙。獲歸置輿中,讀之風雪裏。編香乖次第,點竄失文理。豈惟昧杜義,蓋未喻詩旨。微文(疑當作微言)又一編,漁洋所稱是。惜哉不得見,躑躅徒永涘。嘗愛胥鈔名,託意良有以。涪翁大雅記,早得杜家髓。盡掃箋詁釋,乃見真子美。近時仇朱輩,掇拾益蕪鄙。誰識鸞鳳律,一洗箏琵耳。來者或未知,往者咸在矣。……(《復初齋詩·己亥》)

風懷澄澹推韋柳,佳處多從五字求。解識無聲弦指妙,柳州那得並蘇州。

(楊深秀《論詩絕句》)誰妄言之誰妄聽,故將韋柳兩相形。漁洋不識唐靈運,真賞終輸野史亭。

廣大居然太傅宜,沙中金屑苦難披。詩名流播雞林遠,獨媿文章替左司。

(《桑弢父詩》)大辨才從覺悟餘,香山居士老文殊。漁洋老眼披金屑,失却光明大寶珠。(《隨園詩話》卷三引)

三代而還盡好名,文人從古善相輕。君看少谷山人死,獨有平生王子衡。

（朱笠亭《讀明人詩絕句》）海內談詩一派分，浚川恩怨漫紛紜。何如太白山人好，特起蒼頭見異軍。自注云："浚川因少谷'海內談詩王子衡，春風坐徧魯諸生'語，至爲之經紀其喪，蓋激於空同送昌穀詩，歷數當代詞人不及之也。太初不與李何通郵，卓然自立，要自可貴。"（《雪橋詩話續集》卷六引）

正德何如天寶年，寇侵三輔血成川。鄭公變雅非關杜，聽直應須辨古賢。

（錢桂笙《仿元遺山體論明詩絕句》）奄豎憑權盜寇延，當年時事已紛然。詩人憂國緣忠愛，何必中原血滿川。（《錢隱叟遺詩》卷一）

翩翩安定四瓊枝，司直（皇甫涍）司勳（皇甫汸）絕妙詞。底事濟南高月旦，僅存水部（皇甫濂）數篇詩。

原注："安定，謂皇甫兄弟。滄溟撰詩刪，入選者子約一人耳。"

（張之杰《讀明詩》五十二首）四美翩翩玉樹枝，才華清婉並驅馳。品題幸有漁洋在，共賞風流絕妙辭。（《學福齋詩鈔》卷二）

中州何李並登壇，弘治文流競比肩。詎識蘇門高吏部，嘯壺鸞鷟獨逌然。

（錢桂笙《仿元遺山體論明詩絕句》）蘇門清嘯韻逌然，節短音哀劇可憐。卻笑諸公爭復古，遺音獨此奏朱絃。（《錢隱叟遺詩》卷一）

文章煙月語原卑，一見空同迥自奇。天馬行空脫羈勒，更憐譚藝是吾師。

（林壽圖《題李獻吉集後》）鸞鳳凌虛馬脫羈，漁洋妙諦自評詩。絕潢斷港求滄海，未見危湍出峽時。（《黃鵠山人詩初鈔》十三）

楓落吳江妙入神，思君流水是天真。何因點竄澄江練，笑煞談詩謝茂秦。

謝榛《詩家直說》改謝朓之"澄江淨如練"作"秋江"。

（朱璿《臨清弔謝茂秦》）詞伯曾傳謝四溟，百年河岳此鍾英。風塵老作

諸侯客,韋布高懸國史名。奕世有人尋馬鬣,故交當日負雞盟。漁洋漫笑秋江練,一字何嘗玷一生。(《崇雅堂詩稿》五)

五

正因漁洋論詩不着一字,所以意趣難求,有時不免於誤解。如詩中"涪翁掉臂自清新,未許傳衣躡後塵。卻笑兒孫媚初祖,強將配饗杜陵人"。原注:"山谷詩得未曾有,宋人強以擬杜,反來後世彈射,要皆非文節知己。"此與漁洋鈔《七言詩凡例》所謂"山谷雖脫胎於杜,顧其天姿之高,筆力之雄,自闢門庭,宋人作江西家派圖以配食子美,要亦非山谷意也"正是同一意思。而翁方綱《石洲詩話》以其説得含渾,乃解作:"山谷學杜,得其微意,非貌杜也。即或後人以配食杜陵亦奚不可。而此詩以爲未許傳衣,則專以清新目黃詩,又與所作《七言詩凡例》之旨不合矣。遺山云:'論詩寧下涪翁拜,未作江西社裏人。'此不以山谷置江西派圖中論之也。漁洋云:'却笑兒孫媚初祖,強將配食杜陵人。'此專以山谷置西江派圖中論之也。山谷是江西派之祖,又何待言!然而因其作西江派之祖,即不許其繼杜則非也。吾故曰遺山詩初非斥薄江西派也,正以其在論杜一首中,與義山並推其繼杜,則即不作一方之音限之可矣。此不斥薄江西派,愈見山谷之超然上接杜公耳。近日如朱竹垞論詩頗不愜於山谷,惟漁洋極推山谷,似是山谷知己矣,而此章却又必拘拘置之西江派,不許其嗣杜,揆之遺山論詩,孰爲知山谷者,明眼人必當辨之。"這一節話,顯然不是漁洋意思。漁洋只謂:"黃詩自成家,不必以杜詩相鎮壓,竊笑後之奉爲配享者反非知己耳。"(見鄭獻甫《補學軒文集》卷一《書石洲詩話後》)翁氏利用王詩的不着議論,於是妄加穿鑿,反近於詆諆漁洋了。實則黃詩雖得杜詩一體,而既獨自成家,面目全非,即其不爲少陵範圍之處。山谷固謂:"我不爲牛後人。"(《贈高子勉》)説山谷學杜,固爲山谷所承認;説山谷摹杜,不能出少陵的範圍,那就未必爲山谷所願意接受。金武祥《粟香隨筆》卷五稱於書肆購有翁覃溪學士爲戴可亭相國手批《精華錄》四册,其評此詩云:"李義山極不似杜而善學杜者無過義山,黃山谷極不似杜而善學杜者無過山谷。"又云:"以山谷配杜固不必也,然而山谷詩處處皆杜法也。"這尚是比較公允的論調。

(一九四八年《文訊》第八卷第三期)

照隅室詩談

一

談詩,很容易聯想到韻。什麼是韻?《文心雕龍》説:"同聲相應謂之韻。"必須同聲,才得相應。相應,于是有節奏,于是成音節,節奏的表現,即在相當距離上能有有規則的重復。重復,故須同聲。有相當距離,才顯得出相應。這即是韻的作用。

因此,韻,可以看作節奏的符號作用。《後漢書·五行志》所載的《董逃歌》:

> 承樂世,董逃。游四郭,董逃。蒙天恩,董逃。帶金紫,董逃。行謝恩,董逃。整車騎,董逃。垂欲發,董逃。與中辭,董逃。出西門,董逃。瞻宫殿,董逃。望京城,董逃。日夜絶,董逃。心摧傷,董逃。

這個歌不押韻,但是每句後都間以"董逃"二字,言董卓雖跋扈,終歸逃竄,那麽"董逃"二字也就起了韻的作用,很便于歌唱。

這是民歌中常用的手法,所以即使押了韻,有時還于韻外,襯以樂聲。這種現象,到現在還保存。少數民族的民歌中也有這現象。因爲這能加强節奏的作用,所以最適合于徒歌。

舊詩中接近民歌的也有這現象。梁鴻《五噫歌》就是顯著的例子。

> 陟彼北芒兮,噫!顧瞻帝京兮,噫!宫室崔巍兮,噫!
> 人之劬勞兮,噫!遼遼未央兮,噫!

此歌有押韻處,有不押韻處,但是每句末都綴以"噫"字,韻的作用就加强了。

清末黃遵憲有《都踴歌》:

長袖飄飄兮髻峨峨,荷荷。裙緊束兮帶斜拖,荷荷。分行逐隊兮舞傞傞,荷荷。往復還兮如擲梭,荷荷。回黃轉綠兮同挼莎,荷荷。中有人兮通微波,荷荷。貽我釵鸞兮饋我翠螺,荷荷。呼我娃娃兮我哥哥,荷荷。柳梢月兮鏡新磨,荷荷。雞眠貓睡兮大不呵,荷荷。待來不來兮歡奈何,荷荷。一繩隔兮阻銀河,荷荷。雙燈照兮暈紅渦,荷荷。千人萬人兮妾心無他,荷荷。君不知兮棄則那,荷荷。今日夫婦兮他日公婆,荷荷。百千萬億化身菩薩兮受此花,荷荷。三千三百三十二座大神兮聽我歌,荷荷。天長地久兮無差訛,荷荷。

此歌述民間的風俗,也即用民間的音節。這是民歌中生動活潑的長處,可以採用,來豐富詩的音節變化的。

二

韻,既是節奏的符號作用,那麼詩既重在音節,何以有時韻文中却又有不押韻的呢?這有幾點原因:

一、要韻來湊詩,不要詩去湊韻。韻來湊詩,則一氣貫注。意既生動,音也瀏亮,所以即使無韻,也不覺蹇澀。杜甫《石壕吏》詩"暮投石壕邨,有吏夜捉人。老翁踰牆走,老婦出門看。""邨""人"押韻,"走""看"二字便非韻。固然,"真""文"至"元""寒"可以通押,"邨"、"人"、"看"三字可以看作同韻,但如顧炎武《日知錄》看作無韻之句亦未嘗不可。《日知錄》謂"詩以義爲主,音從之。苟其義之至當,而不可以他字易,則無韻不害。漢以上往往有之。"那麼看作無韻之句,似乎更長一些。後人不知此義,于是有的把它改作"老婦出門首",使"首"與"走"押,其實"首"字牽強得很,有的改作"老婦出看門",使"門"與"邨""人"二字押,那就更講不通了。所以一方面詩要用韻,一方面詩又不妨有無韻之句,不要勉强湊韻。

二、句可押韻,讀不必押韻。舊時標點,分別句讀,不論義句音句,都是這樣。李白《野田黃雀行》"游莫逐炎洲翠,棲莫近吳宮燕。吳宮火起焚巢窠,炎洲逐翠遭網羅。"首二句也無韻。爲什麼也可以不用韻呢?這是把它當作"音讀"看的。詞中音讀,可以用韻,也可以不用韻。不用韻者謂之"藏韻",因爲和通篇的韻,不是一韻。蘇軾《水調歌頭》:"我欲乘風歸去,又恐瓊樓玉宇,高處不勝寒。"兩讀"去""宇"押韻。又"人有悲歡離合,月有陰晴圓缺,此事古難全",兩讀"合"

"缺"押韻。而毛主席的《水調歌頭》"不管風吹浪打,勝似閑庭信步,今日得寬余"與"更立西江石壁,截斷巫山雲雨,高峽出平湖"。對這幾個音讀都不押韻。而且,就此調講,反以不押韻者爲常,押韻者爲變。所以李白此詩是可以當作音讀看的。

　　三、重在吟的須押韻,重在歌的不必押韻。吟,必須拉起了調子來唱,所以重韻。歌,則有時可以結合舞蹈,再由動作來表現,所以可以不必押韻。古《采蓮曲》:"江南可采蓮,蓮葉何田田,魚戲蓮葉間。魚戲蓮葉東,魚戲蓮葉西,魚戲蓮葉南,魚戲蓮葉北。"此辭前三句有韻,後四句就沒有韻。但是我們假使設想這是用于歌舞之曲,那麼前三句可以大家合唱,而後四句可以各人各唱,有的唱了往東去,有的唱了往西去,東西南北,分頭走去,豈非更合歌舞情境!那麼,何必拘泥于用韻呢?昔人只從歌辭方面去看,所以認爲奇格,假使看作舞曲,那就很平常合理的了。

　　四、用韻不必全在句末,所以句末可不用韻。諺語中如"比上不足,比下有餘"之類可說是句首韻。如"種瓜得瓜,種豆得豆"之類,可說是句首和句中韻。因此如李尤《猛虎行》"飢不從猛虎食,暮不從野雀栖,野雀安無巢,游子爲誰驕"。首二句無韻,但都用"不從"二字,也就可以看作句中韻了。前面所舉的李白《野田黃雀行》的首二句,所以可不用韻,其實也是這個道理。

(一九五〇年八月三日《文匯報》)

從《誠齋詩話》的時代談到楊萬里的詩論

一

　　最近從事編審《辭海》的工作，偶在"誠齋詩話"一條中發現一些問題。這條初稿的原文是這樣："因爲這是楊萬里早年的著作，那時他的作風還未變，所以在這書裏可以看到江西派的主張。"這就引起了我的注意，因爲我以前沒有聽説過此書是楊萬里早年著作的講法。後來一想，編寫《辭海》，不能憑主觀臆説，隨意捏造，一定有它的根據，於是再找它的娘家，纔知道這是朱東潤《中國文學批評史大綱》中的講法，不過説得圓活一些，沒有像初稿這般説得肯定罷了。但是我對此説，仍不免懷疑，於是祇能費一些考據工夫，想確定這一部書的著作時代。

　　楊萬里詩的作風是經過幾度變更的。據其詩集自序，大抵少年之作多受江西詩派影響。在這時期所作的詩約有一千多篇，到一一六二年(高宗紹興三十二年，壬午)，作風轉變，於是把它焚燬，而且從此以後不再學江西派詩了。這是第一次最大的轉變，當時楊萬里已三十五六歲。從這年以後，他改變了學習的方向，專學陳師道五言律、王安石七言絶。到一一七〇年(孝宗乾道六年，庚寅)又改變了學習方向，專學唐人絶句，有劉夢得《竹枝詞》風格。在這些時期中，由於兩度轉變了學習的方向，作風也跟着起了變化，但是這變化還是比較小的，因爲根本沒有跳出學習的圈子。不過在這個過程中間，對於楊萬里詩風成爲"誠齋體"這一點上來講，却起着決定性的作用。因爲他這樣學習唐人絶句，就在有意無意間接受了民歌的優點。在這種關係上，可説基本上已奠定了"誠齋體"的風格。祇因他還沒有跳出學習古人的圈子，所以在這時期中，他認爲"用力最勤而作詩最少"。從一一六二年到一一七七年(孝宗淳熙四年，丁酉)僅得詩五百八十二首。這是第二次的轉變，也還是他詩作歉收的時代。到一一七八年(淳熙五年)作詩忽若有悟，於是不再向唐人及王、陳、江西諸君子學習，這才創造和完成了他自己特有的作風。所以這個"悟"，可能是受到民歌的啓發。這是他第三次更大的轉變。到此時期纔不覺得作詩之難,而成爲他詩作的豐收階段,同時也顯出了"誠齋體"的特點。以上是他的詩風轉變的過程。

《誠齋詩話》是代表他的論詩主張的。是不是也可以在這中間看出他論詩主張的轉變過程呢? 不能。因爲《詩話》祇有一卷,篇幅較小,而且在這一卷之中再夾雜着許多論文之語,當然不容易看出它的轉變過程了。在《詩話》中,看不出他論詩主張的轉變過程,却存在着較多的江西派的論詩主張,那麼猜想它是楊萬里早年之作,是壬午以前的作品,似乎也很講得過去,不會十分錯誤的。但這種看法,未免過於簡單化。我們的結論,恰恰和這種看法相反,認爲是楊萬里晚年的作品。

於何證之? (一) 姜夔的生卒年雖無可徵考,但如夏承燾《唐宋詞人年譜》定姜夔生年在一一五五年(高宗紹興二十五年,乙亥)這還是比較早的。姜夔生年,祇能在這一年之後,不會在這一年之前。這一年,楊萬里二十九歲,對姜夔來講,當然是前輩。所以《誠齋詩話》中說:"自隆興以來,以詩名者,林謙之、范致能、陸務觀、尤延之、蕭東夫。近時後進,有……姜夔堯章。"假使說《誠齋詩話》作於壬午以前,那麼即使說是壬午年吧,從一一五五到一一六二年,此時姜夔也祇有八歲。以八齡幼童已能爲楊萬里所賞識,見於《誠齋詩話》中,寧非笑談! 假使姜夔生年還在一一五五年之後(如陳思定在紹興二十八年,馬維新定在紹興三十年),或者《誠齋詩話》之寫成,像他們所猜想的,還在一一六二年之前,那麼姜夔連八歲都不夠呢! 考姜夔於孝宗淳熙間始識蕭德藻,而姜夔之認識萬里,則由德藻所介紹,然後再由楊萬里介紹給范成大。這是姜夔和當時詩人認識的經過。據楊萬里《誠齋集》卷二十二《送姜夔堯章謁石湖先生》詩,可能是楊、姜二人相識之始。此詩編在淳熙丁未春間,這年是一一八七年(孝宗淳熙十四年),那麼《誠齋詩話》的寫成祇能在一一八七年以後,此時楊萬里已是六十一歲的老翁了。(二)《誠齋詩話》中再講到洪景廬入翰林爲學士的事實。景廬名邁,洪邁是在一一八六年,即孝宗淳熙十三年爲翰林學士的。假使再說得簡單一些,只須看書中稱高宗孝宗,那就可知此書之成,一定在孝宗以後,更不用說在紹興壬午以前了。所以可以肯定地說,《誠齋詩話》是在楊萬里詩風轉變、"辭謝唐人及王、陳、江西諸君子,皆不敢學"之後才寫成的。這一部書,决不是他早年的著作,不可能在一一六二年(壬午)以前。

二

《誠齋詩話》的時代考定了,出現了一個新的問題,即是爲什麼楊萬里到晚年還不肯放棄他早年所接受的江西派詩人的論詩主張？在《誠齋詩話》中存在着江西派的論詩主張，確是事實。例如《詩句有偶似古人者》一條、《詩有驚人句》一條、《初學詩者須學古人好語》一條、《詩家用古人語而不用其意》一條、《庾信月詩》一條、《杜蜀山水圖》一條、《淵明子美無已三人作九日詩》一條，都是推衍江西詩人點鐵成金、奪胎換骨之說的。此外，還講到翻案法，還講到以實爲虛，以俗爲雅，也都是江西詩論的緒餘。那麼我們對這種現象，又將怎樣解釋呢？固然，我們可以說，（一）詩話之體，本屬隨筆性質，不是系統的著作，所以有些矛盾並不足怪，不妨在書中存在一些江西派的見解。（二）楊氏此書雖寫定於晚年，但也不妨採用舊稿，所以可以存在一些少年時代的見解。這兩種解釋也講得通，但我們還不能滿足，覺得這僅僅是一種猜想，不能算是圓滿的答覆。

因此，問題不在《誠齋詩話》這部書是早年之作或晚年之作，而在這部書既是晚年之作，爲什麼會有他早年的見解——和他詩風不相配合的見解。這才是新的課題。楊萬里對他早年學江西派所作的詩是深惡痛疾的，寧願把它焚毀而無悔，爲什麼對江西派的詩論，到晚年還捨不得放棄呢？"黃陳籬下休安脚"，他是明顯地喊出入室操戈的口號的，那麼對於江西派的理論何以還拳拳服膺，加以闡述呢？這好似一個謎。但這個謎，卻是問題的核心。

這個問題，比較重要，說得誇大一些，可說是南北宋文學批評史上的一個重要問題，再說得擴大一些，可說是對性靈說評價的根本問題。無可諱言，宋代詩壇，是籠罩在學古的空氣之下的。學白居易，學李商隱，學李白，學杜甫，甚至在蘇、黃之後，還有學蘇、學黃、學後山、學簡齋的風氣。在這種風氣之下，當然祇能走上形式主義的道路。而江西派詩人就是朝這個方向進行的。此外一些人，即使作風有些轉變，但是沒有從根本上解決問題，基本上還是屬於形式主義的。這一點，我們不要被一些好聽的理論所迷惑。我們要從本質看問題。

詩，假使從狹義的觀點來看，不把宋人的詞納入詩的範圍，那麼這種詩體，到唐代已經完成，宋人既不能打破陳規，也就祇能從學古入手。但是文學畢竟是創作，死板的學，是不會令人滿意的。於是一些成家的作家就要在學古之中創造自己的風格。江西派的開山祖師黃庭堅就是在這方面獲得成功的。他一方面在學習中悟到了規律，於是講句法，講詩律，一方面又不欲死於"法"和"律"之下，要戞戞獨造，要奪胎換骨。他在《贈高子勉》詩中說"妙在和光同塵，事須鈎深入神。聽它下虎口著，我不爲牛後人"，就是這些意思。他一方面要立"法"和"律"，一方面又要破這"法"和"律"。這是不是矛盾呢？不。這在他的理論上還是統一的，不矛盾的。立"法"和"律",固然是形式主義;破"法"和"律"也同樣還是形式主義。這是形式主義者不可避免的矛盾,所以後起的江西派詩人,就特別強調一個"悟"字。"悟"就是統一這立和破的矛盾的關鍵。曾季貍《艇齋詩話》中說:"後山(陳師道)論詩說換骨,東湖(徐俯)論詩說中的,東萊(呂本中)論詩說活法,子蒼(韓駒)論詩說飽參,入處雖不同,其實皆一關捩,要知非悟不可。"這就說明了江西派詩人的共同論點,在個"悟"字。祇有"悟",纔不會死於"法"下,死於"律"下。後山《答秦少章》詩云:"學詩如學仙,時至骨自換。"這就說明了關鍵在"時",在工夫。學到工深,一旦變化,完成自己的風格,這就是悟,是換骨。東湖"中的"之說雖不可考,但就昔人的記述來看,似乎重在自得,自得纔能"道盡眼前景致"(呂本中《童蒙詩訓》引),這就是中的。他曾說過:"斯道之大域中,我獨知之濠上"(趙銭《鷄林子》引),所以他也不會泥於陳法的。至於東萊"活法"之說,則更說得明白。他一面強調"悟",一面又強調"活法"。《童蒙詩訓》說:"作文必要悟入處。悟入必自工夫中來,非僥倖可得也。"又於《夏均父集序》中說:"學詩當識活法。所謂活法者,規矩備具,而能出於規矩之外,變化不測,而亦不背於規矩也。是道也,蓋有定法而無定法,無定法而有定法。知是者,則可以與語活法矣。"這更說明了定法和活法的轉變關係,是從工夫中悟入的。子蒼《贈趙伯魚》詩云:"學詩當如初學禪,未悟且遍參諸方。一朝悟罷正法眼,信手拈出皆成章。"那麼遍參之說也即是要多方面的學習,纔容易得到啓發,死學一家是難得變化的。綜合以上這些理論,可知未悟前是形式主義,既悟後也還是形式主義,講定法是形式主義,講活法也還是形式主義。儘管講換骨,講中的,祇要本質不變,也就依舊沒有跳出形式主義的圈子。楊萬里的學詩過程,也曾遍參諸方,結果變了,從江西詩變爲"誠齋體"了,但是本質還沒有大變,所以直到晚年依舊可以接受和闡說江西詩派形式主義的主張,就是這個關係。

我們再看楊萬里《江西宗派詩序》中說的一段話:

> 盍嘗觀夫列禦寇、楚靈均之所以行天下者乎!行地以輿,行波以舟,古也。而子列子獨御風而行,十有五日而後反,彼其於舟車,且烏乎待哉!然則舟車可廢乎?靈均則不然。飲蘭之露,餐菊之英,去食乎哉!芙蓉其裳,寶璐其佩,去飾乎哉!乘吾桂舟,駕吾玉車,去器乎哉!然朝閶風,夕不周,出入乎宇宙之間,忽然耳,蓋有待乎舟車,而未始有待乎舟車者也。今夫四家者流,蘇似李,黃似杜。蘇、李之詩,子列子之御風也。杜、黃之詩,靈均之

乘桂舟、駕玉車也。無待者,神於詩者歟！有待而未嘗有待者,聖於詩者歟！

這一節話很妙。詩法句律好比舟車;學古人的詩法句律,好比使用舟車。舟車是不可廢的,但是對待如何使用舟車的態度,却可以因各人的天分學力而有所不同,學到工深,可以有待乎舟車而未始有待乎舟車。這正是呂本中所說的"規矩備具而能出於規矩之外"的意思。得魚忘筌,登岸捨筏,並不是說筌筏可棄,舟車可廢,而是在工夫純熟之後,得心應手,不必拘拘於法而自能合於法,這纔是所謂聖於詩者。黃庭堅就可說是在這方面有他的成就的,而楊萬里也是在這方面肯定他的成就的。那麽,我們說楊萬里的詩論基本上還是形式主義的,也不算寃屈他了。這樣,《詩話》中存在着江西派的見解,也就毫不奇怪了。所以從他的詩論來講,還是統一的,不矛盾的。

三

這樣解釋,是不是說明問題了呢？不。還沒有完全說明。假使有人再問:江西派詩人都講到悟,都重在活法,爲什麽從總的傾向來講,還是江西詩,不能像楊萬里這般成爲"誠齋體"呢？楊萬里《江西宗派詩序》中說:"形焉而已矣,高子勉不似二謝,二謝不似三洪,三洪不似徐師川,師川不似陳後山,而況似山谷乎？味焉而已矣,酸鹹異和,山海異珍,而調腼之妙,出乎一手也。"所以江西派詩人的講"悟",可以各有不同的形,但不能不有共同的味。這是江西詩成爲"派"的主要原因。至如楊萬里呢,則調腼之妙似乎不是出乎一手了,怎麽還可以說是基本上是形式主義呢？

剝蕉抽繭,我們必須再進一步解決這個新的問題。從表面看,"誠齋體"的詩,好似反形式主義的,所以更容易迷惑人。其實,這種詩風,也是有所秉承的。與黃庭堅同時而稍前的蘇軾,詩如其文,也是萬斛泉源,一瀉無餘,稱性而談,機趣橫生,可說不是形式主義的了,但是由於很帶一些唯心主義的傾向,所以和形式主義還是有千絲萬縷的血肉關聯。蘇軾《詩頌》說:"衝口出常言,法度去前軌,人言非妙處,妙處在於是。"又《重寄》詩中說:"好詩衝口誰能擇。"似乎是力反形式主義的了。但是蘇軾詩也並沒有擺脫當時學古風氣的影響。他想從學古中走向自然,正和江西詩人想從定法走向活法是同樣的意思。他也是不廢舟車的,不過天分高些,學而能化,不受古人的束縛,所以好似"無待乎舟車"罷了。"無待乎舟車",並不是說舟車可廢,乃是能從古人的法度中化作自己的法度,這纔是他所説的"法度去前軌"。隨物賦形,文成法立,則法自我創,便是我使法,而不是爲法所使了。所以楊萬里説他是"神於詩者"。這一些近於性靈的話頭,比形式主義者的講法當然要好一些,但是如果帶了唯心主義的傾向,賣弄機趣,脱離實際,那麽基本上還是屬於形式主義的。不從本質看問題,祇從表面來看,則蘇軾、楊萬里都可説有反形式主義的企圖,但是他們的實質仍然未脱形式主義的範圍。

　　我們假使這樣分析來講楊萬里的詩,那就容易理解它的本質了。"誠齋體"和江西派詩確有不同。不同之點,即因他們大家雖都講"悟",而悟的情趣、體會又各有不同。江西派詩人之所謂"悟",是從黄庭堅"我不爲牛後人"這些意思體會來的,所以儘管講活法,但是祇成爲江西派的詩。楊萬里之所謂"悟",則是從蘇軾"衝口出常言"這些意思體會來的。減少了形式主義的傾向,却增加了唯心主義的傾向,於是就有禪宗呵佛罵祖的習氣,要自成一格,而於有意無意之間也就接近於性靈説了。蘇軾之後有韓駒。韓駒雖列名江西派中,但他自己却不很同意。他的詩"一朝悟罷正法眼,信手拈出皆成章",已有性靈傾向。稍後有吴可。吴可的《學詩詩》説:"學詩渾似學參禪,頭上安頭不足傳。跳出少陵窠臼外,丈夫志氣本衝天。"楊萬里受這種思想的影響,所以説:"儂問佳句如何法,無法無盂也没衣。"所以説:"傳派傳宗我替羞,作家各自一風流。"這是楊萬里所以能不屬於江西派詩而成爲"誠齋體"的原因。

　　但是,無可諱言,他的詩是脱離現實的,所以變來變去並不能反映現實,依舊落入了形式主義。因此,在晚年所寫的《誠齋詩話》儘管講到詩要一唱三嘆,要句雅淡而味深長,要微婉顯晦,但是津津樂道的,還是江西派詩人的詩法。這正像黄庭堅所主張的"以俗爲雅,以故爲新",在蘇軾文中同樣説過,是一樣的道理。蘇軾《題柳子厚詩》云:"用事當以故爲新,以俗爲雅,好奇務新,乃詩之病。"他不妨也舉這兩句話,不過加上"好奇務新,乃詩之病",就顯然和江西派詩人的論調有些分别。這樣,我們可以説楊萬里在詩風轉變之後,仍保存着江西派的主張,説些和江西派同一論調的話,是並不矛盾的。

四

　　如果對於這個問題還有懷疑,那麽我再舉陸游、姜夔的詩論爲例。南宋初期的詩人,大多是從江西詩入,但是都不從江西詩出。這是一種時代風氣,我們正應該從這共同的時代風氣之下,分别看出他們作風在本質上的不同。

　　楊萬里以舟車喻詩法句律,固然很妙,但是假使認識到舟車是器是物,而從這一點上認識到器的重要，物的重要，所以不能廢舟車，那麼楊萬里的詩也就不會遠離時代，看不出現實人生的社會意義了。陸游，也是從江西詩入手的，也是從江西詩入，而覺到此路不通，從悟後纔轉變詩風的。但是他所悟到的，不是唯心的悟而是唯物的悟。他的悟，是從從戎的現實生活中得來的，也即是從現實生活的煅練中得來的。所以"詩家三昧忽見前，屈賈在眼原歷歷"，這就並不是江西詩人之所謂"悟"，也不同於楊萬里之所謂"悟"。江西詩人在悟後，不變內容祇變形式，依舊是技巧上面的技俩。楊萬里在悟後，祇能變成另一種風格，並沒有變它的本質。陸游在悟後，則知道"工夫在詩外"，知道"誰能養氣塞天地，吐出自足成虹霓"，這就在本質上起了個變化，所以陸游可以成爲南宋的愛國詩人而楊萬里却不能。楊萬里處同樣的時代，用同樣的工力，也曾走過同樣的途徑，但是他的悟就沒有跳出形式主義的圈子，所以在他的詩中就不會產生深刻的現實意義。即使偶有感觸，也流露一些感情，反映一些現實，却表現得那麼淡漠，那麼朦朧，這就是他和陸游的分歧之點。因此楊萬里可以成爲"誠齋體"，而陸游却不必成爲放翁體。《滄浪詩話》中有楊誠齋體而沒有陸放翁體，可能就是這個原因。近人因爲楊詩受民歌影響，肯定他這一點的進步作用，實則他的學民歌也是買櫝還珠，學到的祇是民歌的形式、民歌的表現手法而已。所以我們說他變來變去，基本上還是屬於形式主義的。

於是，再舉一個和陸游相反的例——姜夔。姜夔，是深受楊萬里的影響的。他也同楊萬里一樣，從江西詩入，而放棄不學的。姜夔於《白石道人詩集自叙》中説："近過梁谿，見尤延之先生，問予詩自誰氏。余對以異時泛閲衆作，已而病其駁如也，三薰三沐，師黄太史氏。居數年，一語噤不敢吐，始大悟學即病，顧不若無所學之爲得，雖黄詩亦偃然高閣矣。"這樣的過程，這樣的論調，都和楊萬里相似。他見尤袤，在見楊萬里、范成大之後，而他見到楊萬里的時候，楊氏的《誠齋荆溪集序》已經寫就，正是自悔"學之愈力，作之愈寡"的時候，所以這種論調很可能受楊氏的影響。姜夔的生活面，也和楊萬里相近，並不廣闊，所以他變的結果，也沒有跳出形式主義的圈子。他在另一篇《詩集自叙》中説："作者求與古人合，不若求與古人異。求與古人異，不若不求與古人合而不能不合，不求與古人異而不能不異。彼惟有見乎詩也，故向也求與古人合，今也求與古人異。及其無見乎詩已，故不求與古人合而不能不合，不求與古人異而不能不異。"這些話好像接觸到問題的核心了，但是他比楊萬里唯心主義的傾向更嚴重一些，所以即使理解到要進一步"無見乎詩"，却祇能糾纏於合與異之間，説得迷離恍惚，不可捉摸，而没有理解到所以合所以異的根本關鍵。因此,這樣的悟,即使講到"無見乎詩",依舊同陸游的"工夫在詩外"的看法不同。他同楊萬里一樣,從形式主義走上了唯心主義,而且更嚴重一些,所以儘管講到"悟",但是沒有跳出形式主義的圈子。他在《白石道人詩説》中説:"文以文而工,不以文而妙,然舍文無妙。勝處要自悟。"什麽是"工"？合於古人是工,因爲合法度；異於古人也是工,因爲能創造,有變化。但是這都是"文"的工夫,屬於技巧形式方面的,還不曾到"妙"的境界。什麽是"妙"？他論詩有四種高妙,而最後一種——"自然高妙",也就是他認爲最高的境界。他説:"非奇非怪,剥落文采,知其妙而不知其所以妙,曰自然高妙。"這就説得迷離恍惚,而且依舊落入了形式主義,所以我們説唯心主義和形式主義是有千絲萬縷的血肉關聯的。

　　姜夔對詩的成就並不大,在詞的方面要大一些,但是又成爲南宋詞壇格律派的代表者。這不是沒有原因的。在他這種詩論的指導下面,也是應當如此的。這種詩論影響到嚴羽的《滄浪詩話》,而《滄浪詩話》雖則也講妙悟,却從反江西派的形式主義走上了學習盛唐的模擬道路,這也不是沒有原因的。唯心的詩論是可以引導到形式主義的。一般人對性靈説的講法,很容易給以較高的評價,其原因就在沒有認清它的本質。看出了它的本質,自然會分別地對待具體問題,而給它以適當的應有的評價了。

　　根據上面這些説明,所以我們不必牽强附會,説《誠齋詩話》是壬午以前的作品,是楊萬里的早年之作。

（一九六一年二月廿六日《光明日報》）

試測《滄浪詩話》的本來面貌

最近,爲了編《歷代文藝理論選》,於是注意到《滄浪詩話》的板本問題。這問題雖小,但對滄浪詩論的理解却很有關係,同時也説明了校勘學對研究學問的積極意義。

《滄浪詩話》的宋刻本,我們没有見到,見到的祗是明刻本。現在通行各本,大都是從明刻本出,所以各本的異文並不很多。本文所提出的乃是推測《滄浪詩話》宋刻本的問題。

明刻本經過竄改,錯誤較多。我們可以推測到當時可能還有一種更壞的本子,甚至把嚴羽的名字都弄錯了。我們祗須看胡應麟、胡震亨、錢謙益、毛先舒、何焯諸人所稱引,都稱嚴羽爲嚴儀,以爲儀字羽卿,而不是羽字儀卿,可知當時一定有這樣一種誤本,纔會使這些人犯同樣的錯誤。另外,再有一點,對於《詩話》中"詩有別才非關書也"句,把"書"字改成了"學"字。這一點也引起了很多人的誤解,而這點錯誤,即在現行各本還没有完全改正過來。由於這一字之誤,黄道周、朱彝尊、毛奇齡、汪師韓、周容等人都對滄浪詩論加以嚴厲的攻擊。

這兩點是明刻本中明顯的錯誤。現行各本,有些已經改正了,有些還没有完全改正過來。至於明刻本中竄亂之處,習非成是,至今没有被人發覺的還有很多。我們祗須把魏慶之《詩人玉屑》所引,和現行各本校勘一下,就可知有很多不同的地方。《詩人玉屑》對於《滄浪詩話》一書,差不多可説是全部採入的,所以用來校勘,很有價值。我們現在雖然看不到《滄浪詩話》的宋刻本,但據《詩人玉屑》所稱引,來推測《滄浪詩話》的本來面貌,那還是比較可信的。

先就上文所引的"非關書也"一句來講,現行各本有的作"書",有的作"學",而《詩人玉屑》正是作"書"。即此一字,可知滄浪用字之有分寸。滄浪雖反對以才學爲詩,却並不反對"學";假使反對"學",那就和他的學古主張根本矛盾。所以用一"書"字,正説明不要填塞書本,以"書"爲詩的意思。《詩法》中所謂"不必多使事","用字不必拘來歷"云云,也是這些意思。如用"學"字,那麽斷章取義,祇就這兩句來講，好似比較明顯，但是對於滄浪整個論詩宗旨，反而看不出來了。此其一。

其次，就《詩辨》一章的次序來講，《詩人玉屑》和現行各本就很有出入。滄浪詩論强調藝術性而忽於思想性，這是無庸諱言的。正因他偏於藝術性方面，所以在這方面熟參的結果約略體會到形象思維和邏輯思維的分別，總覺得蘇、黃詩風和漢、魏、盛唐有所不同，於是要求學古，要入門正，要立志高，要從上做下，不要從下做上。這是他反對蘇、黃詩風提倡唐音的中心主張。因此，《詩人玉屑》於《詩辨》一章以"夫學詩者以識爲主"云云，作爲這一章的第一節，可能是根據《滄浪詩話》的原本，所以，《詩人玉屑》以"滄浪謂當學古人之詩"作爲標題，是符合滄浪意旨的。後人因爲重視他的詩禪說，於是把"禪家者流"云云移到前面來，而與"夫學詩者以識爲主"云云合爲一節，那就變得先後次第不很分明了。

《詩辨》一章共分五節：第一節說明學古宗旨，針對蘇、黃詩風提出了以漢、魏、盛唐爲師的主張。第二節論詩法，第三節論詩品。第四節從對於他所謂"法"和"品"的認識，說明漢、魏、盛唐之詩所以爲第一義的原因，於是以禪喻詩，涉及"透徹之悟"的問題。第五節纔專從"透徹之悟"發揮，提出別才別趣的主張，於是滄浪詩論，不僅反對蘇、黃，同時也針對四靈之所謂唐音而加以批判了，這是五節一貫相承的論點。假使把"禪家者流"云云移作最前一節的第一段，那麼論法論品兩節的插入，便覺得有些勉强了。此其二。

其三，現行各本對於論品的一節，把"品"與"用工""大概"和"極致"都割裂開來，分成四節，也不合理。就文辭言，原文於"用工""大概"前面，都冠一"其"字，顯然徑承上文，可知不應別爲一段。《詩人玉屑》所引正把它合在一起，保存了原來面目，這也是符合滄浪意旨的。滄浪論"法"，提出了"體制""格力""氣象""興趣""音節"五項，雖似泛論一般的詩，其實正是提出了學古法門要從這五項入手。從這樣入手學古，於是玩味體會，就覺得有種種不同的品，而論其大概則可歸納爲二。這些意見都貫串在他的詩論中間，所以詩法詩品兩條插在中間，從文辭看，好似與前後不相勻稱，但從意義看，却一些也不突然。假使把論"品"一條，分成四節，那麼前前後後纔更覺得不相勻稱。如用現代的話來說，論"法"論"品"是原則性的理論，而以後兩節則是根據這理論加以闡發的，所以這兩節的文辭不妨和前後各節不同一些，但是祇能是兩節，不可能像今本這樣，分爲好幾節。此其三。

其四，第五節中被後人增竄的地方，那就更關重要。第五節中說明他作《詩辨》的原因,所以更是通篇主要論點的中心所在。在滄浪以前,也有人反對蘇、黃詩風的,如魏泰,如葉夢得,如張戒,如朱熹,乃至如名列江西詩派而不願入派的韓駒,也説:"今人作詩雖句語軒昂,止可遠聽,而其理實不可究。"(《陵陽室中語》)可見當時不滿蘇、黃詩風的大有人在,但是他們的理論根據在哪兒呢?他們祇從詩文體制的分别來看,所以認爲蘇、黃詩風之壞,是由於以文爲詩的關係。以文爲詩,祇成爲文人之詩,而與詩人之詩顯有距離,這是他們都能認識到的。因此,他們祇能看到邏輯思維與詩人之詩不相適合,不能再進一步看到形象思維怎樣和詩人之詩更能適當地配合起來。而滄浪則是在這樣情況下提出新問題的,所以是新的貢獻。滄浪所自負爲是"自家實證實悟","自家閉門鑿破此片田地"的,應當指這方面。否則,滄浪的自負,不僅没有自知之明,也且不免過於狂妄了。於是,問題在這兒:他何以會有此貢獻呢?我想:這可能是由於他反蘇、黃的同時再反四靈。永嘉四靈之提倡唐詩,確和蘇、黃詩風有些分别了,但是按照四靈的認識祇能把詩回到詩的原位上去,並不能從氣象興趣方面提高到盛唐的境界。而滄浪呢,則是在這方面有所悟入的,所以别才别趣之説,也就接觸到形象思維問題的邊緣。

　　我們必須認清了滄浪詩論在這一方面的貢獻,那麽對於第五節中增竄的地方,也就容易理解它的孰是孰非了。《詩人玉屑》所引《滄浪詩話》的原文是:"夫詩有别才,非關書也;詩有别趣,非關理也;而古人未嘗不讀書,不窮理,所謂不涉理路,不落言詮者上也。"這一句意思一貫下去,非常通順明白,但是今本改作"然非多讀書,多窮理,則不能極其至",那就與下文"所謂不涉理路"云云,有些不很銜接了。不很銜接,還是小問題,問題在於改竄之後不容易看出滄浪的論詩宗旨。因爲根據通行本,很容易認爲滄浪也主張讀書窮理,那麽至多祇能看到才學相濟,理趣并重的意思,決不會理解到如何讀書與如何窮理的問題。祇有如《詩人玉屑》所引"而古人未嘗不讀書不窮理"一語,纔能知道滄浪所提出的不是多讀書多窮理的問題,而是指出應當如何讀書與如何用書和如何窮理與如何説理的問題。也祇有提出了這個問題,纔能使書爲詩用,不使書爲詩累,纔能使理語和形象思維相結合,而不成爲理障。這一點纔是滄浪在反四靈的基礎上體會出來的,所以同樣籠罩在學古空氣之下,而他的學古宗旨與學古趨向就和他人不同。這不能不説是他的貢獻。

　　然而,也正在這問題上更加暴露了他詩論的局限性。由於他祇强調詩的藝術性,不知道詩從生活中來,從現實中來,所以一方面没法理解生活豐富以後,自會正確地反映現實，寫出好詩，於是在這方面無可解釋，祇能歸之於別才。另一方面，更不會理解到理性認識正是感性認識進一步的概括，所以在形象中也同樣可以說理，而他在這方面也是無可解釋，祇能歸之於別趣。這樣，所以要"不涉理路，不落言詮"，而他的詩論也就說得迷離恍惚，不可捉摸了。馮班《嚴氏糾謬》謂："滄浪論詩止是浮光掠影，如有所見，其實腳跟未曾點地。"這個批評，深中滄浪病痛。由於他的詩論接觸到形象思維的問題，所以"如有所見"；但是離開了生活現實來講這些不可捉摸的話，那又是所謂"腳跟未曾點地"。因此，假使根據今本認爲滄浪同樣主張多讀書，多窮理，那麽，隔靴搔癢，即對於滄浪"如有所見"的一點貢獻，也看不清楚了。此其四。

因此，以《詩人玉屑》所引，作爲《滄浪詩話》的宋刻本，用來改正通行各本的錯誤，還是很有價值的。此外，如《詩人玉屑》於《詩體》一章，論三五七言，祇說"隋鄭世翼有此詩"，而不舉"秋風清、秋月明"一首，可見這首李白的作品是後人誤加入的。又如"漢武帝立樂府"，而今本作"成帝"，"儲光羲有羣鷗咏"，而今本作"羣鴻"，也都可以看出後人竄改之誤。至如《詩評》、《詩法》各章中各條排列先後與分合之間頗有出入，《詩體》一章論雜體部分，正文與小注亦多混亂，這些地方，《詩人玉屑》本頗有參考的價值。後來如馮班、錢振鍠等往往根據通行本以攻擊《滄浪詩話》，也近於無的放矢。例如馮氏斥滄浪"用事不必拘來歷"之句，謂"安有用事而無來歷者"，實則《玉屑》所引作"用字"不作"用事"。錢氏斥滄浪輕視郊、島，謂"羽既以玉川、昌谷謂天地間欠此體不得，亦知東野、閬仙，天地間欠此體不得耶"，以子之矛攻子之楯，好像很有理由，實則《詩人玉屑》所引，把今本"高岑孟郊"一條列在"玉川長吉"一條之前，而且兩條相并，合成一條，那麽所謂"欠此體不得"者正合以上諸人言之，東野亦在其內，那就可知滄浪對於郊、島之詩所以貶抑一些，乃是與李、杜比較而言，並沒有鄙薄到不要這種體。類此之處，可知《滄浪詩話》中誤謬之處，多出後人增竄，未必爲滄浪原文。因此，提出《滄浪詩話》的板本問題，對於《滄浪詩話》的研究是可能有些幫助的。

（一九六一年六月十日《文匯報》）

關於《滄浪詩話》討論的補充意見

文學遺產編輯部同志:

接十三日來信,囑寫文針對來羣、秀山同志提出的問題展開討論,并繼續闡說我對《滄浪詩話》的意見。關于這問題,暫時我還不想參加討論。原因很簡單:一、就我的意見來説,并不覺得和他倆有很大的距離,甚至成爲對立的敵對面。二、就他倆的意見來説,我又覺得以"妙悟"爲"靈感",雖值得重視,但又并不像他倆這般肯定,以"靈感"來解釋"妙悟"。因此,仍用前書辦法,在通信形式中略述一些意見,何如?

就第一點講,我將補充説明爲什麽會造成這種誤解的原因。我想這原因,可能由于對怎樣運用外來術語的理解有一些分歧。用外來術語來説明中國學術思想上的問題,總有一些距離,不會完全適合的。問題就在產生這些術語的歷史環境并不與中國的歷史環境完全相適合。但是,假使因噎廢食,由于這些術語不能完全適合而放棄不用,那麽對説明問題也帶來了某些不方便,因爲用現代人熟悉的術語來説明古代的學術思想是比較容易解決問題的。在這個問題上,各人的理解就可以不一致,有的看得死一些,有的看得活一些,于是在這不一致上就可以引起爭論。我總覺得:所謂現實主義和形式主義、唯物主義和唯心主義這些術語,在中國古代的用語中間是很難找到這樣絕對化的詞匯的。但就某一時期某一部分的某種傾向來講,又不能説沒有這種現象,所以用來比附説明也還是可能和需要的。這正像大家知道譬喻是蹩脚的,但不能因其蹩脚而避免不用,是同樣道理。因此,一方面借用這些術語來説明一個總的傾向;而一方面又作種種補充説明,使人理解到這些術語并不是完全適合的帽子;而且,即使看作是適合的,而對這些術語的是褒是貶,還必須借助于説明,不使這些術語,僅僅只起帽子的作用。我想這些辦法,還不能説是矛盾和牴牾的,所以我前書説:并不是預先補好了漏洞,來擋住人家的批評。當然,這從表面看,是可以看作有些矛盾,有些牴牾的,所以也可以引起某些斷章取義的指摘。但是這種指摘只須聲明而已,不必去辯。再有,所謂總的傾向,是從它主要的一面來談的,并不是說除了這主要的一面沒有其它方面。我們假使從它的源和流來看問題,把它和以前或以後的理論作比較,或者把和它同時的理論作比較,看它走的究竟是什麼路綫,我想這總的傾向還是不難辨別的。知其不然,我們何嘗不可以摘取《滄浪詩話》中的某些詞句,或者根據滄浪的某些詩篇,說成浪滄是個現實主義的作者或理論家呢?這些矛盾,在古人中也是常有的,因此,當運用這種絕對化的外來術語時,是很可能引起一些爭論的。但是這些爭論公說公有理,婆說婆有理,最好的解決辦法是讓讀者來決定,所以也不必去辯。

就第二點講,我所以也贊同以"靈感"講"妙悟",乃是由於我從形象思維來解釋,總覺還有一些距離。這也是外來術語所不可避免的一種缺陷。儘管這些術語有利於說明,但不會完全適合。所以假使加上一些"靈感"的涵義,就可使這個解釋更圓滿一些,而且對此後性靈派之講"悟",也更容易看出它的關係。所以,我對他們提出這個問題,認爲是很值得討論的。可是,我并不同他們一樣,認爲"妙悟""相當于我們平常說的'靈感'"。因爲:一、"靈感"之說,昔人早提出過,不是滄浪的特見;二、滄浪言"妙悟",言"悟入",是常把"悟"字作動詞用的。即如所謂"透徹之'悟'"和"一知半解之'悟'",這"悟"字也是從動詞轉成的名詞。假使徑以"靈感"釋"妙悟",那麼把一知半解之"悟",譯爲一知半解的"靈感",那就變得有些難以理解了。我對他們的"靈感"說有部分肯定,也有部分否定,所以對這問題也認爲不需要討論。

因此,我就只能依舊採用通信形式來表達我的意見了。假使將來有需要時,我再另行寫文。

　　此致

敬禮

郭紹虞　九、十六
(一九六二年九月十六日《光明日報》)

《清詩話》前言

詩話之體,顧名思義,應當是一種有關詩的理論的著作。溯其淵源所自,可以遠推到鍾嶸的《詩品》,甚至推到《詩三百篇》或孔、孟論詩的片言隻語。但是嚴格地講,又祇能以歐陽修的《六一詩話》爲最早的著作。

歐陽修的著作,由於是創體,所以祇題《詩話》,其稱《六一詩話》或《歐陽文忠公詩話》者,乃是後人爲了詩話日多,恐怕混淆,纔加上專名以資區別的。稍後,司馬光仿其體,續有所作,即稱爲《續詩話》,其稱《温公續詩話》者,也是後人加上去的。從這樣講,詩話體製的定型,不妨說是從歐陽修開始。

歐陽修自題其《詩話》云:"居士退居汝陰而集以資閑談也。"可見他的寫作態度是並不嚴肅的。假使說鍾嶸《詩品》是文學批評中嚴肅的著作,那麼歐陽修的《詩話》祇是一種輕鬆的隨筆罷了。輕鬆隨便也不一定是壞事,但態度不嚴肅,却容易滋生很多流弊。章學誠《文史通義·詩話篇》就對這一流的詩話,加以極嚴厲的批評。他説:

> 論文考藝,淵源流別不易知也;好名之習,作詩話以黨同伐異,則盡人可能也。以不能名家之學,入趨風好名之習,挾人盡可能之筆,著惟意所欲之言,可憂也,可危也。

他的話,在當時是有所指的,但詩話本身,確也有如章氏所說這些根本性的缺點。那麼歐陽修爲什麼要創這種體裁呢?爲什麼這種體裁一行,又能吸引很多人踵而效之呢?這也不是沒有原因的。

後人每説唐人不言詩而詩盛,宋人言詩而詩衰。其實不然。唐人不是不言詩,而歐陽修的《詩話》,正是在唐人論詩著作上提高一步的。唐人論詩之著,其單篇零札,收入集中的,不論是總集或別集都是比較高明的。即司空圖的《二十四詩品》也不是單行別出的著作。其單行別出者不外二種:一是受當時隨筆式的小説之影響,如孟棨《本事詩》等,雖可説源本《小序》,但畢竟祇供茶餘酒後的談資。另一種則是詩格詩例一類論作詩法的初學入門書。其中固然也有一些精義,但大都是繼承齊、梁以來的論詩風氣,或迎合當時科場的實際應用,所以祇重在藝術技巧上的考究,並不能看出當時詩論的主要傾向。

　　歐陽修的《詩話》,雖同樣也取隨筆形式,但不限於論詩及事,那就比《本事詩》等提高了一步。即論詩及辭,也比詩格詩例一類之著爲高。由形式言,則"惟意所欲","人盡可能",似爲論詩開了個方便法門;而由内容言,則在輕鬆平凡的形式中正可看出作者的學殖與見解,那麼可淺可深,又何嘗不可以名家呢?(我們看到《説詩牙慧》是潘德輿《養一齋詩話》的前身,那就可知他的著作態度也是十分嚴肅的。不僅如此,即歐陽修的《詩話》,好似信筆雜書,但也不是輕易隨便的。據張邦基《墨莊漫録》卷八稱"歐陽文忠公有雜書一卷,不載於集中,凡九事",其實這正是《六一詩話》的前身。其中有好幾條都見今本《六一詩話》中。可知即是隨筆式的著作,也不是率爾操觚的。)這是詩話之體所以流行不廢的原因。

　　然而,作者既多,總不免於濫,於是詩話叢書就在這方面起了一些去蕪存菁的作用。不過,這作用還是很微弱的。其原因:一由於選輯的宗旨不盡相同,有的爲了保存罕見之本,有的爲了流傳名家之作,那就不一定與詩學理論有關係。二由於時代的風氣和個人的興趣不能相同,於是即使重在詩學理論,而取捨標準也可能不一致。因此,所謂去蕪存菁,也祇能就其大概而言,不可能完全符合現時代的要求。

　　丁福保所彙輯的幾種詩話,從現代標準看,不能説一無缺點,但作爲參考資料,還是有一定價值的。他彙輯的詩話叢書有三種:一是翻印何文焕彙刻的《歷代詩話》,此書在以前的詩話叢書中也是比較好的。其餘他自編的有《歷代詩話續編》及《清詩話》二種。這三部書可説是規模較大的詩話叢書。因此,在學術界也起過一定的影響。但由於他在很大程度上存在牟利性質而急於成書,故其自編二種詩話所據版本往往不加選擇,校勘亦多疏漏,在《清詩話》中尤爲明顯,這些我們在下面將分别論述。

　　尤其重要的,他既以"清詩話"爲名,至少應注意兩點:一、能在所選的詩話中反映清代的學術風氣;二、所選的是清人詩話中的代表作品。這兩方面,丁氏也未嘗不注意到,但總覺不夠。這原因,可能由於他急於成書,未及多方蒐羅;也可能由於他祇求品種之多,於是有些繁重的著作也就祇能放棄了。他收翁方綱的《小石帆亭著録》而不收《石洲詩話》,可能就是這個原因。

我覺得北宋詩話,還可說是"以資閑談"爲主,但至末期,如葉夢得的《石林詩話》已有偏重理論的傾向。到了南宋,這種傾向尤爲明顯,如張戒的《歲寒堂詩話》、姜夔的《白石道人詩說》和嚴羽的《滄浪詩話》等,都是論述他個人的詩學見解,以論辭爲主而不是以論事爲主。從這一方向發展,所以到了明代,如徐禎卿的《談藝錄》、王世貞的《藝苑巵言》、胡應麟的《詩藪》等,就不是"以資閑談"的小品,而成爲論文談藝的嚴肅著作了。一到清代,由于受當時學風的影響,遂使清詩話的特點,更重在系統性、專門性和正確性,比以前各時代的詩話,可說更廣更深,而成就也更高。儘管清詩話中不免仍有一些濫的作品,祇能看作"以資閑談"的作品,但就一般發展的總傾向而言,清詩話的成就可說是超越以前任何時代的。

可能有人認爲:清詩話中隨筆式的"以資閑談"的著作,其數量也並不太少。即就丁氏所輯而言,如《梅村詩話》、《寒廳詩話》、《漁洋詩話》、《山靜居詩話》、《消寒詩話》以及《履園譚詩》中"以詩存人"、"以人存詩"及"記存"各條都是這樣。此外,爲丁氏所未輯者,如毛奇齡《西河詩話》、袁枚《隨園詩話》、郭麐《靈芬館詩話》、袁潔《蠹莊詩話》、張曰斑《尊西詩話》、徐熊飛《春雪亭詩話》、陶元藻《鳧亭詩話》、沈濤《匏廬詩話》、俞儼《生香詩話》、馬星翼《東泉詩話》、徐經《雅歌堂詩話》、喻文鏊《考田詩話》、潘煥龍《臥園詩話》、姚椿《樗寮詩話》、嚴廷中《藥欄詩話》、張晉本《達觀堂詩話》、呂善報《六紅詩話》、姚錫範《紅葉山房詩話》、李家瑞《停雲閣詩話》、陳來泰《壽松堂詩話》等等,或則小部分濫,或則大部分濫,或多或少都屬於這一類型的著作。同、光以後,這類著作似乎更盛一些,怎能說是超越以前任何時代呢?

其實不然,我們說的是總的傾向,當然不可能沒有例外,不過這些例外,是不能代表當時的成就的。而且,論詩之著不外二種體製:一種本於鍾嶸《詩品》,一種本於歐陽修《六一詩話》,即溯其源,也不出此二種。其界於二者之間的,只能說是歐派的支流;至於專論詩格詩例或聲調等問題的,又可說是鍾派的支流。大抵這兩派,《詩品》偏於理論批評,比較嚴肅;《六一詩話》偏於論事,不成系統,比較輕鬆。二者區別,從表面看,祇是寫作態度的不同而已。嚴肅的偏於理論,輕鬆的偏於批評或叙述。偏於理論的必須條理精密,系統分明,故能嚴肅。偏於批評或叙述的,不妨隨所觸發,信筆即書,故較輕鬆而易涉於濫。再有,嚴肅的重在論辭,輕鬆的則於論辭之外不妨再兼論事。重在論辭的往往偏於論古;論古則已有定評,不易信口雌黃,態度也較嚴肅。重在論事的往往偏於述今;述今則標準可以降低,不妨泛濫一些。《詩品》代表了前一種,《六一詩話》代表了後一種,所以在《六一詩話》以後,有偏於嚴肅的詩學理論的傾向,正是這種詩話體發展的必然趨勢;而一般停留於隨筆式的"以資閑談"的著作反成爲落後的了。論詩之著必須有輕鬆一體,纔能成爲廣大教主,使論詩的方面廣,又能成爲方便法門,使論詩的著作多。但是,廣則易雜,多則易濫,假使停留在這個階段,又將使論詩之著泛濫無歸,蕪而不精了。所以詩話之從論事到論辭,從宗歐到宗鍾,從輕鬆到嚴肅,是詩話本身發展的主要傾向。

爲什麼可以這樣説呢?因爲(一)歐陽修的論詩,態度也是嚴肅的,並不是故意要使論詩之著祇是"以資閑談"的。從唐代以來,嚴肅的詩論早已成爲單篇化了。歐陽修也不能例外,他的一些嚴肅的詩學理論,大都寫在文集或詩集之内,至于詩話一體,祇是他論詩的緒餘而已。由於是緒餘,不妨成爲"以資閑談"的作品。後人則不然,專心盡力以爲詩話,就不能這樣,至少不能完全是這樣。於是必須要有些精湛的獨到的意見,必須要使蕪雜的成爲系統化,成爲專門化,所以這是詩話之體發展的必然規律。(二)在嚴肅的已有高度成就基礎上再行提高是比較困難的。所以《詩品》以後,一時不易有嗣響,而唐人的《本事詩》和詩格詩例一類著作,反顯得成爲倒退了。其實,在唐詩發展的基礎上,詩學理論必然相應發展,不會中斷的。祇由於唐人把它單篇化了,再把批評意見散見在選集中了,從完整的理論一變而爲零星瑣屑的意見,於是一般人也就不易看出唐人詩論的重要性了。詩話之體正是在這種從完整到分散的趨勢中產生出來的,所以一般人總覺得《六一詩話》要比《詩品》遜色一些,而不知此後詩話之演變趨勢,正是要求再從分散到完整,從零亂到系統,從輕鬆到嚴肅,從"不能名家"到名家,從"人盡可能"到不是人盡可能的。在《六一詩話》的基礎上提高,比在《詩品》的基礎上提高要容易得多。因此,一般人也就祇看到詩話體的進步發展,而看不到在《詩品》基礎上的進步發展。於是對於葉燮《原詩》這樣一種體系完整、總結以前詩學理論的著作,不看作是鍾嶸《詩品》的繼承發展,祇看作是清詩話的特出成就了。把這類作品也算到詩話的賬上,當然清詩話的成就更要超過以前任何時代了。

從廣義説,葉燮《原詩》一類的著作是可以列入詩話範圍之内的。即從狹義講,清詩話中繼承《六一詩話》遺風的,也有特出的成就,即就上舉有部分較濫的作品而言,也有精義可採、突過前人之處。此外,如李調元的《雨村詩話》,有論古論今二種,康發祥的《伯山詩話》,以前集論古人,以後集論清代人,這樣區分已使詩話成爲專門化,不能說是"入趨風好名之習,著惟意所欲之言"了。不僅如此,其論古者或以代分,如王士禎的《五代詩話》以時爲限,翁方綱的《石洲詩話》以時爲序,而朱彝尊的《靜志居詩話》則專論明詩,吳景旭的《歷代詩話》又總論前朝。或以人分,如趙翼的《甌北詩話》於李白、杜甫、韓愈、白居易、蘇軾、陸游、元好問、高啓、吳偉業、查慎行十家詩各爲一卷,而潘德輿也有《李杜詩話》,繆焕章《雲樵外史詩話》也有一卷專論查詩。或以體分,如方東樹《昭昧詹言》之分體論詩,而輔以以代分以人分二種,使條理更清楚。這都是由於專門化後使詩論更精闢的例證。至趙翼《甌北詩話》中有《陸放翁年譜》一卷,則更是清代學風在詩話中的反映了。即使詩話中雜論古今之作,也有專門化的傾向。如鄭方坤的《全閩詩話》專論閩詩,陶元藻的《全浙詩話》專論浙詩,這是論地方詩的較大著作。他如《南浦詩話》、《海虞詩話》、《菱溪詩話》、《雁蕩詩話》、《三山詩話》、《西江詩話》、《漱浦詩話》以及《楚天樵語》、《昭陽述舊編》、《滇南草堂詩話》等更是多得不可勝舉。那麼詩話而通於方志,更是專門的著作了。又如林昌彝之《射鷹樓詩話》專論鴉片戰役之作,沈善寶之《名媛詩話》、梁章鉅之《閩川閨秀詩話》,專論婦女之作,則詩話而通於史傳,也成爲專門著作了。這些雖與理論無關,然而態度嚴肅,決非祇以"以資閑談"爲目的了。這是清詩話的特點之一。

何況,即使其它論古述今雜糅之作,有的旨在表微,如鍾駿聲的《養自然齋詩話》,有的意在評騭,如洪亮吉《北江詩話》、潘德輿《養一齋詩話》、黃培芳《香石詩話》等,也都比以前同一類型的詩話要高一些。此外,或學贍而考覈,如蔣超伯《通齋詩話》之偏於考據,或語鍊而意深,如劉熙載《藝概》中之《詩概》。或輯舊聞,如《昭昧詹言》之附錄諸家詩話,而張燮承的《小滄浪詩話》與許印芳的《詩法萃編》則更是專輯昔人理論的著作。或研聲律,如許印芳《詩譜詳說》、吳紹燦《聲調譜說》、董文焕《聲調四譜圖說》等,又均在丁氏所收的趙執信諸家之上。至於述例法,摘句圖,作疏解,論源流等等,也各有成就,這都是清代學風在詩話方面的反映,成爲清詩話在各方面成就的不同特點。所以可說清詩話的成就是超越以前的任何時代的。可惜丁氏所收還不很突出這種特點,必須再輯補編或續編,然後纔能使清詩話的全貌完全顯現出來。

再由於丁氏印書,志在流通,不重在學術的介紹,所以在各種詩話後多無序跋,即有也寥寥數語,並不重要。現在中華書局上海編輯所整理重印《清詩話》,我爲了彌補丁氏這個缺點,因按照原來次序,每一種作些提要式的介紹,但對於批判方面還覺做得不夠。至最後附輯的《揮塵詩話》,以非清人著述,此次重印亦已删去,故置不論。

薑齋詩話 二卷。王夫之撰。夫之(公元一六一九——一六九二年)字而農,號薑齋,晚居湘西石船山,學者稱船山先生。其著作有後人編集的《船山遺書》。案《船山遺書》中無《薑齋詩話》之目。王氏論詩之著,有《詩繹》一卷、《夕堂永日緒論·內篇》一卷及《南窗漫錄》一卷。《夕堂永日緒論》分內外二篇,內篇論詩,外篇論時文。清光緒間,王啓原輯《談藝珠叢》,已把它割裂,祇取內篇而去其外篇。所以《談藝珠叢》中,除《詩繹》一卷外,《夕堂永日緒論》祇有一卷。丁氏所據,當即《談藝珠叢》本,不過他把這兩種合而為一,又易稱為《薑齋詩話》而已。現在人民文學出版社校印的也稱《薑齋詩話》,但不是丁氏之舊。此本從《船山遺書》中再補輯《南窗瑣記》一卷,合成三卷,且於《夕堂永日緒論》又全部錄入,並不刪除外編。假使要看王氏文藝思想的全貌,固以人民文學出版社本為較完備。但王氏於《古詩評選》、《唐詩評選》及《明詩評選》這些書中也有論詩之語,如果一併輯入,那就更完備了。王氏於明亡後遯迹深山,始終未薙髮,表現了堅卓的民族氣節。其學術思想又發展了我國傳統的接近唯物主義的理論,故論詩也以意為主,重在興觀羣怨,反對雕琢擬古。

答萬季野詩問 一卷。吳喬撰。喬,又名殳,字修齡,江蘇崑山人。所著詩名《舒拂集》。萬季野名斯同,號石園,浙江鄞縣人。考吳氏所著,有《圍爐詩話》六卷,其中亦多答問之語。此卷《答萬季野詩問》中語,亦在其內,但不寫明"答萬季野問"。疑《圍爐詩話》較後出,此卷則是最初部分寫定之稿。趙執信《談龍錄》謂:"崑山吳修齡論詩甚精,所著《圍爐詩話》,余三客吳門,徧求之不可得,獨見其《與友人書》一篇。"他所說的《與友人書》,即指這一卷。《談龍錄》中所稱引吳氏之語,都在此卷中。我想此篇在當時並未刊行,祇是相互傳錄。清嘉慶間,雪北山樵輯《花薰閣詩述》,以此篇附在卷三《談龍錄》後,題《與萬季野書》,亦未別成一卷。丁氏據此,改易今名,於是成為一種單本書籍了。大抵丁氏當時尚未見到《適園叢書》本之《圍爐詩話》,故以此篇列為《清詩話》中之一種,實則此祇是散篇文章,不得以著述視之。吳氏論詩與馮班、賀裳最相合,嘗自謂賀黃公《載酒園詩話》、馮定遠《鈍吟雜錄》及某《圍爐詩話》可稱談詩之三絕。其自負至此。此卷雖祇是吳氏詩論的一鱗一爪,但窺豹一斑,也可知其大體,可與《圍爐詩話》同參閱之。

鈍吟雜錄 一卷。馮班著。班字定遠,號鈍吟,江蘇常熟人,與兄舒齊名,號二馮。所著有《鈍吟文稿》、《鈍吟樂府》及《鈍吟雜錄》諸書。案《鈍吟雜錄》凡十卷，其中如《家誡》二卷、《遺言》一卷、《將死之鳴》一卷，多涉歷世故之言；《通鑑綱目糾謬》一卷，及《日記》、《誡子帖》各一卷，也不是論詩之語。其足當吳喬所謂談詩一絕者，當指書中《嚴氏糾謬》一卷，纔與吳喬論詩宗旨相合。至丁氏《清詩話》所舉之《鈍吟雜錄》則是根據雪北山樵所輯《花薰閣詩述》之本。雪北山樵既輯錢木菴《唐音審體》，於是再從馮氏《鈍吟文稿》及《鈍吟雜錄·正俗》篇中選其有關樂府之論，以備參考，故所選僅六則，但也稱爲《鈍吟雜錄》。丁氏不察，一仍其舊，並據《花薰閣詩述》本題爲"馮定遠原本"，則似乎馮班之《鈍吟雜錄》原來就是這樣的了。

江西詩社宗派圖錄　一卷。張泰來撰。泰來字扶長，江西新建籍，豐城人。康熙庚戌（公元一六七〇年）進士，官金鄉知縣，吏部主事，外轉廣東兵備道。此書據其自序，謂由宋犖撫吳時曾以《江西詩派論》命題課士，時張氏致政家居，有人以此往問，因據王應麟《小學紺珠》所定二十五人，各爲立一小傳，編次成帙。至胡仔《苕溪漁隱叢話》及《豫章志》所舉，有與《小學紺珠》不同者，如何顗、何顒諸人則均不爲立傳，所以這是史料性的著作。但就史料而言，劉克莊《江西詩派小序》、郭子章《豫章詩話》均爲研究江西詩派的重要資料，似乎張氏都未見此。所以劉克莊文中提到黃山谷，而張氏不爲山谷立傳；而比張氏稍後，查慎行的《得樹樓雜鈔》中就據《豫章詩話》考得江西詩人十七家集名，也爲張氏所未舉。此外如《王直方詩話》、《艇齋詩話》等書中也有一些材料可輯，張氏亦均未提及。所以張氏所錄尚多可以補充之處。張宗泰《魯巖所學集》卷十一，有《跋江西詩社宗派圖錄》一文，多補正是錄缺失之處，即對宋犖序文，亦有異議，可以參閱。王士禛《蠶尾文》卷八有《跋江西宗派圖》四則，亦可參閱。（宋顧樂《夢曉樓隨筆》所言多襲王氏説。）又案張氏此書有《昭代叢書》本及《知不足齋叢書》本二種。《昭代叢書》本有附錄，并有楊復吉跋，今《清詩話》本無之，知其所據，乃知不足齋所印厲鶚校本。

梅村詩話　一卷。吳偉業撰。偉業（公元一六〇九——一六七一年）字駿公，號梅村，江蘇太倉人。明崇禎進士，官右庶子，弘光朝任少詹事，入清後，官國子祭酒。此卷有《婁東雜著》本及《觀自得齋叢書》本，亦見《梅村家藏稿》及《吳梅村先生編年詩集》中。各本相校，無大出入。《清詩話》本殆據《婁東雜著》本。吳氏長於詩，尤工七律和七言歌行，但《梅村詩話》多記述故事，而於理論較少闡發，即其文集中亦少論詩之語，殆所謂"善《易》者不言《易》"。

寒廳詩話　一卷。顧嗣立撰。嗣立（公元一六六五——一七二二年）字俠君,號閬邱,江蘇長洲人。此書據《昭代叢書》壬集補編印行。《昭代叢書》本作一卷,此本亦然。但嗣立曾孫達尊跋謂"今春偶理舊簏,得《寒廳詩話》二卷,首尾完全"云云,而此後張士元《寒廳詩話序》亦言:"書僅二卷,而辨義法,載文獻,備遺事,前輩之緒言頗有存者,可喜也。"則是原爲二卷,或《昭代叢書》本合而爲一,丁氏不察,一仍其舊,亦未可知。

茗香詩論 一卷。宋大樽撰。大樽字左彝,一字茗香,浙江仁和人。乾隆丁酉(公元一七七六年)舉人,官國子助教。著有《學古集》,此卷即附刊集中。其別出單行者則有《知不足齋》本,丁氏所據即此。《遜敏堂叢書》本祇作《詩論》一卷,疑原題如此。宋氏論詩,完全本於以前封建社會之傳統觀點,其立論或失之腐,或失之玄。林昌彝《射鷹樓詩話》卷六、陳衍《石遺室詩話》卷三,雖大體推崇其說,然亦有不盡贊同之處。

律詩定體 一卷。王士禛撰。士禛(公元一六三四——一七一一年)字子真,一字貽上,號阮亭,又號漁洋山人,山東新城人。順治進士,官至刑部尚書,謚文簡。其論詩雖主神韻,但很重視音節與格律。此卷雖僅數頁,但論近體律詩,能概括地説明唐人律格,以破除流俗"一三五不論"之説,甚有見地。《然鐙記聞》亦引王氏語,謂"律句祇要辨一三五",此卷可看作這句話的具體説明。此後,李郁文之《律詩四辨》與日人谷立愍之《全唐聲律論》,雖例證更多,要其大旨,未能外於王氏之説。王氏謂:"五律,凡雙句二四應平仄者,第一字必用平,斷不可雜以仄聲,以平平止有二字相連,不可令單也。其二四應仄平者,第一字平仄皆可用,以仄仄仄三字相連,換以平字無妨也。大抵仄可換平,平斷不可換仄。"此言甚有至理,頗合漢語詩律中二音步的規律。至丁氏跋記謂"覓得新城王氏家塾舊抄本",則欺人之談。如丁氏所得真是舊抄本,則雖非欺人,實是丁氏受人之欺。此卷僅寥寥數頁,流俗傳抄,自屬可能。累經傳抄,此後再展轉翻刻,當然魯魚亥豕在所不免。大抵此卷刊本最早者爲清嘉慶間雪北山樵所輯《花薰閣詩述》。《詩述》中有《漁洋答問》一卷,已收此書,亦言得自新城王氏家塾傳抄本。此後,同、光間王懿榮所刊《天壤閣叢書》,内有《聲調譜彙刊》一種(俗稱《聲調三譜》)亦收此書。光緒中,徐士愷所輯《觀自得齋叢書》,殆即據此。這兩種錯誤較多,所以丁氏稱之爲俗本。其出《花薰閣詩述》本者,疑祇有光緒五年上海淞隱閣排印之《國朝名人著述叢編》本。在當時,《花薰閣詩述》比較難得,丁氏得此,以與各本相校,當然可説"與俗本迥異",但因此便説"覓得新城王氏家塾舊抄本",則不符事實。《清詩話》中根據《花薰閣詩述》本者就有好幾種,如《答萬季野詩問》、

《鈍吟雜録》、《然鐙記聞》、《師友詩傳録》、《唐音審體》諸書皆是。丁氏於《鈍吟雜録》及《唐音審體》二書皆録雪樵題語,而此本删之不録,亦近掩耳盜鈴之迹。不僅如此,《花薰閣》本於五言仄起不入韻一首詩注,謂"注乃單拗雙拗之法",此注字據《天壤閣》本似是"此"字,當以"此"字爲正。而丁氏亦仍《花薰閣》本之訛,未予校正。可知各本都自傳抄得來,互有優劣,不必定以某一本爲絶對的是。

然鐙記聞 一卷。王士禎口授,何世璂述。世璂(公元一六六六——一七二九年)字澹菴,一字坦園,號鐵山,山東新城人。康熙四十八年(公元一七〇九年)進士,官至吏部侍郎,署直隸總督,諡端簡。此書爲王氏談藝的一部分,與郎廷槐、劉大勤二人詩問相近,故《花薰閣詩述》本即以之與郎、劉二人所述合輯,列爲《漁洋詩問》之四。王氏論詩偏重神韻,此卷多論風致,可看出風致與神韻之關係,也可看出他選《三昧集》的恉趣。不過由於他强調過甚,甚至謂七言律不可學歐、蘇、黄三家,則不免太過,所以許印芳《詩法萃編》本跋,謂此種意見,祇能看作他一家之説。此卷有《花薰閣詩述》本、《天壤閣叢書·聲調譜彙刊》本、《談藝珠叢》本、《觀自得齋叢書》本及《詩法萃編》本、《古今説部叢書》本。《清詩話》所據,當與《律詩定體》相同,並爲《花薰閣詩述》本。觀各本于此卷第一條均作:

> 學詩須有根柢,如《三百篇》、《楚詞》、漢、魏,細細熟玩,脱盡時人面孔,方可入古。

惟《花薰閣》本析爲兩條:於"細細熟玩"之後,逕接"方可入古",爲第一條,而以"脱盡時人面孔,方可入古",爲第二條。(《詩法萃編》本亦分兩條,惟第一條"入古"作"入門",疑出許氏校改。)今《清詩話》本與《花薰閣》本完全相同,故知其所據爲《花薰閣》本。

師友詩傳録 一卷。郎廷槐編。廷槐,字梅谿,盛京廣寧人。廷槐學詩於王士禎,述其師説,並兼採張篤慶、張實居二人之言,故每一問而三答。篤慶字歷友,平原人;實居字蕭亭,鄒平人,二人與士禎都有親戚關係。《漁洋詩話》曾稱歷友詩淹雅華贍,蕭亭詩亦由士禎爲之選定。故三人之論旨也比較接近。案此書内容與名稱,各本不一。有稱爲《漁洋定論》者,則專録士禎之語,删去二張之説。有稱爲《梅谿詩問》者,則爲二卷本,上卷與各本相同,凡十九條,下卷爲諸本所無。此卷並非一問三答,大都爲士禎之語,惟二條有蕭亭答,故雪北山樵以之輯入《花薰閣詩述》中時,謂"口頰微别……未敢臆斷",稍存懷疑之意。亦有稱《師友詩傳録》者,大都爲不足本。如《學海類編》本、《談藝珠叢》本、《詩法萃編》本、《國朝名人著述叢編》本皆祇十九條,與《清詩話》本不同。故知《清詩話》本即據《花薰閣詩述》之《梅豀詩問》,不過易其名稱,仍題《師友詩傳録》而已。

師友詩傳續録　一卷。劉大勤編。大勤字仔臣,長山人。此爲劉氏記述王士禎答問之語,故亦稱《古夫于亭詩問》,古夫于亭即士禎所居之亭。又因郎廷槐先有《師友詩傳録》之輯,故此卷亦稱《師友詩傳續録》。但郎録一問三答,兼採二張之説,《師友詩傳續録》則僅述士禎一家之言。《師友詩傳録》之稱《梅豀詩問》者較少,而《師友詩傳續録》之稱《古夫于亭詩問》者則較多,如《詩觸叢書》本、《詩法萃編》本等皆然。此書内容亦有全有缺。《談藝珠叢》本、《國朝名人著述叢編》本皆僅四十問,與《經香閣》、《連雲閣》二本同,皆不全。丁氏所輯,於郎録則取《花薰閣詩述》本兼採次卷,於劉録則取六十二問之足本,亦是一個優點。

漁洋詩話　三卷。王士禎撰。士禎論詩之語甚多,雜見於《池北偶談》、《居易録》等筆記中。其經後人纂輯成書者,有《諧聲別部》(同治間三餘書屋重刊本易稱《分類詩話》)、《帶經堂詩話》二種,可窺王氏詩論之全。其以《漁洋詩話》名者有二種:一爲《檀几叢書》本,僅一卷,仍摘取其五言詩七言詩凡例,題爲詩話,實非詩話性質。另一種即此書,爲其晚年所作。大都記述生平經歷與其兄弟友朋論詩諧談之語,所標舉者亦多流連山水點染風景之作,並不重在理論,但在具體事例中也可約略窺其論詩宗旨。此書有俞兆晟序及自序,惟乾隆戊寅竹西書屋重刊本有黄叔琳序。上海會文堂石印《史夢溪評點漁洋詩話》,亦有黄叔琳序,知史氏所據,即竹西書屋本。夢溪名承豫,字衍存,宜興人。評語雖不多,間有可取處。張宗泰《魯巖所學集》卷十五于此書三卷,各有書後一篇論其疎失,可參閲。案《四庫總目提要》亦稱士禎疎于考證,或由于此爲士禎晚年之作,漫不經意,故多可議之處。此書有《王漁洋遺書》本、《詩觸叢書》本,皆三卷。惟《掃葉山房》石印本分爲二卷。此本錯誤最多,不足取。

古詩平仄論　一卷。題王士禎定,翁方綱收入《小石帆亭著録》。方綱(公元一七三三——一八一八年)字正三,號覃溪,一號蘇齋,直隸大興人。乾隆壬申(公元一七五二年)進士,官至内閣學士。著有《復初齋集》等。《小石帆亭著録》爲翁氏編選校訂的論詩之著。《小石帆亭著録》有《蘇齋叢書》本、《天壤閣叢書·聲調譜彙刊》本及《學詩法程》本。此卷《古詩平仄論》,爲《小石帆亭著録》卷一。寫古詩而講究聲調,自趙執信《聲調譜》始。但趙氏作《聲調譜》之動機實受王士禎的啓發。執信嘗以是問士禎,士禎不肯言,執信乃鉤稽唐時名家之作,得其規律,創爲此譜。及趙氏《聲調譜》出,纔出現有所謂王文簡的《古詩聲調譜》。所以一般人不免對此書發生懷疑。翁氏得此書後,加以考訂,證明與趙《聲調譜》不同,確爲士禎之言,遂爲刊行。大抵古詩重在自然之音節,原無所謂聲律,但自唐代律體盛行之後,則古詩音節,自不宜參用律調。因此,唐、宋名家可能有故意避忌律調之處,不過不曾定作規律,所以也不需要立譜。自從明人論詩,講究格調,于是注意到聲律問題,約略窺到這一點,但也不曾明確指出。明人論詩從李東陽《懷麓堂詩話》後,對于研究聲律方面,雖各人論點不同,確是注意及此。他們既感覺到律詩重在吟,古體適于誦,自會感到古詩中多用律調,反使音節不響。于是窺到唐、宋名家于有意無意間避免律調之祕。這樣,既解決了拗律之謎,同時也真從音節中體會到古詩之格。士禎早年可能聽到前輩緒論——尤其是吳偉業,此後再加鑽研,漸發其祕,自有可能。只因這種規律,時多例外,不易成爲定論,所以也不輕易示人。及執信《聲調譜》出,于是王門弟子平時既習聞師説,如《師友詩傳録》中論及古詩平仄者就有好幾條,那麼即使假託士禎之名,也不能不承認是士禎的意見。何況他們得到士禎的未定之稿,還是很有可能的呢。崔旭《念堂詩話》謂:"王阮亭之《古詩平仄》、《律詩定體》,趙秋谷之《聲調譜》不見以爲祕訣,見之則無用。"妙語解頤,一針見血。翁方綱于此書序跋中雖言其不可廢,謂"在秋谷本之上",但亦屢言其中有先生未定之論,又示人不可泥。這個意見,不失爲通人之論。

趙秋谷所傳聲調譜 一卷。見《小石帆亭著録》卷二。卷中多評趙《聲調譜》之語,故改稱《趙秋谷所傳聲調譜》,以示與趙《聲調譜》有所區別。大抵此卷與《聲調譜》不同之點有四:一、不録《聲調譜》論例;二、删去趙《聲調譜》論律詩之處;三、不録《續譜》;四、《後譜》不録原詩,祇標詩題,然亦必須有趙執信言論者始標明之,否則即詩題亦不録。故此卷可説是翁方綱對趙《聲調譜》之評論。方綱學詩于黄叔琳,而叔琳爲士禎門人,所以翁氏推尊漁洋,糾趙《聲調譜》之失,正以見《古詩平仄論》之正確。案王、趙二氏之講聲調,據惠棟《刻聲調譜序》所言,謂錢謙益之學傳馮班,而執信則服膺馮氏,得其論著。至士禎之學則得自吳偉業。此言如確,則王、趙二家之譜,固應不同。翁氏申王糾趙,原無不可。又案此著雖根據趙《聲調譜》,但多删節與異議,祇能看作翁氏一家之言,《清詩話》中再印趙氏之《聲調譜》,固不致重複,但就整部詩話叢書的體例而言,似以此本與翟翬《聲調譜拾遺》同作趙《聲調譜》附録,似更合適一些。此卷有《蘇齋叢書》本、《天壤閣叢書》本,丁氏所據,似出《天壤閣》本。

五言詩平仄舉隅 一卷。翁方綱撰。見《小石帆亭著録》卷三。方綱既讀王、趙二家之譜,于是更作進一步之研究,此卷與《七言詩平仄舉隅》即可看作是他在這方面研究的成果。此卷就阮籍、張協、左思、劉琨、陶潛、謝靈運諸家詩,論其平仄,于唐人僅舉魏徵、杜甫二家。與王、趙二譜顯然不同,然亦衹能説明古詩爲自然之音節,並不是有一定的規律可以泥守的。在南朝劉宋以前,四聲之説未起,平仄之分更未固定,而現在以平仄論南朝以前古詩之音節,自多齟齬不合之處。當然,在古人所謂長言短言也與平仄之分有些相近,但畢竟不完全一樣。所以據此以論古詩,總覺隔靴搔癢,但因此破除王、趙二家三平之説,益足證明古詩聲譜之不可拘泥。竊以爲古詩聲譜並非不可研究,但首先應打破永明以來聲律説的束縛。蓋永明以來之聲律説,多於一句兩句中求,而古詩聲調必須統觀全篇氣局,纔能找出自然的音節之規律。又唐以前古詩與唐以後古詩也應有所區分。假使有人在這方面作深入的研究,摸索出一些規律,那麼這成績一定可以超過王、趙、翁諸家;而古爲今用,即對新詩的音節,也可以起一些貢獻。

七言詩平仄舉隅 一卷。翁方綱撰。見《小石帆亭著録》卷四。此卷所舉皆唐、宋人七言古詩,然亦不免求之過鑿,甚至謂杜甫《韋諷録事宅觀曹將軍畫馬圖》詩中"將軍得名三十載"句,謂一定衹能用"三"字,不能作四十載。固然,由聲調言,"三"字要比"四"字響亮,但假使曹霸當時得名已四十載,難道杜甫也將違反事實以遷就音節!總之,由于漢字單音的關係,增減一字或更換一字確能使音節頓異。但假使有意求之,轉非通論。

七言詩三昧舉隅 一卷。翁方綱撰。見《小石帆亭著録》卷五。此卷本于王士禎撰《三昧集》之旨,復于士禎《古詩選》中七言部分,摘取之以證三昧之旨。方綱《復初齋文集》中有神韻論三篇、格調論三篇,皆欲溝通神韻與格調之關係。此卷亦然。故謂:"平實叙事者,三昧也;空際振奇者,亦三昧也;渾涵汪茫千彙萬狀者,亦三昧也。此乃謂之萬法歸源也。若必專舉寂寥沖淡者以爲三昧,則何萬法之有哉!漁洋之識力無所不包,漁洋之心力抑別有在。"其意在破除一般人所理解之神韻或三昧以見漁洋詩論之大。要之翁氏論詩與漁洋有合有離,他既不欲隨時人風氣,以攻漁洋爲能事,也不欲死守一家,僅奉漁洋爲圭臬,故其立論雖稍異于漁洋,實則正欲于不同之處,以申漁洋之説。考石帆亭本漁洋山人論詩處,方綱論詩之著亦以《小石帆亭著録》爲名,正可見其傾倒之忱。此卷似選集,但于具體作品中闡説理論,仍不失詩話的性質,可看作詩話之別體。此卷有《蘇齋叢書》本、《天壤閣叢書》本、《學詩法程》本。

談龍録　一卷。趙執信撰。執信(公元一六六二——一七四四年)字伸符，號秋谷，晚號飴山老人，山東益都人。康熙十八年(公元一六七九年)進士，官至左贊善。著有《談龍録》、《聲調譜》、《飴山堂文集》、《因園詩集》。其論詩反對神韻説。執信娶王士禛之甥女，初相契重，其後詬厲，即論詩宗旨亦不相同。當時士禛主神韻，執信獨取吴喬詩中有人之説以攻其短。此後學者，各本所見作左右袒，而爭論亦永無已時。實則神韻性情，本祇詩中一端，執一以求，自多窒礙，即使相互攻擊，也不易得出結論。《談龍録》有《飴山全集》本、《貸園叢書》本、《藝海珠塵》本、《花薰閣詩述》本、《天壤閣叢書》本、《談藝珠叢》本、《國朝名人著述叢編》本、《學詩法程》本、《詩法萃編》本；至《適園叢書》本則以之附于《圍爐詩話》之後。又盧見曾所纂《國朝山左詩鈔》三十六卷趙執信條，録盧氏所爲《飴山詩集序》，多論及《談龍録》語，謂："其援引各條，如發乎情，止乎禮義。如詩以言志，詩之中須有人在，詩之外尚有事在，三百篇復作，豈能易斯論哉！"因認爲詩壇廣大，不必黨枯護朽，入主出奴，爲門户之争。此文見盧見曾《雅雨堂文集》卷一《重刻趙秋谷先生談龍録並聲調譜序》。

聲調譜　一卷。趙執信撰。此書有《前譜》、《後譜》、《續譜》之分，亦稱《聲調三譜》，各本多分爲三卷。《談藝珠叢》本則以前、後《譜》爲一卷，《續譜》爲一卷。要之不論一卷二卷或三卷，於内容無大出入。各本中有于《續譜》後附《通轉韻式》者，當是附輯，非《聲調譜》原本如此。《四庫總目提要》謂"古韻一篇乃其門人所妄增"，近是。聲調之説，明人于此粗有所得，但並無成書。王士禛于此，當有所承受，故于《師友詩傳録》中答問各條亦粗發其凡，但未述及具體規律。執信由于士禛靳不肯言，乃于唐人詩集中反覆推究，始知古調律調之分，因著爲此書，成爲中國詩律史上一大發見。自此書出，于是王氏弟子亦多發其師遺稿，遂有《古詩平仄論》、《律詩定體》諸書，而聲調問題遂成爲論詩者的重要問題。不過士禛所以不言之故，我想未必真如《談龍録》所言。《談龍録》謂："阮翁律調蓋有所受之，而終身不言所自，其以授人又不肯盡也。……余既竊得之，阮翁曰：'子毋妄語人。'"則似乎士禛矜爲獨得之祕，好像蔡邕之於《論衡》，則不免言之過甚。姚範《援鶉堂筆記》謂："阮亭屬勿語人，或懼示學人以陋，而趙譏其矜祕，未可信。"此説近是，但也不盡然。竊以爲聲律之論，古調律調確有分別。古調乃自然之音調，律調則人爲的聲律。所以古調以語言的氣勢爲主，而律調則以文字的平仄爲主。自律調既行，于是一般人專從平仄論聲律，而忽略了語言的音調，那就對於杜甫吸取民間文學長處以創成的拗律，也不易理解了。再加上流俗對于律體又有所謂"一三五不論,二四六分明"之説,于是對于律詩用字何以有響有啞的關係,也無法了解。明人注意格調,格調派的詩固然有較大的流弊,但由于重視格調之故而注意到聲調,那就是他們的貢獻。不過他們知其然而不知其所以然,還多模糊影響之論。王士禎進一步摸索鈎稽,纔粗具眉目,祇因不敢看作定論,所以不以示人。有此關係,所以趙氏《聲調譜》雖約略看到一些規律,但篳路藍縷,畢竟不能算是最後的成功之作。所以翁方綱議之於前,許印芳又評之於後。直到此後對於聲律研究成爲風氣,于是不論對古調或律調都有比較更精密之作。所以《聲調譜》的貢獻,乃是開創之功,並非完善之作。此書翻印者較多,有的有仲是保序。《清詩話》本無之。仲序論聲調之說,謂發自馮班,而錢謙益、程嘉燧和之。程嘉燧以告吳偉業,吳偉業以告王士禎。而趙執信則宗馮班,能窺其微。此說恐不盡然。惠棟謂錢謙益傳同里馮班,趙執信又得班論著,似較近理。後人論到聲調譜的,除《四庫總目提要》之外,惠棟《松崖文鈔》卷一有《刻聲調譜序》,盧見曾《雅雨堂文集》卷一有《趙飴山先生聲調譜序》及《重刻趙秋谷先生談龍録並聲調譜序》,譚宗浚《希古堂文甲集》卷二有《趙秋谷聲調譜跋》,《詩法萃編》本有許印芳跋,均可參閱。

聲調譜拾遺 一卷。翟翬撰。翬(公元一七五二——一七九二年)字儀仲,安徽涇縣人。諸生。包世臣《藝舟雙楫》有《翟秀才傳》。此書於趙《聲調譜》不僅補充與闡説,亦兼有糾正處,可說是比趙《聲調譜》更推進一步的研究成績。此書有《藝海珠塵》本、《談藝珠叢》本,丁本據此。

蠖齋詩話 一卷。施閏章撰。閏章(公元一六一八——一六八三年)字尚白,號愚山,安徽宣城人。順治進士,康熙時舉博學宏詞,官至侍讀。詩與宋琬齊名,有"南施北宋"之目。但其詩話較少理論,時多摘録舊書,近於考訂,故杭世駿《訂譌類編》每採其説,而《四庫存目提要》則又糾正其失考之處,謂爲偶然劄記,不甚經意之作。此書《施愚山全集》本作二卷,與《矩齋雜記》合刊,列入別集,有潘思榘序。《昭代叢書》本作一卷,内容全同,惟無潘序。今《清詩話》本亦一卷,知其所據乃《昭代》本。此書末句"竟厚恤其家",《昭代》本"厚"字誤作"後",而丁氏亦仍之不改,知其未曾細勘。《圖書館報》二卷四期謂《蠖齋詩話》四卷,誤。或由于根據與《矩齋雜記》二卷合刊之本,遂誤作四卷。

漫堂説詩 一卷。宋犖撰。犖(公元一六三四——一七一三年)字牧仲,號漫堂,又號西陂,河南商邱人。康熙間以壬子入官,累擢江蘇巡撫,官至吏部尚書。詩與王士禎齊名,有《緜津山人詩集》。此書有《緜津山人集》本、《昭代叢書》

本、《學海類編》本、《國朝名臣著述叢編》本。丁氏所據,乃《昭代》本。《四庫存目》有提要。其論詩亦崇尚唐音,但不限於唐。卷末自述學詩經歷,與卷首所論可相印證。

而庵詩話 一卷。徐增撰。增字子能,號而庵,長洲人(一作吳縣人,同爲蘇州府治)。增有《說唐詩》二十二卷,其卷首爲《與同學論詩之語》。張潮以此卷輯入《昭代叢書》中,改稱《而庵詩話》,丁氏即據以編入《清詩話》中。日人近藤元粹所編《螢雪軒叢書》本,作《徐而庵詩話》,較《清詩話》本多數條。蓋丁氏輯《清詩話》時祇據《昭代》本,而未校原書,故《昭代》本刪除或遺漏的,《清詩話》本亦無之。而《螢雪軒》本反根據原書,此亦丁氏校讎疏忽之處。而菴論詩,好作大言欺人,有時強作解事,不免入於玄;又受金聖嘆影響,好以解數言詩,有時牽強附會,又不免落於陋。《螢雪軒》本所有評語,亦以指出此二點者爲多。

詩學纂聞 一卷。汪師韓撰。師韓字杼懷,號韓門,又號上湖,浙江錢塘人。雍正癸丑(公元一七三三年)進士,官編修,湖南學政。中年以後,一意窮經,多論學之著。汪氏論詩較切實,與一般詩話摘句述事者不同。此書有《上湖遺集》本、《叢睦汪氏遺書》本、《昭代叢書》本、《國朝名人著述叢編》本、《詩法萃編》本。《詩法萃編》本有許印芳跋。

蓮坡詩話 一卷。查爲仁撰。爲仁(公元一六九三——一七四九年)字心穀,號蓮坡,宛平人。康熙舉人,所著有《蔗塘未定稿》等書。此書據其自序,原爲三卷,列入《蔗塘未定稿外集》,有杭世駿序。《龍威祕書》及《屏廬叢刻》本皆據此。《龍威》本有刪節處,《屏廬》本有金鉽跋。自《昭代叢書》本刪節查氏原序,改作一卷,始有一卷本。此本有沈懋憙跋,詞句與《蔗塘外集》本亦稍有出入,似非出沈氏校改,疑沈氏所據乃查氏原稿未分卷本,故作一卷。丁氏《清詩話》本即據此。案繆荃孫《光緒順天府志・藝文志》,錄查爲仁《蓮坡詩話》二卷,而徐世昌《清畿輔書徵》引《緘齋雜識》亦謂查氏有《蓮坡詩話》二卷,則此書除三卷一卷本外,似別有二卷本。今二卷本未見,然即就三卷一卷本加以比勘,其內容並無分別,不過詞句偶有異同而已。爲仁中舉後,以被訐得罪,數年得釋,因發憤讀書。居天津水西莊,貯書萬卷,往來名士多主其家,故詩話所記,以詩人軼聞爲多。書中亦較多論及《談龍錄》、《說詩晬語》及《江西詩社宗派圖錄》等清人論詩之著。

說詩晬語 二卷。沈德潛撰。德潛(公元一六七三——一七六九年)字確士,號歸愚,江蘇長洲人。乾隆己未(公元一七三九年)進士,曾任內閣學士,兼禮部侍郎,諡文愨。德潛爲葉燮門人,習聞師說,其論述詩之源流正變,雖不如《原詩》之有系統,但剖析精審,亦能要言不煩。惟論詩偏重格調,主張溫柔敦厚,發揮正統的詩歌觀點,又與葉氏稍有不同。此書一般皆作二卷,如《沈歸愚詩文全集》本、《詩觸叢書》本、《玉雞苗館叢書》本、《嘯園叢書》本、《談藝珠叢》本及《國朝名人著述叢編》本皆如此。但也有作一卷者,爲《青照堂叢書》本,及《三家詩話選》本。此書在當時影響較大,故各家著述時多論及。其兼附評語者,《青照堂叢書》本有李元春評語,《詩法萃編》本有許印芳跋語,日人《螢雪軒叢書》本有近藤元粹評語,均可參閱。

原詩 一卷。葉燮撰。燮(公元一六二七——一七〇三年)字星期,號己畦,時稱橫山先生,江蘇吳江人。康熙進士,官寶應令,以忤長官被參落職。此書本有四卷,分內外二篇,每篇二卷,附刊《己畦文集》者即如此。《昭代叢書》本併作一卷,丁氏仍之,內容與四卷本同。(此次整理仍按《己畦文集》分爲四卷。)葉燮論詩之長,在用文學史流變的眼光與方法以批評文學,故對詩之正變與盛衰,能有極透澈的見解。他看到"有源必有流,有本必達末",以糾正明七子以來的擬古風氣;同時又能於演變中看出有不變者存,故又與一般主張師心、標舉性靈者不同,而要因流而溯源,循末以返本。至於他論作詩之本,則又以理、事、情三者來概括被表現的客觀事物,以才、識、膽、力四者來說明詩人的主觀活動。於是詩人的藝術構思,必須結合理、事、情,而一切的理、事、情又必須通過詩人的才、識、膽、力來表現。他在《內篇》中就是這樣辯證地論詩,所以比較全面。《外篇》中再雜論詩歌創作各方面的問題,也都有精闢之見,所以是《清詩話》中較好的著作。

全唐詩話續編 二卷。孫濤輯。濤字樂山,石門人。此書係續舊題尤袤所輯《全唐詩話》而作。案《全唐詩話》原非尤袤所輯,疎漏甚多。孫濤加以補輯,凡原集載其人而遺其事者續爲卷上,其人與事之俱未及載者,續爲卷下。下卷特以張巡列首,表示尊崇志節經濟之人,另寓微意。案續《全唐詩話》者尚有沈炳巽,卷帙比孫濤所輯爲多,係稿本,尚未刊印。

一瓢詩話 一卷。薛雪撰。雪字生白,號一瓢,江蘇吳縣人(或題河津,著其原籍)。諸生,以醫名。乾隆丙辰(公元一七三六年)舉博學鴻詞,有《一瓢齋詩存》。雪亦葉燮門人,書中多引橫山先生說,即未標明者,亦多與《原詩》所言相合。此書有掃葉村莊刊本,爲薛氏自刊本,稱《一瓢齋詩話》。《昭代叢書》本只稱《一瓢詩話》。丁氏仍之,知《清詩話》本所據,多出《昭代》本。

拜經樓詩話 四卷。吳騫撰。騫(公元一七三三——一八一三年)字槎客,又字葵里,晚號兔床山人。浙江海寧人。諸生。騫築拜經樓,貯書甲於一邑,與同里陳鱣、周春等人，日事校讎，不預户外事。此書有《拜經樓叢書》及《藝海珠塵》二本。二本均有吴騫自序，但《拜經樓》本删去最後一段"至書中先後"云云，《藝海》本則全載之。又《拜經樓》本有秦瀛序，《藝海》本又無之。今《清詩話》本于吴氏自序則全載其文，並有秦瀛序，竊疑丁氏兼取二本相校，故較完備。考《杭州府志·藝文志》録此書作五卷，《海寧州志·藝文志》亦同。蓋此書已刊者僅四卷，尚有《續詩話》一卷未刻，故云五卷。吴氏以詩人兼學者，故論詩每多考證。其論《敕勒歌》非斛律金作，則前人所未及。

唐音審體　一卷。錢良擇撰。良擇字木菴，常熟人。仕履不詳。惟吴德旋《初月樓續聞見録》述其生平，今録如下："時有大吏出使海外，請木菴與偕往，又同朝貴使塞外絶域，足跡幾遍天下，然訖無所遇合。木菴無幾微不自得，讀書痛飲酒以昌其詩。……詩曰《撫雲集》，凡十卷。"《蘇州府志·藝文志》録是書，作《唐詩審體》。此書本兼有總集性質，卷帙較多。自《花薰閣詩述》本專輯其對詩體論斷之語，遂成一卷，丁氏《清詩話》即據以重印。趙執信《談龍録》稱其書"原委頗具，可觀採"，足爲此書定評。大抵明人主張格調，祇是朦朧地有所體會，但憑直覺，並無科學根據。自清代學風一變，于是詩人學者即同樣論格調，其方法又與明人不同。故清初格調之説，可看作詩人學者研究格調之成果。其重在調者，則《聲調譜》諸書可爲代表；其重在格者，當以《唐音審體》爲較早亦較好之書。常熟馮班受錢謙益的影響，反對明代前後七子之詩風，但其辨析詩體，却不能不説仍受格調派的影響。此中消息，自有辯證關係，不可不知。錢良擇此書可説是繼馮班之後，作了更進一步的研究。

遼詩話　一卷。周春輯。春（公元一七二九——一八一五年）字芚兮，號松靄，晚號黍谷居士，又號内樂村叟，浙江海寧人。乾隆甲戌（公元一七五四年）進士，官廣西岑谿知縣，以憂去官。著《松靄詩鈔》等書。春著述甚多，《遼詩話》外，更有《遼金元姓譜》一卷。周氏輯《遼詩話》，用力至勤。此一卷本，乃初刻本。《昭代叢書》本據此，丁氏復仍之，輯入《清詩話》，皆不全。其後復增訂爲二卷，有《述古叢鈔》本、《藏修堂叢書》本、《翠琅玕館叢書》本及《芋園叢書》本。一卷本有春自序一篇，不題歲月。二卷本自序凡二篇：據其所題歲月考之，自序一在乾隆丁丑，爲二十二年（公元一七五七年），自序二在乾隆壬午，爲二十七年（公元一七六二年）。雖相距僅五年，而修訂較多，亦可知周春著述之不苟矣。兩本均有沈德潛序，惟二卷本更有秦瀛序及謝啓昆題詞。又案《清畿輔書徵》謂有史夢蘭《遼詩話》一卷，刊本，未見。

秋窗隨筆　一卷。馬位撰。位字思山,號石亭,陝西武功人。官刑部員外郎。此書在《清詩話》前,有《昭代叢書》本,丁氏所據即此本。丁氏有短跋。在《清詩話》後,有《關中叢書》本,此本無丁跋,知其所據亦《昭代》本。此卷不盡論詩,每涉及文,真屬隨筆性質,但書中尚有精義可採。

野鴻詩的　一卷。黃子雲撰。子雲(公元一六九一——一七五四年)字士龍,號野鴻,江蘇崑山人,一作吳縣人。汪縉《汪子文錄》卷九有傳。所著有《野鴻詩稿》、《長吟閣詩集》。其論詩宗主杜甫,與一般詩話無宗主者不同,稱爲詩的,或以此關係。《履園譚詩》中每舉黃野鴻作,其爲時流所重可知。此書有《昭代叢書》本,丁氏所據即此。

履園譚詩　一卷。錢泳撰。泳(公元一七五九——一八四四年)初名鶴,字立羣,號台仙,一號梅溪,江蘇金匱人。泳有《履園叢話》二十四卷,《譚詩》爲其中第八卷,丁氏輯出之,入《清詩話》中,爲此書別輯之始。泳在沈德潛、袁枚之後,欲調和格律、性靈之爭,故其論詩對格律、性靈均予以新的解釋。

説詩菅蒯　一卷。吳雷發撰。雷發字起蛟,江蘇震澤人。諸生。《蘇州府志》卷一百六稱其"爲詩文清矯拔俗,李重華謂如水鏡空明,不染纖滓",知亦康、雍間人。菅、蒯皆草類:菅可制帚,蒯可織席,此用《左傳》"雖有絲麻,無棄菅蒯"語意,蓋自謙瑣語,或可作説詩探擷之用。此書有《昭代叢書》本,丁氏所據即此。

秋星閣詩話　一卷。李沂撰。沂字艾山,號壺菴,營山人(一作興化人)。此書爲初學而發,共六條,等于六篇短文,在詩話中別成一體,其目爲八字訣、勸虛心、審趨向、指陋習、戒輕掉、勉讀書六項。有《昭代叢書》本,此後丁氏《清詩話》與日人近藤元粹之《螢雪軒叢書》皆據此。

貞一齋詩説　一卷。李重華撰。重華(公元一六八二——一七五四年)字實君,號玉洲,江蘇吳江人。雍正二年(公元一七二四年)進士,官翰林院編修,有《貞一齋集》。《蘇州府志·藝文志》作《玉洲詩話》。此書分二部分:前一部分論詩答問三則,綜論詩理;後一部分《詩談雜錄》則拾掇瑣語,似有仿葉燮《原詩》分內、外篇之意。《清詩別裁集》遂稱其有"詩語二卷",實即此書。重華與沈德潛、袁枚同時,而其論詩既不如沈氏之拘,也不同袁氏之放,本之性靈,潤以格律,能於二家外別樹一幟,亦豪傑獨立之士。其論詩宗旨雖出于張匠門,而與葉燮同里,又深受葉氏影響。至所自得,又與趙執信相近,故能盡吸諸家之長而無其偏執。書中如最忌輕薄諸條,近於暗斥袁枚,而袁氏《隨園詩話》反多稱引其説,甚至有直襲其語,攘竊以爲己有者,可見對於袁枚詩論互有異同之處。又其論詩大旨雖略同葉燮,而時多新見,每爲葉氏所未及,也比《説詩晬語》之多用師説者爲勝。

漢詩總説 一卷。費錫璜撰。錫璜字滋衡,江蘇吳江人。其自署每稱成都,蓋其父費密自成都避亂家於江南,故錫璜猶署其故里。錫璜與沈用濟合撰《漢詩説》十卷。其性質在總集與詩文評之間,《四庫總目提要》以此書列入存目總集類,蓋《漢詩説》係因馮惟訥《詩紀》、梅鼎祚《詩乘》所録漢詩加以評釋,故近總集。至《漢詩總説》,則是《漢詩説》前面總論漢詩之語。楊復吉輯《昭代叢書》時割取《漢詩説》中前列的總説部分别成爲書,于是成爲詩話性質。丁氏所據即此本。但《漢詩説》既係二人合撰,書前總説似亦不能例外。總説末節雖有"余説漢詩要在示人以法門"及"至所不能解者,余不敢強解之"等語,似是一人所寫的口吻,不知楊復吉有無其他根據定爲費氏一人所撰。自《昭代叢書》本題費錫璜撰,于是《杭州府志·藝文志·詩文評類》所録《漢詩説》又題錢塘沈用濟撰。同一書而分題二人,幾令人不知此書原出二人同撰了。

山静居詩話 一卷。方薰撰。薰(公元一七三六——一七九九年)字蘭士,號蘭坻,浙江石門人。工畫善詩,有《山静居論畫》二卷、《山静居詩話》一卷。此書有《别下齋叢書》本與《花近樓叢書》本。《别下齋叢書》本少一則,見管庭芬跋。《花近樓叢書》本有附録一卷。

峴傭説詩 一卷。有石印本,見《八千卷樓書目》。《清詩話》本所據當即此。考《兩浙輶軒續録》卷四十八《施補華小傳》謂:"補華原名份,字均父,烏程人。同治庚午(公元一八七〇年)舉人,山東補用道。著《峴傭説詩》二卷、《澤雅堂古文》八卷、《古今體詩初集》八卷、二集八卷。"則此書作者乃施補華,丁氏作闕名,非也。今據補。

消寒詩話 一卷。秦朝釪撰。朝釪字大樽,號岵齋,江蘇金匱人。乾隆十三年進士,由禮部郎中出爲楚雄知府。工詩,尤善治古文。此書有《昭代叢書》本,沈懋惪有跋。丁氏所據即此。此書不盡論詩,且多自述其詩,鮮可取。

續詩品 一卷。袁枚撰。枚(公元一七一六——一七九七年)字子才,號簡齋,人稱隨園先生,錢塘人。乾隆己未(公元一七三九年)進士,曾任江寧等地知縣。有《小倉山房集》。此卷雖自謂續司空圖《詩品》而作,但與司空圖之《詩品》不同。司空氏《詩品》論風格意境,此則重在論作詩之甘苦,體貌雖似,内容不類。故自袁枚《續詩品》後,此類著述遂别爲二體。此後顧翰所補又與袁枚不同。論詞者也如此。郭麐《詞品》,規仿司空氏,江順詒《續詞品》則又仿袁氏。袁氏此著轉載者頗多,楊復吉首先以之輯入《昭代叢書》。今《清詩話》本有楊跋,知丁氏所據即《昭代》本。此外,別有《四品彙鈔》本、《緑滿書窗》本及《文品彙鈔》本等。

　　總之,丁氏此輯,對學術研究固然有一定的貢獻,但由于志在牟利,不免帶些市儈氣,所以選擇不精,對各書也未能細加校勘,那就對學術研究的作用也祇能是有限度的了。

　　　　　　　(《清詩話》一九六三年中華書局上海編輯所第一版)

論《戲爲六絶句》與《論詩三十首》

我最近把杜甫的《戲爲六絶句》和元好問的《論詩三十首》，加以整理注釋，採用了不同的處理方法。對杜甫的《戲爲六絶句》，取集解形式。對元好問的《論詩三十首》，則以翁方綱、宗廷輔二家之說爲主，而加以箋釋。

論詩絶句，畢竟是文學批評中一種特殊體裁，它的本身有很大的局限性。由於是韻語，不可能象散文這般的曲折達意，於是常因比較晦澀而引起誤解，此其一。又由於篇幅太短，不可能環繞了一個中心問題而暢發議論，於是又不免因瑣屑零星而不易掌握全篇的核心，此其二。杜詩六首，意思一貫，宗旨易見，但文辭畢竟簡約一些，再加上後人的穿鑿，更使明者轉晦，所以問題不在後者而在前者。問題在誤解，必先清理歧解，然後才能探索他的詩學理論。至如元詩三十首，雖也自成整體，但重在評論作家，所以各首之間並不要求意思的一貫，問題又不在前者而在後者。我們必須在每首個別具體事例中去體會他共同的一貫的疏鑿微旨，然後才能論述他的詩學理論。這是對二種論詩絶句不同處理的主要原因。

因此，再進一步，我對於杜、元二氏的詩學理論，也採取了不同的論述方式。杜甫的《戲爲六絶句》是有爲而作的。有爲而作，則論點不妨稍偏，可以容許特別強調詩論中的某一點或某一面，而我們研究他的詩學理論，就不應只局限於他所強調的一面，更應注意他所不曾強調或不曾講到的一面。因爲不如是，就不可能理解他詩作的全面，也不可能理解他詩論的全面。元好問的《論詩三十首》，雖出書生技癢，也是不甚經意之作，然而上下千古，衡量辨析，不會没有一定的標準。所以他的詩學理論，雖没有明顯地講出，可是從他所論述的具體事例中却又很容易歸納出來。假使再在他其它詩文中的有關材料相互印證，那就更容易推求他的詩學理論了。一則看去易明而求之反隱，一則看去似晦而一説便清，這又是這兩種論詩絶句的主要分別。

正因爲杜甫的六絶句是有爲而發，所以杜甫的詩論儘管強調繼承，強調藝術性，即杜甫其它論詩之處也有這種傾向，却並不因此而妨礙杜甫詩作的成就。不僅不妨礙,不會使他的詩成爲形式主義的作品,反而能和他具有一定高度的思想性結成完整的統一體,以發揮更大的作用。這就是杜詩的成功之點,實在也即說明了杜甫詩論中一定有另一面更重要之點才能如此的。即就六絕句而論,我們也應注意他不費許多筆墨而偶爾提到的"親風雅"三字。他所謂"親風雅",究竟指的什麼含義,他沒有在這方面多加發揮,固然無從評述,但有一點可以肯定的,就是根據"親風雅"三字,可知杜甫詩論是不會片面地強調藝術性的。當然,"親風雅"也有它的局限性,不是可以從概念上把它全盤接受,而對它作過高的評價的。但就杜甫對儒家思想能吸取其進步的一面而克服其落後的一面,那麼所謂"親風雅",應當也是吸收它進步的一面,指有興觀羣怨的作用而言的了。(案"親風雅"三字可有兩種不同理解:杜甫似重在興觀羣怨方面;元好問似重在溫柔敦厚方面。)可是,在以前爲封建統治階級服務的文人却不會理解到這一點。他們本於杜甫"轉益多師是汝師"的主張以論杜詩之成就,於是只覺其盡有衆美,集古人之大成。從元稹以後,一直到宋祁、秦觀等人都是這種論調。這無疑對杜詩的理解成爲片面的了。昔人的錯誤,已如此顯然可見。我們在今天,假使對這有爲而發的六絕句,孤立地看問題,也把它的多師爲師說評價過高,加以發揮,那豈不是重視繼承而忽略批判,那豈不成爲發揮了杜甫詩論中缺點的一面!所以我們對這六絕句的評價,所要注意的倒是在它不很強調或不曾說明的一面。從這樣理解,既不致強調繼承,錯誤地誤解他的多師爲師說;也不致強調批判,把這六絕句看作是重在藝術而加以貶抑。

　　對於元好問的《論詩三十首》呢?恰恰相反,他是明明強調思想,而把思想性放在第一位的。但是所應注意的,我們不要被一些表面現象所蒙蔽,而要認清他詩論的本質。我們假使根據他的《小亨集引》來看他《論詩三十首》的疏鑿標準,也可以肯定地說,他的標準重在"知本"。(《小亨集引》雖是他六十歲時所作,但他的論詩主張和詩格,和以前都沒有較大的變化。)由於知本,所以"若從華實論詩品,未便吳儂得錦袍"(《自題中州集後》),重實而不重華。由於知本,所以"一語天然萬古新,豪華落盡見真淳",尚自然而不尚雕琢。這些意見,都可說是比較正確的。

　　"眼處心生句自神,暗中摸索總非真",謂詩應從實際出發,不能憑空杜撰。"無人說與天隨子,春草輸贏較幾多",又是說詩不能脫離社會現實,只以身邊瑣事爲題材。這種知本說,似乎比杜甫的多師爲師說更高一着,更能抓住作詩之本,於是有些人便以爲他的主張重在反映現實生活,而他自己也正是這些理論的實踐者。其實,他在這方面作了進一步的發揮,恰恰暴露了他的階級局限性。他在《小亨集引》一文中把"本"理解爲"誠",認爲是"由心而誠,由誠而言,由言而詩"的"三者相爲一",那麼唯心的氣息便相當濃厚,而他所能做到的也只能是"溫柔敦厚,藹然仁者之言"了。本於這樣嚴重的封建統治階級思想,又怎能成爲人民的喉舌呢?所以所謂眼處心生,不可能指社會生活的現實,只能是自然景色的現實,於是,他所謂"本",和杜甫詩中反映的現實,也就相差得太遠了。當然,元好問詩中也不是沒有反映現實的作品,但比起杜甫來,顯然有區別。杜甫是在人民一邊,對封建統治階級加以譴責的。元好問是在封建統治階級一邊,只對人民表示同情而已。所以杜詩鬥爭的情緒比較強烈,而元詩就顯得軟弱無力。因此,他所謂重實,也就很有限度的了。

講到自然或天然,在他的概念裏,似乎只須不把藝術標準放在第一位,不在這方面作過多的考究,也就近於自然,符合於他的所謂"知本"。他所謂"未作江西社里人",所謂"可憐無補費精神",以及反對"鬥靡夸多",反對"切響浮聲",反對"俯仰隨人",反對"排比鋪張",反對"鬼畫符"云云,都可作如是觀。這些意見也不能説有什麼錯誤,但由於他的所謂自然,包含兩種不同的含義,壯美的近於豪放,優美的成爲真淳,而再要把二者統一起來,那就不免有些問題了。從豪放言,所謂"虎生風",所謂"壯懷",所謂"縱橫詩筆",所謂"慷慨歌謠",所謂"筆底銀河",所謂"英雄氣",都是風骨駿爽,不加推敲的意思。從真淳言,所謂"天然",所謂"雅言",所謂"古風",所謂"只要傳心了",所謂"雲山韶濩音",所謂"朱弦一拂遺音在",又近文體省淨,屏除華飾的意思。不加推敲,知道文章自有坦途,不必鑽牛角尖,枉費精神,於是高明者自走豪放一路。屏除華飾,率臆而言,當然儷偶聲律,只成巧思,於是沈潛者自走真淳一路。假使他從這樣講自然或天然,那麼視各人性之所近,陽剛陰柔,各得其所,豪放與真淳確是都可以統攝在自然的概念下的。可是,他並不完全如此,他再要把二者的矛盾統一起來。統一起來,假使偏重在豪放一邊,那麼感於中者既深且真摯,斯發於外者必激而強烈,輪囷鬱勃,噴薄以出,還可以痛快淋漓地反映現實的真相,然而他也不如此。他是要求豪放的真淳化,不是主張真淳的豪放化,這即是所謂"豪華落盡見真淳"。這樣講去,於是離現實愈遠,而和藝術標準反顯得更爲接近了。

從現實的方面講,偏重在自然景色的現實;從自然的方面講,又要求"豪華落盡見真淳"。這樣一講,於是説成豪放是一種境界,而真淳是在藝術上更高的一種境界了。於是,他的疏鑿微旨,本來不重在藝術標準的,反而滑向藝術方面去了。所以翁方綱説："此三十首已開阮亭神韻之端矣，但未説出耳。"這話也不是無所見的。

　　於是，再進一步説明元氏所以會形成這種見解的原因。他的《論詩三十首》，強調豪放者多，即就他的詩格而言，也是偏於豪放的，何以反要使豪放成爲真淳化，而有神韻的傾向呢？事實上，這正是當時詩壇詩風演變的反映。翁方綱説"蘇學盛於北，景行遺山仰"(《齋中與友論詩》)，這話也未嘗不對。不過，我們還必須知道當時詩風另一方面的情況。宋詩到蘇黃以後，真所謂以文字爲詩，以才學爲詩，以議論爲詩，流風所扇，弱點漸露，其勢也不得不變，所以當時又有提倡唐詩的風氣。《小亨集引》説："貞祐南渡後，詩學大行，初亦未知適從，溪南辛敬之、淄川楊叔能以唐人爲指歸。"貞祐在興定前。金的徙都汴京，在貞祐二年，而《論詩三十首》之作，則在興定元年，可知正是唐詩學大行之時。元好問處其間，應當是深受這種風氣影響的人，所以他在《小亨集引》中自稱："予亦愛唐詩者，唯愛之篤而求之深，故似有所得"。他的有所得，也就決定了他詩學宗旨之豪放的真淳化。當"初亦未知適從"的時候，可能還受些蘇詩影響，傾筐倒篋，一瀉無餘；等到"以唐人爲指歸"的時候，於是就注意到含蓄，注意到情韻，所以説："責之愈深，其辭愈婉，怨之愈深，其辭愈緩，優游饜飫，使人涵泳於先王之澤，情性之外，不知有文字。"(《小亨集引》)這樣，他的知本説當然要滑到神韻一邊了。

　　提倡唐詩，何以不會繼承杜甫、白居易等人現實主義的優良傳統，而偏要滑向神韻一邊呢？這就涉及到這種詩論的本質問題了。這就要看他的"有所得"究竟是在哪一方面的"有所得"。因此，我們不要迷惑於他所謂知本重實這些論點。

　　翁方綱《石洲詩話》謂："唐詩妙境在虛處，宋詩妙境在實處"，這話也説出一部分的真相。但是，他再説："宋人之學全在研理日精，觀書日富，因而論事日密，如熙寧、元祐一切用人行政，往往有史傳所不及載，而於諸公贈答議論之章，略見其概。至如茶馬鹽法河渠市貨一一皆可推析。"翁氏以此爲宋詩之長，那就不一定對。翁氏是愛好宋詩的，由於愛好宋詩之故，而發爲此論，當然可以，但是不免誤解了詩的作用。詩的作用全在利用具體形象，以一概萬，引起人們多方面的浮想聯翩，而體會到當時社會生活的真實面貌，所以雖虛而屬實。至於宋詩之實，則是以議論爲詩的結果，是以邏輯思維代替形象思維的結果，於是茶馬鹽法等等當然都可羅列在內了，但是只能作史料看，作一時一事的史實看，所以雖實而成虛。這一點，在當時提倡唐詩以反對蘇黃的，如南宋的嚴羽、金的辛楊以及元氏諸人可能都有所體會到的。這可能就是元氏之所謂"有所得"。所以在他對唐詩有所得以後，也就要不滿蘇詩之"百態新"了。

　　但是，他們所認識的僅僅到此爲止，因爲他們用唯心觀點去論詩，只可能從藝術方面去探索，不會再進一步用唯物觀點去從社會生活的現實以論作詩之本的。

　　請進而追求其思想的來源。我以前講到元氏受蘇軾影響曾這樣說過："即在元氏論詩中貶蘇之詞也是學蘇的。"這話也有部分理由，不過還沒有說得透徹。假使說元氏僅僅爲了受唐詩影響以反對蘇黃，那麼他所處的時代幷不是什麼所謂盛世，兵荒馬亂，怵目驚心，不應該不接受杜甫、白居易這些反映現實的詩的影響。假使說受唐詩影響必然會引向豪放的真淳化這條路去，那麼蘇軾幷沒有明顯地要提倡唐詩，追隨唐詩，何以也重在"蘇李之天成，曹劉之自得，陶謝之超然"，而要復"魏晉以來的高風絶塵"呢？所以復唐詩只是當時詩壇改變詩風的一種要求，至於復唐詩是不是走現實主義的道路，那是另一問題。元氏之受唐詩影響固是事實，但他受蘇軾影響也是事實。他從蘇軾的路線而學習唐詩，當然不可能走現實主義的道路了。蘇軾不是沒有反映人民生活的詩，但這不是他的主要成就。因此，我們還得看蘇軾詩論究竟是什麼觀點。蘇軾思想比較複雜，儒佛老莊糅合一起，但在詩論方面則唯心傾向似乎要更多一些。（我們所論只是就他主要傾向而言，幷不是抹殺他的其它方面。）蘇軾說："欲令詩語妙，無厭空且靜。靜故了羣動，空故納萬境。"（《送參寥師》）他的唯心傾向是比較明顯的。他要在空靜中求詩，以獲得詩之自然與天成，當然不會火辣辣地從現實生活中去尋求詩的源泉，而所謂自然與天成也就變成脫離現實的一種藝術傾向了。因此，蘇詩的語言，雖比了江西詩派要自然一些，但是偏重在藝術標準則和江西詩人幷沒有什麼分別。他在藝術方面學唐，所以能變，所以能新，新和變是在唐詩藝術上進一步的發展，於是再從藝術標準來看問題，也就覺得新和變的成就，有優點也有缺點。缺點就在不能如唐詩這樣自然與天成，更不能再有魏晉以來的高風絶塵。他看到了李、杜以英瑋絶世之姿，凌跨百代，已經覺得缺少魏晉以來之高風絶塵，於是爲了要求藝術上的更高一着，才有這樣的期望，所以這是藝術觀點的路線。在文學上的唯心觀點和藝術觀點，本來可以結合在一起的，而那個時代的詩壇，正是在這種風氣籠罩之下。所以蘇軾提出了這個問題，而反對蘇、黃者也幷不能擺脫這種風氣，於是嚴羽所謂"妙悟"，元好問所謂"學至於無學"（見其所爲《陶然集詩序》及《杜詩學引》）依舊是蘇軾這一方面詩論的發展。所以從本質看問題，元氏的知本說也就可以原形畢露，而所謂豪放的真淳化，正是他詩論必然的歸宿。這又是所謂時代的局限。

因此,對杜、元二家詩論的評價,同樣應當不同的處理,一則似乎片面,而實則顧到全局;一則似乎抓到根本而實則還是重在枝葉。假使只從表面看問題就很容易被這些現象所迷惑了。

論到此,讀者可能進一步發問:杜甫與元好問同樣是封建文人,同樣出身於封建官僚家庭,而且同樣處在亂世,何以就詩而言,杜甫能反映現實,強烈地表現階級矛盾,而元好問在這方面的詩,就顯得軟弱無力呢?換句話說,就是何以杜甫的階級局限性比元好問要少一些。就詩論而言,藝術標準也不能不注意,何以杜甫重視這方面能促進他詩作的成就,而元好問并不強調這方面反而限制了他詩作的成就?換句話說,也就是何以元好問的時代局限性又比杜甫要多一些。

關於前一問題,只能說是人的問題、處境的問題。杜甫一生厄窮困苦,顛沛流離,接觸到現實世界,看到下層人民的苦難,所以能與之同呼吸,共患難,而元好問則與下層人民似乎比較隔絕,即有一些反映下層人民的苦難,也只是憐憫而不是控訴。再有,杜甫屢經苦難,所以鍛煉得更為堅強,而元好問性格就不免軟弱。我們只要看杜甫是怎樣對待安祿山之亂的,而元好問又是怎樣處理崔立之變的,也就可以看出二人本質的不同了。即在金亡以後,雖未出仕,但全祖望已責其委蛇於元之貴臣,通而不介,這就是元不及杜之處。

關於第二問題,藝術標準並不可廢,但要看如何對待這問題。當文學史上一種新的體制產生的時候,總是容易接近於現實,不大會專在形式技巧上講究的。即使講究一些,也正足以促進新體之發展,不會感到它有形式主義的傾向。等到作者既多,逐漸形成了種種框格,於是清規戒律跟着產生,而這種體制也就逐漸僵化,成為習套了。在形成習套以後,再在藝術方面發展,就不會有形式主義的傾向了。唐朝的七言詩和樂府歌行,以及五七言近體,都是當時的新體,所以杜甫強調繼承,強調藝術,即使講究詩律,也並不妨礙他詩作的成就。宋詩不能在體的方面有所創新,只有在格的方面刻意求變。所以蘇黃能擺脫一些習套,一變唐人面貌已經很不容易。但一般人從習套的眼光來看,總覺得以才學為詩,以議論為詩,不免有些矜才使氣,如子路未事夫子時氣象,必須不矜才,不使氣,淵懿淳雅,達到爐火純青的地步,才算高格,其實只是在藝術上要求更進一步而已。如果重視藝術而出於體變,則藝術標準的提倡可以適應新的體制使之相得益彰;如果為了格變而重視藝術,則藝術標準或多或少總有一些形式主義的傾向。這又是元詩不免比杜詩遜色的關係。

讲到這兒，我們再可以説明一個問題，就是他們所以這樣會有爐火純青的要求，還是由於本着抒情詩的老眼光來論詩的緣故。在以前詩的領域，是以抒情詩爲主而不很注意到叙事詩的。杜甫反映現實的詩篇，已有一些叙事詩的傾向，但是畢竟還有較多抒情的成分，所以在他詩中並不能具有刻劃細緻的描寫個性的典型形象。蘇軾很有這方面的才能，可惜又不很面對現實，所以就不會向叙事詩這方面發展。假使能在這方面發展，那麽所謂以才學爲詩，以議論爲詩，正不是蘇詩之病而是蘇詩之長。可惜此後如嚴羽、元好問等也都見不及此，於是在提倡唐詩風氣之下也就只能看到"妙悟"和"學至於無學"這些理論。所以我説從本質上看，蘇和嚴、元都是偏重在藝術觀點的，因此，他們的理論，不能説是現實主義的理論。

我們這樣講，是不是意在貶抑元氏呢？不。藝術觀點在詩論中也同樣重要，不過輕重之間要擺得合適而已。并不是一提到某人重在藝術觀點就含有貶抑之意。我們只因杜甫所論重在藝術，元好問所論重在知本，很容易引起人們的錯覺，所以要把它兩相比較，分别説明。理論是指導創作的，同時又可説是創作經驗的總結。杜、元二氏之詩，各有不同的成就，也正因各有不同理論指導的緣故。元好問在這方面是有些缺點的，但是他的缺點，只是在與杜甫比較之下顯得遜色而已。不是説他的詩和詩論都一無可取。他自有他的成就，即使有一些缺點，仍不妨礙他是金源一代的作家。

(一九六四年《學術月刊》第七期)

淺談清代詩話的學術性

清代學術,形成一種獨特的學風。假使同明代一比較,那麽分歧的特點就格外明顯。梁啓超曾説過:"清代學術,一言以蔽之曰,陽明學派的反動。"這話固不免片面一些,但確有至理。顧炎武就説過:"昔之清談談老莊,今之清談談孔孟。"這話説得何等沉痛! 從文與學的關係言,則明代偏于文藝,而清代偏於學術;從學術的空氣言,則明代偏於崇虛,而清代重在崇實。當然,這與兩代的政治環境也都有關係。清代:就那時言,滿與漢可説是不同的民族;就現代言,當然不必再提大漢族主義,可説都是同一的中華民族。清代的學風,就是在這種文化與政治的矛盾中所造成的。從文化言,滿族低于漢族,不可能不接受漢族的文化。從政治言,漢族又處于被征服的地位,不能不受高壓的文字獄的影響,明顯地提出反清的口號。因此滿人在文化方面所能做到的,只能在衣冠文物方面(如薙髮令等),而滿文則限于匾額等方面,而且只作漢文的輔助工具。這政治上與文化上的矛盾,事實上反而促進了和擴大了漢民族的文化。第一點,清初一些遺老,鑒于明亡之速,總認爲由於陽明學派之空疏不學,所以一反這種空氣,提倡經世致用之學,顧炎武、黃宗羲、顔元、李塨諸人都是如此。第二點,清政府是不歡迎這種學風的,但只能做到禁止結社講學,于是一方面取懷柔政策,開博學鴻儒科,以網羅人才;一方面又屢興文字之獄,用高壓政策以威脅漢人。于是這種經世致用之學,又轉變到考據方面。這比空疏不學、游談無根的學風,固然要好一些,但對清初遺老的經世致用之旨,又距離較遠了。學風如此,文風當然也受其影響。所以詩話到了清代也成爲專門名家之學。當然,上文講過,從文與學的關係言,則明代偏于文藝,所以這種風氣,明代固已開其端,如胡應麟的《詩藪》在詩話中也可説獨樹一幟,但這種作品畢竟較少,而且是在結社風氣之下的產品,不能形成一種風氣。此後評詩,如鍾惺、譚元春的《古詩歸》及《唐詩歸》,反走上仄徑,雖近專門,實極淺薄。或者如《詞壇正法眼藏》一流的著作,則又有些不切實際,總之與清人詩話性質不同。清人對詩話,是把它當作一門學術來研究的,固然有些太過了火,會成《聲調譜》、《杜詩雙聲迭韻譜》等一類的著作,但總比空疏淺薄的東西要好一些。清初如毛先舒的《詩辨坻》、吳喬的《圍爐詩話》,此後如翁方綱的《石洲詩話》、潘德輿的《養一齋詩話》,都是取的嚴肅認真態度。所以清人的詞話曲話也比明人切實得多。

詩話之作至清代而發展到高峯。數量之多,遠遠超過前代,即質量也比前代爲高。章學誠之論詩話,謂"以不能名家之學,入趨風好名之習;挾人盡可能之筆,著唯意所欲之言",固然批評得相當中肯,但是事物總是在發展的,歷史也總是在前進的,所以清人詩話,也不必像章學誠這樣說得"可憂""可危"。

章學誠講到詩話之起,不外兩個目標:一是論辭,一是論事。這個意見很好,我們看古人論詩,也不外此二端:比如鍾嶸《詩品》就是論辭之始;孟棨《本事詩》就是論事之始。此後歐陽修創詩話之體,就是以隨筆記事爲主,而兼寓論辭之意。這種體裁輕鬆活潑,可短可長,又是能在這兩方面各極其勝,兩全其美,所以儘管是人盡可能之筆,也可成專門名家之學。《漁洋詩話》在本人是看作不經意之作,但後人輯成《帶經堂詩話》就變爲"專門名家之學"了。

我之注意詩話,是着重在理論方面,所以比較偏于論辭一邊,但是論事之作,如果泛述交游,固然價值不大,但有些關于地方文獻的詩話,如《全閩詩話》之類,那也變成專門著作了。這一類將別輯之。又如林昌彝的《射鷹樓詩話》多載鴉片戰爭時的史實,還有洪亮吉的《北江詩話》,這些也可說是論事一類中的特出者。甚至如章氏所攻擊的《隨園詩話》,我在《續詩品注》裏,以袁注袁,再加上他的另幾篇文章,那麼袁氏詩論聚在一起,也就發揮他的特有光輝了。再舉一個特殊的例,像許印芳的《詩話萃編》,丁氏沒有收,我們也沒有收。其實,這種著作有些像我們編的《中國歷代文論選》,并不等于一般的啓蒙之作,其中包含着作者論述的意見,著作態度亦相當嚴肅。我們以其體例與一般詩話不同,也沒收入到《清詩話續編》之中。但于此可以看出清人治學確是比較嚴肅,即詩話方面,也有相當的學術研究價值,又怎麼可以一筆抹煞,稱爲"不能名家之學"呢?

這些話本想寫入《清詩話續編序》中的,但覺得囉嗦不很合適;作爲論文,又稍簡單,故名"淺談",預備日後再深入談這個問題。

(一九八〇年《文藝理論研究》第一期)

附　　　錄

郭紹虞先生的學術思想及其古代詩論研究

蔣凡　羊列榮

郭紹虞先生在許多學術領域都很有建樹,主要的成就則是在中國文學批評史研究方面,而他的批評史研究又以詩論研究爲主體。"欲專必先求博。惟博纔能廣,惟專纔能精。"①這是郭先生的經驗之談,也是他的治學途徑。那麽,要領會其詩論研究的"精",就必須總結其學術的"博",不僅如此,最終還要深入決定其學術之所以"博"而"精"的思想觀念這個最基本的層面上去的。"有一時代的背景即成一時代的思想"②,正所謂知人論世,要真正瞭解紹虞先生的思想,就要從他所處的那個獨特的時代説起。

一

郭紹虞先生走上中國文學批評史研究之路,用他自己的話説,大抵是因爲"機會的巧"③。郭先生在福州協和大學、開封中州大學、武昌中山大學等學校原本是擔任中國文學史和文字學這類基礎課程的,到燕京大學后,因爲教學的人較多,他就在中國文學史課程中分出批評史一門來講授,於是也就開始了他的批評史研究。這説不上是出於學術意識的自覺,"只能説機會湊合,又把我的注意力轉移到較窄的問題而已"④。不過,郭先生研究批評史的機緣實不始於燕大。早些年他買過一套吳曾祺編的《涵芬樓古今文鈔》,從中輯出了許多論文之語,稍後又讀了吳氏的《涵芬樓文談》,於是對古代文論發生了興趣。到北京后,加入顧頡剛辦的樸社,在《辨僞叢刊》系列中,郭先生刊印了劉師培《論文雜記》等一類論文

---

① 《我怎樣學習中國文學批評史的》,刊載於郭紹虞、周谷城主編《怎樣學好大學文科》,復旦大學出版社 1982 年版。
② 《諺語的研究》,原載《小説月報》1921 年第 12 卷第 2—4 期,此據《照隅室古典文學論集》(上編),第 25 頁,上海古籍出版社 2009 年第 2 版。
③ 《我怎樣學習中國文學批評史的》。
④ 同上。

之著。這是從興趣轉向了學術實踐。郭先生曾說自己做批評史研究是受到了陳中凡《中國文學批評史》的啓發,"我只是一個跟隨者,照他走過的路追蹤而已"①。但是他是一個有準備的"跟隨者"。

郭先生之所以能夠不去亦步亦趨地"追蹤"他人的原因,在於其學術思想的逐漸成熟。郭先生回憶説:"《藝術談》是我當時天天被生活所迫而寫出來的部分思想,但當時淺薄的美育思想,也可説是此後研究中國文學批評史之開端。"②這個"開端"與燕大開設批評史課的意義不一樣。現代學術的特徵是"把舊學講得系統化"③,這是郭先生領悟到的新舊學術的一個重要區別,因此他的批評史研究也必須"得建立起一個新的系統來"④。無論在理論上還是在方法上,中國現代學術的系統思維的形成,都離不開西方學術的影響。《藝術談》正是郭先生熏陶於西學的見證,在此基礎上逐漸形成的現代學術思想,是其建構批評史"新的系統"的最重要的基石。郭先生因開設批評史課而走向批評史研究之路固然是"機會湊合",有一定的偶然性,但從思想理論上看,他的批評史研究,最終有如此理路,如此格局,如此境界,卻是有其必然性的。《藝術談》作為"開端"的意義,就在於此。

1912年蔡元培任教育總長時提出了"美育主義"的教育宗旨,影響很大。郭先生也因爲"受了蔡子民先生提倡美育的影響"⑤,對美學藝術表現出了濃厚的興趣,這就有了《藝術談》的寫作。其中有關藝術與宗教的論述不下一處,與蔡元培的"以美育代宗教"之説有不少相合的地方。這是受蔡元培影響的一個例證。郭先生最初的學術取向,顯然是受到了以蔡元培爲代表的"新文化"倡導者的直接引導。比如對康德思想的譯介是"新文化"運動的一個內容,蔡元培的"美育主義"即深受康德美學的影響。《藝術談》所表達的關於美的超功利的思想,是根源於康德的,後來也汲取了康德的先驗之知與經驗之知等哲學思想來闡釋莊子,這些都説明郭先生的學術思想與"新文化"思潮的密切關係。

"新文化"思潮所帶來的是通向西方學術的視綫。郭先生自學了多種外語,

---

① 《我怎樣研究中國文學批評史的》,1980年《書林》第1期。
② 《藝術談》,原文連載於1920年《晨報》,此據《照隅室雜著》,第3頁,上海古籍出版社2009年第2版。
③ 《我怎樣學習中國文學批評史的》。
④ 朱自清《評郭紹虞〈中國文學批評史〉上卷》,《朱自清古典文學論文集》(下),上海古籍出版社1981年版。
⑤ 《藝術談》,《照隅室雜著》,第2頁。

爲接受西方學術作了充分的準備。《藝術談》集中展現了郭先生探望西學的深度和廣度。它所提到的西方學者中,應當注意兩個人物,一個是萊辛(文中譯作藍遜),一個是哈特曼(文中譯作哈托孟)。郭先生把萊辛看作藝術獨立論最重要的代表人物。"新文化"運動爲了打破傳統的詩教觀念,是可以接納"純文學"觀念、藝術獨立論等西方思想的。因此,像當時很多學者一樣,郭先生接受了以獨立論爲理論基礎的"純文學"觀念和純藝術批評。對於主張實用論的費希特(文中譯作費希脫),作爲"教訓派的代表"①,強調藝術以善爲歸宿,必有涉於實用,實與中國傳統詩教觀念相去不甚遠,所以郭先生以爲"固屬誤謬"②。但他又說:"畢竟受到新思潮的影響,所以不會主張藝術獨立論。"③這個"新思潮"具體指蔡元培的"美育主義"思想。郭先生引蔡元培《以美育代宗教說》中的一段文字,指出美是超絕實際的,可以去利害之計較,從而陶養性靈,日進於高尚④。即從"新文化"思潮來說,它以改造傳統文化、促進社會進步爲目標,在本質上是"不會主張藝術獨立論"的。所以"新文化"思想對於獨立論、唯美主義的態度是雙重性的,郭先生對於萊辛的美學思想的態度也是如此。一方面,郭先生主張美有其獨立的價值⑤,"爲藝術而使用藝術"爲藝術家必具之精神⑥,這些觀點多少都受到萊辛的啓發。另一方面他又反對萊辛的唯美傾向,不滿於他將藝術與人生、美與善分離開來。對於美與善的關係,"吾人所信的,以爲藝術可以以美爲精髓,以真與善爲羽翼,即是以美爲主,以真善爲副的藝術。"⑦郭先生的這個立場更接近哈特曼。郭先生認爲哈特曼的主張是調劑獨立論與實用論極端的論點,美與善是統一的⑧。他提出"醜育"⑨,也可能是受了哈特曼的影響。儘管郭先生注重文學形式的研究,但他並不是一個唯美主義或形式主義者。

　　胡適對郭先生有相當的影響。在北大時,郭先生旁聽過胡適的課,跟隨胡適筆錄整理《杜威講演稿》等,與胡適實有師生之誼。胡適提出的"研究問題,輸入

---

① 《藝術談》,《照隅室雜著》,第17頁。
② 同上書,第86頁。
③ 同上書,第2頁。
④ 同上書,第89頁。
⑤ 同上書,第83頁。
⑥ 同上書,第8頁。
⑦ 同上書,第86—87頁。
⑧ 同上書,第87頁。
⑨ 同上書,第46頁。

學理,整理國故,再造文明"的主張①,是郭先生所接受的。郭先生爲《中國文學批評史》求序,胡適卻提出了一些批評意見,特别是反對書中對批評史演變的分期。胡適的批評有點激烈,卻是他對郭先生有更高期待的緣故。其實,這部《中國文學批評史》是胡適提出的"整理國故"的一次具體實踐。郭先生花費了多年的時間蒐集和整理材料,是"整理國故"的第一步,爲此胡適稱讚道:"無論何人都不能不寶貴這一巨册的文學批評史料。"②郭先生重視文學批評與文學的演變,則是"整理國故"的第二步,爲此胡適又稱讚他"確能抓住幾個大潮流的意象,使人明瞭這一千多年的中國文學理論演變的痕跡"③。"整理國故"的第三步是"要用科學的方法,作精確的考證,把古人的意思弄得明白清楚"④,這在郭先生對各種觀念和概念的研究上表現得非常突出,比如他分析"神"和"氣"這兩個概念的五個階段的内涵變化,"辨析這些抽象名詞的義界,不使它模糊,亦不使它混淆"⑤。他説:"我想在古人的理論中間,保存古人的面目。"⑥這其實也就是胡適説的"各家都還他一个本來面目"的意思⑦,是"整理国故"的第四步。這四步都是胡適所主張的科學精神的體現。除此之外,胡適帶給郭先生的影響,還有問題意識。郭先生説,一般治批評史的,往往都是按時代先後然後個人先後依次寫去的,"但笨拙的我只能采用笨拙的辦法,按一個問題一個問題的次序寫去"⑧。以問題爲綱的體例,是一種更複雜也更高明的學術思維和統會史料的宏觀視野,而不是"笨拙的辦法"。但這種體例必不能突出個人,比如没有設專章來論述劉勰。郭先生後來解釋説:"這並不是輕視了這位批評家,而是當時文學批評上提出了一些新鮮的問題,而從這些新鮮的問題來講,它的重要性並不比當時出現的幾位批評家要差一些,當時提出的問題,如文筆之辨,如聲律之説,都比較重要,都值得作專門研究,而《文心雕龍》也是涉及這些問題的。因此,從問題談,可以不致抹殺批評家的價值,反之,假使以批評家爲綱,有時卻不免使這些新鮮的問題,不

---

① 胡適《新思潮的意義》,《胡適文集》第3卷,第343頁,北京大學出版社1998年版。
② 胡適《郭紹虞〈中國文學批評史〉序》,耿雲志主編《胡適遺稿及秘藏書信》第十二册,黄山書社1994年版。
③ 同上。
④ 胡適《新思潮的意義》,《胡適文集》第3卷,第350頁。
⑤ 《中國文學批評史上之"神""氣"説》,《小説月報》1928年第19卷第1期。
⑥ 《中國文學批評史》上卷自序,百花文藝出版社1999年版。
⑦ 胡適《新思潮的意義》,《胡適文集》第3卷,第350頁。
⑧ 《我怎樣研究中國文學批評史的》。

能顯著地突出。"①那麼,在郭先生看來,突出"問題"總是要比突出批評家個人重要一些。這就是胡適倡導的"研究問題"。但對於"整理國故",郭紹虞有他自己的見解。胡適主張以科學的精神辨別出"什麼是國粹,什麼是國渣"②,郭先生則認爲:"於'國粹'之外再顧到'國渣',同時也於'國渣'中間整理出'國粹';這才是國故學的重要。"③"神"論"氣"論是古人玩的"玄之又玄"的"把戲"④,按理說就是"國渣"了,但他從這兩個概念的演變中分析出了丰富和深刻的理論內容,這就是所謂的"整理出'國粹'"了。較之胡適,郭先生的"國故學"是進了一步,有了一些辯證的思維。

郭先生用"象牙塔裏,故紙堆中"來概括自己的學術生涯⑤。所謂"象牙塔裏",是相對於後來"參加革命"而言的。在燕大時,他過了一段專心教學與研究的生活,抗日戰爭爆發後,返回上海開始接觸到了社會現實,內戰期間又參加了"大教聯",所以他說"鑽入故紙堆中便不易跳出,而象牙之塔則還是可以脫離的"⑥。不過只要不把"走出象牙之塔"理解得太狹隘,那麼郭先生是未嘗把自己束縛在"塔"內的。在新思潮的浸染之下,許多青年往往抱持着改造社會、啟迪民智的歷史使命,郭先生就是順應着這個歷史的潮流走上學術之路的。強調"藝術常被社會所規定",作者和讀者都要受時代思潮的支配⑦,這個對於文學和現實之關係的理論認知,他在思想觀念上不自封於"象牙塔"的表現。"五四"運動興起那一年,他與鄭振鐸、沈雁冰、葉聖陶等同仁發起創建文學研究會,一方面是爲了廓清鴛鴦蝴蝶派、黑幕派等脫離現實的文風,另一方面也是不滿於胡適所倡導的"白話文運動"只在形式上以白話代替文言。這就更不是"象牙塔裏"的事,而是投身於社會實踐了。

因此,郭先生的學術也具有一種現實主義的精神。他在總結十九世紀俄國美學和文學批評時說:"社會的改善,文學亦肩其責任,而文學的發達,又不僅在創作一方面,更須賴有正確忠實的批評者。吾人一想到中國文學正在篳路藍縷

---

① 《關於〈文心雕龍〉的評價問題及其他》,《光明日報》1956年9月9日。
② 胡適《新思潮的意義》,《胡適文集》第3卷,第351頁。
③ 《國學論文索引序》(1935年),劉修業《國學論文索引》(四編),中華圖書館協會1936年版。
④ 《中國文學批評史上之"神""氣"說》。
⑤ 《藝術談》,《照隅室雜著》,第1頁。
⑥ 同上。
⑦ 同上書,第44—45頁。

之時,創作方面固須注重,批評方面亦不可忽。"①郭先生自己就是這樣一位有着文化擔當的學者。即使在"故紙堆"中,他也抱持着將學術貫通於現實的理念,而絶非是爲學術而學術的。他早年介紹西方的自然主義文學,"有人説自然主義在西洋已不算十分新,但我想,把來醫治中國舊文藝的弊病卻是很適當的"②。這也就是主張從中國現實出發去吸收西方學説。郭先生的思想不是一成不變的,但"整理中國舊文學"的使命感,從舊文化中開創出新文化的治學宗旨,實在是一以貫之的。早年研究賦體演進史,他認爲賦體不當止於文賦,還可以產生一種所謂"白話賦"。③ 二十七年後,當郭先生讀到峻青的《秋色賦》,高興地説:"舊時臆度,竟成事實。"④這是訴然於學術與現實的貫通。所以,郭先生的學術生涯,其實也可以表述爲:鑽入故紙堆之中,出乎象牙塔之外。

　　正如在美學上既不贊同萊辛的唯美主義,也不贊同費希特的實用主義一樣,郭先生在學術上不主張將學術封閉於象牙塔之中,同時又不倒向主觀實用主義。他的學術研究不單是爲時代而作的,其足以傳於後世而不可磨滅者,也在於他始終堅持學術的科學精神。這當然有胡適的影響,但郭先生的自學之道,原本是講究入門須正的。練習句讀、廣泛閱讀古籍、以目録學入手,如此等等,固然都是傳統治學的通例,但在西學活躍的時期,理論上的思考容易脱離舊學的細膩工夫。所以郭先生強調新學必要有舊學的功底,自稱"鑽故紙堆",從而能夠融會新舊之學,自然也就不流於從理論到理論的空疏之弊。另外,郭先生説自己是從古典文學史研究過渡到批評史研究的,其批評史研究是文學史研究的"副產品"⑤。文學史研究有其成熟和完備的基本方法,由此衍生出來的批評史研究,必然也是適用於這些方法的。郭先生建構批評史學科,注重史料整理、文本註釋、作品選輯等,都是沿用了文學史研究的方法。這就使其批評史研究避免了過度的理論化,足以爲今人所取鑒。

二

　　現代學術的建構,是以一系列新概念的生成爲表徵的。在文學研究領域,

---

① 《俄國美論與其文藝》,《小説月報》1921 年第 12 卷號外。
② 《藝術談》,《照隅室雜著》,第 73 頁。
③ 《賦在中國文學史上的位置》,《小説月報》1927 年第 17 卷號外。
④ 《賦在中國文學史上的位置》1963 年附記,《照隅室古典文學論集》(上編),第 87 頁。
⑤ 《我怎樣學習中國文學批評史的》。

"純文學"這個概念,可説是最爲集中地體現了學術的現代性。早期的文學史家就不斷嘗試着用它來重構古典文學史。在寫作《藝術談》時,郭先生的"純文學"觀念已經基本形成。"在現代人用慣了文學一詞之後,當然不必追溯其源,但講文學批評史,而且是中國文學批評史,那就不能不追溯本源,找尋它演變的始末。"①基於"純文學"概念在批評史研究中的這種獨特性,郭先生首先要解決的問題,就是闡明批評史中"文學"概念的意義。通過這個研究,他清楚地意識到了"文學"概念古代不同時期的差異,以及古今的差異。當他以"純文學"觀念的眼光去審視古代文學觀念的演變進程時,這種差異意識使他避免以單一的概念去統攝錯綜複雜的歷史現象。

在郭先生的批評史研究中,"純文學"概念是用來衡量一種文學思想是否接近正確性的準繩,"雜文學"則相反。在比較儒道二家的思想時,他説儒家所論之文,不離於"雜文學"的性質,而道家不論文,"其精微處卻轉能攫得純文學的神秘性",所以在文學批評上的價值與影響,"道家所論固遠勝於儒家"②。他還説,古人對於"文學"的認知,有"接近正確認識的一面",也有"混淆不分的一面"③。這其實是分別對應"純文學"觀念與"雜文學"觀念的。從周秦到南北朝,是對文學的認識逐漸明確的時代,這是因爲"文學"的含義至南朝以後"漸與近人所稱之義相近"④。在魏晉南北朝,雖然也有像傅咸那樣"不承認文學的獨立性"的⑤,但這時期的文學觀念大體已"接近正確認識",比如曹丕《論文》"看出詩賦之欲麗,以見純文學自不可廢去修辭的技巧"⑥,陸機《文賦》對文學的情感、想象、感性以及音律等都有精微的認知,如此等等,所以這是一個"自覺的時期":"迨至魏、晉,始有專門論文之作,而且所論也有專重在純文學者,蓋已進至自覺的時期。"⑦

郭先生的"純文學"趣味,與他對魏晉南北朝文學批評的重視,是互相印證的。但是郭先生並不認同錢鍾書把自己説成是"主張魏晉文學觀念"的⑧。單從"純文學"的趣味上説,錢鍾書説得也不全錯,不過郭先生早就指出過,魏晉南北

---

① 《我怎樣研究中國文學批評史的》。
② 《儒道二家論"神"與文學批評之關係》,《燕京學報》1928 年第 4 期。
③ 《文學觀念與其含義之變遷》,《東方》1927 年第 25 卷第 1 期。
④ 同上。
⑤ 《中國文學批評史》上卷,第 92 頁。
⑥ 同上書,第 74 頁。
⑦ 同上書,第 72 頁。
⑧ 《談復古》,《大公報》1934 年 10 月 24 日。

朝時期"弊在偏重形式"①。郭先生重視但並不完全肯定魏晉文學觀念,一如他主張藝術的獨立價值,注重對形式的研究,卻不能說他是唯美主義者和形式主義者。郭先生對魏晉南北朝的重視,還有一個重要的原因。在他所建構的以"演進"與"復古"爲軌跡的文學觀念演變格局中,這時期是一個重要的節點。

"演進"、"復古",再加上"完成",是體現郭先生整體歷史觀的一組範疇。進化論對中國現代思想的影響廣泛而深刻,郭先生的文學史觀就是在進化論作用之下形成的。受劉師培的觀點的啓發,他將中國文學的演進趨勢歸納爲自由化、散文化和語體化。以詩爲例,它隨音樂以變遷,又脱離音樂的束縛,這兩方面實都促成其趨於自由;由唐詩而宋詞而元曲,採用語體的數量越來越多,此爲語體化;最初的抒情詩演變爲辭賦,最后爲文賦,一直到現代的散文詩,此爲散文化②。要之,傳統文化趨同(也就是"接近")於現代文化的走向就是"演進",就像文體上的這個三"化"。那麽,以現代"純文學"爲基準,趨同(而不必等同)於它的是"演進",返回"雜文學"的就是"復古"了。郭先生的進化論觀念除了强調新舊文學的一脈相承,還融入了黑格爾的辯證法。按照黑格爾的哲學,事物的發展以"正—反—合"的邏輯展開。郭先生説:"我們假使説文学观念演進期爲'正',則復古期爲'反',而本書下卷所述則爲'合'。"③這樣,中國文學批評的發展過程就呈現爲"演進"—"復古"—"完成"的格局,也就是所謂"循環式的進化"④。"演進"的高點與"復古"的低點分別出現在魏晉南北朝與北宋這兩個時期。前一個時期,因爲儒家學術的消沉,"文學方面亦盡可不爲傳統的衛道觀念所支配,而純文學的進行遂得以絶無阻礙,文學觀念亦得離開傳統思想而趨於正確"⑤。後一個時期,道學興起,文學觀念"趨於極端的尚質而成為極端的復古"⑥。清代是"批評理論折中調和的綜合時期"⑦,"無論文論詩論,至清代而集大成"⑧,詩話之作至此也"登峰造極"⑨,所以成爲批評史上的另外一個高點。

對於這個框架,胡適是不同意的。他説:"從歷史家的眼光看來,從古至今,

---

① 《文學觀念與其含義之變遷》。
② 《試從文體的演變説明中國文學之演變趨勢》,中州大學《文藝》1926年第1卷第2號。
③ 《中國文學批評史》下卷,第3頁,百花文藝出版社1999年版。
④ 《中國文學批評史》上卷,第191頁。
⑤ 同上書,第10頁。
⑥ 同上書,11頁。
⑦ 《中國文學批評史》下卷,第4頁。
⑧ 《宿願五十載》,《文匯報》1984年6月26日。
⑨ 《清詩話續編序》,《文匯報》1982年11月10日。

都只是一個不斷的文學觀念演變時期;所謂'復古'期,不過是演變的一種;至於'完成',更無此日;南宋至今,何嘗有個完成的文學觀念?"① 這個批評不是沒道理,但還是對郭先生有些誤解。郭先生說:"演進期固然是演變,復古期也未嘗不是演變。所不同者,演變的方式和傾向而已。"② 這算是對胡適的回應。郭先生所謂"完成",也只是指各種文學觀念從對立走到調和的意思,並非是說"有個完成的文學觀念"。錢鍾書也不滿意郭先生對"純文學"和進化論的推崇,說他"不甚許可復古",是學時髦,是依照自己的好惡③。郭先生是追隨胡適而主張"科學的精神"的,固不容錢鍾書批評他"依着自己的好惡來定標準"④。他自認爲也沒有貶低"復古",而是注意到了"因復古而進化"的一面⑤,比如說韓愈的取法於古,便是"革新而不是反舊"⑥。實際上,他批評過當時一些人"對於'復古'二字,似乎有一種過度恐慌的誤解",指出"古化中也可以創成新制。這正和唐代的古文運動,一方面也是文學史上的革新運動一樣"⑦。客觀地說,郭先生"不甚許可復古"的態度是存在的,但這也是時代風氣影響使然,而不完全是出於一人之好惡。他曾説,在"新文化"思潮興起的時代,學者們往往有一種獨立創新的主體意識,"在學術上也是破舊創新的"⑧。郭先生深受這種風氣的熏陶,所以他把模擬稱爲"藝術的惡魔",作家應該"別創機軸,不蹈襲前人的規模"⑨。這種推崇創新的文學觀念,與進化論結合起來,必然會傾向於"演進"的一面。

郭先生以進化論爲基本思想,借鑒黑格爾的"正—反—合"的三段論,搭建出"演進"—"復古"—"完成"的框架,固然不一定能包容複雜的古代文學批評的演變進程,但這是他爲了"把舊學講得系統化"而進行的一次積極嘗試。"系統化"是中國學術借助於西學而實現其現代性的必由之路。

"內容"和"形式"的二元區分,也源於西學,是中國現代學術尤其是文學研究中用來解析文本的最爲基本的思維模式。郭先生説:"吾人對於一切文藝本可從

---

① 胡適《郭紹虞〈中國文學批評史〉序》。
② 《中國文學批評史》上卷自序。
③ 錢鍾書《論復古》,《大公報》1934年10月17日。
④ 《談復古》。
⑤ 《中國文學批評史》上卷,第191頁。
⑥ 同上書,第217頁。
⑦ 《郭伯恭〈饑餓詩集〉序》(1935年),《照隅室雜著》,第445—446頁。
⑧ 《"五四"運動述感》,《中國語文》1979年第4期。
⑨ 《藝術談》,《照隅室雜著》,第157—158頁。

兩方面觀察,即形式與内容。""文藝作品必求形式與内容的融合一致。"①近似的觀點,在《藝術談》中也有所表述。西學有偏於形式的"形式論"與偏於内容的"内容論"的争執,但美的完成,必須做到内容借助於形式,形式求助於内容②。這裏説的"形式論"與"内容論",實對應於萊辛所主張的"獨立論"與費希特所主張的"實用論"。此時,郭先生對於内容與形式之關係的認識,是與他對"獨立論"與"實用論"的評價聯繫在一起的。但是如果着眼於文學的抒情性特徵,内容(情感)就會更重要一些。他認爲藝術比較地不重在形式,而以思想和精神爲其"靈魂"③。當他以"内容"和"形式"爲着眼點來搭建"演進"—"復古"的框架時,又表現出重形式的傾向來。郭先生説,"演進"階段"是就藝術特徵來認識文學的性質的,弊在偏重形式,不免忽略了思想性一方面";"復古"階段則"不免過度强調了思想性的一面",回到"傳統的文學觀"了。④ 這兩個時期的文學觀念,相當於"形式論"和"内容論"。肯定美的獨立價值,必然注重藝術的形式,所以在萊辛的美學中,"獨立論"與"形式論"是互相關聯的,郭先生所注重的也是這兩個方面⑤。在萊辛與費希特之間,郭先生更接近萊辛。所以在他看來,魏晉南北朝的文學觀念即使有偏重形式之弊,仍不失爲"接近正確認識",是"演進"。偏重於内容,則往往成爲一種尚用的"雜文學"觀,而忽視了文學的獨立性。郭先生説:"文學觀而專主於尚用,此所以一般人論到以前缺少純文藝的創作時,常要痛恨傳統文學觀的束縛限制,以致中國以前的文學喪失了獨立性。"⑥唐宋人以文與道混而爲一,偏重思想内容,退回到"雜文學"觀念,所以是"復古",是"逆流"。

在古代文學與批評的研究上,郭先生的重點無疑是在形式,而文學的基本形式要素是語言。語言是他的一個切入點。他説傳統文學的變遷,比如由詩以變到詞,由詞以變到曲,都是形式上的,而内容卻未變;⑦又説,傳統文學的演進趨勢是自由化、散文化和語體化。⑧ 這些都是着眼於語言形式的。晚年談到批評史研究的發展前景時,郭先生還是强調形式研究,"應該開展對文學形式,諸如文

---

① 《諺語的研究》,《照隅室古典文學論集》(上編),第10頁。
② 《藝術談》,《照隅室雜著》,第147頁。
③ 同上書,第122頁。
④ 《文學觀念與其含義之變遷》。
⑤ 《藝術談》,《照隅室雜著》,第5頁。
⑥ 《所謂傳統的文學觀》,《東方雜誌》1928年第25卷第24期。
⑦ 《藝術談》,第179頁。
⑧ 《試從文體的演變説明中國文學之演變趨勢》。

學體裁以及詩詞格律的源流和發展等問題的研究"①。他之所以偏重於形式的研究,一方面是由於"純文學"觀念的趣味。他對聲律説、文筆説的考辨,是因爲它們都是"駢體詩文進入南朝特定歷史時期的産物"②。結合他對這一時期的文學觀念的判斷,那麼聲律説和文筆説更應當看作"純文學"觀念的産物。"文筆之分起於六朝,文筆之淆始自唐宋"③,正可由此界分出兩個時期,即接近"純文學"的"演進"與回到"雜文學"的"復古"。郭先生之所以注重語言形式的研究,還有時代的原因。新文學的發展是從"白話文"運動起步的,那時發生了不同陣營之間的文白之爭。語言問題關係到中國文化的未來走勢,已成爲當時學術的焦點。郭先生對文體演變的研究,對語言修辭的研究,都圍繞着這個問題展開。尤其是"文字型文學"和"語言型文學"這兩個概念的提出,並且被反覆論述,充分説明郭先生對於文白的關係是進行了深入而持久的思考的。

他首先確定了語言、文字和文學三者的關係,指出:"語言文字可以相互決定,所以又可以決定文學,決定思想,所有文學的種種體制與風格,差不多可以説没有不被決定於語言與文字的。"④正因爲有這樣的觀點,郭先生的語言研究與文學研究往往互相滲透,彼此關聯。接着,他以語言文字爲切入點,把中國文學發展過程析分爲五個階段:春秋以前爲詩樂時代,語言與文字比較接近;戰國至漢爲辭賦時代,語言文字開始分離,向文字型演進;魏晉南北朝爲駢文時代,文字型文學演進到極端;隋唐至北宋爲古文時代,演進爲文字化的語言型文學;南宋以後爲語體時代,是語言型的文學成爲主潮。⑤ 其總體的趨勢,是走向語體的,這算是郭先生用他的進化論的文學語言史觀爲文白之爭提供的一個答案。文學批評也隨着這幾個階段而有不同的特點。在文字型文學獨盛的時候,則聲律論成了研究的中心,後來轉到語言化,則文氣論又成爲中心問題。到語言型文學占上風時,文學本身的規律問題又成了注意的焦點。這是他一直堅持的觀點,自稱"這是我治中國文學批評史的一些偏見"⑥。

"純文學"與"雜文學"、"演進"與"復古"、"内容"與"形式"、"文字型文學"和

---

① 《中國古代文學理論學術討論會開幕詞》(1979 年),《照隅室雜著》,第 425 頁。
② 《聲律説考辨》,《文藝評論叢刊》1975 年第 1 輯。
③ 《文筆與詩筆》,原載燕大國文學會主辦《睿湖》1930 年第 2 期,此據《照隅室古典文學論集》(上編),第 158 頁。
④ 《語文通論續編》自序,開明書店 1948 年版。
⑤ 《中國文字型與語言型的文學之演變》,《學林》1941 年第 9 輯。
⑥ 《我怎樣研究中國文學批評史的》,《照隅室雜著》,第 437 頁。

"語言型文學",這一系列範疇的提出,正是郭先生在時代思潮的驅動之下追求"舊學系統化"的學術成果。後期因爲社會意識形態的影響,發生了一些思想變化,比如放棄了"正—反—合"的三段論思維,而試圖"使中國文學批評史的研究納入現實主義和反現實主義的鬥爭歸路之中",但他心底裏也不滿意這種研究的"簡單化"傾向。①《中國古典文學理論批評史》是用兩條路線的鬥爭來重構批評史框架的,但他只寫了半部,大概也可以理解爲一種隱晦的自我否定吧。

三

在郭先生編著的二十餘種學術著作中,批評史方面的大概有十三本,佔了一半多;其中詩論方面的有七種,又是佔一半多。他的詩論研究,融合了新舊之學,實爲其學術的菁華所在。

郭先生的詩論研究的起點,是在他對現代詩歌發展的關切。"新文學運動以後,新詩的成績也就最差一些",新詩只是在形式上用白話代替了文言,而象徵派與格律派也"盡在形式上耍花樣,於是新詩路窮"②。這個觀點是後來講的,但早年他主張"文藝内容的革新"③,也就是這個意思。他"對於新詩的演變一向有一些懷疑",理由有兩點:一是"出於知識份子所特創",缺少民歌的基礎;二是"完全與音樂不發生關係"。這兩方面都是"以往文學史上所昭示於我們的事實"④。郭先生的進化論,視新舊文學一脈相承,所以他的研究常常將歷史銜接於現實,例如從文體的演變中看出新詩的體裁與風格都有其歷史的淵源⑤,從賦體的演變推斷產生"白話賦"的可能性⑥,或者由竟陵派而聯想到象徵派⑦,那麽,因"新詩路窮"的現實而尋求歷史的啓示,在批評史研究中屬意於詩學,也就是很自然的學術取向了。以詩論研究爲重點,還跟他對傳統學術史的主流判斷有直接關係。"中國的小説戲曲一向不受人重視,因此所討論的只是短篇的詩文。"⑧雖然小説戲曲早已進入郭先生的學術視野,但這個判斷,還是決定了他的批評史研究

---

① 《從"文"和"文學"的含義說明現實主義和反現實主義的鬥爭》附注,《照隅室古典文學論集》(下編),第86頁。
② 《"五四"談新詩》,《新民晚報》1959年5月3日。
③ 《藝術談》,《照隅室雜著》,第179頁。
④ 《文藝教育的方向》,《文匯報》1950年5月5日。
⑤ 《試從文體的演變説明中國文學之演變趨勢》。
⑥ 《賦在中國文學史上的位置》。
⑦ 《竟陵詩論》,《學林》1941年第5期。
⑧ 《正確理解,做好準備》,《文藝報》1961年第11期。

的取向。他早年的自學與工作經歷,比如閱讀《國粹學報》《涵芬樓文談》,在進步書局註釋历代詩評注读本等,一方面使他對古代詩文更爲熟悉,另一方面也培養了他的以詩文爲主體的文學史觀。《中國文學批評史》對小説戲曲的忽略,也跟他的整個歷史框架的構建有關,因爲只有在詩文批評領域纔能落實"演進"—"復古"—"完成"的歷史進程。

郭先生所主張的治學門徑,是從文獻整理和目錄學入手。爲了建設批評史學科,他在這個工作上所付出的精力是最多的,正像他後來回顧說的:"'五四'時期,當開始着手進行文論研究時,我們的研究物件僅限於蒐集文論的資料。由於中國古代文論很少集成專書而大多散見於書信序跋之中,我們不能不從大量古籍中去披沙揀金把文論的材料搜集起來,這項工作整整占去了十年的時間。"①所以胡適說他"搜集材料最辛勤"②。郭先生整理詩學文獻有一個比較大的計劃,大抵包括五個方面的内容:仿朱彝尊《經義考》體例,輯撰《詩話考》;以《詩話考》不用的材料,撰寫《詩話叢話》;輯撰《唐宋詩話輯佚》;彙輯各種筆記中論詩論文之語,編成《詩話新編》;仿《苕溪漁隱叢話》體例,以人爲綱,以作品爲目,編輯專家詩話。③這個計劃以一人之力是難以完成的,卻表明郭先生在詩學文獻整理上是有一個宏大構想的,對後來的批評史文獻整理工作具有指導意義。

郭先生的宋代詩话輯佚工作是在 1927 年開始的,1937 年《宋詩話輯佚》出版。這是他第一部文獻整理方面的詩學著作。這部書從宋代詩話總集、類書以及筆記等典籍中輯錄了三十三種(重修本爲三十五種)已經散佚的宋代詩話,都注明其出處,有不同出處者則校勘其文字異同,其中或一書而多名,或作者不明確,亦盡可能加以考辨,見於案語。因其輯佚較爲完備,且體例嚴謹,已成爲古代文學與批評研究中常用的可靠的文獻來源。郭先生還有一部文獻整理的專著《清詩話續編》,不在計劃之内,也最晚出,但他整理清代詩話的時間卻最長。他在燕大執教時,就已着手搜集這方面的文獻了。此後幾經輾轉,斷斷續續,歷時五十年而成。《清詩話續編》是繼丁福保《清詩話》而作,共選三十四種比較有價值的清人詩話。年近九十,郭先生還有選輯《清詩話三編》的計劃④,此時方知"鑽故紙堆"四個字纔是郭先生一生的真正歸宿!

---

① 《中國古代文學理論學術討論會開幕詞》。
② 胡適《郭紹虞〈中國文學批評史〉序》。
③ 《宋詩話輯佚》序,中華書局 1980 年版。
④ 《清詩話續編序》。

《宋詩話考》屬於計劃的第一項,在輯佚宋詩話時,郭先生就開始撰寫宋詩話的論文,"對《宋詩話考》之規模,固已大體粗具"①。最後完成時,所撰寫提要的宋詩話有一百四十種,"凡有關宋人詩話之著,就現時所能採集者,固亦大體備矣"②。在這部書中,郭先生對於作者生平及作品真僞、版本源流等方面的考證用力至勤,最見其舊學的功力。比如,《全唐詩話》作者舊題尤袤,郭先生考定爲賈似道;《後山詩話》舊題陳師道,後人疑爲僞托,郭先生則認爲舊題不誤,但原書經過別人的增改。在版本源流方面,所列《臨漢隱居詩話》版本十一種,所列《滄浪詩話》單行而見於叢書中的版本則達十六種之多,對《石林詩話》版本流傳的梳理尤爲詳實。郭先生舊學工夫已見於此,而在提挈詩話要旨和評價其理論意義上面,則又能見其新學的素養,只要看他對於《石林詩話》、《歲寒堂詩話》、《誠齋詩話》、《滄浪詩話》、《後村詩話》等書的理論分析,就知道宋代最具理論内涵與價值的詩話,都被郭先生給一一揭曉了。這裏還有個例子,他說黃徹的《䂬溪詩話》有一個特點,即能在詩格詩例方面,創爲語法修辭的規律。③恐怕也只有跨越語言研究與文學研究兩個領域的郭先生纔能有這樣的發現。

《詩話叢話》是計劃的第三項,但已超出文獻學範疇了。它首先討論何爲"詩話"的問題。大抵詩話有廣、狹二義,但郭先生傾向於廣義。他說:"目錄家爲明晰起見,固不妨於詩式、詩評之外,別立詩話一類,至我人所論詩話,本是重在批評,則當然取較廣一意,不能以狹義自封矣。"④《宋詩話考》是根據目錄學意義上的詩話來寫的,而《叢話》用的是"在《詩話考》中所不需要的材料"⑤,也就是說,它們不能納於狹義詩話的範疇,尤其是許多論詩詩。這些論詩詩大抵主於論辭而兼及論事,在性質上與詩話相同,所以二者之間頗多相通之處,如洪亮吉的《北江詩話》可以解《論詩絶句》,袁枚的《隨園詩話》與《續詩品》互相發明。要之,"凡涉論詩,即是詩話之體"⑥。將詩話的外延擴大化,固然是郭先生的一家之言,但對論詩詩的發現,確實是他的一個貢獻,也是《詩話叢話》的意義所在。從這個角度說,詩話外延的擴大,也是詩學文獻的擴展,所以《叢話》也還是具有文獻學意義的,爲詩學文獻整理指明了一個方向。《詩品集解》、《續詩品注》、《杜甫

---

① 《宋詩話考》序一,中華書局 1979 年版。
② 同上。
③ 《宋詩話考》,第 67 頁。
④ 《詩話叢話》,《小説月報》1929 年第 20 卷,此據《照隅室雜著》,第 231 頁。
⑤ 《宋詩話輯佚》序。
⑥ 《詩話叢話》,《照隅室雜著》,第 230 頁。

戲爲六絶句集解》、《元好問論詩三十首小箋》等都是沿此方向而產生的成果。

宋代詩話是郭先生詩論研究的一個重點,而宋代詩話中他又最重視《滄浪詩話》。如果從《滄浪詩話以前之詩禪說》一文算起,到《滄浪詩話校釋》的完成,那麼他對《滄浪詩話》的專門研究,至少也有三十年了。《宋詩話考》已見出郭先生對《滄浪詩話》版本的熟悉(但當時還沒有發現元至正本),那麼《校釋》一書在校勘方面的貢獻毋庸贅言。惟嚴羽論詩頗側重於理論闡發,傳統校注體例固不足以揭示其内涵,所以郭先生在"校"之外別立"釋"的部分。"釋"的内容主要包括三個部分。首先,"特別重在滄浪以前之種種理論,以說明滄浪詩說之淵源所自"①,其中最突出的是對嚴羽之前禪詩說的論述。其次,特別關注嚴羽詩說在後世的接受情況,比如深入辨析了明清詩論家對於"別材""別趣"說的爭議。尤其是通過對"非關書"一句的文字校勘,來澄清嚴羽的本意,很能見出郭先生實證與理論相統一的治學風格。再次,嚴羽詩說的一些概念不易理解,比如"妙悟",郭先生結合上面的内容以及現代理論給以闡幽發微。這一方面,又體現了郭先生在詩學範疇研究上的特點。《滄浪詩話校釋》不僅校勘精嚴,對嚴羽詩說的内容闡發兼有歷史的廣度和理論的深度,爲後人提供了一個傳統校注體例與現代理論研究相結合的範本。

郭先生用"形象思維"來解釋"妙悟"②,並且不同意有人把"妙悟"等同於"靈感"③。這裹涉及到中國現代學術發展過程中一個非常基本的概念問題。現代學術概念一般是源於西學的,它們與舊學概念難以簡單通融。五六十年代以後,這個問題更爲突出。郭先生非常清醒地認識到:"用外來術語來說明中國學術思想上的問題,總有一些距離,不會完全適應的。"④"這些外來術語,用來說明中國的問題,總是有合有離,不會完全適合。"⑤與此同時,他又主張必須用現代語言把傳統的概念解釋出來,"如果不用現代語言對它們作出科學的闡釋,就很難理解它們,把握它們,更談不上用它們來爲現實服務"⑥。這種概念意識,在郭先生早年研究"文學"、"神"、"氣"等概念時,就已經產生了。他不僅看到了批評史概念的多義性、複雜性,也進一步認識到概念研究的重要性。另外,明清兩代處於

---

① 《滄浪詩話校釋》校釋說明,人民文學出版社1961年版。
② 《滄浪詩話校釋》,第22頁。
③ 《關於〈滄浪詩話〉討論的補充意見》,《光明日報》1962年9月16日。
④ 同上。
⑤ 《關於〈文賦〉的評價》,《文學評論》1963年第4期。
⑥ 《中國古代文學理論學術討論會開幕詞》。

批評史的"完成"階段,此階段的詩歌主張往往是通過標舉一個核心範疇的方式提出來的,比如"格調"、"性靈"、"神韻"等。要研究"完成"期的詩論,也必須深入考察這些範疇的淵源、内涵及其影響。

郭先生對"神韻"和"格調"的研究,主要是圍繞嚴羽的詩禪説展開的,因爲這是它們的直接淵源。嚴羽的詩禪説既講"不涉理路",又講"悟第一義",所以兼有神韻與格調二義。在明代的格調派中,郭先生強調李、何與李東陽不同,他們把"第一義"之悟變爲復古的傾向,是"滄浪詩説的左派",但李、何的復古或由古入而仍由古出,或由古入而不必由古出,兩人又不相同。嚴羽的"神"變而爲王漁洋的"神韻",但他實際偏於"韻",這就有了標舉李杜與標舉王孟的差别①。"性靈"的含義也有所不同,一是發現有我,一是抒寫自我。楊萬里重在前一義,猶近於神韻説。袁宏道與袁枚則重在後一義,只成爲格調説的反動。但袁枚與袁宏道又不同,他的思想有以學問濟性情的一面,郭先生稱之爲"修正的性靈説"②。郭先生研究"肌理"則是"不重淵源而重影響",因爲影響翁方綱詩論的兩個風氣,即學術界主漢學,詩學界主宋詩,是一直延續到清季的,肌理説的影響自然也就延續到清季。③ 郭先生對這些範疇的研究,不僅注重其演變過程的意義差異,也特别關注它們之間的關係,以見出"完成"期詩學的基本脈絡及其折中調和的特徵。他的範疇研究是其批評史研究體系中的一個部分。

郭先生的詩論研究,與他對於詩的藝術特徵的認識有關,與他建設批評史學科的宗旨有關,更深一層講,與他"整理中國舊文學"以開創新文學之前途的理念有關。但歸根到底,決定他在此領域取得重要成就的,是數十年在"故紙堆"中的沉潛。郭先生對於學術的"第一義"之悟,只怕也不遠於此。

---

① 《神韻與格調》,《燕京學報》1937 年第 22 期。
② 《性靈説》,《燕京學報》1938 年第 23 期。
③ 《肌理説》,《國文月刊》1946 年第 43、44 期。

郭紹虞先生小傳

郭紹虞原名希汾，字紹虞，後以字行。1893年11月出生于江蘇蘇州。紹虞先生家境清寒，在蒙養義塾讀過幾年書，後在本地一所中等工業學校讀了兩年就輟學了，沒有受過大學的教育。他是一位真正靠勤奮自學而成才的學者。

1914年先生到商務印書館的子弟學校尚公小學任教，得以閱讀涵芬樓的大量藏書。其間與沈雁冰結識。隨後進入進步書局任編輯，從事古典作品的注釋工作（包括《清詩評注讀本》、《戰國策詳注》等）。之後受邀到東亞體育學校講《中國體育史》，並撰寫成書，爲我國第一部體育史研究專著。1919年來到北京，任《晨報》副刊特約撰稿人，同時在北大旁聽。並與鄭振鐸、沈雁冰、葉聖陶等12人發起成立"文學研究會"。1920年離京前往濟南的山東第一師範任職。隨後經胡適、顧頡剛等推薦，到福州協和大學擔任中文系教授，開始登上大學講壇。1927年赴京任燕京大學國文系教授，講授中國文學批評史課程，從此踏上中國文學批評史研究的道路。1934年出版《中國文學批評史》（上卷），經胡適審定列爲教育部頒行的"大學叢書"。（《中國文學批評史》下卷1947年出版。）1941年太平洋戰爭爆發，燕大停辦，先生拒絕接受"僞北大"的聘請，不久舉家遷回蘇州，隻身一人赴上海開明書店任編輯。抗戰勝利後，到同濟大學任教。並積極投身民主運動，參加了中共地下黨領導的大學教授聯誼會（即"大教聯"），擔任同濟大學教授聯誼會主任。1950年同濟大學文法學院并入復旦大學，從此先生一直在復旦任教，長達三十五年。先生還先後兼任華東軍政委員會監察委員、上海文學藝術界聯合會副主席、作家協會上海分會副主席、中國古代文學理論學會會長等職務。1956年加入中國共產黨。60年代初受教育部委託，主編《中國歷代文論選》，它對各高校文學批評史課程的建設產生重大影響。"文革"期間，著成《語法修辭新探》、《宋詩話考》等。晚年仍著述不輟，其生前出版的最后一部著作《清詩話續編》於1983年付梓，自謂"了我五十年之宿願"（《宿願五十載》）。1984年6月病逝上海。

郭紹虞先生一生致力於學術與教育事業。他是一位教育家,在理論和實踐方面都對現代教育的發展作出了一定的貢獻。他在書法藝術與理論上也很有造詣。但紹虞先生主要還是一位在語言文學領域勤勉耕耘的學者。他是中國文學批評史這門學科的重要奠基人,更是推動此學科不斷深入發展的領導者。他的語言研究注重語法、修辭與詞彙的結合,能自成一家。這兩個領域所取得的卓越成就,確立了先生在現代學術史上的崇高地位。

郭紹虞先生學術年表

1893 年

11 月 21 日,生於江蘇蘇州。

1899 年—1913 年

就讀崇辨學堂、蒙養義塾等。考入中等土木工業學校,兩年後輟學。結識同鄉葉聖陶和顧頡剛。先後在蘇州太平橋小學、無錫蕩口鎮小學及上海新民女學任教。

1914 年

到上海商務印書館附屬尚公小學任教,借閱涵芬樓藏書。

1915 年—1917 年

到上海進步書局(即文明書局)任編輯,編注出版《清诗評注讀本》、《戰國策詳注》等。

1918 年

進步書局停辦,返回尚公小學。與沈雁冰結識。同時受邀到東亞體育學校講《中國體育史》,並撰寫成書,翌年由上海商務印書館出版,爲我國第一部體育史研究專著。葉聖陶爲該書作序並高度評價,後被收入商務印書館"萬有文庫"、"民國叢書"。

1919 年

前往北京。經顧頡剛推薦,與葉聖陶一起擔任北京《晨報》副刊特約撰稿人。又經顧頡剛介紹,到北京大學旁聽,並加入《新潮社》。結識鄭振鐸、瞿秋白、許地山等。

發表《馬克思年表》、《勞動起源問題》等。開始在《晨報》連載《藝術談》。

1920 年

美國學者杜威在北京大學講演。記錄整理並發表《杜威講演稿》。翻譯日本高山林次郎所著《近世美學》、奧地利顯尼志勞所著戲劇《阿那托爾》等。發表《社會改造家列傳》、《從藝術上企圖社會的改造》等文章，以及《流星——送瞿秋白赴俄》等新詩。

與沈雁冰、鄭振鐸、葉聖陶等發起成立"文學研究會"。

離京前往山東濟南第一師範任教。

1921 年

翻譯日本漢學家鹽谷温《支那文學概論講話》第六章，編譯爲《中國小説史略》出版(上海中國書局)。發表《社會改造家列傳》、《諺語的研究》、《俄國美論與其文藝》等。

經胡適、顧頡剛推薦，到福州協和大學中文系任教。

1922 年—1923 年

發表《邵雍的自由詩》、《江邊》、《雨後》等新詩。

1924 年

到河南開封中州大學中文系任教。

發表《列子書中的懷疑主義》、《楊朱和楊朱篇考證——研究楊朱哲學的先決問題》等。

1925 年

發表《晚周古籀申王静安先生説》、《牛訓理論》、《晚周古籍考》、《中國文學演進之趨勢》、《再論永明声病談》等。

1926 年

發表《中國文學演化概述》、《試從文體的演變説明中國文學之演變趨勢》、《中國文學研究》(上)、《賦在中國文學史上的位置》等。

1927 年

經沈雁冰介紹，到武漢第四中山大學任國文系教授兼主任。8 月，赴京擔任燕京大學國文系教授，開設中國文學批評史課程。

發表《文學觀念與其含義之變遷》、《梨洲文論》、《中國文學批評史上之"神""氣"説》等。開始宋代詩話的輯佚工作。

1928 年

發表《儒道二家論"神"與文學批評之關係》、《介紹〈歧路燈〉》、《文氣的辨析》、《所謂傳統的文學觀》等。開始在《小説月報》連載《詩話叢話》。

1929 年

出版《文品匯鈔》(北平樸社)。

發表《先秦儒家之文學觀》、《〈文章流別論〉與〈翰林論〉》等。

1930 年

發表《文筆與詩筆》、《中國文學批評史上文與道的問題》等。

1932 年

《杜甫戲爲六絶句集解》(鉛印本)刊行。

1933 年

魯迅和鄭振鐸合編《北平箋譜》,特請沈尹默題寫書名,郭紹虞手書鄭振鐸所撰序文,成爲文壇佳話。

1934 年

《中國文學批評史》上卷出版(上海商務印書館)。胡適作序,但出版時序文未被採用。錢鍾書發表《論復古》,對此書有所批評。郭先生撰《談復古》予以回應。經胡適審定,列爲教育部頒行的"大學叢書"。

發表《中國詩歌中之雙聲疊韻》等。

1935 年

發表《中國文學批評史上之永明聲病說》、《〈滄浪詩話〉以前之詩禪說》等。

1936 年

《元好問文選》出版(上海北新書局)。《陶集考》、《近代文編》刊行(燕京大學國文系印)。

發表《語言的改造》、《陶集考辨》、《照隅室詩話》、《元遺山論詩絶句》等。

1937 年

《宋詩話輯佚》刊行(燕京大學哈佛燕京學社印)。

發表《宋代殘佚的詩話》、《文筆再辨》、《從永明體到律體》、《北宋詩話考》、《神韻與格調》等。

1938 年

發表《朱子之文學批評》、《性靈說》、《中國語詞之彈性作用》等。

1939 年

發表《新文藝運動應走的新途徑》、《論宋以前詩話》、《四庫著録南宋詩話提要評述》、《大一國文教材之編纂經過與其旨趣》等。

1940 年

發表《論宋以前詩話效遺山體得絶句二十首》、《新詩的途徑》、《南宋詩話殘佚本考》等。

1941 年

太平洋戰爭爆發,燕京大學被迫停辦。拒絕接受日僞接管的北京大學的聘書,到私立中國大學任教,並作《高調歌》以明其志。

《語文通論》出版(上海開明書店)。

發表《竟陵詩論》、《袁簡齋與章實齋之思想與其文論》、《中國文字型與語言型的文學之演變》(後更名爲《中國語言與文字之分歧在文學史上的演變現象》)等。

1942 年

發表《新文藝運動應走的新途徑》、《作文摘謬實例序——一個國文教學法中的問題》等。

1943 年

舉家南遷回蘇州老家,隻身赴上海開明書店任編輯。

發表《〈中詩外形律詳說〉序》、《論歌小記》等。

1944 年

完成大學國文課本《學文示例》。

1945 年

發表《明代文學批評的特徵》、《人類的隔閡》、《民主與狂狷精神》、《有爲與有守》、《論狂狷人生》、《論八股》等。

1946 年

到同濟大學任中文系教授兼主任。

發表《論鄉愿所憑藉的儒家思想》、《論勇與狂狷》、《從文人的性情思想論到狷性的文人》、《儒家思想的新檢討》、《〈中詩外形律詳說〉序》、《中國文字可能構成音節的因素》、《語言中數目字虛義聯綴例》、《語言中方名之虛意》、《肌理說》等。

與葉聖陶、周予同等合編《開明新編國文讀本(甲種)》(次年由上海開明書店出版)。

1947 年

參加中共地下党領導的大學教授聯誼會(即"大教聯"),並任同濟大學教授聯誼會主席。

《中國文學批評史》下卷出版(上海商務印書館)。

發表《明代文人結社年表》、《語文小記》、《中國語詞的聲音美》、《譬喻與修辭》、《論中國文學中的音節問題》等。

1948 年

《語文通論續編》出版(上海開明書店)。《數位詞的分析與其詞例》出版(上海開明書店)。

發表《論詩詩之話》、《明代的文人集團》、《談方言文學》等。

1949 年

任同濟大學文法學院院長。

1950 年

同濟大學文法學院并入復旦大學。出任復旦大學中文系教授兼系主任。

擔任華東軍政委員會監察委員。

發表《文藝教育的方向》等。

1951 年

發表《語言型文學之創造能力》、《"被"字的用法》、《關於"被"和"可"》等。

1953 年

發表《學習古典文學的問題》。

1955 年

修訂本《中國文學批評史》出版(上海新文藝出版社)。

1956 年

上海語文學會成立,任副會長。加入中國共產黨。被評爲一級教授。

發表《關於〈文心雕龍〉的評價問題及其他》等。

1957 年

發表《中國文學批評理論中的"道"的問題》、《從"文"和"文學"的含義說明現實主義和反現實主義的鬥爭》、《試論〈文心雕龍〉》、《關於詩的朗誦》等。

1958 年

發表《試論"古文運動"》、《民歌與詩》等。

1959 年

《中國古典文學理論批評史》(上卷)出版(人民文學出版社)。

與羅根澤合作主編《中國古典文學理論批評專著選輯》叢書。

發表《從〈馬氏文通〉所想起的一些問題》、《"五四"時代的知識分子》、《"五四"談新詩》、《試論漢語助詞和一般虛詞的關係》等。

1961 年

上海書法家協會(初名上海中國書法篆刻研究會)成立,擔任副主任委員(後擔任名譽主席)。

《滄浪詩話校釋》出版(人民文學出版社)。

發表《照隅室詩談》、《從〈誠齋詩話〉的時代談到楊萬里的詩論》、《試測〈滄浪詩話〉的本來面貌》、《對〈文賦〉所謂"意"的理解》、《陸機〈文賦〉中之所謂"意"》、《〈文選〉的選錄標準和它與〈文心雕龍〉的關係》、《批評地繼承中國文藝理論遺產》、《釋"兮"》、《從書法中窺測字體的演變》、《草體在字體演變上的關係》等。

1962 年

受教育部委託，主編《中國歷代文論選》。

發表《討論〈滄浪詩話校釋〉前的幾點聲明》、《關於〈滄浪詩話〉討論的補充意見》、《〈杜詩鏡銓〉前言》、《古典文學的普及》等。

1963 年

出版《詩品集解・續詩品注》(人民文學出版社)。

發表《關於〈文賦〉的評價》、《再論永明體聲病說》、《關於〈文賦〉評價的通信》、《清詩話前言》等。

1964 年

四卷本《中國歷代文論選》出版(中華書局)。

發表《論〈戲為六絕句〉與〈論詩三十首〉》。

1971 年

完成《宋詩話考》，並親自繕寫全書。

1973 年

發表《從漢代的儒法之爭談到王充的法家思想》。

1975 年

發表《聲律說考辨》。

1978 年

《杜甫戲為六絕句集解・元好問論詩絕句三十首小箋》出版(人民文學出版社)。

發表《漢語片語對漢語語法研究的重要性》、《我國古代文藝理論中的形象思維問題》、《漫談格律詩與自由詩的關係》、《文筆說考辨》、《"六義"說考辨》、《論比興》、《興觀群怨剖析》、《文心雕龍再議》等。

1979 年

中國古代文學理論學會在昆明成立，任會長。上海市圖書館學會成立，任名譽會長。

出版《漢語語法修辭新探》（商務印書館）、《宋詩話考》（中華書局）。

發表《皎然〈詩式校注〉序》、《中國文學批評史的分期問題》、《蜂腰鶴膝解》、《重視古代文論的研究》、《關於古代文學理論研究中的幾個問題》、《"五四"運動述感》等。

1980 年

發表《我怎樣研究中國文學批評史的》、《淺談清代詩話的學術性》、《關於七言律詩的音節問題兼論杜甫的拗體》、《論吳體》、《關於中國古典文學理論批評研究的問題》、《文論札記三則》等。

1981 年

發表《對整理古籍的一些建議》、《提倡一些文體分類學》、《語義學與文學》等。

1982 年

發表《從文法語法之爭談到文法語法之分》、《我對文字改革問題的某些看法》、《學習古代文論淺談》、《再論文言白話問題》、《駢文文法初探》、《〈清詩話續編〉前言》、《我是怎樣學習中國文學批評史的》、《書道與書法》等。

1983 年

出版《照隅室古典文學論集》（上海古籍出版社）、《清詩話續編》（上海古籍出版社）。

1984 年

發表《〈中國修辭學史〉序》、《宿願五十載》。

6 月 22 日病逝于上海，終年 91 歲。

復旦百年經典文庫書目

第一輯

修辭學發凡　文法簡論	陳望道著／宗廷虎、陳光磊編（已出）
宋詩話考	郭紹虞著／蔣　凡編（已出）
中國傳敘文學之變遷　八代傳敘文學述論	朱東潤著／陳尚君編（已出）
詩經直解	陳子展著／徐志嘯編（已出）
文獻學講義	王欣夫著／吳　格編（已出）
明清曲談　戲曲筆談	趙景深著／江巨榮編（已出）
中國土地關係史稿　中國土地制度史	陳守實著／姜義華編（已出）
中國經學史論著選編	周予同著／鄧秉元編（已出）
西方史學史散論	耿淡如著／張廣智編（已出）
中外歷史論集	周谷城著／姜義華編（已出）
中國問題的分析　荒謬集	王造時著／章　清編（已出）
中國思想研究法　中國禮教思想史	蔡尚思著／吳瑞武、傅德華編（已出）
長水粹編	譚其驤著／葛劍雄編（已出）
古代研究的史料問題　五十年甲骨文發現的總結　五十年甲骨學論著目　殷墟發掘	胡厚宣著／胡振宇編（已出）
古史新探	楊　寬著／高智群編（即出）
《法顯傳》校注　我國古代的海上交通	章　巽著／芮傳明編（已出）
滇緬邊地擺夷的宗教儀式　中國帆船貿易與對外關係史論集　男權陰影與貞婦烈女：明清時期倫理觀的比較研究	田汝康著／傅德華編（已出）
諸子學派要詮　秦史	王蘧常著／吳曉明編（即出）
西方哲學論譯集	全增嘏著／黃頌杰編（即出）
哲學與中國古代社會論集	胡曲園著／孫承叔編（已出）
儒道佛思想散論	嚴北溟著／王雷泉編（即出）
《浮士德》研究　席勒	董問樵著／魏育青編（已出）

圖書在版編目(CIP)數據

宋詩話考/郭紹虞著;蔣凡編.—上海:復旦大學出版社,2015.8
(復旦百年經典文庫)
ISBN 978-7-309-11357-0

Ⅰ.宋… Ⅱ.①郭…②蔣… Ⅲ.①詩話-考證-中國-宋代②詩話-中國-文集 Ⅳ.I207.22

中國版本圖書館 CIP 數據核字(2015)第 069389 號

宋詩話考
郭紹虞　著　蔣　凡　編
責任編輯/杜怡順

復旦大學出版社有限公司出版發行
上海市國權路 579 號　郵編:200433
網址:fupnet@fudanpress.com　http://www.fudanpress.com
門市零售:86-21-65642857　團體訂購:86-21-65118853
外埠郵購:86-21-65109143
山東鴻君杰文化發展有限公司

開本 787×1092　1/16　印張 23.5　字數 376 千
2015 年 8 月第 1 版第 1 次印刷

ISBN 978-7-309-11357-0/I·903
定價:68.00 圓

如有印裝質量問題,請向復旦大學出版社有限公司發行部調換。
版權所有　侵權必究

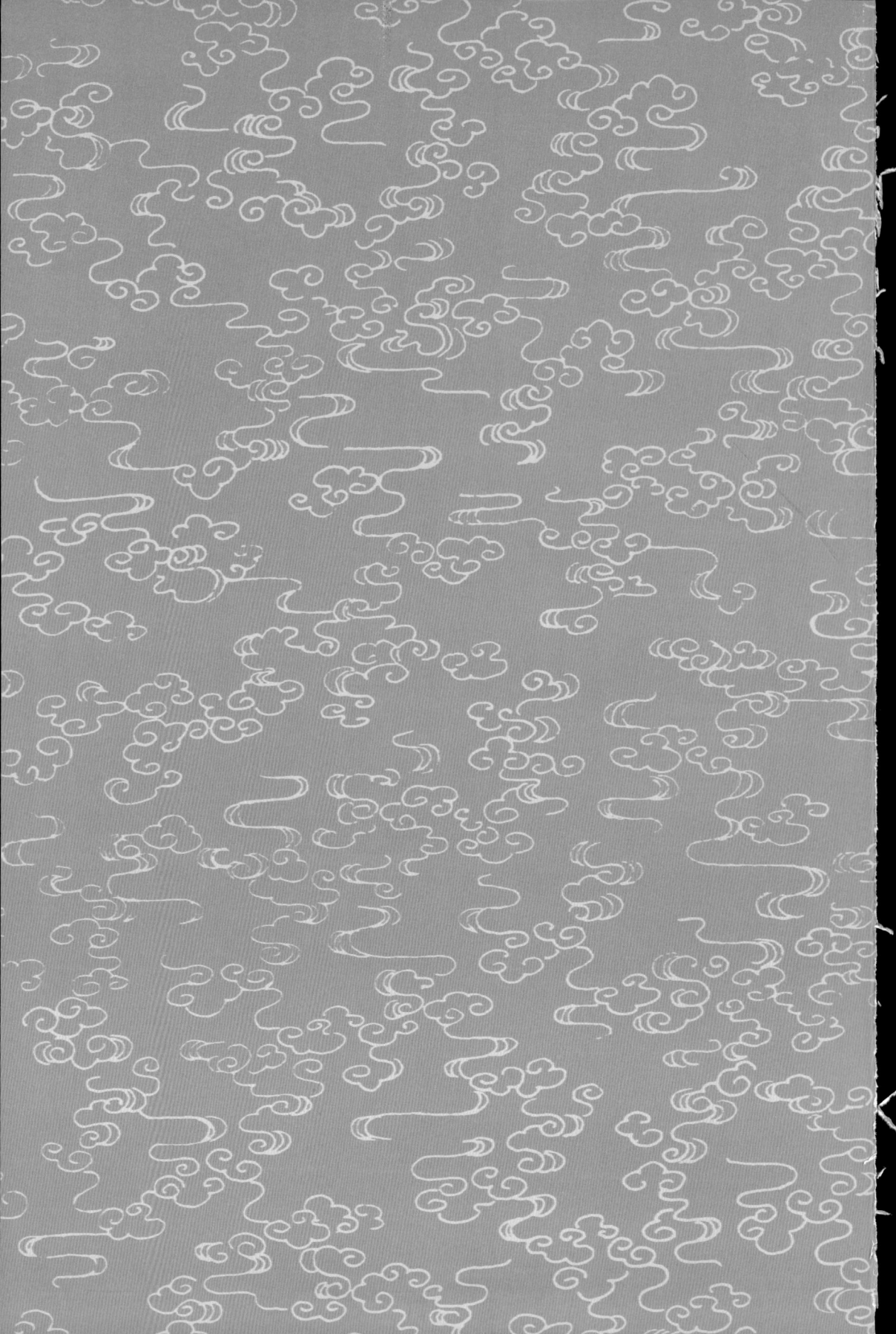